ANDREW TAYLOR

Das Geisterspiel

GOLDMANN
Lesen erleben

Buch

1786, Cambridge. Am Jerusalem-College geht angeblich der Geist einer jungen Frau um: Sylvia Whichcote ist auf mysteriöse Weise ertrunken, und nun wandelt sie nachts auf dem Collegegelände umher. Zumindest meint das ein junger Student namens Frank Oldershaw. Aufgrund dieser Behauptung befindet sich Frank nun in einer psychiatrischen Anstalt – womit der Ruf des wohlhabenden Eliteschülers ruiniert wäre. Um das Schlimmste zu verhindern, stellt seine Mutter, Lady Anne Oldershaw, den Autor John Holdsworth ein. Er hat ein Buch geschrieben, in dem er nachweist, dass es nichts Übersinnliches gibt, und soll nun Frank davon überzeugen, dass die Erscheinung nur eine Täuschung war. Doch der vermeintliche Geist scheint gar nicht der wirkliche Grund für Franks Nervenzusammenbruch zu sein. Holdsworth kommt einem Geheimbund auf die Spur. Der Holy Ghost Club, geleitet von Sylvia Whichcotes Mann, bietet den englischen Aristokraten halbseidene Vergnügungen. Und neue Mitglieder werden einem ganz besonderen Initiationsritual unterworfen. Doch in der Nacht, als auch Sylvia Whichcote tot aufgefunden wird, kommt es noch vor der Zeremonie zu einem tragischen Unfall. Was ist in dieser verhängnisvollen Nacht wirklich geschehen?

Autor

Andrew Taylor wurde 1951 in Stevenage, England, geboren. Er ist der Autor zahlreicher preisgekrönter Kriminalromane in der Tradition von Ruth Rendell und Elizabeth George. Die Krimis aus seiner Lydmouth-Serie mit Detective Inspector Richard Thornhill und der Journalistin Jill Francis gelten als Meilensteine des Genres. Parallel dazu verfasste Andrew Taylor die Roth-Trilogie, die ebenfalls im Goldmann Verlag erschienen ist. Andrew Taylor wurde bereits mit dem »Edgar Award«, dem »John Creasy Memorial Award« der Crime Writers' Association (CWA) und zweimal mit dem »Historical Dagger« ausgezeichnet sowie für den »Gold Dagger« nominiert. Im April 2009 erhielt Andrew Taylor den »Diamond Dagger« für sein Lebenswerk. Er lebt mit seiner Familie im Forest of Dean.

Außerdem von Andrew Taylor bei Goldmann lieferbar:

Das tote Herz (47675)

Andrew Taylor

Das Geisterspiel

Roman

Aus dem Englischen
von Caroline Einhäupl

GOLDMANN

Die Originalausgabe erschien 2010
unter dem Titel »The Anatomy of Ghosts«
bei Michael Joseph, Penguin Group UK, London.

FSC
www.fsc.org
MIX
Papier aus verantwortungsvollen Quellen
FSC® C014496

Verlagsgruppe Random House FSC-DEU-0100
Das FSC®-zertifizierte Papier *München Super* für dieses Buch
liefert Arctic Paper Mochenwangen GmbH.

1. Auflage
Deutsche Erstveröffentlichung September 2012

Umschlaggestaltung: UNO Werbeagentur München
Umschlagmotiv: © Bridgeman Art Library / Country Life
Redaktion: Eva Wagner
AG · Herstellung: Str.
Satz: DTP Service Apel, Hannover
Druck und Bindung: GGP Media GmbH, Pößneck
Printed in Germany
ISBN 978-3-442-47494-3

www.goldmann-verlag.de

Im Gedenken an Don

Wie wunderbar, dass fünftausend Jahre nach Entstehung der Welt immer noch unklar ist, ob jemals der Geist eines Menschen nach dessen Tod erschienen ist. Die Argumente sprechen dagegen; doch der Glaube spricht dafür.

Dr. Johnson, 31. März 1778
(Boswell's *Dr. Samuel Johnson*)

1

Spät am Abend des 16. Februar 1786, einem Donnerstag, näherte sich das Abendmahl dem Ende. Der neue Apostel hatte den Eid abgelegt, im Mitgliederbuch unterzeichnet und unter lautem Jubel, Gejohle und Pfiffen den Inhalt des heiligen Glases geschluckt, das der verstorbene Morton Frostwick gestiftet hatte. Jetzt war es Zeit für die Trinksprüche, die dem Höhepunkt der Zeremonie vorausgingen.

»Bis zum letzten Tropfen«, kommandierte Jesus vom Kopfende des Tisches aus. »Bitte erhebt euch. Ich trinke auf seine Majestät, den König.«

Die Apostel rappelten sich auf, manche mit Schwierigkeiten. Vier Stühle fielen um, und jemand warf eine Flasche vom Tisch.

Jesus erhob das Glas. »Es lebe der König, Gott segne ihn.«

»Es lebe der König, Gott segne ihn«, erwiderte ein Chor von Stimmen bellend, denn die Apostel rühmten sich für ihren Patriotismus und ihre Verbundenheit mit dem Thron. Alle leerten ihr Glas in einem Zug.

»Gott segne ihn!«, wiederholte Matthäus am anderen Ende des Tisches, und sein leidenschaftlicher Ausruf endete in einem Schluckauf.

Jesus und die Apostel setzten sich, und das Stimmengewirr schwoll von Neuem an. Der hohe, lange Saal wurde von Kerzen hell erleuchtet. Eine träge Rauchwolke schwebte über dem Tisch. Im Kamin unter dem marmornen Sims loderte ein kräftiges Feuer. Die Vorhänge waren zugezogen. Die Spiegel zwischen den Fenstern reflektierten die Flammen und fingen das Glitzern von Silber und Kristall und das Blitzen der Knöpfe an den Umhängen der Männer ein. Alle Apostel trugen das gleiche Gewand – einen leuchtend grünen, mit erlesener Seide gefütterten Umhang, vorne und an den Manschetten mit auffallenden Goldknöpfen verziert.

»Wie lange muss ich warten?«, sagte der junge Mann zur Rechten Jesu.

»Geduld, Frank. Alles zu seiner Zeit.« Jesus erhob die Stimme. »Füllen Sie Ihre Gläser auf, meine Herren.«

Er schenkte Wein in sein Glas und das seines Nachbarn. Er sah zu, wie die anderen Männer ihm gehorchten wie Schafe.

»Noch ein Trinkspruch«, murmelte er Frank ins Ohr. »Dann kommt die Zeremonie. Und dann das Opfer.«

»Darf ich fragen«, sagte Frank, den Ellbogen auf den Tisch gestützt, zu Jesus gewandt. »Weiß Mrs. Whichcote, dass ich heute Nacht geweiht werde?«

»Warum fragen Sie?«

Franks Gesicht hatte eine dunkelrote Farbe angenommen. »Ich – ich habe nur gedacht, da ich die Nacht hier verbringe, sollte sie es vielleicht wissen.«

»Sie weiß es nicht«, sagte Jesus. »Sie weiß gar nichts. Und Sie dürfen ihr nichts sagen. Das hier ist Männersache.«

»Ja, natürlich. Ich hätte nicht fragen dürfen.« Franks Ellbogen rutschte ab, und er wäre vom Stuhl gefallen, hätte Jesus ihn nicht aufgefangen. »Ich bitte tausendmal um Entschuldigung. Aber Sie sind ein Glückspilz, sie ist so wunderschön – oh verdammt, bitte verstehen Sie mich nicht falsch, Philip, das hätte ich nicht sagen sollen.«

»Ich habe nicht zugehört.« Jesus ignorierte Franks Bestreben, sich weiter zu entschuldigen, und erhob sich. »Meine Herren, es ist Zeit für den nächsten Trinkspruch. Erheben Sie sich. Verflucht sei die große Hure Babylon, und seine

Verderbtheit in Rom, Pius VI. Mögen er und seine Papistenfreunde für alle Ewigkeit in der Hölle schmoren.«

Die Apostel leerten ihre Gläser und klatschten frenetisch. Der Trinkspruch war Tradition und datierte zurück in die ersten Tage des Holy Ghost Club. Jesus hatte persönlich nichts gegen Papisten. Tatsächlich war seine eigene Mutter römisch-katholisch erzogen worden, war aber bei ihrer Heirat zur Religion ihres Mannes übergetreten, wie es sich für eine gute Ehefrau gehörte.

Er wartete, bis der Applaus und das Gejohle verstummten. »Setzen Sie sich, meine Herren.«

Stühle kratzen über gebohnerte Dielen. Apostel Jakob setzte sich, erwischte aber nur die Stuhlkante und landete auf dem Boden. Apostel Johannes hastete hinter den Wandschirm am anderen Ende des Saals und übergab sich geräuschvoll. Apostel Thomas wandte sich ab, knöpfte seine Hose auf und urinierte in einen der Nachtstühle, der praktischerweise in der Nähe stand.

Von der Tür hinter Jesus' Stuhl war ein schwaches Klopfen zu hören. Nur Jesus nahm es wahr. Er stand auf und öffnete die Tür einen Spalt. Der Laufbursche stand davor, eine Kerze in der Hand, mit schreckgeweiteten Augen.

»Was gibt es?«, fragte Jesus.

»Wenn es dem gnädigen Herrn genehm ist, die Dame unten wäre dankbar, wenn Sie auf ein Wort hinunterkommen würden.«

Jesus schlug dem Jungen die Tür vor der Nase zu. Lächelnd schlenderte er an den Tisch zurück und legte den Arm auf die Lehne von Apostel Petrus' Stuhl zu seiner Linken. Er beugte sich hinab und flüsterte in Apostel Petrus' Ohr. »Ich bin gleich wieder da – ich muss mich vergewissern, dass alles bereit ist. Lassen Sie sie auf ihre Geliebten trinken, wenn sie ungeduldig werden.«

»Ist es so weit?«, fragte Frank. »Ist es Zeit?«

»Fast«, erwiderte Jesus. »Sie werden sehen, das Warten lohnt sich.«

Er richtete sich auf. Apostel Andreas stellte Frank eine Frage über die Eignung von Spaniels als Jagdhunde, eine effektive, wenn auch kurzfristige Ablenkung. Jesus verließ den Raum und schloss die Mahagonitür hinter sich. Hier war es gleich viel kühler. Er befand sich auf einem kleinen, von zwei Kerzen erhellten Treppenabsatz, die neben einem vorhanglosen kleinen Fenster in einer Wandhalterung steckten. Einen Augenblick lang legte er die Stirn an das Glas und rieb einen Kreis auf die beschlagene Scheibe. Es war zu dunkel, um viel zu erkennen, aber am Ende des Gartens sah er ein Licht über dem Nebeneingang zum Lambourne House flackern.

Schnell ging er nach unten. Der Pavillon lag im unteren Teil des Gartens. Sein Grundriss war einfach – der große Saal im Obergeschoss erstreckte sich über die ganze Länge; die Treppe am Ende führte in die Eingangshalle im Erdgeschoss, in der es zwei Türen gab. Eine zum Garten, die andere zu einem schmalen Gang, der an der Längsseite des Gebäudes verlief und Zugang zu einer überdachten Terrasse am Fluss und zu mehreren kleinen Zimmern gewährte. Der Laufbursche, der auf den absurden Namen Augustus hörte, saß auf einer Bank in der Eingangshalle. Er sprang auf und verbeugte sich. Auf ein Nicken von Jesus öffnete er die Tür zum Gang. Jesus ging wortlos an ihm vorbei und schlug ihm abermals die Tür vor der Nase zu.

Kerzen flackerten paarweise an den Wänden und warfen Lichtkegel in die Dunkelheit. Jesus klopfte an die zweite Tür, die daraufhin geöffnet wurde.

Mrs. Phear zog ihn herein. Sie stellte sich auf die Zehenspitzen und murmelte etwas in sein Ohr. »Der kleine Schwächling da hat uns im Stich gelassen.«

Sie befanden sich in einer kleinen Kammer, die weiß wie

eine Mönchszelle gestrichen war. Doch es war behaglich warm, denn auf dem Rost glühte ein Kohlenfeuer, die Vorhänge waren zugezogen und die Fensterläden geschlossen. Der Raum war einfach möbliert, mit einem kleinen Bett hinter weißen Tüchern, einem Tisch und zwei Stühlen. Auf dem Tisch standen ein Krug mit Wein, eine Flasche Kräuterlikör, zwei Gläser und eine Schale mit Nüssen. Eine Kerze auf dem Kaminsims war, abgesehen vom Feuer, die einzige Lichtquelle.

»Im Stich gelassen?«, sagte Jesus.

»Sehen Sie selbst.« Mrs. Phear trug ein Nonnenhabit mit einem schwarzen Schleier, der ihr Gesicht verbarg. »Nehmen Sie die Kerze.«

Jesus griff nach der Kerze und ging zum Bett. Die Vorhänge waren zurückgebunden. Auf dem Bett lag ein Mädchen auf dem Rücken, die hellen Haare offen auf dem Kissen. Ihre Hand- und Fußgelenke waren mit weißen Seilen an die vier Bettpfosten gebunden. Sie trug ein weißes, ausgeschnittenes Nachthemd. *Sie muss wunderschön gewesen sein,* dachte er. Die Sorte Mädchen, bei dem man das Gefühl hatte, es in abertausend Teile zu zerbrechen, wenn man es zu fest drückte.

Er beugte sich tiefer hinunter. Sie war jung – vielleicht dreizehn oder vierzehn. Ihre Haut war von Natur aus blass, doch ihre Wangen waren gerötet, fast schon dunkelrot. Augen und Mund standen weit offen. Er hielt die Kerze näher heran. Auf ihren Lippen sah er Schaum und eine Spur von Erbrochenem in ihrem Mundwinkel. Ihre Augen quollen hervor.

»Gott verdammt.«

»Es ist ein Jammer«, sagte Mrs. Phear. »Und ich glaube, sie war tatsächlich eine echte Jungfrau.«

»Das kleine Biest. Hatten wir jemals so ein Pech? Was ist geschehen?«

Die Frau zuckte mit den Schultern. »Ich habe sie für ihn vorbereitet. Ich bin zum Haus gegangen, um mehr Kerzen zu holen, und ehe ich ging, hat sie mich gebeten, ihr ein oder zwei Nüsse in den Mund zu stecken. Und als ich zurückkam, lag sie so da. Sie ist noch warm.«

Jesus richtete sich auf, doch sein Blick verweilte auf dem Gesicht des Mädchens. »Es sieht aus, als hätte sie jemand erstickt.« Schnell warf er einen Blick durch die Kammer.

»Ich habe die Tür hinter mir abgeschlossen«, sagte Mrs. Phear mit gepresster Stimme. »Sie hat sich an der Nuss verschluckt, das ist alles. Der Laufbursche war die ganze Zeit in der Halle und hat niemanden gesehen. Ist er zuverlässig?«

»Er ist noch ein Kind. Und er hat nichts gehört?«

»Die Mauern sind dick.«

Mit der Kerze in der Hand ging Jesus durch den Raum. Mrs. Phear wartete mit gefalteten Händen und niedergeschlagenen Augen.

Er deutete nach oben auf die Decke, über der der große Saal lag. »Ich kann es mir nicht leisten, Frank Oldershaw zu enttäuschen. Ausgerechnet ihn.«

»Ich nehme an, so würde er das Mädchen nicht nehmen?«

»Wie bitte? Tot?« Er starrte Mrs. Phear an.

»Ich sagte doch, sie ist noch warm.«

»Natürlich nicht.«

»Aber würde er es merken?«

»Lieber Gott, Madam, ja – ich glaube, er würde es merken. So betrunken ist er nicht. Außerdem ist gerade das für sie der Reiz – der Kampf. Glauben Sie mir, das ist es, womit sie sich nachher in ihrem betrunkenen Zustand brüsten. Damit und mit dem Blut auf dem Laken.«

»Sind Sie sicher, dass man es nicht vortäuschen kann?«

Jesus schüttelte den Kopf. »Nicht den Kampf. Und nicht mit diesem Gesicht. Ich sage Ihnen, das ist keine Lösung.«

Mrs. Phear knetete den Saum ihres Umhangs. »Dann werden Sie ihm also sagen, dass er warten muss?«

»Er ist verrückt danach, Madam. Er ist es gewohnt, zu bekommen, was er will. Und wir können seine Hitze nicht mit irgendeinem Flittchen aus Barnwell kühlen, selbst wenn wir jetzt eines bekommen könnten. Wann können Sie mir wieder ein Mädchen wie dieses beschaffen?«

»Vielleicht in einem Monat. Aber auch das ist nicht leicht. Nach dem, was hier geschehen ist, nicht so schnell.«

Jesus sagte: »Er ist mehr wert als alle anderen zusammen. Aber ich kann ihm nicht sagen, dass sie tot ist. Ich werde behaupten, dass sie es mit der Angst zu tun bekommen und sich in der Nacht davongestohlen hat.«

»Da ist noch etwas«, sagte Mrs. Phear. »Was tun wir – damit?«

Jesus wandte sich um und betrachtete den weißen Körper auf dem weißen Laken. Auf einmal ging alles sehr schnell. Die Ereignisse überschlugen sich. Er hörte Stimmen und Schritte vor der Tür. Der Türknauf bewegte sich. Er versuchte, zur Tür zu gelangen, um sie zuzuhalten, aber das Bett und das tote Mädchen versperrten den Weg. Mrs. Phear wirbelte bei dem Geräusch mit überraschender Geschwindigkeit herum, doch ihr Rock blieb an der Tischkante hängen, und die Tür öffnete sich, ehe sie sich befreien konnte.

Frank Oldershaw stand schwankend auf der Schwelle. Sein Gesicht war gerötet und seine Weste aufgeknöpft. »Ah, da sind Sie ja, Philip«, sagte er. »Ich bin so geil, ich kann keinen Augenblick länger warten.« Er erblickte Mrs. Phear, und ihre unerwartete Anwesenheit verunsicherte ihn. Doch er war zu betrunken, um aufzuhören, und seine letzten Worte erstarben zu einem Flüstern: »Und wo haben Sie meine süße, kleine Jungfrau versteckt?«

Am 17. Februar, einem Freitagmorgen, wurde in Jerusalem eine Leiche gefunden. Die Sonne war noch nicht ganz aufgegangen. Die Gärten des Colleges lagen in einem grauen Dämmerlicht, in dem man zwar die Umrisse der Dinge erkennen konnte, nicht jedoch ihre Details. Es war sehr still.

Der Mann, der die Leiche entdeckte, hieß John Floyd. Doch alle – manchmal sogar seine Frau – nannten ihn Fäkalienfred. Er war so braun wie sein Spitzname und Sammler von allerlei Tand, weggeworfenen Erinnerungen und abgestoßenen Geheimnissen.

Jerusalem erstreckte sich über acht bis neun Morgen Land. Das College war an drei Seiten von einer hohen Ziegelmauer umgeben, deren Fundament aus Naturstein und Geröll noch aus dem Mittelalter stammte, an der vierten lagen die Gebäude des Rektors. Die Mauern wurden von Eisenspitzen gekrönt. Hinter der Kapelle erstreckte sich der Lange Weiher, mit einer Biegung nach Südosten. Er wurde von einem Bach gespeist, den die Mönche vor langer Zeit, lange bevor Jerusalem existierte, unter den Mauern hindurchgeleitet hatten. Auf der anderen Seite des Weihers lagen die Gärten des Rektors und die der Fellows, die am College lehrten. Die Stadt lag ein gutes Stück auf der anderen Seite der College-Anlage.

Nur das Klacken von Freds Überschuhen, Pantinen aus Holz, und das Rumpeln der Eisenräder seiner Karre auf den Steinplatten waren zu hören. Er betreute vier Colleges: Sidney Sussex, Christ's, Jerusalem und Emmanuel. Er zog die Arbeit im Winter vor, weil er nach Menge und nicht nach Stunden bezahlt wurde, und der Gestank zwang ihn, im Sommer öfter zu kommen. Er arbeitete für einen ehemaligen Getreidehändler, den die Studenten den »Händler der Scheiße« nannten. Sein Arbeitgeber bezog ein bescheidenes Einkommen aus dem Verkauf von hochgelehrten Exkrementen als Dung an Bauern und Gärtner.

An diesem Morgen war es so kalt, dass Fred kaum seine Hände spürte. Er hatte gerade den Abort des Rektors geleert – immer eine unangenehme Pflicht, die heute allerdings unerwartet ertragreich war – und zog seinen Karren über den Steinweg hinter dem Rektorat. Der Weg führte zu einem Tor, das der Hauptpförtner, Mr. Mepal, gerade für ihn aufgeschlossen hatte, und weiter über eine aufwendig konstruierte Holzbrücke über den Langen Weiher. Das Rumpeln der Eisenräder klang wie gedämpfter Donner auf den Holzplanken. Er wandte sich nach links in Richtung des kleinen Plumpsklosetts, das die Mägde benutzten und das sittsam in einer entfernten Ecke des Gartens lag.

Der Weg verlief nah am Wasser im Schatten eines großen Baumes. Unter den Ästen war es noch dunkler, und Fred rutschte auf einem Stück Eis aus. Er stürzte der Länge nach auf die Steine. Der Karren kippte auf den gefrorenen Rasen und entleerte mindestens die Hälfte seiner stinkenden Ladung auf das Ufer. Die Schaufel, die obenauf gelegen hatte, schlitterte ins Wasser.

Vor Kälte keuchend richtete Fred den Wagen auf. Er musste versuchen, so viel wie möglich von dem Dreck zu beseitigen, und wider besseren Wissens hoffen, dass Regen den Rest wegspülte, ehe es jemand bemerkte. Aber die Schaufel lag irgendwo im Weiher, und ohne sie konnte er nichts tun. Am Ufer war das Wasser doch bestimmt nicht so tief. Er zog seinen braunen Mantel aus und rollte die Hemdsärmel über die dünnen, spitzen Ellbogen. Er wollte gerade die Hand ins Wasser tauchen, als er, nicht weit vom Ufer entfernt, einen langen, dunklen Gegenstand zwischen den dünnen Eisschollen im Wasser treiben sah.

Zuerst dachte er, eine Decke oder ein Hemd seien in den Weiher gefallen, denn während der letzten Tage hatte kräftiger Ostwind geblasen, oft mit stürmischen Böen. Gleich darauf kam ihm ein interessanterer Gedanke – vielleicht war das treibende Ding ein Mantel oder ein Umhang, den ein Feiernder während irgendeines Trinkgelages am vergangenen Abend weggeworfen hatte. Er hatte schon öfter Hüte und Umhänge aus Jauchegruben gefischt und an ihre Besitzer zurückgegeben oder an einen Händler für gebrauchte Kleider verkauft.

Fäkalienfred steckte seinen rechten Arm in das eiskalte Wasser. Er jaulte auf, als die Kälte ihn traf. Zu seiner Erleichterung umfassten seine Finger den Schaft der Schaufel. Die ganze Zeit über dachte er an Mepals rachsüchtigen Zorn, wenn er herausfand, was geschehen war; ein Risiko, das mit jeder Minute Verzögerung größer wurde.

Der Himmel wurde langsam heller. Aber der gottverdammte Baum nahm so viel Licht. Fred richtete sich auf und starrte auf das Ding im Wasser. Wenn es ein Mantel oder ein Umhang war, versprach es beträchtlichen Profit.

Er nahm die Schaufel in die andere Hand und beugte sich tief zum Wasser hinunter. Dann streckte er den Arm nach dem Ding aus, das direkt unter der schwankenden Oberfläche lag. Wasser schwappte in eine seiner Holzpantinen und sickerte in den zerschlissenen Schuh darunter. Er versuchte, den Schatten mit der Schaufel zu angeln, doch er tanzte davon. Fred lehnte sich ein wenig weiter hinaus. Die Pantine rutschte im Schlamm weg.

Mit einem Aufschrei fiel Fäkalienfred nach vorn. Die Kälte traf ihn wie eine Eisenstange. Er öffnete den Mund zum Schrei und schluckte Wasser. Seine Füße suchten schlingernd den Grund. Wasserpflanzen wickelten sich um seine Knöchel. Er bekam keine Luft mehr. Er breitete die Arme aus, versuchte verzweifelt, sich über Wasser zu halten, Halt zu finden. Als er wieder nach unten sank, schlossen sich die Finger seiner rechten Hand um ein Bündel verrotteter Zweige, von denen keiner nachgab. Gleichzeitig sanken seine Füße in den Schlamm, und der Schlamm schien ihn zu umarmen und immer tiefer hinunterzuziehen.

Fäkalienfred wusste nicht, dass er schrie. Zu diesem Zeitpunkt konnte er schon nicht mehr denken, ja fast nichts mehr spüren. Doch lange bevor er merkte, was er in den Händen hielt, wusste er, dass in dem, was auch immer sich da um seine Finger wand, kein Leben mehr war. Er wusste, was er berührte, war tot.

2

Eine andere Stadt, ein anderes Gewässer.

Am meisten erinnerte sich John Holdsworth an das Licht im Haus an der Themse. Blass und schimmernd erfüllte es tagsüber die Räume, die zum Fluss hin lagen. Es war ein fünftes Element irgendwo zwischen Luft, Wasser und fahlem Feuer.

Georgie hatte es immer Geisterwasser genannt, nicht Licht, und manchmal glaubte er, an den Wänden flackernde Erscheinungen zu sehen. Einmal hatte er den Haushalt mit seinen Schreien in helle Aufregung versetzt, hatte weinend erzählt, dass ein ertrunkener Kahnführer von den nahe gelegenen Goat Stairs gekommen sei, um ihn auf den Grund des Wassers zu ziehen. Später dachte Holdsworth, dass der Ertrunkene ein Omen war, eine Art Vorspiel für das, was kommen sollte, denn das Thema Ertrinken zog sich wie ein wässriger Faden durch die ganze traurige Angelegenheit.

Im November 1785 rutschte Georgie auf einer Eisplatte aus, als er bei den Goat Stairs spielte. Bei dem Versuch, sich aufzurichten, stolperte er über ein Tau, das an einem Poller befestigt war. Maria, seine Mutter, sah, wie es geschah, sah, wie der Junge von der Kaimauer taumelte. Eben war er noch da gewesen, ein lebhaft kreischender kleiner Junge. Dann war er verschwunden.

Das Wasser stand hoch, und als er hineinfiel, schlug er sich den Kopf an einem Kohlenkahn an. Vielleicht hatte ihn dieser Schlag schon getötet. Doch das Wetter war rau an diesem Tag. Der schwer beladene Kahn wurde schaukelnd und ächzend gegen die Kaimauer geworfen, und es dauerte mindestens zehn Minuten, ehe sie Georgie aus dem Wasser gezogen hatten. So ließ sich nicht genau feststellen, woran er letztlich gestorben war. Sein Körper war zwischen Kahn und Mauer eingezwängt, und er hatte schreckliche Verletzungen erlitten. Aber es bestand auch die Möglichkeit, dass er vorher ertrunken war. Niemand konnte das mit Sicherheit ausschließen.

Holdsworth zog den Gedanken vor, dass sein Sohn sofort tot gewesen war. Dass der Sturz ihn getötet hatte, vielleicht einer der Schläge auf den Kopf. Er wusste nichts von dem Geschehen, bis sie in den Laden in der Leadenhall Street kamen, um ihn zu holen. Er spürte eine von Schuldgefühlen getrübte und unerträgliche Dankbarkeit, dass ihm wenigstens erspart geblieben war, zu sehen, wie sein Sohn ins Wasser fiel.

Danach stimmte nichts mehr. Wie hätte es auch? Maria war in ihrer Trauer unerreichbar. Sie weigerte sich, einen Grabstein aufzustellen, sagte, es sei nicht richtig, denn Georgie konnte doch nicht ganz tot sein. Sie verbrachte die meiste Zeit betend im Haus oder neben dem kleinen Hügel auf dem Friedhof. Sie gab all ihr Geld einer Frau, die behauptete, Geister sehen zu können. Die Frau sagte, sie sehe Georgie, habe mit ihm gesprochen, er sei glücklich und ließ seiner Mama ausrichten, dass er sie liebe. Sie sagte, Georgie spiele jetzt mit Lämmern und anderen Kindern auf einer großen, sonnigen Wiese, und die Luft sei erfüllt vom Klang der himmlischen Chöre.

Nach und nach verkaufte Maria ihren Schmuck, fast all ihre Kleider und die besten Möbelstücke. Sie fütterte die Frau mit Geld. Im Gegenzug erzählte die Frau ihr wieder und wieder, dass Georgie die ganze Zeit an seine Mama dachte, ihr Umarmungen und Koseworte schickte und dass sie bald wieder zusammen sein würden und Gott nicht zulassen würde, dass sie jemals wieder getrennt würden.

Manchmal wusste Holdsworth nicht, ob er um Georgie trauerte oder wütend auf Maria war. Beide Gefühle waren miteinander verwoben. Es wäre sein gutes Recht gewesen, seiner Frau zu verbieten, die Geisterseherin zu treffen, und sie zu schlagen, wenn sie ihm nicht gehorchte. Doch er hatte nicht das Herz dazu. Er fühlte sich schon schuldig genug, weil er seinen Sohn nicht geschützt hatte. Maria erklärte ihm, dass Georgie seinem Papa Liebe schickte und sagte, sie würden bald alle zusammen mit den Engeln in Gottes Himmel sein. Holdsworth beschimpfte sie, und sie richtete ihm nie wieder etwas von Georgie aus.

Holdsworth verarbeitete seinen Zorn in einem kleinen Buch, in dem er alte und neue Geistergeschichten untersuchte, die Schriftsteller der Klassik und der Moderne verfasst hatten. Es war besser, als Maria zu schlagen. Er begann mit der Geschichte von Georgies Geist, natürlich anonymisiert, und beschrieb, wie Georgies Mutter daran glaubte, weil sie es brauchte, und wie eine verderbte Frau Marias Leichtgläubigkeit und Trauer ausnutzte. Sein Bestreben war es, darzulegen, dass Geschichten über Tote, die die Lebenden besuchten, nicht unbesehen geglaubt werden konnten. Manche waren, schrieb er, nichts anderes als kindischer Aberglaube, dem nur Kinder oder ungebildete Frauen anhingen. Bei anderen handelte es sich um Missverständnisse oder Täuschungen, in gutem Glauben weitergegeben, heute allerdings, wo die Naturwissenschaften mehr und mehr über Gottes Universum herausfanden, zunehmend erklärbar. Er räumte ein, dass manche Geistergeschichten einen nützlichen moralischen oder religiösen Effekt auf Kinder, Wilde oder die große Masse ungebildeter einfacher Menschen hatten; und diesbezüglich hatten sie einen begrenzten Wert als Parabeln. Aber als Beweis für göttliches oder gar dämonisches Eingreifen konnten sie nicht aufgefasst werden. Nie war ihm eine Geistergeschichte untergekommen, schloss er, die als Beweis für ein wissenschaftliches Phänomen gelten und von gebildeten Männern ernsthaft als solcher in Erwägung gezogen werden konnte.

Er nannte das Buch *Die Anatomie von Geistern* und ließ es in der kleinen Druckerei, die er in der Maid Lane in Surrey auf der anderen Seite des Flusses besaß, drucken. Er annoncierte es in den Zeitungen und verkaufte es im Laden in der Leadenhall Street. Es verursachte einen kleinen Wirbel. Ein anonymer Kritiker warf ihm im *Gentleman's Magazine* vor, nichts anderes als ein Atheist zu sein. Zwei Minister aus gegensätzlichen Lagern prangerten das Werk als blasphemisch an. Der Pfarrer von St. Ethelburga in Bishopsgate hielt eine flammende Predigt, die in Auszügen im *Daily Universal Register* abgedruckt und daraufhin in tausenden privaten Salons im ganzen Land diskutiert wurde. Das Ergebnis waren respektable Verkaufszahlen, was nur gut war, denn nach Georgies Tod hatte Holdsworth sonst kaum noch Einkünfte.

Sein Geschäft bot alte und neue Bücher an, Streitschriften, Schreibutensilien und eine Auswahl an Arzneien. Unglücklicherweise hatte Holdsworth zwei Monate vor Georgies Tod zwei große Darlehen aufgenommen; eines, um das Geschäft auszubauen, das andere, um die Bibliothek eines privaten Sammlers aufzukaufen, dessen Erben nichts damit anfangen konnten. Nach Georgies Tod war Holdsworth selten im Laden. Ein nachlässiger Gehilfe verstaute die neu erworbene Sammlung im Keller, wo ein feuchter Winter zwei Drittel ruinierte. In der Zwischenzeit erkrankte der Betreiber der Druckerei und kündigte; Holdsworth überließ dessen Vertreter die Geschäfte, doch es zeigte sich, dass der Mann ein Schurke und Trinker war, der nahm, was er kriegen konnte. Eines Nachts erwies sich die Achtlosigkeit des Mannes zerstörerischer als seine kriminelle Ader: Er ließ eine unbewachte Kerze brennen, als er nach Hause ging, und die ganze Werkstatt brannte mitsamt ihrem Inhalt vollständig ab. Im Feuer verlor Holdsworth auch die Bestände, die er aus der Leadenhall Street hinübergeschafft hatte, und beinahe alle Kopien von *Die Anatomie von Geistern.*

Maria schienen all diese Katastrophen nicht zu berühren. Abgesehen von ihren Besuchen in der Kapelle, blieb sie in dem Haus an der Bankside nahe den Goat Stairs. Wenn sie wach war, verbrachte sie die meiste Zeit auf Knien oder mit der Frau, die mit Geistern sprechen konnte und die ihr die tröstlichen Nachrichten von Georgie brachte.

Im März gelang es Holdsworth schließlich, ihre Isolation zu durchdringen, allerdings anders, als er es sich gewünscht hätte. Ihr Mietvertrag würde am Mittsommertag auslaufen, und er war gezwungen, ihr zu sagen, dass sie nicht in der Lage waren, ihn zu verlängern, nicht einmal für ein Quartal. Er sei nicht bankrott, erklärte er ihr, aber gefährlich nahe davor. Sie würden aus dem Haus bei den Goat Stairs ausziehen müssen.

»Ich kann hier nicht ausziehen«, sagte Maria.

»Es tut mir leid, aber wir haben keine Wahl.«

»Aber, Sir, ich kann Georgie nicht verlassen.«

»Meine Liebe, er ist nicht mehr in diesem Haus.«

Sie schüttelte heftig den Kopf. »Doch, das ist er. Seine irdische Hülle bleibt, wo sie geboren ist, wo er gelebt hat. Seine Seele sieht vom Himmel auf uns herab. Wenn wir nicht hier sind, kann er uns nicht finden.«

»Bitte regen Sie sich nicht auf. Wir werden ihn mit uns nehmen, in unseren Herzen.«

»Nein, Mr. Holdsworth.« Sie faltete die Hände im Schoß. Sie war eine kleine, ruhige Frau, sehr korrekt und beherrscht. »Ich muss bei meinem Sohn bleiben.«

Holdsworth nahm ihre Hände in seine. Sie waren kalt und

gefühllos. Sie sah ihn nicht an. Es war ihm gleichgültig, dass die Druckerei verloren war und dass das, was von dem Geschäft in der Leadenhall Street noch übrig war, in einer Woche unter den Hammer des Auktionators kommen würde und dass der Erlös womöglich nicht einmal reichen würde um ihre Schulden zu bezahlen. Aber es war ihm nicht gleichgültig, dass seine Frau eine geliebte Fremde für ihn geworden war.

»Maria, wir haben immer noch einige Wochen Zeit, um uns an den Gedanken zu gewöhnen. Wir werden darüber sprechen und entscheiden, wann und wie wir gelegentlich hierherkommen können, wenn das Ihr Wunsch ist. Wir können jederzeit am Haus vorbeigehen, wenn auch nicht hinein. Nach und nach werden wir uns an den Gedanken gewöhnen.«

»Georgie sagt, er schickt seinem Vater seine ganze Liebe«, sagte Maria lispelnd wie ein Kind. »Er sagt, Mama und Papa dürfen sein geliebtes Heim nicht verlassen.«

Ein Rauschen erfüllte Holdsworths Ohren. Er schlug seine Frau, und der Schlag schickte sie in eine Ecke des Salons, wo sie sich zusammenkauerte. Er zertrümmerte einen Stuhl und stieß die Faust durch das Fenster zum Fluss.

Er hatte Maria nie zuvor geschlagen und schlug sie nie wieder. Danach stand er im Salon, Blut rann ihm über die Hand, da, wo ihre Zähne die Haut über den Knöcheln aufgerissen hatten. Zum ersten Mal, seit er ein Kind war, weinte er. Maria starrte vom Fußboden zu ihm herauf, Schmerz und Erstaunen in ihren Augen. Sie berührte ihre Schläfe und betrachtete das Blut an ihrer Hand. Auch auf ihren Lippen war Blut. Blutstropfen befleckten die blanken Dielen. Wer hätte gedacht, dass ein einziger Schlag so viel Schaden anrichten konnte?

Er hob seine Frau auf, umarmte sie und sagte, natürlich würden sie alle drei bald im Himmel vereint sein. Aber es war zu spät.

An diesem Abend gingen sie früh zu Bett. Zu seiner Erleichterung schlief Holdsworth tief. Schlaf war die einzige Zuflucht, die ihm blieb, und wenn er ihn fand, gab er sich ihm gierig hin. Am Morgen erwachte er davon, dass jemand an die Haustür hämmerte. Maria lag nicht mehr an seiner Seite in dem Bett, in dem Georgie gezeugt und geboren worden war. Sie war bei den Goat Stairs ins Wasser gegangen.

Seltsam, wie schnell ein Leben in sich zusammenfällt, wenn ihm die Grundfesten entzogen werden. In dem Augenblick, als er so abrupt erwachte, schien es Holdsworth, als hätte er alle Substanz verloren. Er bewegte sich immer noch in einer soliden dreidimensionalen Welt, in der die Zeit verging und in der sich Menschen aus Fleisch und Blut bewegten; doch er war nicht mehr aus dem gleichen Material gemacht wie sie. Es war, als hätte sein Körper einen chemischen Prozess durchlaufen, der seine Zusammensetzung verändert hatte. Er war so formlos wie der Nebel über dem Fluss.

Anders als Georgies Leiche war Marias Körper unversehrt, bis auf eine geplatzte Lippe und eine Verletzung – kaum mehr als ein Kratzer – an der linken Schläfe. Die Wunde hatte die Farbe einer Pflaume und die Größe einer Pennymünze. Maria war vollständig bekleidet.

Bei der Leichenschau bestätigten Holdsworth und zwei Nachbarn, dass Maria häufig in den frühen Morgenstunden spazieren ging und die Angewohnheit hatte, am Ufer entlangzuwandern, oft in der Nähe der Goat Stairs, wo ihr Sohn im vergangenen November durch einen tragischen Unfall ums Leben gekommen war. Der Tatsache, dass es sehr neblig war, wurde sehr viel Bedeutung beigemessen. Zwei Schiffer, die um diese Zeit schon auf den Beinen gewesen waren, sagten aus, dass man kaum die Hand vor Augen hatte sehen können, geschweige denn den Turm von St. Paul auf der anderen Seite. Dann war da noch der Zustand der Treppe, ausgetreten, mit einem grünen, schleimigen Belag überzogen und sehr rutschig. Der Leichenbeschauer, ein freundlicher Mann, zögerte keinen Augenblick, den Tod durch einen Unglücksfall zu bestätigen, da es keine Beweise für das Gegenteil gab.

Einige Tage später sah Holdsworth zu, wie seine Frau in die Erde des Friedhofs gesenkt wurde. Sie legten sie in dasselbe Grab wie ihren Sohn. Holdsworth schlug die Augen nieder, damit sein Blick nicht auf Georgies kleinen Sarg fiel.

Bei der Beerdigung war Ned Farmer an Holdsworths Seite, und Mrs. Farmer stand bei dem Häufchen Trauergäste, das sich hinter ihnen versammelt hatte. In ihrer Jugend waren Holdsworth und Farmer zusammen in die Lehre gegangen. Farmer war ein kräftiger, linkischer, gutmütiger Junge gewesen, und heute war er ein kräftiger, linkischer, gutmütiger Mann. Die einzig kluge Entscheidung in seinem Leben war die Heirat mit der Tochter eines wohlhabenden Druckers aus Bristol gewesen, obwohl nicht er, sondern besagte Dame diese Entscheidung getroffen hatte. Jetzt war ihr Vater tot, und sie als einzige Erbin fand, dass es an der Zeit war, nach London zu ziehen und sich dort niederzulassen, denn in der Hauptstadt konnte man mit einer Druckerei und dem Verkauf von Büchern ein Vermögen machen. Sie überredete Ned, Holdsworth ein Angebot für das Geschäft zu machen, das er aufgebaut hatte – für das, was davon übrig war. Es war kein großzügiges Angebot, aber ein sicheres, wohingegen der Plan, alles versteigern zu lassen, ein großes Risiko barg. Außerdem wollte Ned auch den Mietvertrag für das Haus an der Bankside zu übernehmen.

»Betsy mag das Haus, wegen des Flusses und der guten Lage«, erklärte er. »Und sie weigert sich, über dem Laden zu wohnen. Doch ich bitte um Verzeihung, John, das Ganze muss sehr schmerzlich sein.«

»Der Fluss oder das Haus sind nicht das Problem«, sagte Holdsworth.

»Nein, natürlich nicht. Aber sag – weißt du schon, wo du unterkommst?«

»Ich habe noch nicht darüber nachgedacht.«

»Wenn es dir nicht zu viel Kummer macht, solltest du bei uns bleiben, bis du wieder Fuß gefasst hast.«

»Du bist sehr freundlich. Aber vielleicht hat Mrs. Farmer …?«

»Pah, Betsy wird tun, was ich sie heiße«, sagte Farmer. Optimismus war auch eine Eigenschaft, die Ned sich von klein auf bewahrt hatte. »Betrachte es als abgemacht.«

Bei den Farmers in dem Haus am Fluss zu bleiben, war kein besonders wünschenswertes Arrangement. Aber es kam ihm zupass und nahm ihm den Druck, eine weitere Entscheidung treffen zu müssen.

Holdsworth wusste, dass es nicht lange gehen würde. Früher hatte Maria immer gesagt, dass er einen Schlaf wie ein Toter habe. Doch in der ersten Nacht im Haus an der Bankside als Gast der Farmers schlief er nicht wie die Toten. Stattdessen träumte er von ihnen.

Er träumte, dass er bei Marias Beerdigung Georgies winzigen Sarg auf dem Grund des ausgehobenen Grabes sah. Der Deckel stand offen, und das Holz war gesplittert, als hätte jemand versucht, hinein- oder herauszukommen. Der Geistliche hörte nicht auf zu reden. Ein schwarzer Strom wallte aus dem Sarg auf. Er kam in Wellen, stieg mit dem Klang des Gebets auf und ebbte wieder ab, versiegte, nur um gleich darauf umso intensiver herauszuströmen.

Holdsworth erwachte, doch das Wasser hörte nicht auf zu steigen. Es kroch seine Beine herauf wie schwarzer Sirup. Höher und höher kletterte es und durchnässte sein Nachthemd. In seiner Brust schlug ein Hammer. Er bekam keine Luft, und der Schmerz war so heftig, dass er nicht einmal schreien konnte.

Bald würde der schwarze Strom seinen Mund erreichen. Dann seine Nase. Dann würde er ertrinken.

3

Am Morgen des 23. Mai 1786, einem Dienstag, wachte John Holdsworth auf, bevor es hell wurde. Er lauschte auf das Ächzen der Balken, das Seufzen des Windes im Gebälk und das leise Schnarchen des Dienstboten auf der anderen Seite der Wand. Er beobachtete, wie die ersten Lichtstrahlen durch die Ritzen der Fensterläden drangen und es langsam heller wurde. Kurz nach Sonnenaufgang kleidete er sich an, ging auf Strümpfen hinunter und schlüpfte aus dem Haus, noch ehe die Magd aufgestanden war. Er hatte gehört, wie sich die Farmers am vergangenen Abend seinetwegen gestritten hatten. Er wusste, dass Mrs. Farmer den stärkeren Willen hatte, und es war nur eine Frage der Zeit, bis sie sich mit ihren Argumenten durchsetzen würde.

Es war ein schöner Morgen: Der hohe Turm von St. Paul leuchtete weiß am anderen Ufer, seine Konturen hoben sich scharf gegen den blauen Himmel ab, und dahintreibende Wolken säumten wie eine Flotte von Segelbooten den Horizont im Osten. Auf dem Fluss tummelten sich bereits jede Menge Jollen und Lastkähne. Das Wasser stand niedrig, und an beiden Ufern waren Lumpensammler unterwegs. Die Möwen kreisten kreischend und schnappend über ihnen. Es war ein ungewöhnlich klarer Tag, und der Rauch aus unzähligen Schornsteinen sah aus wie mit Tinte gezeichnet.

Er wanderte an der Themse entlang zur London Bridge. Um diese Zeit schienen nur arme Leute auf den Beinen zu sein. *Armut,* sagte er zu sich selbst, während er den Fluss überquerte, *bringt die Torheiten und Schwächen der menschlichen Na-*

tur zutage. Solange er im Wohlstand gelebt hatte, waren ihm die Armen eigentlich nie aufgefallen, außer als Ärgernisse wie Läuse etwa oder bestenfalls als Zuschauer im großen Drama des Lebens, in dem die Reichen die Hauptrollen besetzten. Er hatte die Worte laut vor sich hin gesprochen, und ein vorbeieilender Mann schlug einen weiten Bogen um ihn. Die einzig wertvolle Erkenntnis aus alldem war, dass man mit einem hungrigen Magen ein wenig verrückt wurde.

In der Leadenhall Street öffnete einer der Gehilfen bereits die Fensterläden. Holdsworth bewahrte seine Schubkarre und das, was von seinem Bestand noch übrig war, in einem kleinen Nebengebäude im Hof hinter dem Haus auf. Früher hatte dort ein Buchbinder gearbeitet, doch Ned Farmer hatte diesen Teil des Geschäfts abgegeben, weil Mrs. Farmer – wahrscheinlich mit Recht – glaubte, dass dies profitabler war.

Holdsworth deckte die Schubkarre ab, rollte sie langsam über den Hof und bog in die Leadenhall Street ein. An manchen Tagen ging er in westliche Richtung bis zur Piccadilly. Er blieb nie lange an einem Ort. Das Gewirr der Gassen war ein großer Handelsplatz, und jeder Straßenhändler wachte eifersüchtig über sein Territorium. Die Bücher in seiner Schubkarre waren größtenteils Ladenhüter und nicht viel wert. Doch der kleine Verdienst war besser als nichts und bewahrte ihn vor völliger Armut und der totalen Abhängigkeit von Ned Farmers Freundlichkeit.

Sein mageres Mittagessen in einer kleinen schäbigen Taverne in der Compton Street bestand aus Brot, Käse und einem Bier. Anschließend machte er sich langsam auf den Weg zurück in die Stadt. An der Ecke zur Leadenhall Street packte ein Mann, der singende Vögel verkaufte, gerade zusammen. Holdsworth setzte die Schubkarre ab. Die Ecke war ein gutes Plätzchen, und er hielt dort, wann immer sie frei war.

Der sonnige Nachmittag war gut fürs Geschäft, und es dauerte nicht lange, bis drei oder vier Männer in den Büchern wühlten. Die Mehrzahl der Bücher enthielten Predigten oder andere religiöse Texte, doch es gab auch Gedichtbände, einige gebundene Ausgaben des *Rambler* und verschiedene Klassiker, die durch Wasser- oder Rußflecken deutlich an Wert verloren hatten. Einer der Stöberer war ein gebeugter, kleiner Mann in einem bräunlichen Mantel. Er hatte ein dunkles, ledriges Gesicht, nicht unähnlich dem Einband des Buches, das er betrachtete, einen Folianten mit den *Oden* von Horaz. Holdsworth beobachtete ihn unauffällig. Der Mann sah respektabel aus – vielleicht ein Apotheker –, jedenfalls nach einem seriösen Beruf. Das hatte er von dem Burschen vergangene Woche allerdings auch gedacht, der ein Duodez-Büchlein von Longinus in seine Tasche gleiten ließ, während Holdsworth durch einen anderen Kunden abgelenkt war – er hatte ihn für einen Landpfarrer gehalten.

Der kleine Mann kratzte sich mit der rechten Hand am Hals – wie hungrige, kleine Kreaturen krochen seine Finger unter seinen für die Jahreszeit ungewöhnlich dicken Schal. Er begegnete Holdsworths Blick. Seine Hand zog sich zurück. Er deutete eine kleine ruckartige Verbeugung an und kam etwas näher.

»Habe ich die Ehre, mit Mr. Holdsworth zu sprechen?«, sagte er mit heiserer Stimme, die kaum mehr als ein Flüstern war.

»Ja, Sir. Die haben Sie.« Es passierte nicht selten, dass ein Kunde aus alten Zeiten Holdsworth erkannte und – aus Neugier vielleicht oder Mitleid – ein wenig plaudern wollte. Er wies sie nicht ab, denn manchmal kauften sie ein Buch, und Stolz konnte er sich nicht mehr leisten.

»Das hatte ich gehofft«, sagte der Mann.

Eine Pause entstand, während ein junger Mann mit traurigen Augen William Laws *Serious Call* erwarb. Der kleine

Mann trat während des Handels beiseite und blätterte in dem Band von Horaz. Als der Kunde gegangen war, blickte er auf.

»Ich war bei Mr. Farmer im Laden.« Er räusperte sich und zuckte dabei zusammen, als bereite es ihm Schmerzen. »Wenn ich das sagen darf, ohne taktlos zu sein.«

»Es ist nur die Wahrheit, Sir. Das Geschäft gehört ihm.«

»In der Tat. Äh – auf jeden Fall sagte er mir, dass ich Sie hier finden könnte.«

»Und wie kann ich Ihnen behilflich sein, Sir? Suchen Sie ein bestimmtes Buch?«

»Nein, Mr. Holdsworth. Ich suche kein Buch. Ich suche Sie.«

»Nun, Sir, Sie haben mich gefunden. Und was wollen Sie von mir?«

»Ich bitte um Entschuldigung. Ich habe mich nicht vorgestellt. Mein Name ist Cross, Sir, Lawrence Cross.«

Über den Schubkarren mit Büchern hinweg verbeugten sie sich voreinander. Die anderen Stöberer waren weitergegangen.

»Ich möchte Ihnen einen Vorschlag machen.«

»Nur zu.«

»Es handelt sich um eine Angelegenheit, die nicht auf der Straße besprochen werden sollte. Wann werden Sie frei sein?«

Holdsworth sah nach der Sonne. »Vielleicht in einer halben Stunde. Dann brauche ich nur noch etwas Zeit, um den Wagen zurück zu Mr. Farmers Geschäft zu schieben.«

Mr. Cross rieb sich wieder den Hals. »Das würde sehr gut passen. Wären Sie so freundlich, mich im St. Paul's Kaffeehaus mit Ihrer Gesellschaft zu beehren? Sagen wir, in vierzig Minuten?«

Holdsworth erklärte sich einverstanden, und der kleine Mann ging eilig davon.

Zwanzig Minuten später schob Holdsworth den Karren die Straße hinunter und verstaute ihn für die Nacht im Hof hinter dem Geschäft. Er hatte gehofft, unbemerkt gehen zu können, doch Ned Farmer eilte aus dem Laden und legte ihm die Hand auf den Arm.

»John, das ist aber verdammt unhöflich, sich einfach ohne ein Wort davonzuschleichen.« Er klopfte Holdsworth auf die Schulter. »Wo warst du heute Morgen? Du musst beim ersten Hahnenschrei aus dem Haus geschlüpft sein.«

»Ich bin früh aufgestanden. Ich konnte nicht schlafen.«

»Und wohin jetzt so eilig?«

Holdsworth erklärte, dass er eine Verabredung hatte. Den anderen Grund – dass er Neds fröhliches Schwatzen beinahe ebenso anstrengend fand wie dessen unerschöpfliche Freundlichkeit – konnte er ihm nicht sagen. Wenn er nicht zu Hause und ohne Mrs. Farmer war, war er hemmungslos, was Holdsworth mehr auf die Nerven ging, als er für möglich gehalten hatte.

»Da hat ein Mann nach dir gefragt«, sagte Ned hastig, denn unsensibel war er nicht. »Ein komischer kleiner Kauz, sah aus wie ein brauner Affe mit einer schweren Erkältung. Ich habe ihm gesagt, dass du vielleicht an der Ecke stehst.« Sein breites, rotes Gesicht legte sich in Falten. »Ich hoffe, ich habe nichts Falsches gemacht.«

»Keineswegs.«

»Dann hat er dich gefunden? Und?«

»Ich treffe ihn später. Das ist meine Verabredung.«

»Hab ich es doch gesagt! Ein Mann mit deiner Reputation muss Angebote aus jeder Ecke bekommen. Es ist nur eine Frage der Zeit, John. Wart's ab, alles wird wieder gut werden.« Ned wurde noch röter. »Verflucht sei meine Zunge, immer geht sie mit mir durch. Ich bitte um Verzeihung. Ich meinte natürlich nur in Geldangelegenheiten.«

Holdsworth lächelte ihn an. »Ich weiß noch nicht, was er will.«

»Vielleicht möchte er Bücher kaufen«, schlug Ned vor. »Und braucht dazu deinen Rat.«

»Er sah nicht aus wie ein Mann, der viel für Luxusartikel ausgeben kann.«

»Pah«, bellte Ned. »Bücher sind kein Luxus. Sie sind Nahrung für den Geist.«

Obwohl Holdsworth früher als verabredet kam, saß Mr. Cross bereits an einem der kleinen Tische an der Tür im Kaffeehaus.

»Ich habe Sherry bestellt«, murmelte er. »Ich hoffe, das ist Ihnen recht?«

Holdsworth setzte sich. Mr. Cross machte keinerlei Anstalten, direkt zur Sache zu kommen.

»Sie sind groß«, bemerkte er. »Und auch kräftig, nicht wahr? Ich habe Sie schon von Weitem in der Menge gesehen. Ich dachte, Sie seien älter, aber Sie sind immer noch ein junger Mann.«

»Aber nicht unerfahren, Sir.«

»Das bezweifle ich nicht.«

Während sie auf den Sherry warteten, redete Cross hartnäckig über das warme Wetter, die belebten Straßen und den unerträglichen Gestank vom Fluss. Der Ober kam, und Holdsworth sah dankbar, dass er auch Gebäck mitgebracht hatte. So schnell, wie der erste Schluck Wein warm in seinen Magen floss, schien er ihm auch zu Kopf zu steigen.

Mr. Cross stellte sein Glas ab und zog eine Schnupftabaksdose aus Horn heraus. Er klopfte auf den Deckel, öffnete sie aber nicht.

»Es kann nicht leicht für Sie sein.«

»Wie bitte, Sir?«

»Nein, lassen Sie es mich anders ausdrücken. Bitte verzeihen Sie, wenn ich aufdringlich erscheine, aber ich habe Sie heute Nachmittag beobachtet. Sie ertragen Ihr Unglück mit großer Geduld.«

Holdsworth senkte den Kopf und wunderte sich, was der Mann nach so kurzer Bekanntschaft alles mutmaßte.

Mr. Cross nahm eine Prise Schnupftabak und schloss die Augen. Kurz darauf nieste er so explosionsartig, dass die Gespräche um sie herum erstarben. Er zog ein fleckiges Taschentuch heraus, wischte sich die Tränen aus den Augen und schnäuzte sich. »Bitte glauben Sie mir, ich wollte Sie nicht vor den Kopf stoßen. Sagen Sie, haben Sie zurzeit die Muße, einen Auftrag anzunehmen?«

»Das kommt auf den Auftrag an.«

»Sie haben einen beachtlichen Ruf als Antiquar. Man sagt, Sie kennen den Wert eines Buches.«

Holdsworth schwieg.

»Sie haben zum Beispiel die Mitchell-Bibliothek katalogisiert«, fuhr Mr. Cross fort, »und ihren Verkauf abgewickelt. Sir William war ausgesprochen zufrieden mit dem Ergebnis. Und dann natürlich die Sammlung von Erzdiakon Carter.«

Holdsworth nickte. Cross war gut informiert. Seine Arbeit für Sir William Mitchell war nicht öffentlich bekannt.

Der ältere Mann lockerte seinen Schal. »Dann kann man also mit Fug und Recht behaupten, dass das Katalogisieren und Bewerten solcher Bibliotheken durchaus zu Ihren Kompetenzen gehört?«

»Natürlich.«

»Und sehen Sie sich auch in der Lage, Rat zu erteilen für die Pflege und Erhaltung wertvoller Bücher?«

»Natürlich. Sowohl das Drucken als auch das Buchbinden gehören zu meiner Profession. Verstehe ich es richtig, dass Ihr Angebot das Katalogisieren einer Bibliothek beinhaltet?«

»Es könnte Teil davon sein.«

»Und ist es Ihre eigene Bibliothek, Sir?«

»Sie gehört meiner derzeitigen Arbeitgeberin.«

»Und was genau soll ich für sie tun?«

Mr. Cross schenkte Holdsworth Sherry nach. »Sagt Ihnen der Name Oldershaw etwas, Sir?«

»Der verstorbene Bischof von Rosington?«

»Genau der. Waren Sie mit ihm bekannt?«

»Nein, Sir. Ich hatte nicht die Ehre, ihm zu Diensten zu sein. Ich kenne ihn nur vom Hörensagen. Dann wurde seine Sammlung nicht verkauft?«

»Bisher nicht. Sie gehört nun seiner Witwe. Seine Lordschaft hatte volles Vertrauen in Lady Annes Urteilsvermögen. Ich halte die Sammlung für bedeutend, sowohl was ihren Umfang als auch was ihren Wert betrifft.«

»So sagt man.«

Mr. Cross rieb sich die Bartstoppeln. »Nun, Sir – Sie sagen, Sie können ein solches Angebot annehmen. Soweit ich es beurteilen kann, sind Sie für die Aufgabe gut qualifiziert. Aber natürlich muss Lady Anne die Entscheidung treffen.«

Holdsworth neigte den Kopf. »Natürlich.«

Cross verhalf sich mit umständlichem Getue zu einer weiteren Prise Schnupftabak, dem das gleiche explosive Ritual wie zuvor folgte. Er sah abrupt auf, als merke er, dass Holdsworth ihn musterte. »Dann müssen Sie nur noch Ihrer Ladyschaft Ihre Aufwartung machen.«

»Einen Augenblick, Sir. Warum ist Ihre Wahl auf mich gefallen? Es gibt viele andere, die genauso geeignet für diesen Auftrag sind. Manche würden sagen, sogar besser.«

»Ich fürchte, das kann ich Ihnen nicht sagen«, erwiderte Mr. Cross mit kalkulierter Zweideutigkeit. »Ihre Ladyschaft erwartet Sie morgen Vormittag.«

»Nun gut. Ich nehme an, Ihre Ladyschaft ist in der Stadt?«

»Ja. Ich gebe Ihnen die Adresse.«

Holdsworth nahm einen Schluck Sherry und versuchte, den Keks, an dem er knabberte, nicht hinunterzuschlingen. In der Zwischenzeit holte Cross ein abgegriffenes Notizbuch hervor, riss eine Seite heraus, kritzelte mit einem Bleistift ein paar Worte darauf und schob den Zettel über den Tisch.

»Golden Square Nummer fünfunddreißig«, las Holdsworth laut vor. »Elf Uhr.«

»Das Haus ist auf der Nordseite.« Cross schob seinen Stuhl zurück, erhob sich und winkte dem Kellner. Er wandte sich ab, um die Rechnung zu bezahlen. Auf einmal schien er es eilig zu haben fortzukommen. Er drehte sich wieder zu Holdsworth um und verbeugte sich. »Ich bin Ihnen sehr verbunden, Sir«, flüsterte er. »In der Tat, das bin ich. Ich wünsche Ihnen einen guten Tag.«

Holdsworth erwiderte die Verbeugung und beobachtete, wie der Mann wie ein Schatten durch den gut gefüllten Gastraum huschte und auf die Straße verschwand. Er verspeiste die restlichen beiden Kekse und trank den Sherry aus. Bis jetzt hatte er sich über die Aussicht auf Beschäftigung gefreut. Doch als er das leere Glas wegschob, ging ihm durch den Kopf, dass Mr. Cross' Dankbarkeit vollkommen unangemessen war, angesichts der Vereinbarung, die sie gerade geschlossen hatten. Mehr noch, einen Moment lang war hinter der Contenance des Mannes ein Anflug von Erleichterung erkennbar gewesen.

Am Golden Square saß Lady Anne Oldershaw auf einem niedrigen Fauteuil aus Mahagoni neben dem Marmorkamin im hinteren Salon. Trotz des warmen Tages brannte ein Feuer auf dem Rost. Sie trug Trauer, und wie üblich war ihr Gesicht ganz weiß, ein monochromer Fremdkörper in einer farbenfrohen Welt. Auf ihrem Schoß lag ein aufgeschlagenes Buch, an einem Tisch am Fenster flickte ihre Zofe Weißwäsche. Lady Anne war als Braut hergekommen, denn das Haus und sein Inhalt gehörten zu ihrer Aussteuer. Seitdem hatte sich in diesem Raum wenig verändert. Die schweren Samtvorhänge waren zu einem staubigen Gelbton verblichen, und an den Wänden sah man blasse Flecken, wo eine Generation von Dienstboten Rußflecken von Kerzen abgerieben hatte.

Elinor Carbury knickste an der Tür. Mit großer Herablassung streckte Lady Anne ihr die Hand entgegen und erlaubte ihr sogar, sie auf die Wange zu küssen.

»Wie gut von Ihnen, den weiten Weg hierherzukommen«, sagte sie, »und noch dazu in einer Postkutsche. Ich werde darauf bestehen, dass Sie in meiner Kutsche zurückreisen. Aber Sie haben es doch hoffentlich nicht eilig?«

»Ich muss am Donnerstag zurückkehren«, antwortete Elinor. »Der Doktor meint, länger kann er mich diesmal nicht entbehren. Er ist im Augenblick nicht ganz er selbst. Das warme Wetter macht ihm zu schaffen.«

Mit der mechanischen Höflichkeit der sehr gut Erzogenen erkundigte Lady Anne sich nach Elinors Reise, dem Wetter und der Gesundheit von Dr. Carbury. Es gab für alles einen richtigen und einen falschen Weg. Lady Anne kannte Elinor, seit sie ein Säugling war, und nach dem Tod ihres Vaters hatte Elinor zuweilen über Monate im Hause Oldershaw gelebt. Lady Anne liebte Elinor wahrscheinlich ebenso sehr, wie sie alle Lebewesen liebte, mit Ausnahme ihres Sohnes; und sie vermisste sie beinahe wie eine Tochter, wenn sie sie längere Zeit nicht sah. Doch Elinor war nicht vom gleichen Stand wie sie, eine Tatsache, die sie nie vergaß.

Schließlich ließen die Dienstboten sie allein, und kurz darauf waren die Förmlichkeiten beendet.

Lady Anne faltete die Hände auf dem Schoß und blickte auf das Feuer. »Haben Sie Neuigkeiten von Frank?«

»Dr. Carbury hat gestern Nachmittag Erkundigungen einziehen lassen, Madam, und ich freue mich, Ihnen sagen zu können, dass es gute Nachrichten gibt. Sein Körper heilt, und er ist viel ruhiger geworden. Dr. Jermyn gab mir einen Brief für Sie mit. Hier ist er.«

Sie reichte ihn Lady Anne, die ihn beiseitelegte und fragte, ob Elinor nach ihrer Reise vielleicht eine Erfrischung wolle. Doch ihr Blick schweifte immer wieder zu dem Brief, sodass Elinor andeutete, dass auch sie gerne wüsste, wie es Mr. Frank ging, und laut fragte, ob Dr. Jermyns Brief wohl mehr Auskunft darüber gab als die naturgemäß kurze mündliche Mitteilung an Dr. Carbury. An dieser Stelle fand Lady Anne ihre Brille, griff nach dem Brief und erbrach das Siegel. Sie überflog schnell den Inhalt und sah auf.

»Dr. Jermyn schreibt, dass Frank sich gut erholt. Aber wir dürfen nicht auf eine schnelle Genesung hoffen.« Sie presste die Lippen aufeinander. »Nun, meine Liebe, das werden wir sehen.«

»Man sagt, Dr. Jermyn sei sehr gut.«

»Zweifellos. Aber trägt nicht Mr. Richardson eine gewisse Verantwortung für das, was geschehen ist? Schließlich ist er Franks Tutor. Ich hoffe, es war nicht unklug von mir, Frank in seine Obhut zu geben. Damals hatte ich Zweifel an der Wahl, doch Frank mochte ihn und setzte sich sehr für ihn ein. Sagen Sie, meine Liebe, hat er irgendetwas gesagt, das Franks Verhalten erklären könnte? Ich frage mich einfach, ob das alles nicht passiert wäre, wenn er besser auf seinen Schüler aufgepasst hätte.«

»Es ist nicht immer leicht für einen Tutor, seine Schützlinge im Auge zu behalten, Madam, insbesondere wenn« – Elinor suchte nach einem passenden Ausdruck für Lady Annes Ohren – »vor allem, wenn es ein Schüler mit so einem entschlossenen Naturell wie Frank ist.«

»Wie wahr. Schon als kleiner Junge übernahm er wie selbstverständlich die Führung«, stimmte Lady Anne ihr zu. »Er ist durch und durch ein Vauden. Aber Frank ist noch jung – er braucht die Führung durch ältere und weisere Köpfe.«

Es klopfte, und ein Diener trat ein. Er meldete, dass Mr. Cross unten sei und bat, auf ein Wort hereinkommen zu dürfen.

»Bitte ihn herauf«, sagte Lady Anne. »Nein, meine Liebe, bleiben Sie«, fügte sie, an Elinor gewandt, hinzu, die sich erhoben hatte. »Ich möchte, dass Sie hören, was Mr. Cross zu sagen hat. Er ist mir bei meinem kleinen Plan behilflich.«

Mr. Cross schlüpfte ins Zimmer und verbeugte sich sehr tief vor Lady Anne und weit weniger tief vor Elinor. Er war der Verwalter der Oldershaws und kannte Lady Anne länger als alle anderen im Haus, da er auf dem Landsitz des Earl of Vauden nahe Lydmouth aufgewachsen und beim dortigen Verwalter in die Lehre gegangen war.

»Nun?«, fragte Lady Anne. »Sie können vor Mrs. Carbury offen reden.«

»Ich habe Mr. Holdsworth getroffen, Mylady. Er wird Ihrer Ladyschaft morgen Vormittag seine Aufwartung machen.«

»Und was haben Sie ihm gesagt?«

»Ich erwähnte lediglich die Möglichkeit, die Sammlung seiner Lordschaft zu bewerten und zu katalogisieren und vielleicht einen Rat hinsichtlich der Erhaltung zu geben. Auch wenn er nie die Ehre hatte, seine Lordschaft kennenzulernen, wusste er natürlich um den Ruf der Sammlung.«

»Aber sonst haben Sie nichts gesagt?«

»Nein, Madam. Ich habe Ihre Anweisungen genau befolgt.« Er räusperte sich. »Er fragte mich allerdings, warum ich ausgerechnet zu ihm gekommen sei. Ich musste zugeben, dass ich es ihm nicht sagen konnte. Ich hoffe, ich habe nichts falsch gemacht.«

»Nein, nein, Mr. Cross«, sagte Lady Anne gnädig. »Wie kam Ihnen der Mann vor?«

»Ich fürchte, er ist in einer schlechten Verfassung, und sein Unglück lastet schwer auf ihm. Aber er ist ohne Zweifel in der Lage, die Bibliothek einzuschätzen – ich habe ausführliche Erkundigungen darüber eingezogen, wie es Ihr Wunsch war, ehe ich ihn angesprochen habe. Der Mann ist jünger, als ich es erwartet hatte. Er ist ein ehrenwerter Mensch – kräftig und gut gebaut.«

»Das spricht für ihn«, sagte Lady Anne. »Bitte fahren Sie fort.«

»Er redete nur wenig, aber das, was er sagte, war sehr sachlich, Madam. Ich würde sagen, er ist klug und ein Mann von Entschlossenheit. Alles in allem war mein erster Eindruck positiv.«

Lady Anne dankte ihm, und der Verwalter zog sich zurück. Als sie wieder allein waren, wandte sie sich an Elinor.

»Sie sehen, meine Liebe, ich habe Ihren Rat befolgt.«

»Liebe Mylady, ich bete, dass der Plan nicht misslingt. Nicht um alles in der Welt würde ich …«

»Dann wollen wir hoffen, dass er gelingt«, unterbrach Lady Anne sie mit plötzlich scharfer Stimme. »Morgen werden wir herausfinden, ob der Verfasser von *Die Anatomie von Geistern* glaubt, dass er auch umsetzen kann, was er predigt.«

4

Geld war vorhanden, aber keine Extravaganz. Ein Geschäftsmann lernte, solche Dinge zu beurteilen. Das Haus am Golden Square war um die Jahrhundertwende neu und modern gewesen, wovon man heute allerdings nichts mehr sah. Aber es strahlte eine Art nüchternen Komfort aus, dachte Holdsworth, den man bei den Häusern der Neureichen oder denen, die von hohen Darlehen lebten, selten fand.

Der Diener führte Holdsworth durch die Halle und einen Vorraum in einen lang gestreckten, schäbigen Raum im hinteren Teil des Hauses. Überall Bücher – in Regalen, die an den Wänden aufgereiht standen, in Stapeln auf Tischen und am Boden, in einem übervollen Schrank am Ende des Raums.

»Mr. Holdsworth, Mylady«, verkündete der Diener.

Lady Anne Oldershaw saß am näher gelegenen der beiden Fenster, ein aufgeschlagenes Buch neben sich auf dem Tisch. Sie bedeutete Holdsworth, näher zu kommen. Sie war klein und dünn, mit Gesichtszügen so scharf und zerbrechlich, als wären sie mit einem Rasiermesser aus Wachs geschnitten. Ihr Alter war schwer zu schätzen – sie konnte vierzig, aber auch siebzig sein. Eine dicke Schicht weiße Schminke bedeckte ihr Gesicht – vielleicht war die Haut darunter durch Pockennarben entstellt, denn das war ein Übel, vor dem weder Reichtum noch Erziehung schützte.

»Mr. Holdsworth«, sagte sie mit trockener, zurückhaltender Stimme. »Ich wünsche Ihnen einen guten Morgen.«

»Madam.« Er verbeugte sich tief. »Ich bin geehrt, Ihrer Ladyschaft zu Diensten zu sein.«

»Noch waren Sie mir nicht zu Diensten. Es wird sich zeigen, ob es dazu kommt.«

»Sehr wohl, Mylady.«

Er wartete darauf, dass sie erklärte, warum er hier war. Sie schwieg und musterte ihn ohne jede Scheu. Nach einer Weile wandte er den Blick ab. *Trotz der vielen Bücher ist es eindeutig nur eine Behelfsbibliothek,* dachte er. Die Bücher waren von jemandem einsortiert worden, der entweder nicht wusste, dass sie zweifellos sehr wertvoll waren, oder dem es egal war. Seine Augen fixierten einen wackeligen Stapel auf einem offenen Sekretär zwischen den Fenstern; so sollte man sie nicht liegen lassen. Ein ähnlicher Stapel befand sich auf dem Tisch dahinter neben einem Sessel …

Es war noch jemand im Raum. Der Sessel vor dem zweiten Fenster stand mit dem Rücken zum Raum. Holdsworth sah die Haube einer Frau über der Lehne, und auf einer der Armlehnen ruhte bewegungslos eine schlanke Hand auf der aufgeschlagenen Seite eines Buches.

Lady Anne schnalzte mit der Zunge. Sie blickte an Holdsworth vorbei zu dem Diener. »Ich läute, wenn ich Sie brauche, James.«

Der Diener verbeugte sich und zog sich leise zurück.

»Von Mr. Cross wissen Sie, dass ich über den Verbleib der Bibliothek meines verstorbenen Mannes mit Ihnen sprechen will«, sagte Lady Anne. »Einiges davon sehen Sie in diesem Raum. Es gibt noch mehr Bücher, aber sie befinden sich noch auf dem Land. Verstehe ich richtig, dass Sie mit der Sammlung vertraut sind?«

»Nur vom Hörensagen, Madam.«

»Ich habe beschlossen, mich eines Großteils der Bibliothek zu entledigen. Aber zuerst möchte ich wissen, was sie enthält, und natürlich, welchen Wert sie hat.«

»Möchten Sie die Bücher einzeln verkaufen oder als …«

»Ich beabsichtige nicht, sie zu *verkaufen*. Und außerdem möchte ich Sie nicht nur wegen der Bücher um Ihren Rat fragen.«

»Ich fürchte, ich verstehe nicht ganz, Madam.«

»Das liegt daran, dass ich es Ihnen noch nicht erklärt habe.« Ein halbe Minute verging quälend langsam, womit sie deutlich zum Ausdruck brachte, dass sie die Geschwindigkeit und die Richtung des Gesprächs bestimmte. »Ich möchte Ihren Rat in Bezug auf Geister.«

»Ich bitte um Entschuldigung, Mylady. Ich habe nicht ganz verstanden, was Sie gesagt haben.«

»Ich glaube, Sie haben mich sehr gut verstanden. Ich möchte Ihren Rat in Bezug auf Geister. Wegen eines bestimmten Geistes.«

Schweigen breitete sich im Raum aus, nur von einem Rascheln unterbrochen, als die Frau im Sessel eine Seite in ihrem Buch umblätterte. Lady Anne sog die Wangen ein, und einen Augenblick lang tauchte in seiner Fantasie ein Schädel statt eines Menschen aus Fleisch und Blut unter einem Spitzenhäubchen vor ihm auf.

»Ich bin gelernter Buchhändler, Madam. Ich bin kein Geisterjäger oder irgendetwas in der Art. Ihre Ladyschaft muss sich woanders umsehen.«

»Da bin ich anderer Meinung. Ich habe Ihr – Ihre Abhandlung gelesen. Sie scheinen ausgesprochen qualifiziert als Ratgeber für dieses Thema zu sein.«

Holdsworth breitete die Hände aus. »Ich habe es aus Zorn geschrieben. Um meine Trauer zu lindern.«

»Das bezweifle ich nicht, Sir. Aber das ist nicht der Punkt. Wie ich hörte, wurde Ihre verstorbene Frau von jemandem bedrängt, der fälschlicherweise behauptete, mit der Welt der Geister in Verbindung zu stehen. Sie haben sich darangemacht, den Betrug aufzudecken, doch Sie taten mehr als das. Sie fanden heraus, dass die Behauptungen jener, die an Geister glauben, haltlos sind. All diese Geschichten können auf gewöhnlichen Aberglauben in den Köpfen der Ungebildeten zurückgeführt werden oder auf Tricks und übles Tun mit den Leichtgläubigen, oft in der Hoffnung auf einen materiellen Vorteil, mit der möglichen Ausnahme, dass eine göttliche Hand im Spiel ist. Das war Ihre Argumentation, die Sie mit großem Nachdruck verfolgt haben.«

»Trotzdem kann ich mich nicht als Autorität bezeichnen.«

»Das müssen Sie nicht.« Jetzt klang sie gelangweilt. »Ich möchte Ihnen einen Vorschlag machen.«

»Die Bibliothek seiner Lordschaft betreffend?«

»Ich habe doch gesagt: Ich wünsche Ihren Rat wegen einer Erscheinung. Einer vermeintlichen Erscheinung. Aber zufällig ist die Angelegenheit untrennbar mit den Büchern seiner Lordschaft und damit, was aus ihnen wird, verbunden. Also biete ich Ihnen zwei Aufträge an. Und wenn Sie einen akzeptieren, müssen Sie den anderen ebenfalls akzeptieren.«

»Madam, ich verstehe nicht, was ich für Sie tun soll.«

»Das ist nichts Geheimnisvolles. Sie haben gezeigt, dass jene, die die Leichtgläubigen mit Geistergeschichten verfolgen, Betrüger sind. Sie haben zwar mit einem besonderen Fall begonnen, das ist richtig, aber dann haben Sie daraus allgemeine Schlüsse gezogen. Die Werkzeuge dieser Menschen für ihre faulen Geschäfte sind Geister, Erscheinungen, Ängste und Aberglauben, doch sie handeln mit Träumen, Mr. Holdsworth, sie handeln mit den Träumen anderer Menschen. Sie haben mit Vernunft gegen ihre bösen Praktiken argumentiert, und Sie haben gezeigt, was sie sind: Fallen, in die sie Narren locken, Schlangen, die die Furchtsamen erdrücken. Sie sind nichts anderes als Blutsauger, und ihre Beute ist der Kummer der Unschuldigen. Sie haben all das klar wie den Tag gemacht.«

»Gutes hat es mir nicht gebracht. Und auch sonst niemandem.«

Er fing eine Bewegung am Rand seines Blickfelds auf. Die Frau am anderen Fenster hatte sich im Sessel umgedreht und sah ihn an. Kurz nahm er ein längliches Gesicht wahr, mit schweren, dunklen Brauen über den Augen und einer Haube, unter der einige Haare hervorschauten.

»Es ist Ihnen einmal gelungen«, sagte Lady Anne. »Es wird Ihnen wieder gelingen. Ich bin nicht kleinlich, denn ich habe einen besonderen Grund, gerade Sie auszuwählen. Und die Bibliothek des Bischofs erfordert viel Arbeit. Ich biete Ihnen die Chance, sich zu verbessern, während Sie mir einen sehr materiellen Dienst erweisen. Darüber hinaus helfen Sie damit vielleicht, eine Seele vor der Verzweiflung, wenn nicht sogar vor dem Verderben zu retten. Eigeninteresse und Ihre Pflicht als Christ werden Ihnen sicherlich die gleiche Richtung weisen?«

Er schwieg. Die Schminke verlieh ihrem Gesicht ein kreideartiges Weiß, dem Tod ähnlich. Maria hatte am Ende eine solche Gesichtsfarbe gehabt, wenn auch ohne das Zutun von Schminke. Er fragte sich, woher Lady Anne so viel über ihn wusste. Er fragte sich noch dringlicher, was, um Himmels willen, sie wirklich von ihm wollte.

Sie trommelte mit den Fingern auf den Tisch. »Nun, Sir?«

»Madam, ich … ich bin unentschlossen.«

»Es ist eine einfache Entscheidung, Mr. Holdsworth.«

»Aber es gibt so vieles, was ich nicht verstehe.«

»Dann werde ich versuchen, Sie aufzuklären.« Lady Anne verstummte. Sie wandte den Kopf ab und sah aus dem Fenster, das auf einen schmalen, von hohen Mauern umgebenen Hof hinausging. Rußbefleckte Sträucher säumten einen Kiesweg, der den Hof teilte. »Lassen Sie uns zuerst über die Bibliothek sprechen. Kennen Sie das Jerusalem-College?«

»Jerusalem?« Einen Augenblick lang glaubte er, sich verhört zu haben. »Äh – meinen Sie das College in Cambridge, Madam?«

»Genau das.« Sie schaute ihn wieder an. »Meine Familie hat eine Verbindung zum College. Tatsächlich war einer meiner Vorfahren der Gründer, und der Bischof hat dort einst gelehrt. Deswegen überlege ich, dem College seine Bücher zu schenken. Aber bevor ich mich entscheide, möchte ich um den gegenwärtigen Zustand der dortigen Bibliothek wissen. Ich werde die Sammlung meines Mannes nicht in unwerte Hände geben.«

»Wünscht Ihre Ladyschaft, dass ich in Ihrem Namen nach Cambridge reise?«

Sie ignorierte die Frage. »Und dann wäre da noch die Londoner Sammlung, die katalogisiert und geschätzt werden muss, ehe ich meine Entscheidung treffe. Vielleicht entschließe ich mich, einige Bücher hierzubehalten. Ja, ein Teil der Sammlung ist für eine College-Bibliothek vielleicht gar nicht geeignet.«

Holdsworth hielt das durchaus für wahrscheinlich. Er hatte die Bibliotheken zu vieler Männer gesehen, von Lebenden und Toten, als dass ihn ihr Inhalt noch überraschen könnte. Die Bibliothek eines Mannes war wie seine Gedanken: Manche waren tatsächlich nicht geeignet für junge Männer auf der Universität oder, so gesehen, für seine trauernde Witwe oder die vaterlosen Kinder.

»Und es gibt noch einen Grund«, fuhr Lady Anne fort, »warum ich wünsche, dass Sie nach Cambridge fahren. Es hat mit meinem Sohn Frank zu tun. Er besucht seit letztem Jahr das Jerusalem-College. Es geht ihm nicht gut. Ich möchte, dass Sie herausfinden, was zu seiner schlechten Gesundheit geführt hat, und ihn nach Hause bringen.«

»Madam, ich bin weder Arzt noch Krankenschwester.« Er fragte sich, wann sie auf den Geist zu sprechen kommen würde. »Ich fürchte, ich muss zumindest diesen Teil des Angebots ablehnen, denn für Ihren Sohn kann ich nicht von irdischem Nutzen sein.«

»Irdischem Nutzen?«, wiederholte sie, zog die Lippen in ihrem weißen Gesicht zurück und enthüllte einen glänzenden, rosigen Gaumen mit drei gelblichen Zähnen. »Irdischem Nutzen?«, sagte sie noch einmal. »Manch einer würde sagen, es ist nicht das, was gebraucht wird. Mr. Holdsworth, mein Sohn ist nicht stark. Sein Körper ist zwar robust, aber sein Geist – hier liegt seine Schwäche. Zurzeit befindet er sich in der Obhut eines Arztes in Barnwell, einem Dorf in der Nähe von Cambridge. Ich werde offen zu Ihnen sprechen, doch zuerst muss ich von Ihnen verlangen, dass Sie das, was ich sagen werde, vertraulich behandeln und niemandem außerhalb dieser vier Wände davon berichten.«

Holdsworths Blick wanderte unbeabsichtigt zu der jüngeren Frau am anderen Fenster. »Ihr Vertrauen ehrt mich sehr, Madam, und Sie dürfen sich darauf verlassen, dass ich es nicht missbrauchen werde.«

Lady Anne schwieg. Holdsworth lauschte auf seine eigenen Atemzüge, die ihm plötzlich unnatürlich laut vorkamen. Der Sessel der jüngeren Dame knarrte.

»Kurzum, mein Sohn glaubt, einen Geist gesehen zu haben«, sagte Lady Anne abrupt. Sie funkelte ihn an, als erwarte sie, dass er ihrer Behauptung widerspreche. »Er ist ein leicht zu beeindruckender junger Mann, und dieses unselige Missverständnis, das mit ziemlicher Sicherheit durch jugendlichen Übermut und zu viel Wein verschlimmert wurde, ist der Grund für seinen derzeitigen Gesundheitszustand. Jetzt werden Sie wissen wollen, warum Ihr Können für mich so interessant ist. Ich glaube, dass mein Sohn nicht verrückt ist. Sie werden für mich seine Behauptung, eine Erscheinung gesehen zu haben, hinterfragen. Sie werden ihm zeigen, dass es eine Täuschung war. Ich glaube, das kann der erste Schritt zu seiner Genesung sein. Es ist in der Tat möglich, dass das alles ist, was er braucht.«

Lady Anne hielt inne und blickte stur geradeaus. Eine verwirrende Erfahrung, so als hätte sie sich auf einmal in eine Statue verwandelt.

»Eine Täuschung, Madam? Geschah es durch ein Zusammentreffen zufälliger Ereignisse? Oder war« – und hier zögerte er, an die arme Maria denkend – »war eine andere Person beteiligt, sodass man Absicht vermuten kann?«

»Das kann ich nicht sagen. Vieles liegt im Dunkeln. Solange Sie die Wahrheit herausfinden und sie der Welt beweisen können, hat es nichts zu bedeuten.«

»Junge Männer auf der Universität spielen einander oft dumme Streiche.«

»Eine Tat mit so bösen Folgen kann man nicht mehr als dummen Streich bezeichnen. Ich bin überzeugt, dass Bosheit dahintersteckt, wenn es einen Plan gab.«

»Hatte der Geist einen Namen, Madam?«, fragte Holdsworth.

»Mein Sohn ist überzeugt, dass er der verstorbenen Frau eines Bekannten, einem Mr. Whichcote, begegnet ist. Möglicherweise sind die Umstände ihres Todes für die Angelegenheit relevant. Wenn nötig, werden Sie auch das untersuchen.«

»Es gibt keine Erfolgsgarantie. Nicht für einen Auftrag dieser Art.«

»Aber Sie werden erfolgreich sein. Und wenn Sie es sind, werde ich Ihnen die Summe leihen, die Sie benötigen, um etwaige Schulden zu bezahlen, und zwar zu durchaus großzügigen Bedingungen. Des Weiteren werde ich Mr. Cross anweisen, Ihnen ein Honorar für Ihre Arbeit zu zahlen sowie für Ihre Auslagen, ganz gleich, ob sie mit meinem Sohn oder mit dem Katalogisieren und der Verwendung der Bibliothek meines verstorbenen Mannes zu tun haben.«

»Die Freundlichkeit Ihrer Ladyschaft ist überwältigend«, sagte Holdsworth. »Aber ich habe noch nicht entschieden, ob …«

Sie hob eine kleine Hand. »Warten Sie eine Minute, Sir. Ich möchte, dass Sie sich erst entscheiden, wenn Sie alles wissen, was Sie in Cambridge erwartet. Es zu verschweigen könnte ich mit meinem Gewissen nicht vereinbaren. Seien Sie so gut und läuten Sie die Glocke.«

Er tat wie ihm geheißen. Kurz darauf trat der Diener ein.

»Bitten Sie Mr. Cross hereinzukommen.«

Der Dienstbote zog sich so stumm zurück, wie er gekommen war. Holdsworth hörte eine Bewegung am anderen Ende des Raums. Die Dame am Fenster hatte schließlich ihren Lehnstuhl verlassen und kam auf ihn zu. Sie war beinahe so groß wie er, schlicht gekleidet und sehr beherrscht. Sie hatte ein dünnes Gesicht mit herben Zügen, das man kaum schön nennen konnte. Doch sie war unbestreitbar außergewöhnlich.

Lady Anne lächelte ihr zu. »Nun, Elinor?«

»Ich möchte selbst sehen, wie es Mr. Cross geht. Und außerdem sollte ich mich vielleicht Mr. Holdsworth vorstellen. Schließlich ist es durchaus möglich, dass wir uns wiedersehen.«

Lady Anne nickte. »Elinor, darf ich Ihnen Mr. Holdsworth vorstellen? Und das, Mr. Holdsworth, ist Mrs. Carbury, meine Patentochter.«

Er verbeugte sich tief. Sie knickste beinahe unmerklich und musterte ihn, als wolle sie seinen Wert in Pfund, Schilling und Pence abwägen. Ihre Augen waren blau, das Weiß sehr hell und rein, und von langen dunklen Wimpern umrahmt. *Ihre Augen und ihre makellose Haut sind wahrscheinlich ihre größten Vorzüge,* dachte Holdsworth. Irgendetwas an ihr kam ihm vertraut vor. Doch es war ausgeschlossen, dass er sie kannte.

»Wenn Sie nach Cambridge gehen«, sagte Lady Anne zu ihm, »werden Sie Mrs. Carbury öfter sehen. Ihr Mann ist der Rektor von Jerusalem.«

Es klopfte an der Tür, und Mr. Cross betrat den Raum. Er trug denselben braunen Mantel und denselben Schal wie beim ersten Mal, und seine rechte Hand war voller Tintenflecke, als hätte Lady Anne ihn direkt vom Schreibtisch holen lassen.

»Ich habe Mr. Holdsworth meinen Vorschlag unterbreitet«,

berichtete Lady Anne ihm. »Jedenfalls in groben Zügen. Ich kann jedoch guten Gewissens nicht zulassen, dass er in dieser Angelegenheit tätig wird, ohne ihm zu zeigen, warum er gut beraten wäre, mit Vorsicht zu handeln, wenn er jede – jede Unannehmlichkeit vermeiden möchte.«

Mr. Cross warf Holdsworth einen Blick zu, dann sah er wieder Lady Anne an. »Wie ich bereits sagte, Mr. Holdsworth ist kräftig«, bemerkte er flüsternd. »Das spricht für ihn.«

»In der Tat. Bitte entfernen Sie Ihren Schal.«

Mrs. Carbury trat einen Schritt näher.

Mr. Cross entknotete den Schal, ließ ihn auseinanderfallen und befreite seinen Hals.

Holdsworth starrte unbeweglich auf das, was dort enthüllt wurde. Mrs. Carbury seufzte.

»Mr. Cross hat nichts dagegen, wenn Sie es näher betrachten«, sagte Lady Anne zu ihm. »Natürlich sehen diese Dinge schlimmer aus, wenn sie zu heilen beginnen.«

Holdsworth trat näher zu dem kleinen Mann und schaute auf seinen Hals hinunter. Mr. Cross bewegte den Kopf zuvorkommend hierhin und dorthin. Auf der Haut über dem Adamsapfel befand sich ein kreisrunder geschwollener, bläulich roter Bluterguss. Cross schluckte und verzog das Gesicht, als bereite ihm sogar diese Bewegung Unwohlsein.

»Sie müssen wachsam sein, wenn Sie meinen Sohn besuchen«, sagte Lady Anne. »Er hat versucht, Mr. Cross zu erwürgen.«

5

Als Holdsworth an diesem Morgen das Haus am Golden Square verließ, wusste er nicht, ob er Lady Annes Angebot annehmen würde. Die Erinnerung an Elinor Carburys Gesicht ließ ihn nicht los. Langsam wanderte er in Richtung Fluss. Erst als er den *Strand* erreichte, wurde ihm klar, dass Mrs. Carbury ihn irgendwie an Maria erinnerte, auch wenn ihm nicht erklärlich war, warum. Maria war hellhäutig und von kleiner Statur gewesen, wohingegen Mrs. Carbury dunkel und groß war. Aber die beiden Frauen ähnelten einander und hatten die gleiche Art, Menschen sehr direkt anzusehen.

Der *Strand* war voller lärmender, geschäftiger Menschen. Holdsworth ging langsam in Richtung Innenstadt. Nach allem, was er erlebt hatte, war er sehr müde. Am Ludgate Hill war er gezwungen stehen zu bleiben, weil drei Sänften und ihre Träger ineinander verkeilt waren; die Sänften schwankten gefährlich, ihre Träger fluchten, die Insassen hämmerten gegen die Scheiben, und einer schrie sogar. Über den Radau hinweg hörte er hinter sich jemanden seinen Namen sagen. Als er sich umdrehte, stand Mrs. Farmer hinter ihm, an jedem Arm einen Einkaufskorb. Ihr Gesicht war gerötet und glänzte.

»Madam – einen guten Tag.« Holdsworth versuchte, sich zu verbeugen, doch die Menschenmenge machte es schwierig.

»Ich habe Sie heute Morgen gesucht«, sagte sie, »aber Sie haben sich aus dem Haus geschlichen, noch ehe ich wach war.«

»Ich bin es gewohnt, früh aufzustehen. Darf ich Sie von den Körben befreien?«

Sie drückte sie ihm in die Hand. »Ich möchte mit Ihnen sprechen, Mr. Holdsworth. Hier geht es nicht. Lassen Sie uns die Straße überqueren – ich bin auf dem Heimweg.«

Sie bahnte sich einen Weg zwischen einem stehenden Wagen und einer Kutsche hindurch und erreichte unversehrt die andere Straßenseite. Die Natur hatte sie klein und breit und mit einer Hakennase sowie einem winzigen Kinn ausgestattet. Mit ein bisschen Hilfe von Ned war sie jetzt noch breiter, denn sie trug ihr erstes Kind unter dem Herzen, das in ungefähr einem Monat zur Welt kommen sollte. Holdsworth folgte ihr und staunte, wie die Frau sicher und schnurgerade die Menge der Passanten durchschritt, die sich auf wundersame Weise vor ihr teilte wie das Rote Meer. Mit Holdsworth im Schlepptau lief sie in Richtung Newbridge Street. Sie durchkreuzte seine Pläne – er wollte eigentlich in die Leadenhall Street.

Als sie das Bridewell Hospital erreichten, blieb Mrs. Farmer so abrupt stehen, dass Holdsworth beinahe mit ihr zusammengestoßen wäre. »Haben Sie Mr. Farmer heute gesehen, Sir?«

»Ja – das habe ich.«

»Und hatte er Gelegenheit, zu erwähnen, dass wir bald Ihr Zimmer brauchen werden?«

»Nein, Madam.«

»Wir bedauern beide, dass es notwendig ist«, sagte sie leichthin. »Aber wenn das Kind geboren ist, müssen wir irgendwo die Kinderschwester unterbringen. Und Sie möchten doch bestimmt auch lieber eine bequemere Bleibe finden.«

Holdsworth fragte nicht, wo oder für wen es bequemer sein sollte. Stattdessen lauschte er dem klagenden Klappern der Tretmühlen und blickte durch das Tor des Krankenhauses auf eine Gruppe Landstreicher, die im Schutz der Arkaden Hanf zupften. Einer von ihnen wollte er nicht werden. Und er wollte auch nicht ins Armenhaus.

»Sie werden schnell etwas finden«, versicherte Mrs. Farmer ihm oder eher sich selbst. »Ich bin mir sicher, dass Mr. Farmer Ihnen hilft, so gut er kann; das heißt, innerhalb seiner begrenzten Möglichkeiten, obwohl er im Moment natürlich auch nicht viel hat. Aber vielleicht gibt es ja etwas in der Leadenhall Street.«

Er senkte den Kopf. Ein Eckchen in einem Keller vielleicht

oder die Bank in der Werkstatt, wo er seinen Karren unterstellte. Möglicherweise hatte Mrs. Farmer ja sogar bedacht, dass er dort von Nutzen sein konnte; ein Nachtwächter, der keinen Lohn forderte.

Sie überquerten die Blackfriars Bridge und bogen in die Bankside ein. Beide schwiegen. Das Haus mit den Goat Stairs dahinter kam in Sicht. Er fixierte die abgetretenen Steinplatten unter seinen Füßen, um nicht zu der Treppe schauen zu müssen, an deren Fuß das Wasser rauschte und gegen die Stufen schlug. Möwen flogen neben ihm auf, in einem unregelmäßigen Rhythmus mit den Flügeln schlagend. Auf dem Boden sah er Kopf und Schwanz eines toten Fisches inmitten seiner eigenen Innereien liegen. Über ihm kreisten die wild kreischenden Vögel und warteten darauf, zu den Überresten des Fisches zurückzukehren. Sie wirbelten durch die Luft wie verkohlte Papierfetzen über einem Lagerfeuer.

Möwen fraßen alles. Er hatte zugesehen, wie man Männer und Frauen mit herausgepickten Augen und zerfressenen Gesichtern aus dem Wasser gezogen hatte. Zum Glück war Maria so schnell gefunden worden, nur ein paar Schritte flussabwärts war ihr Körper an einem Tau hängen geblieben, sonst hätte sie das gleiche Schicksal erlitten. Auf einmal erkannte er schlagartig, dass er hier nicht länger sein wollte. Er wollte nicht am Fluss leben. Und er wollte auch nicht in der Leadenhall Street leben. Er würde kein Geist seiner eigenen Vergangenheit werden.

»Was ist?«, fragte Mrs. Farmer, denn wenn sie wollte, hörte sie sehr gut, und er hatte die letzten Worte vor sich hin gemurmelt.

»Nichts, Madam.«

Kurz darauf betraten sie die kühle Diele des Hauses an der Bankside. Holdsworth stellte die Körbe auf dem Küchentisch ab.

»Ich möchte nicht ungastlich sein, Sir«, sagte Mrs. Farmer, die Hände auf ihrem großen Bauch.

»Sie sind die Freundlichkeit selbst«, sagte Holdsworth und sah sie an, bis sie den Blick abwandte.

Der Hügel lag in der Nähe der Westmauer. Die Erde war nicht mehr frisch, nicht mehr so erschreckend nackt wie eine eiternde Wunde. Die Natur hatte sie mit einem Netz aus Unkraut und Gras überzogen. Die hölzerne Markierung war verschoben, und Holdsworth hatte sich nicht die Mühe gemacht, sie aufzurichten. Ruprechtskraut wuchs um den Hügel herum wie ein grüner Kragen. Maria hatte Pflanzen gemocht, hatte sie gerne wachsen sehen. Sie hatte versucht, in dem dunklen, feuchten Hof hinter dem Haus Pflanzen in Töpfen zu ziehen, doch das Experiment war kein Erfolg gewesen.

Wenn der Steinmetz in der Queen Street sein Werk vollendet und Holdsworth ihn bezahlt hatte, gab es wenigstens einen anständigen Grabstein. Der Stein wartete schon im Hof. Wenn Holdsworth den Rest nicht bezahlen konnte, würde er bald eine andere Inschrift haben. Aber zurzeit hatte er nicht einmal das Geld für ein gutes Essen und ein neues Hemd.

In der Anfangszeit hatte er gefürchtet, das Grab ausgeraubt vorzufinden, wenn er kam. Er hatte kein Vertrauen in den Friedhofswärter, und die Mauern um den Begräbnisplatz waren an mehreren Stellen marode. Nichts hatte bisher die Leichenschänder daran hindern können, ihr grausiges Werk zu vollbringen. Vor einigen Wochen war Holdsworth einer alten Frau begegnet, die am leeren Grab ihres verstorbenen Mannes untröstlich weinte.

Als Holdsworth durch das Tor an der Red Cross Street auf die Straße trat, sah er eine bekannte Gestalt an einem Holzgestell lehnen und sich die Fingernägel mit einem Taschenmesser reinigen.

»John«, sagte Ned Farmer. »Ich dachte mir doch, dass ich dich hier treffe.«

»Du hättest dir die Mühe sparen und mich zu Hause treffen können.«

Farmer schob seine Perücke und den Hut zurück und kratzte sich am Kopf. »Ich wollte nicht zu Hause mit dir sprechen.«

»Dann lass uns zusammen zurückgehen und sprechen, worüber du willst.«

Farmer hakte ihn unter, und sie machten sich in Richtung Fluss auf den Weg. »Als Erstes soll ich dich zum Abendessen einladen.«

Holdsworth warf ihm einen Blick von der Seite zu. »Ich möchte nicht aufdringlich sein.«

»Mrs. Farmer akzeptiert kein Nein. Es ist alles arrangiert. Vor kaum zwanzig Minuten habe ich Sal mit unserem Essen kommen sehen, und in diesem Moment bereitet sie es zu. Köstliche Kalbskoteletts, in ein Kohlblatt gewickelt, mit ausgesprochen schmackhaft aussehenden Speckstreifen als Beilage. Du darfst uns nicht enttäuschen.«

Er schaute so ängstlich drein, dass Holdsworth die Einladung annahm. Für gewöhnlich aß er nicht mit seinen Gastgebern – Mrs. Farmer hatte zu verstehen gegeben, dass er während seines Aufenthalts in ihrem Haus kein Mitglied ihres Haushalts war.

»Ich bin geehrt«, sagte Ned, als wäre er der Gast. »Und, John, – ich weiß, Betsy wirkt manchmal ein wenig unwirsch, aber in Wahrheit ist sie eine gute Frau und will nur unser Bestes.«

»In der Tat, das will sie.«

»Sie ist vernünftig, und … und sie ist wunderbar fromm. Manchmal denke ich, sie ist fast ein bisschen zu streng mit sich selbst, und das Teuflische daran ist, dass diese Strenge hin und wieder auf ihren Umgang mit anderen abfärbt. Doch es hilft nichts, John, und, wie gesagt, sie meint es nur gut.«

Holdsworth berührte seinen Arm. »Schon gut. Ich bin felsenfest überzeugt, dass Mrs. Farmer eine bewundernswerte Frau ist. Und ich kann gar nicht mit Worten ausdrücken, wie dankbar ich euch beiden dafür bin, dass ihr mir so lange Unterschlupf gewährt habt.«

Ned schritt kräftig aus. Er war ein guter Mensch, und Holdsworth rechnete es Mrs. Farmer hoch an, dass sie das erkannt hatte. Doch sie hatte auch erkannt, dass Ned formbar war, jemand, aus dem sie etwas machen konnte. Sie hatte nicht nur Geld mit in die Verbindung gebracht, sondern auch Entschlossenheit und Zielstrebigkeit.

»Ich wünschte, ich könnte mehr tun«, platzte Ned heraus. »Das weißt du. Doch unter uns, was kann ich tun? Du bist steif wie eine Ritterrüstung. Mrs. Farmer hingegen – nun, sie prüft jeden Abend die Bücher, weißt du. Sie zählt jeden Penny. Bei Gott, sie ist als Geschäftsmann besser, als ich es je sein werde.«

Holdsworth sagte, das bezweifle er nicht, woraufhin beide lachten.

»Na also«, sagte Ned. »So ist es besser. Ich hab dich eine Ewigkeit nicht lachen sehen. Hat sich deine Stimmung gebessert? Hat dieser kleine Affenmann dir einen Auftrag angeboten?«

»Hat er. Ich glaube, er ist so etwas wie ein Geschäftsmann. Ein Verwalter vielleicht. Wie auch immer, er handelt im Auftrag von Lady Anne Oldershaw.«

»Die Witwe des verstorbenen Bischofs? Ah – langsam fange ich an zu verstehen.«

»Nicht ganz, glaube ich. Ihre Ladyschaft hat mich gebeten, die Sammlung des Bischofs zu katalogisieren und zu schätzen. Aber dann stellte sich heraus, dass die Bibliothek nicht der einzige Grund war, warum sie mich hat kommen lassen. Sie möchte, dass ich als ihr Abgesandter nach Cambridge fahre. Sie denkt darüber nach, einen Teil oder alle Bücher dem dortigen Jerusalem-College zu vermachen.«

»Fabelhaft. Du bist genau der Richtige für diese Aufgabe. Und es wird dir für Wochen, ja vielleicht Monate Arbeit geben.«

Sie kamen zur Maid Lane, wo mehr Menschen waren und der Lärm zunahm. Beide schwiegen, bis sie die Straße überquert hatten und eine Abkürzung zur Bankside nahmen. Die Gasse war so schmal, dass sie hintereinandergehen mussten.

»Es gibt noch einen anderen Grund, warum sie möchte, dass ich nach Cambridge fahre«, sagte Holdsworth über seine Schulter hinweg. »Ihre Ladyschaft wünscht, dass ich einen Geist erlege.«

»Wie bitte? Machst du Witze?«

Holdsworth blieb stehen und wandte sich um. »Das ist die reine Wahrheit. Sie hat mein kleines Buch gelesen und ist davon überzeugt, dass ich genau der Richtige für die Geisterjagd bin.«

»Du nimmst mich auf den Arm.«

»Ich versichere dir, das tue ich nicht. Pass auf.« Holdsworth hob gerade noch rechtzeitig den Arm, um zu verhindern, dass Farmer in ein hübsches Häufchen menschlicher Exkremente trat, das mitten auf dem Weg lag. »Sie hat einen Sohn auf der Universität, der überzeugt ist, einen Geist gesehen zu haben.«

Sie traten aus der stinkenden kleinen Gasse in die vergleichsweise reine Luft an der Bankside. Holdsworth schaute flussaufwärts zu den Goat Stairs. Die Möwen kreischten immer noch. Diesmal hatten sie es auf etwas im Wasser abgesehen.

»Wirst du fahren?«, fragte Farmer.

»Ich bin unentschlossen. Die Bücher interessieren die Mutter natürlich nicht die Bohne. Sie sorgt sich nur um den Jungen.«

Farmer grunzte. »Sie hat Geld. Und ist sie nicht eine geborene Vauden? Das bedeutet, sie gehört zu denen, die nicht nur Geld haben.«

»Wenn der Junge einen Anfall hat, wird er gewalttätig«, sagte Holdsworth. »Er hat versucht, den Affenmann zu erwürgen. Ich habe die Verletzungen gesehen.«

»Ah. Das klingt nicht so gut.«

»Aller Wahrscheinlichkeit nach werde ich gar nichts ausrichten können. In dem Fall erwartet mich nur Ärger von der Mutter.«

Farmer legte Holdsworth eine Hand auf den Arm. »Wer ist das da drüben?«

Er zeigte auf einen großen, einfach gekleideten Mann, etwa dreißig Schritte vor ihnen. Er klopfte an die Tür der Farmers. Gerade als Sal öffnete, erreichten Farmer und Holdsworth das Haus. Der Fremde hörte ihre Schritte und drehte sich um. Es war der Diener vom Golden Square. Er hielt Holdsworth einen Brief entgegen.

»Ihre Ladyschaft wünscht, dass ich auf die Antwort warte, Sir.«

Holdsworth erbrach das Siegel und faltete den Brief auf.

Sir,

Ihre Ladyschaft hofft, dass Sie am Freitag nach Cambridge reisen können. Es wird alles für Sie arrangiert werden. Bitte kommen Sie morgen um elf Uhr zum Golden Square, um die Sammlung Seiner Lordschaft in Augenschein zu nehmen und weitere Instruktionen von Ihrer Ladyschaft entgegenzunehmen. Sie hat mich angewiesen, fünf Pfund beizulegen, um Ihre Auslagen zu decken. Bitte quittieren Sie auf beigefügtem Papier den Erhalt des Geldes und händigen es dem Überbringer aus.

Ihr ergebener und gehorsamer Diener,
L. Cross

Mrs. Farmer kam herbei, um nachzusehen, was da draußen vor sich ging. Sie beäugte neugierig den Geldschein. Ihr Gesicht wirkte weicher, ja beinahe mädchenhaft. *Die Macht des Geldes,* dachte Holdsworth, *der wahre Stein der Weisen, die Macht, Träume zu verwirklichen.*

Ein Stück weiter flogen die Möwen auf, eine wütende, zeternde Schar, deren Kreischen immer lauter und wilder wurde. Gab es in Cambridge Möwen? Bestimmt nicht so viele, bestimmt waren sie nicht so räuberisch wie diese hier.

Holdsworth reichte Ned den Brief und ging ins Haus. Er betrat den kleinen Salon. Hier hatten Maria und ihre Freundinnen gebetet und geklagt und mit den Geistern gesprochen. Auf dem Tisch am Fenster fand er Tinte und Feder und kritzelte seinen Namen unter das Dokument. Er bestreute das Papier mit Sand, faltete es zusammen und kehrte zu dem wartenden Diener zurück. Ihm war ein wenig schwindelig, so als hätte er ein volles Glas Rum getrunken.

Der Diener verbeugte sich und ging. Mrs. Farmer und Sal zogen sich in die Küche zurück, wo das Abendessen beinahe fertig war. Es war ein schöner Abend, und Holdsworth und Farmer verweilten am Fluss. Holdsworth beobachtete die Möwen, die jetzt friedlicher waren, aber immer noch bei den Goat Stairs über dem Wasser kreisten und sich hinunterstürzten. Er fühlte sich innerlich so ruhig wie seit Monaten nicht.

»Also«, sagte Farmer. »Sie hatte bereits beschlossen, dass du fahren sollst, so ist es. Das Glücksrad wendet sich, wie?«

Holdsworth klopfte auf die Hosentasche, in der der Geldschein steckte. »Es ist Bestechung.«

»Sehr geschickt ausgeführt. Nicht dass das für ein Geldgeschenk nötig wäre.«

»Ich werde gleich morgen früh zum Steinmetz gehen«, sagte Holdsworth.

»Wegen des Grabsteins? Aber das hätte doch sicherlich noch ein wenig Zeit.«

»Der Mann will zwanzig Schilling und Sixpence. Ich werde noch genug übrig haben.«

»Ich meine trotzdem, dass es noch warten könnte.«

»Nein, ich muss es für Maria tun, das ist das Mindeste. Ich schulde ihr einen kleinen Grabstein.« Er zögerte, den Blick immer noch flussabwärts auf die Goat Stairs gerichtet. »Dann lässt sie mich vielleicht in Frieden.«

Ned runzelte die Stirn. »Du bist heute Abend aber seltsam. Was soll das denn jetzt heißen?«

Holdsworth machte eine ausschweifende Armbewegung in Richtung Fluss und die Stadt dahinter. »Manchmal fühle ich mich – nun, nicht verfolgt, natürlich nicht, nein, das nicht. Aber mein Verstand spielt mir Streiche, nur für einen kurzen Moment, nicht einmal für ein Augenzwinkern. Ich glaube, die Rundung ihrer Schulter auf der anderen Straßenseite zu sehen, ich höre ihre Stimme in der Menge, oder – oder – nun, sogar ein Kind weinen.« Er beobachtete, wie zwei Lehrlinge gegen den Strom ruderten, und dachte an die schwarze, zähe Masse, die aus dem Grab, das Maria mit Georgie teilte, aufstieg, um ihn zu verschlingen. Leise sagte er: »Vielleicht löst der Grabstein die Angelegenheit.«

»Das ist die Trauer«, sagte Ned. »Nichts anderes. Es ist die natürliche Konsequenz einer übersteigerten Fantasie, die durch Schwermut noch verstärkt wird …«

»Hör auf, mich zu langweilen. Gib mir lieber einen Rat. Soll ich mir morgen früh ein Hemd kaufen? Einen neuen Hut? Schließlich besuche ich Menschen, die Qualität schätzen. Ich muss mich rasieren lassen – mir die Haare schneiden lassen. Mrs. Farmer und Sal werden von meinem Glanz geblendet sein.«

Farmer schüttelte den Kopf. »Du musst vorsichtig sein.«

»Du bist ja auf einmal so ernst.«

»Geld macht es zu einer ernsten Sache. Ihre Ladyschaft hat dir bereits viel gegeben, ehe du auch nur einen Finger für sie krumm gemacht hast. Sie wird eine Gegenleistung erwarten. Das tun die Reichen immer.«

Holdsworth lächelte ihn an. »Deswegen sind sie reich.«

6

Am Donnerstag frühstückte Elinor Carbury allein. Lady Anne schlief lange und kam selten vor dem späten Vormittag herunter. Die Kutsche war für halb zwölf bestellt. Elinor würde weitaus komfortabler nach Cambridge zurückreisen als in einem öffentlichen Wagen, und die Fahrt war zwei oder drei Stunden kürzer.

Nach dem Frühstück hatte sie eine kurze Unterhaltung mit Lady Anne, deren Stimmung nicht gerade die beste war, weil Elinor nicht noch einen Tag länger bleiben wollte.

Auf dem Weg nach unten ging sie in ihr Zimmer, wo ihre Magd packte. Susan war ein plumpes, dunkelhaariges Mädchen mit braunen Augen und dicken Fesseln. Sie strahlte ihre Herrin an.

»Kann ich etwas für Sie tun, Madam? Irgendetwas?«

»Versuch, diesmal nicht die Seide zu zerdrücken.«

Das Mädchen strahlte unvermindert weiter. Für gewöhnlich neigte Susan dazu, mürrisch zu sein, doch seit Elinor ihr vor einigen Monaten einen abgelegten Umhang geschenkt hatte, war die Magd wie umgewandelt, lächelte nur noch und umschmeichelte sie ständig, wohl in der Hoffnung auf weitere Geschenke. Um ihrer vorauseilenden Dankbarkeit zu entgehen, floh Elinor in den Saal mit den Büchern des Bischofs. Sie setzte sich in den Sessel am Fenster und griff nach dem Band, in dem sie am Tag zuvor gelesen hatte. Es war Lady Annes Ausgabe von Mr. Holdsworths *Die Anatomie von Geistern*. Lady Anne hatte es auf Elinors Empfehlung hin gekauft, als das Unglück Frank traf. Als Elinor jetzt das erste Kapitel noch einmal las, galt ihre besondere Aufmerksamkeit dem unglücklichen Fall, den Mr. Holdsworth dort sehr detailliert beschrieb, da dieser seine Neugier hinsichtlich des Phänomens geweckt hatte. Er schrieb, dass »eine Dame aus seinem Bekanntenkreis« dem üblen Betrug aufgesessen war, nachdem sie kurz zuvor ihr einziges Kind durch einen tragischen Unfall verloren hatte.

Kurz vor elf hörte sie, worauf sie gewartet hatte – ein Klopfen an der Haustür, gefolgt vom Klang der rauen Stimme des Hausdieners, als er den Besucher einließ. Der Diener, James, führte Mr. Holdsworth in den Raum. Elinor legte das Buch auf das nächstbeste Regal und erhob sich.

»Madam«, sagte er mit einer Verbeugung. »Ich bitte um Entschuldigung. Ich werde ein andermal …«

»Bitte bleiben Sie, Sir. Ich hatte gehofft, mit Ihnen sprechen zu können, ehe ich abreise. Sagen Sie, bedeutet Ihr Kommen, dass Sie sich entschlossen haben, nach Cambridge zu fahren?«

»Ja, Madam.«

»Es wird keine leichte Aufgabe sein.«

»Ich befürchte, dass es schwierig werden kann.«

Sie sah ihn an, spürte einen Anflug von Dreistigkeit in seinen Worten. »In diesem Fall möchte ich Sie auf etwas anderes hinweisen, was Ihnen möglicherweise bei Ihrer neuen Aufgabe hilft.«

Holdsworth verbeugte sich erneut, sagte aber nichts. *Der Mann ist steif und stolz*, entschied sie spontan bei sich. *Und schlicht, ja beinahe hässlich.* Doch sie wünschte, er wäre nicht so groß. Das verschaffte ihm einen unfairen Vorteil. Es half nichts: Sie musste mit dem vorliebnehmen, was sich bot.

»Ich möchte Ihnen einige Informationen zukommen lassen, ehe Sie fahren.«

»Dann bin ich Ihnen sehr verbunden, Madam.«

Sie sah ihn stirnrunzelnd an, abermals unsicher, ob in der Antwort eine Unverschämtheit lag. »Es betrifft die Dame, deren Geist Mr. Oldershaw glaubt gesehen zu haben.«

»Mrs. Whichcote?«

»Ja. Sie starb plötzlich im Februar.«

Elinor schaute aus dem Fenster. Die Scheibe schien voller Schlieren, als regnete es. Das Fensterbrett war mit Rußflecken übersät.

»Wie ist die Dame gestorben?«, fragte Holdsworth.

Sie wandte ihm den Blick zu. »Mrs. Whichcote ist ertrunken. Sie wurde im Langen Weiher im Jerusalem-College gefunden.«

»Ertrunken?« Für den Bruchteil einer Sekunde fiel sein Gesicht in sich zusammen, als hätte eine unsichtbare Faust seine Züge zerdrückt. »*Ertrunken?* Ist sie hineingefallen?«

»Man sagt, dass sie in der Dunkelheit gestolpert sein muss.«

»Aber Sie möchten, dass ich das nicht glaube?«

»Nein, Sir. Doch manche sagen auch – nun, es hat nichts zu bedeuten –, es gibt immer Menschen, die es noch schlimmer machen wollen.«

»Und die sagen, dass es ein Selbstmord war?«

Sie nickte.

»Ich vermute, sie nehmen das eine als Beweis für das andere.«

»Wie bitte?«

»Sie glauben, die Tatsache, dass Mrs. Whichcotes Geist gesehen wurde, bekräftigt den Verdacht des Selbstmords. Und umgekehrt – weil sie Selbstmord begangen hat, geht ihr Geist auf Wanderschaft. Es ist eine von diesen Spekulationen, die sich im Kreise drehen und jedem Gegenargument trotzen.«

»Mrs. Whichcotes Name sagt den meisten Menschen wenig oder gar nichts«, sagte Elinor leise. »Ich möchte nicht, dass er noch mehr Aufmerksamkeit bekommt.«

Er wollte ein Detail wissen. »Sie sagen, es war dunkel – um welche Zeit ist der Unfall passiert?«

»In der Nacht. Wir kennen die genaue Stunde nicht. Der Fäkalienmann hat sie am Morgen gefunden.«

»Aber was hat sie um diese Zeit in einem College getan? Es ist doch sicherlich nicht üblich, dass Damen mitten in der Nacht allein und ungeschützt in Collegegärten spazieren gehen?«

Elinor spürte, wie sie rot wurde. »Anscheinend litt Mrs. Whichcote gelegentlich unter Anfällen von Schlafwandeln. Sie hat mich am Tag oft im Haus des Rektors besucht und hatte einen eigenen Schlüssel zum Garten des Rektors. Für uns war es angenehm, dass sie kommen und gehen konnte, wann sie wollte, ohne durch das College gehen zu müssen.«

»Dann glauben Sie also, dass sie schlafwandelte? Dass sie im Schlaf beabsichtigte, Ihnen einen Besuch abzustatten?«

»Es erscheint mir die wahrscheinlichste Erklärung. Den Leichenbeschauer hat sie zufriedengestellt.«

Nach einer Pause sagte Holdsworth: »Ihrer Ladyschaft ist ihr Sohn sehr wichtig.«

»Jetzt, da sie Witwe ist, liegt er ihr sehr am Herzen. Er ist ihr einziges lebendes Kind.«

»Warum fährt sie dann nicht selbst hin, um ihm zu helfen?«

»Ihre Gesundheit erlaubt es ihr nicht zu reisen«, erklärte Elinor. »Sie ist gestürzt – seither muss sie wie ein Kleinkind überallhin getragen werden. Heute ist sie erschöpft nach der Anstrengung gestern.«

»Es überrascht mich, dass sie sich in dieser Angelegenheit nicht völlig auf Sie verlässt. Sie schätzt ganz eindeutig Ihre Meinung. Sie sind bereits in Cambridge. Sie kennen ihren Sohn.«

»Sie vergessen, Sir, ich bin nur eine Frau. Lady Anne hat strikte Ansichten über die Rechte und Pflichten der Geschlechter.«

»Aber in dem Fall könnte Mylady die Sache doch in die Hände von Dr. Carbury geben? Und bestimmt gibt es einige Herren, die für so einen delikaten Auftrag genauso gut qualifiziert wären, einschließlich Mr. Franks Tutor.«

»Sie hat entschieden, dass das keine Lösung ist – sie zieht es vor, Sie zu schicken.«

»Weil sie mich bezahlen kann?«

Elinor sah ihn einen Moment lang stumm an. Dann sagte sie: »Und weil Sie etwas über das Thema Geister wissen. Darf ich Ihnen jetzt eine Frage stellen?«

Er neigte zustimmend den Kopf.

»Ich möchte nicht in Ihre privaten Angelegenheiten eindringen. Und vielleicht möchten Sie nicht antworten. Ganz wie Sie wollen. Aber bitte glauben Sie mir, ich frage nicht aus Neugier – ich habe einen Grund. Mr. Cross berichtete, dass Sie vor Kurzem Ihre Frau verloren haben und dass man allgemein glaubt, sie sei die unbekannte Dame, deren Fall Sie so einfühlend in Ihrem Buch beschreiben – die Dame, deren unschuldige Gutgläubigkeit mit einem so schrecklichen Ergebnis ausgenutzt wurde.«

Er nickte, sagte aber nichts.

»Ich wünschte von ganzem Herzen, dass es nicht so gewesen wäre. Und der Geist …?«

»Soll der unseres Sohnes gewesen sein.« Er starrte sie an. »Doch darum geht es nicht. Ich bin hier, um Mr. Frank Oldershaw zu helfen.« Er schaute sich im Raum um. »Und um die Bücher zu inspizieren.«

»Aber genau darum geht es, Sir. Geister, ob echt oder eingebildet, haben für gewöhnlich eine Identität, und schon das allein ist von Bedeutung.«

»Ich verstehe nicht, worauf Sie hinauswollen.«

»Ich hoffe, es verletzt Sie nicht, wenn ich offen spreche. So wie Ihr Geist für Sie wichtig war, ist es dieser für mich. Ich wünsche nicht, dass Mrs. Whichcotes Ansehen noch weiter in den Schmutz gezogen wird.«

»Ihr Mitgefühl ehrt Sie, Madam. Ich versichere Ihnen, ich werde meine Nachforschungen so diskret wie nur möglich anstellen.«

»Der Tod einer geheimnisvollen Frau durch einen geheimnisvollen Unfall erregt an sich noch nicht das Interesse der Welt. Außer …« Sie brach ab, und ein Seufzer entschlüpfte ihr. »Ich glaube, Sie verstehen mich. Zum Glück hat sich das Gerücht von einem Selbstmord noch nicht bis zu den Zeitungen in Cambridge oder gar in London herumgesprochen. Dr. Carbury hat all seinen Einfluss geltend gemacht, ebenso der Vizekanzler. Die dumme Geistergeschichte hat sich auch noch nicht verbreitet. Aber wenn sie ruchbar wird …«

»Selbstmord und ein Geist? Eine Dame mitten in der Nacht allein in einem College in Cambridge unterwegs? Und natürlich Mr. Frank Oldershaw.« Beim Reden hatte er die einzelnen Punkte einen nach dem anderen an den Fingern der rechten Hand aufgezählt. »Ja, Sie haben recht. Diese Kombination würde im ganzen Land für Gerede sorgen. Innerhalb einer Woche würde man sie für einen Penny in jeder Schenke als Ballade hören können.«

»Mrs. Whichcote hat genug gelitten. Bitte glauben Sie mir. Ich bitte Sie um Ihr Wohlwollen, Sir, mehr nicht – Ihre Hilfe, den guten Ruf einer Dame zu bewahren.«

»Madam«, sagte Holdsworth auf einmal mit barscher Stimme. »Ihre Ladyschaft hat meine Dienste angeheuert. Ein Mann kann nicht zwei Herren dienen.«

Sie winkte ab. Am liebsten hätte sie ihn geohrfeigt. »Ich fordere Sie nicht auf, das Vertrauen Ihrer Arbeitgeberin zu missbrauchen. Sie sollen nicht für mich arbeiten.«

»Darf ich fragen, warum der Ruf dieser Dame Ihnen so am Herzen liegt?«

»Weil Mrs. Whichcote meine Freundin war.« Sie gab ihrer Stimme bewusst Festigkeit, denn sonst hätte sie gezittert. »Ich ignoriere die Bande der Freundschaft nicht leichtfertig. Warum sollten wir erlauben, dass der Tod sie zerreißt?«

Um kurz nach eins betrat der Diener mit einem Tablett die Bibliothek, auf dem eine leichte Mahlzeit, bestehend aus Brot, Käse und einem kleinen Bier, angerichtet war. Außerdem überbrachte er einen Gruß von Mr. Cross, der hoffte, dass Mr. Holdsworth ihm die Ehre gab, später am Nachmittag mit ihm zu speisen. Um vier Uhr erschien der Diener erneut und führte Holdsworth in einen kleinen dunklen Raum, der als Büro eingerichtet war.

Mr. Cross stand an seinem Schreibtisch und addierte Zahlenkolonnen. Er trug immer noch einen Schal um den Hals, machte aber einen glücklicheren Eindruck als zuvor. Er nahm die Brille ab, begrüßte Holdsworth munter und sagte, sie würden gleich speisen. Während sie aßen, ging Mr. Cross systematisch die Arrangements für Holdsworths Reise und seinen Aufenthalt in Cambridge durch.

»Wie schade, dass Sie nicht schon heute mit Mrs. Carbury nach Cambridge reisen konnten«, bemerkte er. »Oder dass sie nicht auf Sie warten konnte. Aber wie ich hörte, hatte sie es eilig zurückzukehren.«

Für Holdsworth war ein Platz in der Postkutsche reserviert, die vom Green Dragon in der Bishopsgate Street abfuhr. In Cambridge angekommen, sollte er das Jerusalem-College aufsuchen, wo er im Rektorat bei den Carburys wohnen würde.

»Vergessen Sie nicht, Sie sind als Lady Annes Abgesandter dort«, sagte Cross mit seiner leisen, heiseren Stimme. »Sie sind dort, um die Bibliothek des Colleges in Augenschein zu nehmen, doch niemand wird überrascht sein, wenn Sie den armen Mr. Frank in Barnwell besuchen, um im Namen seiner Mutter zu schauen, wie es ihm geht. Ich habe hier einen Brief für Mr. Richardson – er ist Dekan am College und nicht nur der Bibliothekar dort, sondern auch Mr. Franks Tutor. Ihre Ladyschaft hat ihn gebeten, Ihnen mit allem, was in seiner Macht steht, behilflich zu sein.«

»Kennt er den vollen Umfang meines Auftrags?«

»Außer den Carburys weiß niemand, dass Sie damit betraut sind, das angebliche Erscheinen von Mrs. Whichcotes Geist zu untersuchen.«

»Dieser Geist«, sagte Holdsworth. »Was genau ist geschehen?«

»Ich fürchte, ich kenne die Details nicht. Sie müssen sich damit an Dr. Carbury wenden. Und vielleicht sogar an Mrs. Carbury.«

Mr. Cross erläuterte weiter, dass Lady Anne regelmäßige Berichte von ihm erwarte. Wenn die Umstände es nicht anders erforderten, sollte Holdsworth nicht länger als zwei Wochen in Cambridge bleiben. Und er sollte mit Mr. Frank zurückkehren.

»Ihre Ladyschaft hat den mütterlichen Wunsch, ihren Sohn

bei sich zu haben«, murmelte Mr. Cross. »Und sie hofft natürlich, dass sich sein Gesundheitszustand bis dahin deutlich gebessert hat.«

»Und wenn dem nicht so ist?«

Mr. Cross schüttelte leicht den Kopf. »Ich bin ganz sicher, dass es so sein wird. Lady Anne hat vollstes Vertrauen …«

Er wechselte schnell das Thema und wurde beinahe fröhlich, als es um Geld ging. Er überreichte Holdsworth fünfzehn Pfund im Voraus für seine Auslagen und gab ihm einen Brief an einen Rechtsanwalt in der St. John's Lane mit, den Holdsworth aufsuchen konnte, wenn er weitere finanzielle Mittel benötigte. An diesem Punkt machte Mr. Cross ein sehr ernstes Gesicht und sagte, dass Ihre Ladyschaft eine detaillierte Aufstellung seiner Ausgaben erwarte, und zwar bis auf den letzten Viertelpenny.

Als sich das Mahl dem Ende näherte, wurde Mr. Cross milde und fast vertraulich. »Ich muss zugeben, ich bin nahezu froh, dass ich nicht selbst noch einmal nach Cambridge fahren muss. Mr. Franks Verhalten war ein schrecklicher Schock. Ich bin nicht mehr so jung, wie ich einmal war.«

»Gab es denn keinen Anlass dafür?«

»Ich konnte keinen erkennen. Ich habe nur gesagt, dass ich gekommen bin, um ihn nach Hause zu Ihrer Ladyschaft zu bringen, und dass bald alles wieder gut werden würde. Und da hat er einen Aufschrei getan und ist auf mich losgegangen. Ich habe den jungen Mann schon früher in Leidenschaft geraten sehen – die meisten jungen Männer sind so –, aber nicht in so einem Maße. Es ist mir sehr nahegegangen, Sir, wirklich sehr nahe. Als der Junge noch kurze Hosen trug, pflegte ich ihn auf den Knien zu schaukeln.«

»Sie müssen nicht allzu viel darauf geben, Sir. Er ist eindeutig nicht er selbst.«

Mr. Cross schüttelte den Kopf. »Ich weiß nicht, was er jetzt ist. Cambridge hat ihn dazu gemacht. Seit er dort hinging, ist er ein anderer Mensch. Sagen Sie, kennen Sie Cambridge?«

»Ich bin noch nie dort gewesen.«

»Dann seien Sie vorsichtig, Sir«, flüsterte Mr. Cross. »Unsere jungen Männer sollen dort erzogen werden, aber meiner Meinung nach werden sie dort vergiftet. Und Sie müssen in Jerusalem ständig auf der Hut sein. Lady Anne hat zwar großen Einfluss dort, aber sie ist nicht bei allen beliebt.« Er brach plötzlich ab, als merke er, dass er sich auf gefährliches Terrain begab. »Um es anders auszudrücken: Das College muss seine eigenen Interessen schützen, was ganz normal ist.« Er zog seine Uhr hervor. »Aber ich rede zu viel. Bestimmt haben Sie bis morgen früh noch jede Menge zu tun.«

»Was für ein Interesse hat das College an dieser Geschichte? Wie unterscheidet es sich von Lady Annes Interessen?«

»Oh – das.« Mr. Cross stopfte die Uhr wieder in die eine Westentasche und holte seine Schnupftabaksdose aus der anderen. »Nun, sehen Sie, diese Sache – ist gar nicht gut für das College.«

»Weil Ihre Ladyschaft sich gegen sie wenden könnte?«

»Nicht direkt. Obwohl auch das zu bedenken ist. Aber diese Skandale um Mrs. Whichcote und Mr. Frank können dem College in mehr als nur einer Hinsicht schaden. Ein College zieht nicht von heute auf morgen junge wohlhabende Männer von Rang und Namen an. Jerusalem hat Jahre gebraucht, um den Ruf einer begehrten Einrichtung aufzubauen. Natürlich ist es auch eine Modeerscheinung, wie alles. Was über viele Jahre aufgebaut wurde, kann in wenigen Tagen vernichtet sein. Nein, Sir, wenn Sie in Jerusalem sind, dürfen Sie niemals vergessen, dass es für viele Herren dort um mehr geht als um solche Kleinigkeiten wie einen Geist, einen Selbstmord und einen unglückseligen jungen Mann: Es geht auch um viel Geld.«

7

Am Freitag, dem 26. Mai saß Elinor, nachdem sie, wie immer, allein gegessen hatte, in ihrem Salon an einem Tisch am Fenster zum Rektoratsgarten. Der Garten war altmodisch angelegt mit Blumenrabatten, Büschen und Bäumen, alles systematisch angeordnet wie ein Regiment auf dem Exerzierplatz. Er wurde weitestgehend vom Langen Weiher begrenzt, hinter dem die anderen Gärten des Colleges lagen.

Vor ihr auf dem Tisch lag Samuel Johnsons Roman *Die Geschichte von Rasselas Prinzen von Abessinien,* den sie schon mehrmals gelesen hatte. An der Tür zur Diele im Erdgeschoss hörte sie ein gedämpftes Klopfen. Sie blätterte um und schien ganz in ihr Buch vertieft, als Susan, ganz zappelig vor Aufregung, Mr. Holdsworth meldete.

Er verbeugte sich an der Tür. Elinor neigte höflich den Kopf. Sie schlug das Buch zu und erhob sich. »Dr. Carbury hatte gehofft, hier sein zu können, um Sie zu begrüßen, Sir, aber leider wurde er fortgerufen. Ich hoffe, Sie hatten eine angenehme Reise.«

»Ja, Madam«, sagte Holdsworth.

»Darf ich Ihnen vielleicht eine Erfrischung anbieten?«

»Nein, danke.«

Weder die Art, wie er sie ansah, noch seine Wortkargheit gefielen ihr. *Er ist ungehobelt wie ein Bär,* entschied sie bei sich. Er musste seine Frau schrecklich eingeschüchtert haben. Die Magd war stehen geblieben und beäugte den Besucher mit unverhohlener Neugier. Elinor schickte sie hinaus.

»Ich nehme an, Mr. Cross hat Ihnen alles gesagt, was Sie wissen müssen«, sagte sie, als sie allein waren. »Dann …«

»Ich wünschte, dem wäre so.«

»Sir? Sie belieben zu scherzen?«

»Nein, Madam, ich sage nur die Wahrheit. Mr. Cross hat mir zum Beispiel wenig über Mr. Oldershaws Begegnung mit dem Geist erzählt. Als ich nachfragte, verwies er mich an Sie und Dr. Carbury.«

Sie bot ihm einen Stuhl an, nicht zuletzt, um Zeit und die Kontrolle über das Gespräch zu gewinnen. Sie kehrte zu ihrem Platz am Tisch zurück und sah ihn ernst an. »Dazu gibt es wenig zu sagen. Mr. Oldershaw war vorher schon niedergeschlagen, warum, weiß ich nicht. An dem Abend, als er – was auch immer – sah, hatte er eine ganze Menge Wein getrunken, und sein Lohndiener sagt, er habe auch eine Dosis Laudanum genommen, ehe er schlafen ging.«

»Sein Lohndiener?«

»Ein Lohndiener ist eine Art Hauspersonal, das wir hier an der Universität haben – sie arbeiten nur für jene Studenten, die sich ihre exorbitanten Lohnforderungen leisten können.«

»Ist er ein zuverlässiger Zeuge?«

»Ich kenne den Mann nicht. Sein Name ist Mulgrave. Dr. Carbury sagt, er lässt sich nichts vormachen und führt ein anständiges Leben. Als Mulgrave Mr. Oldershaw an jenem Abend verließ, glaubte er, dass er schlief. Der Rest ist Spekulation, bis der Pförtner, der in der Nacht Wache hatte, in der Nähe des Langen Weihers großes Geschrei und Geplansche hörte. Wenn Sie möchten, können Sie die Stelle von hier aus sehen.«

Er trat zu ihr ans Fenster. Der altmodische lange Aufschlag seines schäbigen schwarzen Mantels streifte ihre Schulter.

»Sehen Sie das Wasser, Sir?«, fragte sie. »Und die große Platane am Ufer dort hinten? Da hat man ihn gefunden. Er hat gejammert wie ein Baby.«

»Um welche Uhrzeit war das?«

»Um kurz nach zwei. Der Pförtner betätigte die Alarmglocke und zog Mr. Oldershaw aus dem Wasser. Er fiel in Ohnmacht, und wir glaubten in der Tat einige Stunden lang, dass er es nicht überleben würde, denn er war bis auf die Knochen ausgekühlt. Als er nach Sonnenaufgang erwachte, war er nicht mehr bei Verstand und stammelte nur etwas von Geistern.« Sie hielt inne. »Oder, um genau zu sein, von Mrs. Whichcotes Geist. Nach ein oder zwei Tagen wurde deutlich, dass er seinen Verstand nicht wiedergefunden hatte, obwohl er sich körperlich erholt hatte. Dr. Carbury setzte sich mit Lady Anne in Verbindung, und sie ordnete an, ihn zu Dr. Jermyn zu bringen.«

»Sagen Sie, Madam, warum …«

Ein Klopfen an der Tür unterbrach sie. Susan meldete Mr. Richardson. Elinor hoffte, dass ihr Gesicht ihre Verärgerung nicht verriet. Ein kleiner, schlanker Geistlicher kam auf sie zu, ergriff die Hand, die sie ihm reichte, und verbeugte sich tief.

»Zu Ihren Diensten, Madam«, sagte er mit leiser Stimme. »Ich bitte tausendmal um Entschuldigung – ich wusste nicht, dass Sie Besuch haben.«

»Ich fürchte, der Doktor ist nach dem Essen ausgegangen, Sir«, sagte sie. »Ich glaube, er wollte im Trinity College vorbeischauen.«

»Nicht weiter schlimm. Ich sehe ihn wahrscheinlich später noch.«

Elinor wandte sich zu Holdsworth um. »Ich bitte um Verzeihung, Sir. Darf ich Ihnen Mr. Richardson vorstellen? Und dies, Sir, ist Mr. Holdsworth, der heute aus London eingetroffen ist.«

Die beiden Männer verbeugten sich voreinander. Richardson war um die fünfzig, ein gut aussehender Mann mit weltmännischen Manieren. Er hatte regelmäßige, feine Gesichtszüge und helle Augen wie Glassplitter.

»Mr. Richardson ist unser Dekan«, erläuterte Elinor, während sie Platz nahmen. »Wie Dr. Carbury sagt, gibt es nur wenige an dieser Universität, die seinem breit gefächerten Wissen und seinem messerscharfen Verstand gewachsen sind.«

»Der Rektor ist zu freundlich«, antwortete Richardson. »Aber vielleicht klingt mein Ruf in den Ohren eines Fremden glorreicher, als er ist.« Er lächelte Holdsworth an. »Ich fürchte, dass die Gelehrten an dieser Universität von so geringer Zahl sind, dass die Arbeit derer, die bleiben, von einem Glanz überstrahlt wird, den sie nicht unbedingt verdient haben. Und Sie müssen der Abgesandte von Lady Anne sein, Sir. Dr. Carbury sagte mir, dass Sie heute oder morgen eintreffen werden.«

Holdsworth verbeugte sich erneut. Er holte sein Notizbuch hervor und nahm einen Brief heraus. »Ihre Ladyschaft hat mich gebeten, Ihnen dies zu geben, Sir.«

Richardson dankte ihm ein wenig zu herzlich. Er ließ den Brief ungeöffnet in seine Tasche gleiten und wandte sich wieder an Elinor. »Und Sie sind natürlich gerade erst von einem Besuch bei Lady Anne zurückgekehrt, wie ich höre. Ich hoffe, Ihrer Ladyschaft geht es besser?«

»Es geht ihr nicht schlechter.«

»Ich bin erfreut, das zu hören. Und, Mr. Holdsworth, Sie müssen mir die Ehre geben und einmal mit mir speisen, während Sie hier sind. Wo wohnen Sie?«

»Nun – hier natürlich«, sagte Elinor und hoffte, dass damit beiden Männern klar war, wem Holdsworths Loyalität gelten sollte.

»Dann ist Mr. Holdsworth in der Tat ein Glückspilz.« Mr. Richardson wandte sich wieder an Holdsworth. »Das College ist ein reiner Hort der Männlichkeit. Aber das Haus des Rektors …« – er verbeugte sich in Richtung Elinor – »ist dank dieser reizenden Dame eine Oase der Weiblichkeit geworden. Doch ich hoffe, da Sie gekommen sind, um die Bibliothek zu begutachten, dass ich Ihnen von Nutzen sein kann. Sind Sie auch Wissenschaftler?«

»Nein, Sir«, sagte Holdsworth. »Ich war Drucker und Buchhändler.«

»Dann interessiert es mich besonders, wie Sie unsere Sammlung beurteilen«, antwortete Richardson geschmeidig. »Ich habe erst vor Kurzem die Leitung der Bibliothek übernommen. Sie ist seit mindestens einer Generation sträflich vernachlässigt worden. Alles in allem ist unser Bestand nicht so, wie ich es mir wünschen würde.« Er lächelte Holdsworth wieder an. »Sie können sich darauf verlassen, Sir, ich werde Sie sehr gründlich zu dem Thema befragen.«

Elinor fragte, ob sie Tee wünschten. Mr. Richardson lehnte mit der Begründung ab, er habe einem Kollegen versprochen, vor dem Abendessen seine Notizen für einen Vortrag durchzusehen, und verabschiedete sich mit einer erneuten Entschuldigung für die Störung. An der Tür wandte er sich um, wippte ein wenig auf den Fußballen und verbeugte sich noch einmal.

»Nun, Sir«, sagte Elinor zu Holdsworth, als sie wieder allein waren. »Was halten Sie von Mr. Richardson?«

»Ich kann mir nicht vorstellen, dass das irgendwie von Bedeutung ist.«

»Er ist nur gekommen, um Sie in Augenschein zu nehmen.«

»Ich dachte, er sei gekommen, um Dr. Carbury zu sehen.«

»Das war eine reine *façon de parler*«, sagte Elinor. »Mr. Richardson wusste, dass er Dr. Carbury später noch treffen würde, und ich bin sicher, er wusste auch, dass der Doktor nicht im College ist. Mr. Richardson weiß immer alles in Jerusalem. Oder fast alles. Er wird auch von Ihrer Ankunft gewusst haben. Daher seine Neugier, Sie zu begutachten.«

»Dann hoffe ich, er war zufrieden mit dem, was er gesehen hat.«

Elinor sagte leise: »Sie müssen vor ihm auf der Hut sein, Sir.«

»Ist er nicht Mr. Oldershaws Tutor?«

»Oh ja – und er kümmerte sich ganz besonders um den Jungen, da er Lady Annes Sohn ist. Doch zu meinem Bedauern muss ich sagen, dass er und Ihre Ladyschaft nicht immer einer Meinung sind.«

»Ich verstehe das alles nicht«, sagte Holdsworth unvermittelt.

»Sie verstehen was nicht?«

»Diesen Ort. Das ganze Gerede über Lehrer, Tutoren und Studenten.«

»Das liegt daran, dass Jerusalem eine eigene kleine Welt ist. Das ist jedes College dieser Universität oder vielleicht nicht nur dieser. Ein College ist eine Welt mit eigenen Gebräuchen und Gesetzen.«

»Für mich könnte es genauso gut eine Welt voller Wilder sein.«

Elinor unterdrückte den wenig damenhaften Wunsch zu lachen und verwandelte den Anflug von Fröhlichkeit in ein Hüsteln. »Mir ging es genauso, als ich hierherkam. Eigentlich sogar schlechter, weil ich eine Frau bin, da ein College ausschließlich für Männer angelegt ist. Es war, als wäre ich auf einer unentdeckten Insel am anderen Ende der Welt gestrandet, nur mit dem glücklichen Umstand, dass die Bewohner Englisch sprechen.«

Er sah überrascht aus. Und dann lächelte er. »Angenommen, auch ich sei auf dieser Insel gestrandet, Madam. Angenommen, auch ich sei ein schiffbrüchiger Seemann, ein Crusoe. Doch habe ich das Glück, Sie an dem Strand vorzufinden, an den die Wellen mich gespült haben; und Sie sind so freundlich und klären mich über den Ort auf, an dem wir uns befinden.«

Holdsworths Lächeln traf sie überraschend nach seinem bisherigen mürrischen, beinahe flegelhaften Benehmen.

»Als Erstes müssen Sie davon ausgehen, Sir, dass Jerusalem eine Art Miniaturland ist. Es wird von einer Handvoll Gentlemen regiert, die, zumindest theoretisch, verpflichtet sind, Gesetzen zu folgen, die vom Gründer des Colleges für sie festgelegt wurden und in den Statuten Jerusalems für immer verankert sind. Jerusalem wurde von einem Vorfahren Lady Annes unter der Regentschaft von Queen Elizabeth gegründet. Wir messen der Familie unseres Gründers viel Bedeutung bei: Sie hat nicht nur einen gewissen Einfluss auf die Auslegung der Statuten, es liegt auch in ihrer Macht, zwei unserer Fellows zu bestimmen, und sie ist die Quelle vieler Wohltaten. Sie sehen also …«

Eine laute, tiefe Stimme sprach undeutlich auf der Treppe. Schritte näherten sich, schleppend und schwer. Einen Augenblick später riss Susan die Tür auf, und ein großer älterer Mann mit einer Figur wie ein Fass betrat den Raum.

»Dr. Carbury!«, rief Elinor aus. »Wie – wie erfreulich. Ich habe nicht gewagt, Sie so früh zu erwarten.«

»Ihr Diener, Madam.« Die Stimme war wie der Mann: Voll, behäbig, tief und eine Spur unsicher. »Ich habe mich, so schnell es ging, losgerissen. Ich wollte das Vergnügen, unseren Gast willkommen zu heißen, nicht aufschieben.«

Es wurde neun Uhr, ehe sie sich zum Abendessen setzten. Der Saal wurde von Kerzen auf den Tischen und an den Wänden erleuchtet, die unruhige und schwankende Lichtinseln in den Schatten kreierten. Die Portraits der verstorbenen Rektoren an den Wänden wirkten durch das flackernde Licht gespenstisch lebendig. Die Galerie über den Bildern am anderen Ende des Raumes war kaum zu erkennen.

Der Tisch der Honoratioren stand auf einem Podest an der

östlichen Seite des Raumes, flankiert von zwei großen Erkerfenstern. Ungefähr zehn oder zwölf Männer waren um den großen Eichentisch versammelt, mit Dr. Carbury, wie es sich gehörte, in der Mitte. Zu Füßen des Podests standen einige lange Tische im Saal. Nur einer davon war besetzt. Er befand sich am hinteren Ende, der Vorratskammer und den Küchen am nächsten. Hier saßen ein Dutzend junge Männer. Sie schlangen das Essen hinunter, als ginge es um ihr Leben.

»Ich hätte erwartet, mehr Studenten zu sehen«, sagte Holdsworth zu Dr. Carbury, der mit einer großen Portion Hammelauflauf kämpfte.

»Wie? Heutzutage essen die meisten in ihren Zimmern oder in denen ihrer Freunde. Die, die Sie da unten sehen, sind die Ärmeren – das heißt, hauptsächlich Stipendiaten, die von der Stiftung unterstützt werden.«

»Es ist eine feine Sache, dass sie die Chance auf ein Fortkommen haben.«

»Wohl wahr. Aber ich wünschte, sie wären nicht so schüchtern und runtergekommen.«

Mr. Richardson, der gegenübersaß, lehnte sich zu ihnen herüber. »Was das betrifft, Dr. Carbury, könnte man das Ganze auch umdrehen. Wenn Sie sich am Tisch umschauen, waren mindestens die Hälfte der Männer, die Sie hier sehen, Stipendiaten, bei uns oder an einem anderen College. Die meisten unserer anderen Studenten überarbeiten sich nicht gerade. Viele machen keinen Abschluss. Deswegen braucht das College seine Stipendiaten so, wie sie uns brauchen. Fast alle unsere Wissenschaftler kommen aus ihren Reihen.«

»Nun, Sir, es ist ganz natürlich, dass vor allem Sie …«

An dieser Stelle brach in dem Hof unterhalb des großen Fensters zu Holdsworths Linken jemand in lautes, betrunkenes Gelächter aus. Dr. Carbury verstummte und warf einen scharfen Blick in Richtung des Lärms.

»Ah«, sagte Richardson ungerührt. »Ich glaube, ich erkenne die fröhliche Stimme von Mr. Archdale. Wenigstens sind unsere Stipendiaten nicht laut. Das müssen Sie zugeben.«

Carbury pickte ein Stück Fleisch aus seinen Zähnen. »Dieser junge Mann wird langsam zum Rüpel.«

»Ich fürchte auch, Rektor Carbury. *Dulce est desipere in loco*.«

Ein großer junger Mann am Ende das Tisches sagte mit unterdrückter Belustigung: »Ich glaube, er hat mit Mr. Whichcote zu Abend gegessen, Sir. Das könnte es diesmal erklären.«

»Ach, wirklich, Mr. Dow?« Carbury blickte ihn über den Tisch hinweg finster an. »Ich nehme nicht an, dass Sie Mr. Archdale in Schutz nehmen wollen? Oder sein Benehmen herunterspielen?«

»Nein, nein, Rektor. Tugendhaftigkeit in Verbindung mit kultivierter Intelligenz muss immer …«

»Verlassen Sie sich darauf, ich werde morgen ein Wörtchen mit Mr. Archdale reden«, unterbrach Richardson sanft. »Ein rechtes Wort zur rechten Zeit, wie man sagt. Schließlich rät auch das ›Rezeptbuch von Horaz‹ nur zu Leichtsinn am rechten Ort, und Mr. Archdale scheint in seinem moralischen Kochbuch die Mischung durcheinandergebracht zu haben.«

Seine geistreiche Bemerkung wurde am Tisch allgemein belacht, doch Holdsworth bemerkte, dass Carbury nicht mit einstimmte. Als die Mahlzeit beendet war, begab sich die Gesellschaft in den Aufenthaltsraum, der unmittelbar hinter dem Podest lag. Zwei Tische waren gedeckt, jeder mit einem Kessel; einer für die Teetrinker und der andere für diejenigen, die Punsch vorzogen. Einige blieben auch beim Wein.

Mr. Richardson gehörte zu den Teetrinkern. Mit einem Lächeln wandte er sich Holdsworth zu und bot ihm den Stuhl zu seiner Linken an. Dr. Carbury wählte den Stuhl am Kopfende des Tisches, die Karaffe in Reichweite. Er lehnte sich vor und setzte zum Sprechen an, als er von lautem Gelächter am anderen Tisch unterbrochen wurde, wo die jüngeren Fellows beisammensaßen.

»Was gibt es?«, fragte Carbury. Seine dicken Lippen waren dunkel verfärbt vom Wein. »Warum machen sie so einen verdammten Radau?«

»Mr. Miskin hat mal wieder eine Wette vorgeschlagen, Dr. Carbury«, antwortete Richardson. »Wir werden zweifellos gleich erfahren, worum es geht.«

Keine fünf Minuten später erschien ein Collegediener an Richardsons Schulter und murmelte, dass Mr. Miskin um Erlaubnis bitte, eine Wette in das Wettbuch eintragen zu dürfen. Richardson gab gnädig seine Zustimmung.

»Die jüngeren Kollegen haben großes Vergnügen mit unserem Wettbuch«, erklärte er Holdsworth. »Und einige der älteren ebenfalls, fürchte ich. Wir werden bald wissen, was es diesmal ist – bevor die Wette offiziell gilt, muss ich ihr zustimmen; und um das zu tun, muss ich das Buch sehen und den Eintrag abzeichnen. Sie müssen wissen, dass ich kraft meines Amtes als Dekan Präsident des Aufenthaltsraumes bin.«

»Wir wollen unseren Gast nicht mit den Einzelheiten unseres gesellschaftlichen Lebens langweilen«, unterbrach Carbury ihn. »Seine Zeit ist zu wertvoll. Mr. Holdsworth, Sir, trinken Sie ein Glas mit mir?«

Holdsworth konnte nicht gut ablehnen. Richardson beobachtete sie, und einen kurzen Moment lang schnellte seine feuchte, rosafarbene Zungenspitze zwischen seinen Lippen hin und her.

»Sie müssen mich wissen lassen, wie ich Ihnen helfen kann«, sagte Carbury, nachdem er sein Glas geleert hatte. »Ich stehe jederzeit zu Ihrer Verfügung.«

»Ja«, sagte Richardson, die Silbe in die Länge ziehend.

»Schließlich ist Mr. Holdsworth auf Geheiß von Lady Anne hier, und ich weiß, dass Sie Ihrer Ladyschaft gerne zu Gefallen sind. Wie wir alle natürlich.«

Die Worte klangen harmlos, doch Carburys Gesicht verfärbte sich tiefrot.

Richardson wandte sich an Holdsworth. »Wann darf ich Ihnen die Bibliothek zeigen, Sir? Morgen Vormittag hätte ich Zeit.«

»Ich fürchte, morgen Vormittag habe ich bereits andere Pläne.« Holdsworth sah, wie ein scharfer, interessierter Ausdruck flüchtig über Richardsons Gesicht huschte, das sich sofort wieder glättete. »Aber wenn Sie nach dem Mittagessen vielleicht eine Stunde Zeit für mich hätten?«

»Nur zu gerne. Um sechs Uhr? Wäre das in Ihrem Sinn? Ich werde auch mit dem Bibliotheksgehilfen sprechen – Sie müssen sich an ihn wenden, wenn Sie während Ihres Aufenthalts Unterstützung brauchen.«

»Um wie viel Uhr essen Sie zu Mittag?«

»Um drei«, antwortete Richardson. »Ich fürchte, wir sind da leider etwas hinterwäldlerisch. Bis vor einigen Jahren aßen wir um ein Uhr wie unsere Väter und Großväter. In Cambridge hält man drei Uhr schändlicherweise für *à la mode*. Werden Sie uns morgen Gesellschaft leisten, Mr. Holdsworth? Ich hoffe es doch.«

»Leider kann ich es nicht mit Sicherheit sagen. Ich bestimme nicht über meine Zeit.«

Der Diener schleppte nun ein Tablett mit Feder und Tinte und einem in Leder gebundenen Buch im Quartformat herbei. Richardson wies den Mann an, es vor ihm auf den Tisch zu legen.

»Dann wollen wir doch einmal sehen, was sie sich diesmal ausgedacht haben.« Er schlug das Buch auf und blätterte durch die Seiten. »Ah – Mr. Miskin wettet mit Mr. Crowley um zwei Flaschen Wein, dass – äh …« Er brach ab und runzelte leicht die Stirn; doch kurz darauf ergriff er die Feder und unterschrieb den Eintrag.

Richardson warf Carbury über den Tisch hinweg einen Blick zu. Er blätterte zu den vorigen Wetteinträgen zurück und drehte das Buch so ins Licht, dass Holdsworth besser darin lesen konnte. »Manche Wetten sind trivial und nur für uns interessant, aber andere berühren Angelegenheiten der Universität oder sogar solche von nationalem Interesse. Sehen Sie? Hier ist eine über Mr. Pitts Veränderungen in der Verwaltung und hier eine andere, die Platane in Herodots Schriften betreffend. Und hier – oje – wettet Mr. Miskin mit Mr. Whichcote, dass er die Fellows dem Gewicht nach aufstellen kann. Mr. Miskin ist einer unserer lebenslustigeren jungen Männer. Ich bedaure, sagen zu müssen, dass wir in dem Fall gezwungen waren, die große Waage für die Vorräte zu holen, um den Sieger zu ermitteln.«

»Mr. Whichcote?«, sagte Holdsworth, den Ahnungslosen spielend. »Der Herr, von dem vorhin die Rede war, der mit Mr. Archdale gespeist hat? Ist er auch Fellow des Colleges?«

»Oh nein. Aber er ist so etwas wie eine Persönlichkeit in Jerusalem. Er kommt oft im Wettbuch vor.«

Richardsons Kopf war dem von Holdsworth sehr nahe. Direkt hinter Richardson auf dem Tisch stand eine Kerze, sodass dessen Gesicht im Schatten lag.

Beiläufig sagte Holdsworth: »Habe ich den Namen schon einmal woanders gehört? Er kommt mir bekannt vor.«

»Gut möglich. Oder Sie sind anderen Mitgliedern der Familie begegnet. Ihr Familiensitz ist in Northumberland. Unser Mr. Whichcote gehört zum Offizierszweig. Er wurde vor ungefähr zehn oder zwölf Jahren als zahlender Student in unserem College aufgenommen, machte aber nie einen Abschluss. Wie so viele unserer jungen Männer war er kein hart arbeitender Mann. Doch er ist in Cambridge geblieben und hat viele Freunde hier.«

Dr. Carbury hätte noch mehr erzählt, aber er bekam einen Hustenanfall. Sofort eilte der Diener herbei und bot ihm ein Glas Wasser an. Carbury trank einen Schluck und scheuchte den Mann weg. Seine Hautfarbe war fleckig geworden, und er schwitzte. Er schob seinen Stuhl zurück und erhob sich.

»Bitte entschuldigen Sie mich«, sagte er zu Holdsworth. »Ich habe noch etwas zu lesen, ehe ich schlafen gehe. Mein Diener wird im Haus auf Sie warten. Wir sehen uns zweifellos beim Frühstück.«

Mit einem allgemeinen »Gute Nacht« eilte Carbury aus dem Raum. Die Unterhaltung wurde, lauter als bisher, fortgesetzt.

Holdsworth blickte auf das Buch auf dem Tisch und blätterte eine Seite vor. Hier stand die Wette, die gerade aufgenommen worden war: *Revd. Mr. Miskin wettet mit Mr. Crowley um zwei Flaschen Wein, dass der Geist vor dem Ende des Semesters nicht mehr erscheinen wird.*

»Das College hat einen Geist?«, fragte er.

»Nein, Sir, wir haben nur eine dumme Geschichte.« Richardson schlug das Buch zu und reichte es dem Diener. »Die Studenten erfinden Geschichten, um sich gegenseitig Angst einzujagen.«

8

Die Gärten von Lambourne House erstreckten sich bis zum Nordufer des Flusses Cam. Der vorherige Besitzer, Mr. Whichcotes Großonkel, hatte den eleganten Pavillon dort erbauen lassen; seine hohen Fenster boten einen schönen Ausblick über das Wasser, das Jesus Green und den Midsummer

Common dahinter. Im Erdgeschoss gab es eine Loggia, auf der man an sonnigen Nachmittagen die frische Luft genießen konnte. Der Pavillon schien weit entfernt von der geschäftigen Innenstadt, obwohl tatsächlich in der einen Richtung die von James Essex erbaute Great Bridge in die Stadt nur wenige hundert Schritte entfernt lag und in der anderen Richtung der Kerker im Torhaus des Schlosses nicht weit war.

Die Hauptwohnung befand sich im ersten Stock und bestand aus einem großen, nach Süden gerichteten Raum, der wie ein doppelter Kubus angelegt war. Mr. Whichcotes Großonkel hatte ihn als Galerie genutzt, um seine Sammlung antiker Statuen auszustellen; außerdem widmete er sich dort während seiner letzten Jahre seiner Hauptbeschäftigung, einer kritischen biographischen Studie über Erzbischof Ussher. Der Raum lag völlig separat, weswegen Philip Whichcote seine Junggesellenfeste normalerweise dort feierte. Manche seiner Besucher wollten diskret kommen und gehen, und für diese zurückhaltenden Seelen empfahl sich die Lage am Fluss, besonders an warmen Tagen.

Am Freitag, dem 26. Mai spielte Whichcote nach dem Essen mit einigen jungen Freunden Karten. Einige kamen aus dem Jerusalem-College, einige aus anderen Colleges. Trotz seiner vornehmen Proportionen zeigte sich der Raum im gnadenlosen Licht des frühen Abends nicht von seiner besten Seite. Nachts war es besser, wenn Kerzenlicht schäbige Vorhänge, ausgefranste, mit Flecken übersäte, türkische Teppiche und vergilbte, feuchtfleckige Wände in versöhnliches Licht tauchte.

Inzwischen waren die meisten Gäste gegangen. Nur Harry Archdale war noch da. Er saß mit seinem Gastgeber am Tisch an einem der Fenster. Er war ein dicklicher junger Mann, mit großen feuchten Lippen und einem kleinen Kinn. Mit dem Erreichen des fünfundzwanzigsten Lebensjahres – falls er es erreichte – würde er die Vollmacht über ein Vermögen erhalten, das schätzungsweise beinahe dreitausend Pfund im Jahr betrug. Er spielte Piquet mit Whichcote und war übermäßig aufgeregt, weil er das letzte Spiel gewonnen hatte. Dies hatte ihn vergessen lassen, dass er nicht nur die fünf Spiele davor, sondern auch die Partie als Ganzes verloren hatte.

Augustus, der kleine Laufbursche, schlüpfte in den Raum und drückte sich an den Wänden entlang, bis er den Stuhl seines Herrn erreicht hatte. Er murmelte in Mr. Whichcotes Ohr, dass Mr. Mulgrave im Haus seine Aufwartung machte.

»Nun, diesmal habe ich Sie erwischt, wie?« Archdale strahlte, schwitzte und wirkte noch dicker als sonst, so als hätte ihn jemand mit Gas aufgepumpt. »Sie können es nicht leugnen – passen Sie lieber auf Ihren Gewinn auf. Noch eine Partie?«

Whichcote lächelte seinen Gast an. »Ich bedauere, aber das müssen wir verschieben. Ich habe eine kleine geschäftliche Angelegenheit zu klären.«

Die Begeisterung schwand aus Archdales Gesicht. »Philip«, sagte er hastig, »ich bin gestern Nachmittag nach Barnwell gefahren und habe versucht, Frank zu besuchen. Aber sie haben mich nicht zu ihm gelassen. Da ist doch alles in Ordnung, oder? Ich dachte, Sie hätten gesagt, er ist auf dem Wege der Besserung.«

»Das ist er in der Tat. Ihr Mitgefühl in allen Ehren, Harry, aber Sie müssen nicht im Geringsten beunruhigt sein. Ich weiß aus absolut zuverlässiger Quelle, dass er exzellente Fortschritte macht. Ja, ich glaube, er kann bald nach London zu seiner Mutter zurückkehren. Sie würden ihn nicht reisen lassen, wenn er nicht bei guter Gesundheit wäre, nicht wahr?«

»Wahrscheinlich nicht. Aber warum ist er so? Ich verstehe es einfach nicht.«

»Es ist ganz einfach. Seine Fantasie ist durcheinandergeraten. Sie haben doch gesehen, wie er an dem Tag war, als Sie mit ihm im *Hoop* zu Mittag gegessen haben? Voller Ängste und Unruhe. Ich habe an jenem Abend mit ihm im College gespeist, und er war so melancholisch, dass man es kaum von Wahnsinn unterscheiden konnte. Armer Knabe, ich kenne so etwas – er hat zu ausschweifend gelebt; manche vertragen es, manche nicht. Frank ist nicht so stark wie Sie, fürchte ich.«

»Ich war schon immer robust.«

»Genau. Aber nicht jeder hat so eine glückliche Konstitution. Franks nervöse Erschöpfung ist nichts Ungewöhnliches. Alles, was er braucht, ist ein wenig Abstand von der Welt. In neun von zehn Fällen ist Ruhe die beste Medizin. Ich habe es oft genug erlebt. Sie dürfen sich darauf verlassen, nach den Sommerferien wird Frank wieder ganz der Alte sein und munter unter uns weilen.«

»Trotzdem wünschte ich, sie hätten mich zu ihm gelassen.«

»Das werden sie bestimmt bald tun.« Whichcote lächelte ihn an. »Nun – sosehr ich wünschte, Sie könnten bleiben, aber sagten Sie nicht, Sie haben Freunde zum Abendessen eingeladen?«

»Abendessen?« Archdale zog seine Uhr heraus, ein hübsch emailliertes französisches Stück. »Guter Gott, ist es schon so spät? Teufel noch mal, ich wollte doch vor dem Essen noch an meinem Aufsatz für Mr. Richardson arbeiten.«

»Ricky wird warten, dessen bin ich sicher.«

»Sie verstehen nicht. Ich will den Aufsatz für die Vauden-Medaille einreichen. Und mein Vormund wünscht, ihn vorher zu sehen. Er wird am Sonntag in Jerusalem speisen, und der Medaille gilt sein besonderes Interesse, weil sein Bruder sie gewonnen hat.«

»Aber das ist doch sicher kein Grund, sich Sorgen zu machen?«

»Wenn ich will, dass er meinen Unterhalt erhöht, dann

schon. Nein, ich muss gehen. Ich muss es wenigstens versuchen. Ich darf keine Zeit mehr verschwenden.«

Whichcote läutete nach Augustus. Archdale schob seinen Stuhl zurück und stand auf. Kaum auf den Beinen, verlor er das Gleichgewicht und war gezwungen, sich am Tisch festzuhalten, wobei er sein Glas umstieß und den Rest Wein verschüttete. Der Laufbursche stützte ihn. Archdale stieß den Arm des Dieners weg.

»Dummer Tollpatsch«, sagte er. »Sieh, was du angerichtet hast.«

Whichcote war durch den Raum zu einem Schreibtisch gegangen. »Sie können ebenso gut gleich unterschreiben«, sagte er. »Dann sind wir beim nächsten Mal quitt.«

Archdale stolperte zum Schreibtisch und kritzelte seine Unterschrift unter einen Schuldschein über vierundsechzig Guineen. Anschließend geleitete Whichcote seinen Besucher zu einem Kahn, der an dem kleinen Steg am Ufer festgebunden war. Augustus folgte ehrfürchtig mit Archdales Barett und seinem Talar. Archdale war ein Fellow-Commoner, er kam aus wohlhabenden Verhältnissen und bezahlte die Collegegebühren aus eigener Tasche, weswegen sein Barett aus Samt und mit einer goldenen Quaste verziert und der Talar üppig mit goldener Spitze gesäumt war. Whichcote und der Laufbursche manövrierten ihn in den schwankenden Kahn.

Fluchend und keuchend ließ sich Archdale auf den Kissen nieder. Breitbeinig und ruckartig wie eine auf dem Rücken liegende Schildkröte sank er zurück. Dass Whichcote ihm vierundsechzig Guineen schuldete, hatte seine Laune wieder gehoben. Er wackelte mit dem Finger in Richtung Whichcote am Ufer. »Ich habe Sie erwischt, wie?«, krähte er. »Lassen Sie uns bald eine neue Partie spielen, und dann bin ich gnadenlos.«

Auf ein Zeichen seines Herrn lenkte Augustus den Kahn aus dem Schlamm und stakte das sperrige Gefährt gekonnt in die Mitte des Flusses. Whichcote hob die Hand zu einem Gruß und ging langsam durch den Garten zum Seiteneingang des Hauses.

Mulgrave saß auf einer Bank in der Diele. Sobald Whichcote die Tür öffnete, sprang der Lohndiener auf und verbeugte sich wegen seiner schiefen Schultern ein wenig ungeschickt. Die beiden Männer kannten sich, seit Whichcote im Alter von siebzehn Jahren nach Cambridge gekommen war.

»Ich dachte, Sie möchten es sofort wissen, Sir«, sagte Mulgrave. »Der Mann, den Ihre Ladyschaft angekündigt hat, ist heute Nachmittag mit der Kutsche gekommen.«

»Wie ist sein Name?«

»Holdsworth. Es heißt, er ist Buchhändler aus London.«

»Ein Buchhändler?«, wiederholte Whichcote belustigt. »Ich hatte einen Arzt oder Anwalt erwartet. Wo wohnt er?«

»Im Haus des Rektors, Sir.«

»Was haben Sie für einen Eindruck von ihm?«

»Von Holdsworth?« Mulgrave sah Whichcote mit einem arglosen Ausdruck an. »Er ist groß. Größer als der arme Mr. Cross und auch jünger. Wie auch immer.« Er machte eine kurze Pause. »Er macht nicht den Eindruck, als ob er oft lächelt.«

An ebendiesem Freitagabend stattete Mr. Philip Whichcote Mrs. Phear einen Besuch ab. Die Dame wohnte auf der Ostseite der Trumpington Street, gegenüber dem Peterhouse College, in einem kleinen Haus mit vier blitzsauberen Fenstern zur Straße hin, einem Oberlicht und einer Laterne über der Tür. Die Türschwelle wurde jeden Morgen von einer hoch aufgeschossenen Magd namens Dorcas gescheuert, einem Lehrmädchen aus dem Armenhaus, das vor Mrs. Phear mehr Angst hatte als vor Gott, dem Allmächtigen, von dem man wenigstens behauptete, er sei gnädig.

Whichcote kam in einer Sänfte. Er entlohnte den Träger

und klopfte mit dem Knauf seines Stocks an die Haustür. Als Dorcas sah, wer da auf der Schwelle stand, knickste sie und trat zurück.

»Madam ist im Salon, Sir.«

Er fand Mrs. Phear mit Nadel und Faden beschäftigt auf einem Stuhl am Fenster sitzend. Von draußen kam zwar noch ein wenig Licht herein, doch auf dem Arbeitstisch brannten zwei Kerzen. Sie stickte seit einigen Wochen an einem kleinen Wandteppich, der die Zerstörung von Sodom oder vielleicht auch Gomorrha – das war eigentlich nicht von Belang – zum Motiv hatte. Der Wandteppich war als Hilfsmittel für den Unterricht in der kleinen Schule des Magdalenenheims gedacht, einer Anstalt für gefallene Mädchen in London. Als Mr. Whichcote gemeldet wurde, legte Mrs. Phear die Stickerei beiseite und schickte sich an aufzustehen.

»Bitte lassen Sie sich nicht stören, Madam«, sagte er vortretend. »Kein Grund zur Förmlichkeit.«

Sie ignorierte ihn jedoch, erhob sich und knickste. Das Spiel perfekt beherrschend, verbeugte er sich lächelnd.

»Mr. Whichcote, ich bin erfreut, Sie zu sehen. Ich hoffe, es geht Ihnen gut.«

Sie verbrachten einige Minuten mit dem »Austausch von vornehmen Höflichkeiten«, wie Mrs. Phear es in ihrer Eigenschaft als Gouvernante bezeichnet hatte. Sie war eine winzige plumpe Frau mit einer Witwenhaube, die tief in ihr schlichtes Gesicht gezogen war. Whichcote kannte sie seit seinem fünften Lebensjahr, als sie die Gouvernante seiner Schwester wurde. Später heiratete sie einen benachbarten Priester, der kurz darauf starb.

Die Magd wurde gerufen, brachte das Teegeschirr und stellte es neben Mrs. Phears Stuhl ab.

»Dorcas«, sagte Mrs. Phear. »Geh in die Küche und putz die Messer. Tu es gleich. Sie haben es dringend nötig.«

Als sie allein waren, öffnete Mrs. Phear die Teedose und löffelte eifrig Tee in die Kanne. Sie rührte die Blätter ins Wasser und blickte in den Strudel schwarzer wirbelnder Punkte. Dann lehnte sie sich zurück und sah Whichcote an. »Nun?«

Whichcote trommelte langsam mit den Fingern auf die Stuhllehne. »Meine Liebe, da sitzen Sie wie die personifizierte Geduld. Ich bin gekommen, um zu fragen, ob für Mittwoch alles geregelt ist.«

»Bitte sprechen Sie leise. Und ja – alles ist geregelt. Ein netter plumper kleiner Vogel. Eine von den Jüngeren.«

Er schwieg dazu und zog nur die Augenbrauen hoch.

»Reif zum Pflücken, das versichere ich Ihnen«, fuhr sie fort. »Und es ist nicht ihr erstes Mal, sie weiß allerdings, wie man es macht, dass es so aussieht. Wer ist es diesmal?«

»Der junge Archdale. Sozusagen auch reif zum Pflücken. Sind Sie sicher, dass sie rechtzeitig hier sein wird?«

»Darüber müssen Sie sich keine Gedanken machen.«

»Aber ich mache mir Gedanken«, sagte er. »Denken Sie daran, was das letzte Mal passiert ist. Natürlich mache ich mir Gedanken.«

»Das letzte Mal hatten wir Pech, mein Lieber«, sagte sie und reichte ihm eine Tasse.

Seine Hand zitterte, und Tee schwappte auf die Untertasse. »Pech? So nennen Sie das also.«

»Woher hätten wir wissen sollen, was geschieht? Was passiert ist, ist passiert. Wenigstens haben wir Tabitha Skinner wieder hierhergebracht, und der Leichenbeschauer hat keine Schwierigkeiten gemacht.«

»Es war die schlimmste Nacht meines Lebens. Erst sie.« Er starrte auf die Stickerei. »Dann Sylvia.«

»Diesmal wird es keine Schwierigkeiten geben. Nicht mit dem Mädchen.«

»Was würde ich nur ohne Sie tun, meine Liebe?«, sagte er säuerlich.

»Mit Ihren Schmeicheleien verschwenden Sie nur Ihre Zeit, mein Lieber.«

Er musste lachen, und sie lächelte ihn an. Dann, wieder ernst, sagte er: »Sie meinen nicht, dass es zu früh für ein weiteres Essen, ein weiteres Treffen ist? Kurz gesagt, ich brauche Bargeld, und das ist außer den Kartenspielen meine einzige Einnahmequelle.«

»Es ist eine private Gesellschaft, Philip, nicht eine Bande Wilder. Und was hat Ihr Club mit Anstand zu tun? Ihre Jungen werden Sie umso mehr bewundern. Sie werden als Freigeist dastehen, als Mann, der sich nicht um armselige Konventionen schert.«

»Ich habe noch ein Problem, das ich Ihnen schildern möchte, Madam.«

»Die kleine Geschichte mit dem Geist?«

Er nickte. »Und – schlimmer als das, viel schlimmer – Frank Oldershaw. Ich fühle mich wie unter einer schwarzen Wolke und erwarte jeden Augenblick, dass der Himmel seine Schleusen öffnet.«

Sie nippte an ihrem Tee. »Hat er seinen Verstand wiedergefunden? Hat er lichte Momente?«

»Nicht dass ich wüsste. Ich sollte es erfahren, wenn es so ist. Aber es gibt eine andere Entwicklung – Ihre Ladyschaft hat einen Mann hergeschickt, der für sie spionieren soll. Er ist heute in Jerusalem eingetroffen.«

»Ah – Ihre Ladyschaft. Sie ist die Wurzel allen Übels, nicht wahr?«

»Nein, Madam«, brauste Whichcote auf. »Die Wurzel ist Sylvia. Wie konnte sie mir das antun? Wie konnte sie, Madam?«

»Ich habe Ihnen damals gesagt, Sie sollen sich lieber eine

andere suchen und nicht die Tochter eines Winkeladvokaten ohne einen Schilling hinter ihrem Namen.«

Whichcote stand auf und wanderte unruhig durch den Raum. »Es ist, als verfolge sie mich, als fände sie Wege, mich zu reizen, selbst jetzt noch. Wissen Sie, dass ich glaubte, sie heute gesehen zu haben? Beim Kuchenbäcker in Petty Cury. Es war natürlich jemand anders, aber …«

»Das ist kindisches Gerede, Philip. Warum setzen Sie sich nicht?«

Er funkelte sie an, doch er setzte sich wieder.

»So ist es besser.« Mrs. Phear lächelte ihm zu. »Ja, wenn es Sie beruhigt, stimme ich Ihnen zu, dass es Sylvias Schuld ist.«

»Das meinte ich eigentlich nicht, ich …«

»Sylvia ist tot, mein Lieber. Das ist der Punkt. Nun müssen Sie von vorn anfangen. Sie sind immer noch jung. Und wenn die lästige Geschichte mit Mr. Frank erledigt ist, müssen Sie vergessen, dass Sylvia je existiert hat.«

9

Die Luft im Aufenthaltsraum war geschwängert von Rauch und Punschdämpfen. Holdsworths Kopf schmerzte, und seine Augenhöhlen fühlten sich an, als wären sie mit feinem Sand gefüllt. Er bat, ihn zu entschuldigen. Sofort erhob sich Richardson und bot an, ihn zu begleiten.

»Vielen Dank, aber ich glaube nicht, dass ich mich verlaufen werde.«

»Da bin ich mir sicher, aber möchten Sie vielleicht ein wenig im Garten spazieren gehen, ehe Sie sich zurückziehen? Ich finde immer, dass frische Luft und gesunde Bewegung den Kopf frei machen und den Schlaf fördern.«

Holdsworth akzeptierte die Einladung. Richardson führte ihn nach draußen in einen Hof, der von Gebäuden mit hell schimmernden Natursteinfassaden umgeben war. Zur Rechten lagen die hohen Erkerfenster des Aufenthaltsraums und der Halle. Richardson deutete mit dem Kopf auf das nähere Fenster. Die Vorhänge waren offen, und die Männer, die sie gerade verlassen hatten, saßen in kameradschaftlicher Runde an den beiden Tischen.

»Im Großen und Ganzen ist es ein geselliger Haufen«, bemerkte er. »Man darf ihnen die stumpfsinnige Zecherei nicht übel nehmen. Einige werden morgen früh allerdings einen schweren Kopf haben.«

Er hakte sich bei Holdsworth ein, und sie spazierten unter den Arkaden vor der Kapelle entlang. Auf der anderen Seite des Hofs, in dem Gebäude direkt gegenüber der Halle und dem Aufenthaltsraum, sah man erleuchtete Fenster. Aus einem im ersten Stock drang lautes Gelächter und dumpfes Schlagen, so als klopften viele Fäuste auf einen Tisch.

Richardson seufzte. »Mr. Archdale genießt mal wieder die Freuden der Geselligkeit.«

Eine Stimme begann zu singen, erst unsicher, dann fester und lauter. Andere Stimmen fielen ein. Es klang nicht melodiös, aber zweifellos kräftig. Die Fäuste schlugen den Takt. Holdsworth und Richardson blieben im Schatten unter den Arkaden stehen. Die Strophen waren kurz, und viele Sänger schienen die Worte nicht zu kennen. Doch alle stimmten mit großem Enthusiasmus in den Refrain ein:

Jerry Carbury kippt munter
Einen nach dem andern runter.
Schließlich nimmt er seinen Hut,
Kotzt ins Buschwerk, das tut gut.

»Einige behandeln den Rektor nicht mit dem Respekt, den er verdient«, murmelte Richardson. »Dieses vulgäre Liedchen hat es zu beklagenswerter Beliebtheit im College gebracht. Es ist wirklich nicht nett – Dr. Carbury hat einen schwachen Magen und war einmal gezwungen, sich in der Öffentlichkeit zu übergeben.«

Eine Tür etwas weiter vor ihnen ging auf, und unter der Laterne im Torbogen war kurz ein Mann in einem Umhang zu erkennen. Mit einem Blick in Richtung des Gesangs machte er sich mit schnellen Schritten auf den Weg zum westlichen Ende der Halle.

»Mr. Soresby?«, rief Richardson. »Einen Augenblick, bitte.«

Der Mann änderte die Richtung und kam auf sie zu. Er war groß und dünn, und er trippelte mehr, als dass er lief. Unbeholfen verbeugte er sich vor Mr. Richardson und lüpfte sein Barett. Er warf einen Blick auf Holdsworth, der im Schatten der Arkaden stand. Richardson stellte sie einander nicht vor.

»Mr. Soresby«, sagte er freundlich. »Würden Sie mir einen Gefallen tun und zu Mr. Archdale hinaufgehen? Bitte richten Sie ihm Grüße aus und sagen Sie ihm, dass er mir sehr entgegenkommen würde, wenn er das Fenster schließen und die Lautstärke des Gesangs drosseln würde.«

»Ich – ich glaube, im Torhaus ist ein Pförtner, Sir. Vielleicht wäre es angemessener, wenn …«

»Ich wäre Ihnen sehr dankbar, Mr. Soresby.«

»Ja, Sir. Natürlich. Sir.«

Der Mann trippelte zu der Tür, die ins Treppenhaus zu Archdales Räumen führte. Richardson legte Holdsworth eine Hand auf den Arm und hielt ihn fest. Wieder fiel das Licht über der Tür auf Soresbys gebeugte Gestalt und den schäbigen Umhang. Der Gesang klang noch ein paar Minuten zu ihnen herunter, dann erstarb er. Zu Holdsworths Überraschung rührte sich Richardson nicht vom Fleck. Stille breitete sich aus, schnell gefolgt von dröhnendem Gelächter. Kurz darauf wurden die beiden Schiebefenster, die zu dem Raum gehörten, geschlossen und die Läden zugeschoben. Hierauf folgte beinahe unmittelbar ein donnerndes Geräusch, als fiele jemand die Treppe hinunter, das in einem schmerzhaften Stöhnen mündete. Richardson gab Holdsworth ein Zeichen, und die beiden Männer spazierten davon.

Die Arkaden, die über die gesamte Länge der östlichen Seite verliefen, trafen in der Mitte bei der Kapelle aufeinander, gaben aber zu beiden Seiten einen Durchgang frei, der sich in die dahinterliegenden Gärten öffnete. Südlich der Arkaden erstreckte sich ein weiterer Trakt, der, wie der Tutor erklärte, das Neue Haus genannt wurde.

Mr. Richardson leitete Holdsworth auf einen Pfad, der ostwärts in die Dunkelheit führte. Holdsworths Augen gewöhnten sich an das Dämmerlicht. Der gepflasterte Weg schimmerte vor ihnen. Die Sterne traten hervor. Zu ihrer Linken lagen die Kapelle und ein Wasserlauf, über den in einem Bogen eine Holzbrücke führte.

»Dem Klang nach war das nicht gerade eine beneidenswerte Aufgabe für Mr. Soresby«, sagte Holdsworth.

»Er ist Stipendiat«, erwiderte Richardson. »Das ist keine beneidenswerte Position.«

»Das sind die Ärmsten unter den Studenten?«

»Ja, das sind sie. Die Statuten legen fest, dass sie zum Teil von der Stiftung unterstützt werden, aber sie sollen ihren Unterhalt auch mit niederen Arbeiten verdienen. Das hat sich, Gott sei Dank, weitgehend geändert. Doch als ich als Sechzehnjähriger auf dieses College kam, bedienten die Stipendiaten noch die Fellows und die Fellow-Commoners bei den Mahlzeiten und aßen, was übrig blieb. Einige verdingten sich sogar als Kammerdiener der Fellows. Selbst heute noch sind manche bitterarm, sie knausern und sparen, um einen Abschluss zu machen, und sind sich nicht zu fein, Botengänge zu übernehmen, um über die Runden zu kommen. Doch wir können sicher sein, dass unter ihnen diejenigen sind, die es sowohl in der Universität als auch in der weiteren Welt zu Ehren bringen werden. Tatsächlich war ich selbst einmal ein Stipendiat.«

Die Nacht war sehr still. Der Radau im Hof der Kapelle war erstorben, und Stille breitete sich aus, als wären sie irgendwo auf dem Land. Die meisten Fenster des Neuen Hauses waren dunkel. Sie gingen unter dem Schatten eines großen Baumes hindurch.

»Soresby ist mein Bibliotheksgehilfe – Sie werden ihn morgen wieder treffen.« Richardson zeigte auf die Schatten über ihnen und um sie herum. »Wir befinden uns übrigens gerade unter der Morgenländischen Platane des Gründers. Wir sind hier sehr stolz darauf. Sir Walter Vauden pflanzte sie mit seinen eigenen Händen. Manche sagen, es ist der größte Baum in Cambridge, und einen vergleichbaren gibt es sicher nicht.«

»War da nicht eine Wette, die die Platane betraf?«

Richardson gluckste. »Mitglieder dieses Colleges entdecken überall Platanen. Diese kommt bei Herodot vor. Der Perserkönig Xerxes bewunderte sie und befahl, sie mit Gold zu schmücken.«

»Wird dieses Gewässer der Lange Weiher genannt?«, fragte Holdsworth.

»Ja.«

Holdsworth wartete, doch Richardson erwähnte die Leiche nicht, die man Anfang des Jahres darin gefunden hatte.

Der Weiher machte eine Biegung nach links, und der Pfad endete an einem schmiedeeisernen Tor. Richardson schloss es auf, und sie gingen hindurch.

»Dies ist der Garten der Fellows«, erklärte er. »Die Alten hätten ihn einen *hortus conclusus* genannt.«

»Ein geschlossener Garten?«

»Ganz genau. Geschlossen und unberührt.« Richardsons Stimme war jetzt so leise, dass sein Zuhörer sich anstrengen musste, um ihn zu verstehen. »Nachts, wenn alle Tore verschlossen sind, wird das College zur Festung. Aber hier, im Garten der Fellows, sind wir doppelt eingeschlossen, also auch doppelt unberührt. Schauen Sie nach links, mein Lieber, durch die Öffnung zwischen den Zweigen am anderen Ufer. Dort sehen Sie Dr. Carburys Privatgarten. Er reicht von hier bis zum Haus des Rektors.«

Holdsworth blickte durch die Lücke auf die andere Seite. Direkt vor sich sah er ein erleuchtetes Fenster im ersten Stock des Hauses. Das Fenster stand offen, und eine laute männliche Stimme klang schwach durch die stille Abendluft. Neben ihm verharrte Richardson bewegungslos wie ein Hund, der ein Spiel wittert.

Während sie hinaufsahen, erschien eine Gestalt am Fenster. Holdsworth erkannte nur eine unscharfe Silhouette vor dem Kerzenlicht, das den Raum dahinter erhellte, aber der Umriss gehörte fast sicher zu Carbury. Das untere Schiebefenster wurde quietschend zugezogen und knallte wie ein Hammerschlag auf die Fensterbank.

Carbury zog die Vorhänge zu. Das Licht verschwand.

»Ah«, sagte Richardson und atmete leise seufzend aus. »Und nun ist es dunkel.«

Aus der Dunkelheit.

»Georgie? Georgie?«

Die Stimme riss Holdsworth aus dem Schlaf. *Maria.* Das war sein erster Gedanke, den er sofort unterdrückte.

Es war noch dunkel. *Träume ich?* Ihm war zu warm, sein Körper in Laken verwickelt. Er hatte einen trockenen Mund, was nach so viel Wein zum Essen kein Wunder war. Und er war sich einer anderen Ursache des Unwohlseins unangenehm bewusst, die ebenso peinlich wie dringlich war. Er war steif wie ein Ladestock.

»Georgie? Komm zu Mama.«

Gehen wir es analytisch an, dachte er, *ich bin kein Tier.*

Seine Frau erschien ihm neuerdings öfter im Schlaf als unmittelbar nach ihrem Tod. Manchmal war da nur das Echo ihrer Stimme oder ein Duft, der in der Luft hing – oder sogar das schmerzliche Bewusstsein ihrer Abwesenheit, als wäre sie gerade noch da gewesen. Oder nicht da, je nachdem, wie man es betrachtete. Denn das war sicherlich der Kern der Sache: Es war nicht wirklich Maria, die da war oder gewesen war. Es war die personifizierte Leere – eine Art verschlossenes Nichts, eine Sehnsucht nach etwas, das nicht mehr existierte, jedenfalls nicht in dieser Welt.

Und trotzdem, man konnte sogar einer irrationalen Erscheinung einen Namen geben. Warum sollte er diese nicht Maria nennen? Es war seine Form eines philosophischen Kürzels.

Er versuchte, sich im Bett umzudrehen, doch die Laken hinderten ihn daran. Alles, was er mit der vergeblichen Bewegung erreichte, war ein süßer, unangenehmer Druck auf sein *membrum virile.*

Liebste, vergib mir. Mein Glied benimmt sich daneben.

Irgendwo zwischen Wachen und Schlafen spürte er Marias Gegenwart. Er stellte sich vor, ihre Gestalt zu sehen, nur für einen Augenblick, ein Schatten unter Schatten, zwischen dem Bett und dem Fenster, nur irgendwie dunkler als die Schatten, die sie umgaben.

Er atmete zu schnell und bekam nicht genug Luft. Er versuchte, den Rhythmus zu verlangsamen, aber etwas, das stärker als sein Wille war, erhöhte stattdessen die Frequenz. Bald war sein Nachthemd schweißgetränkt. Er zitterte und konnte nicht mehr aufhören.

Langsam füllte sich der Traum, wenn es denn einer war, mit grauem Licht, einer Art beleuchtetem Nebel, der ebenso viel verhüllte, wie er preisgab. Er war nicht mehr in seinem Bett, sondern stand im Garten der Fellows und blickte über den Langen Weiher, gerade so, wie er es noch vor wenigen Stunden mit Richardson getan hatte. Die Verwandlung kam ihm nicht seltsam vor. Er sah nach unten, und da war Maria, schwebte im Wasser mit dem Gesicht nach oben, ihr Körper weniger als eine Handbreit unter der Oberfläche. Trotz dieser offensichtlichen Behinderung sprach sie, oder besser gesagt, hörte er deutlich ihre Stimme.

»Georgie«, rief sie. »Georgie, ich bin jetzt da, mein Kleiner.«

Maria, die in der Themse ertrunken war, ertrank jetzt im Langen Weiher. In der Logik des Traums war das Wasser dasselbe, und vielleicht flossen Zeit und Ort ineinander, und je nachdem, aus welcher Perspektive man es betrachtete, sah man das eine oder das andere – in diesem Fall den Langen Weiher in Jerusalem im Mai oder die Themse an der Bankside im März. Im Traum erschien ihm das absolut logisch, und er fragte sich, warum er nicht schon früher darauf gekommen war.

»Komm heraus«, schrie er. »Du wirst ertrinken. Nimm meine Hand. Schnell.«

Aber Maria hörte nicht. Sie rief immer noch nach Georgie, sagte ihm, dass Mama ihren einzigen Jungen liebte und dass er Mamas kleine Zuckerschnute sei.

Er schrie sie wortlos an.

»Georgie, Georgie.« Ihre Stimme klang jetzt schwächer. »Mamas einziger kleiner Junge.«

Ihr Körper war nicht mehr da. Jetzt war da nichts mehr, nur das träge, schwarze Wasser des Langen Weihers, und es stieg höher und höher.

»Georgie?« Die Stimme war nur noch ein Flüstern am Rande der Stille. »Georgie?«

Holdsworth stöhnte. Seine Ohren schmerzten, und er hatte das seltsame Gefühl, dass man ihm die Haut vom blutenden Fleisch gezogen hatte. Seine Hände kribbelten. Und unter allem lag immer noch der abscheuliche, verzweifelte Wunsch nach einer Frau.

Steif wie ein Ladestock.

»Maria?«, murmelte er. Irgendetwas verwirrte ihn, doch er konnte es nicht festmachen, irgendeine monströse und unaussprechliche Besonderheit. »Maria? Maria?«

Erst als er den Namen ein drittes Mal sagte, wurde ihm klar, was die Besonderheit war. Unerklärlich, warum er es nicht gleich bemerkt hatte. Das Gesicht, das er verzerrt im Wasser gesehen hatte, war nicht Marias Gesicht gewesen. Die Stimme war ihre gewesen. Aber das Gesicht gehörte Elinor Carbury.

Schmerz schoss in seine Brust. Eine eiserne Hand umklammerte seine Rippen und presste ihm die Luft aus der Lunge. Er öffnete den Mund, um zu schreien, doch ein Strom schwarzes Wasser bedeckte seinen Mund. Als sich seine Lippen teilten, strömte die Dunkelheit hinein. Sein Körper krampfte.

Er zerrte an den Laken. Er fiel. Ein Ruck ging durch seinen Körper.

Auf einmal war er bei vollem Bewusstsein und wusste, dass er sich im Schlafzimmer im Haus des Rektors befand und auf den nackten Dielen zwischen dem Bett und den das Bett umhüllenden Vorhängen lag. Sein linker Ellbogen, der den Hauptschlag bei seinem Sturz abbekommen hatte, schmerzte höllisch. Er wedelte mit den Armen und fand schließlich die Lücke in den Vorhängen. Ein kühlender Luftzug streifte seine Wange. Und da war ein schwaches Licht – eine vertikale Linie, da, wo die Fensterläden nicht ganz schlossen.

Lieber Gott – Elinor Carbury? Er schob den Gedanken an sie beiseite. Er verachtete sich und seinen verräterischen, von Sünde getriebenen Körper.

Eine Wanduhr in der Nähe schlug mit einem unvertrauten Schlag die Dreiviertelstunde. Sich am Bettpfosten festhaltend, stand Holdsworth auf. Er riss die Nachtmütze vom Kopf und rieb sich den Schlaf aus den Augen. Dann schleppte er sich zum Fenster und öffnete die Läden. Sein Körper schmerzte. Im Osten war der Himmel blass, die Dunkelheit lichtete sich. Gott sei Dank war es bald Tag. Seine Erektion begann zu schrumpfen.

Die Luft war kühl. Auf dem Fenstersitz lag ein Kissen. Holdsworth hockte sich darauf, zog die Beine hoch, klemmte den Saum seines Nachthemdes unter die Füße und umschlang die Knie wie ein großes Kind.

Draußen kroch das Licht in die Gärten von Jerusalem. Ihm wurde immer kälter. Er traf eine irrationale Entscheidung, abermals wie ein Kind, das irgendeinen Grund braucht, auch wenn es ein erfundener ist: Sobald er einen anderen Menschen sah oder hörte, ein untrügliches Zeichen von Leben und geistiger Gesundheit in der Welt, würde er sich erlauben, zurück ins Bett zu gehen.

Er musste nicht lange warten. Durch die Fensterscheibe hörte er das Rattern von Eisenrädern auf Stein. Er verrenkte den Hals und erblickte eine gekrümmte Gestalt, die einen kleinen Karren über den gepflasterten Pfad hinter dem Haus des Rektors zog. Es war ein Mann in einem langen dunklen Mantel und einem Schlapphut. Er schleppte seinen Karren zu einer Ansammlung von Außengebäuden zur Linken, an der Nordgrenze des Colleges.

Der Fäkalienmann. Niemand anders konnte es sein. Der Mann, der Sylvia Whichcote im Langen Weiher gefunden hatte.

Der Fäkalienmann. Niemand sonst war zu sehen. Nicht Maria. Nicht Elinor Carbury.

10

Nach dem Frühstück zeigte Ben, der Diener des Rektors, Holdsworth den Weg zu einem Papierwarenhändler, wo er einen Plan der Stadt und ihrer Umgebung erstand. Mit dessen Hilfe machte er sich auf den Weg nach Barnwell, das im Osten der Stadt in Richtung Newmarket lag. Barnwell war irgendetwas zwischen Dorf und Vorort von Cambridge. Carbury hatte ihn gewarnt, dass die Gegend teilweise nicht angenehm sei. Es gab unrühmliche Tavernen und Häuser von zweifelhaftem Ruf, die Menschen mit schlechtem Charakter von der Universität und aus der Stadt anzogen.

Von alldem war am Samstagmorgen nichts zu sehen. Die Straße war belebt, hauptsächlich von Verkehr in die andere Richtung zu den Märkten und Geschäften der Stadt. Das Haus, das Holdsworth suchte, lag am östlichen Ende von Barnwell, wo die Häuser weniger wurden und die Luft merklich ländlicher war.

Die Bewegung und die Morgensonne rückten die Schrecken der Nacht wieder zurecht. Ein rational denkender Mann musste sich nicht von seinen Träumen jagen lassen, rief Holdsworth sich ins Gedächtnis, denn sie lagen außerhalb seiner Kontrolle und waren naturgemäß angefüllt mit absurden Fantasien und Gefühlen. Auch ohne selbst gemachte Probleme war sein tägliches Leben schon schwierig genug.

Dr. Jermyns Anstalt befand sich in einem eigenen kleinen Park. Das Anwesen war von einer Mauer umgeben, die beinahe so hoch war wie die um Jerusalem. Das Tor war verschlossen. Am rechten Torpfosten gab es eine Klingelschnur, neben einem Schild, auf dem Besucher angewiesen wurden, zu läuten und zu warten. Holdsworth zog am Handgriff. Dreißig Sekunden später öffnete sich die Haustür, und ein Hausdiener kam gemächlich die Auffahrt hinunter und fragte höflich, wie er behilflich sein könne.

»Mein Name ist Holdsworth. Ich glaube, Dr. Jermyn erwartet mich.«

Der Diener verbeugte sich und holte einen Schlüssel hervor.

»Sie sind gut geschützt vor der Welt«, sagte Holdsworth.

»Es dient nicht nur dazu, Menschen draußen zu halten, Sir.« Der Diener schloss das Tor wieder ab, nachdem Holdsworth eingetreten war, und ging voraus, die Auffahrt hinauf. »Es dient auch dazu, sie drinnen zu halten.«

Als sie die Auffahrt hinaufgingen, sah Holdsworth drei oder vier Männer auf dem Grundstück. Einer schien einen Busch zu beschneiden, ein anderer hackte ein Blumenbeet. Daran war nichts Seltsames, außer dass sie nicht wie Gärtner, sondern wie Gentlemen gekleidet waren. Selbst auf die Entfernung konnte Holdsworth schwarze Fräcke, schwarze Kniehosen aus Seide und weiße Westen erkennen; mindestens zwei hatten ihr Haar gepudert und hergerichtet, als wären sie auf dem Weg zu einer Morgenvisite bei einer Dame.

An der Tür des Hauses klingelte der Diener, als wäre auch er ein Besucher. Ein weiterer Dienstbote ließ sie hinein und führte Holdsworth mit den Worten, dass Dr. Jermyn sogleich bei ihm sein würde, in einen kleinen Salon.

Holdsworth wanderte durch den Raum ans Fenster und schaute hinaus auf eine weitläufige, von der Sonne beschienene Rasenfläche an der Seite des Hauses mit ausgedehnten Hecken dahinter. In diesem Augenblick ging die Tür auf, und Dr. Jermyn erschien.

»Mr. Holdsworth, zu Ihren Diensten, Sir«, sagte er munter.

»Mr. Cross hat mir geschrieben, dass Sie uns wahrscheinlich heute Morgen mit einem Besuch beehren werden.«

Die beiden Männer verbeugten sich voreinander. Jermyn war jung, kaum älter als dreißig, mit einem angenehmen, offenen Gesicht. Er war nüchtern und ordentlich gekleidet und trug keine Perücke.

»Ich sehe, dass Sie unsere Fenster untersuchen, Sir«, sagte er. »Haben Sie Gitter erwartet?«

»Ich weiß nicht, was ich erwartet habe. Sind das Ihre – Ihre Patienten da draußen im Garten?«

»Ja, in der Tat. Ehrenhafte Arbeit an der frischen Luft empfiehlt sich sehr. Ich bin froh, dass ein Teil unserer Herren damit einverstanden ist, uns zu helfen.«

Holdsworth griff in seine Tasche. »Ich habe hier ein Empfehlungsschreiben von Ihrer Ladyschaft.«

Der Arzt bot Holdsworth einen Stuhl an. Eine Entschuldigung murmelnd erbrach er das Siegel und las den Brief langsam. Schließlich sah er auf. »Diese Angelegenheiten sind immer delikat. Und ich befürchte, Mr. Oldershaws Fall ist es in mehr als einer Hinsicht. Ihre Ladyschaft schreibt, dass Sie ihr volles Vertrauen genießen und ich Ihnen behilflich sein soll, soweit es in meiner Macht steht.«

»Und wie geht es Mr. Oldershaw?«

»Ich habe große Hoffnung, dass er irgendwann Fortschritte in Richtung Heilung machen wird. Seine Konstitution ist robust und sein Temperament von Natur aus heißblütig. Seine Familie und seine Freunde wünschen ihm nur das Beste. An Geld mangelt es nicht. Kurz gesagt, ich habe viele Patienten gesehen, denen es weitaus schlechter ging. Ja, davon hatte ich schon einige unter diesem Dach.«

»Das bezweifle ich nicht«, sagte Holdsworth.

»Auch unter anderen Aspekten ist dieser Fall nicht ungewöhnlich. Es gibt viele junge Männer, die auf die Universität kommen und nicht auf die Versuchungen und Belastungen vorbereitet sind, die sie dort erwarten. Manche haben vorher noch nie ihr Zuhause verlassen. Jugendliche Torheit und die neu gewonnene Unabhängigkeit lassen sie mehr oder weniger in die Katastrophe rutschen, es sei denn, eine feste Führung oder, in vielen Fällen, sorgsam eingeprägte moralische Prinzipien bewahren sie davor.«

»Sie sprechen allgemein, Sir«, sagte Holdsworth. »Aber was ist mit Mr. Oldershaw?«

Zum ersten Mal zögerte Dr. Jermyn. »Was, bitte, hat man Ihnen genau erzählt, Sir? Ich möchte nicht, dass Sie ihm unvorbereitet begegnen.«

»Ich habe den Hals von Mr. Cross gesehen.«

»Ah. Das war wirklich unglücklich.«

»Ihre Ladyschaft berichtete mir, dass ihr Sohn von klein auf ein sanftes und gutmütiges Temperament hat.«

Über ihren Köpfen brach irgendwo Lärm aus, ein entferntes Heulen, gefolgt von schnellen Schritten und Türenschlagen.

»Einer Mutter sei es erlaubt, voreingenommen zu sein«, sagte Jermyn. »Vielleicht sollte ich meinen Bemerkungen vorausschicken, dass es Aspekte in Mr. Oldershaws Fall gibt, die für einen Laien nicht leicht zu verstehen sind. Ja, ich vermute sogar, dass einige meiner Kollegen ziemlich verloren wären. Nur ein Arzt, der die geistigen Verwirrungen besonders intensiv studiert hat, ist in der Lage, die feineren Punkte einzuschätzen.«

»Dann erlauben Sie mir bitte, Sir, so gut ich kann, die gröberen zu verstehen, Sir. Warum wurde er zu Ihnen gebracht und nicht zu einem Arzt in der Nähe des Colleges?«

Jermyn blickte auf seine Hände, die klein, weiß und sehr sauber waren. Dann – vielleicht war ihm eingefallen, wer die Rechnung bezahlte – sah er mit einem Lächeln auf.

»Es gibt nicht sehr viele Ärzte in der Nähe von Cambridge,

die auf solche Fälle spezialisiert sind. Ich darf mir zugutehalten, dass mein Name an der Universität nicht unbekannt ist. Die örtlichen Ärzte – und viele von ihnen sind bewundernswerte Männer – haben weder die Zeit noch die Gelegenheit, solche Krankheitsbilder, geschweige denn die moderne Wissenschaft über den Umgang mit Moral zu studieren.« Jermyn nickte, als wolle er sich selbst zustimmen. »Wir sind seit den Tagen unserer Großväter einen weiten Weg gegangen.«

»Und wer hat Sie Lady Anne empfohlen?«

»Nun, der Tutor des Knaben – Mr. Richardson. Anscheinend war Mr. Oldershaw schon einige Wochen lang nicht mehr er selbst – seit Februar. Ich wünschte, man hätte mich eher dazu gerufen. Man wartete, bis sein Zustand sich deutlich verschlechtert hatte. Das war im März.«

»Und wie genau war sein Zustand?«

Jermyn legte die Fingerspitzen aneinander. »Vereinfacht ausgedrückt, hatte sich seine Melancholie bis zu einem Punkt gesteigert, an dem er das Leben nicht mehr lebenswert fand. Der naheliegende Grund scheint ein Nervenzusammenbruch in einem Teil seines Gehirns gewesen zu sein, der eine Form des Deliriums auslöste. Wir Ärzte unterscheiden bei solchen Fällen Melancholie und Manie. Manche glauben, dass die beiden Zustände getrennt zu sehen sind, aber ich halte es mit Professor Cullen, der sagt, dass der Unterschied zwischen den beiden nur ein gradueller ist. Wenn Sie seine *Nosology of Mania* konsultieren, werden Sie eine detaillierte Erklärung finden.«

Holdsworth dachte an Maria: an die Wirkung, die Georgies Tod auf sie hatte, und dann die Nachricht, dass sie das Haus verlassen musste, in dem sie gelebt hatte und in das sie den geschundenen kleinen Körper gebracht hatten: in Jermyns Worten, als die Melancholie in Manie umschlug. »Sie glauben nicht, dass es einen bestimmten äußeren Anlass gab? Eine Art Schock für sein System?«

»Ganz so meine ich es nicht. Ich schaue eher auf die Physiologie des Gehirns, um Antworten zu finden, als auf irgendwelche Ereignisse, real oder eingebildet, ob sie nun stattgefunden haben oder nicht.«

»Und was ist mit dem Geist?«

»Ah – unser Geist.« Jermyn lächelte wieder. »Ich habe mich schon gefragt, wann wir zu diesem Fabelwesen kommen. Mein lieber Sir, das ist ein Symptom von Mr. Oldershaws Wahnsinn, nicht die Ursache.«

»Man hat mir berichtet, dass Mr. Oldershaw spät nachts durch den Garten in Jerusalem ging und dass er glaubt, den Geist einer Dame gesehen zu haben, die kurz zuvor gestorben ist, eine Dame, mit der er bekannt war, da sie die Frau eines Freundes war. Und dass es eben dieses Ereignis war, welches ihn dazu brachte, sich das Leben nehmen zu wollen.«

»Das hieße, das Pferd von hinten aufzuzäumen. Bedenken Sie den grundlosen Angriff auf Mr. Cross. Da haben wir den Verwalter seiner Mutter, einen alten Mann, den er seit seiner Kindheit kennt. Mr. Cross hatte kaum Zeit, den Raum zu betreten, in dem Mr. Oldershaw saß, da sprang der junge Mann schon auf und attackierte ihn. Wären nicht ein Helfer und ich selbst dort gewesen, um ihn zu bändigen, wären die Konsequenzen für Mr. Cross fatal gewesen. Es gibt keinen vorstellbaren *äußeren* Grund für Mr. Oldershaws Angriff, so wie es keinerlei Grund dafür gibt, warum er versucht hat, sich im Weiher zu ertränken. Nein, in beiden Fällen hatte ihn das Delirium des Wahnsinns im Griff. Der medizinische Ausdruck hierfür ist *Mania furibunda*, das bedeutet: Wahnsinn, begleitet von Gewaltausbrüchen.«

»Lassen Sie uns einen Moment lang nicht medizinisch denken, Sir«, sagte Holdsworth. »Ist irgendetwas geschehen, das ihn glauben ließ, Mr. Cross sei sein Feind?«

»Nicht, soweit ich weiß.« Der Arzt beugte sich vor. »Sir,

ich kann diese besondere Manifestation des Wahnsinns noch nicht ganz erklären, aber ich glaube, das allgemeine Phänomen, das ihn auslöst, zu kennen. Ihnen ist vielleicht John Lockes *Ein Versuch über den menschlichen Verstand* ein Begriff?«

»Ich habe es flüchtig durchgeblättert, ja.«

Jermyn gestattete sich ein weiteres Lächeln. »*Inter alia* handelt es von der Wahrnehmung und anderen Funktionen des Verstandes. Und Mr. Locke führt sehr genau aus, warum Wahnsinnige Dinge nicht richtig wahrnehmen können. *In fine* kommt er zu dem Schluss, dass Wahnsinnige sehr wohl in der Lage sind, rational zu denken. Darin unterscheiden sie sich von Idioten, die anlagebedingt nicht zu vernünftigem Denken fähig sind.« Die Stimme des Arztes hatte unmerklich den Tonfall eines Predigers angenommen. »Für Wahnsinnige ergibt sich das Problem eher aus den Schlussfolgerungen, die sie ziehen, als aus …«

»Verzeihen Sie mir, Sir, aber ich verstehe nicht, wie ein philosophischer Irrtum Mr. Oldershaws Wahnsinn ausgelöst haben kann«, sagte Holdsworth. »Und es verwirrt mich auch, dass Physiologie etwas damit zu tun haben soll.«

»Sie haben sich auf das Gebiet eines Arztes verirrt, Sir, ich fürchte, da ist einige Verwirrung unvermeidlich. In solchen Dingen ist Mr. Locke für gewöhnlich ein guter Führer. Glauben Sie mir, wenn Sie so viele unglückselige junge Männer wie ich gesehen haben, erscheinen Mr. Lockes Theorien gar nicht so unwahrscheinlich.«

»Der langen Rede kurzer Sinn: Sie sind immer noch nicht in der Lage, den Grund für Mr. Oldershaws Wahnsinn zu nennen.«

»Mich interessieren Mr. Oldershaws Wahnvorstellungen *an sich*, nicht ihr Inhalt. Allgemein gesprochen zeigen die Tobsuchtsanfälle eines Wahnsinnigen nichts anderes als die Wanderungen eines Irrlichts, und dessen Launen auf den Grund zu gehen trifft ebenfalls nicht den Punkt. Von Bedeutung ist allerdings, dass er tobsüchtig ist. Wie alles im Universum, vom Lauf der Sonne bis zum Vogelzug der Schwalben, folgen auch die Melancholie und die Manie unveränderlichen Gesetzen. Diese Gesetze sind wie Schlüssel, die es uns erlauben, die Mysterien der Natur zu entschlüsseln, einschließlich des menschlichen Verstandes. Sie sind alles, was wir brauchen.«

»Und alles, was Mr. Oldershaw braucht, ist die Wiederherstellung seiner Sinne«, sagte Holdsworth. »Welche Behandlung wenden Sie an, Sir?«

»Ich praktiziere ein System der moralischen Führung. Ich halte es für den einzig wirksamen Weg. Der Arzt muss eine positive Dominanz über den Patienten erlangen, sowohl in psychologischen als auch physischen Bereichen. Wenn das geschehen ist, kann er beginnen, an dem Defekt im Verstand zu arbeiten, der der Krankheit des Patienten zugrunde liegt. Viel hängt von der Fähigkeit des Arztes ab, seinen Patienten zu beherrschen. Es ist der Erziehung eines Kindes nicht unähnlich.«

»Moralische Führung«, wiederholte Holdsworth. »Sie machen sich Ihre Patienten gefügig? Wie einen Hund?«

»Im Wesentlichen ja. Es ist ein System der Re-Edukation. Wir bestehen auf angemessener Gedankenführung, Sprache und Verhalten. Ich gebe zu, dass ich bei Mr. Oldershaw zu zuversichtlich war. Ich riet Mr. Cross, Mr. Oldershaw zu sagen, dass er ihn bald mit nach Hause zu Ihrer Ladyschaft nehmen könne und dass die Möglichkeit bestünde, hier ein kleines Essen zu geben, da er so gute Fortschritte machte, und nicht nur Mr. Cross, sondern auch einige seiner Bekannten aus Cambridge einzuladen.«

»Wen?«, fragte Holdsworth.

»Oh, nur drei andere Herren. Seinen Tutor, Mr. Richardson natürlich. Und Mr. Whichcote, einen äußerst angesehenen und vermögenden Herrn; kürzlich verwitwet, doch zu kleinen, privaten Gesellschaften geht er noch aus. Mr. Oldershaw ist so etwas wie sein Schützling. Und der dritte heißt Archdale, ein Kommilitone in Jerusalem – er und Oldershaw waren immer zusammen. Ich hatte gehofft, ein kleines Essen für Mr. Oldershaws Freunde wäre der erste Schritt zurück in die Gesellschaft. Am Ende war alles umsonst. Er wurde zunehmend unruhiger, und unglücklicherweise war ich kurz abgelenkt, als er, wie Sie wissen, jede Kontrolle verlor und versuchte, Mr. Cross anzugreifen. Genauso ist es bei der *Mania furibunda* – sie ist unberechenbar wie ein Sommergewitter.«

»Wenn ich darf, würde ich ihn gerne sehen.«

»Das kann ich nicht empfehlen, Sir. Es könnte einen neuerlichen …«

»Ich muss darauf bestehen. Ihre Ladyschaft hat mich beauftragt, mir ein eigenes Bild zu machen.«

Mit einem weiteren Lächeln erhob sich Dr. Jermyn. Er hielt die Tür auf. *Irgendwie hat er etwas Glattes und Undurchdringliches,* dachte Holdsworth, *als wäre er von einer Harzschicht überzogen.* Weder harsche Worte noch Argumente schienen zu ihm durchzudringen: Sie perlten einfach an der Oberfläche ab.

»Nun gut«, sagte Jermyn. »Selbst ein Arzt muss sich der liebevollen Neugier einer Mutter beugen.«

11

Philip Whichcote stand an der Tür und kaute auf seinem Zeigefinger. Er mochte den Blick auf das Bett nicht, aber er konnte sich nicht losreißen. Es war ein hässliches, altmodisches Ding, zu groß für den Raum; Sylvias Mutter, die maßlos stolz darauf gewesen war, hatte es ihnen zur Hochzeit geschenkt. Die nackte Matratze ruhte auf dem hölzernen Skelett des Rahmens. Die vier Bettpfosten an den Ecken trugen einen Baldachin, der ihn immer an das Dach eines Leichenwagens erinnert hatte.

Hier hatte Sylvia jede Nacht gelegen. Hier hatte er mit ihr gelegen. Ihr warmer Körper hatte sich in die Matratze gedrückt, und er hatte seinen Körper an ihren gedrückt. Jede Nacht.

Der stille, stumme Raum bedrückte ihn aus vielerlei Gründen, aber das Bett war der schlimmste. Zu gern hätte er angeordnet, es zu zerstören, es nach unten in den Küchengarten zu bringen und zu verbrennen, zusammen mit der Matratze. Stattdessen würde er es verkaufen müssen, ganz gleich, was er dafür bekam.

Whichcote ging nach nebenan in Sylvias Wohnzimmer. Schnell lief er zum nächstgelegenen Fenster und zog die Jalousien hoch. Mittagssonne strömte ins Zimmer. Staubkörnchen tanzten in der Luft. Er riss die Schonbezüge von den Möbeln. Der Sekretär war ein hübsches Stück, er stammte von seinem Großonkel und sollte einiges wert sein. Wahllos zog er Bücher aus den Regalen. Auch diese sollten wenigstens ein paar Guineen bringen. Er würde jemanden von Merrill's oder Lunn's herbestellen und sehen, was sie ihm boten.

Whichcote öffnete den Sekretär und stocherte mit den Fingern in den Aushöhlungen und Fächern herum, in der Hoffnung, dass er etwas Wertvolles übersehen hatte, als er das letzte Mal nachgeschaut hatte. Er fand rostige Federn, Papier, vertrocknete Tinte, Siegelwachs und Bindfaden. Sylvia hatte überraschend wenig Spuren hinterlassen. Es war, als hätte sie kaum existiert. Sie hatte ihr halbes Leben damit verbracht, anderen Frauen zu schreiben, ihrer Mutter auf dem Land, Elinor Carbury in Jerusalem. Aber sie hatte die Briefe, die sie erhalten hatte, nicht aufbewahrt. Sie hatte auch kein Tagebuch geschrieben. Da war nichts mehr von ihr.

Tot. Tot. Tot.

Er schloss die Klappe des Sekretärs. Hinter sich hörte er ein Krächzen, als Augustus sich räusperte. Der Bursche wollte das diskrete Hüsteln eines gut geschulten Dienstboten produzieren, um sich bemerkbar zu machen. Doch die Natur entschied anders.

»Was gibt es?«

»Bitte, gnädiger Herr, Mr. Mulgrave ist unten.«

»Schick ihn ins Arbeitszimmer.«

Whichcote verschloss die Tür, die zu Sylvias Räumen führte, und ging nach unten. Beinahe sofort meldete Augustus Mr. Mulgrave. Der Lohndiener trat langsam in den Raum, den Körper wie immer nach links geneigt, weil sein linkes Bein kürzer war als das rechte.

»Nun?«, fragte Whichcote.

Mulgrave zuckte mit den Schultern. »Nichts Neues, Sir. Es heißt, Mr. Oldershaw verhält sich ruhig. Sie geben ihm starke Medikamente, sodass er die meiste Zeit schläft. Er isst wie ein Pferd. Aber es ist kein Leben in ihm, nicht mehr als in dem Sofa dort.«

»Glauben seine Betreuer, dass ihr Herr ihn heilen wird?«

»Sie sagen, der Doktor hat eine Menge Leute geheilt.« Mulgrave lächelte. »Hat auf jeden Fall eine Menge Geld damit verdient. Aber mit Mr. Oldershaw scheint er nicht weiterzukommen. Er schreit ihn an, wie die anderen – sagt, tu dies, tu das, tu irgendwas, leck mich am Arsch – aber Mr. Oldershaw sitzt die meiste Zeit nur da. Oder er fängt an zu brüllen und kriegt einen Anfall.«

»Hüten Sie Ihre Zunge. Ist das alles?«

»Hat nach wie vor diese Gewaltausbrüche, Sir, wenn Sie das meinen. Nicht oft, aber er ist ein kräftiger Bursche, unser Mr. Frank, und niemand möchte ihm in die Quere kommen, wenn es ihn überkommt.«

»Wann besuchen Sie ihn das nächste Mal?«

»Am Dienstag, Sir, es sei denn, ich höre vorher etwas anderes. Wie immer – rasieren, die Haare richten, seine Kleider ausbürsten, seine Laken wechseln. Eins noch – ich habe gehört, Mr. Holdsworth war auch in Barnwell.«

»Der Mann Ihrer Ladyschaft?«

»Ja.« Mulgrave runzelte die Stirn. »Düstere Gestalt.«

»Ich möchte gern mehr über ihn wissen. Kommen Sie wieder, nachdem Sie das nächste Mal in Barnwell waren – oder vorher, wenn es neue Informationen gibt, vor allem über Holdsworth.«

»Wie der gnädige Herr wünschen.«

Whichcote wandte sich ab und starrte aus dem schmutzigen Fenster. »Sie können gehen.«

Mulgrave hustete. »Ich bitte um Entschuldigung, Sir, aber da wäre noch die Kleinigkeit meiner Rechnung.«

»Nicht jetzt.«

»Es häuft sich, Sir.«

»Ich habe Ihnen doch neulich etwas gegeben«, fuhr Whichcote ihn an.

»Ein paar Guineen Ende März, Sir.« Mulgrave holte ein Notizbuch heraus und schlug es auf. »Am neunundzwanzigsten März, Sir, um genau zu sein. Da belief sich der offene Betrag auf dreizehn Pfund, acht Schilling und vier Pence. Ist jetzt ein bisschen mehr, fürchte ich, nicht ganz zwanzig Pfund.«

»Verdammt, Sie werden es bekommen. Aber nicht jetzt, Mann.«

Mulgrave blieb standhaft. »Ich bitte um Entschuldigung, Sir, aber mir fällt auf, dass Sie in den letzten Monaten nicht so flüssig sind wie sonst. Sie haben den Diener entlassen, nicht wahr? Es gibt nur noch diesen Laufburschen und die Frauen, die Sie bedienen.«

»Meine häuslichen Arrangements haben nichts mit Ihnen zu tun, und ich werde sie auch nicht mit Ihnen diskutieren. Gehen Sie jetzt.«

»Und dann ist da noch der Schuldschein, Sir. Wegen der Schwierigkeiten mit dem Mietstall.«

Whichcote zügelte seine Wut. »Ihre Rechnung ist noch nicht fällig. Wie auch immer, das Geld ist so sicher wie die Bank von England. Es handelt sich nur um einen kurzfristigen Liquiditätsengpass.«

»Oh ja, Sir, das bezweifele ich nicht. Ich wage zu behaupten, dass Sie total neu anfangen könnten, wenn Sie das Haus belasten oder sogar verkaufen, denn es muss …«

»Verflucht seien Ihre Augen, Mulgrave.«

»Hören Sie, Sir, ich will nicht undankbar sein, und Sie und ich, wir kennen uns schon eine lange Zeit. Aber ein Mann muss leben. Ich habe meine Verpflichtungen, genau wie Sie.« Mulgrave zog die Augenbrauen sehr hoch. »Ich nehme an, ich könnte mich an Ihre Ladyschaft wenden.«

»Welche Ladyschaft?«, sagte Whichcote. Seine Stimme war kaum mehr als ein Flüstern, und er kannte die Antwort schon, ehe er die Frage ausgesprochen hatte.

»Nun, Lady Anne natürlich, Sir. Ich habe so viel für Mr. Oldershaw getan, seit er in Jerusalem aufgenommen wurde, und vor allem jetzt, da er bei Dr. Jermyn ist. Ich habe meine Rechnung noch nicht geschickt. Wie auch immer, Ihre Ladyschaft könnte es tröstlich finden, einfach von mir zu hören, wie es ihm geht.« Er tätschelte seine Weste. »Ich habe Mitleid mit ihr, Sir. Ich bin auch Vater.«

»Es gibt keinen Grund, sie zu belästigen«, sagte Whichcote. »Und was die Rechnung angeht, werde ich mich der Angelegenheit sofort annehmen, wenn Sie es wünschen, und sehen, ob wir nicht einen Teil begleichen können.«

»In voller Höhe, bitte, Sir. Mit dem Schuldschein sind es

nicht ganz achtzig Pfund.« Mulgrave öffnete erneut sein Notizbuch. »Ich habe die genauen Zahlen hier, Sir.«

»Einen Teil, habe ich gesagt«, wiederholte Whichcote.

Es war, als würde der Boden unter seinen Füßen nachgeben. Einmal, an einem Wintertag, als Student, war er in den Fens auf die Jagd gegangen, und die Erde unter ihm hatte genau das getan: Was fest schien, wurde zu zähem Schlamm und hatte ihn immer weiter hinuntergezogen. Wäre nicht eine Gruppe Einheimischer in Hörweite gewesen, wäre er ertrunken. Sie hatten seinen zitternden Körper in den durchnässten, schmutzigen Kleidern herausgezogen. Sie hatten um ihn herumgestanden und gelacht.

»Ja, Sir«, sagte Mulgrave. »In voller Höhe. Sie können sicher etwas auf das Haus aufnehmen. Nehmen Sie es leicht.«

»Raus«, sagte Whichcote. »Gehen Sie. Sofort.«

Mulgrave bewegte sich ohne Eile auf die Tür zu. Bevor er sie öffnete, blieb er stehen und sah sich im Raum um. »Ich bin sicher, der alte Jeevons wäre im Nu zur Stelle. Kennen Sie ihn? Ecke Slaughterhouse Lane. Alles in allem sehr vernünftig. Es gibt immer einen Weg, gnädiger Herr, immer einen Weg.«

Seite an Seite gingen sie die breiten, flachen Stufen hinauf. Eine Uhr tickte in der kühlen Dunkelheit hinten in der Halle. Die Luft roch nach Bienenwachs, Zitronensaft und Essig. Das Haus strahlte Normalität mit einer Macht und so perfekt aus, dass die Normalität an sich unheimlich wirkte.

Auf dem Treppenabsatz blieb Jermyn stehen. »Es ist gut möglich, dass Sie nichts Vernünftiges aus dem armen Kerl herausbekommen«, murmelte er. »Als sein Arzt kann ich nicht genug betonen, wie wichtig es ist, die Behandlung fortzusetzen, das heißt: Es ist zwingend erforderlich, ihn nicht herauszureißen.«

Eine private Irrenanstalt war ein kommerzielles Unternehmen. Holdsworth bezweifelte, dass Jermyns Absichten ausschließlich und sogar vorrangig wissenschaftlicher, geschweige denn philanthropischer Natur waren. Er fragte sich, was Lady Anne dem Mann für den Aufenthalt und die Behandlung ihres Sohnes bezahlte, von all den Extraausgaben, die fraglos anfielen, wenn ein junger Herr von Mr. Oldershaws Stand hier residierte, ganz abgesehen. Fünf Guineen die Woche? Sechs? Wenn Jermyn ein halbes Dutzend solcher Patienten hatte, musste er ein hübsches Sümmchen machen. Hatte er ein Dutzend, überstieg sein Einkommen das der meisten Grundbesitzer.

Im ersten Stock waren die Türen, die vom Treppenabsatz abgingen, geschlossen. Jermyn öffnete die nächstgelegene zur Rechten, ohne zu klopfen. Holdsworth folgte ihm in einen großen Schlafraum. Es gab zwei Fenster mit Blick auf die hübschen Gärten hinter dem Haus. Die Luft roch süßlich.

Ein breitschultriger, muskulöser Mann erhob sich von einem Stuhl an der Tür. Jermyn zog die Augenbrauen hoch, eine stumme Frage. Der Mann nickte. Beide schauten auf einen Jugendlichen, der an einem Kartentisch in der von der Tür am weitesten entfernten Ecke saß. Er konzentrierte sich auf etwas auf dem Tisch und sah nicht auf.

Jermyn näherte sich seinem Patienten. »Nun, Frank? Wie geht es Ihnen heute?«

Der junge Mann antwortete nicht. Holdsworth konnte sein Gesicht noch nicht sehen. Er war einfach, aber gut gekleidet, ganz in Schwarz. Wie viele junge Männer trug er keine Perücke.

Jermyn bedeutete Holdsworth näher zu treten und wandte sich wieder an seinen Patienten. »Ah. Gut, Frank, wirklich sehr gut. Ich sehe es gern, wenn Sie einer nützlichen Tätigkeit nachgehen.«

Als Holdsworth den Raum durchquerte, bemerkte er einen

stabilen hölzernen Lehnstuhl an der Wand neben dem Kamin. An den Armlehnen, den Beinen und der Rückenlehne waren breite Ledergurte befestigt. Die Gurte hatten das geschmeidige, biegsame Aussehen von häufig gebrauchtem Leder.

Eine Frau würde Frank Oldershaws Gesicht schön nennen. Er hielt den Blick gesenkt, mit leicht gerunzelter Stirn wie ein Engel, der über die Unvollkommenheit der Menschheit nachdenkt. Vor ihm auf dem Tisch lagen einige Dutzend kleine Holzklötze. Auf jeder Seite eines jeden Würfels war ein kleines Bild. Sechs Stück lagen aufgereiht in einer Linie auf dem Tisch, und das sichtbare Bild passte zu dem des benachbarten Würfels, sodass ein größeres Bild Gestalt annahm. Die Klötze kamen ihm überraschend bekannt vor, und plötzlich erkannte Holdsworth sie. Es war ein Lernspiel für Kinder. Die Teile konnten zu sechs verschiedenen Bildern zusammengefügt werden. Markierungen auf den kleinen Drucken halfen, den passenden Nachbarn zu finden. Eines zeigte eine Ahnentafel der Könige und Königinnen Englands, zurück bis zu König Arthur. Ein anderes illustrierte Geschichten aus dem Alten Testament, wobei es vor allem darauf ankam, die Propheten in der richtigen Reihenfolge anzuordnen. Frank Oldershaw arbeitete an einer Aufstellung nützlichen Wissens, logisch dargestellt. Holdsworth hatte das Puzzle eine Zeitlang im Geschäft in der Leadenhall Street angeboten, doch es hatte sich nicht gut verkauft.

»Frank, Sie müssen Ihre Arbeit für einen Moment unterbrechen. Hier ist ein Besucher für Sie.«

Sehr langsam legte Frank den Klotz, den er in der Hand hielt, auf den Tisch und sah auf, erst zu Jermyn, dann zu Holdsworth.

»Bitte stehen Sie auf, Sir«, sagte Jermyn. »Das tun höfliche Menschen, wenn sie einander vorgestellt werden.«

Langsam erhob sich Frank. Er war hochgewachsen, beinahe so groß wie Holdsworth, wenn auch nicht so kräftig; seine Bewegungen hatten etwas jungenhaft Ungelenkes, als hätte er noch nicht gelernt, mit der ungewohnten Größe und dem Gewicht seiner Glieder zu leben. Trotz seines schönen Gesichts hatte seine Erscheinung nichts Feminines. Mit hängenden Schultern und gesenktem Blick stand er vor ihnen. Holdsworth verbeugte sich. Frank antwortete mit einem Zucken des Kopfes.

»Gut«, sagte Jermyn. »Sehr schön. Wir kommen hervorragend voran, nicht wahr?«

Er machte eine Pause, aber niemand sagte etwas.

»Ihre Ladyschaft hat Mr. Holdsworth hergeschickt, um nach Ihnen zu sehen«, fuhr Jermyn fort. »Wer weiß, wenn Sie in den nächsten Wochen weiterhin so gute Fortschritte machen, kann er Sie vielleicht sogar mit zurück nach London nehmen.«

Frank Oldershaw ging hoch wie eine versteckte Sprungfalle. Mit ausgestreckten Armen wirbelte er herum und fegte die Klötze vom Tisch. Jermyn trat mit ausdruckslosem Gesicht zurück. Genauso unvermittelt änderte Frank die Richtung seiner Bewegung und beförderte den kleinen Tisch durch die Luft in die Ecke.

Das Spektakel war beinahe so schnell vorüber, wie es begonnen hatte. Der Aufseher eilte durch den Raum und packte Frank mit einem so kräftigen Griff, dass dieser seine Arme nicht bewegen konnte. Der junge Mann keuchte, wehrte sich und trat. Doch es gelang ihm nicht, sich aus dem Griff zu befreien.

Jermyn zog an einer Klingel an der Wand neben dem Kamin. Die Tür ging auf, und zwei weitere Männer erschienen. Sie nahmen Frank zwischen sich, zwangen ihn in den Lehnstuhl und banden ihn fest. Die ganze Zeit über sagte niemand ein Wort. Es war, als wären solche Episoden so normal, dass niemand mehr ein Wort verlieren musste.

Holdsworth stellte den Tisch wieder auf. Dabei trat er auf einen der Würfel. Er bückte sich, hob auch ihn auf und legte ihn auf den Tisch. Ein Tier schaute ihn an. Er drehte ihn um und bekam dafür die Opferung Isaacs. Etwas ließ ihn aufschauen. Frank blickte ihn intensiv an.

»Das war ganz und gar falsch«, sagte Jermyn streng und beugte sein Gesicht zu dem jungen Mann herab. »Sie dürfen nicht erlauben, dass diese Ausbrüche Sie beherrschen.«

Franks Mund stand weit offen. Er streckte die Zunge heraus und wackelte damit hin und her. »Quak«, sagte er. »Quak.«

»Sie müssen sich entschuldigen«, fuhr Jermyn fort. »Bei mir und natürlich bei Mr. Holdsworth, der, als Abgesandter Ihrer Mutter, Ihre besondere Aufmerksamkeit verdient. Und bei dem armen Norcross, der gezwungen war, Sie erneut zu fixieren.«

Frank senkte den Kopf und entzog sich ihnen.

Jermyn packte seinen Patienten an den Haaren und riss seinen Kopf zurück. Frank starrte dem Arzt ins Gesicht. »Sehen Sie mich an, Frank«, sagte Jermyn fest. »Sehen Sie mich an und sagen Sie mir, wer hier der Herr ist.«

Frank kniff die Augen zu und zog sich in seine eigene Dunkelheit zurück.

Jermyn nickte Norcross zu, der vortrat, sich hinter den Stuhl stellte und Franks Lider mit den Daumen aufdrückte. Er zog den Kopf zurück, sodass Frank direkt in Jermyns Gesicht schaute, das nicht mal zwei Handbreit über seinem schwebte.

»Sehen Sie mich an«, sagte Jermyn. »Und sagen Sie mir, wer hier der Herr ist.«

Franks Augäpfel zuckten und rollten, als hätte er einen Anfall. Er spuckte Jermyn an. Der Arzt trat zurück und versetzte seinem Patienten in aller Ruhe und systematisch zwei Ohrfeigen: linke Hand – rechte Wange, rechte Hand – linke Wange. Er holte ein Taschentuch hervor und wischte sich die Spucke aus dem Gesicht und vom Ärmel seines Rocks.

»Sie sind nur zu Ihrem Besten hier«, sagte Jermyn mit tiefer, wohlklingender Stimme, langsam und betont. »Es ist nur zu Ihrem Besten, dass Sie mir in allen Dingen gehorchen müssen. Wer ist der Herr hier?«

Franks Zunge erschien kurz zwischen seinen Lippen, als wollte er sie befeuchten. Er machte ein gurgelndes Geräusch tief in der Kehle.

»Wer ist der Herr hier?«, wiederholte Jermyn, und während er sprach, warf er dem Aufseher einen Blick zu, der reagierte, indem er Franks Kopf weiter nach hinten zerrte und seine Daumen tiefer in dessen Augenhöhlen bohrte.

»Sie«, brach es aus Frank heraus, mit einer Stimme, die nicht mehr als ein heiseres Flüstern war.

»Sprechen Sie mir nach«, kommandierte Jermyn. »Sie sind der Herr hier, Sir.«

»Sie – sind – der Herr hier.«

»Sir!«, brüllte Jermyn.

»Sir«, murmelte Frank.

Jermyn trat zurück, und Norcross lockerte seinen Griff. Der Arzt wandte sich lächelnd zu Holdsworth um.

»Da sehen Sie es, Sir«, sagt er fröhlich. »Moderne Medizin in Aktion. Das ist moralische Führung. Früher oder später wirkt es bei jedem Patienten. Aber man muss ihnen zeigen, wer der Herr ist. Daraus ergibt sich alles andere.«

Franks Kopf fiel auf seine Brust. Er schloss die Augen. Die Wimpern glänzten feucht.

»Ich möchte mit Mr. Oldershaw reden«, sagte Holdsworth.

»Natürlich.« Jermyn deutete auf seinen stummen Patienten.

»Ich denke allerdings, dass seine Antworten nicht unbedingt sehr genau sein werden.«

»Ich zöge es vor, mit ihm allein zu sprechen, Sir. Ich habe private Angelegenheiten mit ihm zu besprechen.«

Jermyn lächelte höflich. »Das bezweifle ich nicht, Sir. Doch ich kann es nicht gestatten.«

Norcross griff nach einem ledernen Knebel auf der Fensterbank und sah Jermyn auf Anweisungen wartend an.

Der Doktor schüttelte den Kopf. »Später. Unser Besucher soll verstehen, womit wir es hier zu tun haben.«

Frank holte tief schluchzend Luft. Er warf den Kopf zurück und heulte auf wie ein Wolf.

Als der Lärm abklang, wandte sich Jermyn an Holdsworth. »Nun, Sir«, sagte er munter. »Verstehen Sie jetzt?«

12

Harry Archdale versuchte aufzustehen, doch sobald er seine Beine über die Bettkante schwang, wurde ihm unerträglich schwindelig; und die Bewegung löste heftiges inneres Rumoren aus, das ihn zwang, zuerst den Kopf aus dem Bett zu strecken und mit den Armen nach dem Nachttopf zu angeln. Nachdem er sich übergeben hatte, musste er sich wieder hinlegen, um sich zu erholen.

Er fiel in einen unangenehmen Schlummer, in dem Bruchstücke von Erinnerungen an die Ereignisse des vergangenen Abends wie träge Fische durch seinen Halbschlaf trieben. Er glaubte fast, dass er eine Mordssumme an Philip Whichcote verloren hatte – nicht aus Mangel an Geschicklichkeit, sondern weil die verdammten Karten so schlecht gefallen waren. Wenn Whichcote ihn wegen des Geldes mahnte, was gut möglich war, würde Archdale seinen Vormund um einen weiteren Vorschuss auf das nächste Quartal bitten müssen, was zu einer weiteren hässlichen Szene führen würde, und das wiederum könnte dazu führen, dass er in den Sommerferien vielleicht doch nicht nach Paris fahren konnte.

Der unangenehme Gedanke an seinen Vormund führte zu einem anderen, genauso unangenehmen Gedanken. Heute musste Samstag sein. Sir Charles, der auch sein Onkel war, würde heute Abend in Cambridge eintreffen: Er sollte im *Blauen Eber* logieren und morgen den Gottesdienst in Great St. Mary's besuchen, um anschließend in Jerusalem zu speisen. Es war von äußerster Wichtigkeit, den alten Mann nicht aufzuregen. Doch das würde nicht leicht werden. Sein Vormund beabsichtigte, den Fortschritt seines Mündels mit Mr. Richardson zu diskutieren. Da war die Kleinigkeit seiner Schulden – und sein Onkel würde natürlich nur die vom College und den lizenzierten Händlern zu Gesicht bekommen, die direkt bei Richardson landeten; aber es gab noch mehr – Spielschulden zum Beispiel und all die kleinen Ausgaben des Lebens. Um alles noch schlimmer zu machen, hatte Sir Charles sich in den Kopf gesetzt, dass Archdale sich um die Vauden-Medaille bewerben sollte.

Irgendwie musste der morgige Tag so diskret und einvernehmlich über die Runden gebracht werden, dass Archdale für die aufregenden Ereignisse des Clubtreffens am Mittwochabend in Top-Kondition war. Um nichts in der Welt wollte er das versäumen, denn an diesem Abend würde er Apostel werden. Der Holy Ghost Club galt als der exklusivste Club in Cambridge, dessen Mitglieder aus der ersten Gesellschaft stammten. Es gab nichts Erstrebenswerteres, als einer der zwölf Apostel zu sein. Doch sein Onkel war unfähig anzuerkennen, wie wichtig das war. Wenn der geizige alte Knacker schlechte Laune hatte, war es gut möglich, dass er seinen Neffen von der Universität nahm. Er hatte es in seinem letzten Brief angedroht, falls es Archdale nicht gelang, von seinem Unterhalt zu leben und sich seinen Studien zu widmen. Also musste etwas getan werden, irgendeine kleine Geste, ein *Coup de théâtre*, der Sir Charles in einen Ausbund von Wohlwollen verwandelte.

Archdale richtete sich mühsam auf und stöhnte laut. Es klopfte an der Tür, seine Magd steckte vorsichtig ihr rotes Gesicht zur Tür herein.

»Haben Sie gerufen, Sir?«, fragte sie, während ihre Augen hin und her huschten und das unordentliche Bett, den Haufen achtlos hingeworfener Kleider auf dem Boden, den überfließenden Nachttopf und den im Bett kauernden Mr. Archdale aufnahmen.

»Nein«, blökte er. »Das heißt, ja. Wo ist Mulgrave? Ich brauche Mulgrave.«

»Er ist heute Morgen nicht im College, Sir.«

»Das ist so provokant. Ich will – ich brauche …« Ihm gingen die Worte aus, und er kaute stumm auf seiner Unterlippe, damit der Schmerz in seinem Kopf ein wenig nachließ.

Die Magd fasste selbstständig einen Entschluss. »Sie brauchen Tee, Sir«, erklärte sie ihm. »Und ich hole aus der Küche eine dieser Spezialmixturen. Ich bin gleich wieder da.«

»Ja – nein – na gut. Nein, bleib. Da ist noch etwas. Ich muss sofort Mr. Soresby sehen. Geh nach oben und sieh nach, ob er da ist. Sie – oh Gott.«

Archdale brach ab und griff nach dem Nachttopf. Die Magd schlüpfte hinaus.

Nach einer Weile ebbte der Aufruhr in seinen Innereien ab, die Kopfschmerzen und der faule Geschmack im Mund blieben allerdings. Die Magd brachte seinen Tee und einen Humpen mit dem übel riechenden und ausgesprochen teuren Stärkungsmittel, das die Küche für Studenten in Archdales Lage bereithielt. Sie überbrachte ihm auch die Nachricht, dass Mr. Soresby gleich herunterkommen würde.

Das Stärkungsmittel war seinen Preis wert. Es würde Stunden dauern, bevor Archdale wieder er selbst war, doch bald hatte er sich so weit erholt, dass er den Tee in einem Sessel am Fenster trinken konnte. Träge beobachtete er die klein wirkenden Gestalten im Hof der Kapelle. Der Anblick von Mr. Richardson, der quer über den Rasen zum Aufenthaltsraum der Fellows ging, erinnerte Archdale daran, dass er wieder einmal die Morgenandacht versäumt hatte, ohne zuvor ein *dormiat* – die Erlaubnis zu schlafen – eingeholt zu haben; das bedeutete Strafzahlung, und die Aussicht auf ein unangenehmes Gespräch mit dem alten Ricky.

Ein Fremder betrat den Hof aus dem Durchgang zum Aufenthaltsraum und erregte Archdales Aufmerksamkeit. Er wandte sich nach rechts und ging an der Halle vorbei. Archdale vermutete, dass er zum Tor zur Straße wollte. Er war groß, breitschultrig, sehr einfach und in Schwarz gekleidet, aber kein Geistlicher.

In diesem Augenblick klopfte es an der Tür. Soresby trottete ins Zimmer. Neben ihm hörte er die Stimme der Magd, die ihn ermahnte aufzupassen, wo er hintrat.

Soresby verbeugte sich. »Mr. Archdale, ich gehe davon aus, dass es Ihnen …«

»Ja, ja.« Archdale wedelte ungeduldig mit der Hand. »Wer ist der Knabe dort unten?«

Soresby trat zu ihm ans Fenster. Der Fremde sprach jetzt mit Mepal, dem Hauptpförtner.

»Ich habe ihn noch nie in …« Soresby brach ab. »Nein, ich glaube, ich sah ihn gestern Abend. Er war mit Mr. Richardson zusammen.«

»Ah, ein Freund von Ricky, wie?«

»Das kann ich nicht sagen. Es sieht so aus, als hätte er Mepal gefragt, wo die Bibliothek ist. Da wird er Pech haben. Die Tür ist abgeschlossen.«

»Ich kann mir nicht vorstellen, was er dort will. Düsteres, altes Gemäuer.«

»Bitte, Mr. Archdale«, sagte Soresby mit leichter Schärfe in der Stimme. »Erinnern Sie sich daran, mich gestern Abend gesehen zu haben?«

»Nicht sicher.« Er trank einen großen Schluck Tee und zuckte zusammen, weil er heiß war. »Sollte ich?«

»Ja. Als Mr. Richardson mich mit einer Nachricht hinaufschickte.«

Archdale rieb sich den Kopf. »Jetzt, da Sie es erwähnen, fällt es mir wieder ein.« Er runzelte die Stirn, und mit einiger Mühe fiel ihm tatsächlich wieder ein, was passiert war. »Ja, ein oder zwei der Herren waren ziemlich gehobener Stimmung, fürchte ich. Wir haben gesungen, oder? Wie auch immer – und der komische Kauz da unten war also mit Ricky zusammen?«

»Ich denke, das war er, ja. Es war natürlich dunkel, und er stand im Schatten. Ich glaube, sein Name ist Holdsworth.«

Sie beobachteten, wie der Mann versuchte, die Tür zur Bibliothek zu öffnen, und sich dann zurückzog.

»Sie wollten mich sprechen, Mr. Archdale?« Soresby zog an seinen Fingern, und eines der Gelenke knackte, eine kleine, beunruhigende Explosion, die er nicht wahrzunehmen schien. »Ich muss zugeben, dass ich nach gestern Abend …«

»Ja, ja. Das tut mir ehrlich leid. Ich habe doch gesagt, einige der Männer waren ein wenig berauscht und haben sich hinreißen lassen. Ich bitte tausend Mal um Entschuldigung. Hoffe, Sie waren nicht inkommodiert. Keine Knochen gebrochen oder so etwas?«

»Nein. Nur blaue Flecken an den Armen und diese Schürfwunde an meiner …«

»Gut, gut – ich bin schrecklich erleichtert, das zu hören. Also, passen Sie auf, Soresby, vergessen wir das jetzt – Sie müssen mir einfach nur behilflich sein. Ich brauche Sie für zwei Dinge. Erstens möchte ich, dass Sie heute Nachmittag für mich etwas bei Pranton's abholen – Sie wissen schon: der Schneider in der Green Street – und bis morgen Abend für mich aufbewahren. Mein Vormund kommt, verstehen Sie, und er ist absolut dagegen, dass sich ein Student von Zeit zu Zeit einen anständigen Anzug kauft. Und Ricky wäre auch nicht einverstanden, weil wir nicht bei Pranton's kaufen sollen, er steht nicht auf der Liste des Colleges, deswegen muss der Anzug abgeholt werden. Ich würde ja Mulgrave bitten, aber der verdammte Gauner ist heute Morgen nicht da. Ist das nicht typisch für Dienstboten? Immer da, wenn man sie nicht braucht, und umgekehrt … Wo war ich stehen geblieben? Richtig, und die andere Sache ist noch wichtiger. Er hat die fixe Idee, dass ich mich um die Vauden-Medaille bewerben soll, verstehen Sie, und der Teufel wird mich holen, wenn ich es nicht tue.«

»Ich bitte um Verzeihung – wer?«

»Hab ich doch gesagt – mein Onkel, Sir Charles. Er ist wild entschlossen, dass ich Glanz über den Namen der Familie bringen soll. Er speist morgen Abend im College, und er schreibt, dass er sich auf das Vergnügen freut, anschließend meinen Beitrag für die Vauden-Medaille zu lesen. Ich wollte schon vor Wochen mit Ihnen darüber reden, aber irgendwie habe ich es vergessen. Das ist alles verflucht unangenehm, das kann ich Ihnen sagen. Ich habe das verdammte Ding noch nicht mal angefangen. Und im Augenblick will ich den alten Herrn vor allem bei guter Laune halten.«

Soresby runzelte die Stirn, sagte aber nichts. Er streckte seinen langen Arm und strich sich eine Haarsträhne aus der Stirn.

»Sie könnten es im Schlaf schreiben, alter Knabe«, hastete Archdale weiter, den Widerwillen spürend. »Jeder wie er kann, wie? Sehen Sie nun, wie Sie mir helfen können? Wenn wir uns zusammensetzen, schaffen wir das im Nu. Es muss nur bald sein. Ich muss wenigstens irgendetwas in der Hand haben, was ich meinem Vormund morgen zeigen kann, oder es hat üble Folgen.«

»Das Dumme ist, ich bin in Zeitdruck«, sagte Soresby langsam.

»Aber ich brauche Sie! Ein Mann wie Sie, immer die Nase in einem Buch – ich wette, Sie hätten sogar schon als Kleinkind ein paar beachtliche Verse zusammengebracht.«

»Aber Mr. Archdale, bitte bedenken Sie, dass sehr wenig Zeit bleibt, wenn Sie etwas brauchen, das Sie morgen vorzeigen können. Ein Beitrag für den Wettbewerb um die Vauden-Medaille erfordert eine ganze Menge Vorarbeit. Und in Ihrem Fall wird Ihr Vormund zweifellos wünschen, mit Ihnen über das, was Sie verfasst haben, zu diskutieren, was bedeutet, dass Sie zumindest ein bisschen vertraut mit dem Material sein müssen.«

»Sie müssen mir helfen«, platzte Archdale heraus. »Kommen Sie schon, für einen Mann mit Ihren Fähigkeiten wird das eine Kleinigkeit sein. Also – man braucht natürlich ein Thema – das kann alles sein, solange es die Existenz von Gott beweist, wie die Regeln es vorschreiben. Geht es nicht nur darum? Gott oder so? Dann müssen wir es nur noch ins Lateinische übersetzen. Und wegen des alten Knaben würde ich mir keine Gedanken machen – mein Onkel ist selbst kein großer Gelehrter, weswegen es erst recht unfair ist, dass er es von mir erwartet. Ich verspreche, Sie werden es nicht bereuen.« Ihm kam ein Gedanke. »Oh – Sie bewerben sich selbst um die Medaille, nicht wahr? Deswegen sträuben Sie sich so, oder?«

Soresby schüttelte den Kopf. »Ich habe sie letztes Jahr gewonnen, Mr. Archdale. Die Regeln erlauben nicht, dass man sich ein zweites Mal bewirbt.«

»Ah – und woraus besteht der Preis?«

»Eine Guinee, Mr. Archdale, und natürlich die Medaille.«

»Puh – mehr nicht? Das nenne ich richtig schäbig. Ich sage Ihnen etwas: Ich gebe Ihnen drei Guineen, wenn Sie mir helfen, einen passablen Beitrag zu schreiben.«

»Drei Guineen?« Wieder knackte ein Fingergelenk. »Du lieber Himmel, Mr. Archdale, das ist viel Geld.«

»Ich muss die verdammte Medaille ja nicht gewinnen. Die Sache ist nur, ich brauche es jetzt. Oder jedenfalls einen Entwurf für das verdammte Ding.«

»Vielleicht kann ich Ihnen dabei behilflich sein.«

»Ich wusste es! Ein kluger Kopf wie Soresby, habe ich mir gesagt, findet bestimmt einen Weg.«

»Ich sage nicht, dass es funktioniert, aber ich habe eine Idee.«

Archdale hüpfte im Sessel auf und ab. »Was für eine?«

»Letztes Jahr habe ich mich an mehreren Themen für den Wettbewerb versucht, ehe ich mich für eins entschied.« Soresby ließ abermals ein Gelenk knacken. »Ich glaube, ich könnte etwas aus meinen Notizen herausholen.«

»Das ist eine gute Idee. Bitte hören Sie auf, diese Geräusche mit Ihren Fingern zu machen, mein Lieber, es erschreckt mich.«

Soresby wurde rot. »Ich bitte um Verzeihung.«

»Schon gut, nicht der Rede wert. Bitte fahren Sie fort.«

»Ich habe damals nur den Grundstock für die Arbeit gelegt, Mr. Archdale. Ich hatte das Thema skizziert – vielleicht ein Drittel oder die Hälfte der Verse entworfen, aber ich fand sie einen Tick zu ölig.«

»Häh?«

»Ölig, Mr. Archdale – soll heißen salbungsvoll oder sogar schwülstig, wie Cicero den Asianismus nannte.«

»Wenn Sie das sagen. Wie auch immer, für meinen Onkel wäre das mehr als genug für den Anfang. Ja, vielleicht gefällt es ihm sogar – er ist in der Tat selbst ein wenig ölig.« Archdale konnte spüren, wie sich sein Kater verzog. »Holen Sie es gleich her. Nach dem Essen und nachdem Sie bei Pranton's waren, werden Sie mir den Anfang einhämmern, und dann können Sie den Rest in Ruhe bearbeiten. Ich verspreche, Sie werden bei der Sache nicht der Verlierer sein. Ach, und würden Sie für mich läuten, bitte? Ich glaube, ich könnte ein wenig Toast vertragen.«

13

Mr. Richardson saß an einem Tisch in seinem Salon. Neben ihm stand ein stattlicher junger Mann. Beide drehten sich um, als Holdsworth hereinkam.

Der Tutor erhob sich. »Mr. Holdsworth – was für ein unerwartetes Vergnügen.«

»Aber ich sehe, Sie sind beschäftigt, Sir«, sagte Holdsworth. »Das macht nichts – ich sehe Sie später in der Bibliothek.«

»Nein, bitte bleiben Sie, Mr. Holdsworth. Mr. Archdale und ich sind fertig. Darf ich Ihnen Mr. Archdale vorstellen, einen unserer Studenten? Und, Mr. Archdale, dies ist Mr. Holdsworth.«

Archdale blinzelte schnell und deutete eine Verbeugung in Richtung Holdsworth an. Der junge Mann hatte ein rosiges rundes Gesicht, das von großen, leicht offen stehenden Lippen dominiert wurde, die so aussahen, als würde ihr Besitzer jeden Moment seine Zunge hindurchstrecken. »Zu Ihren Diensten, Sir«, murmelte er. »Ich bin entzückt.«

»Mr. Holdsworth hat Sie bereits gehört, wenn auch nicht gesehen«, fuhr Mr. Richardson fort. »Wir spazierten gestern Abend zusammen über den Kapellenhof, und Sie waren bei guter Stimme.«

Archdales Gesicht wurde noch rosiger. »Ich – ich bitte um Entschuldigung, Sir. Einige – einige der Männer waren ein wenig beschwipst.«

»Ich bin sicher, es wird nicht wieder passieren, Mr. Archdale.« Richardson lächelte ihn an. »Nun, ich bin froh, dass Sie Sir Charles morgen etwas zeigen können, und ich werde ihm die gute Nachricht überbringen, wenn ich ihn heute Abend sehe. Danach würde ich mit Ihnen gerne über die Vorlesungen sprechen, die Sie als Nächstes belegen sollen, und über Ihre Pläne für die Sommerferien. Vielleicht können Sie es einrichten, am Mittwoch bei mir vorzusprechen. Gegen sieben Uhr?«

Archdale, die Hand schon am Türknauf, blieb stehen. »Ich bedaure unendlich, Sir, aber da bin ich schon beschäftigt.«

Richardson zog die Augenbrauen hoch. »Ach, wirklich?«

»Der HG-Club, Sir. Ich bin gewählt worden.«

»Ah ja.« Der Hauch einer Gefühlsregung überflog Richardsons feine Züge. »Das dürfen Sie nicht versäumen.«

»Mr. Whichcote war es sehr wichtig.«

»In diesem Fall treffen wir uns am Donnerstag. Sieben Uhr. Kommen Sie zum Tee zu mir.« Richardson sah ihn nachdenklich an. »Seien Sie vorsichtig im HG-Club. Wenn ich es recht verstehe, hat er einen gewissen Ruf.«

»Ja, Sir. Vielen Dank, Sir.«

Archdale verbeugte sich erst vor Richardson, dann vor Holdsworth. Die Tür schloss sich hinter ihm.

Der Tutor seufzte. »Wir haben zu viele junge Männer wie diesen, Mr. Holdsworth. Er ist kein schlechter Kerl, aber leider zügellos. Die Tragödie ist, dass er kein völliger Dummkopf ist und durchaus ein paar Funken Gelehrsamkeit in sich hat. Wenn er sich anstrengen würde, könnte er sehr gut sein. Aber ich darf Sie nicht mit meinen kleinen Sorgen langweilen. Sie haben heute Morgen Mr. Oldershaw besucht, nicht wahr? Wie haben Sie ihn vorgefunden?«

»Körperlich gesund, aber nicht seelisch.«

»Keine Verbesserung?«

»Anscheinend nicht. Dr. Jermyn ist zuversichtlich, aber nur, wenn Mr. Oldershaw bei ihm bleibt. Der Doktor hat großes Vertrauen in sein System.«

»Moralische Führung«, sagte Richardson. »Man sagt, es verändert die Behandlung der Geisteskranken.«

»Ich kann nicht sagen, dass mir das, was ich bisher gesehen habe, gefallen hat. Es sah mehr nach Einschüchterung aus.«

»Insgesamt ist es besser, als die armen Teufel ans Bett zu ketten, wie man es bisher getan hat, und sie in ihren eigenen Exkrementen verrotten zu lassen. Konnten Sie mit Mr. Oldershaw sprechen?«

Holdsworth schüttelte den Kopf. »Als Dr. Jermyn mich vorstellte, wurde er gewalttätig und musste fixiert werden. Da fällt mir etwas ein: Mr. Archdale erwähnte gerade Mr. Whichcote. Ich habe seinen Namen auch bei Dr. Jermyn gehört.«

»Wie ich, glaube ich, gestern schon sagte: Mr. Whichcote hält sich oft in Jerusalem auf.«

»Wie auch seine verstorbene Frau.«

Richardson zog die Augenbrauen hoch. »Ah. Ich sehe, wir haben keine Geheimnisse vor Ihnen. Nicht dass der Tod der armen Dame ein Geheimnis wäre. Manche sagen, Mr. Whichcote geht zu früh nach dem Verlust wieder aus. Aber ich meine, wir sollten milde sein. Wir sollten es dem armen Mann nicht übel nehmen, wenn er auf diese Weise Trost sucht.«

»Warum sollte Mr. Oldershaw glauben, dass er den Geist von Mrs. Whichcote gesehen hat?«

»Da haben Sie es, mein Lieber. Warum sollte er? Er kannte die Dame natürlich. Aber der Verstand des armen Knaben ist verwirrt. Er braucht sicherlich keinen Grund für seine Einbildung.«

»Gab es vorher schon Anzeichen, dass sein Verstand verwirrt ist?«, fragte Holdsworth. »Ihre Ladyschaft möchte alles ganz genau wissen, sodass ich hoffe, Sie haben nichts dagegen, wenn ich Sie noch ein wenig weiter ausfrage.«

»Ich kann Ihnen nicht viel mehr sagen, als Sie bereits wissen. Mr. Oldershaw war an dem Abend, bevor Mrs. Whichcote starb, im Lambourne House. Das hatte ihn mitgenommen – er war ein wenig melancholisch, würde ich sagen. Aber das ist nichts Ungewöhnliches – junge Männer finden immer etwas, worüber sie klagen können, nicht wahr?«

»Wie erschien er Ihnen an dem Tag, bevor er die Erscheinung hatte? Und was hat er mitten in der Nacht im Garten gemacht?«

»Ich glaube, er hat mittags mit Mr. Archdale im *Hoop* gegessen und abends im College mit Mr. Whichcote.«

»Vielleicht hat ihm das die Erinnerung an Mrs. Whichcote besonders lebendig ins Gedächtnis gerufen.«

»Vielleicht. Wie auch immer, ich vermute, er ist mitten in der Nacht aufgewacht und musste seine Notdurft verrichten – der Abort der Studenten ist auf der anderen Seite des Gartens.«

»Ich frage mich, ob ich Mr. Oldershaws Räume sehen dürfte?«

»Nichts leichter als das. Sie sind, wie er sie verlassen hat. Ihre Ladyschaft wollte Mr. Oldershaws Freunde nicht unnötig beunruhigen. Zum Zeitpunkt seiner Einweisung schien eine plötzliche Genesung durchaus möglich, und wir haben auch jetzt noch die Hoffnung auf solch eine glückliche Fügung.« Richardsons Lider flatterten. »Lady Anne hat öffentlich erklärt, ihr Sohn sei indisponiert, und seine Nerven seien durch die Arbeit an der Universität angegriffen.«

»Wann würde es passen?«

»Wenn Sie wünschen, können wir jetzt gleich hinübergehen.« Richardson trat ans Fenster, das auf den Hof hinausging, und schaute auf die Uhr am Giebel. »Wir haben eine gute halbe Stunde, ehe es zum Essen läutet.«

Er warf sich seinen Umhang über, verschloss die Tür und ging voraus nach draußen. Sie gingen zu einer Tür in der südöstlichen Ecke des Hofes. Unter dem halben Dutzend Namen, die auf der Tafel im Eingang zum Treppenhaus standen, waren die von Oldershaw und Archdale, die ihre Räume im ersten Stock hatten. Als Richardson den Schlüssel in Oldershaws schwere Eingangstür steckte, geschah nichts. Er runzelte die Stirn und erhöhte den Druck. Trotzdem bewegte sich der Schlüssel nicht. Er änderte die Richtung, und sofort bewegte sich das Schloss mit einem lauten Klicken.

Stirnrunzelnd warf er Holdsworth einen Blick zu. »Seltsam.«

»Die Tür ist nicht abgeschlossen?«

Richardson drehte abermals den Schlüssel, zog die äußere Tür auf und drehte den Knauf an der inneren Tür. Sie führte in ein weiträumiges Zimmer, das größer als das von Richardson war. Direkt vor ihnen stand ein kleiner Mann in dunklen Kleidern. Er hatte einen Stapel Hemden im Arm.

»Mulgrave!«, sagte Richardson. »Was, zum Teufel, machen Sie hier?«

»Ich hole frische Wäsche für Mr. Oldershaw, Sir. Und Dr. Jermyn bat mich, einige Bücher mitzubringen.«

»Warum sind Sie wegen des Schlüssels nicht zu mir gekommen?«

»Entschuldigung, Sir. Wollte Sie nicht stören, und Dr. Jermyn hat mir Mr. Oldershaws Schlüssel gegeben.«

»Das ist ausgesprochen unüblich, Mulgrave, wie Sie sehr wohl wissen. Wir können nicht jedem einen Schlüssel zum College geben.«

»Ja, Sir. Entschuldigung, Sir. Da es Mr. Oldershaw ist, dachte ich, Sie hätten eine Ausnahme gemacht.«

»Habe ich nicht«, erwiderte Mr. Richardson. »Sie müssen mir den Schlüssel übergeben.«

»Natürlich, Sir. Ich soll am Dienstag wiederkommen, Sir. Ich fürchte, ich werde Sie dann belästigen müssen.«

»Deswegen brauchen Sie sich keine Sorgen zu machen.«

Mulgrave hinkte durchs Zimmer und legte die Hemden ehrfürchtig in eine Reisetasche, die auf dem Boden stand.

»Wie oft sehen Sie Mr. Oldershaw?«, fragte Richardson.

»Zwei- oder dreimal in der Woche, Sir. Dr. Jermyn sagt mir, was ich mitbringen und wann ich kommen soll. Ich rasiere den armen Herrn, richte ihm die Haare und erledige all die kleinen Botengänge, die nach Meinung des Doktors nötig sind.« Mulgrave verschnürte die Reisetasche und richtete sich auf. »Dr. Carbury hat mir den Auftrag erteilt. Aber meine Rechnungen gebe ich Dr. Jermyn, und er setzt sie auf die Rechnung Ihrer Ladyschaft.«

»Sie sollten über mich laufen, wie Sie sehr wohl wissen. Ich bin Mr. Oldershaws Tutor.«

»Ja, Sir, aber der Rektor sagte, das ist etwas anderes, weil der junge Mann im Augenblick nicht im College wohnt.«

»Verstehe. Nun gut. Bitte haben Sie die Güte, nicht zu vergessen, dass Mr. Oldershaw mein Schüler ist, und in Zukunft wäre es sehr freundlich, wenn Sie es sich zur Gewohnheit machen, mir zu berichten, wie es ihm geht.«

»Jawohl, Sir.«

»Und jetzt lassen Sie den Schlüssel auf dem Tisch liegen und gehen Sie.«

Mulgrave verbeugte sich, nahm die Tasche und hinkte hinaus. Richardson wartete, bis sich die Tür hinter Mulgrave geschlossen hatte. Er war blass geworden. »Das ist ungeheuerlich. Der Rektor hat hinter meinem Rücken gehandelt, und zweifellos wurde Mulgrave gut dafür bezahlt, dass er den Mund hält. Diese Geier.«

»Wie bitte?«, sagte Holdsworth.

»Die Lohndiener sind wie die Geier, und das ist absolut zutreffend. Schmarotzer, die mit dem Lohn und den Trinkgeldern ein Vermögen machen.« Richardson hielt inne und atmete tief ein. »Ein Lohndiener ist kein gewöhnlicher Dienstbote des Colleges. Er arbeitet auf eigene Rechnung und sucht sich seine Kunden aus. Wenn ich könnte, würde ich die ganze Sippe der Lohndiener aus Cambridge verbannen.«

»Sie sprechen mit einiger Hitze, Sir.«

»Ich rede, wie ich mich fühle, Mr. Holdsworth. Aber verzeihen Sie mir, ich habe meinen Gefühlen freien Lauf gelassen. Wenn man sein ganzes Leben in einem College verbringt, tagein, tagaus die gleichen Männer sieht, können solche Dinge sehr viel für uns bedeuten. Kleine Leidenschaften werden riesig und nehmen monströse Gestalt an.« Er lachte gezwungen. »Als ich hier Stipendiat war, vor dreißig Jahren, waren wir Rivalen für die Lohndiener, und so behandelten sie uns auch. Ich erinnere mich daran, dass Mulgrave – er war natürlich noch ein kleiner Junge – großes Vergnügen daran hatte, uns zu demütigen.«

Holdsworth ging zum nächstgelegenen Fenster, einem von zweien, mit Blick über die Rasenflächen bis hin zum Langen Weiher. Linker Hand lagen die Mauer und die Kapelle, und dahinter sah man die mächtige Krone der Morgenländischen Platane. Hatte Frank Oldershaw in der Nacht, als er den Geist sah, hier gestanden? Hatte er etwas gesehen, das ihn nach draußen zog?

Richardson, der seine Fassung inzwischen wiedergewonnen hatte, lächelte. »Sie müssen mir erlauben, Ihr Cicerone zu sein. Als unser Gründer die Statuten festlegte, verfügte er, dass es immer ein Appartement für seine Nachkommen geben soll, die hier studieren wollen. Ich glaube, ich sage nichts Falsches, wenn ich behaupte, dass nur der Rektor besser untergebracht ist. Das hier ist der Hauptraum, der Salon oder die Stube, wie wir es hier oft nennen. Diese Tür dort führt in ein Schlafzimmer und die Tür daneben in ein Studierzimmer. Und die kleine Tür hinter dem Kamin führt in die Dienstbotenkammer, sie ist das Reich von Mulgrave und der Magd.«

»Es ist herrlich möbliert.«

»Lady Anne hat für alles gesorgt. Verständlicherweise wünschte sie, dass ihr Sohn seinem Rang und seinen Erwartungen entsprechend wohnt.«

Holdsworth wanderte von Zimmer zu Zimmer. Das bescheidenere Studierzimmer lag zu einem kleinen sonnigen Garten auf der Südseite des Geländes hin. Der Raum selbst war quadratisch und hoch, beinahe ein perfekter Würfel. Hier gab es einige Hinweise, dass Frank Oldershaw gelegentlich auch seine Studien verfolgt hatte – ein paar Bände Tacitus, Virgil und Livius und mehrere Werke zur Mathematik, wie die *Meditationes algebraicae* von Edward Waring und die *Conic Sections* von Samuel Vince.

»Ist Mr. Oldershaw ein eifriger Student?«

»Kaum. Ihm steht der Sinn nicht nach Gelehrsamkeit. Wirklich wichtig sind ihm Rennen mit seinem Zweispänner gegen Archdale oder die Anzahl der Schnepfen, die er bei einem morgendlichen Ausritt schießt.«

Holdsworth öffnete die Tür gegenüber dem Fenster, die in ein Ankleidezimmer mit einer Kommode und einem großen Schrank führte. Durch eine andere Tür gelangte man wieder ins Schlafzimmer. Er sah die Kleider durch – Perücken und Fräcke, Kniehosen und Strümpfe, Schuhe und Stiefel, Hüte, Handschuhe und Überzieher.

»Das reicht ja für ein ganzes Dorf«, sagte er über die Schulter zu Richardson. »Ein ganzes Dorf, nur von Reichen bewohnt.«

»Ihre Ladyschaft verwehrt ihm nichts, was sein Ansehen

heben könnte. Er wird eine herausragende Stellung in der Welt einnehmen, wenn er erwachsen ist, und sich in der ersten Gesellschaft bewegen. Deswegen ist seine gegenwärtige Situation besonders unangenehm für sie.«

»Aus Stolz?«

»Das ist sicherlich mit ein Grund. Damit meine ich allerdings nicht, dass sie ihren Sohn nicht liebt. Doch nur wenige können von sich behaupten, aus reiner Selbstlosigkeit zu handeln. Nicht einmal die Großen dieser Welt.« Richardson zog den Ärmel eines leuchtend grünen Umhangs heraus. »Dies ist das Gewand, das Mr. Archdale voller Stolz am Mittwochabend tragen wird. Der Holy Ghost Club. Auf den Knöpfen ist der Leitspruch des Clubs eingraviert: *Sans souci*. Eine traurige Ironie für Mr. Oldershaw, finden Sie nicht?«

Holdsworth betrachtete die Manschette. »Es fehlt ein Knopf.«

Ursprünglich waren es drei goldene Knöpfe in einer Reihe an der Manschette gewesen. Jetzt waren es nur noch zwei.

»Er liegt auf dem Frisiertisch.« Richardson warf einen Blick aus dem Schlafzimmerfenster. »Der Kirchendiener wird gleich die Essensglocke läuten. Aber eins noch, bevor wir gehen, Sir.« Er legte eine Hand auf Holdsworths Arm. »Bitte passen Sie auf.«

»Was meinen Sie?«

»Es schmerzt mich, es sagen zu müssen, aber Dr. Carbury denkt nur an sich. Wenn er eine Möglichkeit sieht, auf Ihre Kosten einen Vorteil bei Lady Anne zu bekommen, wird er nicht zögern, es zu tun. Sie müssen wachsam sein.«

Die Glocke begann zu läuten.

»Jetzt müssen wir uns beeilen«, sagte Richardson mit fröhlicher Stimme. »Wenn ich meinen Platz am Tisch der Fellows nicht vor dem Gebet eingenommen habe, muss ich zur Strafe zwei Flaschen Wein bezahlen.«

14

Nach dem Essen wies Elinor Carbury ihre Magd an, das Teegeschirr in den Salon zu bringen. Sie hatte sich kaum gesetzt, da hörte sie Stimmen in der Diele im Untergeschoss und Schritte auf der Treppe. Die Tür flog auf, und Dr. Carbury kam herein. Mr. Holdsworth folgte ihm.

»Ah – Mrs. Carbury!«, rief ihr Mann aus, sich an einer Stuhllehne festhaltend. »Und da ist der Teekessel! Wie sagte Cowper noch? *Und da aus blubberndem, laut zischendem Gefäß des Dampfes Säule steigt, und eines jeden die Schale … die Schale …*«

»*… harret, die erheitert – nicht berauscht,* glaube ich, Sir«, ergänzte Elinor, während sie Holdsworths Verbeugung zur Kenntnis nahm.

»Ja, ja«, sagte Carbury und sank so schwer in einen Sessel, dass dieser ein Stück nach hinten rutschte.

»Bitte nehmen Sie Platz, Mr. Holdsworth«, sagte Elinor. »Ich will gerade den Tee zubereiten, und Susan wird sicherlich gleich noch eine Tasse bringen.« Sie lächelte ihm zu und bekam ein Lächeln zurück; es veränderte seine Gesichtszüge außerordentlich. »Was für eine unerwartete Freude. Ich dachte, Sie wären heute Nachmittag mit Mr. Richardson verabredet.«

Carbury unterdrückte ein Rülpsen. »Später. Der Bischof speist in St. John's, und Mr. Richardson wünschte, ihm seine Aufwartung zu machen. Ohne Zweifel aus den üblichen Gründen.«

Elinor sah immer noch Holdsworth an. »Dr. Carbury meint, dass der Bischof vielleicht in der Lage ist, eine Beförderung für Mr. Richardson in die Wege zu leiten.«

»Da habe ich nicht viel Hoffnung«, sagte Carbury. »Wir

werden es wohl noch ein wenig länger mit ihm aushalten müssen.«

Elinor rührte mit ungewöhnlicher Heftigkeit den Tee um, und der klappernde Löffel genügte, um ihren Mann zum Schweigen zu bringen, ganz wie sie es gehofft hatte. Er brach ab, wechselte schnell das Thema und fragte Holdsworth, wie es Frank Oldershaw ging. Während Holdsworth sprach, reichte Elinor den Männern die Tassen.

»Armer Kerl«, sagte Carbury. »Kurzum, Jermyn macht keine Fortschritte?«

»Er glaubt, dass es mit der Zeit besser werden wird.«

Carbury trank einen Schluck Tee, krauste die Nase, setzte die Tasse ab und spuckte ein wenig des Inhalts auf die Untertasse. »Aber es muss jetzt etwas getan werden! Die Geschichte bringt das College in Verruf, es missfällt Ihrer Ladyschaft.« Seine Stimme wurde lauter. »Und was ist mit dem Geist, Mr. Holdsworth? Das wäre etwas, wenn Sie zeigen könnten, dass er nur eine wilde Fantasie des Jungen ist. Ein Geist bedeutet Klatsch, und davon hatten wir bereits genug. Ich fürchte, wir werden nächstes Jahr weniger Bewerber haben, und das nur wegen dieser elenden Geschichte. Niemand möchte sein Kind auf eine Universität schicken, die einen Geist hat.« Er ließ einen langen, grollenden Wind fahren. »Das ist kaum vornehm. Wenn Sie dieses idiotische Gerücht ersticken könnten, werden wir Ihnen ewig dankbar sein.«

»Es wäre hilfreich, mehr über die Umstände zu erfahren, unter denen Mrs. Whichcotes Leiche gefunden wurde.«

»Warum denn, bitte? Ihre Identität steht außer Frage.«

»Für den Fall, dass ich einige Fakten nutzen kann, um Mr. Oldershaw wenigstens zum Teil zu beweisen, dass es nicht ihr Geist gewesen ist. Wie ist sie zum Beispiel hereingekommen?«

»Sie hatte einen Schlüssel«, sagte Carbury. »Sie hat uns oft zu Hause besucht. Meine Frau hatte ihr einen Schlüssel zu unserem privaten Tor an der Jerusalem Lane gegeben, damit sie nicht jedes Mal die peinlichen Blicke der jungen Männer ertragen musste, wenn sie kam oder ging.«

»Das Tor war abgeschlossen«, sagte Elinor. »Der Schlüssel wurde nicht gefunden.«

Ihr Mann warf ihr einen finsteren Blick zu. »Weil er vermutlich im Schlamm auf dem Grund des Weihers liegt.«

»Was hatte die Dame an, als sie aus dem Wasser gezogen wurde?«, fragte Holdsworth.

»Einen Umhang«, sagte Elinor. »Keine Schuhe. Sie trug Strümpfe, aber sie waren zerrissen und voller Schmutz. Wir ...«

»Wir haben versucht, diesen Umstand möglichst nicht öffentlich bekannt werden zu lassen«, unterbrach Carbury sie. »Aber die Dienstboten plapperten. Zweifellos hat sie die Schuhe im Wasser verloren, und sie wurden in den Kanal geschwemmt, der über den Weiher abfließt. Oder sie hat sie verloren, als sie durch die Straßen lief – in so einer Nacht!«

Holdsworth rieb sich die müden, geröteten Augen. »Aber was wollte Mrs. Whichcote um diese Zeit in Jerusalem?«

»Mrs. Carbury besuchen, natürlich. Schlafwandler sind genau genommen nicht irrational. Ich habe die Angelegenheit mit Professor Trillo diskutiert, der eine Abhandlung über das Thema in der Antike geschrieben hat. Die Handlungen von Schlafwandlern werden oft von Überlegungen geleitet, die ihnen ihm Wachzustand durchaus vernünftig erscheinen.«

»Trotzdem – bitte verzeihen Sie, wenn ich den Punkt vertiefe – ging es Mrs. Whichcote nicht gut? Verzweiflung ist ein Gegner der Vernunft, nicht wahr? Verzweifelte sind zu schrecklichen Handlungen fähig.«

Carbury ließ wieder einen Wind fahren und krümmte sich. »Mrs. Whichcote war nicht verzweifelt, Sir. Tun Sie mir den

Gefallen und erwähnen Sie die Möglichkeit niemandem gegenüber. Es könnte einen irreführenden Eindruck erwecken. Man möchte den Ruf einer Dame posthum nicht mit dem grundlosen Verdacht auf Selbstmord beflecken.« Er rutschte auf dem Sessel ein Stück nach vorne und kam wackelig auf die Beine. Er versuchte, sich in Elinors Richtung zu verbeugen, doch es wurde ein unbeholfenes Nicken daraus. »Ich – ich muss mich für einen Augenblick zurückziehen. Bitte entschuldigen Sie mich.«

Elinor lauschte seinen stolpernden Schritten auf der Treppe und dem Schlagen der Tür eine Etage tiefer. Sie wandte sich zu Holdsworth um und stellte fest, dass er ihr direkt ins Gesicht sah. Sie senkte den Blick.

»Ich hoffe, der Rektor ist nicht indisponiert«, sagte Holdsworth.

»Nein – sicher nicht. Er – er ist manchmal gezwungen, sich nach dem Essen zurückzuziehen. Aber um auf Mr. Frank zurückzukommen: Ich werde heute an Lady Anne schreiben. Darf ich sagen, dass es ihm körperlich gut geht? Und dass die Verwirrung seines Geistes zumindest nicht schlimmer geworden ist? Kann ich mehr sagen?«

»Es gehört zu Dr. Jermyns Strategie, dass er sehr strikt darauf achtet, welche Kontakte seine Patienten mit der Außenwelt haben. Ich wünschte, er ließe mich mit Mr. Frank allein sprechen. Zunächst erschien er völlig gelassen. Dann sagte der Doktor, dass Ihre Ladyschaft mich schicke und ich ihn vielleicht schon in einigen Wochen nach Hause bringen könne, wenn er weiterhin so gute Fortschritte mache. Danach geriet Mr. Frank außer sich, und es hatte keinen Sinn zu bleiben. Ich würde gerne sehen, ob es weiterhilft, wenn ich allein mit ihm spreche, ohne den Doktor oder die Aufseher. Es ist unbedingt notwendig. Er glaubt, den Geist von Mrs. Whichcote gesehen zu haben. Wie kann ich versuchen, es zu widerlegen, wenn ich die genaue Natur der Wahnvorstellung nicht kenne? Nur er kann mir das sagen.«

»Dr. Jermyn konnte Sie doch sicherlich aufklären?«

»Unglücklicherweise nicht. Ja, er ließ keinerlei Interesse an dem Thema Geist erkennen. Für seine Methode sind solche Dinge irrelevant, verstehen Sie? Er ist der Ansicht, dass seine Patienten geisteskrank und ihre Wahnvorstellungen daher per definitionem einer rationalen Überlegung nicht wert sind – sie sind bedeutungsloser Unsinn. Stattdessen liegt seine Betonung auf der Behandlung, die sich darum zu drehen scheint, sie zu lehren, von korrekten Vorgaben auszugehen. Er wurde ziemlich philosophisch, als er es mir erklärte.«

»John Locke«, sagte Elinor und genoss den Anflug von Überraschung auf Holdsworths Gesicht.

»Genau, Madam«, sagte er. »Dr. Jermyn erwähnte ihn mehrmals.«

Sie antwortete nicht.

»Erzählen Sie mir«, fuhr er fort, »wie Mrs. Whichcote war.«

Elinor stand auf und holte eine Mappe aus einer Schublade ihres Schreibtisches. Sie legte sie auf den Tisch am Fenster und löste das Band. Dann wandte sie sich zu Holdsworth um, der sich ebenfalls erhoben hatte, als sie aufgestanden war. »Kommen Sie her, und Sie haben Ihre Antwort, Sir.«

Sie öffnete die Mappe und nahm ein Blatt Papier heraus. Holdsworth stand jetzt neben ihr. Sie war sich seiner Augen und des Geruchs nach Wein in seinem Atem sehr bewusst. Er schaute auf das Papier: Es war ein skizziertes Portrait von Sylvia Whichcote, zwanglos und schnell mit Tinte und Feder gezeichnet. Auf dem Kaminsims tickte die Uhr. Elinors Atemzüge wurden schneller. Seine Stirn war gerunzelt. Wie eine gute Hausfrau wollte sie die Hand ausstrecken und sie wieder glatt streichen.

»Ja«, sagte er endlich und trat zurück. »Ja, ich verstehe. Sie war sehr schön.«

»Es war nicht nur ihr Aussehen, Sir«, sagte Elinor. Auf einmal war es ihr sehr wichtig, dass er es verstand. »Obwohl sie wirklich ein wunderschönes Gesicht hatte. Aber mehr als das, viel mehr, zählten ihr zauberhaftes Wesen, die Gespräche – sie hatte etwas Undefinierbares. Etwas Unvorhersagbares. Es hat die Menschen angezogen. Gott weiß – es hat Philip Whichcote angezogen, und wenn sie wollte, konnte sie jeden für sich einnehmen. Er war einmal bis über beide Ohren in sie verliebt, vermutlich liebte er sie auf seine Art immer noch, obwohl ich fürchte, dass die Ehe nicht glücklich war.«

Sie schloss die Mappe und knüpfte mit unerwartet ungeschickten Fingern das Band darum.

»Es wäre eine Ehre für mich, wenn Sie mir mehr über sie erzählen würden«, sagte er.

»Sie und ich waren schon als Kinder zusammen. Mein Vater hatte eine Schule in Bath, und sie war als Internatsschülerin dort. Wir wurden enge Freundinnen und blieben es. Als ich Dr. Carbury heiratete, besuchte sie mich in Cambridge und begegnete Mr. Whichcote. Damals erschien es uns wie eine glückliche Fügung – ein Weg, unsere Freundschaft fortzusetzen.«

»Wer hat das Portrait gezeichnet?«

»Ich.«

»Sie sind eine sehr begabte Zeichnerin, Madam. Ist es ein neueres Portrait?«

»Ich habe es vor sieben oder acht Monaten angefertigt.«

Elinor sah auf. Holdsworth starrte sie wieder an.

Sie hörten Dr. Carbury zurückkommen. Elinor stand auf und legte die Mappe zurück in die Schreibtischschublade. Ihr Mann betrat langsam, mit tastenden Schritten, den Raum, als wäre er auf Deck eines Bootes, das jeden Moment schwanken konnte.

»Immer noch da, Mr. Holdsworth? Da bin ich aber froh – ich wollte ein Wort im Vertrauen mit Ihnen reden. Eine Warnung. Ich hatte gehofft, es wäre nicht nötig, aber es hilft nichts. Mrs. Carbury berichtete mir, dass gestern, gleich nach Ihrer Ankunft, Mr. Richardson Ihnen seine Aufwartung machte. Und er hat Sie seitdem nicht in Ruhe gelassen, wie?«

»Wie Sie wissen, haben wir uns gestern Abend gesehen, Sir«, sagte Holdsworth. »Und ich traf ihn vorhin, weil ich Mr. Oldershaws Räume besichtigen wollte. Er war so freundlich, sie mir zu zeigen.«

»Wie auch immer«, sagte Carbury nickend. »Freundlich, wie? Freundlich zu sich selbst, das garantiere ich Ihnen. Ich bedauere, das über ein ehrwürdiges Mitglied unserer Gemeinschaft sagen zu müssen, aber ich würde meine Pflicht vernachlässigen, wenn ich Sie nicht warnen würde; seien Sie wachsam. Er war wahrscheinlich über die Maßen reizend und zuvorkommend, wie?«

»Er war sehr entgegenkommend.«

»Ha! Ich wusste es.«

Elinor wollte gehen, doch ihr Mann bedeutete ihr mit einer Handbewegung, sich wieder zu setzen.

»Bitte bemühen Sie sich nicht, meine Liebe. Es dauert nur einen Moment, und außerdem wissen Sie das alles, und sogar bereits noch mehr.« Er steckte die Daumen in die Westentaschen und stellte sich breitbeinig mit dem Rücken zum leeren Kamin. »Als mein Vorgänger starb, Mr. Holdsworth, gab es, wie es in diesen Fällen üblich ist, eine Wahl für seinen Nachfolger. Die Fellows sind die Wähler. Laut Statuten darf sich jeder als Kandidat aufstellen lassen, solange er einen Master of Arts hat und natürlich Mitglied der Church of England ist. Sehr häufig werden die Kandidaten unter den Fellows gewählt, was ganz normal ist. Und so war es auch bei der letzten Wahl. Die Kandidaten waren Mr. Richardson und ich.«

Elinor hustete. »Wir sollten Mr. Holdsworth nicht mit unseren kleinen Affären langweilen, Sir. Er hat …«

»Bitte schweigen Sie, Mrs. Carbury, und überlassen Sie diese Angelegenheiten denen, die etwas davon verstehen.«

Elinor spürte, wie sie errötete, und wandte den Kopf ab.

»Wie ich bereits sagte, ich hatte meinen Freunden erlaubt, mich vorzuschlagen, doch in Wahrheit machte ich mir sehr wenig aus dem Ergebnis.« Dr. Carbury schaute zur Decke. »Mr. Richardson hingegen war die Sache sehr wichtig. So wichtig, dass die Methoden, die er anwandte, um sich einen Vorteil zu verschaffen – nun, ich würde sie nicht gerade korrupt nennen, obwohl ich fürchte, dass andere so etwas dachten. Aber ich würde sagen, sie waren mit Sicherheit nicht die eines Gentlemans. Doch wie ich erst neulich zu Mrs. Carbury sagte: Aus einem Ackergaul kann man kein Rennpferd machen. Mr. Richardsons Herkunft ist bescheiden, wissen Sie, und trotz seiner fraglosen Fähigkeiten hat er etwas Verschlagenes an sich, das man bei einem Mann von Stand nicht findet. Sie dürfen sich von seiner Zuvorkommenheit nicht blenden lassen, Mr. Holdsworth. Wir waren bereits als Studenten zusammen hier, und seine wahre Natur zeigte sich schon damals. Die weniger freundlichen Studenten nannten ihn ›Dirty Dick‹. Sie waren davon überzeugt, dass ihm ein unangenehmer Geruch anhaftete, da sein Vater Gerber war, und Sie wissen ja, wie schwierig es ist, den Geruch von stinkenden Tierhäuten loszuwerden.«

Carbury hielt inne. Er sah Holdsworth an, als erwarte er einen Kommentar von ihm.

Holdsworth sagte: »Oh ja, Sir, das weiß ich tatsächlich. Zufällig war auch mein Vater Gerber.«

15

Soresby reinigte seine Fingernägel mit einem Taschenmesser unter den westlichen Arkaden im Innenhof. Hinter ihm lag der Durchgang zum Haupteingang des Colleges, und das Tor neben dem Pförtnerhaus stand offen. Der äußere Bogen rahmte den Blick auf die St. Andrew's Street ein, deren Geschäftigkeit einen winzigen Missklang in die Ruhe von Jerusalem brachte.

Als der Stipendiat Holdsworth kommen sah, errötete er verlegen und ließ das Messer in die Tasche gleiten. Er lüftete sein Barett. »Hier entlang, Sir.«

»Mr. Richardson erzählte mir, dass Sie die Bibliothek betreuen, Mr. Soresby«, sagte Holdsworth und blieb stehen. »Was gehört zu Ihren Pflichten?«

»Ich schließe morgens auf und abends zu, Sir. Ich stelle die Bücher in der richtigen Reihenfolge zurück in die Schränke. Und ich betreue die Ausleihe.«

»Da haben Sie gut zu tun.«

»Oh, das ist nicht alles, Sir. Ich kümmere mich unter Mr. Richardsons Anleitung auch um die Buchführung, und ich werde oft gerufen, wenn jemand ein bestimmtes Werk sucht.«

»Und all das tun Sie zusätzlich zu ihrem Studium?«

»Ja, in der Tat, Sir. Wenn Sie so gut wären und die Treppe hinaufgehen würden. Mr. Richardson wartet schon.«

Holdsworth ging voraus und überlegte, was Soresby wohl mit seiner Arbeit verdiente. Oben erwartete ihn eine offen stehende Tür mit einem lang gestreckten Raum dahinter. Fenster zu beiden Seiten erhellten ihn. Spätnachmittagssonne, schwer und golden, fiel durch die Fenster zur Rechten. Die Wände waren von Regalen und Schränken gesäumt. In der Mitte des

Raums stand ein schwerer Eichentisch, dessen Oberfläche mit Tintenflecken, Kratzern und Schnitten übersät war.

Mr. Richardson kam mit einem Buch in der Hand auf sie zu. »Mr. Holdsworth, Sie sind erfreulich pünktlich …«

»Bitte, Sir«, unterbrach Soresby ihn, »gibt es noch etwas für mich zu tun?«

»Nein, ich glaube nicht. Es sei denn, Mr. Holdsworth wünscht, mit Ihnen zu sprechen.«

Holdsworth schüttelte den Kopf.

»Aber bleiben Sie – ich möchte mit Ihnen über die Bücherausleihe sprechen«, fuhr Richardson mit einem Blick auf das Ausleihbuch fort, das aufgeschlagen auf dem Tisch lag. »Ich bin nicht ganz überzeugt, dass Ihre Methode, sie zu registrieren, die beste ist.«

»Bitte, Sir, ich muss einen Botengang erledigen.«

»Nun gut – aber wir werden später noch darüber sprechen.«

»Ja, Sir.« Soresby verbeugte sich tief und rannte fast aus dem Raum. »Danke, Sir.«

»Verzeihung, Sir«, sagte Richardson zu Holdsworth. »Ich muss regelmäßig alles hier kontrollieren, damit die Bibliothek wie am Schnürchen läuft. Ich versuche, dafür zu sorgen, dass meine Anweisungen genauestens befolgt werden. Doch wie kann ich Ihnen helfen?«

»Bitte arbeiten Sie weiter, Sir«, sagte Holdsworth und fragte sich, ob die Szene mit Soresby nur für ihn aufgeführt worden war, um den Eindruck von Kompetenz und Betriebsamkeit zu erwecken. »Ich möchte Sie auf gar keinen Fall stören. Ich will nur einen ersten Rundgang machen.«

»Lassen Sie mich wissen, wenn ich irgendetwas aufschließen soll. Die Schlüssel sind hier. Unsere wertvolleren Bücher stehen in dem Wandschrank links neben dem Kamin.«

Richardson setzte sich. Holdsworth wanderte langsam durch den Raum. Kleinere Studiertische standen im rechten Winkel zum Fenster, um das Licht auszunutzen. Die Bücherschränke waren eindeutig für diesen Raum angefertigt worden, und zwar von jemandem, der sein Handwerk verstand. Die Regale schützten verglaste Türen. Darunter gab es Schränke und Schubfächer. Alle Türen waren mit Schlössern versehen. Der Inhalt der Bücherschränke war auf den ersten Blick jedoch weniger beeindruckend. Die Einbände waren in schlechtem Zustand. Viele der Werke, die theologische Themen behandelten, wurden für die Ausbildung eines Priesters der Landeskirche für nicht mehr relevant erachtet oder waren sogar unerwünscht. Die klassischen Autoren waren spärlich vertreten, ebenso wie Werke über Mathematik oder alle Bereiche des Handwerks.

Nach einem ausführlichen Rundgang kehrte Holdsworth zu Richardson zurück. »Sagen Sie, hat die Bibliothek einen Fond für Neuanschaffungen oder die Erhaltung alter Bücher?«

»Nicht – nicht als solchen, Sir. Von Zeit zu Zeit stiften die Fellows eine Geldsumme für einen bestimmten Zweck. Und gelegentlich bekommen wir ein Gratisexemplar von Autoren oder sogar einen Nachlass.«

»Mit anderen Worten, die Bibliothek bekommt neue Werke rein zufällig?«

»Ja. Ich fürchte, es ist keine perfekte Situation, und ich wünschte, wir hätten regelmäßig Gelder aus einem Fond. Aber uns geht es besser als vielen anderen Colleges. Und natürlich kam uns die Großzügigkeit des verstorbenen Earls, des Vaters Ihrer Ladyschaft, zugute, die es uns erlaubte, diesen herrlichen Raum einzurichten.«

»Der Raum ist in der Tat herrlich. Von den Büchern, die er enthält, kann man das allerdings nicht sagen.«

»Die Welt, in der wir leben, ist nicht perfekt«, sagte Richardson trocken. »Niemandem sind die Defizite der Bibliothek bewusster als mir. Oder die der Welt.«

Nachdem Holdsworth seine Inspektion beendet hatte, ging er hinunter und wanderte langsam über den Hof. Als er Schritte hörte, schaute er sich um. Soresby ging hinter ihm, ein großes Paket in den Händen. Der Stipendiat atmete schwer, und auf seiner blassen Stirn standen Schweißperlen.

»Mr. Soresby«, sagte Holdsworth und blieb stehen. Er deutete mit dem Kopf auf das Paket. »Haben Sie einen Einkauf getätigt?«

»Oh, nein, Sir – das ist nicht für mich. Es ist für Mr. Archdale. Er bat mich, es vom Schneider abzuholen. Weiß der Himmel …« Soresby brach ab und wurde rot.

»Weiß der Himmel was, Mr. Soresby?«

»Ich – ich wollte nur bemerken, dass Mr. Archdale den Umhang erst am Mittwoch braucht, warum dann also die Eile? Doch es war ihm sehr wichtig, sehr dringend. Er braucht ihn für das Essen im HG-Club. Der Umhang ist sozusagen die Uniform des Clubs, und vielleicht ist das ein großer Augenblick für ihn.«

Soresbys Zunge schnellte zwischen seinen Lippen hin und her. Er hatte gleichförmig gesprochen, emotionslos, doch die Zungenspitze gab den Worten etwas Boshaftes.

»Der HG-Club – was ist das genau?«, fragte Holdsworth teils aus purer Neugier und teils, weil er die Unterhaltung mit Soresby nicht abbrechen wollte, denn er vermutete, dass der Mann sich durch eine abrupte Verabschiedung herabgesetzt fühlen könnte; ein Stipendiat hatte sicher eine dünne Haut.

»Nun, Sir, es gibt ihn schon seit Jahren in der einen oder anderen Form. HG steht für Heiliger Geist.«

Das warf ein unerwartetes Licht auf den jungen Mr. Archdale. Holdsworth sagte: »Dann ist es eine religiöse Gemeinschaft?«

»Nicht ganz.« Soresby grinste, was seinem langen Gesicht etwas Schelmisches und Sympathisches gab. »In Jerusalem hat der Heilige Geist eine ganz andere Bedeutung. Es ist ein Dining Club. Soweit ich weiß, haben die Vergnügungen dort nichts mit Religion zu tun. Wenn man ein vollwertiges Mitglied des Clubs ist, erhält man die Berechtigung, den Umhang zu tragen.« Er warf einen Blick auf das Paket in seinen Armen. »Er ist sehr elegant. Der Schneider hat ihn mir gezeigt.«

»Elegant und zweifellos teuer.«

»Ja, Sir. Und man sagt, die Vergnügungen seien außergewöhnlich ausschweifend.«

»Treffen sie sich oft?«

»Das letzte Mal im Februar. Normalerweise treffen sie sich bei Mr. Whichcote, wissen Sie, da er der Präsident ist, doch er ist seit Kurzem verwitwet. Aber am Mittwoch …«

»Ahoi, sage ich.«

Soresby und Holdsworth blickten in die Richtung, aus der der Ruf gekommen war. Archdale höchstpersönlich stand in der Tür des Treppenhauses, das zu Frank Oldershaws Räumen führte. Er winkte Soresby ungeduldig zu.

»Haben Sie ihn?« Er bemerkte Holdsworth. »Entschuldigung, Sir, ich wollte Sie nicht unterbrechen.« Und dann verschwand er genauso schnell, wie er gekommen war, wieder im Haus.

»Ich gehe dann besser«, sagte Soresby. »Mr. Archdale wartet nicht gerne.« Er verbeugte sich.

»Einen Augenblick noch«, sagte Holdsworth. »Ich habe gehört, dass Mr. Oldershaw Mitglied dieses Clubs ist.«

»Oh ja, Sir.« Soresby, der bereits losgelaufen war, blieb noch einmal stehen und schaute sich um. »Ich glaube, er wurde beim letzten Treffen aufgenommen. Ein ausgesprochen liebenswürdiger Herr, äußerst liebenswürdig.« Er zog an seinen Fingern. Ein Gelenk knackte. »Das war das letzte Dinner im Club. Doch dann starb Mrs. Whichcote. Ihre Leiche trieb am nächsten Morgen da drüben im Langen Weiher.«

Der Tag war warm und zunehmend schwül. Elinor ging hinunter und benutzte die Hintertür zum Rektoratsgarten. Sie wanderte ziellos kreuz und quer über die Kieswege, als irrte sie durch einen Nebel. Die schnurgeraden Wege verliefen zwischen Beeten, die hauptsächlich in Dreiecksform angelegt waren. Alle wurden von niedrigen Buchsbaum- und Eibenhecken in holländischem Stil begrenzt. Sie hasste ihre steife maskuline Gleichförmigkeit. Sie hätte den Garten am liebsten in einen Ort mit Wiesen und Bäumen verwandelt, wild und romantisch und mit versteckten Ecken.

Wieder und wieder wanderte ihr Blick zu den Bäumen im Garten der Fellows und zum Langen Weiher, vor allem aber zu der kühlen grünen Höhle unter der Morgenländischen Platane. Welchen Weg sie auch ging, früher oder später schienen sie alle zum Wasser zu führen, zu der Stelle direkt gegenüber der Platane. Hier war der Weiher am breitesten. Mepal hatte ihr einmal erzählt, dass sich in den trüben grünen Tiefen ein riesiger Karpfen, ja sogar ein mächtiger Hecht versteckten. Seerosen wuchsen wie eine Halskrause um die Stelle, wo Sylvia Whichcotes Leiche gefunden worden war.

Elinor bemerkte am Rand ihres Blickfelds eine Bewegung und stellte mit einem Anflug von Ärger fest, dass sie nicht allein war. Am anderen Ufer bewegte sich etwas Schwarzes unter den getüpfelten Schatten der überhängenden Zweige der Platane. Sie drehte sich abrupt um und folgte dem Pfad am Weiher entlang, wobei sie immer wieder einen Blick hinüber zum Garten der Fellows auf der anderen Seite warf.

Sie durchquerte den Garten zur gegenüberliegenden Seite, wo eine dichte Buchsbaumhecke das Ufer begrenzte. Der Weg führte zu einem schmiedeeisernen Tor in der Hecke und über die Frostwick-Brücke in den Hauptgarten. Einen Augenblick lang blieb sie am Tor stehen und schaute durch das Gitter auf die grünen sonnenbeschienenen Rasenflächen dahinter.

Holdsworth ging auf den Hof der Kapelle zu. Sein schräger Schatten durchschnitt das Gras auf der anderen Seite der Brücke. Sie trat zur Seite, doch sie hatte zu lange gewartet. Er sah sie und verbeugte sich, sodass sie gezwungen war zu knicksen. Er wechselte die Richtung und kam auf die Brücke.

»War Ihr Besuch in der Bibliothek erfolgreich, Sir?«, fragte sie.

»Es war ein Anfang, Madam, mehr nicht.« Er überquerte die Brücke und erreichte das Tor. »Ich habe gerade mit dem Pförtner gesprochen.«

»Mepal? Benötigen Sie irgendetwas?«

»Ich wollte ihn zum Auffinden von Mrs. Whichcotes Leiche befragen.«

Elinor versuchte, das Tor zu öffnen. Es gelang ihr nicht. »Ich bedauere außerordentlich, Sir, aber das Tor ist abgeschlossen. Es ist nicht sehr höflich, so mit Ihnen zu sprechen.«

Er lächelte, und ihr fiel auf, dass er zwei vollständige Zahnreihen besaß. *Er ist gut gebaut,* dachte sie, *ohne irgendetwas Schlaffes.* Sie fragte sich, wie seine tote Frau wohl gewesen war und wie sie für ihn empfunden hatte.

»Bitte machen Sie sich keine Gedanken«, sagte er. »Es macht nichts.«

»War Mepal hilfreich?«

»Er hat mir gezeigt, wo die Leiche gefunden wurde.« Holdsworth zögerte. »Ich hoffe, das Thema ist nicht schmerzlich für Sie.«

Sie schüttelte den Kopf. »Nicht mehr als sonst. Mepal hat geholfen, sie aus dem Wasser zu ziehen.«

»Ja, zusammen mit dem Fäkalienmann, der Alarm geschlagen hat. Mepal sagte mir, wo ich ihn vielleicht finden kann.«

»Ich bezweifle, dass Sie von ihm viel Neues erfahren. Dr. Carbury meint, er bringt kaum zwei zusammenhängende Worte heraus.«

»Ich muss allen Hinweisen folgen.«

Sie sagte darauf nichts. Auf seinem Handrücken wuchsen schwarze Haare. Er hatte sich an diesem Morgen nicht rasiert, und die Stoppeln betonten seine Wangenknochen und seinen Kiefer. »Was kann ich denn sonst tun?«, fuhr er fort. Es klang ärgerlich, als hätte sie ihm widersprochen.

»Sicher, aber was nützt es, Sir?« Zu ihrem eigenen Entsetzen spürte Elinor, wie sich ihre Augen mit Tränen füllten. »Ganz gleich, was wir tun, was nützt es? Wir können die Zeit nicht zurückdrehen. Wir können Mrs. Whichcote nicht zu uns zurückholen. Sie ist tot. Und das ist das Ende der Geschichte.«

»Nicht das Ende«, sagte er. »Noch nicht, fürchte ich. Aber würden Sie mir ein wenig mit der Geographie helfen? Mepal sagt, dass Mrs. Whichcote gleich dort drüben, hinter der Platane, im Wasser gefunden wurde.«

»So habe ich es verstanden.«

»Wo ist die Leiche dann ins Wasser gekommen?«

Sie sah ihn verständnislos an. »Woher soll ich das wissen, Sir?«

»Die allgemeine Vermutung ist, dass Mrs. Whichcote im Rektoratsgarten hineingefallen sein muss, da sie den Schlüssel zu dem privaten Tor an der Jerusalem Lane hatte. Aber sie kann – theoretisch wenigstens – genauso gut im Garten der Fellows oder vom Hauptgarten des Colleges aus ins Wasser gelangt sein.«

»Sie muss im Rektoratsgarten hineingefallen sein. In die anderen Gärten wäre sie gar nicht gekommen.«

»Aber wir wissen nicht, wie sie gestorben ist, nicht wahr?«, sagte er langsam und ruhig. »Wir kennen die genauen Umstände nicht und wissen auch nicht, ob sie allein war. Wir wissen nicht einmal, ob es ein Unfall, Selbstmord oder Mord war.«

Tränen rollten ihre Wangen hinunter. Sie fühlte sich schrecklich schwach. Sie hielt sich an den Querstreben des Gitters fest, um nicht zu fallen. Sein ernstes, vom Wasser und den Eisenstäben verzerrtes Gesicht verschwamm. Dann spürte sie für einen kurzen schockierenden Moment die Wärme seiner Hand auf ihrer.

»Madam«, sagte er drängend. »Ist Ihnen unwohl? Soll ich Ihre Magd holen? Etwas Wasser?«

Elinor schüttelte den Kopf. Sie drehte sich um, sodass er ihr Gesicht nicht mehr sehen konnte, und lief schnell, ohne ein Abschiedswort, auf die Hintertür des Rektorats zu. Sie verachtete sich für ihre Schwäche. Sie hasste Holdsworth, weil er Zeuge davon geworden war. Und sie verachtete sich noch mehr für die seltsame, kribbelnde Wärme, die ihren Körper bei der Berührung seiner Hand erfasst hatte.

Sie blickte nicht zurück, aber sie wusste, dass er immer noch dort stand, neben dem Tor, und ihr durch das Gitter nachsah.

16

Das Tor war noch nicht geschlossen. Als Whichcote ins College kam, sah er Mepal im Pförtnerhaus, der seine Zeitung schief hielt, um das Licht der Laterne einzufangen. Er ging über den Kapellenhof zu dem Aufgang in der südöstlichen Ecke, stieg die Treppe zum ersten Stock hinauf und hämmerte mit dem Knauf seines Spazierstocks gegen Archdales Tür.

»Ich bin nicht da!«, rief Archdale.

Whichcote drehte den Knauf und stieß die Tür auf. Die Räume waren kleiner als die von Frank Oldershaw auf der anderen Seite des Treppenabsatzes und hatten weniger Fenster. Aber sie waren ähnlich geschnitten. Archdale war nicht in seinem Wohnzimmer, sondern in dem kleinen Studierzimmer dahinter. Er konnte ihn durch die offene Tür an einem Tisch neben dem Fenster sitzen sehen, einen Stapel Bücher vor sich und eine Feder in der Hand.

»Verdammt, ich habe doch gesagt …« Er brach ab, als er sah, wer es war. »Philip! Was machen Sie hier?«

Whichcote stand auf der Schwelle zum Studierzimmer und schaute auf ihn herab. »Was für eine herzliche Begrüßung. Und wie, zum Teufel, sehen Sie denn aus?«

Archdale trug nur Hemd und Kniehosen und hatte ein feuchtes Tuch wie eine Art Turban um den Kopf gewickelt. Seine Hose war, wohl um der Bequemlichkeit willen, an den Knien und in der Taille nicht zugeknöpft.

»Haben Sie vergessen, dass mein Onkel in Cambridge ist?«, sagte er. »Er ist bereits hier – Ricky tauscht in diesem Moment gerade Artigkeiten mit ihm im *Blauen Eber* aus. Hat mich zum Glück nicht dazugebeten – ich bin sicher, die alten Knacker hecken was aus. Er hat diese fixe Idee mit der Vauden-Medaille.«

»Glaubt er, Sie könnten sie gewinnen?«, fragte Whichcote überrascht und gab sich keine Mühe, seine Ungläubigkeit zu verbergen.

»Warum denn nicht?«, fragte Archdale.

»Ich habe Sie noch nie über den Büchern sitzen sehen.«

»Ich habe schon viel gelesen«, sagte Archdale trotzig. »Nur weil ein Mensch auch andere Dinge mag, heißt das nicht, dass er nie ein Buch aufschlägt. Wie auch immer, ich muss die verdammte Medaille Gott sei Dank nicht gewinnen, und ich habe einen Stipendiaten, der mir hilft. Mein Onkel soll einfach glauben, dass ich es darauf abgesehen habe. Das Dumme ist nur, wenn ich es nicht tue, droht er, mich von der Universität zu nehmen. Er führt sich auf wie ein Wilder wegen ein paar Rechnungen, obwohl er noch gar nicht alles weiß.«

»Wann werden Sie es ihm zeigen?«

»Morgen. Er speist nach der Kirche im College. Und anschließend werden Ricky und er mich auf Herz und Nieren prüfen.«

Whichcote lehnte sich an den Türrahmen. »Aber Sie werden uns am Mittwoch nicht im Stich lassen? Wir verlassen uns auf Sie, Harry. Sollten Sie allerdings kalte Füße bekommen, sagen Sie es mir jetzt. Die Liste der Anwärter ist so lang wie mein Arm.«

»Nein, nein.« Archdale deutete auf die Bücher und Zettel vor sich. »Bei meiner Ehre, wenn ich die hier los bin, werde ich an nichts anderes mehr denken. Heute Nachmittag ist der Umhang gekommen. Ich habe ihn schon anprobiert, und er sieht ausgesprochen gut aus. *Sans souci,* wie?« Er schmatzte mit den Lippen. »So bin ich. Ist alles vorbereitet? Das – Opfer erwartet mich?«

»Oh ja. Deswegen brauchen Sie sich keine Sorgen zu machen.«

Archdale wischte sich mit dem Hemdsärmel über die Stirn. »Hoffentlich wird es nicht noch heißer.«

»Ich werde Sie Ihren Studien überlassen.« Whichcote entfernte sich, blieb aber plötzlich stehen, als sei ihm ein Gedanke gekommen. »Übrigens, ganz im Vertrauen, ich habe Mulgrave entlassen.«

Archdale blieb der Mund offen stehen. »Ich dachte – ich meine, Sie beschäftigen ihn schon viele Jahre.«

»Jetzt nicht mehr. Ich habe ihn beim Stehlen erwischt – das hatte ich schon eine ganze Weile vermutet. Ich rate Ihnen, sich sehr genau zu überlegen, ob Sie ihm weiterhin Aufträge geben wollen.«

»Guter Gott.« Archdale lehnte sich auf seinem Stuhl zurück. »Das ist ein Schlag ins Gesicht. Er ist so ein gefälliger Bursche – scheint immer alles besorgen zu können, was man will.«

»Aber man kann ihm nicht trauen«, sagte Whichcote. »Jetzt ist jedenfalls Schluss.«

Archdale hing seinen eigenen Gedanken nach. »Ich frage mich, ob Ricky auch etwas gehört hat.«

»Was?«

»Seit Frank weg ist, geht Mulgrave in dessen Räumen ein und aus und holt, was Frank braucht. Er muss ihm einen Schlüssel gegeben haben. Aber heute war Ricky kurz vor dem Essen mit dem Mann, den Lady Anne geschickt hat, dort, und sie fanden Mulgrave vor. Da war die Hölle los. Er hat Mulgrave den Schlüssel abgenommen.«

Whichcote runzelte die Stirn. »Lady Annes Mann?«

»Ich habe ihn heute Nachmittag bei Ricky kennengelernt. Er heißt Holdsworth.«

»Ich weiß.«

»Er arbeitet wahrscheinlich für diesen alten Verwalter – wie ist gleich wieder sein Name? Sie wissen schon – der so aussieht, als wäre er schon fast tot.«

»Cross«, sagte Whichcote. »Holdsworth hat Frank besucht. Wussten Sie das?«

Archdale warf ihm einen Blick zu. »Und?« Seine Augen flackerten beunruhigt. »Glauben Sie, sie haben etwas rausbekommen?«

Whichcote lachte, obwohl er sich insgeheim auch deswegen Sorgen machte; Archdale wusste nur einen Bruchteil dessen, was in jener Nacht im Februar geschehen war. »Woher sollte eine alte Dame in London etwas wissen? Aber genug davon – ich lasse Sie jetzt arbeiten. Bis Mittwoch dann. Und seien Sie in allerbester Verfassung. Sie dürfen den Göttern das Opfer nicht halbherzig bringen.«

Der Eingang zum *Angel's Yard* lag hinter dem Getreidemarkt. Holdsworth ging in das Kaffeehaus, wo ihn ein Kellner zu einem Pförtner schickte, der mit Unterstützung einer Sixpencemünze gewillt war, ihn zu einem Nebengebäude hinter den Küchen zu führen. Die Hütte stank wie der Misthaufen auf einem Bauernhof. Ein Mann lag schlafend auf einem Haufen Säcke in der Ecke.

»Bitte sehr, Sir«, sagte der Pförtner. »Fäkalienfred, zu Ihren Diensten.«

Er packte den schlafenden Mann an der Schulter und schüttelte ihn so heftig, dass ein Sack Kohle davon aufgewacht wäre. Der Fäkalienmann stöhnte, öffnete die Augen, drehte sich auf die Seite und übergab sich auf den Boden.

»Schnell rein, schnell raus«, sagte der Pförtner. »Dem Geruch nach gab es Bier und Schnaps zum Essen.« Er packte Fred mit Daumen und Zeigefinger am Ohr und zerrte ihn in eine sitzende Position. »Hier ist ein Herr für dich. Wach auf.«

»Danke«, sagte Holdsworth zu dem Pförtner. »Das ist alles.« Er wartete, bis der Mann gegangen war, dann wandte er sich Fred zu, der sich den Mund mit dem Ärmel abwischte. »Mr. Mepal vom College schickt mich.«

»Ich habe nichts gemacht, Sir. Hab Mr. Mepal gesagt, ich muss meine Arbeit machen und kann nichts für den Krach der Räder …«

Holdsworth holte einen Schilling aus der Westentasche und hielt ihn hoch. Die Worte erstarben urplötzlich, als wäre das Ende des Satzes mit einer Axt abgehackt worden. Fred starrte ihn mit offenem Mund an. Mit einer schnellen Bewegung schnappte er sich die Münze und ließ sie in der Hosentasche verschwinden. Er schwankte und verlor beinahe das Gleichgewicht. Der kleine gebeugte Mann war wahrscheinlich zehn oder zwanzig Jahre jünger als er aussah, und hatte immer noch seinen langen braunen Mantel an. Er sprach mit dem schweren Zungenschlag der Bewohner der Fens, dick und trübe wie Schlamm, sodass Holdsworth zunächst kaum ein Wort verstand.

Holdsworth nahm ihn mit in den Hof, wo die etwas frischere Luft ihn ein wenig wiederbelebte.

»Hab nichts getan, Sir«, wiederholte Fred, »nur meine Arbeit.«

»Ich möchte etwas über die Leiche wissen, die du gefunden hast.«

Freds Gesicht nahm einen listigen Ausdruck an. »Welche?«

»Wenn dir Mr. Mepals Freundschaft etwas bedeutet, nimm mich nicht auf den Arm. Erzähl mir von der Dame in Jerusalem. Im Weiher.«

»Dachte, es wär ein Tuch oder ein Umhang, da im Wasser, Sir.«

»Warum? War es dunkel?«

»Ziemlich. Kurz vor Sonnenaufgang. Bin ins Wasser gefallen. Himmel, die Kälte. Und – und ich hab ihre Hand berührt …« Er brach wieder ab, und in seinem Gesicht arbeitete es. »Dachte, es wär die andere.«

»Welche andere?«, fragte Holdsworth verwirrt.

»Die Lady vom Herrn, Sir.«

»Die Frau des Rektors? Mrs. Carbury?«

Fred nickte. »Aber sie war's nicht, diesmal nicht. War die Hübsche.«

»Dann hast du ihr Gesicht erkannt?«

Das Gesicht des Fäkalienmannes verzog sich zu einem zahnlosen Lächeln. »Vergisst man nicht, Sir, wenn man sie einmal gesehen hat. Hat die andere immer besucht. Ich hab gleich, wie wir sie rausgezogen haben, gewusst, wer sie ist. Hat ganz irre ausgesehen, die Dame, wie wenn sie einen Geist gesehen hat. Man sagt, dass es in Jerusalem viele Geister gibt, und sie kommen nachts wie der andere Geist …«

»Unsinn. Geister existieren nur im Kopf von Narren und Kindern. Aber darüber will ich mit dir nicht streiten.« Holdsworth unterdrückte seinen aufsteigenden Ärger. Er war sich bewusst, wie absurd das war, und irritiert, weil er sich überhaupt ärgerte. Ein Gedankenfetzen tauchte kurz an die Oberfläche und verschwand wieder. Er wollte ihn zurückholen, doch es gelang ihm nicht. »Geh zurück zu dem Punkt, als du ins Wasser gefallen bist und entdeckt hast, dass das Ding ein Körper ist. Schwamm er mit dem Gesicht nach oben?«

»Weiß nicht.«

»Was hast du getan?«

Fred machte die Augen zu. »Es war kalt, Sir, eiskalt. Ich hab gerufen und geschrien, hab gedacht, ich ertrinke. Aber dann hatte ich Boden unter meinen Füßen, und Schlamm und Pflanzen klebten an mir, wie wenn sie mich runterziehen wollten.«

»Hör mit den Unsinn auf. Selbst wenn dort Schlamm und Pflanzen waren, wollten sie dich nicht hinunterziehen. Sie haben keine Gefühle.«

»Jawohl, Sir. Bitte um Entschuldigung, Sir. Ich hab mich ans Ufer gezogen, und da kam Mr. Mepal angerannt und hat mich rausgeholt.« Ein stolzer Ausdruck überzog sein Gesicht. »Und ich bin vor Schreck gleich umgekippt, Sir.«

»Verdammter Narr«, sagte Holdsworth.

»Ja, Sir, aber ich war gleich wieder da. Und Mr. Richardson kam, und wir haben die arme Dame aus dem Wasser geholt und ans Ufer gelegt. Da hab ich gesehen, wer es ist. Mr. Richardson hat Mr. Mepal befohlen, ein paar Männer und eine Tür zu holen, wo wir sie drauflegen können.« Der Mann zögerte und warf Holdsworth einen wachsamen Blick zu. »Ihr Gesicht war seltsam. Sie sah aus, als hätte sie schreckliche Angst. Wahrhaftig.«

»Was, dachtest du, ist passiert?«

»Ich hab gedacht, die Dame war bei Mrs. Carbury, das hat

sie manchmal gemacht. Ist rausgegangen, um frische Luft zu schnappen, und vielleicht gestolpert. Ist gefallen und hat sich den Kopf angeschlagen, Sir, das war's, und dann ist sie ins Wasser gefallen.«

»Den Kopf angeschlagen? Warum?«

»Wegen der Wunde, gnädiger Herr.«

Holdsworth starrte ihn an, und Fäkalienfred erwiderte seinen Blick arglos. Beide schwiegen einen Augenblick lang.

»Die Wunde?«, fragte Holdsworth beiläufig. »Und was war das für eine Wunde?«

»An ihrem Kopf, Sir.« Fred tippte sich vor seinem linken Ohr an den Kopf.

Trotz des warmen Abends schauderte Holdsworth. »Eine frische Wunde?«

»Ja, Sir. Wie wir auf die Tür gewartet haben, um sie draufzulegen, hat Mr. Richardson nachgeschaut, ob noch Leben in ihr ist. Und ich hab am Ufer daneben gesessen. Er hat es auch gesehen.«

»Aber du hast gesagt, es war vor Sonnenaufgang«, sagte Holdsworth. »Wie konntest du all das bemerken?«

»Es wurde immer heller«, antwortete Fred ein wenig vorwurfsvoll. »Hab die Wunde so klar gesehen wie Sie hier.«

»Einen Bluterguss oder eine offene Wunde? War die Haut verletzt?«

»Kann sein beides, gnädiger Herr. Die Haut war ganz bestimmt verletzt.«

»Hat es geblutet?«

»Nein, Sir. Das Wasser muss das Blut weggespült haben.«

Holdsworth starrte ihn an. Überdeutlich stand der kleine Salon an der Bankside vor seinem inneren Auge, in dem Maria immer gebetet hatte und in den sie ihren tropfenden Körper getragen hatten. Niemand hatte etwas zu der zerbrochenen Scheibe in dem Fenster zum Fluss gesagt oder zu dem zertrümmerten Stuhl oder den Blutflecken auf dem Boden. Jemand hatte Marias Augen zugedrückt, und er war froh darüber gewesen. Selbst tote Augen klagen an. Sie hatte eine Schürfwunde am Kopf. Die Wunde war an der linken Schläfe, halb verdeckt von Strähnen nassen Haares.

Die Farbe von Pflaumen. Die Größe einer Pennymünze.

Er betete, dass der Fluss ihr die Wunde zugefügt hatte. Denn wenn es nicht passiert war, als sie ins Wasser gefallen war oder kurz danach, musste es vorher geschehen sein: als er sie geschlagen hatte, als sie in die Ecke stürzte.

»Wie auch immer, es hat nichts bedeutet«, sagte Fred. »Mr. Richardson hat gesagt, es bedeutet nichts, es war dunkel, und die arme Lady ist ins Wasser gefallen und ertrunken.«

»Wie groß war sie?«, wollte Holdsworth wissen.

»Wie groß war was, Sir?«

»Die Wunde an ihrem Kopf, verdammter Narr.« Holdsworth packte Fred am Aufschlag seines Mantels. »Herrgott noch mal, sag mir, wie groß sie war!«

Fred hob eine zitternde Hand. Mit Daumen und Zeigefinger formte er einen Kreis.

Die Größe einer Pennymünze.

17

Als Holdsworth mit Fäkalienfred fertig war, gab er dem kleinen braunen Mann noch einen der Schillinge von Lady Anne und schlenderte zum Marktplatz. Er wusste nicht, was er tun sollte. Er wollte nicht trinken, da er bereits Kopfschmerzen hatte. Er wollte auch nicht im Aufenthaltsraum in Jerusalem sitzen. Und am wenigsten wollte er über eine Wunde an der Schläfe einer Frau nachdenken, die die Größe einer Pennymünze hatte.

Die Hitze in den heißen, unruhigen Straßen verstärkte seinen Kopfschmerz noch. Der Marktplatz war voller betrunkener Menschen, die stritten, spielten, fröhlich waren, sangen, sich erbrachen und schliefen. An der Ecke zwischen Getreide- und Blumenmarkt tobte ein böser, kleiner Kampf zwischen drei Einheimischen und vier Studenten.

Er versuchte, Marias Gesicht heraufzubeschwören, aber er konnte sich nicht erinnern, wie sie ausgesehen hatte. Er spürte nur den schmerzenden Verlust wie ein amputiertes Bein. Dafür war es nur allzu leicht, sich Elinor Carbury vorzustellen. Selbst der Gedanke an die Frau des Rektors erschien ihm wie ein Treuebruch gegenüber der armen ertrunkenen Maria.

Holdsworth tauchte in eine schmale, dunkle Straße ein, die nach Süden führte. Er war gezwungen, langsamer zu gehen. Hier waren weniger Menschen, und es war dunkler, aber die Häuser standen eng zu beiden Seiten der Straße, und es war nicht kühler. Die Gasse war mit Kopfsteinen gepflastert, in deren Mitte ein Rinnstein verlief. Ein übler Gestank lag in der Luft. Berge von Unrat moderten auf dem Fußweg. Konstantes Tappsen und Rascheln von Ratten war zu hören, und hin und wieder erspähte er ihre huschenden, langschwänzigen Schatten.

Die Schwierigkeit war, dachte er bei sich, dass er nach Cambridge geschickt worden war, um Frank Oldershaw Vernunft beizubringen, und tatsächlich war es ihm nicht gelungen, auch nur ein Wort mit ihm zu reden. Außerdem hatte man ihn eingestellt, einen Geist zu finden, stattdessen hatte er eine tote Frau mit einer Wunde am Kopf gefunden.

Eine Wunde wie die bei Maria.

Doch die Autoritäten in Jerusalem, mit Sicherheit jedenfalls Richardson und Mepal, hatten beschlossen, Mrs. Whichcotes Verletzung nicht bekannt zu machen. Die wahrscheinlichste Begründung dafür war eine rein kaufmännische: Das

College hatte um seines guten Rufes willen entschieden, dass es besser war, den Klatsch über Sylvia Whichcotes Tod so gering wie möglich zu halten. Das musste nicht heißen, dass ihr Tod kein Selbstmord war. Die Wunde konnte sie sich auch bei ihrem Sturz in den Weiher zugezogen haben; vielleicht hatte sie sich den Kopf an einem Stein angeschlagen. Oder sie war auf dem Weg ins College auf einer dieser schlecht beleuchteten und schlecht gepflasterten Straßen ausgerutscht und gefallen; ja, es wäre seltsam, wenn es nicht so wäre. Außerdem war der Fäkalienmann kein verlässlicher Zeuge. Man lernte schnell, dass man umso mehr Aufmerksamkeit bekam, je sensationeller die Geschichte war.

Eine Wunde, so groß wie eine Pennymünze: Wie ein Fluch ging ihm der Satz immer wieder durch den Kopf.

Mit mehr Glück als Verstand entdeckte Holdsworth, dass er den richtigen Weg durch die schmalen Gassen genommen hatte und an einem Platz herauskam, der sich zu beiden Seiten öffnete. Es war der Viehmarkt, den er von seinem Spaziergang am Vormittag kannte. Am südlichen Ende verlief die Bird Bolt Lane. Wenn er nach links abbog, war er in wenigen Minuten wieder in Jerusalem.

Lieber Gott, selbst hier war die seltsame, für die Jahreszeit ungewöhnliche Hitze schrecklich. Sie beeinflusste jede Faser seines Körpers. Sie ließ seinen Verstand verrücktspielen. Auf einmal kehrte sich alles auf eine hässliche Art um, und er konnte nicht aufhören, sich Elinor Carburys kühle, weiße Haut vorzustellen.

»Die Größe einer Pennymünze«, murmelte er laut, »eine Pennymünze.« Es war, als wäre die verdammte Wunde, ganz gleich, ob Sylvias oder Marias, ein Schlüssel. Er öffnete eine Tür in seinem Inneren, die besser für alle Ewigkeit verschlossen bliebe. Nur Gott allein wusste, was herauskommen könnte, wenn er zuließ, dass sich die Tür öffnete.

Zum ersten Mal seit Monaten wollte er eine Frau. Es war beinahe egal, was für eine, doch am meisten wollte er Elinor. Sie war keine Schönheit, jedenfalls nicht im herkömmlichen Sinn, aber sie hatte etwas Stärkeres als Schönheit, sie hatte einen wachen Verstand und einen schönen Körper. Möge Gott ihm vergeben, aber er wollte sie, und er konnte es nicht leugnen.

Er sah Elinors Hand auf dem Tor im Rektoratsgarten vor sich. Er erinnere sich daran, wie sie unter seiner Berührung leicht gezittert hatte, und an die Art, wie sie den Atem eingezogen hatte, als hätte er sie mit einer Nadel gestochen, kurz bevor sie sich umdrehte und wegging.

Was, wenn sie geblieben wäre? Wenn sie ihre Hand nicht weggezogen hätte? Und was, wenn sie sich im Garten wiedergetroffen hätten? Nachts? Heute Nacht. Er stellte sich Elinors sanfte Finger vor, wie sie seinen Arm entlangstrichen und dann …

Echte Schritte zerstörten die süße Illusion; der Traum wurde auf der Stelle substanzlos und geschmacklos, enthüllte, was er wirklich war: nichts anderes als eine schlüpfrige Fantasie.

Die Größe einer Pennymünze. *Oh, Maria, vergib mir.*

Jemand kam ihm vom College her entgegen. Holdsworth zog sich in den Schatten einer Baumgruppe und einiger Büsche an der Ecke des Marktes zurück. Um diese Zeit am Abend wusste man nie, wer unterwegs war. Und hier, am Rand der Stadt, waren die Bedingungen für einen Raubüberfall nur allzu gut. Auf der anderen Straßenseite lagen offene Felder und die Leys – das Marschland, das die Stadt im Süden begrenzte.

Vergib mir.

Eine Laterne flackerte über dem Eingang eines Gebäudes an der dem Markt gegenüberliegenden Ecke und beleuchtete ein Stück des gepflasterten Fußwegs. Holdsworth beobachtete, wie ein kleiner beleibter Mann langsam ins Licht trat und stehen blieb. Die Hände in den Taschen, schaute er in die Dunkelheit auf der anderen Straßenseite.

Schaute er? Oder zeigte er sich?

Andere – leichtere – Schritte näherten sich. Eine Frau überquerte die Straße und ging auf den Mann zu. Sie musste im Schutz der Dunkelheit in den Leys gewartet haben. Mit den Köpfen dicht beieinander standen sie zusammen. Flüsternd sprachen sie kurz miteinander. Der Mann fasste die Frau am Kinn, drehte ihren Kopf ins Licht, sodass er ihr Gesicht sehen konnte. Holdsworth spürte einen Anflug von Neid: Es war recht eindeutig, worüber sie sprachen. Münzen klimperten. Dann trat die Frau aus dem Laternenschein. Der Mann wartete. Er blickte die Gasse hinauf und hinunter, wobei er den Kopf drehte, sodass Holdsworth einen Blick auf sein Profil erhaschte.

Es war der junge Mr. Archdale. Holdsworths Neid verwandelte sich in Abscheu. So fand man also eine Hure. Man zeigte sich im Schein der Laterne auf dem Viehmarkt und wartete, dass sie kam wie eine Motte zum Licht. Wenn Holdsworth hier blieb, sich unter die Laterne stellte, würde auch er eine Hure für sich finden. *Bin ich so tief gesunken,* dachte er bei sich, *dass es mich nach solchen Freuden gelüstet?* Ein trauernder Witwer hatte wenigstens noch ein wenig Würde. Ein Mann hingegen, der im Dunkeln herumhurte, hatte sicherlich keine.

Harry Archdale ging schnell über die Straße. In Erwartung der bevorstehenden Wonnen tauchte er in das Marschland ein, verschwand immer tiefer in der Dunkelheit, die seine Hure bereits verschluckt hatte.

Vergib mir.

Nur wenige konnten in dieser Nacht schlafen. Ein Sturm zog auf.

Nachdem Mr. Richardson Sir Charles Archdale nach dem Abendessen im *Blauen Eber* verlassen hatte, ertrug er den Gedanken nicht, sofort ins College zurückzukehren, sondern lief ziellos durch die Straßen. Die unnatürliche Hitze bescherte ihm einen Juckreiz, und er kratzte sich beim Gehen vor allem unter der Perücke. Die Luft war besonders schlecht – er schnüffelte und fing eine Spur des faulen und vertrauten Geruchs nach gegerbten Tierhäuten auf.

Es war kein angenehmer Abend gewesen – Sir Charles war von Natur aus herrisch und genoss es, den Klang seiner eigenen Stimme zu hören. Außerdem gefiel ihm nicht, was er über einen Unglücksfall in Jerusalem gehört hatte, und der Tutor war gezwungen, sehr vorsichtig mit ihm umzugehen. Doch obwohl es jetzt vorbei war, konnte Richardson sich nicht entspannen. Vieles ging ihm durch den Kopf, und er sah keinen richtigen Ausweg.

Als Richardson an der St. Michael's Church vorbeikam, glaubte er, jemanden seinen Namen murmeln zu hören. Besser gesagt, nicht seinen Namen, sondern etwas Ähnliches. *Richenda.* Zu viel Wein, sagte er sich, hatte allerdings das Gefühl, schlagartig unangenehm nüchtern zu sein. Eilig ging er weiter.

Tobias Soresby wanderte wie Mr. Richardson durch die Straßen, doch im Gegensatz zu dem Tutor war er völlig nüchtern. Sein beschwingter Gang wurde hin und wieder durch ein leises Knacken betont, wenn er an seinen Fingergelenken zog. Der Stipendiat versuchte mit wachsender Verzweiflung, das Für und Wider einer Entscheidung abzuwägen, die so komplex und gewaltig war, dass sie ihm Angst einjagte. Er hatte heute gehört, dass Mr. Miskin möglicherweise bald das Rosington-Stipendium zurückgeben würde. Das kam völlig unerwartet. Es könnte alles verändern.

Auf seinem Spaziergang kam Soresby an dem kleinen Haus in der Trumpington Street vorbei, wo Mrs. Phear bei Kerzenlicht an ihrem Wandteppich stickte, der die Zerstörung von Sodom, oder vielleicht auch Gomorrha, zeigte. Als ihre Augen müde wurden, rief sie Dorcas, überprüfte Riegel und Schlösser an Türen und Fenstern und bereitete sich aufs Zubettgehen vor. Doch nachdem Mrs. Phear die Kerze ausgeblasen hatte, konnte sie nicht schlafen. Auch ihr ging in dieser Nacht zu viel durch den Kopf. Unter anderem sorgte sie sich um Philip Whichcote. Sie wollte sich seinetwegen nicht sorgen, hatte jedoch vor langer Zeit eingesehen, dass sie in dieser Sache keine Wahl hatte. Hätte sie ein eigenes Kind gehabt, wäre es vielleicht anders gekommen. Sie gab vor allem Sylvia die Schuld für Philips Schwierigkeiten.

Mrs. Phear hatte gedacht, mit dem Tod der Frau würde alles besser werden, doch tatsächlich war alles nur schlimmer geworden.

Ein Stockwerk über dem Schlafzimmer ihrer Herrin zog Dorcas sich aus und legte sich auf ihr Bett. Sie war vollständig nackt. Ihr Körper war schweißbedeckt. Ihre Kammer lag direkt unter dem Dach, und die Hitze des ganzen Tages schien sich dort angestaut zu haben.

Dorcas betete wie üblich das Vaterunser und sagte es dann zur Sicherheit noch einmal rückwärts auf. In ihrer linken Hand hielt sie eine Knoblauchknolle, die, wie ihr eine Zigeunerin auf dem Markt versichert hatte, ein unfehlbares Mittel gegen Geister war.

Im Februar hatten sie Tabitha Skinner auf das Bett neben Dorcas' gelegt und das Laken über ihren Kopf gezogen. Dorcas hatte eine schlaflose Nacht neben einem toten Mädchen verbracht. Jeder wusste, dass die Seele neben ihrem irdischen Besitzer verweilte, bis der Körper christlich beerdigt war. Und in einem Fall wie Tabitha, bei dem die Umstände ihres Todes sündhaft waren, könnte die Seele möglicherweise noch viel länger an dem Ort verweilen, an dem ihr Körper gelegen hatte.

Und wenn Dorcas jetzt schlief, träumte sie manchmal, dass das Mädchen das Laken wegschob, sich im Bett aufsetzte und mit ihr redete. Manchmal redete Tabitha auch, wenn Dorcas wach war. Aber Dorcas konnte nie verstehen, was sie sagte. Einmal hatte sie einen Alptraum, in dem Tabitha aus dem Bett stieg und zu Dorcas unter die Decke kroch. Da war sie schreiend aufgewacht, und Mrs. Phear war heraufgekommen und hatte sie geschlagen.

Dorcas betete, aber es half nicht. Die Erinnerung an Tabitha, lebendig und tot, blieb wie ein schlechter Geruch, und so blieb auch die Hitze. Sie lag da, die rechte Hand ruhte zwischen ihren Beinen, und fragte sich, was sie Tabitha angetan hatten.

»Tab?«, wisperte sie in die Dunkelheit. »Tab? Geh jetzt weg, bitte, sei ein braves Mädchen.«

Mulgrave, der nicht weit vom Lambourne House entfernt in einem Häuschen am Schlossgraben wohnte, döste nach einem späten Abendessen auf seinem Stuhl. Er hatte den Abend hauptsächlich damit zugebracht, sein Vermögen zusammenzurechnen – das Haus, in dem er wohnte, einige hundert Pfund auf der Bank und beinahe noch einmal so viel in Obligationen.

Er verdiente sein Geld damit, die Marotten des wohlhabenden Nachwuchses zu bedienen, so wie Fäkalienfred sein Geld mit Scheiße verdiente. Es war ermüdend, aber lukrativ. Zwischen Schlafen und Wachen tüftelte er über ein System nach, wie er weniger arbeiten konnte, während er mehr verdiente. Schließlich hatten Bankbesitzer und Anwälte ihre

Angestellten, Händler ihre Lehrlinge und die mit Pfründen gesegneten Geistlichen ihre Hilfspriester. Warum sollte ein Lohndiener da anders sein?

In Dr. Jermyns Anstalt in Barnwell schlief Frank Oldershaw in seiner Kammer auf dem Rücken. Er schnarchte. Nach dem Ausbruch am Morgen hatte Jermyn den Aufseher angewiesen, ihm eine ordentliche Dosis Laudanum zu verabreichen. Stündlich schloss der Pförtner die Tür auf und leuchtete ihm mit einer Laterne ins Gesicht, um sich zu vergewissern, dass er noch da war und noch atmete.

Harry Archdale war in den Leys. Er hatte seit dem Essen kaum einen Tropfen Wein getrunken. Mit Hilfe von Soresbys detailliertem Kommentar hatte er seine Notizen für die Vauden-Medaille durchgearbeitet. Zu seiner eigenen Überraschung war er zuversichtlich, dass er es einigermaßen gut gemeistert hatte, der Prüfung seines Onkels Charles hinreichend standzuhalten, dessen vermeintliche Belesenheit gemeinhin sehr bewundert wurde. Er bezweifelte, dass die Ergebnisse Mr. Richardson täuschen würden, aber das rührte ihn nicht. Ricky würde Sir Charles genauso wenig aufregen wollen wie Archdale.

Er hatte herausgefunden, dass die Kombination von Studium und ungewohnter Nüchternheit ihn erstaunlich belebte. Das Mädchen sagte, es heiße Chloe, was wohl kaum stimmte, aber es verstand sein Geschäft. Er presste sie an einen Baum und besorgte es ihr mannhaft – er stellte sich vor, dass sie die kraftvollen Stöße seines mächtigen *membrum virile* nicht so bald vergessen würde. Archdale trug seinen Schutz bei dieser Begegnung, denn auf seine Art war er ein vorsichtiger junger Mann, allerdings ließ sich nicht leugnen, dass das Vergnügen eines amourösen Abenteuers dadurch geschmälert wurde.

Doch im Holy Ghost Club würde er den Schutz nicht brauchen, weil das Mädchen dort Jungfrau sein würde.

Nur eine Jungfrau war für dieses Ereignis angemessen. Es war schließlich der Holy Ghost Club, und der Heilige Geist bestand auf einer Jungfrau. Das war der Kern der ganzen Geschichte.

Im Rektorat in Jerusalem durfte Ben seinen Dienst beenden. Er verließ das College und ging in sein Zimmer in der Vauden Alley, ganz in der Nähe hinter der Nordmauer von Jerusalem.

Elinor Carburys Magd Susan, die einzige Bedienstete, die im College schlief, ging in ihre Kammer unter dem Dach und verriegelte die Tür. Sie öffnete ihre Truhe, nahm die Kleider heraus, die sie nur trug, wenn sie ausging, und legte eines nach dem anderen auf das Bett. Sie kniete sich davor und hielt die Kerze hoch, damit sie sie besser betrachten konnte.

Schließlich traf sie ihre Wahl. Sie entschied sich für den Samtumhang, den Mrs. Carbury ihr geschenkt hatte. Es war ihr Lieblingsstück, das herrlichste Kleidungsstück, das sie besaß, und er sah so hübsch und frisch aus, als wäre er erst gestern von Mr. Trotters Geschäft in der St. Mary's Lane geliefert worden. Trotz der Wärme legte sie ihn sich um die Schultern. Die dicken, weichen Falten fielen auf den Boden und hüllten sie ein. Sie atmete tief, sog den Geruch ein und nahm ihn auf, als wäre der Umhang ein Teil von ihr.

Sie schloss die Augen, strich über den Stoff und dachte an Ben.

Auch Elinor Carbury ging in ihr Schlafzimmer und konnte ebenfalls nicht schlafen. Sie saß im Dunkeln auf dem Stuhl und lauschte auf die Geräusche um sie herum. Sie hörte Schritte auf dem Treppenabsatz und wusste, welche Holdsworth gehörten. Sie versuchte sich einzureden, dass es nutzlos war, auf Fehler zurückzublicken, ganz gleich, ob sie die Ehe oder alles andere betrafen. Man musste das Beste daraus machen. Schließlich gab es keinen Grund zur Verzweiflung, wenn man ein Dach über dem Kopf und etwas zu essen auf dem Teller hatte. Was sie am allermeisten fürchtete, war Armut.

Sie fragte sich, was Sylvia Whichcote von Holdsworth gehalten hätte und er von ihr. Hätte sie ihn verzaubert, wie so viele Männer? Holdsworth war eindeutig ein begabter Mann und durchaus gebildet. Doch er strahlte auch etwas Rücksichtsloses aus, als wäre es ihm gleichgültig, ob er um ein Hindernis herumging oder es einfach aus dem Weg räumte. Vielleicht war er durch den Tod seiner Frau und seines Sohnes bitter und fanatisch geworden. Alles in allem fühlte sich Elinor nicht ganz wohl mit ihrem Gast oder mit seiner Anwesenheit in Jerusalem überhaupt. Sie überlegte, ob sie Lady Anne etwas sagen sollte, was seinen Aufenthalt im Rektorat abkürzte. Andererseits wollte sie nicht, dass er ging.

Die Zeit verging. Die Uhren der Colleges und der Kirchen schlugen die Viertelstunden. Es wurde heißer und stickiger. Erst lange nach Mitternacht fielen die ersten schweren Regentropfen auf warmes Blei von alten Dächern, auf staubige, stinkende Straßen, in ausgedörrte Gärten und auf jene Handvoll Menschen, die noch auf den Beinen waren.

Jenseits des Flusses, im Lambourne House in der Chesterton Lane, war Philip Whichcote immer noch hellwach. Er saß an seinem Schreibtisch im Arbeitszimmer. Der Papierstapel darauf schien höher und undurchschaubarer geworden zu sein als noch am Vormittag, als hätten die Rechnungen sich während seiner Abwesenheit mit diebischer Freude wie von selbst vermehrt.

Der Regen prasselte an die Scheiben. Whichcote rief nach seinem Burschen, der auf einem Stuhl in der Diele döste. Das

Kind stolperte, sich den Schlaf aus den Augen reibend, ins Zimmer. Augustus war ein großer Name für einen so unbedeutenden Jungen.

»Hol mehr Kerzen. Warte einen Moment – wie alt bist du?«

»Dreizehn, gnädiger Herr.« Augustus senkte den Blick. »Im September.«

»Komm her. Stell dich vor mich.«

Augustus bewegte sich langsam auf ihn zu und blieb eine gute Armeslänge vor seinem Herrn stehen. Whichcote drehte seinen Stuhl herum, sodass er sich mit ihm auf Augenhöhe befand. Er musterte das magere Kind vor sich. Der Junge zitterte leicht. Er erwartete einen Schlag.

»Wie lange bist du schon hier?«

»Beinahe neun Monate, Sir.«

»Möchtest du weiter für mich arbeiten?«

»Oh ja, gnädiger Herr. Bitte. Wir sind acht zu Hause, und Ma hat nicht genug für uns alle.« Ein Anflug von Panik schwang in der Stimme des Jungen mit. »Ich mag meine Stelle, Sir. Ich hoffe, Sie sind zufrieden.«

»Das wird sich zeigen. Und jetzt hol die Kerzen.«

Als der Junge zurückkam, wies Whichcote ihn an, ihm den Weg nach oben zu leuchten. Auf dem Treppenabsatz schloss er die Tür zu Sylvias Räumen auf. Drinnen befahl er dem Jungen, die Kerzen abzustellen und zu gehen. Als er allein war, wanderte er mit einer Kerze in der Hand von Zimmer zu Zimmer. Am Montag würde er Sylvias Möbel zur Auktion freigeben. Seinen Gläubigern würde es signalisieren, dass er knapp bei Kasse war, doch es half nichts. Wenigstens hätte er etwas in der Hand und würde den Anblick des verdammten Bettgestells nicht mehr ertragen müssen.

Sylvia hatte Geheimnisse vor ihm gehabt. Das wusste er jetzt. Also könnte sie auch Wertgegenstände vor ihm versteckt haben. Es war nicht verkehrt, absolut sicherzugehen, dass er nichts übersehen hatte – ein Ring vielleicht, ein paar Guineen, alles würde helfen.

Whichcote öffnete den Sekretär und stellte die Kerze auf die Schreibklappe. Er fasste mit der Hand in den Hohlraum. In dem schlechten Licht verschätzte er sich in der Entfernung. Mit der Fingerspitze stieß er sich an dem Aufbau mit den kleinen Schubladen und den Fächern. Bei der Berührung spürte er, wie etwas nachgab. Er zog eine der Schubladen heraus und zerrte an dem Vorbau. Sanft löste er sich von der Rückwand.

Whichcote hob ihn heraus und stellte ihn auf den Fußboden. Er leuchtete mit der Kerze in den breiten, flachen Hohlraum dahinter und tastete ihn mit den Fingern ab. Zu seiner Enttäuschung spürte er nur pudrigen Staub. Er befühlte die Ecke und ertastete die Umrisse einer kleinen flachen Aussparung an der Seitenwand des Sekretärs. Irgendetwas war da drin.

Beinah hätte er vor Aufregung die Kerze umgestoßen. Er fischte ein Blatt gelbliches Papier heraus, das zu einem kleinen Päckchen gefaltet war. *Lieber Gott,* dachte er, *ein Geldschein, bitte lass es einen Geldschein sein.* Doch als er es mit zitternden Händen umdrehte, stach er sich an etwas Scharfem in den Finger und schrie vor Schmerz und Überraschung auf. Eine rostige Nadel steckte in dem Blatt.

Dicht an der Kerze entfaltete er das Papier. Die Nadel hielt eine Locke dunklen, drahtigen Haars. Sylvia hatte *Mein liebster Philip* daruntergeschrieben.

Bestürzt merkte Whichcote, wie sich seine Augen mit Tränen füllten. Es war ein merkwürdiger und unangenehmer Gedanke, dass es dies war, was Sylvia an ihrem geheimsten Ort aufbewahrt hatte, sorgsam versteckt vor einer Zukunft, die es nicht mehr geben würde. Jetzt fiel ihm wieder ein, dass er sie um eine Locke von ihrem Haar gebeten hatte, als er um sie geworben hatte, dass er dafür auf die Knie gefallen und sie errötet war und nach langem Hin und Her seiner Bitte nachgegeben hatte. Und im Gegenzug um eine Locke von ihm gebeten hatte.

Vorsichtig faltete er das Blatt Papier zusammen und steckte es in seine Westentasche. »Sylvia«, sagte er leise.

Die Kerze flackerte. Aus dem Schlafzimmer kam ein schwaches Geräusch. Ein Seufzer? Ein Stöhnen, sofort unterdrückt?

Unsinn. Nur der Wind und der Regen im Schornstein und das Rauschen des Wassers im Fallrohr vor dem Fenster.

Er saugte an seinem Finger, an dem er sich mit der Nadel gestochen hatte. Die Wunde war tiefer, als er gedacht hatte. Sein Blut schmeckte salzig. Was hatte er mit der Locke gemacht, die sie ihm gegeben hatte? Er hatte keine Ahnung.

Mit dem Finger im Mund trug er die Kerze zur Schlafzimmertür. Er stand auf der Schwelle und starrte auf den schattigen Umriss des großen Bettes.

Ein Käfig aus Holz, dachte er, *ein Gefängnis für Schatten und Geheimnisse.*

»Sylvia«, flüsterte er. »Sylvia, bist du da?«

18

Als Susan Elinor weckte, bat diese das Mädchen, das Fenster so weit wie möglich zu öffnen. Hohe, graue Wolken türmten sich am Himmel. Die Luft war kühl und roch angenehm nach feuchter Erde. Es hatte fast die ganze Nacht heftig geregnet, doch als es dämmerte, hatte es nachgelassen. Sie fragte nach ihrem Mann und erfuhr, dass Dr. Carbury noch nicht aufgestanden war.

Elinor beschloss, ihr Frühstück unten einzunehmen. Das

war nur höflich, sagte sie sich, denn sonst müsste Mr. Holdsworth allein frühstücken. Normalerweise war sie nicht eitel, aber heute wechselte sie Haube und Bänder zweimal, ehe sie ihr Zimmer verließ.

Das Esszimmer der Carburys war ein kleiner, quadratischer Raum mit Blick zu dem offenen Hof auf der Westseite des Rektorats. Holdsworth saß bereits am Tisch, eine Schale Tee in der Hand. Als sie eintrat, stand er auf und verbeugte sich. Sie tauschten sich über ihr gegenseitiges Befinden aus und spekulierten mit höflicher Unaufrichtigkeit, dass Dr. Carbury vermutlich wegen des Sturms nicht gut geschlafen hatte. Sehr behutsam, um nicht unangemessen neugierig zu erscheinen, erkundigte sich Elinor bei Holdsworth nach seinen Plänen für den Tag.

»Ich glaube, ich werde noch einmal nach Barnwell gehen, Madam.«

»Werden Sie erwartet?«

»Nein.«

Mit grimmigem Gesicht trank er seinen Tee aus. Elinor zerkrümelte das Brötchen, das sie nicht gegessen hatte; auch ihren Tee hatte sie nicht angerührt.

Er schaute plötzlich auf und ertappte sie dabei, wie sie ihn ansah. Er zog die Luft ein und schien eine Entscheidung getroffen zu haben. »Wenn ich die Natur von Mr. Oldershaws Wahn richtig verstehen will, muss ich mit ihm allein sprechen, ohne irgendeinen Mittelsmann oder Übersetzer oder Zuhörer. Wenn ich in dieser Angelegenheit überhaupt irgendetwas bewegen soll, muss ich bei ihm anfangen, ganz gleich, ob er verrückt ist oder nicht. Aber Dr. Jermyn ist dagegen. Er hat ohne Zweifel seine Gründe.«

»Möglicherweise ist Dr. Jermyn gar nicht in Barnwell.«

»Woher wissen Sie das?«

»Er und Mrs. Jermyn besuchen jeden Sonntag in Cambridge den Gottesdienst. Sie gehen in die Holy Trinity Church. Sie ist sehr gläubig, und heute wird sie darauf bestehen, denn Mr. Revitt predigt, und alle Evangelikalen werden geschlossen dort sein. Anschließend essen sie für gewöhnlich bei Mrs. Jermyns Eltern in der Green Street.«

Holdsworth lächelte; er hatte den Wink verstanden. »Ich bin Ihnen zu Dank verpflichtet, Madam.«

Elinor wollte sein Lächeln erwidern, doch dann setzte sie ein ernstes Gesicht auf. Man konnte Mr. Holdsworths Verhalten in keiner Weise kokett nennen, und doch war es beinahe so, als flirte er – besser gesagt, als versuchte er, mit ihr zu flirten. Streng rief sie sich ins Gedächtnis, dass er erst vor Kurzem Witwer geworden und Gast in ihrem Haus war, darüber hinaus war er ein Händler in bescheidenen Verhältnissen. Und dann dachte sie auch an ihr absurdes Benehmen am Nachmittag zuvor, als sie ihn durch das Gartentor angeschaut hatte und er unerklärlicherweise und zweifellos unbeabsichtigt ihre Hand berührt hatte.

»Wenn Sie Mr. Frank heute Morgen sehen, und wenn – wenn sich die Gelegenheit ergibt, grüßen Sie ihn bitte von mir.«

»Sie können sich auf mich verlassen, Madam. Und darf ich Sie später besuchen, wenn ich das Ergebnis meines Besuches in Barnwell kenne? Falls es Neuigkeiten gibt?«

Sie nickte und begann, ein neues Brötchen zu zerkrümeln. »Natürlich.«

Er dankte ihr abermals für ihre Freundlichkeit und verließ das Zimmer so schnell, dass es an Unhöflichkeit grenzte. Elinor wurde sich bewusst, dass ihr Teller beinahe vollständig unter einem Berg Krümeln verschwunden war.

Auf den Straßen war es ruhig, und ein süßer Geruch hing in der Luft, denn durch den Regen hatte sich der Staub gesetzt.

Die meisten Menschen, denen Holdsworth begegnete, waren auf dem Weg zur Kirche. Er zog seinen Hut tief in die Stirn und hielt den Kopf gesenkt, während die Kutschen an ihm vorbei durch die Pfützen rumpelten, die der Sturm der vergangenen Nacht hinterlassen hatte. Er wollte Dr. Jermyn und Mrs. Jermyn auf dem Weg zum Gottesdienst nicht begegnen. Als er das Dorf erreichte, sah er eine kleine Gestalt vor sich her hinken, die er sofort erkannte. Er beschleunigte seinen Schritt, bis er auf gleicher Höhe war.

»Mr. Mulgrave – ich wünsche einen guten Tag.«

Der Lohndiener verbeugte sich. »Das wünsche ich Ihnen auch, Sir.« Er zeigte keine Überraschung über das Zusammentreffen.

»Sind Sie auf dem Weg zu Mr. Oldershaw?«, fragte Holdsworth.

»Nein, Sir, ich sehe ihn nächsten Dienstag, glaube ich. Aber nach dem Regen ist es heute Morgen kühler, und ich dachte, ich suche Dr. Jermyn wegen meiner Rechnung auf.«

»Ist er nicht in der Kirche?«

»In der Tat, Sir.« In Mulgraves dunklen Augen funkelte eine bösartige Schläue. »Hab ihn und seine Lady vor nicht mal zehn Minuten auf der Straße gesehen.«

»Was geschieht im Haus des Doktors an einem Sonntag? Gehen die Menschen zur Kirche?«

»Morgens kommt ein Pfarrer und liest eine Messe, Sir, und am Abend nimmt Dr. Jermyn oft einige Herren mit in die Kirche. Die weniger Verrückten, Sir, wenn Sie wissen, was ich meine.«

Holdsworth nickte. Sie gingen schweigend weiter, und Holdsworth passte seine Schritte denen Mulgraves an.

»Sie arbeiten für eine ganze Reihe von Herren, nicht wahr?«

»Oh, ja, Sir. Ein Mann muss sehen, dass er über die Runden

kommt, so gut er kann. Das ist allerdings nicht immer einfach, egal, wie hart man arbeitet, weil manche Herren nicht sofort bezahlen. Und bei manchen sind so viele Rechnungen offen, dass sie sie nie bezahlen können.«

Holdsworth warf ihm einen Blick zu. »Als ich ein Geschäft hatte, fiel mir auf, dass die Herren eine ganz andere Haltung zum Geld haben als der Rest von uns. Ja, manche scheinen überhaupt keine Haltung zu haben oder in der Tat auch kein Geld. Doch es hat sie nicht davon abgehalten auszugeben, was sie nicht haben.«

»Die jungen Herren sind nicht so schlimm. Man kann immer ihre Tutoren ansprechen, und die wissen meistens, was zu tun ist. Das Schlimme sind die älteren Herren. Dieser Mr. Whichcote zum Beispiel.« Mulgrave wandte den Kopf ab und spuckte auf die Straße. »Von ihm Geld zu kriegen ist, wie wenn man einem Kalbskotelett einen halben Liter Blut abzapfen will.«

Wieder entstand eine Pause. Sie ließen ein weiteres Stück Weg hinter sich.

»Ich mag Männer, die gleich bezahlen«, bemerkte Holdsworth und ließ die Münzen in seiner Manteltasche klingen. »Sie wissen vielleicht, dass ich in Lady Annes Auftrag hier bin.«

Mulgrave sah ihn scharf an.

»Als Mutter macht sie sich naturgemäß große Sorgen um ihren Sohn«, sagte Holdsworth.

»Das ist ganz natürlich, Sir.«

»In der Tat, das ist es. Sie möchte, dass ich so bald wie möglich mit ihm spreche, um herauszufinden, wie ich ihm am besten helfen kann. Ich muss jedoch sagen, dass Dr. Jermyn auf eine bestimmte Methode festgelegt ist, die ein persönliches Gespräch des Patienten mit dem Abgesandten seiner Mutter nicht erlaubt. Das ist höchst ärgerlich.«

Mulgrave schüttelte ernst den Kopf. »Dr. Jermyn kann sehr stur sein, Sir.«

»Ich werde Ihrer Ladyschaft natürlich schreiben und ihre persönliche Erlaubnis einholen«, fuhr Holdsworth fort. »Aber das kostet Zeit. Ich habe sehr guten Grund zu glauben, dass ich Mr. Frank eine essenzielle Hilfe in seiner Not sein kann, und ich möchte sein Leid um keine Minute verlängern. Und ich bin sicher, Ihre Ladyschaft wünscht dasselbe.«

Die beiden Männer gingen nebeneinander her, wobei Holdsworth mit den Münzen in seiner Tasche spielte.

»Ihre Ladyschaft vergisst nicht so schnell einen Dienst«, sagte er. »Und ich übrigens auch nicht.«

Sie waren jetzt nur noch wenige hundert Schritt von Dr. Jermyns Tor entfernt.

»Man kennt mich hier recht gut«, sagte Mulgrave. »Ich komme und gehe für Mr. Frank und war vorher auch schon oft für andere Herren hier.«

»Dann wird man Ihnen am Tor keine Schwierigkeiten machen?«

»Um Gottes willen, nein, Sir – warum sollte man? Haben Sie Mr. Norcross kennengelernt?«

»Ich glaube, das war der Name des Aufsehers in Mr. Franks Zimmer.«

»So ist es, Sir. George Norcross ist mein Schwager. Er hat die Aufsicht, wenn Dr. Jermyn nicht da ist. Ich fand ihn immer sehr entgegenkommend und vernünftig.«

»Er würde mir einen großen Gefallen erweisen, wenn er mir erlaubt, allein mit Mr. Frank zu sprechen oder es wenigstens zu versuchen. Und auch Ihrer Ladyschaft.« Holdsworth ließ die Pennys in seiner Manteltasche los, steckte zwei Finger in seine Westentasche und zog eine halbe Guinee heraus. »Ich frage mich, ob das hier helfen könnte. Es gibt noch eine, wenn ich Mr. Frank gesehen habe.«

Mulgrave blieb stehen. Holdsworth ebenfalls. Mulgrave betrachtete die Münze in Holdsworths Fingern.

»Mr. Norcross möchte seine Stellung nicht gefährden, Sir.«

»Das versteht sich von selbst.«

»Der Mann, der das Tor öffnet, könnte allerdings denken, dass alles seine Ordnung hat, wenn er uns zusammen kommen sieht, und er kennt Ihr Gesicht.«

»Das könnte er, in der Tat.«

»Nichts ist sicher, Sir«, sagte Mulgrave fromm. »Für Mr. Norcross zum Beispiel kann ich nicht sprechen. Und selbst wenn Sie Mr. Frank sehen, könnte es sein, dass der arme Herr zu durcheinander ist, um mit irgendjemandem vernünftig zu reden.«

»Das verstehe ich vollkommen. Aber es gibt eine halbe Guinee für jeden von Ihnen, egal, wie es ausgeht. Wenn ich Gelegenheit habe, mit Mr. Oldershaw allein zu sprechen, ganz gleich, ob er durcheinander ist oder nicht, gibt es noch eine halbe Guinee.«

Mulgrave nickte. »Das klingt fair. Bar auf die Hand?«

»Ihre Ladyschaft würde darauf bestehen.«

»Dann macht das jetzt eine halbe Guinee«, sagte Mulgrave, als hätte er eine interessante arithmetische Entdeckung gemacht. »Und eine zweite, wenn alles gut geht.«

Mr. Norcross ruhte sich in einem kleinen Wohnzimmer neben der Teeküche des Dieners aus. Er saß in einem Sessel am offenen Fenster, mit einer Pfeife in der Hand und einem Krug Bier auf der Fensterbank. Er hatte seine Perücke abgenommen, den Kittel abgelegt und die Weste aufgeknöpft. Als er Mulgrave auf der Schwelle sah, richtete er sich auf und tat so, als wolle er aufstehen.

»Bitte lass dich nicht stören, George«, sagte Mulgrave

schnell. »Ich habe Mr. Holdsworth mitgebracht, weil er darum gebeten hat, persönlich mit dir zu sprechen.« An dieser Stelle machte Mulgrave eine wissende Handbewegung. »Wie du weißt, kommt er im Auftrag Ihrer Ladyschaft.«

Holdsworth hielt sich im Durchgang auf und betrachtete einen großen Korb mit Gemüse, das frisch aus dem Garten hereingebracht worden war. Mulgrave murmelte seinem Schwager vertraulich etwas ins Ohr. Mr. Norcross nickte und kam langsam auf die Füße. Seine Kopfkrone sah aus wie eine Kuppel aus grauen Stoppeln. Er hatte keinen sichtbaren Hals, und irgendetwas an seiner Erscheinung erinnerte Holdsworth unwillkürlich an eine ungewaschene Kartoffel. Gemächlich zog er seinen Kittel an, stülpte sich die Perücke über und ging zu Holdsworth hinüber. Es war beinahe so, als hätte er seinen Besucher ohne Kittel und Perücke vorher nicht sehen können.

»Mr. Holdsworth, Sir«, sagte er. »Ich hoffe, es geht Ihnen gut.«

»Oh ja, danke.«

»Freue mich immer, Ihrer Ladyschaft zu Diensten zu sein«, fuhr Norcross fort. »Und einem Gentleman wie Ihnen. Es gibt da Mittel und Wege.« An dieser Stelle tippte er sich an die Nase und nickte. »Ich glaube nicht, dass ich Sie da stehen sehe, Sir.«

»Wie bitte?«

Norcross schien Holdsworth nicht gehört zu haben. »Als Mr. Mulgrave heute Morgen kam, waren Sie auch am Tor. Und der Pförtner kennt Mr. Mulgrave natürlich, er weiß, dass er kommt, um mich zu besuchen, und dass es in Ordnung ist, also denkt er, Sie gehören zu Mr. Mulgrave, da Sie anscheinend zufällig den Tag miteinander verbringen. Und es würde mich nicht wundern, wenn Sie zusammen zum Haus kommen, und da sehen Sie die Herren draußen arbeiten und schlüpfen davon, ehe ich auch nur ein Auge auf Sie werfen kann. Sie möchten allein mit Mr. Oldershaw sprechen, und zweifellos überlegen Sie hin und her und denken, vielleicht arbeitet er ja mit den anderen im Garten. Und wie es der Zufall will, lenken Sie Ihre Schritte hinter die Ställe, wo sich der Küchengarten befindet. Und es würde mich nicht überraschen, wenn Sie Mr. Oldershaw zwischen den Salatköpfen oder dergleichen entdecken. Aber man könnte es auch anders sehen und sagen, dass ich sowieso nicht überrascht wäre, weil ich nämlich gar nichts davon wüsste. Können Sie mir so weit folgen, Sir?«

»Absolut«, sagte Holdsworth. »Wird ein Aufseher Mr. Oldershaw überwachen?«

»Ja, Sir. Natürlich. Wir achten hier sehr genau auf unsere Herren. Ich denke, es wird die ganze Zeit ein Aufseher im Küchengarten sein. Erwartungsgemäß wird er auf der Bank an der Tür sitzen oder ein Auge auf ein oder zwei der anderen Herren haben, die dort arbeiten. Er wird Ihren schwarzen Mantel sehen und vielleicht denken, Sie seien ein Kollege des Doktors. Schließlich waren Sie ja erst gestern mit ihm hier, es wäre also ein ganz natürlicher Irrtum.«

»Wie geht es Mr. Oldershaw heute?«

»Auf jeden Fall ist er ruhiger als gestern.«

»Ist er zu einem vernünftigen Gespräch in der Lage?«

Norcross zuckte mit den Schultern. Er zog eine Taschenuhr heraus. »Ich mache jetzt meine Runde im oberen Stockwerk«, informierte er sie. »Deswegen habe ich Sie nicht gesehen.«

Er ging, ohne sich zu verabschieden, und sein schwerfälliger Körper schwankte hin und her, als wären seine Schenkel aus Granit.

Mulgrave gesellte sich im Durchgang zu Holdsworth. »Hier entlang, Sir.« Er dirigierte Holdsworth zu einer Seitentür, die auf einen Kiesweg führte. »Folgen Sie dem Pfad bis zu den Ställen, Sir. Der Küchengarten ist gleich dahinter.«

Ein Stallknecht schaute neugierig zu Holdsworth hinüber, als er am Tor zu den Ställen vorbeiging, machte aber keine Anstalten, ihn aufzuhalten. Am Rand des Rasens schnitten vier oder fünf elegant gekleidete Herren das Gras entlang einer Baumreihe. Ein weiterer Mann stand auf dem Bowlingrasen und rezitierte mit lauter, tragender Stimme aus einem Werk von Thucydides, als spräche er zu einem großen, aber unsichtbaren Publikum. Unter einem nahe gelegenen Baum schwatzten zwei Aufseher.

Holdsworth öffnete das Tor in der Mauer zum Küchengarten. Ein dritter Aufseher räkelte sich auf einer Bank nahe der Tür, eine aufgeschlagene Zeitung auf den Knien und eine Pfeife auf dem Platz neben sich. Er sah auf und gleich wieder weg, anscheinend beruhigt, dass es kein Insasse war, der sich von der ihm zugewiesenen Arbeit entfernte.

Drei Männer arbeiteten in den Gemüsebeeten. Zwei, beide mittleren Alters, zupften Unkraut. Am anderen Ende des Gartens kauerte Frank Oldershaw allein auf Händen und Knien.

Holdsworth ging den gepflasterten Weg hinunter, der das eingefriedete Gelände teilte. Franks Mantel und seine Weste hingen über einer Schubkarre neben ihm. Er kniete in schwarzen Seidenhosen und einem feinen weißen Hemd in der frisch umgegrabenen Erde. In der Hand hielt er eine kleine Harke, mit der er Radieschen erntete. Er musste Holdsworths Schritte auf dem Pflaster gehört haben, doch er blickte nicht auf.

»Guten Morgen, Sir«, sagte Holdsworth. »Erlauben Sie mir einige Worte?«

Keine Antwort.

»Wir haben uns gestern kurz kennengelernt«, fuhr Holdsworth fort. »Ich geben Ihnen mein Wort, dass ich nichts gegen Ihren Willen tue.«

Frank hörte auf, wie rasend zu graben. Doch er sah immer noch nicht auf.

»Wenn Sie nicht wünschen, dass ich Sie behellige, wenn ich irgendetwas tue, womit Sie nicht einverstanden sind, brauchen Sie nur den Aufseher zu rufen und ihm zu sagen, dass ich Sie belästige und keine Berechtigung habe, hier zu sein. Der Doktor weiß nichts von meinem Besuch. Er hat mir verboten, allein mit Ihnen zu sprechen.«

Zum ersten Mal wandte Frank den Kopf und schaute zu Holdsworth hinauf. Trotz seiner eleganten Kleidung sah er kaum wie ein Gentleman aus. Das Gesicht war mit Erde verschmiert, die Hände schmutzig, die Fingernägel abgebrochen, und er schwankte immer noch auf allen vieren leicht hin und her, als wäre sein Gewicht zu schwer für ihn.

»Ich muss diese Reihe fertig machen«, murmelte er, »und die nächste. Sonst geben sie mir kein Essen.«

»Dafür bleibt genug Zeit«, sagte Holdsworth. »Unterhalten wir uns ein wenig.«

Frank steckte die kleine Harke in die Erde, rollte sich herum und kauerte auf dem Pfad. »Ich bin so müde. Ich könnte für immer schlafen.«

»Das kommt von den Medikamenten.«

Frank nickte. »Um die Trauer zu ermorden.«

»Wie? Trauern Sie? Warum?«

Frank schüttelte den Kopf, antwortete aber nicht.

»Man hat mir erzählt, dass Sie einen Geist gesehen haben«, sagte Holdsworth beiläufig, als wäre es kaum von Interesse und eher nebensächlich. »Ich vermute, es war der von Mrs. Whichcote?«

Frank ließ den Kopf auf die Brust fallen.

»Dann war er es? Woher wussten Sie, dass sie es war?«

»Wer sollte es sonst gewesen sein?«, brummelte Frank. »Wo sollte Sylvia sonst entlanggehen?«

»Warum? Weil sie dort gestorben ist?«

Mit dem Zeigefinger zeichnete Frank einen Kreis, eine Null in die Erde.

»Sagen Sie – warum sind Sie in jener Nacht nach draußen gegangen? Wollten Sie zum Abort?«

Frank schüttelte den Kopf. Sein Gesicht wurde lebendig, die Muskeln zuckten und tanzten unter der Haut. »Konnte nicht schlafen«, sagte er. »Brauchte Luft. Alles egal.«

»Sie sind nach draußen gegangen«, sagte Holdsworth. »Sie brauchten frische Luft, und alles war egal. Ich verstehe.«

Frank schüttelte so heftig den Kopf, dass er beinahe irr wirkte. »Gar nichts tun Sie. Sie sind dumm. Ich war allmächtig. Verstehen Sie nicht? Ich war frei. Ich war Gott. Ich war der Heilige Geist.« Er barg den Kopf in den Händen. »Und jetzt bin ich verrückt. Mein Verstand ist durcheinander, hören Sie? Ich verstehe gar nichts. Und Sie auch nicht. Sie sind ein großer Dummkopf.«

Holdsworth richtete sich auf. Das Gespräch hatte eine Wendung genommen. Frank sprach mit ihm, wie ein zorniger junger Mann mit einem Untergebenen spricht.

»Ich bin der Heilige Geist«, fuhr Frank jetzt ruhiger fort. »Und ich habe einen Geist gesehen. *Quod – quod erat demonstrandum.*«

»Sind Sie glücklich hier?«, fragte Holdsworth nach einer Pause.

»Ich hasse diesen Ort und alle, die hier wohnen.«

»Wenn Sie es wünschen, können Sie vielleicht gehen?«

»Ich kann nicht nach Hause gehen«, sagte Frank. »Ich werde nicht nach Hause gehen.«

»Haben Sie deshalb Mr. Cross angegriffen? Damit man Sie nicht nach Hause schickt?«

Frank senkte den Kopf und zeichnete noch einen Kreis in die Erde, noch eine Null. »Armer Cross. Es ist über mich gekommen – ich konnte nichts dagegen tun. Es überkommt mich einfach. Es wäre besser, wenn ich tot wäre. Ich wünschte, ich wäre es.«

Holdsworth hatte genauso gefühlt, als sie erst Georgie und dann Maria heimgebracht hatten. Unglückliche Menschen sprechen eine gemeinsame Sprache. Er hätte sein Leben für Georgie gegeben. Hatte Maria das nicht gewusst? Er hätte sein Leben auch für sie gegeben, um ihres zu retten, doch stattdessen hatte er ihr eine Wunde in der Größe einer Pennymünze zugefügt und den Wunsch zu sterben in ihr geweckt.

Vergib mir.

»Was wäre«, sagte er zu Frank, »wenn ich Ihre Ladyschaft davon überzeugen könnte, Dr. Jermyn anzuweisen, Sie in meine Obhut zu entlassen?«

»Wie kann ich Ihnen trauen? Sie könnten mich zu meiner Mutter bringen. Wer weiß, Sie könnten mich an einen noch schlimmeren Ort als diesen bringen.«

»Ich kann Sie nicht zwingen, mir zu vertrauen. Ich appelliere also an Ihre Vernunft.«

»Ich habe keine Vernunft.«

»Ich denke, dafür haben Sie genug Vernunft, Sir. Nehmen wir einfach an, es sei so. Wenn ich Ihre Ladyschaft bitte, Sie in meine Obhut zu geben, und wenn wir einen ruhigen einsamen Ort finden, wo wir leben können – wäre das nicht besser als dies hier? Und was das Vertrauen angeht – betrachten Sie es aus meiner Sicht. Ich kann diesen Vorschlag nur mit der Einwilligung Ihrer Mutter ausführen. Wenn Ihnen irgendetwas geschieht, wenn deswegen etwas völlig Unerwünschtes eintritt, wird Ihre Ladyschaft es einzig mir anlasten. In meinem eigenen Interesse kann ich es mir nicht leisten, Ihnen etwas anderes als Gutes zu tun. Selbst wenn ich Sie nicht heilen kann, werden Sie wenigstens nicht mehr hier sein müssen. Sie werden Dr. Jermyn und seiner moralischen Führung entkommen.«

Frank zog einen weiteren Kreis in die Erde. »Ich will weder meine Mutter oder Cross, noch Whichcote oder Harry Archdale oder meinen Tutor oder sonst irgendjemanden sehen. Keinen einzigen.«

»Das ist völlig selbstverständlich. Wenn Sie mir erlauben, die Angelegenheit mit Ihrer Ladyschaft zu erörtern, werde ich sagen, dass Sie und ich in Zurückgezogenheit leben müssen. Das ist eine notwendige Voraussetzung.«

Frank warf ihm einen scharfen Blick zu. »Was ist, wenn ich gar nicht geheilt werden will? Haben Sie daran gedacht? Was wäre dann?«

Ehe Holdsworth antworten konnte, spürte er auf einmal eine Bewegung hinter sich. Holdsworth und Frank drehten sich um. Zwei Männer waren in den Küchengarten gekommen – Norcross und Jermyn höchstpersönlich. Norcross führte eine Dogge an einer kurzen Leine. Der andere Aufseher sprang auf die Beine; die Zeitung flatterte zu Boden. Die einzigen Menschen, die das Ganze nicht zu berühren schien, waren die beiden älteren Patienten, die mit ihrer Arbeit fortfuhren, als sei nichts geschehen.

»Soll ich Ihrer Ladyschaft schreiben?«, fragte Holdsworth halblaut. »Ja oder nein?«

»Sie da, Sir«, rief Jermyn. »Kommen Sie sofort her, oder ich werde meinen Mann anweisen, die Dogge freizulassen.«

»Ja«, flüsterte Frank. »Schnell.«

19

Nach dem Gottesdienst ergoss sich eine Flut von Hüten und Umhängen durch die Türen der Great St. Mary's Church und verteilte sich nach und nach in die Straßen, Gassen und Colleges. Holdsworth blieb vor dem Zaun des Senatsgebäudes stehen, um das Spektakel zu beobachten. Die meisten Kirchgänger trugen die Talare ihrer Colleges, in schillernden Farben und aus den unterschiedlichsten Stoffen. Manche gingen gebückt, manche schlenderten; manche liefen schwatzend in Grüppchen, andere schweigend, der eine oder andere mit der Nase in einem Buch. Das war die Universität in sonntäglicher Pracht, und der Anblick war zugleich großartig und schäbig.

Holdsworth hatte es nicht eilig, nach Jerusalem zu kommen. Auf dem Rückweg aus Barnwell hatte er im Lambourne House in der Chesterton Lane haltgemacht, aber der kleine Laufbursche, der ihm die Tür aufmachte, sagte, dass Mr. Whichcote für Besucher nicht zu sprechen sei. Holdsworth lehnte es ab, sein Anliegen zu nennen. Als er sich zum Gehen wandte, hatte er einen Herrn mit einem schlanken, attraktiven Gesicht aus einem Fenster im oberen Stockwerk auf sich herabblicken sehen. Wahrscheinlich hielt Whichcote ihn für einen lästigen Händler mit einer unbezahlten Rechnung, und der Laufbursche hatte ihn mit einer höflichen Ausrede abgewimmelt.

Anschließend war Holdsworth ziellos durch die Straßen gewandert. Cambridge war wie eine Stadt im Griff einer Besatzungsarmee. Die Straßen waren ärmlich und voll, die Häuser klein und hässlich und ineinander verschachtelt, als wollten sie sich schützen. Die Bürger hasteten mit säuerlichen Gesichtern durch die Stadt, als hätten sie kaum ein Recht, dort zu sein – die wahren Herrscher waren die Gestalten in ihren Talaren, die hinter den Toren und Mauern der Colleges lebten. Gelegentlich hatte er über den Dächern einen Turm erspäht, eine erhabene Zinne oder, durch ein steinernes Portal, einen stillen, begrünten Hof, umgeben von herrschaftlichen Gebäuden, manche modern, manche gotisch und pittoresk. *In Cambridge,* dachte er, *trügt der Schein: Es ist ein Ort, der seine Ge-*

heimnisse und seine Schönheiten eifersüchtig bewacht. Und auch seine Geister.

Als sich die Menge vor der Kirche zerstreut hatte, überquerte Holdsworth die Straße und bog in die St. Mary's Passage an der Südseite der Kirche ein. Gut dreißig Schritt vor sich erkannte er die elegante Gestalt Richardsons, der neben einem großen, stattlichen, einen Stock mit einem goldenen Knauf schwingenden Mann herging. Eine weitere, kleinere Gestalt schlenderte hinter ihnen her und karikierte, übertrieben von einer Seite zur anderen schwankend, die Bewegungen des Manns mit dem Stock. Es war der junge Mr. Archdale, der da seinen Sinn für Humor auslebte.

Holdsworth folgte ihnen zurück nach Jerusalem. Mepal verbeugte sich besonders ehrerbietig, als die kleine Gesellschaft das Torhaus passierte. Die drei Männer blieben im Hof der Kapelle im blassen Sonnenlicht stehen. Der groß gewachsene Mann schaute sich besitzergreifend um. Holdsworth, der davon ausging, dass seine Anwesenheit nicht erwünscht sein könnte, wollte gerade vorbeischlüpfen, als Richardson seinem Begleiter etwas zumurmelte und sich umdrehte, um ihn zu grüßen.

»Mr. Holdsworth – was für ein Zufall, Sir: Ich hatte gehofft, Sie vor dem Essen zu treffen. Ich nehme an, danach werden Sie in die Bibliothek gehen? Ich werde mit Sir Charles zusammen sein. Aber Soresby wird Sie führen – er ist sehr begabt –, er weiß beinahe genauso gut Bescheid wie ich, denke ich. Ich sah ihn heute Morgen nach dem Gottesdienst in der Kapelle und habe ihn an die Verabredung erinnert. Bitte fragen Sie ihn alles, was Sie wollen. Er steht zu Ihrer Verfügung, solange Sie es wünschen.«

Richardson verabschiedete sich von Holdsworth und hastete hinter den Archdales her, die über den geheiligten Rasen inmitten des Hofes schlenderten. Holdsworth ging durch den Durchgang neben dem Aufenthaltsraum zur Tür des Rektorats. Ben ließ ihn ein und berichtete, dass sein Herr inzwischen aufgestanden und angekleidet sei und mit Mrs. Carbury in ihrem Salon weilte.

Holdsworth ging nach oben, um sich zu ihnen zu gesellen. Carbury saß in seinem Lehnstuhl. Er trug einen hübscheren schwarzen Rock als sonst, war frisch rasiert und hatte die Haare frisch gepudert, doch er sah alt und krank aus. Elinor saß am Fenster. Holdsworth fühlte sich in ihrer Gegenwart unwohl.

»Ich hoffe, es geht Ihnen wieder gut, Sir«, sagte Holdsworth, nachdem die Begrüßungsfloskeln ausgetauscht waren. Seine Augen wanderten wie von selbst zu Elinor.

»Ja, ja. Ich bin allerdings sehr verärgert – dieser Trottel, Ben, hat mich zu lange schlafen lassen, und ich hatte beabsichtigt, in die Kirche zu gehen. Sagen Sie, Sir, waren Sie dort?«

»Nein. Aber ich kam an der Kirche vorbei, als der Gottesdienst vorüber war.«

»Sir Charles Archdale sollte dem Gottesdienst beiwohnen«, sagte Carbury. »Ich wünschte, ich wäre da gewesen.«

»Ich glaube, ich sah ihn mit Mr. Richardson und dem jungen Mr. Archdale herauskommen.«

Carbury machte ein finsteres Gesicht. »Ich werde das Vergnügen haben, Sir Archdale beim Mittagessen zu treffen.«

»Sir«, sagte Elinor. »Ist das klug? Sie sind noch nicht ganz wiederhergestellt.«

»Es geht mir ausgezeichnet«, sagte Carbury, ohne sie eines Blickes zu würdigen.

»Ja, wirklich, das sieht man, Sir.« Elinor erhob sich und stellte sich neben den Sessel ihres Mannes. »Doch wir sollten Mr. Holdsworth nicht mit solch kleinen Details langweilen. Er hoffte, heute Morgen Mr. Frank sehen zu können, Sie erinnern sich, und vielleicht bringt er gute Nachrichten für uns und Ihre Ladyschaft.«

Carbury sah Holdsworth scharf an. »Ja, wie ist es Ihnen ergangen? Hat man Sie ohne Termin hereingelassen?«

»Zufällig war der Doktor nicht da, als ich ankam.« Holdsworth wechselte einen Blick mit Elinor. Keiner von beiden erwähnte ihr Gespräch beim Frühstück, und das geteilte Wissen war wie eine Art Verrat. »Und so konnte ich mit Mr. Frank allein sprechen.«

»Haben Sie etwas Vernünftiges aus ihm herausgebracht? War er bei Sinnen?«

»Man hat ihm so starke Beruhigungsmittel gegeben, dass schwer zu sagen ist, wo er war, Sir. Er hat Angst – und ich bin nicht sicher, wovor. Sein Verstand wandert, aber ich würde ihn nicht verrückt nennen. Ich weiß nur eines genau: Die Therapie an diesem Ort ist für ihn nicht geeignet. Es tut ihm nicht gut. Ich habe ihn gefragt, ob er zustimmen würde, in meine Obhut entlassen zu werden, unter der Voraussetzung, dass wir eine Weile abgeschieden von der Welt leben, ohne irgendjemanden aus seinem früheren Leben zu sehen, auch seine Mutter nicht. Ich glaube, er wäre einverstanden. Es würde ihm nicht schaden und könnte sogar von Nutzen sein.«

»Wir müssen Dr. Jermyns Meinung dazu hören«, sagte Dr. Carbury. »Es muss den offiziellen Weg gehen.«

»Ich bezweifle, dass er dafür ist, Sir. Er kam unerwartet, als ich mit Mr. Frank sprach, und er war ganz und gar nicht erfreut. Er ließ mich vom Grundstück werfen.«

Elinor begann leise zu sprechen: »Wenn Mr. Frank Dr. Jermyn verlässt und das bekannt würde, hieße das nicht, dass es ihm besser geht? Ließe es nicht vermuten, dass sein Verstand nicht mehr durcheinander ist?«

Carbury grunzte. »Das ist sicher eine Überlegung, Madam. Es nützt dem Ruf des Colleges nicht, dass Mr. Frank Oldershaw in Dr. Jermyns Irrenanstalt ist. Wenn er also nicht dort ist, wenn er geheilt zu sein scheint, kann das nur gut sein.«

»Ich halte es für eine dringliche Angelegenheit, Sir«, sagt Holdsworth. »Wenn er nicht bereits verrückt ist, wird er es dort bald werden.«

»Das ist ja alles gut und schön, aber Sie können in der Sache absolut nichts ohne Lady Annes Zustimmung tun.«

»Wenn wir morgen einen Expressbrief schicken, sollten wir bis Dienstag von ihr hören«, sagte Elinor.

»Würden Sie den Plan unterstützen, Sir?«, fragte Holdsworth. »Ein Brief von Ihnen hätte weitaus mehr Gewicht als einer von mir.«

»Mag sein.« Carbury rieb sich leicht den Bauch. »Ja, es hilft niemandem, wenn es Mr. Frank dort schlechter geht. Ich werde Lady Anne sofort schreiben. Es ist einen Versuch wert. Aber ich werde betonen, dass der Gedanke von Ihnen stammt, Mr. Holdsworth. Schließlich hat Ihre Ladyschaft Sie hergeschickt, um in ihrem Namen zu handeln. Wohin würden Sie Mr. Frank bringen, wenn Sie ihn herausbekommen?«

»Ich habe darüber nachgedacht, ob wir vielleicht ein paar Meilen von Cambridge entfernt ein Cottage mieten können. Ich würde es einer Pension vorziehen. Die Besitzer könnten reden.«

»Dann brauchen Sie jemanden, der sich um Sie kümmert«, gab Elinor zu bedenken. »Was ist mit Mulgrave? Er ist ein vertrautes Gesicht, kennt Mr. Frank und wäre recht gut vorbereitet.«

»Lassen Sie mich darüber nachdenken«, sagte Carbury. »Das College hat einige Liegenschaften in der Nähe von Cambridge, vielleicht ist etwas dabei. Ich werde es gleich morgen früh prüfen.« Eine Glocke begann zu läuten, und er hievte sich aus dem Sessel. »Gut, gut, Zeit zum Essen.«

»Sind Sie wirklich überzeugt, dass Sie in der Halle essen wollen?«, fragte Elinor. »Ich könnte Ben in die Küche schicken und etwas heraufbringen lassen.«

Carbury, der jetzt schwankend auf eigenen Füßen stand, winkte ab. »Ich gehe hinunter.«

»Aber, Sir …«

»Ich bin überhaupt nicht erschöpft, und ich hoffe, ich muss mir von Ihnen nicht sagen lassen, was meine Pflicht ist, Madam.«

Holdsworth sah, wie Elinor errötete. Wortlos wandte sie den Kopf ab.

Zusammen mit Carbury, der sich am Geländer festhielt, ging Holdsworth langsam hinunter.

»Warum müssen Frauen immer so viel Aufhebens um einen Mann veranstalten?«, sagte Carbury, ohne sich die Mühe zu machen, die Stimme zu senken. »Das ist nicht liebenswürdig, nicht wahr? Doch man darf das schwache Geschlecht für seine geringere Intelligenz nicht verurteilen.«

Im Durchgang trafen sie Mr. Richardson, der aus dem Kapellenhof kam. Er grüßte den Rektor und Holdsworth mit einer Verbeugung und einem Lächeln.

»Wo ist Sir Charles?«, fragte Carbury.

»Er und sein Neffe kommen direkt, Sir. Sir Charles ist so ein angenehmer Mensch, nicht wahr? So vornehm und doch so ungekünstelt.« Richardson hielt inne, die Hand am Knauf der Tür zum Aufenthaltsraum. »Ach übrigens, Dr. Carbury, haben Sie das Neueste gehört? Miskin hat eine Zusage aus Gloucestershire bekommen – ein gemütliches, kleines Pfarrhaus und siebenhundert im Jahr.«

»Ich weiß«, erwiderte Carbury. »Er hat es mir gestern gesagt.«

»Sein fröhliches Lachen wird uns fehlen, was? Der derzeitige Pfarrer beabsichtigt, sein Amt nach Weihnachten abzugeben, sodass wir im nächsten Jahr einen neuen Kandidaten für das Rosington-Stipendium wählen müssen.«

»Ich bin Ihnen dankbar, Mr. Richardson«, sage Carbury,

während er den Raum betrat. »Aber Sie müssen sich wegen der Angelegenheit keine Gedanken machen. Die Regeln der Stiftung besagen, dass die Vergabe des Rosington-Stipendiums in den Händen des Rektors liegt. Sie können es getrost mir überlassen.«

Das Sonntagsmahl war eine langwierige Affäre mit einem Hauch von Feierlichkeit. Sie begannen mit frischem Lachs, gekocht und mit gebratenem Stint garniert zu einer Soße mit Sardellen und Krabben, einem Kalbskopf, Hühnerpastete und gegrillter Hammellende. Der zweite Gang bestand aus einer Hirschkeule mit Bratensoße und Johannisbeergelee. Außerdem gab es Aal, eine junge Gans, Hummer und Torten. Holdsworth fragte sich, ob sonntags in Jerusalem am Tisch der Fellows immer so reichhaltig gespeist wurde oder ob irgendein besonderer Anlass bestand, vielleicht die Anwesenheit von Sir Charles Archdale.

Harry Archdale saß neben seinem Onkel. Die Ausschweifungen am Abend zuvor hatten seinem Appetit nicht geschadet. Holdsworth schaute zum Tisch der Stipendiaten unten in der Halle. Dort war das Essen einfacher. Soresby saß mit abstehenden Ellbogen gekrümmt über der Tafel, und die Ärmel seines fleckigen, schwarzen Umhangs hingen zu beiden Seiten seines Tellers herunter, während er sich das Essen in den Mund schaufelte.

Die Unterhaltung am Tisch der Honoratioren wurde hauptsächlich von Richardson und Carbury bestritten, die um die Aufmerksamkeit von Sir Charles wetteiferten. Nach dem Essen fand sich Holdsworth auf dem Weg in den Aufenthaltsraum neben Harry Archdale wieder. Holdsworth sagte nichts, sondern trat zurück, um dem jungen Mann den Vortritt zu lassen. Abgesehen von den Dienstboten, die den Tisch abräumten, waren sie die Letzten auf dem Podest.

Archdale zögerte. »Bitte, Sir, wie geht es dem armen Frank? Entschuldigen Sie, dass ich frage. Mr. Richardson hat mir erzählt, dass Lady Anne Sie geschickt hat, um nach Frank zu sehen und die Bibliothek zu inspizieren.«

»Es geht ihm langsam besser«, sagte Holdsworth leise. »Aber er ist immer noch nicht ganz er selbst.«

»Würden Sie mir den Gefallen tun, ihm, wenn Sie ihn das nächste Mal sehen, auszurichten, dass Jerusalem ohne ihn teuflisch öde ist? Wenn – wenn es passt, natürlich.«

Danach trank Holdsworth eine Tasse Tee im Aufenthaltsraum und bat dann, ihn zu entschuldigen. Er ging unter den westlichen Arkaden entlang und stieg die Treppe zur Bibliothek hinauf. Soresby musste ihn kommen sehen oder gehört haben, denn er stand an der Tür und verbeugte sich tief, als Holdsworth erschien. Auf dem großen Tisch hinter ihm lagen mehrere Bücher und ein Bündel loser, von Hand beschriebener Papiere.

»Ich hoffe, ich habe Ihr Studium nicht unterbrochen, Mr. Soresby«, sagte Holdsworth.

»Ganz und gar nicht. Ich stehe zu Ihrer Verfügung.«

Holdsworth sah sich um. »Ist dies die vollständige Sammlung?«

»Bis auf die ausgeliehenen Bücher.«

»Wissen Sie, wie viele Bücher die Bibliothek besitzt?«

»Nein, Sir. Ich glaube nicht, dass das irgendjemand weiß.« Soresby verflocht seine Finger ineinander. »Ich würde die Vermutung wagen, dass es zwischen fünfzehnhundert und zweitausend Werke sind.«

»Gibt es einen Katalog?«

»Mr. Richardsons Vorgänger hat sich daran versucht. Leider starb er, bevor er ihn vollenden konnte.«

»Und hat die Bibliothek andere Materialien außer denen, die wir hier sehen?«

»Was Sie auf den Regalen sehen, Sir, sind alle gebundenen Bücher, die wir besitzen.« Er deutete auf die Schränke unter den Regalen. »Aber in der Vergangenheit haben viele Fellows dem College die Früchte ihrer Studien vermacht, und wir bewahren die Papiere dort auf. Es wäre eine enorme Aufgabe, sie zu katalogisieren. Außerdem haben wir eine Reihe von Manuskripten beachtlichen Alters; soweit ich weiß, reicht das älteste zurück bis zu König John. Diese werden allerdings in der Schatzkammer aufbewahrt, zusammen mit dem Tafelgeschirr des Colleges, den Urkunden, den Pachtverträgen und so weiter.«

»Ich danke Ihnen«, sagte Holdsworth. »Ich werde eine Bestandsaufnahme machen müssen. Das kann einige Tage dauern. Aber ich muss Sie deswegen nicht belästigen, jedenfalls nicht mehr als nötig. Ich arbeite lieber in meiner eigenen Geschwindigkeit. Wenn ich Fragen habe, werde ich mich direkt an Sie wenden.«

»Werden Sie jetzt anfangen, Sir?«

»Nein. Und ich werde Ihnen heute Nachmittag auch keine Zeit mehr stehlen.« Holdsworth zeigte auf die Bücher auf dem Tisch. »Wie ich sehe, arbeiten Sie bereits.«

Soresby zog mit erstaunlicher Heftigkeit am Zeigefinger seiner linken Hand. »Ich muss lesen, wann immer ich kann, Sir.«

»Weil Sie einen guten Abschluss machen wollen?«

»Etwas anderes kann ich mir nicht leisten, Sir. Ich bin arm wie eine Kirchenmaus. Wenn ich etwas aus mir machen will, muss ich ganz oben auf der Liste stehen, der *Ordo Senioritatis,* ich hoffe, als Bester.« Er brach ab. »Verzeihung, Sir, ich schwatze zu viel über mich selbst.«

»Das tun Sie nicht. Ich habe Ihnen eine Frage gestellt, und Sie haben ausgesprochen höflich geantwortet. Sie würden mir in der Tat einen großen Gefallen tun, wenn Sie meine Neugier noch ein wenig mehr befriedigen. Sie müssen verstehen, dass ich mit den Gepflogenheiten einer Universität nicht sehr vertraut bin. Was geschieht, wenn Sie einen guten Abschluss machen?«

»Ich hoffe, Fellow sowie ordiniert zu werden.«

»Was ist der Vorteil für einen jungen Mann in Ihrer Position?«

»Nun, Sir, als Fellow hat man ein Einkommen und ein Dach über dem Kopf. Außerdem bietet es die Chance, den Verdienst mit ein wenig Privatunterricht aufzubessern oder vielleicht mit einem Lehrauftrag. Und das College besitzt eine Reihe von Pfründen, und im Laufe der Zeit könnte eine davon frei werden, sodass eine Beförderung in der Kirche nicht unmöglich ist.«

»Ich habe gehört, das Rosington-Stipendium könnte bald frei werden.«

Soresbys Ausdruck veränderte sich: Seine Züge wurden schmal und scharf. Er sah aus wie ein Verhungernder. »Wenn ich es bekommen könnte, würde sich meine Situation über alle Maßen verbessern. Aber es liegt in der Hand des Rektors.« Er hielt inne und fügte dann schnell und unerwartet heftig hinzu: »Es ist alles aus einem Guss hier in Jerusalem, Sir: Ohne die Unterstützung von Dr. Carbury darf man auf nichts hoffen, ganz gleich, was es ist.«

20

Am Dienstagmorgen schickte Elinor Susan ins Waschhaus, das in dem kleinen Versorgungshof lag, um Kragen und Manschetten zu waschen. Dort war es immer feucht und düster, denn es lag im Schatten der hohen kahlen Mauer der Yarmouth Hall auf der einen und der rückwärtigen Mauer des

Rektorats auf der anderen Seite. Später an diesem Morgen durchquerte auch Elinor den Hof auf dem Weg zum Abort. Die Tür zum Waschhaus stand einen Spalt offen, und sie hörte Susan leise lachen.

Elinor blieb stehen. Sie wollte gerade hineingehen, um nach Susan zu sehen, als sie einen Mann etwas sagen hörte. Ihre Magd war nicht allein. Plötzlich schrie Susan auf, und das Geräusch klang wie das Jaulen eines Hundes, dem man auf die Pfote getreten hatte. Der Schrei wurde hastig erstickt. Elinor trat einen Schritt auf die Tür zu und blieb erneut stehen, als sie rhythmische Bewegungen im Waschhaus wahrnahm, die immer schneller und intensiver wurden.

Jetzt konnte sie ein wenig hineinsehen. Zwei Menschen lagen auf dem Ziegelboden. Sie konnte nur Teile ihrer Beine und ihre Schuhe sehen – Susans Schuhe und Strümpfe und die kantigen Schuhe eines Mannes, seine Hose und einen Schimmer weißer, muskulöser, heftig auf und ab pumpender Schenkel.

»Oh ja«, sagte Susan. »Oh! Ja!«

Da lag Susan mit Ben. Was sie taten, war schlecht. Es war unsittlich. Von Rechts wegen müsste Elinor hineineilen und beide auf der Stelle entlassen. Stattdessen spürte sie, wie sie rot wurde und sich ihr Atem beschleunigte.

Ben stöhnte drängend.

»Schhh«, wisperte Susan.

Elinor ging ins Haus zurück und schlug die Tür hinter sich zu. Worte formten sich in ihrem Kopf. *Meine Dienstboten treiben es im Waschhaus. Schnaufend und grunzend wie Schweine im Stall.* Wie konnten sie es wagen? Und am helllichten Tag, wo jeder über sie stolpern konnte. Solch schamloses Verhalten spottete jeder Beschreibung.

Sie fand Dr. Carbury in einem Sessel sitzend am Fenster des kleinen Esszimmers im Rektorat. Sein Mund stand offen, die Füße lagen auf einem Hocker und ein Buch aufgeschlagen auf seinem Schoß. Er war so still, dass Elinor einen Moment lang dachte, er sei tot. Dann richtete er sich auf und sah sich verwirrt um, ehe sein Blick auf sie fiel. Er wirkte alt und krank.

»Mein lieber Sir«, sagte sie. »Was ist mit Ihnen?«

»Nichts – absolut nichts. Ich habe nur ein wenig gedöst, mehr nicht. Was wollen Sie?«

Sie hatte beabsichtigt, sich bei ihm über das unzüchtige Verhalten ihrer Dienstboten zu beschweren. Doch damit konnte sie ihn nicht behelligen, wenn er in diesem Zustand war. Dann wurde sie von Schritten in der Diele hinter ihr abgelenkt.

»Ist das Mr. Holdsworth?«, fragte Dr. Carbury. »Bitten Sie ihn doch herein.«

Holdsworth kam bereits auf sie zu. Wenn es nun Holdsworth mit Susan im Waschhaus gewesen wäre? *Schnaufend und grunzend wie Schweine im Stall.* Allein der Gedanke war absurd und sonderbar, doch in ihr regte sich seltsamerweise Eifersucht.

Eifersucht?

Aber wenn sie selbst es mit Holdsworth gewesen wäre? *Schnaufend und grunzend wie Schweine im Stall.* Schockiert über ihre unmoralischen und sündhaften Fantasien, wandte sie sich ab. Sie tat, als ordne sie ein Serviertablett auf der Anrichte.

»Ich war nicht untätig, Mr. Holdsworth«, sagte Carbury. »Ich denke, ich habe etwas gefunden, wo Sie mit Mr. Oldershaw wenigstens für ein paar Tage bleiben können. Das College hat ein kleines Gehöft gleich hinter Histon, am Rand vom Whitebeach Fen. Es ist nicht mehr als ein Bauernhof und eine Wassermühle mit einem Cottage. Die Mühle steht zurzeit leer – der Pächter wechselt gerade.«

»Gibt es dort Nachbarn, Sir?«, fragte Holdsworth.

»Nur den Bauern, einen Mann namens Smedley. Er ist ein schweigsamer Bursche und wird Sie nicht belästigen, wenn Sie beschließen dortzubleiben. Aber ich werde ihm heute schreiben und ihn anweisen, einen Dienstboten hinüberzuschicken, um das Cottage für alle Fälle herzurichten.«

»Was wollen Sie ihm sagen?«, fragte Elinor und wandte sich wieder zu den Männern um. Sie war sich leidlich sicher, dass man ihr die unangenehmen Fantasien, die ihr gerade durch den Kopf gegangen waren, nicht anmerkte.

Carbury antwortete Holdsworth, als hätte der die Frage gestellt. »Ich werde sagen, dass eine kleine Gruppe Studenten für einige Tage dort wohnen wird und unter keinen Umständen gestört werden darf. Der letzte Pächter ist gestorben, und seine Möbel sind noch dort – die Familie hat sie noch nicht abgeholt, also können sie sich kaum beschweren, wenn wir sie benutzen. Ich werde auch mit Mulgrave sprechen.«

Elinor starrte Holdsworths Hand an, die sie durch das Tor berührt hatte. Sie dachte an Ben und Susan im Waschhaus. Grundgütiger, sie war sogar eifersüchtig auf die beiden. *Schnaufend und grunzend wie Schweine im Stall.* Wie musste es sein, sich so zu fühlen?

Es klopfte an der Tür zur Diele.

»Wo sind die Dienstboten?«, fragte Carbury, als niemand kam. »Nie da, wenn man sie braucht. Sie müssen mit ihnen reden.«

»Ja, Sir«, sagte Elinor. »Susan ist im Waschhaus. Vielleicht ist Ben im Garten. Ich werde nachsehen, wer da ist.«

Sie öffnete die Tür und erkannte den Mann, der draußen wartete. Es war einer der Stallknechte vom Golden Square, und er hatte ein Päckchen von Lady Anne in der Hand.

Ihre Ladyschaft stimmte dem Vorschlag Holdsworths gnädig zu. Sie war damit einverstanden, Frank aus Dr. Jermyns

Anstalt zu entfernen, auch wenn ihr Einverständnis von Warnungen und versteckten Drohungen durchsetzt war. Sie schrieb es nicht offen, doch die wiederholte Weigerung ihres Sohnes, zu ihr nach Hause zu kommen, war eindeutig ein Schlag, der schwer erträglich war.

Jetzt ging alles schnell. Der Mietstall lieh nur widerstrebend seine größte Droschke ohne einen seiner Kutscher oder Stallknechte aus, doch Lady Annes Geld überzeugte sie schnell. Am Mittwochnachmittag um vier Uhr holte Ben die Kutsche.

Carbury wies darauf hin, dass es am besten für alle sei, wenn so wenige Menschen wie möglich von Frank Oldershaws Aufenthaltsort wussten. Er war einigermaßen zuversichtlich, dass Ben den Mund halten würde. »Es ist einfacher, solche Angelegenheiten mit den eigenen Dienstboten zu regeln, Mr. Holdsworth. Nicht umsonst sind sie von uns abhängig, wie?«

Mulgrave war spät dran. Die Kutsche wartete bereits, als er in flottem Tempo in den Hof der Kapelle trabte.

»Bitte um Entschuldigung, Sirs«, sagte er keuchend. »Mr. Archdale ist schrecklich aus dem Häuschen und wird zu spät zum Mittagessen bei Mr. Whichcote kommen.«

»Mittagessen?«, sagte Carbury. »Um diese Zeit?«

»Oh, sie essen sehr spät im Lambourne House, Sir. Besonders wenn sich der Club trifft. Ja, ich glaube, sie fangen nicht vor fünf oder sechs Uhr mit dem Essen an.«

»Gut, gut, das ist jetzt gleichgültig«, sagte Carbury. »Sie sind hier, und nur das zählt. Denken Sie daran, mein Lieber, Sie stehen ausschließlich Mr. Holdsworth zur Verfügung. Alle anderen Herren müssen erst einmal hintanstehen.«

Mulgrave und Ben luden mit großem Getue schnell und effizient Holdsworths Reisegepäck auf die Kutsche. Mulgrave wollte zu Ben auf den Kutschbock klettern, doch Holdsworth wies ihn an, zu ihm einzusteigen.

Die Kutsche rumpelte durch den Torbogen auf die Jerusalem Lane. Die Straße nach Barnwell war belebt, und sie kamen zunächst nur langsam voran, da sie hinter zwei Fuhrwerken feststeckten, die stadtauswärts zuckelten.

»Ich nehme nicht an, dass es mit Mr. Oldershaw irgendwelche Schwierigkeiten gibt«, sagte Holdsworth ruhig. »Aber ich möchte, dass Sie in Hörweite bleiben, wenn wir in der Mühle sind, es sei denn, ich sage etwas anderes. Und ich wiederhole, was der Rektor gesagt hat: Im Augenblick arbeiten Sie ausschließlich für mich, als den Repräsentanten Ihrer Ladyschaft. Für niemanden sonst. Ich wünsche, dass das absolut klar ist.«

Die Kutsche zwängte sich durch den Verkehr.

»Mr. Archdale fragte mich, was ich vorhabe, Sir«, sagte Mulgrave. »Er wollte wissen, warum ich morgen nicht wie üblich für ihn da bin.«

»Was haben Sie geantwortet?«

Mulgrave zuckte mit den Schultern. »Ich habe gesagt, dass Sie mich angestellt haben, um für Mr. Oldershaw zu sorgen. Ich habe nicht gesagt, wo, und er hat nicht gefragt. Himmel, er hatte den Kopf voll mit heute Abend, er konnte an nichts anderes denken.«

»Der Holy Ghost Club?«

»Genau. Er wird heute ein richtiges Mitglied und trägt zum ersten Mal das Clubgewand. Er stolzierte den halben Nachmittag vor dem Spiegel auf und ab, eitel wie ein Pfau. Morgen wird er allerdings ziemlich durch den Wind sein, das wette ich. Und ich wage zu behaupten, dass Mr. Whichcote ein bisschen reicher sein wird, obwohl ich davon wohl nichts sehen werde.«

»Ein bisschen reicher?«

»Wo denken Sie hin, Sir, Mr. Whichcote tut das alles nicht, weil er ein gutes Herz hat. Die jungen Herren müssen für die Mitgliedschaft bezahlen, und das nicht zu knapp. Und bei diesen Treffen wird immer gespielt. Die Einsätze sind hoch; ich habe gehört, beim Kartenspiel oder beim Würfeln gehen Hunderte über den Tisch. Aber es geht mich nichts an, womit die jungen Herren sich amüsieren. Solange sie bezahlen.«

Plötzlich wurde die Kutsche schneller. Holdsworth sah aus dem Fenster. Bald würden sie bei Dr. Jermyn sein.

»Da ist noch etwas, das ich Sie fragen möchte«, sagte er. »Es betrifft das Abendessen, das Sie Mr. Oldershaw am Abend seines – seines Anfalls serviert haben.«

»Das beste Essen, das ich je serviert habe, auch wenn ich das sage. Alles ganz frisch und gut.«

»Und wie waren die Herren? In guter Stimmung?«

Wenn Mulgrave an der Frage irgendetwas seltsam vorkam, ließ er es sich nicht anmerken.

»Nein, Sir – Mr. Whichcote war ruhig und ernst und Mr. Oldershaw niedergeschlagen. Das war er schon seit Tagen. Ich glaube, er hatte an dem Tag mit Mr. Archdale zu Mittag gegessen, und anschließend saßen sie noch lange beim Wein zusammen, sodass sein Verstand bereits ein wenig umnebelt war. Und am Ende des Abends muss er schon ziemlich hinüber gewesen sein, gemessen an den leeren Flaschen und dem Zustand der Punschschale.«

Sie waren vor dem Tor von Dr. Jermyns Anstalt angelangt. Die Kutsche schlingerte, als Ben vom Kutschbock sprang und läutete.

»Wenn wir Mr. Oldershaw abgeholt haben«, sagte Holdsworth leise, »fahren Sie bei Ben mit.«

Mulgrave warf ihm einen listigen Blick aus der gegenüberliegenden Ecke zu. »Sind Sie sicher, Sir? Wenn er wieder einen seiner unberechenbaren Anfälle bekommt …«

»Ich bin sicher.«

»Sie wollen, dass der junge Herr seine Ruhe hat, Sir, das

wundert mich nicht. Natürlich, das ist ganz normal, und Sie können ihn natürlich fixieren lassen. Nur eine Vorsichtsmaßnahme. Bestimmt würde Norcross Ihnen eine Zwangsjacke leihen. Für alle Fälle.«

»Ich danke Ihnen, aber ich glaube nicht, dass ich eine Zwangsjacke brauchen werde.«

Das Tor ging auf, und die Kutsche rollte langsam die Auffahrt hinauf. Vor dem Haus blieb Ben auf dem Kutschbock sitzen. Mulgrave öffnete die Tür, sprang hinaus und klappte das Treppchen für Holdsworth herunter. Jetzt, da der Lohndiener in der Öffentlichkeit stand, verwandelte er sich mit der für seine Spezies typischen Schnelligkeit in einen perfekten Diener, eine Maschine, nur dazu konstruiert, die Wünsche seines Herrn zu erfüllen.

Als die Tür aufging, fand Holdsworth sich Frank Oldershaw gegenüber. Norcross stand auf der einen Seite neben ihm und ein zweiter Wärter auf der anderen. Der junge Mann trug makelloses Schwarz. Er sah Holdsworth an und dann an ihm vorbei auf die wartende Kutsche auf dem Kiesweg vor der Tür.

»Hier ist das Gepäck, Sir«, sagte Norcross. »Sicher wird Ihre Ladyschaft jemanden schicken, um den Rest abzuholen.«

»Ich danke Ihnen vielmals. Wo ist Ihr Herr?«

»Dr. Jermyn lässt Ihnen seinen Gruß ausrichten, Sir, und bedauert, dass er keine Zeit hat, Sie zu empfangen.«

»Nun gut. Wir sollten keine Zeit verlieren. Mr. Oldershaw, wären Sie so nett einzusteigen?«

Bei diesen Worten schlug Mulgrave die Hacken zusammen, stand stramm wie ein Soldat und riss den Schlag auf. Holdsworth, Norcross und den Wärter ignorierend, ging Frank die Treppe hinunter über den Kies und bestieg die Kutsche. Holdsworth folgte ihm. Mulgrave schloss die Tür hinter ihnen und klappte die Stufen hoch. Frank saß in der hinteren

Ecke mit Blick nach vorne. Holdsworth setzte sich ihm schräg gegenüber. Mulgrave kletterte auf den Bock. Mit einem Ruck fuhr die Kutsche an.

»Ich habe die Erlaubnis Ihrer Ladyschaft, Sie in ein Cottage im Norden von Cambridge zu bringen, Sir«, sagte Holdsworth, als sie langsam die Auffahrt hinunterrollten. »Es liegt sehr einsam, und wir werden niemanden sehen. Mulgrave wird uns versorgen. Sonst wird niemand dort sein.«

Frank sagte nichts. Er starrte auf den leeren Sitz ihm gegenüber.

»Wir sind gezwungen, durch Barnwell und Cambridge zu fahren, um zu unserem Ziel zu kommen«, fuhr Holdsworth fort. »Um Unannehmlichkeiten zu vermeiden, schlage ich vor, dass wir die Fenster schließen und die Vorhänge zuziehen, bis wir durch die Stadt sind.«

Er schloss das Fenster auf seiner Seite, zog die Vorhänge zu und tat dann dasselbe auf Franks Seite. Der junge Mann machte keine Anstalten, ihn daran zu hindern.

Langsam, oft nicht schneller als in Schrittgeschwindigkeit, fuhren sie durch Cambridge. Im Innern der Kutsche war es düster und stickig. Holdsworth taten die Knochen weh. Er hatte das Gefühl, die vergangenen drei Tage fast nur in Kutschen eingezwängt gewesen zu sein. Es war nicht schwer, ihr Vorwärtskommen an der Geschwindigkeit, der Beschaffenheit der Straße unter den Rädern und dem Lärm, der von draußen hereindrang, einzuschätzen. Der Klang der Räder veränderte sich, als sie über die große Brücke in der Nähe des Magdalene Colleges fuhren. Kurz konnten sie beschleunigen, um dann langsam den Hügel beim Schloss hinaufzuzuckeln. Hinter dem Schloss bogen sie rechts ab, verließen die Hauptstraße nach Huntingdon und fuhren in nördliche Richtung auf einer Straße weiter, deren Zustand kontinuierlich schlechter wurde.

»Wenn Sie möchten, können wir die Vorhänge jetzt öffnen«, sagte Holdsworth.

Frank gab keine Antwort.

Holdsworth zog die Vorhänge auf seiner Seite auf. Licht strömte herein. Er schob auch das Fenster hoch. Sie fuhren über einen langen, geraden Weg mit weitläufigen, flachen Feldern zu beiden Seiten.

Auf einmal entstand eine nervöse Bewegung auf der anderen Seite der Kutsche. Frank zog seine Vorhänge auf und öffnete das Fenster. Er steckte den Kopf halb hinaus. Der Fahrtwind zerzauste seine Haare und ließ Puderwölkchen durch die Luft wirbeln. Holdsworth beobachtete ihn, ohne sich zu bewegen.

Kurz darauf zog Frank den Kopf wieder herein und lehnte sich zurück. Beiläufig, als wäre es das Normalste auf der Welt, sagte er: »Ich – ich bin Ihnen dankbar, Sir. Mr. Holdsworth, nicht wahr?«

»Ja, Sir. Sie erinnern sich, dass Ihre Ladyschaft mich schickt. Sie hofft, dass Sie bald wiederhergestellt sein werden und zu ihr zurückkehren können.«

Frank verzog das Gesicht und wandte den Kopf ab. »Was sind das für sinnlose Wünsche?«, murmelte er. »Ich bin das unglücklichste Wesen auf der ganzen Welt. Ich wünschte, ich wärc tot.«

21

Whichcote brachte das Geld für das Essen mit dem Verkauf der Möbel seiner Frau zusammen. Er hatte seit vielen Jahren ein Arrangement mit dem Wirt des *Hoop,* der Whichcote für diesen Anlass seinen französischen Koch und einige Kellner auslieh. Ein Teil der Speisen wurde in der Küche des Gasthauses zubereitet. Nach dem Frühstück kamen drei Lakaien, ein Vater mit seinen beiden Söhnen. Auch sie hatten schon früher für Whichcote gearbeitet und bestanden, wie der Wirt des *Hoop*, auf Vorauszahlung. Sie brauchten beinahe eine Stunde, um sich die Haare zu locken und zu pudern und die Livrees anzuziehen, die Mr. Whichcote zur Verfügung stellte. Die Gewänder waren mittlerweile schäbig und abgetragen und passten ihren Trägern nicht besonders gut.

Am Nachmittag zog sich Whichcote in sein Arbeitszimmer zurück und verriegelte die Tür. In einer Ecke, die weder vom Fenster noch von der Tür aus eingesehen werden konnte, war ein hoher Schrank zu einem Alkoven umgebaut worden. In der getäfelten Tür gab es zwei Schlüssellöcher, aber keinen Griff. Er schloss die beiden Schlösser auf und öffnete die Tür.

In dem Schrank wurden das Archiv des Holy Ghost Club und eine Reihe dazugehöriger Gegenstände aufbewahrt. Auf einem Regal stand eine Auswahl an Gläsern, Punschschüsseln, Tellern und seltsam verziertem Besteck. Auf dem obersten Brett lagen mehrere in Leder gebundene Bände, in denen die Mitglieder, die Aktivitäten, Ausgaben und Beschlüsse des Holy Ghost Club über die drei Jahrzehnte seines Bestehens aufgezeichnet waren. Hier lagen auch das Wettbuch und die Weinkellerbücher.

Whichcote nahm das aktuelle Weinbuch heraus. Der Club hatte einen eigenen Vorrat an Weinen, ein Thema von großem und dauerndem Interesse für die Mitglieder und eine Quelle beträchtlicher Ausgaben für sie. Er hatte die Weine für den Abend bereits ausgewählt und aus dem Keller des Lambourne House geholt, der extra dafür reserviert war. Doch über Nacht hatte er nach näherer Betrachtung beschlossen, dass es nicht schaden könnte, ein weiteres Dutzend Flaschen Claret und genauso viel Port heraufzuholen. Er hatte die Aktion gleich nach dem Frühstück überwacht. Jetzt trug er das Buch zum

Schreibtisch, notierte, was entnommen worden war, und legte den Band wieder zurück ins Regal.

Er strich mit dem Zeigefinger über die Buchrücken. Er hatte sie alle gelesen oder zumindest die Seiten überflogen. Der Club war um siebzehnhundertfünfzig von Morton Frostwick gegründet worden. Die volle Mitgliedschaft erstreckte sich auf den Präsidenten, bekannt als Jesus, und zwölf Apostel. Seine vergnüglichen Treffen wurden in Cambridge schnell legendär, weil sie sowohl geheimnisvoller als auch verschwenderischer Natur waren.

Beides ging auf Frostwick zurück. Er hatte viele Jahre als Angestellter der East India Company in Bengalen verbracht, wo seine Aktivitäten immensen Profit gebracht hatten. Als er nach England zurückkehrte, stattete er Cambridge einen Besuch ab und fand den Aufenthaltsraum der Fellows so genial, dass er kurzerhand als Fellow-Commoner ins College eintrat. Er genoss die Gesellschaft junger Männer, und seine Freigiebigkeit brachte ihm schon bald den Titel Nabob Frostwick ein. Er beschenkte das College mit der kleinen Brücke über den Langen Weiher, einer Miniaturnachbildung der berühmten Holzbrücke von James Essex im Queen's College.

Frostwick hatte auf eigene Kosten den Weinkeller des Clubs bestückt und Gläser, Besteck und Teller gekauft, alle seltsam verziert, die heute immer noch bei den Essen des Clubs benutzt wurden. Darunter war auch das Zeremonienglas, aus dem jeder, der in den Club aufgenommen werden wollte, trinken musste: Es ähnelte raffiniert einem erigierten Penis samt Testikeln und fasste einen Schoppen Wein. Jeder Anwärter war gehalten, das Glas in einem Zug zu leeren. Frostwick verließ Cambridge überraschend nach einem Vorfall, in den einer der Stipendiaten verwickelt gewesen sein soll, und ging ins Ausland, wo er sich, wie man sagte, einen Harem an Lustknaben hielt und an der Cholera starb.

Die Mitglieder des Holy Ghost Club hatten schon immer starkes Interesse daran, Jungfrauen zu deflorieren, wie die Aufzeichnungen bezeugten. Wurde ein Schüler in den Rang eines Apostels erhoben, war es, gemäß den Zielen des Clubs, nur angemessen, dies mit jungfräulichem Blut zu besiegeln. Das hatte schon Frostwick betont. War nicht er selbst, in seiner Eigenschaft als Jesus, der Sohn einer Jungfrau? War nicht der Wein, den sie bei ihren Versammlungen tranken, Sinnbild für Blut? Und waren sie nicht per definitionem der Heilige Geist und daher, in respektvoller Nachahmung einer ähnlichen Geschichte im Evangelium, verpflichtet, Jungfrauen beizuwohnen, wann immer es ihnen möglich war? Zu Frostwicks Zeiten wurde dieser Teil der Aufnahme vor den Augen Jesu und der versammelten Apostel ausgeführt. Doch nach seinem Weggang hatten seine Nachfolger beschlossen, dass es vornehmer war, die Entjungferung im Privaten stattfinden zu lassen, nach dem Ritual, als eine Art Belohnung, die ein Siegel unter alles, was vorher geschehen war, setzte.

Philip Whichcote verstaute das Buch an seinem Platz im Schrank. Als er die Tür abschloss, betrat Augustus das Arbeitszimmer. Sein Blick wanderte hin und her, als erwarte er, dass in den Ecken Monster lauerten.

»Wenn es Ihnen recht ist, Sir, Mr. Richardson aus dem College ist da.«

»Führ ihn herein, Dummkopf.«

Der Tutor trat ein und verbeugte sich anmutig. Seine Perücke war perfekt gepudert, sein Rock perfekt geschnitten; ein Lächeln lag auf seinem frisch rasierten Gesicht. Nur die gelb gesprenkelten Augen flackerten unsicher und unruhig.

»Ihr Diener, Sir«, sagte Richardson. »Ich hoffte, dass Sie nicht beschäftigt sind. Sie haben sicher sehr viele Besucher.«

»Ich hoffe, ich werde immer genügend Muße haben, meinen alten Tutor zu begrüßen.«

»Sie sind zu freundlich. Ich hörte, dass sich der Club heute Abend trifft, und ich bin sicher, solche Ereignisse brauchen viel Vorbereitung.«

Whichcote lächelte. »Ganz und gar nicht, mein lieber Sir – diese Dinge laufen von selbst. Die Dienstboten wissen, was zu tun ist.«

»In der Tat.« Richardson lenkte die Unterhaltung geschickt auf das Wetter, was nach und nach zu dem schlechten Gesundheitszustand des Rektors in letzter Zeit führte, der sich, wie Richardson betete, nicht weiter verschlechtern möge. »Denn ich bin sicher, er spürt, welche Schwierigkeiten seine Unpässlichkeit dem College bereitet. Ohne ihn kann nichts Wichtiges entschieden werden.« Richardson zögerte. »Wäre er bei besserer Gesundheit gewesen, hätte er Mr. Oldershaw vielleicht helfen können.«

»Der arme Bursche. Hat sich sein Zustand gebessert?«

»Nicht dass ich wüsste. Natürlich ist er auch Mitglied des Holy Ghost Clubs, wenn ich mich recht erinnere. Ja, wenn ich es jetzt bedenke, ist er seit dem letzten Treffen so niedergeschlagen.« Richardson beugte sich mit sorgenvoll gerunzelter Stirn vor. »Aber das muss unsäglich schmerzlich für Sie sein. Bitte verzeihen Sie mir.«

»Ich bin sicher, es war nicht so gemeint«, sagte Whichcote. »Und wurde ganz sicher nicht so verstanden.« Er wusste, dass Richardson der Letzte war, der etwas ohne Berechnung sagte. »Und was den armen Frank betrifft, glaube ich, dass ich Anzeichen seiner Melancholie schon lange vor jenem Abend gesehen habe. Er hat mir mehr als einmal sein Herz ausgeschüttet.«

Richardson nickte anerkennend. In dieser Hinsicht hatte Whichcote ihm etwas voraus.

»Waren Sie selbst nicht auch einmal Mitglied des Holy Ghost Club?«, fragte Whichcote.

Richardson änderte die Haltung. »Nein. Ich habe mich als Student nicht in jenen Kreisen bewegt.«

»Aber Sie müssen unseren Gründer gekannt haben. War er nicht ein Kommilitone? Morton Frostwick – ein Fellow-Commoner, wenn ich mich richtig erinnere, und schon jenseits der Blüte seiner Jugend.«

Richardson wandte den Kopf ab. »Ja, ich glaube, ich kannte ihn flüchtig.«

Whichcote lächelte. »Manchmal blättere ich zum Zeitvertreib in den alten Aufzeichnungen. Mr. Frostwick kommt darin sehr häufig vor, wie Sie sich vielleicht vorstellen können.«

»Ich erinnere mich kaum an ihn.«

»Ach, wirklich?« Ungläubigkeit schwang in Whichcotes Stimme mit. »Es gibt so viele kurzweilige Geschichten über ihn.«

Der Tutor machte eine huldvolle Geste mit der rechten Hand und zeigte seine feinen, weißen Finger. »Es ist immer schön, sich an seine Jugendzeiten zu erinnern, aber ich habe weiß Gott dringendere Probleme. Sie sind sich wahrscheinlich bewusst, dass Mr. Archdale einer meiner Schüler ist?«

Whichcote nickte. »Er ist in der Tat ein Glückspilz.«

»Und ich habe gehört, er wird heute ein vollwertiges Mitglied des Holy Ghost Clubs.«

»Ich bin sicher, er wird eine Bereicherung für unsere kleine Gesellschaft sein.«

»Zweifellos. Ich hatte jedoch am Samstag eine Unterhaltung mit seinem Vormund und eine weitere am Sonntag, als Sir Charles im College zu Mittag gegessen hat. Er ist äußerst besorgt um seinen Neffen. Darf ich offen zu Ihnen sprechen, mein lieber Sir?«

»Aber natürlich.«

»Sir Charles fürchtet, dass der Knabe einen Lebenswandel pflegt, der nicht nur seiner Zukunft, sondern auch seiner Gesundheit schaden könnte. Da Sie sehr vertraut mit ihm sind, dachte ich, es ist meine Pflicht, mit Ihnen darüber zu reden. Er respektiert Sie sehr. Ein Wort von Ihnen zur rechten Zeit kann Wunder wirken.«

»Ich glaube, Sie überschätzen meine Fähigkeiten, Sir.«

»Das glaube ich nicht.« Richardson erhob sich. »Ich darf Sie nicht länger aufhalten, Sir. Ich weiß, ich kann mich auf Ihre guten Dienste verlassen, und ich bin Ihnen unendlich dankbar.«

Whichcote begleitete seinen Besucher in die Halle, wo Augustus ihm die Tür aufhielt und sich sehr tief verbeugte, als Mr. Richardson ging. Whichcote stand auf den Stufen, die Hand zum Gruß erhoben, während sein Besucher rasch die kurze Auffahrt hinunter zur Hauptstraße lief. Er hatte eine Warnung erhalten. Richardson wünschte nicht, dass ein Mitglied des Jerusalem-Colleges in einen weiteren Skandal um den Club verwickelt wurde.

Zu schade, dass, noch ehe der Tutor am Tor angelangt war, Mrs. Phear in die Auffahrt einbog, mit Mr. Archdales kleiner Hure für den Abend im Schlepptau. Richardson zog den Hut und verbeugte sich, als Mrs. Phear vorbeiging. Neugierig betrachtete er das Mädchen aus dem Magdalenenheim, das mit gesenktem Blick an ihm vorbeiging.

Das Aufeinandertreffen ist ein unglücklicher Zufall, dachte Whichcote. Er hoffte, dass es kein böses Omen war.

Die Apostel kamen einzeln oder zu zweit, manche zu Fuß, den prachtvollen Glanz des Clubumhangs im Nachmittagssonnenschein zur Schau tragend, andere zogen es vor, ihre Pracht in Sänften oder Droschken zu verbergen. Die gemieteten Diener führten sie zum Pavillon am Ende des Gartens, wo Whichcote sie in dem großen Saal mit Blick auf den Fluss empfing.

Mrs. Phear und das Mädchen aus dem Magdalenenheim

hielten sich in der kleinen weißen Schlafkammer ein Stockwerk tiefer auf. Das Mädchen hieß Molly Price. Es war nicht so hübsch wie Tabitha Skinner, aber es kannte sich aus. Mrs. Phear hatte das Arrangement überprüft, der Küche einen Besuch abgestattet und dafür gesorgt, dass die Dienstboten sie bemerkten. Das war nur gut so, denn es führte kein Weg an der Tatsache vorbei, dass die Dienstboten eine liederliche, gierige Meute waren, auf die man genau aufpassen musste. Sie sollten die Gesellschaft bedienen, das Mittagessen servieren, abräumen und das Abendessen hereinbringen. Doch wenn das Abendessen auf dem Tisch stand, sollten sie gehen und die Clubmitglieder sich selbst überlassen, wenn nötig, mit ein wenig Hilfe von Augustus. Dann begann der eigentliche Abend.

Harry Archdale gehörte zu denen, die in einer Sänfte ankamen. Sein Gesicht hatte die übliche Röte verloren, und die Blässe kontrastierte seltsam mit dem sorgfältig frisierten Haar, das, reichlich gepudert, in einem Weiß mit deutlichem Rosastich schimmerte. Whichcote roch Weinbrand in seinem Atem.

Vor dem Mahl schlenderten die Mitglieder durch den Garten. Alles in allem war das Treffen gut besucht. Als das Essen angekündigt wurde, führte Whichcote den Weg nach oben an, wo sie sich in der Reihenfolge ihrer Aufnahme um den Tisch gruppierten. Er platzierte Harry rechts neben sich.

Für die Speisen hatte er keine Kosten gescheut. Der erste Gang bestand aus Kabeljau, Hammelkeule, Suppe sowie einer Hühnerpastete, diversen Fleischaufläufen und Wurzelgemüse. Danach gab es Kalbsfilet mit Pilzen, Tauben und Spargel, geröstetem Kalbsbries, einen Hummer, Aprikosentarte und, als Pyramide in der Mitte des Tisches aufgebaut, eine Weinschaumcreme und Gelees. Das Essen war mehr als eine Mahlzeit: Es war eine Investition.

Nach dem Essen wollten einige Mitglieder, auch Archdale, beim Wein verweilen, doch Whichcote hielt sie davon ab und lockte sie an die Kartentische, die am anderen Ende des Saals aufgebaut waren. Das war schließlich der lukrative Teil der Veranstaltung. Er ermunterte die Clubmitglieder nicht zu Kartenspielen wie Piquet, das zu lange dauerte und nur zu zweit gespielt wurde. Einfachere, kürzere Spiele waren viel besser, sowohl mit Karten als auch mit Würfeln. Bei diesen gewannen und verloren die Spieler so schnell, dass sie süchtig nach dem Spiel wurden; und jedes verlorene Spiel wurde von der Hoffnung gelöscht, das nächste Mal zu gewinnen.

Whichcote wanderte von Gruppe zu Gruppe. In einer verborgenen Tasche seiner Weste trug er gezinkte Würfel, und vorsichtshalber hatte er auch ein Päckchen Karten geöffnet, einige Ecken präpariert und das Spiel sorgfältig wieder in sein Originalpapier gewickelt. Nicht dass er solch schäbige Methoden gerne benutzte. Normalerweise brauchte er sie nicht: Wenn er nüchtern blieb und sich die Mühe machte mitzurechnen, hatte er die Kosten für das Essen in zwanzig Minuten gewonnen.

Die Stunden vergingen angenehm. Die unsichtbaren Dienstboten, die den Tisch vom Rest des Raums abgeschirmt hatten, kamen und gingen und bereiteten das Abendessen vor. Es wurde stetig getrunken, und mit dem schwindenden Tageslicht schwollen Stimmengewirr und Gelächter an. Die Luft war erfüllt von Rauchschwaden, die im Luftzug schwebten, und dem trüben Flackern der Kerzen.

Whichcotes Gewinne, zum Teil in bar, hauptsächlich jedoch in Schuldscheinen, wuchsen beständig. Während er von Tisch zu Tisch ging, behielt er Archdale im Auge. Der junge Mann trank genauso viel wie alle anderen im Raum. Sein Gesicht hatte die Blässe verloren und war schweißnass. Sein kunstvoll frisiertes Haar war ein wüster Mopp, und die Schultern seines grünen Umhangs waren mit Puder besprenkelt. Er spielte so wild, dass er bereits mindestens einhundert Guineen verloren hatte, und das nicht nur an seinen Gastgeber.

Nach einem weiteren verlorenen Spiel schob Archdale plötzlich seinen Stuhl zurück und stolperte hinter einen Wandschirm in der Ecke, wo eine Reihe von Nachtstühlen für die Bedürfnisse der Gäste bereitgestellt worden waren. Als er nach fünf Minuten immer noch nicht zurückgekehrt war, machte sich Whichcote auf die Suche nach ihm. Der junge Mann saß zusammengesunken auf einem Fenstersitz und presste das Gesicht an die Scheibe.

»Harry – was quält Sie?«

Archdale wandte abrupt den Kopf und richtete sich auf. »Nichts – es ist so verdammt heiß hier drinnen –, ich wollte frische Luft.«

»Dann lassen Sie uns ein wenig in den Garten gehen.«

Whichcote ging voraus zur Treppe. Der Himmel war inzwischen dunkel. Eine Laterne brannte über der Tür, und zwei oder drei weitere beleuchteten den Weg zu einem Seiteneingang des Hauses. Sie spazierten den Kiesweg zwischen Pavillon und Fluss entlang. Auf der anderen Seite des Wassers lag das Jesus Green beinahe ganz im Dunkeln, nur die Lichter des Colleges schimmerten sanft und, weiter zur Rechten, die Lichter der Stadt.

»Sie wirkten eben etwas bedrückt«, konstatierte Whichcote.

»Es war nichts«, sagte Archdale hastig. »Die stickige Luft hat mir ein wenig zugesetzt – jetzt geht es mir wieder gut.«

»Ich bin erfreut, das zu hören«, sagte Whichcote. »Schließlich müssen Sie heute Nacht noch ein Mann sein. Sie müssen es tatkräftig angehen.«

»Oh, das werde ich, das werde ich in der Tat.«

Sie gingen jetzt an der Rückseite des Pavillons entlang, die zum Haus hin lag. Archdale schwankte. Er blieb urplötzlich stehen und lehnte sich an die Wand. Wie gebannt starrte er auf die Fenster im Erdgeschoss.

»Ist sie – ist sie schon hier?«

»Das Opfer? Oh ja«, sagte Whichcote. »Die Jungfrau erwartet Ihre Wonnen.«

»Weiß sie, was geschehen wird?«

Whichcote lachte leise. »Woher sollte sie? Sie ist ein junges Mädchen. Ihr Wissen um solche Dinge muss ausschließlich theoretischer Natur sein.«

»Aber sie weiß, was ihr bevorsteht?«

»Es ist alles arrangiert. Sie werden sich wie ein Mann mit einem Mädchen benehmen. Sie müssen sich ihretwegen überhaupt keine Sorgen machen. Wenn sie Widerstand leistet, zögern Sie nicht, ihn zu überwinden. Ja, viele Männer finden, dass es der Eroberung eine gewisse Würze gibt. Die Früchte des Sieges sind umso süßer, wenn sie nur schwer zu gewinnen sind.«

»Ja, ja – Philip, würden Sie mich einen Augenblick entschuldigen?«

Ohne weitere Warnung stolperte Archdale wie blind auf einen Strauch in einem Blumentopf zu. Whichcote wartete und lauschte auf die würgenden Geräusche. Sich den Mund mit einem parfümierten Taschentuch abtupfend, kehrte Archdale zurück.

»Sehr klug«, murmelte Whichcote.

»Was? Wie bitte?«

»Ihr Entschluss, sich zu übergeben. Das ist ein Fall von *reculer pour mieux sauter,* wie die Franzosen sagen.«

»Ja«, sagte Archdale schwach. »Ja, das ist es. Im Altertum war das, glaube ich, durchaus üblich. Ich meine, Seneca bezieht sich irgendwo in den *Epistulae morales* darauf, und Cicero sagte uns – ich glaube, es steht in *Pro Rege Deiotaro* –, dass selbst

Cäsar die Gewohnheit nicht fremd war. Sie ist auch …« Er brach ab. »Ich bitte um Entschuldigung, Sir, ich rede zu viel.«

Whichcote sagte nichts. Archdale spielte den Lebemann, aber innerlich war er ein Schuljunge. Er berührte Archdales Arm, und sie gingen weiter. Sie passierten das verhängte Fenster der weißen Schlafkammer, in der Molly Price mit Mrs. Phear wartete.

»Ich wünschte, Frank wäre hier«, sagte Archdale.

»Das wünschte ich auch. Wir alle tun das.«

»Ich habe ihn gefragt, wie sie war, diese Nacht – als er ein Apostel wurde. Er wollte es mir nicht sagen.«

»Das war anständig von ihm. Er hat einen heiligen Eid geschworen, niemandem, der kein Apostel ist, jemals zu erzählen, was bei dieser Gelegenheit geschehen ist. Und das werden Sie auch tun, wenn Ihre Zeit gekommen ist. Aber da Sie ja nun schon fast einer von uns sind, darf ich Ihnen im Vertrauen erzählen, dass Frank seine Jungfrau mannhaft genommen hat, so wie Sie es auch tun werden. Da bin ich mir sicher.«

Sie kehrten in den Pavillon zurück und gingen nach oben. Whichcote hatte schon zu viele Initiationen erlebt, um von dem Geschehen überrascht zu sein. Um Haaresbreite wäre Archdale abgesprungen. Aber er war zu wertvoll, um ihn zu verlieren. Das war der Sinn der Zeremonie – vor allem der Sinn der Zeremonie mit der Jungfrau. Archdale hatte Cäsar erwähnt: Nun, Cäsar hatte den Rubikon überquert, als er in Italien einfiel, und damit einen Schritt getan, der nicht rückgängig gemacht werden konnte. Archdale würde glauben, er habe das Gleiche getan, wenn er mit heißblütiger Männlichkeit den vermeintlichen Widerstand von Molly Price überwunden hatte.

Sie erreichten den oberen Treppenabsatz. Whichcote blieb stehen. Aus dem Saal drang lautes Stimmengewirr. Einige Apostel sangen.

Jerry Carbury kippt munter
Einen nach dem andern runter.
Schließlich nimmt er seinen Hut
Kotzt ins Buschwerk, das tut gut.

Archdale blinzelte heftig. Er sah aus, als würde er gleich in Tränen ausbrechen.

»Und jetzt werden wir zu Abend essen«, sagte Whichcote ruhig. »Die Dienstboten werden uns allein lassen. Wir werden die Trinksprüche sagen – Sie werden die Initiation bekommen –, und Sie werden in die Heilige Gemeinschaft aufgenommen. Der Name des Heiligen Bartholomäus ist für Sie reserviert. Und dann, wenn Sie endlich einer von uns sind, werden Sie zu Ihrer bebenden Jungfrau geführt.«

22

Das Abendessen verging wie in einem Traum; dann kamen die endlosen Trinksprüche und dann, endlich, die Initiationszeremonie. Archdale kniete vor Whichcote, der sehr würdevoll auf einem thronähnlichen, von zwei schwarzen Kerzen flankierten Stuhl saß; Whichcote las als Jesus eine Reihe apostolischer Lehren vor, abgefasst in schlechtem Latein, und Archdale war aufgefordert, jeder zuzustimmen.

Archdale nahm das bis zum Rand mit Wein gefüllte phallische Glas und leerte es, ohne abzusetzen, unter apostolischem Jubel in einem Zug. Er verschrieb sich dem Heiligen Geist, bis in alle Ewigkeit, Amen. Er schwor, den Papst in Rom und all dessen Tun zu verabscheuen, keinen Trinkspruch auszulassen, keine Flasche ungeleert stehen und keine Jungfrau rein zu lassen. Amen, Amen, Amen, Amen. Es gab weitere Lehren und noch mehr Wein, und in seinem Kopf drehte sich alles. Er bemerkte, dass die Naht an Whichcotes linkem Schuh aufgegangen war und sich die Sohle zu lösen begann. Er murmelte die geforderten Antworten und trank zu den Trinksprüchen. Er hätte alles dafür gegeben, seinen schmerzenden Kopf auf ein kühles Kissen zu legen und für immer zu schlafen. Amen.

Als die Zeremonie vorüber war, bildete sich eine Prozession um ihn. Jesus stand zu seiner Rechten, und Apostel Petrus zu seiner Linken. Apostel Andreas ging mit einer schwarzen Kerze voraus, Apostel Simon folgte mit der anderen, und Apostel Johannes hielt ein Glöckchen in der Hand. Jesus und die Apostel marschierten mit Archdale nach unten, wobei sie eine obszöne Version des Angelusgebets sangen, die sich etwas langatmig über die phallischen Gaben des Heiligen Geistes ausließ. Im Korridor machte die Prozession halt. Vielstimmiger Gesang, vermischt mit dem Gebimmel des Glöckchens, umgab Archdale.

Außer den Kerzen spendete nur eine Lampe am Ende des Gangs ein wenig Licht. Archdale meinte, den Laufburschen Augustus bei einer Tür kauern zu sehen, und einen Moment lang spürte er einen Anflug von Erleichterung, weil er nicht allein mit seiner Furcht war.

Apostel Johannes klopfte schneidig an die nächste Tür, läutete das Glöckchen und forderte die Insassen auf, im Namen des Heiligen Geistes die Tür zu öffnen. Die Apostel formten vor der Tür einen Halbkreis, mit Archdale in ihrer Mitte. Als sie aufging, sahen sie die verschwommenen Umrisse einer kleinen Frau, nicht größer als ein Kind, eingehüllt in ein Nonnengewand, das Gesicht hinter einer Maske verborgen.

»Im Namen des Heiligen Geistes fordert ein Apostel eine Jungfrau zum Opfer«, skandierten die Apostel im Chor.

Die verhüllte Nonne trat zurück und stieß die Tür weit auf. Die Apostel jubelten. Jesus und Apostel Petrus führten Archdale hinein. Gehetzt schaute er sich in der weißen, kleinen Zelle um. Nur zwei Kerzen brannten, eine auf dem Tisch neben dem Kamin, die andere neben dem Bett. Da war seine Jungfrau. Da lag sie auf weißen Laken, Arme und Beine an die Bettpfosten gebunden. Sie trug ein einfaches weißes Unterkleid mit einem weiten Ausschnitt. Mit angstvoll geweiteten Augen sah sie zu ihm auf.

»Sie können sie so gebunden nehmen«, murmelte Whichcote in sein Ohr. »Wenn Sie sie ungefesselt wollen, dürfen Sie sie auch befreien. Aber seien Sie gewarnt, das kleine Biest könnte sich wehren.«

Apostel Petrus tätschelte Archdales Schulter. »Ans Werk, mein Freund«, drängte er. »Zeigen Sie dem Mädchen, wer der Herr ist.«

Archdale hörte, wie die Tür hinter ihm geschlossen wurde. Draußen stimmte jemand wieder das Spottlied über Jerry Carbury an. Die apostolischen Schritte verloren sich in der Ferne. Sogar die Nonne war verschwunden. Er war allein mit dem Mädchen.

Er sah sie an, und sie erwiderte seinen Blick. *Sie sieht eigentlich nicht schlecht aus,* dachte er, *und sie ist mit Sicherheit jung.* Und im Vergleich zu Chloe neulich Nacht schien sie sauber zu sein. Während er sie musterte, leckte sie sich die Lippen, und ihm fiel auf, dass sie einen vollen und hübschen Mund hatte. Er zog den grünen Umhang aus und legte ihn über den Stuhl am Tisch. Ohne das Mädchen aus den Augen zu lassen, knöpfte er langsam seine Weste auf. Seine Finger waren ungeschickt, und es schien eine Ewigkeit zu dauern. Sein Kopf schmerzte. Er hatte einen trockenen Mund. Auf dem Tisch stand Wein, doch eigentlich wollte er Wasser. Warum gab es kein Wasser?

Er schob die bestickte Weste über die Schultern und ließ sie hinter sich auf den Boden fallen. Jetzt sah er zwei Betten vor sich und zwei Jungfrauen, und wüsste er es nicht besser, hätte er geschworen, dass sie ihn beide anlächelten. Heftig zerrte er an seiner Halsbinde. Die Bewegung brachte ihn aus dem Gleichgewicht. Er stolperte nach rechts und wollte sich an einem der Bettposten am Fußende festhalten. Seine Hand verfehlte unerklärlicherweise ihr Ziel. Er fiel nach vorn, und sein Gesicht kollidierte mit dem Pfosten. Vor Schmerz jaulte er auf. Ehe er sichs versah, landete er, alle viere von sich gestreckt, halb auf, halb neben dem Bett.

Die Halsbinde würgte ihn. Er riss sie herunter und warf sie auf den Boden. Er sah zu dem Mädchen, wütend, dass es Zeugin seiner Schwäche geworden war. Aber ihr Gesicht war unbewegt. Ihre Augen schauten zu ihm herauf.

Archdale zog sich am Bettpfosten zum Sitzen hoch. Er streifte seine Schuhe ab und warf dem Mädchen über die Schulter abermals einen Blick zu. Er musste sie mit Kraft entjungfern. Das war der ganze Sinn seines Hierseins. Dieser Pflicht nicht nachzukommen war undenkbar. Jeder würde es erfahren – Whichcote, die anderen Apostel, die kleine Nonne, sogar das Mädchen hier. Sie würde es ausplaudern, natürlich würde sie das tun. Es half nichts, er musste es tun.

Er knöpfte seine Hose auf und erhob sich mühsam. Die Hose rutschte über seine Knie. Er schob sie weiter herunter und trat ganz heraus. Im letzten Moment stolperte er, stürzte vorwärts aufs Bett und landete teils zwischen den Beinen des Mädchens, teils auf ihr. Der Aufprall ließ sie nach Luft schnappen. Stirnrunzelnd schob er ihr Unterkleid hoch und begutachtete ihre Mitte. Er langte mit der Hand unter sein wehendes Hemd und griff nach seinem Penis.

Zu seinem großen und unerträglichen Entsetzen lag seine Männlichkeit klein und schlaff in seiner Hand. Er massierte sie, erst sanft, dann heftig. Nichts geschah. Schweißperlen bildeten sich auf seinen Schläfen. Er schloss die Augen und versuchte sich zu konzentrieren, die Erektion zu erzwingen, doch es regte sich nichts.

Das Mädchen räusperte sich.

Es war, als käme der Laut von einer Wachsfigur. Erschrocken öffnete Archdale die Augen und starrte sie an. Hier lag der erste Zeuge seiner Schande. Er konnte sie nicht deutlich erkennen, aber ihm kam es vor, als sehe sie ihn mit schweren, unbewegten Augen und einem Ausdruck von Trauer im Gesicht an.

»Ich kann Ihnen helfen, Sir«, sagte sie mit leiser, beinahe flüsternder Stimme.

»Häh? Was? Wie?«

»Manchmal braucht ein Herr ein wenig Ermunterung, um aufzuwachen.«

»Ja, ja, das ist wahr.« Er schob sich von ihr weg, umarmte den Bettpfosten und legte seine Wange dagegen. »Aber – aber woher weißt du das?«

Sie lachte leise. »Gütiger Herr, Sir, wenn Mädchen nachts zusammen im Bett liegen, reden sie über alles Mögliche. Und manchmal auch darüber, was Herren mögen und wie wir sie erfreuen können, wenn die Zeit kommt. Wenn Sie mich losbinden, zeige ich es Ihnen.«

Archdale rappelte sich auf, schleppte sich um das Bett herum und löste die vier Knoten. Sie waren sehr locker, und ihm schoss durch den Kopf, dass sie sich leicht selbst hätte befreien können, wenn sie gewollt hätte. Als sie frei war, setzte sie sich auf und schob das Hemd über ihre Schultern hinunter. Sie zog Archdale neben sich aufs Bett. Sie küsste ihn mehrmals und ermunterte ihn, sein Gesicht an ihren kleinen Brüsten zu reiben, was er unter normalen Umständen sehr angenehm gefunden hätte. Doch unglücklicherweise konnte er einem Gefühl der Panik, einer Ahnung von drohendem Versagen nicht entkommen.

Koseworte murmelnd, von denen einige ziemlich bemerkenswert für eine Jungfrau waren, schob sie ihn auf den Rücken und spreizte seine Beine. Sie zog sein Hemd hoch und entblößte seinen weichen, rosigen Körper. Dann begann sie, seinen Penis zu bearbeiten, erst mit den Händen und dann mit ihrem Mund.

Nichts geschah.

Nach zwei oder drei Minuten ihrer Aufmerksamkeiten stöhnte Archdale. Das Mädchen hob den Kopf und setzte sich zurück auf die Fersen. Archdale wusste, dass er versagt hatte, unabänderlich und absolut. Bald würden Jesus und die Apostel und die niederen Jünger sich über ihn ausschütten vor Lachen. Er war nur ein halber Mann, eine arme weibische Kreatur, und die ganze Welt würde von seinem Versagen erfahren. Er konnte sich vorstellen, wie die Neuigkeit in Cambridge die Runde machte, in Kaffeehäusern und Clubs flüsternd verbreitet wurde und schließlich den Weg bis nach London fand, wo Männer und Frauen auf der Straße über ihn lachen würden, und Sir Charles Archdale würde seinen Unterhalt streichen und ihn enterben. Ihm war hundeelend, er wollte weinen, er wollte sterben.

»Mein armer Liebling«, gurrte das Mädchen. »Das ist der Wein, mehr nicht. Es ist gar nicht nett, Sie so viel trinken zu lassen.«

Archdale blinzelte. »Ja – ja, der Wein.«

Ihre Finger streichelten wieder seinen Penis. »Und Sie haben so einen schönen kleinen Kerl hier. Oh, wie ich mich danach sehne, ihn in mir zu spüren.«

Archdale ging die Möglichkeit durch den Kopf, dass diese Jungfrau nicht ganz das war, was sie sein sollte. Sie schien überraschend vertraut mit der Anatomie eines Mannes.

»Was würde ich für die Ehre geben, meine Jungfräulichkeit an so einen feinen Herrn wie Sie zu verlieren, Sir«, säuselte sie.

»Ich wette, in ein oder zwei Stunden, wenn Sie sich erholt haben, würde ich vor Wonne ohnmächtig werden.«

Archdale spürte Tränen in seinen Augen brennen. Das Leben war so ungerecht. Es war ein glückliches Ereignis. Der Zeitpunkt war richtig. Das Mädchen war angenehm. Doch sein Körper verweigerte sich ihm.

»Aber was macht es schon, Sir, ob Sie es heute oder morgen tun? Es ist das Gleiche.«

»Ja, aber du verstehst nicht. Die anderen werden …« Er brach ab und starrte missmutig in den kleinen weißen Baldachin über seinem Kopf.

Das Mädchen streichelte immer noch seinen Schenkel. »Die anderen sind nicht hier. Keiner von ihnen. Nur Sie und ich, Sir. Sie werden also nur wissen, was wir ihnen sagen.«

Archdale senkte den Blick und schaute das Mädchen an. Es schienen immer noch zwei zu sein. »Du meinst …?«

»Wir sagen, Sie hatten Ihren Spaß mit mir, Sir. Den Sie bestimmt haben werden, wenn Sie wieder Sie selbst sind.«

»Du – du bist doch eine Jungfrau, oder?«

Sie schaute ihn unschuldig an. »Oh ja, Sir.«

»Es – wären Zeichen da.«

»Nicht immer, Sir. Außerdem habe ich einen Plan.«

Sie stieg von ihm herunter, ging zum Kamin, griff nach einem zugedeckten Korb, der daneben stand, und stellte ihn auf den Tisch. Sie nahm das Tuch ab und holte ein kleines, mit einem Korken versiegeltes Fläschchen mit einer dunklen Flüssigkeit heraus. Mit Daumen und Zeigefinger hielt sie es hoch. Zufällig befand es sich genau auf einer Linie zwischen Archdales Augen und der Flamme der Kerze auf dem Tisch.

Zwei Flammen, zwei Fläschchen natürlich, und in jedem Fläschchen ein matter, dunkelroter Funken.

»Einige Tropfen hiervon auf das Laken, Sir, und dahin ist meine Jungfräulichkeit.«

»Aber woher …«

»Schh, Sir. Nicht so laut. Ein Mädchen muss vorausschauen.«

Sie kehrte zum Bett zurück und entkorkte das Fläschchen. Mit gespreizten Beinen, das Hemd hochgerutscht, lag er da. Sie spritzte einige Tropfen roter Flüssigkeit zwischen seine Beine.

»Das hätten wir, Sir«, sagte sie, setzte sich neben ihn und nahm seine Hand. »Jetzt fehlt nur noch eines, und wir sind fertig.«

Er schaute stirnrunzelnd zu ihr auf. »Eines? Was denn?«

Sie machte den Mund auf, entblößte ihre schwarzen Zähne und schrie.

23

Holdsworth schlief schlecht in der ersten Nacht in der Whitebeach Mill, eingezwängt in der kleinen Koje, die in die Wand eingelassen war. Er hatte Frank das größere der beiden Zimmer im oberen Stockwerk überlassen, das mit einem anständigen Bett ausgestattet war. Frank lag gleich nebenan, auf der anderen Seite der Trennwand aus Holzplatten und Gips. Das Bett knarrte, wenn er sich bewegte.

Als es dämmerte und es in dem kleinen Raum hell wurde, fühlte sich Holdsworth auf einmal an das Haus an der Bankside bei den Goat Stairs erinnert. Das Zimmer war zum Garten hin ausgerichtet, dahinter lagen der Mühlteich und der trübe, grüne Fluss, kaum mehr als ein Bach, verglichen mit der Themse in London. Irgendein Trick des Lichts warf die schwachen, flackernden Bewegungen des Wassers an die Decke der Schlafkammer. Ein armseliges und substanzloses Phänomen, verglichen mit dem Leuchten von Georgies Geisterwasser der Themse an den Wänden im Haus an der Bankside. Doch da war eine Verbindung zwischen hier und dort, zwischen damals und heute.

Georgie und Maria waren wie das Licht substanzloser geworden. Minutenlang schienen sie sich von ihm zu entfernen, mal wirklich, mal unwirklich, mehr wie beliebte Schauspieler in einem Theaterstück als die geliebten Toten.

Holdsworth stand früh auf, kleidete sich an und überquerte den schmalen Treppenabsatz in Socken. Er sah nach Frank. Der Junge lag auf dem Rücken, einen Arm über dem Kopf ausgestreckt, und schien tief zu schlafen. Er wirkte sehr jung, sehr verletzlich. Holdsworth hatte vorher nicht wahrgenommen, wie perfekt seine Züge waren. In der Anstalt in Barnwell hatte man Frank für einen Wahnsinnigen gehalten, und so hatte er auch ausgesehen. Schlafend, hier in Whitebeach, sah er aus wie ein zu großes Kind.

Hätte Georgie so dagelegen, so sorglos und unschuldig, wenn er am Leben geblieben wäre? Holdsworth hatte seinen Sohn nicht schützen können und würde es deshalb niemals wissen. Aber konnte er diesen Jungen hier retten? War das etwas, das er Georgies Tod entgegensetzen konnte?

Er ging die Treppe hinunter, die steil wie eine Leiter war. Das Innere des Hauses war düster, wegen der kleinen Fenster und des überhängenden, strohgedeckten Daches. Aus der Küche drang das Klappern eines Kaminbestecks. Holdsworth trat hinaus in den Garten. Trotz der frühen Stunde war der Himmel voller Licht. Das ungemähte Gras schimmerte silbern von Spinnweben und Tau. Er folgte dem gepflasterten Weg hinunter zum Wasser. Eine Weile stand er am Ufer und beobachtete zwei Teichhühner, die bei seinem Erscheinen aufflogen, seltsam gestreckt, mit herabbaumelnden Beinen. Sowohl das Wasser als auch die Luft waren merklich sauberer als in Cambridge. Außer Mulgraves Rumoren in der Küche waren keine menschlichen Geräusche zu hören. Holdsworth schloss die Augen und lauschte dem Rauschen des Wassers, einem Vogelruf, den er nicht identifizieren konnte, und dem schwachen Rascheln der Vegetation.

Gott sei Dank, dachte er, *Gott sei Dank ist der Junge noch da.*

Davor hatte er am meisten Angst gehabt – dass Frank Oldershaw seine plötzliche Freiheit nutzen und entweder fliehen oder sich das Leben nehmen würde. Beides konnte immer noch passieren, aber wenigstens war die erste Nacht vorüber, und der Junge schlief noch.

Holdsworth ging ums Haus in den kopfsteingepflasterten Hof und wusch sich Hände und Gesicht an der Pumpe. Die eigentliche Mühle stand im rechten Winkel zu dem kleinen Cottage. Das Mühlrad ragte aus dem Wasser. Daneben gab es eine Reihe strohgedeckter Außenhäuser. Hinter der Pumpe begann der Weg ins Dorf. Eine rote Katze schlüpfte unter dem Tor hindurch und strich mit erhobenem Schwanz um Holdsworths Beine. Holdsworth versuchte, sie mit dem Fuß zu verscheuchen, aber das Tier entkam ihm leicht und schnurrte, als hätte er es gestreichelt.

Er trocknete sich gerade an den Hemdschößen ab, da hörte er Schritte hinter sich. Als er sich umdrehte, sah er sich Frank gegenüber.

»Mr. Oldershaw – so früh schon auf?«

Der junge Mann schien überrascht, ihn hier zu sehen. Franks Haar war zerzaust. Er trug Hemd und Hose, aber seine Füße waren nackt.

»Möchten Sie sich waschen?«, fragte Holdsworth. »Ich werde Mulgrave mit einer Schüssel und einem Handtuch herausschicken.«

Frank Oldershaw hob die Arme und warf sie zurück, als bereite er sich auf einen Kopfsprung vor. Auf seinem bis dahin sehr ernsten Gesicht breitete sich ein Lächeln aus.

»Quak«, sagte er. »Quak. Ich bin eine Ente.«

Er stürzte den Pfad hinunter, der um die Giebelseite des Hauses herum aus dem Hof und in den Garten führte. Holdsworth stapfte hinterher. Als er am Küchenfenster vorbeikam, sah er Mulgraves weißes Gesicht mit offenem Mund herausstarren.

Im Garten verließ Frank den Pfad und tauchte in das Gewirr aus hohem Gras und Unkraut ein. Er wedelte beim Laufen mit den Armen und trat in verrückter und fröhlicher Unbändigkeit mit den Beinen aus. Seine Füße wirbelten silbernen Sprühnebel aus Tau auf. Er benahm sich wie ein Junge, der aus der Schule kommt.

»Quak«, rief er. »Quak, quak.«

Vor ihm lag die ruhige Oberfläche des Mühlteichs. Frank rannte unbeirrt weiter. Am Rand des Wassers sprang er unbeholfen in die Luft. Sein Körper plumpste ins Wasser, und Wellen breiteten sich im Teich aus. Wasservögel flogen auf, panisch mit den Flügeln schlagend.

»Mr. Oldershaw!«, rief Holdsworth. »Mr. Oldershaw!«

Sekunden später tauchte der Junge zehn Schritte vom Ufer entfernt auf. Er drehte sich auf den Rücken und planschte, halb unter Wasser, mit Armen und Beinen. »Quak, quak!«

»Bitte kommen Sie heraus«, rief Holdsworth. »Es könnte Wasserpflanzen geben oder andere Gefahren. Ich kann Sie nicht retten – ich kann nicht schwimmen.«

Frank hörte auf zu planschen und zu quaken. Er blickte über das Wasser zu Holdsworth.

Maria hatte auch nicht schwimmen können. Und auch Georgie nicht. Und so hatte das Wasser sie verschluckt und erst wieder an die Oberfläche gespuckt, nachdem es das Leben aus ihnen gesaugt hatte.

Hatte Sylvia Whichcote schwimmen können? War sie ertrunken, so wie Frank zu ertrinken drohte?

Holdsworth öffnete den Mund, doch keine Worte kamen heraus. Stattdessen sog er die Luft ein. Er konnte nicht genug bekommen. Wie Nadeln stachen Schmerzen in seiner Brust. Der weite, graue Himmel erdrückte ihn. Lieber Gott, er ertrank in der Luft.

Frank drehte sich um und schwamm mit gemächlichen Zügen ans Ufer. Auf einmal war die Welt wieder in Ordnung. Schwer atmend trat Holdsworth vor und streckte die Hand aus. Frank ergriff sie und zog sich aus dem Wasser.

»Du meine Güte«, sagte Frank mit klappernden Zähnen. »Es ist so verdammt kalt.«

Den Rest ihres ersten Tages in der Mühle umkreisten Holdsworth und Frank einander wie Tiere, die sich nicht kennen, aber gezwungen sind, denselben Käfig zu teilen. Bis jetzt war Holdsworth seinem gesunden Menschenverstand oder Instinkt gefolgt. Er hatte nicht bezweifelt, dass es zu Franks und so auch zu seinem Besten war, ihn aus der Obhut von Dr. Jermyn zu holen. Nun war er sich nicht mehr so sicher. Ja, eigentlich war er sich in allem unsicher.

Franks Verhalten war unberechenbar. Er tollte herum wie ein großer energiegeladener Welpe und erinnerte Holdsworth unausweichlich an Georgie, wenn er aufgeregt war. Frank sang, meistens falsch, mischte Trinklieder mit Wiegenliedern, und manchmal vertauschte er den Text des einen mit dem anderen. Er aß, was ihm vorgesetzt wurde, schaufelte das Essen in sich hinein, als wäre er in Barnwell halb verhungert. Er widerstand allen Versuchen, ihn in eine Richtung zu lenken oder, besser gesagt, er ignorierte sie. Dann und wann schlief er – wieder wie Georgie – unvermittelt ein, bei Tisch, den Kopf auf die Arme gelegt, im Gras im Garten, auf den Steinen im Hof oder auf dem Küchenboden in der Ecke neben dem Spülbecken aus Stein.

Mulgrave sagte und tat nichts, was nicht mit seinen Pflichten zu tun hatte. Er wartete auf Holdsworths Anweisungen, und wenn sie kamen, befolgte er sie schnell und effizient. Er vermied es, mit Frank allein zu sein, obwohl Frank ihn ignorierte, so wie er Holdsworth ignorierte. Mulgrave war ein guter Dienstbote und ein wertloser Verbündeter.

Außer ihnen gab es nur noch die rote Katze im Haus. Anders als die drei Menschen schien sie völlig ungerührt von der seltsamen Situation. Sie näherte sich jedem der drei Männer mit dem gleichen unpersönlichen Enthusiasmus und wollte nur gestreichelt und gefüttert werden. Peinlich berührt ertappte sich Holdsworth dabei, wie er das Tier kraulte, als es auf seinen Schoß sprang, und es sogar mit einem Stück Fleisch von seinem Teller fütterte. Als Holdsworth die Katze wegstieß, hüpfte sie auf Franks Schoß, und Frank streichelte sie geistesabwesend, genau wie Holdsworth es getan hatte.

Einmal, als der Kater wieder einmal auf Franks Schoß gesprungen war, wurde er seiner überdrüssig und machte sich davon. Er schlenderte in die Küche, wo er Mulgrave um die Beine strich. Mulgrave trat nach ihm. Der Kater miaute laut vor Schmerz und Überraschung. Das war es, was Frank, der das Geschehen durch die offene Tür beobachtet hatte, unerwartet aufrüttelte.

Er stand so plötzlich auf, dass sein Stuhl hinter ihm umfiel. Der Kater rannte panisch in der Küche herum.

»Lass ihn in Ruhe«, sagte Frank, und seine Stimme klang belegt, wie eingerostet, nachdem er sie so lange nicht benutzt hatte. »Lass ihn frei seiner Wege gehen, hast du gehört?«

Mulgrave dienerte. Er kam ins Zimmer und stellte den Stuhl auf. Frank runzelte die Stirn. Er schien verwirrt, als überlege er, was geschehen war. Er setzte sich wieder auf den Stuhl, ohne sich nach dem Kater umzusehen. Der Kater sprang abermals auf seinen Schoß und schnurrte laut.

24

Bei Mr. Whichcote wusste man nie, woran man war.

In den frühen Morgenstunden des Donnerstags schlief Augustus unruhig auf einem Stuhl, den er sich vor die Glut des Küchenfeuers gezogen hatte. Sogar in seinen Träumen hörte er das Bimmeln der Glocke über der Küchentür. Er wurde jedoch nicht gerufen und döste, bis die Küchenmagd um fünf Uhr herunterkam.

Das Mädchen, mehr oder weniger ein Schwachkopf, schürte das Feuer und veranstaltete ein mächtiges Geklapper, als es Töpfe mit Wasser aufsetzte. Dem Alter nach trudelten die anderen Dienstboten ein – die schielende Magd, der alte Mann, der sich seit den Zeiten von Mr. Whichcotes Großonkel mit abnehmender Effizienz um den Garten kümmerte, und schließlich die Köchin, eine majestätische, aber missmutig dreinblickende Frau, die gerade über ihre Kündigung nachdachte. Keiner der Dienstboten mochte den Tag nach einem Treffen des Clubs. Der Tag des Treffens selbst war zwar harte Arbeit, aber dafür eine Abwechslung in der Routine, unbestreitbar aufregend, voller fremder Gesichter, und mit der verlockenden Aussicht auf verschmähte Leckerbissen oder unerwartete Trinkgelder. Danach wartete allerdings die unangenehme Aufgabe des Aufräumens.

Kurz nach acht läutete Mr. Whichcote. Augustus brachte den Krug mit warmem Wasser nach oben. Als er eine halbe Stunde später mit Tee und Brötchen auf einem Tablett zurückkam, war der Krug nicht angerührt. Mr. Whichcote trug noch den Morgenmantel, saß im Bett und schrieb in sein Notizbuch. Er bedeutete Augustus, das Tablett auf den Nachttisch zu stellen. Während er tat, wie ihm geheißen, warf Augustus einen Blick auf das Notizbuch und sah, dass sein Herr eine Reihe von Zahlen addierte, neben denen jeweils ein Eintrag stand.

Eine Stunde später klopfte es an der Haustür, und Augustus öffnete. Mrs. Phear stand davor, ihre Magd Dorcas zwei Schritte hinter ihr.

Mrs. Phear trat in die Halle, so unerbittlich wie eine dunkle Wolke an einem klaren Himmel. Sie sprach in die Luft vor sich: »Wo ist dein Herr?«

Augustus öffnete eilig die Tür zum Arbeitszimmer. Mr. Whichcote erhob sich bereits. Mrs. Phear sagte, sie habe ihre Magd mitgebracht: Das Mädchen sei zu Hause so faul, dass ihm ein wenig Arbeit guttun würde.

Whichcote wandte sich an Augustus und hielt ihm einen Schlüssel hin. »Du und das Mädchen werdet den Pavillon reinigen. Ich möchte ihn so sauber, gefegt und eingerichtet vorfinden, wie er war.«

Augustus verbeugte sich und drehte sich um, in dem Glauben, er sei entlassen.

»Bleib. Komm her.« Whichcote stand drohend vor dem Jungen. »Nur du und das Mädchen dürft dort arbeiten. Du bist für alles verantwortlich. Jetzt geh.«

Mr. Whichcote hielt den Pavillon verschlossen. Der Köchin zufolge tat er das, weil das Haus für die obszönen und sündigen Taten des Herrn reserviert war, vor allem jene, die an den Abenden der Clubtreffen stattfanden, weswegen die Vorsicht des Herrn absolut verständlich war. Die Köchin versicherte, nicht für allen Tee aus China würde sie dort hineingehen. Mr. Whichcote, behauptete sie, war ein Mann, bei dem es einem eiskalt den Rücken herunterlief, was ein Grund dafür war, dass sie ihre Kündigung eingereicht hatte; andere Gründe waren der Tod ihrer Herrin (Gott sei ihrer Seele gnädig), die gottlosen Aktivitäten des Herrn und seiner Freunde, und (am schlimmsten von allem) seine Unfähigkeit, seine Dienstboten pünktlich zu bezahlen. Die Köchin behauptete auch, wenn es einem bei Mr. Whichcote eiskalt den Rücken herunterlief, dann ließ Mrs. Phear einem das Blut in den Adern gefrieren und das Herz zu einem Eisblock werden. Und die Köchin hatte recht.

Augustus nahm Dorcas mit in die Dienstbotenräume, wo sie Besen, Schrubber, Scheuertuch und Eimer holten. Er trug den Schlüssel zum Pavillon in der Tasche und war sich dessen Gewicht und der Verantwortung, die er bedeutete, sehr bewusst. Dorcas, die einen halben Kopf größer war als er, blickte stur geradeaus. Sie hatte ein blasses, knochiges Gesicht mit Sommersprossen, die wie kleine Schmutzflecken auf der Haut aussahen.

»Wir fangen mit dem großen Saal oben an«, sagte er, als er die Tür zum Pavillon aufschloss. »Dann das kleine Zimmer, das sie unten benutzt haben, und die Treppe.«

»Mach, was du willst«, sagte das Mädchen und schaute ihn nach wie vor nicht an. »Ich will zuerst die Schlafkammer sehen.«

Augustus starrte sie an. »Woher weißt du, dass es eine Schlafkammer gibt?«

»Weil das Mädchen es mir erzählt hat. Die, die letzte Nacht da drin liegen musste, verschnürt wie ein Vogel für den Ofen.«

»Das denkst du dir aus«, sagte Augustus unsicher. »Ich war letzte Nacht da.«

»Aber du warst nicht in der Schlafkammer, oder?«

»Du auch nicht.«

»Das Mädchen war aber dort. Sie musste so tun, als ob sie noch Jungfrau ist. Aber sie ist genauso wenig Jungfrau wie meine Großmutter. Dieser fette junge Herr ist zu ihr gekommen. Er war zu betrunken, um es zu tun, aber er hat ihr drei Guineen gegeben.«

»Wo ist sie jetzt?«

»Wieder in London.«

Augustus öffnete die Tür. *Dorcas muss die Wahrheit gesagt haben,* dachte er, *weil sie weiß, dass es der fette junge Herr, Mr. Archdale, war.* Sie schob sich an ihm vorbei in die Halle und sah sich um.

»Wo ist es?«

Ohne auf eine Antwort zu warten, machte sie die nächstgelegene Tür auf, die in den Flur führte, der über die gesamte Länge des Pavillons verlief. Mit Augustus auf den Fersen marschierte sie forsch den Gang entlang und öffnete eine Tür nach der anderen, bis sie die richtige gefunden hatte.

Mit dem Eimer in der einen und dem Mopp in der anderen Hand stand Augustus an der Tür und sah zu, wie Dorcas den Raum so gründlich inspizierte, als wäre sie die Hausherrin, die nach den Versäumnissen ihrer Magd suchte. Sie schnalzte missbilligend mit der Zunge über das Kerzenwachs auf dem Tisch. Sie seufzte laut, während sie eine Likörflasche wieder zukorkte. Sie zog beim Anblick des Bettzeugs auf dem Boden die Augenbrauen hoch und berührte mit dem Zeigefinger eines der weißen Seidenbänder, die noch am Bettpfosten hingen. Sie studierte die roten Flecken in der Mitte des Lakens auf dem Bett und krauste die Nase.

»Mit allen Wassern gewaschen, das Mädchen.«

»Was?«

Sie sah ihn unfreundlich an. Sie war ein gutes Stück größer als er und neun Monate älter, doch ihr Ausdruck deutete an, dass sie in ihrer Überlegenheit mindestens so groß wie die Kirche vom King's College und auch ungefähr so alt war. »Sie hat letzte Nacht bei mir geschlafen und gar nicht mehr aufgehört zu reden. Daher weiß ich alles über das Versagen des jungen Herrn. Passiert oft, sagt sie, und dann muss sie so tun als ob. Es lohnt sich.«

Augustus war heiß, und er fühlte sich unwohl. Er drehte sich um, wollte die Kontrolle über die Situation zurückgewinnen; schließlich war er in gewissem Sinn der Gastgeber und außerdem ein Mann, und Dorcas war nur ein Mädchen. »Komm mit nach oben«, sagte er. »Da ist es am schlimmsten.«

Er ging aus dem Zimmer, ohne sie anzusehen. Er führte sie durch den Gang zurück und nach oben in den großen Saal im ersten Stock.

»Puh«, sagte Dorcas, als sie hineinging. »Schlimmer als ein Misthaufen an einem heißen Tag.«

Sie wanderte im Saal umher, Augustus wieder auf ihren Fersen. Es stank nach Alkohol, kaltem Rauch und abgebrannten Kerzen. Darunter lagen andere, weniger angenehme Gerüche. Zwei Stühle waren umgefallen, der Tisch und der Boden mit Wachsflecken und verschüttetem Wein übersät. Mindestens ein halbes Dutzend Gläser waren zerbrochen, manche wohl absichtlich, und die Scherben lagen um den leeren Kamin verstreut. An einem Ende des Tisches stand eine Obstschale mit einer Lache von Erbrochenem. Hinter dem Wandschirm erwartete sie noch Schlimmeres, hier fanden sie die Quelle der übelsten Gerüche: einen umgestürzten Nachtstuhl und einen zerbrochenen Nachttopf. Die Fußbodendielen waren rutschig durch Urin, Erbrochenes und sogar ein Häufchen Exkremente.

»Hier Ordnung zu schaffen dauert Tage«, sagte Dorcas, und zum ersten Mal klang sie beeindruckt und sogar ein bisschen erschrocken.

Zusammen untersuchten sie den Abfall auf dem Tisch. Dorcas hob eine Erdbeere auf und aß sie. Augustus fand ein halb abgegessenes Hühnerbein. Ein paar Minuten lang stopften sie sich mit den Essensresten voll.

Sie wischte sich mit dem Handrücken den Mund ab. »Glaubst du, das macht ihnen Spaß?«

Unten schlug eine Tür zu. Sie hörten Schritte auf der Treppe. Dorcas schnappte sich einen Schrubber und fing an, heftig zu wischen. Augustus richtete einen der umgefallenen Stühle auf. Die Tür zum Saal öffnete sich, und Mr. Whichcote erschien auf der Schwelle.

»Ich bezahle dich nicht fürs Faulenzen«, herrschte er Augustus an.

Er hätte antworten können, dass Mr. Whichcote ihn gar nicht bezahlte. Doch er ließ den Kopf hängen und wurde rot.

Dorcas knickste und sagte nichts, den Blick fest auf den Boden gerichtet.

»Fangt damit an, hier zu lüften«, sagte Whichcote. »Worauf wartet ihr? Macht die Fenster auf.«

Sie gehorchten eiligst. Whichcote begab sich mit einem Taschentuch vor der Nase auf einen gemächlichen Rundgang durch den Raum.

»Vergesst nicht«, sagte er, »außerhalb dieser Räume wird über das, was hier geschieht, nicht gesprochen. Sollte es in der Stadt dummes Gerede geben, weiß ich, dass einer von euch oder ihr beide den Mund nicht halten konntet. Und wenn das passiert, werden Mrs. Phear und ich wissen, was zu tun ist.« Er schaute von Augustus zu Dorcas und fuhr mit derselben leisen, gelangweilten Stimme fort: »Ist es nicht ein einzigartiger Zufall, dass keiner von euch Freunde auf der Welt hat? Daraus folgt, dass Mrs. Phear und ich dafür herhalten müssen. Und ihr werdet entdecken, dass wir nicht nur wissen, wie man Fehler bestraft, sondern auch, wie man Treue belohnt.«

Ohne ein weiteres Wort schlenderte er aus dem Saal und die Treppe hinunter. Weder Dorcas noch Augustus bewegten sich, bis sie hörten, wie unten in der Halle die große Tür geschlossen wurde.

»Wenn wir nicht den Mund halten, bringt er uns um«,

platzte Augustus heraus. Er schielte zu Dorcas und erschrak, als er sah, dass ihre Augen sich mit Tränen gefüllt hatten.

»Erinnerst du dich an das andere Mädchen, das gestorben ist?«, murmelte sie.

»Die, die im Februar hier war? Tabitha? Es heißt, sie ist erstickt.«

»Wer weiß? Vielleicht haben sie sie umgebracht. Ich sage dir allerdings eines: Die Herrin hat mich in der Nacht mit Tabbys Leiche eingeschlossen. Und jetzt geht sie nicht mehr weg.«

»Was meinst du damit?«

»Sie ist jede Nacht da«, zischte Dorcas. »Ich sehe ihren Körper in dem Bett neben meinem. Sie redet und redet, und ich kann nicht hören, was sie sagt.«

Elinor Carbury saß in ihrem Wohnzimmer und versuchte, das Kapitel einunddreißig von Samuel Johnsons *Rasselas* noch einmal zu lesen.

> *»Daß die Toten nicht mehr gesehen werden können«, sagte Imlac, »möchte ich im Widerspruch zu dem übereinstimmenden und gleichbleibenden Zeugnis aller Zeiten und Völker nicht behaupten. Es gibt kein Volk, weder gebildet noch ungebildet, in dem nicht von Erscheinungen der Toten berichtet oder an sie geglaubt wird. Diese Meinung, die vielleicht überall anzutreffen ist, wo es Menschen gibt, konnte sich nur so weit verbreiten, weil sie der Wahrheit entsprach: Die nie voneinander hörten, würden nicht übereinstimmend berichtet haben, was nur Erfahrung glaubwürdig machen kann. Daß ihr Bericht von einzelnen Skeptikern bezweifelt wird, kann ihm nur wenig von seiner allgemeinen Beweiskraft nehmen, und einige, die ihn mit der Zunge leugnen, bestätigen ihn durch ihre Angst.«*

Doch ihr Kopf weigerte sich, die Worte aufzunehmen. Ihre Augen drifteten über den niederschmetternd formalen Garten zu dem dunklen, grünen Laub der Morgenländischen Platane. Sie dachte an John Holdsworth und fragte sich, wie es ihm wohl in der Mühle ging. Sie hatte seine Abwesenheit beim Frühstück gespürt. Das war verständlich und nichts Außergewöhnliches, versicherte sie sich, denn sie hatte während der letzten Tage mehr Gesellschaft gehabt als sonst manchmal über viele Wochen. John Holdsworth war einfach ein Teil dieser Gesellschaft gewesen; und als seine Gastgeberin war sie gezwungen gewesen, ihn häufig zu sehen. Und doch, sie konnte nicht leugnen, dass sie sich matt und niedergeschlagen fühlte.

Die Fenster des Wohnzimmers standen offen, ebenso wie die anderen Fenster des Rektorats. Sie bemerkte, dass Dr. Carbury unten in seiner Bibliothek einen Besucher hatte. Ihre Stimmen, die ihres Mannes und die eines anderen Herrn, wurden ständig lauter. Ihre Unterhaltung war erhitzt.

Sie läutete. Als Susan endlich hereineilte, fragte Elinor, wer der Besucher sei.

»Es ist Dr. Jermyn aus Barnwell, Madam.«

Elinor schickte das Mädchen weg. Hatte sie eine Veränderung in Susans Verhalten wahrgenommen? Während der letzten ein oder zwei Tage war sie ihr seltsam vorgekommen – unnatürlich fröhlich, aber auch wachsam, beinahe misstrauisch.

Unter den gegebenen Umständen war es kaum überraschend, dass Dr. Carbury und Dr. Jermyn einen erregten Wortwechsel hatten. Obwohl Franks erzwungene Entlassung aus der Anstalt nichts mit ihrem Mann zu tun hatte, glaubte Jermyn natürlich, dass zumindest ein Teil der Verantwortung bei ihm lag.

Was Elinor allerdings überraschte, war, was nun geschah.

Die Herren senkten die Stimmen, anscheinend hatten sie Frieden geschlossen. Ungefähr zehn Minuten später hörte sie, wie unten die Tür zum Garten geöffnet wurde. Als sie sich, wenig damenhaft, den Hals verrenkte, sah sie die klein wirkenden Gestalten von Dr. Carbury und seinem Gast den Kiesweg entlangspazieren, der zum Versorgungshof führte, wo das Waschhaus stand.

Die Herren verschwanden für vielleicht fünf Minuten, und als sie zurückkamen, waren sie, die Köpfe zusammengesteckt, in ein Gespräch vertieft. Kurz darauf hörte sie, wie Jermyn ging.

Das ist äußerst seltsam, dachte Elinor. Sie konnte sich keinen Reim darauf machen, was die beiden da unten im Hof getan hatten.

Es konnte doch nichts mit dem zu tun haben, was am Dienstagmorgen dort geschehen war?

Susan und Ben, schnaufend und grunzend wie Schweine im Stall.

Am Donnerstag erholte sich Harry Archdale langsam von seiner Beförderung zum Apostel. Ihn erwarteten Strafen für das Versäumen der Morgenandacht, des Frühstücks und der Vormittagsvorlesung, und mit hoher Wahrscheinlichkeit würde er eine Unterhaltung mit Dr. Richardson und möglicherweise weitere Bestrafungen überstehen müssen. Als er die Essensglocke hörte, zwang er sich aufzustehen. Aber der Gedanke, hinunter in die Halle zu gehen, war unerträglich. Er saß auf der Bettkante, den Kopf in den Händen, und stöhnte. Er glaubte nicht, dass er jemals wieder einen Bissen herunterbekommen würde.

Ganz langsam kleidete er sich an. Als er endlich fertig war, war das Essen vorüber. In seinen Räumen war es unerträglich stickig. Er schleppte sich nach unten, legte nach jedem Schritt eine Pause ein und bewegte sich, als wären seine Knochen aus Glas und könnten bei der kleinsten Erschütterung brechen.

Die Sonne im Hof schmerzte in den Augen. Soresby ging an ihm vorbei und wünschte ihm einen guten Tag. Archdale stöhnte beim Klang seiner Stimme.

Wie ein krankes Tier gehorchte er seinem Instinkt und nicht der Vernunft. Er stolperte unter den Arkaden entlang, an der Kapelle vorbei, durch den Garten zu dem Tor, das in den Garten der Fellows führte, den er als Fellow-Commoner benutzen durfte. Das Tor war unverschlossen. Ganz langsam ging er den Weg am Langen Weiher entlang. Hier war es kühl und schattig, und nach einer Weile fühlte er sich ein wenig besser. Aber schon die kleinste Anstrengung ermüdete ihn unsäglich. Er kam zu einer alten Bank, ließ sich schwerfällig darauf nieder und zuckte zusammen, als der Aufprall sich in seinem Kopf fortsetzte.

Er wusste nicht, wie lange er dasaß. Niemand störte ihn. Die Bank lag abgeschieden, auf drei Seiten von einer Buchsbaumhecke umgeben. Er schloss die Augen und döste unbequem, in einem Universum aus Schmerzen.

Der Klang von Stimmen schreckte ihn auf, und er öffnete die Augen. Die Stimmen kamen von der anderen Seite des Weihers, aus dem Rektoratsgarten. Archdale gähnte und rieb sich den Kopf. Durch eine Lücke zwischen zwei Hecken erspähte er zwei schwarz gekleidete Gestalten. Zuerst ging die korpulente und unverwechselbare Figur Dr. Carburys vorbei, schlurfend wie ein großes müdes Tier. Nach ihm kam Tobias Soresby, groß und krumm, mit schnellen, unbeholfenen Bewegungen. Sie unterbrachen ihre Unterhaltung nicht, doch die Worte waren unverständlich.

Archdale runzelte die Stirn. Jeder wusste, dass Soresby Richardsons Liebling war. Was automatisch bedeutete, dass Carbury Soresby nicht mochte, wobei Carbury sowieso kein

Freund von armen Studenten war. Warum also spazierte Soresby in Carburys Garten herum? Das ergab keinen Sinn.

Archdale döste wieder ein. Abermals schreckte ihn eine Stimme auf.

»Verdammt seist du«, sagte Carbury laut, dann folgte ein Murmeln und schließlich Schweigen.

Archdale machte die Augen auf. Es war niemand da. Der Rektoratsgarten schien leer. Vielleicht hatte er es geträumt. Er schloss die Augen.

Diesmal schlief er tiefer und länger. Als er mit einem Ruck erwachte, stand die Sonne tiefer, und die Luft war kühler. Er spürte eine Hand auf seiner Schulter.

»Harry, ich hoffe, es geht Ihnen gut.«

Archdale wandte den Kopf und sah auf. Philip Whichcote stand neben der Bank und lächelte auf ihn herab. Er wirkte aufreizend nüchtern und gesund.

»Es geht mir ausgezeichnet«, sagte Archdale säuerlich. »So gut wie nie.«

Whichcote setzte sich und streckte die Beine aus. »Ich habe Sie in Ihren Räumen gesucht, aber Sie waren nicht da. Mepal meinte, ich könnte Sie hier finden. Sie sehen ein bisschen blass aus. Ich hoffe, Sie haben nicht zu viel Zeit mit der Nase in den Büchern verbracht.«

»Gehen Sie weg, Philip«, sagte Archdale schwach. »Ich bin nicht in der Stimmung für Ihre Scherze.«

»In ein oder zwei Stunden sind Sie wieder munter wie ein Fisch im Wasser. Nun, Ihre apostolischen Kameraden haben Ihr Können vergangene Nacht sehr bewundert. Die allgemeine Meinung war, dass nie eine Jungfrau lauter geschrien hat.«

»Wo … wo ist sie?«

»Das Mädchen? Woher soll ich das wissen? Wieder in London, nehme ich an. Ich bin gekommen, um zu sehen, wie es

Ihnen geht, und Sie für morgen zum Essen einzuladen. Ich dachte, wir könnten, zusammen mit ein paar von den anderen, nach Newmarket fahren.«

»Nein«, sagte Archdale, von seiner Heftigkeit selbst überrascht. »Es … es passt mir nicht.«

Einen Augenblick lang saßen sie schweigend nebeneinander. Archdale beschloss bei sich, dass er, wenn Gott ihn verschonte, von nun an ein hart arbeitender Student sein würde. Nie war nüchternes Lernen so verlockend gewesen. Nie waren ihm Glücksspiel, Hurerei und Trinkgelage so idiotisch, unangenehm, teuer und ungesund erschienen.

Whichcote lachte. »Ich hätte später kommen sollen, mein lieber Harry. Sie sollten sich nicht so aufregen. Sie werden sich ganz schnell besser fühlen, und dann werde ich noch einmal fragen.«

»Und ich werde Ihnen dieselbe Antwort geben.«

»Sie müssen Mulgrave bitten, Ihnen eins seiner Spezialrezepte zu mixen. Sie würden eine Leiche wiederbeleben. Da fällt mir etwas ein: Ist er irgendwo in der Nähe? Ich muss ihn etwas fragen.«

»Mulgrave? Aber Sie haben mir doch neulich gesagt, dass man ihm nicht trauen kann und Sie ihn entlassen haben.«

»Das habe ich. Aber ich muss trotzdem mit ihm reden.«

»Nun, er ist nicht hier. Und er wird auch nicht kommen.«

»Was meinen Sie?«, fragte Whichcote scharf. »Er hängt immer irgendwo hier herum wie ein schlechter Geruch.«

»Er kümmert sich um Frank.«

»Er ist in Barnwell?«

Archdale schüttelte den Kopf und zuckte zusammen. »Frank ist nicht mehr in Barnwell.«

»Wie?« Whichcote packte Archdale an der Schulter. »Wollen Sie damit sagen, Frank ist geheilt?«

»Davon weiß ich nichts.« Archdale rutschte von Whichcote ab. »Er ist jedenfalls nicht in Barnwell, sondern bei diesem Mann, den Lady Anne geschickt hat. Holdsworth. Und Mulgrave ist ihr Diener.«

»Aber wo sind sie? Hat Holdsworth Frank mit zurück nach London genommen?«

»Ich weiß es nicht.« Archdales Kater wandelte sich in Ärger. »Und es ist mir auch egal.«

Am Abend legte Whichcote eine Münze auf das eine Ende des Kaminsimses. Am anderen Ende von Mrs. Phears Kaminsims stand eine brennende Kerze, die einzige im Raum. Draußen war es noch hell, und ein kleines Tier raschelte in den Blättern eines Birnbaumspaliers an der rückwärtigen Gartenmauer. Whichcote legte eine weitere Münze auf den Sims, zwei Fingerbreit von der ersten entfernt. Es war ein langer Tag gewesen, und er fühlte sich ausgelaugt und müde.

»Das ist noch nicht alles«, sagte er. »Das hier ist erst die Anzahlung.«

»Haben Sie genug für Ihre Gläubiger?«, fragte Mrs. Phear.

»Für diese Aasgeier ist nie genug da, Madam. Aber ich danke Ihnen.«

Er legte eine weitere Münze auf den Kaminsims, diesmal auf die erste, dann eine vierte auf die zweite. Langsam wuchsen die Säulen aus Gold in die Höhe. Alles in allem belief sich die Summe auf zehn Guineen. Für Mrs. Phear machte eine solche Summe den Unterschied zwischen vornehmer Armut und vornehmem Auskommen aus, das wusste er.

»Wir haben ein Stück verlorenen Boden gutgemacht«, sagte er. »Aber das reicht noch nicht. Können wir vor den Sommerferien noch ein Essen ausrichten?«

»Was Zeit braucht, ist immer das Mädchen. Das Komitee des Magdalenenheims trifft sich erst Ende des Monats wieder. Vorher wird es nicht einfach, etwas zu organisieren.«

»Zu schade. Sie sind für ein weiteres Treffen bereit. Und der junge Chiddingley brennt darauf, Apostel zu werden, und dafür brauchen wir ein Mädchen.«

»Es gibt eine Möglichkeit.« Mrs. Phear schaute aus dem Fenster. »Wie wäre es, wenn wir dasselbe Mädchen nehmen? Nur Mr. Archdale hat sie gesehen.«

»Ich dachte, wir hätten entschieden, dass es am besten ist, wenn sie so wenig wie möglich wissen, und dass wir keine mehr als einmal benutzen …«

»Im Allgemeinen ist das richtig. In diesem Fall jedoch spricht vieles dafür, von der Regel abzuweichen. Ich glaube, das Mädchen ist ein verschwiegenes Kindchen. Sie ist vergangene Nacht sehr gut mit Mr. Archdale zurechtgekommen.«

»Wie war gleich wieder ihr Name?«

»Molly Price. Sie ist keine große Schönheit, ich weiß, aber für unseren Zweck reicht es.«

»Ein Blume, die gepflückt werden will«, sagte Whichcote trocken.

»Denken Sie an die angenehme Seite – ein neues Mädchen zu finden ist immer schwierig und riskant. Und es braucht Zeit. Aber wenn wir Price noch einmal nehmen, kann ich im Magdalenenheim behaupten, ich hätte die Hoffnung, dass eine andere Dame sie in Stellung nimmt.«

»Trotzdem erhöht es die Gefahr, oder nicht? Wenn diese Price redet …«

»Das dürfen Sie alles getrost mir überlassen. Ich verbürge mich für ihre Verschwiegenheit. Außerdem würde ihr niemand glauben.« Mrs. Phears Stimme wurde schärfer. »Bitte, Sir, geben Sie mir das Geld. Ich möchte die Dienstboten nicht in Versuchung führen.«

Er strich die Münzen in seine linke Handfläche und brachte sie ihr. »Sehr gut«, sagte er. »Ich werde in den nächsten Tagen mit den Aposteln sprechen und Ihnen ein Datum nennen.«

»Je früher, desto besser.«

»Damit hätten wir ein Problem gelöst, Madam. Aber da ist noch eines, das möglicherweise nicht so einfach zu lösen ist. Ich habe heute Nachmittag Harry Archdale besucht. Er hat mir erzählt, dass Frank nicht mehr in Dr. Jermyns Obhut weilt.«

»Wie bitte? Ist er geheilt?«

»Das muss er wohl sein.«

»Entweder das, oder Lady Anne wünschte, dass er geht – vielleicht in die Obhut eines anderen Arztes oder sogar zu ihr nach Hause in London.«

»Alles, was ich herausbekommen habe, ist, dass Frank Barnwell verlassen hat. Dieser Mann namens Holdsworth, der in Jerusalem wohnt, scheint in Lady Annes Namen zu handeln. Er ist auch verschwunden. Archdale sagt, Mulgrave ist bei ihnen.«

»Der Collegediener?«

»Ein Lohndiener – seine Loyalität gilt nur ihm selbst. Aber er ist leider ein gerissener Bursche und weiß, was er will.«

Mrs. Phear streichelte sich eine Hand mit der anderen und schaute mit einem Ausdruck von Betroffenheit auf ihre Hände herab, als wären sie zwei nackte kleine Tiere, die Trost brauchten. »Wir müssen abwarten und sehen, was geschieht«, sagte sie. »Selbst wenn Mr. Frank geheilt ist, heißt das nicht, dass man ihm glaubt, was er sagt. Ein Mann, dessen Geist verwirrt ist, ist kein verlässlicher Zeuge. Schließlich steht Wort gegen Wort. Und er muss sich bewusst sein, dass Sie ihn beschuldigen könnten. Wie man es auch betrachtet, er sieht bei der Geschichte nicht gut aus.« Sie lächelte Whichcote an. »Ich kann mir nicht helfen, aber ich denke, es war dumm von seiner Mutter, ihm zu gestatten, Dr. Jermyns Anstalt zu verlassen.

Bei einem jungen Mann, dessen Geist so verwirrt war, muss man mit allem rechnen. Er könnte sich umbringen und vorher alle, die bei ihm sind.«

Whichcote seufzte. Er durchquerte den Raum und stellte sich neben Mrs. Phears Stuhl. Sie waren sich so nah, und es war so still im Zimmer, dass sie einander atmen hörten. Sie schauten aus dem Fenster und sahen zu, wie der Himmel über dem Birnbaum langsam dunkler wurde.

25

In der Mühle floss die Zeit träge dahin wie der Fluss. Ein Tag folgte dem anderen, jeder so formlos wie der nächste. Das Wetter blieb warm, oft sonnig, die Luft schwül.

Nach der ersten Nacht verbrachte Frank Oldershaw viel Zeit schlafend. Das taten sie alle. Es war, als erholten sie sich von einer langen, schweren Krankheit, für die die einzige Medizin Schlaf und Ruhe war. Am lebhaftesten im ganzen Haushalt war der rote Kater, obwohl das nicht viel besagte.

Sie waren an einem Mittwochabend, am einunddreißigsten Mai, in der Mühle angekommen. Nach dem ersten Tag wurde Frank ruhiger. Obwohl das Wasser immer noch sehr kalt war, schwamm er viel. Mit langen, gemächlichen Zügen kraulte er in dem Teich hin und her. Von Zeit zu Zeit rief er: »Quak, quak«, zeigte aber sonst keine Anzeichen geistiger Verwirrtheit beim Schwimmen. Zu Anfang versuchte Holdsworth, ihn mit der Begründung, es könne gefährlich sein, davon abzubringen, ins Wasser zu gehen, doch das hätte er sich sparen können. Frank ignorierte ihn. Holdsworth hätte ihn fesseln müssen, um es zu verhindern.

Frank weigerte sich, über seine Verwirrtheit oder den Geist zu sprechen. Er wurde ungeduldig und zornig, wenn Holdsworth Lady Anne erwähnte. Sonst tat er mehr oder weniger, was man ihm sagte. Er behandelte Holdsworth und Mulgrave nicht rücksichtsvoll, stellte andererseits aber auch keine unvernünftigen Forderungen. Bedachte man den immensen Unterschied ihrer Lebenssituationen, hätte man sein Verhalten beinahe herablassend nennen können.

Mulgrave hatte eine Reisetasche mit Franks Habe aus seinen Räumen in Jerusalem mitgebracht. Darunter waren ein Schachspiel, Backgammon und ein Damebrett. An den meisten Abenden schlug Holdsworth Frank eine Partie vor. Wenn sie Schach spielten, gewann Frank immer. Mit seinem Verstand war alles in Ordnung. Er war auch gut in Dame, aber weniger erfolgreich beim Backgammon, wo Glück im Spiel war, was ihn zu übereilten Zügen verführte.

Manchmal las Holdsworth vor. Er hatte *Nachtgedanken* von Edward Young mitgebracht und eine zerlesene Ausgabe von John Bunyans *Pilgerreise zur seligen Ewigkeit* in seiner Schlafkammer gefunden, wo sie dazu diente, ein Tischbein auf dem unebenen Boden zu stabilisieren. Keines der beiden Bücher konnte man unterhaltsam nennen, aber Frank schienen sie zu beruhigen, und er döste oft ein, während Holdsworth vorlas.

Mulgrave machte sich so gut wie möglich unsichtbar. Er wohnte, arbeitete und schlief in der Küche. Er beobachtete alles und sagte so wenig wie möglich.

Am Abend des fünften Juni, einem Montag, kam er zu Holdsworth und murmelte, dass ihre Essensvorräte zur Neige gingen. Er konnte Brot, Bier, Milch, Eier und etwas Gemüse vom Bauern bekommen, aber für alles andere war er gezwungen, in die Stadt zu gehen.

»Gehen Sie morgen früh nach Cambridge«, wies Holdsworth ihn an. »Ich möchte, dass Sie Dr. Carbury einen Brief bringen, und wenn Sie dort sind, können Sie alles besorgen, was wir brauchen.«

»Der Weg ist weit, Sir. Und auf dem Rückweg kommt das Gewicht hinzu. Mr. Frank sagte, er möchte Wein. Und wir brauchen Kohle für das Küchenfeuer.«

»Sie müssen morgen früh auf dem Hof vorbeigehen und sehen, was sich machen lässt«, sagte Holdsworth. »Wenn nötig, kann der Fuhrmann die schweren Sachen bringen und bei Mr. Smedley lassen. Aber Sie müssen unter allen Umständen sofort zurückkommen, und Sie müssen den Mund halten, haben Sie verstanden? Sie dürfen nicht sagen, wo Sie sind oder mit wem. Sie dürfen nur mit Dr. und Mrs. Carbury offen sprechen.«

»Ja, Sir.«

Holdsworth hatte eine düstere Vorahnung. Er vertraute Mulgrave zwar nicht unbedingt, aber das war nicht der Grund – sondern mehr, weil Mulgrave, auch wenn er die Mühle nur für wenige Stunden verließ, die Illusion zerstörte, dass sie von der Außenwelt und ihren schlechten Einflüssen isoliert waren.

In dieser Nacht schlief er schlecht. Die Matratze war klumpig. Die Schlafkoje umhüllte ihn wie ein Sarg. Erst war ihm zu warm, und als er die Decke zurückschlug, zu kalt. Und die ganze Zeit driftete er von einem Traum in den anderen. Die Träume hatten eine Logik, die er nicht zu fassen bekam, obwohl sie alle von unterschiedlichen Dingen zu handeln schienen. Einmal wachte er mit einem Ruck auf und meinte, wieder an der Bankside zu sein, wo Georgie ihn nachts schreiend weckte, weil der ertrunkene Kahnführer von den Goat Stairs ihn auf den Grund des schmutzigen Flusses ziehen wollte.

Dann wiederum stand Holdsworth hellwach an den Stufen und spähte ins Wasser. Aber es war nicht Georgie, dessen Gesicht er dort sah, es war das von Maria. Deutlich erkannte er den Bluterguss an ihrer Schläfe. Die Farbe einer Pflaume. Die Größe einer Pennymünze.

Aber war es wirklich Maria, dort unten? Oder Sylvia Whichcote?

»Wachen Sie auf! Aufwachen!«

Auf einmal war Holdsworth schrecklich wach. Er rang nach Luft, als wäre er es, der ertrank. Mit einem Ruck setzte er sich im Bett auf. Die ersten Anzeichen der Dämmerung erfüllten die Kammer mit einem grauen Licht.

Frank schüttelte Holdsworth heftig an seinem linken Arm. »Um Gottes Willen, Mann, was quält Sie?«, fragte er fordernd, in jeder Hinsicht ein junger Herr bei bester Gesundheit, der einen unglückseligen Dienstboten auszankt. Er trat zurück und funkelte Holdsworth an. »Sie haben uns alle mit Ihrem verdammten Lärm geweckt.«

Holdsworth blinzelte und rieb sich die Augen. Mulgrave stand oben auf der schmalen Stiege und blickte von der Seite ins Zimmer. Er und Frank trugen nur die Hemden, in denen sie schliefen.

»Was, zum Teufel, ist los?«, fragte Frank. »Warum haben Sie geschrien?«

»Verzeihen Sie mir – ein Traum –, es war nichts.«

Der alte Traum. Und er würde immer wiederkommen. Immer.

Am Montagabend hörte Elinor die vertrauten schweren Schritte auf der Treppe. Dr. Carbury kam in ihr Wohnzimmer, wünschte ihr einen guten Abend und setzte sich. Er holte ein Taschentuch hervor und wischte sich die Stirn ab.

»Sie sind früh dran, Sir«, sagte Elinor. »Soll ich den Tee bringen lassen?«

Er schüttelte seinen schweren Kopf. Das Abendessen in der Halle konnte gerade erst beendet sein, rechnete Elinor nach, und normalerweise verbrachte ihr Mann anschließend mindestens noch eine Stunde bei einem Glas Wein im Aufenthaltsraum. Er klopfte seine Taschen nach seiner Schnupftabaksdose ab.

»Sie wissen, dass ich geneigt bin, das Rosington-Stipendium für Soresby zu reservieren, wenn Miskin geht«, sagte er abrupt, als hätten sie schon oft über das Thema gesprochen.

Er fand die Dose, klappte den Deckel auf und nahm eine Prise. Sie wartete. Ihr Magen zog sich zusammen, wohl wissend, was folgte, nur nicht, wann. Schließlich nieste er gewaltig, und Schnupftabakskrümel landeten auf seinem Schoß. Nachdem er sich geschnäuzt hatte, verfiel er in Schweigen, wedelte sich wenig effektiv mit der Hand Luft zu und rutschte unruhig auf seinem Stuhl herum.

»Ich dachte, Mr. Soresby hat die Prüfung noch nicht abgelegt«, sagte sie.

»Das wird er im Januar tun. Und er ist sehr begabt: Er wird mit großer Sicherheit sehr hoch oben auf der Liste platziert sein, und die Regeln der Stiftung erlauben mir, es so lange für ihn freizuhalten, wie ich es wünsche. Ich lasse mir die Sache schon eine ganze Weile durch den Kopf gehen.«

»Ich bin sicher, Ihre Entscheidung wird Mr. Richardson gefallen. Ist nicht Mr. Soresby einer seiner Schüler?«

»Es interessiert mich nicht die Bohne, ob es Mr. Richardson gefällt oder nicht.« Jetzt sprach Carbury mit ungestümer, abgehackter Stimme. »Es geht darum, das Beste für das College zu tun und individuelle Leistung zu belohnen. Mehr nicht, Madam.«

Elinor äußerte sich nicht dazu. Ihr Mann war plötzlich schrecklich erregt. Sie wusste, dass irgendetwas geschehen sein musste, was den ungewöhnlichen Sinneswandel bei ihm ausgelöst hatte. Soresby gehörte zu Richardsons Lager, und normalerweise konnte Carbury keine Gegenleistung erwarten, wenn er Soresby förderte. Es sei denn, natürlich, Soresby hatte die Seite gewechselt.

Dr. Carbury nahm noch eine Prise Schnupftabak, wobei er das meiste auf seiner Weste verstreute. Wieder nieste er. In betäubender Stille saßen die beiden da, Carbury mit geschlossenen Augen. Elinor sah ihren Mann an und dachte, wie hässlich er doch war. Streng schalt sie sich, dass sie ihm für beinahe alles, was das Leben erträglich machte, dankbar sein sollte, einschließlich des Dachs über ihrem Kopf.

»Mrs. Carbury, da ist etwas, was ich Ihnen sagen muss.«

Sie spürte einen Anflug von Schuld. Es war, als könne er ihre Gedanken lesen, über ihn, ja sogar die über Mr. Holdsworth.

»Ich wollte es schon eine ganze Weile erwähnen, aber es war nie der richtige Moment.« Jetzt waren seine Augen offen, tränten vom Schnupftabak, und er sah sie an. »Vielleicht ist nie der richtige Moment. Sie wissen, dass ich wegen meiner Gesundheit beunruhigt war.«

»Und ich ebenso, Sir.«

»Ja. Und ich bin Ihnen sehr dankbar. Wie Sie wissen, leide ich seit Langem unter einer Verstimmung meiner Eingeweide.« Er tupfte sich die Augen mit dem Taschentuch ab. »Das Englische Übel.«

»Liegt nicht die Abhilfe hierfür zum Teil in Ihrer Hand, Sir? Ich bin überzeugt, es würde Ihnen bald besser gehen, wenn Sie Ihre Ernährung ändern und vielleicht etwas weniger Wein trinken. Sie könnten sogar in Erwägung ziehen, während der Sommerferien eine Badekur zu machen. Ich hörte, die Bäder in Scarborough seien bemerkenswert wohltuend.«

Er hob die Hand, um ihren Redeschwall zu unterbrechen. Sie verstummte. Wurde unerklärlich unruhig, beinahe panisch.

»Sie sind sehr gut zu mir, Madam, aber diese Mittel werden nicht helfen. Ich weiß nicht, ob Sie bemerkt haben, dass Dr. Jermyn mich letzte Woche besucht hat?«

»Wegen Frank?«

»Ja. Er war sehr erregt, und ich kann es ihm nicht verübeln. Aber er ist kein Narr – er ist nicht nachtragend, jedenfalls nicht lange. Bei seinem Besuch habe ich ihn gefragt, ob ich ihn für meinen Fall zu Rate ziehen darf.«

»Ihr Fall, Sir? Aber Sie brauchen doch – doch keinen Mann wie ihn.«

»Sie meinen jemanden, der seinen Lebensunterhalt mit Geisteskranken verdient?« Carbury lächelte sie unbeholfen, ja beinahe schüchtern an. »Nein, so weit ist es noch nicht. Aber Dr. Jermyn ist auch in anderen Bereichen seines Berufes herausragend. Ich glaube, er ist hervorragend qualifiziert, um jeden Patienten seiner Wahl zu behandeln.«

»Und warum haben Sie ihn konsultiert, Sir?«

»Weil ich eine zweite Meinung wünschte. Dr. Milton hat mich bereits untersucht und eine, wie ich glaube, einigermaßen genaue Diagnose gestellt. Aber der alte Milton ist etwas eigen, und ich fürchte, er ist nicht auf dem neuesten Stand der Entwicklungen.«

»Aber von all dem haben Sie mir nichts gesagt.«

»Ich wollte Sie nicht unnötig beunruhigen. Doch jetzt, da Dr. Jermyn die ursprüngliche Diagnose bestätigt hat, ist die Zeit gekommen.«

Sie erhob sich und stellte sich neben ihn. »Was ist es, Sir?«

»Ich bedaure, sagen zu müssen, dass ich ein Geschwür habe.« Er klopfte sich mit beiden Händen auf den Bauch. »Hier.«

»Kann ein Chirurg es nicht herausschneiden?«

Er schüttelte den Kopf. »Wegen seiner Lage kann man es leider nicht entfernen. Wie ich es verstanden habe, ist das Geschwür bereits in einem fortgeschrittenen Stadium, und Dr. Jermyn meint, es könnte schon ähnlich Bösartiges an anderen Stellen geben.«

»Eine andere Meinung könnte ganz anders lauten, Sir«, sagte Elinor heftig. »Sie sind immer noch ein vergleichsweise junger Mann. Es …«

»Nein, nein, meine Liebe.« Dr. Carbury gebrauchte selbst ein so harmloses Kosewort selten: Es schien alles zu dieser grausamen Neuigkeit zu passen. »Ich fürchte, es gibt keinen Zweifel. Dr. Jermyn bat, meinen Stuhl untersuchen zu dürfen, und ich habe ihn mit zum Latrinenhaus genommen, wo ich eine Probe aufgehoben hatte. Er sagt, dass die Zeichen nicht anders interpretiert werden können.«

Ihre Augen füllten sich mit Tränen. Vom Fenster dieses Zimmers aus hatte sie die beiden Männer auf dem Weg zum Latrinenhaus gesehen. Sie versuchte zu sprechen, doch die Worte überschlugen sich. Sie musste es noch einmal versuchen. »Wie lange haben Sie noch, nach Meinung der Ärzte?«

»Nicht lange. Keiner von beiden fühlte sich in der Lage, es genau zu sagen. Es können einige Wochen sein, es können aber auch einige Monate sein.« Er sah zu ihr auf und lächelte mit unmissverständlicher Wärme. »Sie müssen nicht so traurig sein, Madam. Über mir schwebt die Todesstrafe, und ich weiß nicht, wann sie vollstreckt wird. Aber unterscheidet mich das denn vom Rest der Menschheit? Wir wissen alle, dass wir sterben müssen, doch keiner kennt die Stunde seines Todes.« Das Lächeln wurde breiter. »Es sei denn, man wird gehängt, natürlich, aber ich vertraue darauf, dass ich diesem Schicksal entgehe.«

»Was kann ich tun? Wie kann ich Ihnen am besten helfen?«

»Gar nicht, vielen Dank. Jedenfalls nicht jetzt. Aber Sie sind natürlich um Ihre eigene Zukunft besorgt. Sie sind immer noch eine junge Frau. Ich werde, so gut ich kann, vorsorgen, ich bin allerdings nicht reich. Wenn ich gehe, haben Sie kein Haus und kein Einkommen mehr. Aber ich werde tun, was ich kann.«

Ächzend und stöhnend rutschte er auf dem Stuhl nach vorne, hielt sich an den Lehnen fest und zog sich hoch. »Ich bin ein wenig erschöpft. Ich wünsche Ihnen eine gute Nacht, Madam.«

Er schlurfte aus dem Zimmer und schloss die Tür hinter sich. Elinor lauschte seinen Schritten auf dem Treppenabsatz, als er langsam und unter Schmerzen in sein Schlafzimmer ging. Jetzt wusste sie, dass die Zeichen schon seit Wochen, wenn nicht seit Monaten, da gewesen waren. Dr. Carbury war nicht von heute auf morgen ein kranker Mann geworden. Er starb schon seit geraumer Zeit vor ihren Augen. Sie hatte es einfach nicht bemerkt.

Sie setzte sich wieder auf den Stuhl am Fenster, und Tränen liefen ihr über die Wangen. Sie weinte um ihren Mann, und weil sie traurig war, ihn zu verlieren, selbst wenn sie ihn nie geliebt hatte. Sie weinte aus Furcht vor dem Leben als Witwe. Sie weinte, weil sie schreckliche Angst davor hatte, wieder arm zu sein. Und sie weinte, weil sie sich schuldig fühlte: weil ein Teil von ihr froh war, dass sie bald Witwe sein würde.

26

Warum haben Sie geschrien?«, fragte Frank Oldershaw.

Holdsworth sah von seinem Buch auf. »Wie bitte?«

»Warum haben Sie geschrien? Als Sie uns alle im Morgengrauen geweckt haben.«

»Ich sagte es doch schon, Sir – ein dummer Traum. Ich kann mich nicht an ihn erinnern.«

Frank beugte sich auf seinem Stuhl vor. »Sie müssen sich an etwas erinnern. An irgendetwas erinnert man sich immer.«

Sie saßen auf Sesseln, die sie aus dem Wohnzimmer herausgetragen hatten, im Garten. Das schwere, überhängende Strohdach saugte alle Luft im Haus auf. Es war drückend heiß im Cottage geworden.

Der rote Kater spazierte durch das hohe Gras auf Frank zu. Den Schwanz wie eine Fahne über seinem Körper schwenkend, lehnte er sich schnurrend an ihn.

»Quak«, sagte Frank liebenswürdig. »Quak.« Er sah auf und ertappte Holdsworth dabei, wie er ihn anstarrte. »Quak«, sagte er zum dritten Mal. »Ich wünschte, Sie würden mir erzählen, wovon Sie geträumt haben.«

»Ich kann nicht erzählen, was ich nicht weiß.«

»Quak«, sagte Frank. »Es ist so verdammt heiß. Ich gehe ans Wasser.« Er zeigte auf eine Trauerweide am Fluss, gleich hinter dem Mühlteich. »Da unten gibt es einen Kahn. Damit werden wir hinausfahren. Und Sie kommen mit und passen auf, dass ich nicht zu Schaden komme.«

Ohne eine Antwort abzuwarten, stand er auf und ging durch den Garten zum Wasser. Die Katze warf Holdsworth einen Blick zu und stolzierte davon. Holdsworth fluchte leise. Frank war nicht mehr so zahm wie am Anfang. Damals hatte die Therapie in Barnwell ihn auf eine Kreuzung aus einem Kind und Gemüse reduziert. Jetzt war er durchsetzungsfähiger und schien ein vernünftiges Gespräch führen zu können. Manchmal wurde er rückfällig und quakte oder redete Unsinn; oder eine seltsame Trauer bemächtigte sich seiner; oder er unterhielt sich mit der Katze wie mit seinesgleichen. Aber solche Episoden wurden immer seltener.

Jetzt, dachte Holdsworth, als er Frank durch das hohe Gras folgte, *schimmert die wahre Natur des jungen Mannes durch.* Er war lebhaft. Er war es von Natur aus und durch seine Erziehung gewohnt zu führen und zu glauben, dass Gott ihn dazu bestimmt hatte. Schließlich war Frank Oldershaw Aristokrat und John Holdsworth nicht. Für Frank war es jedenfalls ganz normal, Anweisungen zu erteilen.

Als Holdsworth bei der Weide ankam, betrachtete Frank den Kahn. Er war viel schwerer und gröber gebaut als die, die Holdsworth auf dem Fluss in Cambridge gesehen hatte. Dieser war nicht viel mehr als ein rechtwinkliger, aus rohen Planken zusammengezimmerter Kasten. Für Holdsworth sah er so wasserdicht aus wie ein Sieb.

»Wir können gleich ablegen«, sagte Frank. »Sie nehmen diese Seite und ich diese. Wir legen ihn erst auf die Seite, um das Wasser auszukippen. Dann lassen wir ihn ins Wasser.«

»Aber es gibt keine Ruder.«

»Dafür sind die Äste dort gedacht.« Frank nickte in Richtung zweier schlammverkrusteter Stöcke, die an einem Baumstamm lehnten. »Und jetzt helfen Sie mir mal.«

Widerstrebend gehorchte Holdsworth. Sie zogen den Kahn auf die Seite, leerten das meiste Wasser aus und stellten ihn wieder auf. Langsam manövrierten sie ihn das schlammige Ufer hinunter. Der Kahn rutschte ins Wasser, wo er beängstigend schaukelte. Die Katze beobachtete sie aus sicherer Entfernung.

»Es läuft Wasser hinein«, sagte Holdsworth. »Er leckt. Er ist nicht sicher.«

»Unsinn. Diese alten Kähne lecken immer. Sie müssen keine Angst haben. Vielleicht bekommen Sie nasse Füße, aber diese alten Wannen sinken nie. Wir ziehen Schuhe und Strümpfe aus, dann macht es nichts.«

Einen Augenblick lang war Holdsworth versucht, seine Autorität geltend zu machen und darauf zu bestehen, an Land zu bleiben. Doch er hielt sich zurück, nicht nur weil er unsicher war, ob Frank Oldershaw auf ihn hören würde. Es gab andere Gründe. Frank war zwar eigensinnig, benahm sich aber absolut vernünftig, jedenfalls so vernünftig, wie man es von einem jungen Mann seines Standes und seines Alters erwarten konnte. Mit anderen Worten, es ging ihm besser, und das sollte sicherlich unterstützt werden. Holdsworth selbst allerdings hatte peinliche Angst, aufs Wasser zu gehen. War es möglich, die Dämonen eines anderen zu besiegen, ehe man seine eigenen besiegt hatte?

Frank warf die Äste an Bord und krabbelte hinterher. Er hielt sich an einer Wurzel der Weide fest, damit der Kahn nicht abdriftete. »Rein mit Ihnen«, sagte er. »Setzen Sie sich nach hinten.«

Seit den Ertrinkungsunfällen hatte Holdsworth Boote jeder Art gemieden, selbst die, die einfach nur die Themse überquerten. Er kletterte an Bord, und der Kahn schlingerte unter seinem Gewicht. Sein Magen schlingerte mit. Frank schnappte sich einen der Stöcke und stieß sich mit einem Ruck vom Ufer ab. Das Boot bewegte sich langsam in die Flussmitte. Kurz darauf war das Ufer außer Reichweite.

»Warum sind Sie so weiß wie ein Gespenst?«, fragte Frank. Er zeigte mit seinem behelfsmäßigen Ruder aufs Land. »Schauen Sie mal, Pussy beobachtet uns. Quak.«

Die rote Katze sah ihnen ernst nach.

»Sitzen Sie still, dann werden Sie bald wieder der Alte sein«, befahl ihm Frank. »Sie schienen so ein solider Bursche zu sein, dass ich dachte, nichts auf der Welt könnte Sie umhauen.«

Holdsworth klammerte sich an den Bootsrand, bis er spürte, wie das raue Holz seine Haut aufschürfte. Ein Schmerz zerriss seine Brust. Er zwang sich zu atmen. »Das ist nicht verwunderlich, Sir. Ich kann nicht schwimmen.«

»Das können wir schnell ändern. Nicht der Rede wert. Ich werde es Ihnen beibringen.«

Frank warf den Stock in die Ecke und stand auf. Der Kahn schwankte und schaukelte.

»Bitte setzen Sie sich, Mr. Oldershaw – seien Sie vorsichtig –, sonst kentern wir.«

Der Kahn wackelte gefährlich. Frank Oldershaw lachte. Und während er lachte, bewegte sich etwas, Wasser spritzte auf und regnete auf Holdsworth herab. Eine Welle spritzte über die Seite und durchnässte seine Hose. Holdsworth schrie auf, protestierend und flehend. Und voller Angst.

Jetzt glitt Frank durchs Wasser, seine weißen Arme ruderten gespenstisch unter der Oberfläche hin und her. »Es ist so erfrischend. Schauen Sie, wie einfach es ist? Unsere Körper sind wie Schweineblasen voller Luft, deswegen schwimmen wir.« Er schwamm an die Seite des Kahns und hielt sich mit beiden Händen am Rand fest. »Wenn Sie hineinspringen und sich so festhalten, werden Sie merken, dass es vollkommen sicher ist. Nach kurzer Zeit haben Sie sich an das Gefühl gewöhnt, wie Ihr Körper sich im Wasser bewegt. Ich versichere Ihnen, es ist herrlich, wenn auch am Anfang ein bisschen kalt. Der Körper wird so leicht. Ich glaube, so müssen sich die Engel im Himmel bewegen.«

Maria, dachte Holdsworth. *Georgie.* Bei den Goat Stairs ertrunken. Er schaute in Franks lächelndes Gesicht und sah die ihren dahinter: Und ihre Gesichter waren blass, nass und wächsern im Tod.

»Bringen Sie mich zurück«, flüsterte er. »Bitte, Sir, bringen Sie mich zurück.«

Frank schüttelte den Kahn, sodass er schaukelte. »Unter zwei Bedingungen.«

»Wie bitte?«

»Erstens, Sie erlauben mir, Ihnen Schwimmen beizubringen, während wir in der Mühle sind. Nicht jetzt, wenn Sie nicht wollen, aber später, wenn Sie sich an den Gedanken gewöhnt haben, und näher am Ufer, wo Sie den Grund unter den Füßen spüren können.«

»Bringen Sie mich zurück.«

»Versprechen Sie es mir.«

»Nein.«

»Und die zweite Bedingung ist: Sie erzählen mir, warum Sie uns heute Morgen geweckt haben.«

»Ich weiß es nicht.« Der Kahn schaukelte erneut. »Um Himmels Willen, Mr. Oldershaw …«

»Natürlich wissen Sie es. Man erinnert sich immer an seine schlechten Träume.«

Oh ja, dachte Holdsworth, *der Junge hat recht.*

Frank lachte ihn aus, wenn auch nicht unfreundlich. »Kommen Sie schon, Sir, Ich betrachte Ihr Schweigen als Zustimmung. Später werden Sie es mir erzählen. Sehen Sie – wir sind beinahe wieder auf *terra firma*.«

Holdsworth blickte sich um. Die letzten Minuten hatte er in seinem Elend und seiner Furcht wie in einer Blase gefangen verbracht, einer Blase, in der er nur den Kahn, Frank und das Wasser, das ihn unmittelbar umgab, wahrgenommen hatte. Jetzt erst merkte er, dass die Strömung sie die ganze Zeit unmerklich flussabwärts getrieben hatte. Der Fluss machte eine flache Biegung, und der Kahn war nicht mehr weit vom Ufer entfernt.

Auf einmal richtete Frank sich auf. Das Wasser ging ihm gerade noch bis zur Taille. Er schob den Kahn ans Ufer. Holdsworth suchte blind nach Halt. Er erwischte ein Grasbüschel. Es entglitt ihm wieder. Der Kahn kratzte über den ansteigenden Grund. Holdsworth zog sich über die Seite und landete schwer auf festem Boden im Gras, inmitten von Disteln und Kuhfladen. Kühe, die unter einer Eiche grasten, wandten eine nach der anderen den Kopf und stierten ihn an. Zitternd, nass und keuchend lag er da und presste seine Wange auf den harten, trockenen Boden.

Frank krabbelte aus dem Wasser und setzte sich. Er war

schlammverkrustet. Er strich sich das nasse Haar aus dem Gesicht und wandte sich zu Holdsworth um. »Ich bitte um Entschuldigung, Sir«, sagt er. »Ich hätte Sie nicht so foppen dürfen. Das war sehr unhöflich von mir.«

Holdsworth setzte sich auf und versuchte mit großer Willensanstrengung, ruhig zu atmen. Unter den gegebenen Umständen war das eine unerwartete und großzügige Entschuldigung. Und eine absolut normale Geste. Nicht zum ersten Mal fragte sich Holdsworth, welcher Natur Frank Oldershaws geistige Verwirrung genau war.

»Sie konnten es nicht wissen«, sagte er leise.

»Was konnte ich nicht wissen?«

Holdsworth zuckte mit den Schultern. »Dass – dass ich eine so tiefe Abneigung gegen Wasser habe.«

»Ich glaube, da steckt mehr dahinter.«

Beide schwiegen einen Augenblick lang. *Wie merkwürdig,* dachte Holdsworth, *dass ich mit dem Enkel eines Earls an einem schmutzigen Fluss auf einer Kuhweide sitze.* Sein eigenes Leben erschien ihm auf einmal ohne Sinn. Es war, als spielte das Universum mit all seinen Gesetzen und Regeln verrückt.

»Sie können nicht schwimmen«, sagte Frank leise. »Aber das allein ist noch kein Grund, sich vor dem Wasser zu fürchten. Es muss also einen anderen Grund geben.«

Und auf einmal war die Welt wieder zurechtgerückt und schien vernünftig. Es kam ihm durchaus richtig vor, mit einem jungen Irren, dem eigentlich er helfen sollte, über seine Alpträume und seine Trauer zu sprechen. Und wer war besser geeignet, den Traurigen zu helfen, als die Trauernden? Wer verstand die Raserei eines Verrückten besser als ein Irrer?

»Ich habe viele Jahre lang an der Themse gewohnt, und es hat mich nicht im Geringsten beunruhigt«, sagte er. »Ich bin oft ans Wasser gegangen. Doch dann ertrank mein kleiner Sohn im Fluss und wenig später meine Frau. Deswegen fürchte ich das Wasser. Deswegen habe ich schlechte Träume.«

»Ich bin also nicht der Einzige, der Gespenster sieht.«

Holdsworth wandte den Kopf und sah Frank in die Augen. »Ich habe Ihre zweite Bedingung erfüllt. Und ich werde auch Ihre erste erfüllen. Wollen Sie mir das Schwimmen beibringen?«

27

Sie werden doch hoffentlich mit uns essen?«, fragte Mr. Richardson. »Wir haben Sie seit einer Ewigkeit nicht im College gesehen.«

Whichcote verbeugte sich und versicherte, nichts wäre ihm eine größere Freude. Die beiden Männer waren sich im Kapellenhof begegnet. Whichcote hatte Augustus damit beauftragt, so viel wie möglich über Franks Verbleib herauszufinden. Er selbst konnte in der Sache nichts unternehmen, solange er nicht mehr wusste. Aber man konnte nie wissen, was im Aufenthaltsraum oder beim Essen gesprochen wurde, was für Informationsfetzen man aufschnappen konnte. Carbury musste wissen, wo Frank war, und Richardson mit Sicherheit auch; und vielleicht wussten oder vermuteten es auch andere. Außerdem hatte Whichcote Hunger. Und seine Köchin neigte dazu, immer nachlässiger mit ihren Pflichten umzugehen, je näher der Tag ihres Abschieds rückte.

Bis zum Mittagessen waren es noch zwanzig Minuten. Richardson schlug einen Spaziergang vor, um den Appetit anzuregen. Die beiden Männer gingen durch den Hof und unter den Arkaden hindurch in die Gärten und wanderten an der Morgenländischen Platane vorbei. An der Stelle nahe dem Langen Weiher, wo man die Leiche seiner Frau gefunden hatte und der vermeintliche Geist erschienen war, lächelte Whichcote, um zu zeigen, dass er völlig entspannt war. Doch in Wahrheit war er schockiert über Mr. Richardsons Vorschlag, hier spazieren zu gehen. Durch sorgfältiges Studieren hatte Richardson die Manieren eines Gentleman angenommen, aber Whichcotes Meinung nach war die Imitation nur annähernd gelungen.

Sie traten durch das Tor in den Garten der Fellows und spazierten am Weiher entlang.

»Ich war vor Kurzem mit Harry Archdale hier«, bemerkte Whichcote. »Haben Sie ihn in letzter Zeit gesehen? Ich hoffe, es geht ihm gut.«

»Er war in einem recht angegriffenen Zustand, nach Ihrem letzten Clubtreffen«, sagte Richardson. »Aber ich freue mich, Ihnen berichten zu können, dass er sich völlig erholt hat. Er beschäftigt sich tatsächlich mit seinen Büchern, und das mit ungewöhnlichem Eifer. Sir Charles wünscht, dass er sich dieses Jahr um die Vauden-Medaille bewirbt, und er macht einen sehr glaubwürdigen Versuch. Mr. Soresby – einer unserer vielversprechendsten jungen Männer – arbeitet mit ihm.«

»Und der arme Frank Oldershaw? Gibt es irgendwelche Neuigkeiten aus der Ecke?«

»Himmel, nicht dass ich wüsste.«

»Harry hat mir erzählt, dass er nicht mehr bei Dr. Jermyn ist.«

»Ja, das habe ich auch gehört.«

»Ich frage mich, wo man ihn hingebracht hat.«

»Es ist wirklich seltsam«, sagte Richardson. »Ich habe keine Ahnung.«

Als die Essensglocke zu läuten begann, machten sich Richardson und Whichcote auf den Rückweg und betraten über den Kapellenhof den Aufenthaltsraum, wo sich bereits zehn oder zwölf Fellows versammelt hatten. Als die Glocke verstummte, ging die Tür auf, und der Rektor kam herein. Whichcote erschrak über sein eingefallenes Gesicht. Carbury war ein großer, massiger Mann, doch sein Gewicht schien sich umverteilt zu haben, als hätte das innere Gerüst, das es zusammenhielt, seine Festigkeit verloren. Doch er schien guter Laune zu sein und begrüßte die Gesellschaft mit ungewohnter Liebenswürdigkeit.

Sie gingen in die Halle, wo die Studenten bereits versammelt waren und darauf warteten, dass der Rektor und die Fellows ihre Plätze einnahmen. Als Carbury und die anderen auf dem Podest bei ihren Stühlen standen, breitete sich Stille aus. Carbury blickte zu dem Schüler am Pult, ein Zeichen, dass er das Tischgebet sprechen sollte.

Doch die Stille war nicht vollständig. Ein junger Mann am Ende der Halle redete weiter und gab einem der Küchendiener mit hoher, aufgeregter Stimme Anweisungen: »Und eine halbe Gallone Bier, hast du gehört, und …«

Whichcote, der Carbury fast gegenüberstand, sah dem Rektor zufällig ins Gesicht. Er hatte den Kopf in Richtung Störenfried gewandt und lächelte.

Der Student sprach das Gebet, und die Gesellschaft nahm Platz.

»Mr. Soresby ist in gehobener Stimmung«, sagte Mr. Dow.

»Und das Bier wird sie noch mehr heben«, antwortete Mr. Crowley. »Er muss Geld bekommen haben.«

»Nun, meine Herren, ich glaube, ich kann das Geheimnis aufklären«, unterbrach Carbury sie. »Mr. Soresby hat eine freudige Nachricht bekommen.«

Die Atmosphäre veränderte sich. Whichcote spürte es, ohne im Moment zu verstehen, warum.

Mit dem Glas in der Hand wandte sich der Rektor den jüngeren Fellows zu. »Sie wissen natürlich, dass Mr. Miskin das Rosington-Stipendium zu Weihnachten zurückgibt. Nun, ich habe beschlossen, es für Mr. Soresby zu reservieren, unter der Bedingung, dass seine Abschlussprüfungen meine Erwartungen rechtfertigen. Heute habe ich ihm meine Entscheidung mitgeteilt, und ich habe den Verdacht, dass er deswegen Bier bestellt hat.«

Carbury hatte laut genug gesprochen, dass seine Worte von allen am Tisch gehört wurden. Ein überraschtes Raunen ging durch die Reihen.

Richardson legte das Messer beiseite. »Ist das nicht etwas unorthodox, Rektor Carbury? Wie Sie bereits sagten: Mr. Soresby hat die Prüfung noch nicht abgelegt.«

»Ich bin mir dessen sehr wohl bewusst. Wenn Sie sich die Mühe machten, die Regeln zu studieren, nach denen das Stipendium eingerichtet wurde, würden Sie entdecken, dass es nicht nur in den Händen des Rektors liegt, sondern dass der Rektor auch die Möglichkeit hat, es *sine die* zu reservieren, sollte er es wünschen.«

»Sie haben zweifellos recht.« Richardson wischte sich den Mund mit seiner Serviette ab. »Und es ist äußerst erfreulich, dass einer meiner Schüler für diese Auszeichnung ausgewählt wurde. Trotzdem werden Sie zugeben müssen, dass es unüblich ist, einen Studenten, selbst einen so vielversprechenden wie Soresby, zu benennen.«

»Nun, was das angeht, so wird Mr. Soresby kurz vor seinen Prüfungen stehen, wenn Mr. Miskin uns verlässt. Und ich habe überhaupt keinen Zweifel, dass er hoch oben auf der Liste platziert sein wird.« Carbury lächelte, und das war kein angenehmer Anblick. »Ich bin sicher, Sie stimmen mir zu, Sir, dass in diesen Angelegenheiten nur die Leistung des Kandidaten zählen sollte. Viele hervorragende Gelehrte dieser Universität kamen aus so bescheidenen Verhältnissen wie Mr. Soresby. Ich bezweifle nicht, dass er es mit guter Unterstützung weit bringen wird und dass das College von ihm profitieren wird.«

Carbury leerte sein Glas, als trinke er auf seine eigene Anständigkeit. Das seien sehr wahre Worte, murmelte Richardson. Die Unterhaltung am Tisch wandte sich allgemeinen Dingen zu. Richardson sagte allerdings nur noch wenig und stocherte in seinem Essen herum.

Nach dem Essen verweilte Whichcote nicht im Aufenthaltsraum. Augustus wartete unter den Arkaden neben der Kapelle auf ihn. Sie verließen das College schweigend, der Laufbursche einige Schritte hinter seinem Herrn. Doch vor dem Christ's College winkte Whichcote den Jungen zu sich.

»Und?«

»Ich habe mich bei den Ställen umgehört, Sir. Ben soll morgen Vormittag um zehn Uhr den Ponywagen holen.«

»Wo soll er hinfahren?«

»Das weiß ich nicht, gnädiger Herr. Das haben sie nicht gesagt. Aber Mr. Mulgrave kam heute zu Fuß von irgendwo. Er ist schon wieder weg, aber sie sagen, er hat beim Rektor vorgesprochen.«

Whichcote rieb sich die Wange. Mulgrave war nicht gut zu Fuß mit seinem Hinkebein. Der Ponywagen musste für Mrs. Carbury sein, wahrscheinlich mit einem Kutscher. So ein leichtes Gefährt würde das Gewicht des Rektors nicht tragen. Und niemand würde einen Ponywagen für eine längere Reise mieten.

Er sah in das dünne, schmutzige Gesicht seines Laufburschen. »Du wirst morgen früh zu den Ställen gehen und warten, bis sie abfahren, und dann musst du ihnen folgen.«

»Aber sie werden schneller als …«

»Dann musst du rennen«, sagte Whichcote. »Schließlich ist es nur ein Ponywagen. Er ist nicht viel schneller als ein Fußgänger. Ich will wissen, wer drin sitzt, wohin sie fahren und wen sie besuchen. Aber du darfst dich nicht blicken lassen, Junge, oder ich lasse dich grün und blau prügeln.«

Sie mussten zehn oder zwölf Meilen gelaufen sein an diesem langen, sommerlichen Nachmittag. Sie folgten staubig schimmernden Landstraßen und Viehherden, die selbst bei dem trockenen, warmen Wetter schlammverkrustet waren. Sie wanderten an hohen, grünen Ufern von Bewässerungsgräben und an Deichen entlang, so schnurgerade gebaut, wie es den holländischen Erbauern nur möglich gewesen war. Sie planschten durchs Moor, wo hochgewachsenes Schilfrohr über dunklem Wasser wehte, das nach fauliger Vegetation stank, und wo sie zahllose Wasservögel aufscheuchten.

»Wenn ich doch nur ein Gewehr hätte«, sagte Frank nicht nur einmal. »Was für einen Spaß wir dann hätten.«

Sie trafen kaum Menschen, und jene, die ihnen begegneten, waren meistens allein – krumme Männer mit schlechter Haut, die zur Natur zu gehören schienen wie die feuchte Landschaft und das trübe Wasser.

»Ha«, sagte Frank nach einer solchen Begegnung. »Ich wette, sie halten uns für Vater und Sohn.«

Holdsworth antwortete nicht. *Georgie,* dachte er, *mein geliebter Sohn.*

Trotz der Hitze gingen sie schnell. Sie sprachen wenig. Die flache Landschaft und der klare Himmel gaben Holdsworth das Gefühl, nicht mehr als ein Punkt unter dem unermesslichen Himmelsgewölbe zu sein. Frank schien es allerdings eindeutig zu genießen. Einmal, als sie auf dem Damm eines Bewässerungsgrabens standen, verharrte er einen Moment, hob die Arme und drehte sich langsam um sich selbst. Dann warf er Holdsworth einen Blick zu und lächelte wie ein glückliches Kind. Ohne ein Wort zu sagen, setzte er sich genauso schnellen Schrittes wie zuvor wieder in Bewegung.

Erst nach sieben Uhr näherten sie sich wieder Whitebeach. Als sie an Mr. Smedleys Gehöft vorbeikamen, bellten die Hunde, zerrten an ihren Ketten und liefen zum Tor, wo sie die Fremden mit wilden gelben Augen anstarrten.

Mulgrave, vom Hundegebell alarmiert, kam ihnen auf dem Hof der Mühle entgegen. Frank grüßte ihn beiläufig und ging ins Haus, wobei er ihm über die Schulter zurief, dass er eine Schüssel mit heißem Wasser, Bier, Brot und Käse wolle.

Holdsworth ließ sich Zeit. »Nun? Haben Sie alles bekommen, was Sie brauchen?«

»Ja, Sir. Ziemlich schweißtreibend, der Fußweg in die Stadt. Das kann ich Ihnen sagen. Aber zurück hat mich ein Bauer auf seinem Karren ein gutes Stück mitgenommen.«

»Waren Sie im College?«

»Ja, Sir. Mrs. Carbury hat mir einen Brief für Sie mitgegeben.«

Er holte ihn aus der Tasche und reichte ihn Holdsworth.

»Haben Sie sonst irgendjemanden gesehen, den Sie kennen?«

»Nur Collegediener, Sir. Mr. Mepal im Torhaus und so.«

»Sie haben hoffentlich niemandem gesagt, wo wir sind?«

Mulgrave richtete sich auf und gab sich beleidigt. »Natürlich nicht, Sir.«

Holdsworth entließ den Diener und setzte sich auf die Bank neben der Pferdetränke. Seine Müdigkeit war verflogen, und er drehte den Brief in den Händen hin und her. Die Struktur des Papiers und der Anblick seines Namens in der unvertrauten Handschrift fühlten sich seltsam und beinahe sinnlich an. Er erbrach das Siegel und riss den Brief auf.

Jerusalem-College, 6. Juni

Sehr geehrter Herr,

Ihre Ladyschaft fordert mich auf, Sie zu besuchen, um herauszufinden, wie es Mr. Oldershaw in seinem neuen Quartier geht. Ich werde morgen zu Ihnen kommen, und ich hoffe, es ist Ihnen beiden recht, mich um zwei Uhr zu empfangen.

Aufrichtig,
Ihre E. Carbury

Mrs. Carburys Handschrift ist wie ihr Gesicht, dachte Holdsworth, *zu entschlossen und zu markant, um sie in einem üblichen oder gebräuchlichen Sinn des Wortes schön zu nennen, aber unbestreitbar eindrucksvoll.* Er las den Brief noch einmal, obwohl es nicht nötig war, als wolle er sichergehen, dass man aus den wenigen Worten nicht doch noch einen Tropfen Bedeutung quetschen konnte.

Der rote Kater wanderte leichtfüßig über den Hof und beschrieb eine acht um Holdsworths Knöchel. Er schauderte bei der Berührung der Katze, der ungezwungenen Intimität. Er dachte an Elinor Carburys Hand auf dem Tor an der Brücke.

Berühr mich, dachte er. *Berühr mich.*

28

Elinor hörte das schlurfende Geräusch von Dr. Carburys Pantoffeln vor der Tür. Einen Augenblick später trat ihr Mann, auf einen Stock gestützt, im Morgenmantel, die Nachtmütze noch auf dem Kopf, langsam in ihr Wohnzimmer. Ein Blick in sein Gesicht sagte ihr, dass er keine angenehme Nacht verbracht hatte. Sofort ging sie zu ihm und führte ihn zu einem Stuhl. Seit er ihr die Neuigkeit über seinen Gesundheitszustand überbracht hatte, waren ihre Gefühle in Aufruhr. Sie wusste kaum, was sie fühlen sollte oder konnte. Sie war nicht gern mit ihm verheiratet, aber es war besser, als überhaupt nicht verheiratet zu sein, und ohne ihn hatte sie nichts, worauf sie zurückgreifen konnte, außer der unsicheren Großzügigkeit von Lady Anne. Und seltsamerweise hatte sie Mitgefühl mit ihm und sogar ein wenig Respekt. Hier war ein Mann, der wusste, dass er im Vorzimmer zum Tod saß. Sein Zustand schien ihm eher ein Ärgernis als ein Schrecken zu sein.

Als wolle er absichtlich jedes Mitgefühl im Keim ersticken, ließ er gemächlich und mit der Unbefangenheit eines Kindes, das allein im Bett liegt, einen Wind fahren. »Sie kutschieren heute zur Mühle, nicht wahr? Ich verlasse mich darauf, dass Sie Mr. Holdsworth einer sorgfältigen Befragung unterziehen. Ich weiß nicht, ob Sie Mr. Oldershaw treffen werden – es könnte sein, dass er gebändigt werden muss und hinter verschlossenen Türen weilt; vertrauen Sie sich Mr. Holdsworths Führung an.« Er sah sie aus seinen kleinen, dunklen, zum Teil von Hautfalten verdeckten Augen an. »Im Großen und Ganzen halte ich ihn für verlässlich. Er hat, wie wir, einen zwingenden Grund, zu wünschen, dass Mr. Frank gesund wird. Wann erwartet er Sie?«

»Um zwei Uhr.«

»Seien Sie früher dort. Um eins vielleicht oder sogar noch früher. Überraschen Sie sie, dann sehen Sie, wie es ihnen wirklich geht. Ihre Ladyschaft wünscht einen genauen Bericht über alles, und so erhält man ihn.«

»Nun gut. Wenn Sie es wünschen, Sir.«

»Und ich möchte, dass wir den Wunsch Ihrer Ladyschaft erfüllen«, sagte er langsam. »Ich muss sie nämlich um eine besondere Gunst bitten.«

Er machte eine Pause, die Elinor Zeit gab zu folgern, dass diese Gunst zweifellos ihr galt und der Frage, was aus ihr werden würde, wenn sie Witwe war. Dann bemerkte sie, dass ihr

Mann zitterte. Sie erhob sich. Seine Lippen bebten, und seine große, fassförmige Brust schüttelte sich leicht, als hüpfe ein kleiner, schwerer Gegenstand darin auf und ab. Sie öffnete den Mund, wollte fragen, was ihm fehle, doch in diesem Augenblick merkte sie, dass das nicht nötig war: Dr. Carbury lachte.

»Ich wünschte, Sie hätten ihn gesehen, meine liebe Mrs. Carbury – Mr. Richardson, meine ich –, es war äußerst unterhaltsam. Er wusste nicht, was er tun oder sagen sollte.«

»Wozu, Sir?«

»Zum Rosington-Stipendium natürlich. Ich habe es ihm beim Essen vor allen anderen gesagt. Der arme Mann ist beinahe vom Stuhl gefallen.« Carbury faltete die Hände auf seinem mächtigen Bauch. »Er wünscht sich nichts mehr, als Rektor dieses Colleges zu werden. Wenn Ihre Ladyschaft ihren Einfluss gegen ihn geltend macht, wäre es das Größte. Und Soresby könnte auch von Nutzen sein, denn mit dem Stipendium hat er eine Stimme bei der Wahl.« Er krümmte sich unter einer Schmerzattacke. Langsam ging sie vorüber. Dann lächelte er sie so breit an, dass seine Augen völlig in den sie umgebenden Hautfalten verschwanden. »Meine liebe Mrs. Carbury«, wiederholte er. »Sie hätten sein Gesicht sehen sollen. Ja, das hätten Sie wirklich.«

Elinor lächelte und nickte, wie es sich für eine gute Ehefrau gehörte, wenn ihr Mann seine Freude mit ihr teilte. Ihr sterbender Mann sorgte sich mehr um das Schicksal seines Feindes als um die Zukunft seiner Frau. Wenn man den Tod vor Augen hat, ist Hass mächtiger als Liebe.

Der Ponywagen hatte nur eine Bank, sodass Elinor gezwungen war, neben Ben zu sitzen. Der Dienstbote war ein großer, schwitzender Mann, dessen Schenkel die Tendenz hatten, sich auf dem Sitz auszubreiten. Es war schwierig, jede Berührung mit ihm zu vermeiden, und es war unmöglich, nicht daran zu denken, wie seine weißen Schenkel im Waschhaus auf und nieder pumpten. Das arme Pony zog schwer an dem Wagen, als es die ansteigende Huntingdon Road hinaufging. Die Kutsche war ein kleines vierrädriges Gefährt, leicht gebaut, mit Seiten aus Rohrgeflecht. Elinor wäre absolut in der Lage gewesen, sie selbst zu kutschieren, und sie war in der Tat für Damen entworfen. Doch Dr. Carbury erlaubte ihr nicht, allein auf öffentlichen Straßen zu fahren.

Bald nachdem sie Cambridge und die Hauptstraße verlassen hatten, tauchten sie in ein Gewirr aus Wegen zwischen hohen Dämmen und Hecken ein. Weiße Staubwolken hinter ihnen markierten ihr Vorwärtskommen. Der Erdboden unter den Rädern wurde nach und nach rauer, und das Pony stolperte durch Furchen und Schlaglöcher.

Sie bogen um eine Kurve, und etwa eine Viertelmeile später kam eine Handvoll Dächer in Sicht. Ben sagte, das sei Whitebeach, und die Mühle läge auf der anderen Seite. Stakkatoartiges Hundegebell wurde lauter, als sie näher kamen. Es war ein Weiler, so klein und unbedeutend, dass er kaum einen eigenen Namen verdiente. Zwei oder drei Häuschen drängten sich um eine verfallene Bierschenke. Dahinter lag der Bauernhof, ein etwas stabiler gebautes Haus mit einem Hof und Scheunen, das Heim der meisten Hunde. Ben setzte sich ein wenig aufrechter hin und gab dem Pony einen leichten Hieb mit der Peitsche. Aufgeschreckt stolperte es erneut, und der Wagen kippte zur Hecke auf Elinors Seite. Das Pony wurde langsamer. Es humpelte.

Ben fluchte leise. »Entschuldigung, Madam, das Biest hat einen Huf verloren.«

»Es wird uns nicht schaden, das letzte kurze Stück zu laufen. Wir werden uns Mr. Smedleys Gnade ausliefern.«

Er stieg ab und half seiner Herrin hinunter. Sie lief, so schnell sie konnte, ungeachtet des Schlamms an ihren Schuhen und des Staubs am Rocksaum. Ben folgte ihr mit dem Wagen, das Pony am Zügel führend. Der Hof lag am anderen Ende des Dorfes. Elinor hörte das Klingen von Hammerschlägen, Metall auf Metall. Kurz vor dem Gehöft entdeckten sie eine kleine Schmiede, aus deren Schornstein es rauchte. Vielleicht mussten sie Mr. Smedley gar nicht belästigen.

Sie schickte Ben hinein, während sie mit dem Pony auf dem Weg wartete. Kurz darauf kam er mit dem Schmied wieder heraus, einem gedrungenen, gebeugten Burschen mit schmalen Schultern und riesigen, muskulösen Unterarmen.

»Er kann es richten, Madam«, sagte Ben.

»Wie lange wird es dauern?«, fragte Elinor den Schmied direkt.

Der Mann trat von einem Bein aufs andere und murmelte etwas von vielleicht einer Stunde, genau konnte er es nicht sagen.

»Wie weit ist es bis zur Mühle?«

Er zeigte mit einem schwarzen Zeigefinger auf einen Trampelpfad hinter dem Bauernhof auf der anderen Seite der Straße. Dann musterte er sie von oben bis unten, als wäre sie ein Pferd, dessen Kondition er einschätzen wollte. »Fünf oder zehn Minuten vielleicht.«

Sie fasste einen Entschluss. »Ich werde zu Fuß gehen«, erklärte sie Ben. »Wenn das Pony fertig ist, kommst du zur Mühle.«

»Aber sollte ich nicht mit Ihnen gehen, Madam?«

»Nein«, sagte Elinor. »Ich möchte, dass du auf das Pony wartest.«

Sie machte sich sofort auf den Weg, ehe ihr Entschluss ins Wanken geriet, wohl wissend, dass Ben ihr mit besorgtem Gesicht nachsah. Er hatte genug Verstand, um zu wissen, dass sein Herr es vorgezogen hätte, wenn er seine Herrin begleitet hätte.

Auf dem Pfad zur Mühle roch es stark nach Knoblauch, denn am Wegesrand wuchs reichlich Bärlauch. Jetzt, da Ben und der Schmied sie nicht mehr sehen konnten, ging sie langsamer. Sie trug keine Uhr bei sich, aber am Stand der Sonne erkannte sie, dass es kurz nach Mittag sein musste. Es war unbedeutend. Wenn niemand in der Mühle war – was allerdings unwahrscheinlich war –, würde sie irgendwo im Schatten warten. In der Öffentlichkeit allein zu sein, selbst an diesem entlegenen Ort, war eine Art Freiheit. All ihre Sorgen waren in Cambridge geblieben – die Geschichte mit Sylvia, die Krankheit ihres Mannes und die drohende Rückkehr in die einsame Armut. Hier war sie wie trunken von der Freiheit und dem Gefühl, beinahe alles tun zu können, ohne dass jemand sie daran hinderte, ja, ohne dass jemand sie überhaupt sah. Seit Monaten war sie nicht so glücklich gewesen. Nicht seit Sylvia gestorben war.

Schon bald würde sie Mr. Holdsworth sehen. Frank natürlich auch, aber er war nur ein Junge. Wie seltsam, dass sie den Mann erst seit vierzehn Tagen kannte; es kam ihr viel länger vor.

Der Pfad führte durch ein Wäldchen aus Linden und Kastanien, deren Blätter in frühsommerlichem Grün blendend frisch leuchteten. Dann machte er eine Biegung. Auf einmal war sie am Ziel. Vor ihr lag ein Tor, dahinter die Mühle und das Cottage. Rauch stieg aus einem Schornstein auf. Im Schatten der Pferdetränke lag eine rote Katze. Sie beobachtete Elinor.

Sie öffnete das Tor und ging über die Pflastersteine. Im Innenhof war es sehr warm. Ein Weg führte sie am Haus vorbei in einen verwilderten Garten. Der Haupteingang und die Fenster zu den unteren Zimmern befanden sich auf dieser Seite. Sie spähte hinein.

Niemand war zu sehen. Doch es gab Zeichen, dass sie bewohnt waren – Kerzenleuchter, ein Zinnkrug und ein Buch auf dem Tisch; ein Mantel, nachlässig über eine Stuhllehne geworfen.

Die Tür stand einen Spalt offen. Elinor schob sie ganz auf und rief einen Gruß, erst leise und dann etwas lauter. Nach kurzem Zögern ging sie mit dem Gedanken hinein, dass sie vielleicht Mulgrave in der Küche finden würde, die sie in dem seitlich gelegenen Raum mit dem rauchenden Schornstein vermutete. Aber dort war niemand. Sie hatte das unangenehme Gefühl, zu spionieren.

Und zum ersten Mal spürte sie auch einen Anflug von Unbehagen. Hier war sie, eine Frau ohne Begleitung in einem leeren Haus mitten auf dem Land. Sicher, der Diener wusste, wo sie war, aber er war weit weg und außer Hörweite. Ihr konnte alles Mögliche geschehen, ohne dass es jemand erfuhr.

Sie ging zurück in den Raum, den sie als Wohnzimmer zu benutzen schienen, und dachte sogar einen Moment lang darüber nach, ob sie sich mit einem der Kerzenleuchter bewaffnen sollte. Stattdessen griff sie nach dem Buch, das daneben lag – Youngs *Nachtgedanken*. Sie nahm es mit nach draußen, in der Absicht, während des Wartens darin zu blättern.

Ihre Augen hatten sich bereits auf das Halbdunkel im Haus eingestellt, und sie blinzelte in der Sonne. Der Garten erstreckte sich bis zum Wasser; hohe Grashalme, hoch wucherndes Unkraut, Fingerhut und, ganz hinten, ein Grüppchen nicht geschnittener Obstbäume mit einer Weide dahinter. Irgendetwas bewegte sich hinter den Ästen, denn hin und wieder blitzte etwas Weißes zwischen den grünen Blättern auf. Vielleicht hatte Mulgrave Hemden gewaschen und sie zum Trocknen an die Zweige gehängt.

Dann, als ihre Augen sich an das Licht gewöhnt hatten, gab es einen seltsamen kurzen Augenblick, in dem sie sehr deutlich sah, was nur zum Teil von den Zweigen auf der anderen Seite verdeckt wurde. Das Weiß war kein Weiß von Hemden. Es war Haut, und die Haut gehörte einem großen nackten Mann.

Jemand sprach. Der Mann wandte sich mit erhobenem Arm dem Redner zu und enthüllte noch mehr seines langen, schlanken Körpers. Wassertropfen sprühten durch die Luft, glitzernde Diamanten in der Sonne.

Elinor wich in den Schatten des Hauses zurück. Schließlich gelang es ihr, die wirren Eindrücke der letzten Sekunden zu ordnen und eine Schlussfolgerung zu ziehen.

John Holdsworth war im Garten. Er war tropfnass und splitternackt.

29

Sehen Sie?«, sagte Frank hinter ihm. »Sie sind nicht untergegangen.«

Holdsworth drehte sich um. Er zitterte immer noch, und Wassertropfen glitzerten an seinem Körper in der Sonne. »Aber nur, weil Sie mich gehalten haben.«

»Nicht die ganze Zeit.« Frank hievte sich aus dem Wasser und richtete sich auf. Er wedelte mit den Armen, damit sie trockneten. »Sie schwebten im Wasser. Mehr als das, Sie haben mit den Beinen getreten …«

»Das wollte ich nicht. Ich war verzweifelt und mir dessen nicht bewusst.«

»Das hat nichts zu sagen. Sie haben mit den Beinen getreten und sich im oder, besser gesagt, auf dem Wasser bewegt. Man nennt das Schwimmen, Mr. Holdsworth. Das ist die technische Bezeichnung dafür.«

Lachend nahm Holdsworth seine Hose vom Birnbaum und zog sie an. »Wir sollten uns besser vorbereiten, Mr. Oldershaw. Es muss schon nach zwölf sein.«

Franks Gesicht verlor seine Fröhlichkeit. »Ich wünschte, Mrs. Carbury würde nicht kommen.«

»Es hilft nichts.« Holdsworth stülpte sich das Hemd über den Kopf. Es flatterte um ihn herum und dämpfte seine Stimme. »Ihre Ladyschaft möchte wissen, wie es Ihnen geht – das ist wahrhaftig völlig normal.«

»Was werden Sie sagen?«

»Es ist mehr eine Frage des ...« Holdsworth brach ab. Als er den Kopf aus dem Hemd streckte, sah er zufällig die offene Tür zur Hütte. Er war sich beinahe sicher, dass sich drinnen im Schatten etwas bewegte. Eiligst drehte er sich wieder zum Wasser. »Verdammt, ich glaube, sie ist schon da«, sagte er mit leiser, drängender Stimme. Schnell stopfte er das Hemd in die Hose. »Wo, zum Teufel, steckt Mulgrave? Warum hat er uns nicht gewarnt?«

Einigermaßen anständig, wenn auch nicht respektabel, mit Hose und Hemd bekleidet, liefen sie, Frank langsamer als Holdsworth, barfuß zum Cottage hinauf. Als sie die Tür erreichten, erhob sich Elinor von dem Stuhl neben dem Tisch, ein Buch in der Hand.

»Ich bitte tausendmal um Entschuldigung, Madam«, sagte Holdsworth. »Mussten Sie lange warten?«

»Ich war zu früh«, entgegnete Mrs. Carbury, den Blick auf Frank gerichtet, der etwas abseitsstand und zu Boden blickte. »Das elende Pony hat einen Huf verloren, also habe ich es mit Ben beim Schmied gelassen und bin den Rest des Wegs zu Fuß gegangen.«

»Sie müssen erschöpft sein, Madam.«

»Oh nein – ich wollte mich bewegen.«

Draußen waren eilige Schritte zu hören. Mulgrave erschien, seine Krawatte zurechtrückend und stark nach Tabak riechend. Er blieb bei Mrs. Carbury, während Holdsworth und Frank nach oben in ihre Zimmer gingen. Als sie, passend für die Gesellschaft einer Dame gekleidet, wieder herunterkamen, war Mulgrave dabei, Tee zu servieren. Frank stellte sich ans Fenster wie ein trotziger Schuljunge, der gezwungen ist, höflich zu den Erwachsenen zu sein, obwohl er darauf brannte, draußen zu spielen. Holdsworth fiel auf, dass Elinor ein wenig glühte, was ihr ausnehmend gut stand. Er verstand nicht, wie er je denken konnte, dass ihre Erscheinung nur auffällig war. Selbst ein Narr konnte sehen, wie schön sie war.

»Nun, Mr. Holdsworth, wie gefällt Ihnen und Mr. Oldershaw Whitebeach? Finden Sie es annehmbar?«

»Es erfüllt seinen Zweck aufs Beste, vielen Dank.«

Sie hüstelte und trank einen Schluck Tee. »Mr. Frank«, sagte sie. »Ich würde gerne ein wenig im Garten spazieren gehen. Wären Sie so gut, mich zu begleiten?«

Frank verbeugte sich unbeholfen und ließ sich hinausführen. Holdsworth setzte sich an den Tisch und beobachtete, wie die beiden zum Wasser hinuntergingen. Elinors Hand ruhte leicht auf Franks Arm. Ihr Gesicht war ihm zugewandt, und sie sprach; doch Frank starrte auf den Boden.

Holdsworth bewunderte Mrs. Carburys elegante Gestalt, ihren schwingenden Gang. Die Bewegungen einer Frau waren etwas Wunderbares. Irgendwann während ihres Besuchs musste er privat mit ihr sprechen. Es würde keine leichte Unterhaltung werden. Ganz gleich, worüber sie redeten oder nicht redeten, er würde sich die ganze Zeit fragen, ob sie ihn nackt im Garten gesehen hatte.

Die Frage, die Elinor quälte, als sie mit Frank Oldershaw sprach, konnte sie kaum mit ihm erörtern, ja eigentlich mit niemandem. Hatte Mr. Holdsworth bemerkt, dass sie ihn so nackt gesehen hatte wie Eva Adam vor dem Sündenfall?

Selbst der Wunsch zu fragen war peinlich. Zufällig hatte sie noch nie einen nackten Mann gesehen, außer als Statue oder auf Bildern, was nicht zählte. Sicher, Männer aus niederen Schichten hatten ihr gelegentlich einen flüchtigen Blick auf jene Teile ihrer Anatomie geboten, die für gewöhnlich schicklich bedeckt wurden. Aber wenn die unordentliche Kleidung eines Betrunkenen oder Bettlers etwas Derartiges enthüllte, war es leicht und wünschenswert, die Augen niederzuschlagen. Das Problem war, sie hatte Mr. Holdsworth ganz nackt gesehen. Sie hatte alles von ihm gesehen, weiß und haarig, in der Sonne neben den Obstbäumen, und ein Teil von ihr hatte nicht wegschauen wollen. Ja, es war in der Tat ein seltsam faszinierendes Schauspiel gewesen.

Und Mr. Holdsworth schien sich in seiner Nacktheit absolut wohlzufühlen. Selbst Dr. Carbury, ihr eigener Ehemann, hatte sich ihr nie so gezeigt, wie Gott ihn erschaffen hatte. Am Anfang ihrer Ehe, bei den sehr seltenen Gelegenheiten, als er nachts zu ihr kam, war es im Schutz der Dunkelheit geschehen; und vermutlich um absolut sicherzugehen, dass sie nichts Ungehöriges sah, hatte er auch sein Nachthemd nicht ausgezogen. Sie ihrerseits war froh darüber gewesen: Sie verspürte keinerlei Wunsch, ihren Mann nackt zu sehen, ebenso wenig wie sie von ihm in diesem Zustand gesehen werden wollte.

All diese Überlegungen lasteten schwer auf ihr wie die Atmosphäre in der Nacht des großen Unwetters. Sie versuchte, die lästigen Gedanken zu verscheuchen, war sie doch aus einem bestimmten Grund hier.

Es war das erste Mal, dass sie Frank Oldershaw sah, nachdem er Dr. Jermyns Anstalt verlassen hatte. Es überraschte sie, wie normal er zu sein schien. Sie hatte erwartet, ihn unrasiert anzutreffen, mit ungekämmtem Haar, hemdsärmelig und womöglich in einer Zwangsjacke. Stattdessen spazierte sie mit einem, wie es äußerlich schien, absolut respektablen und gesunden jungen Mann durch den kleinen Garten. Franks Haare, noch feucht vom Schwimmen, waren ordentlich gekämmt. Er trug einen einfachen schwarzen Rock, und er war zwar zurückhaltend und nicht sehr kommunikativ, aber ganz und gar nicht ungewöhnlich. Als sie ihn fragte, wie es ihm ging, wandte er den Kopf ab und murmelte, es gehe ihm sehr gut.

»Und ziehen Sie Ihr gegenwärtiges Domizil Dr. Jermyns Anstalt vor?«

»Ja«, bestätigte er.

»Und haben Sie das Gefühl, dass Ihre Gesundheit sich bessert, Sir?«

»Ja.«

»Ihre Ladyschaft wird erfreut sein, das zu hören. Sie macht sich natürlich große Sorgen um Sie und wird alles ganz genau von mir wissen wollen. Aber sie wäre so froh, ein persönliches Wort von Ihnen zu bekommen. Darf ich ihr irgendeine Nachricht von Ihnen überbringen? Oder vielleicht sogar einen Brief?«

Er schüttelte heftig den Kopf. Er war ein sehr gut aussehender junger Mann, und wenn überhaupt, hatte seine Erscheinung durch die jüngsten Erfahrungen gewonnen, denn während der letzten Wochen hatte er viel weniger getrunken und gegessen als sonst und sich mehr bewegt. Aber jetzt sah er aus wie ein trotziges Kind.

»Ihre Ladyschaft lebt nur für Sie«, sagte Elinor leise. »Sie wäre so glücklich, Sie wieder an ihrer Seite zu sehen. Darf ich nicht wenigstens sagen, dass Sie hoffen, bald wieder zu ihr zurückzukehren?«

Frank blieb stehen und wandte ihr das Gesicht zu. Er schluckte, machte den Mund auf und befeuchtete seine Lippen. Sie wartete geduldig darauf, dass er sprach.

»Quak, quak, quak«, sagte er. »Quak.«

Und plötzlich rannte er, quakend und mit den Armen wedelnd, als schlüge er mit Flügeln, durch den Garten. Er sprintete zwischen den Obstbäumen hindurch und sprang ins Wasser.

Holdsworth rannte hinterher ans Ufer. Elinor spürte einen Lufthauch an ihrer Wange, als er an ihr vorbeilief. Mulgrave folgte ihm langsamer.

Habe ich den armen Jungen in den Tod getrieben?

Holdsworth rief Frank etwas zu. Sie konnte die Worte nicht verstehen. Aber es klang eher wütend als angstvoll.

Der Junge zog ruhige, weite Kreise, dann kam er ans Ufer zurück, hievte sich heraus und ließ zu, dass man ihn ins Haus führte. Seine durchnässten Kleider klebten ihm am Leib. Im Wasser hatte er einen Schuh verloren, und Mulgrave trug den anderen. Frank sah ungelenk und abgerissen aus, wie eine schlecht gemachte Vogelscheuche nach einem Sturm; jetzt war er nicht mehr hübsch. Er schaute Elinor nicht an, als er an ihr vorbeiging.

Sie ging auf und ab und fühlte sich töricht, erleichtert und nutzlos zugleich. Schließlich kam Holdsworth zu ihr heraus. Eifrig wandte sie sich ihm zu. »Wie geht es Frank?«

»Sie wirken mitgenommener als er, Madam.« Holdsworth war ihr jetzt sehr nah, und sie hätte sich gern an ihn gelehnt, so wie man sich an einen Baum lehnt. »Sie müssen sich setzen und sich erholen. Möchten Sie noch einen Tee oder vielleicht einen Weinbrand?«

Sie schüttelte den Kopf. »Es geht mir sehr gut, danke, Sir. Sind Sie sicher, dass er unversehrt ist?«

»Er ist nur wieder tropfnass. Ich bin allerdings sehr ärgerlich, weil er Sie so erschreckt hat. Mulgrave ist jetzt oben bei ihm und hilft ihm, die Kleider zu wechseln. Ich hoffe, er wird sich persönlich bei Ihnen entschuldigen, ehe Sie gehen. Aber in der Zwischenzeit tue ich das in seinem und in meinem Namen.«

»Das ist nicht nötig«, sagte sie. »Er traf mich allerdings völlig unvorbereitet. Zunächst schien er beinahe wieder der Alte zu sein, wenn auch sehr zurückhaltend.«

»Worüber haben Sie geredet, als er die Kontrolle verlor?«

»Ich habe seine Mutter erwähnt und wie sehr Ihre Ladyschaft sich wünscht, ihn zu sehen. Da hat er dieses alberne Geräusch gemacht und ist weggerannt. Es ist, als hätte er Angst vor ihr.«

»Wir können nicht erwarten, dass er nach ein paar Tagen geheilt ist, Madam. Ich wünschte, es wäre so. Was werden Sie Lady Anne sagen?«

»Ich weiß es noch nicht.«

Auf einmal war sie sehr erschöpft und erlaubte Holdsworth, sie zurück zum Haus zu begleiten. Sie stolperte, als sie über die Schwelle traten, und sofort stützte seine Hand ihren Ellbogen. Ein wenig länger als nötig überließ sie ihm ihr Gewicht. Sie fühlte sich noch unsicherer. Er geleitete sie zu einem Stuhl.

»Ich glaube nach wie vor, der einzige Weg, ihn zur Vernunft zu bringen, ist herauszufinden, warum er so verwirrt ist«, sagte er ruhig, als sie saß. »Ich glaube, er vertraut mir inzwischen ein wenig. Nicht viel vielleicht, aber es ist ein Anfang. Wir brauchen mehr Zeit, Madam. Man vergisst zu leicht, wie weit er schon gekommen ist.«

»Ich werde es Lady Anne sagen.«

Er setzte sich neben sie und beugte sich näher zu ihr. Sie sah ihn an. Was hier geschah, hatte etwas erschreckend Unausweichliches. War es das, was Sylvia gemeint hatte? Diese absolute Sehnsucht nach jemandem? Der Zwang, näher und näher zu rücken, eine irrationale Anziehungskraft, gegen die weder der Wille noch die Schwerkraft an sich machtlos waren?

»Madam? Soll ich Ihnen ein Glas Wasser holen?«

Es war, als fiele sie von einer Klippe. Nur dass es ihr unmöglich war, wieder nach oben zu klettern und mit ihrem alten Leben fortzufahren mit seinen vertrauten Bequemlichkeiten und Schwierigkeiten. Die Frage war jetzt nur noch, wann sie auf dem Boden aufschlagen und was der Aufprall mit ihr machen würde.

Schwere Schritte näherten sich draußen der Hütte. Elinor rückte von Holdsworth ab und nahm die *Nachtgedanken* zur Hand, die neben ihrem Ellbogen lagen. Holdsworth setzte sich zurück und trommelte mit den Fingern auf den Tisch. Beide veränderten ihre Position kaum, und doch waren ihre Bewegungen beunruhigend plötzlich und gleichzeitig.

Bens kräftige Gestalt füllte den Türrahmen beinahe ganz aus. Er stand im Licht, und es war, als wäre mit tropischer Geschwindigkeit die Dunkelheit hereingebrochen.

Er verbeugte sich. »Das Pony ist fertig, Madam.«

30

Beim Abendessen begann Frank zu trinken. Er brachte Trinksprüche aus, er sang Lieder, und er ermutigte Holdsworth, es ihm gleichzutun, Glas für Glas. Holdsworth hielt es für ein Zeichen wiederkehrender Gesundheit. Es war, rechtfertigte er es vor sich, ganz normal für einen jungen Mann, viel zu trinken. Frank hatte seit März – seit er unter Dr. Jermyns Obhut stand – wenig Gelegenheit dazu gehabt.

Mulgrave hatte unter den Obstbäumen einen Tisch für sie aufgestellt. Erst tranken sie eine Flasche, dann eine zweite. Frank rief nach einer dritten und ließ eine vierte bereitstellen. Sie unterhielten sich über dies und das, immer wieder von angenehmem Schweigen unterbrochen, das immer länger wurde, je weiter der Abend fortschritt.

Frank war fröhlich, wurde zunehmend redseliger und so vernünftig, wie es der Wein erlaubte. Er verhielt sich abwechselnd wie ein aristokratischer Gastgeber und ein unbeholfener, zutraulicher Junge, wobei Letzteres überwog. Er beschrieb Episoden aus seiner Kindheit; klagte besonders über die langen Besuche bei seinem Großvater, Lord Vauden, im West Country. Als er darüber sprach, wie man einen Besitz führte, zeigte er Kenntnis und Enthusiasmus. Er fragte Holdsworth über seinen Beruf aus, und Holdsworth erzählte auf einmal lang und ausführlich von den Zeiten, die er mit Ned Farmer auf dem Fluss verbracht hatte, und ihren Reisen die Themse hinauf.

Mit der dritten Flasche wurden sie stiller. Es war immer noch ein bisschen hell. Die Luft war mild und duftete süß. Das Wasser rauschte schwach. Mulgrave war in der Küche in sein Bett gegangen. Im Fenster des Häuschens brannte eine einzelne Kerze. Der graue Himmel war mit Lichtpunkten gesprenkelt.

»Wann ist es passiert?«

Holdsworth sah auf. »Was?« Er konnte Franks Gesicht nicht mehr richtig erkennen. Es war, als hätte ein Schatten gesprochen. »Wann ist was passiert?«

»Ihre Frau, Sir«, sagte Franks verschwommenes Gesicht. »Ihr Sohn.«

Holdsworth antwortete nicht. Er hörte Gläser klingen und Wein gluckern.

»Wissen Sie, als Sylvia starb, habe ich mich gefragt, wie es sein muss zu ertrinken«, sagte die Stimme in der Dunkelheit. »Und ich nehme an, Sie fragen sich das auch. Ich – ich möchte Sie nicht quälen. Ich möchte verstehen.«

»Meine Frau starb letzten März, mein Sohn im November davor«, sagte Holdsworth.

»Wie waren ihre Namen, bitte?«

Holdsworth starrte in den Himmel. Ein Stern schimmerte. »Maria.« Er leerte sein Glas und streckte die Hand nach der Flasche aus. »Georgie.«

»Wie sind sie gestorben?«

Holdsworth erzählte es ihm. Er erzählte diesem reichen,

verwöhnten, verrückten Jungen Dinge, die nicht einmal Ned je gehört hatte. Er erzählte ihm von der kleinen Familie an der Bankside und von seinem Geschäft in der Leadenhall Street. Von dem Geisterlicht über dem Fluss und von dem Tag, an dem Georgie bei den Goat Stairs starb. Er erzählte ihm von Marias Suche nach Georgie und der Schwindlerin, die ihre Gutgläubigkeit ausgenutzt hatte, von *Die Anatomie von Geistern*, dem Karren mit den gebrauchten Büchern und dem Grabstein, den er sich erst leisten konnte, als Ihre Ladyschaft ihm das Geld gab. Es war, als lausche er der Stimme eines anderen in der Dunkelheit, der er allerdings kaum zuhörte, weil er die Geschichte kannte.

Frank hantierte mit dem Korkenzieher und einer neuen Flasche. »Dann muss man sich wohl nicht wundern.«

»Worüber?«

Er löste mit einem leisen Knall den Korken aus der Flasche. »Dass Sie keine Geister mögen.«

»Und jetzt sind Sie an der Reihe«, sagte Holdsworth.

»An der Reihe womit?«

»Mir von Ihren Geistern zu erzählen.«

Frank sagte nichts. Er trank.

»Es ist eine Nacht für Geistergeschichten«, fuhr Holdsworth fort. »Es ist gut, sie an die Luft zu lassen.«

Frank lachte, es klang wie das Blubbern von Wasser. »Das klingt, als seien Geister unsere Gefangenen.«

»Sind sie das nicht in gewisser Weise? Und man sollte seinen Gefangenen erlauben, sich gelegentlich unter Menschen zu mischen. Haben Sie die Dame nur einmal gesehen?«

»Können Geister nicht im Traum erscheinen? Manche Menschen sagen, das können sie. In dem Fall sah ich Mrs. Whichcote viele Male, sowohl, als sie noch am Leben war, als auch nach ihrem Tod. Sie war sehr schön, wissen Sie.«

»Ich habe ihr Portrait gesehen.«

»Ihren Geist habe ich allerdings nur einmal im Garten gesehen.« Frank sprach langsam und entspannt wie ein schläfriges Kind. »Das heißt, nur einmal, als ich wach war.«

Als vernünftiger Mensch wusste Holdsworth, dass sie beide betrunken waren, dass er müde und Frank überreizt war. Alles, was sie sagten oder dachten, musste bezweifelt werden. Doch als Franks schläfrige Stimme fortfuhr, kam es Holdsworth so vor, als hörte er die Geschichte, die Frank ihm erzählte, nicht, sondern lebte sie in gewisser Weise.

»Es war Freitag, der dritte März«, sagte Frank. »Zwei Wochen nachdem man ihre Leiche gefunden hatte.«

Holdsworth war dabei; hinter Franks Augen, eingeschlossen in seinem Schädel, gefangen in einer anderen Zeit und an einem anderen Ort. Vielleicht spukte er in Franks Kopf herum oder Frank in seinem, er war sich nicht sicher. Funktionierte es in beide Richtungen? War es ein Dialog?

Dort und damals, am Abend des dritten März, war Frank in einem tranceähnlichen Zustand, in dem sein träger Körper in einer schweren, klebrigen Flüssigkeit festzustecken schien. Er schaukelte gerade noch an der Oberfläche des Bewusstseins, und rauschhafte Erregung hielt ihn oben. In seinem Kopf brodelte es. Doch Frank wusste – oder Holdsworth wusste oder beide, damals und heute –, dass er nach dem Essen mit Whichcote mehrere Tassen Kaffee zu sich genommen hatte, zusammen mit Wein, Punsch und Laudanum, und all das hatte etwas mit seinem Geisteszustand zu tun.

Frank befand sich in seinem Schlafzimmer in Jerusalem, und es war kalt.

Schließlich hielt er es nicht mehr aus. Mühsam wälzte er sich aus dem Bett, so langsam und tastend wie ein alter, blinder Mann, und schob die Füße in seine Pantoffeln. Er ging ins Wohnzimmer, wo das Feuer noch ein wenig Wärme und Licht verbreitete.

Die Luft war stickig von den Dämpfen abgestandenen Alkohols. Er torkelte auf den Kamin zu, angezogen von der orangefarbenen Glut, doch ein Schwächeanfall zwang ihn, sich am Tisch festzuklammern. Übelkeit stieg in seiner Kehle auf. Wie Galle stieg seine eigene Würdelosigkeit in ihm auf.

Sylvia wollte ihn nicht loslassen. Es war schlimmer, viel schlimmer, jetzt, da sie tot war.

Frank wankte durch den Raum, nahm im Vorbeigehen mechanisch Umhang und Barett vom Haken an der Wand, öffnete die innere Tür und entriegelte die äußere Eichentür. Seine Füße fanden die oberste Treppenstufe von selbst. Er stolperte hinunter, von der Schwerkraft gezogen, und kollidierte auf dem Treppenabsatz mit der Wand.

Kälte umfing ihn. Doch er hielt immer noch den Umhang und das Barett in der Hand. Mit klappernden Zähnen zog er beides an. Den Umhang eng um sich ziehend, schaffte er den Rest der Treppe, öffnete die Tür, rutschte auf der Stufe aus und landete flach auf dem Rücken auf dem Pflaster im Hof.

Einen Augenblick lang lag er dort und fror noch mehr. Er war ein wenig überrascht, dass er kaum Schmerzen verspürte. Als die Feuchtigkeit in seine Knochen kroch, betrachtete er das Leben aus seiner neuen, horizontalen Perspektive. Der Kappellenhof war kalt, grau und symmetrisch. Zu seiner Linken hing eine Laterne über dem Torbogen, der zum Haupttor und zum Pförtnerhaus führte. Abgesehen davon gaben nur der Mond und die Sterne etwas Licht. Über den Häusern lag eine schwarze Welt mit silbernen Bewohnern, unvorstellbar weit entfernt. Unter dem Gewicht des Universums wurde alles zu kaltem, unwichtigem Staub zermahlen.

Er rappelte sich auf Hände und Knie. Er hob sein Barett auf, rückte es auf dem Kopf zurecht und stand auf.

Philip Whichcote hatte recht gehabt. Was machte das alles? Was zählte überhaupt?

Frank Oldershaw war ein Nichts gewesen und würde wieder ein Nichts sein. Ganz gleich, ob er anwesend oder abwesend war, seine Taten oder Worte oder Gedanken waren alle gleich bedeutungslos. Die Sterne würden in ihrem kalten, schwarzen Nichts leuchten, egal, was er tat oder nicht tat. Egal, ob Bischof Oldershaws Gott irgendwo da draußen war, Er war unwichtig, denn Er scherte sich nicht ein Jota um das, was Er geschaffen hatte, und die Welt scherte sich nicht um Ihn.

Frank hörte das Kratzen und Knacken eines Schlosses in der Nähe des Torhauses. Er schlüpfte in den Schatten der Kapelle unter den östlichen Arkaden. Er wartete, aber nichts war mehr zu hören. Jetzt kam ein schwaches kratzendes, knarrendes Geräusch von der anderen Seite des Colleges oder vielleicht auch von noch weiter weg. Auch das hörte auf. Ihm war bewusst, dass ihm kälter wurde, doch das Wissen war unwichtig. Kälte war ein notwendiger Teil dieser seltsamen unmoralischen Welt, in der Gedankenklarheit möglich war und Sünde nicht existierte, sodass es niemals der Vergebung bedurfte.

Er schlüpfte aus den Arkaden des Hofs in die Gärten. Hier spendete nur noch der Himmel etwas Licht. Zu seiner Rechten, dreißig Schritt hinter dem Neuen Haus und teilweise durch Büsche abgeschirmt, lag das Jericho, das Latrinenhaus der Studenten. Er lief in die andere Richtung, in die Dunkelheit hinter der Kapelle. Das feuchte Gras durchnässte seine Pantoffeln. Schatten bewegten sich um ihn herum. Er glaubte zu sehen, dass sich auf der Brücke irgendetwas bewegte. Doch kaum hatte er es gesehen, war es wieder verschwunden.

Irgendetwas oder irgendjemand?

Unsinn, da war nichts. Er richtete sich auf, so gut er konnte, und streckte die Arme aus. Wie schwarze Flügel flatterten die Ärmel seines Umhangs im Wind. Langsam glitt er über das Gras.

»Jetzt«, sagte er laut. »Jetzt weiß ich, dass ich alles kann.« Er sog die kalte Luft ein und ließ sich auf den Langen Weiher zutreiben. »Ich kann alles tun«, sagte er abermals, jetzt lauter. »Ich bin frei. Ich bin Gott. Ich bin der Heilige Geist.«

Er hockte sich ans Ufer des Weihers. Der Mond spiegelte sich im schwarzen Wasser. Er berührte die Oberfläche mit den Fingern. Seine Fingerspitzen schickten winzige Wellen hinaus. Die Sterne tanzten auf dem Wasser, und der Mond schwankte und teilte sich in unendlich viele Mondsplitter, eine Million Monde über anderen Planeten.

»Ich bin Gott«, wiederholte er, die fließenden Universen, die er geschaffen hatte, bestaunend. »Ich bin der Heilige Geist.«

Er richtete sich auf. Ein Laut entwich seinem Mund, Lachen und Zähneklappern zugleich. Er fasste einen Entschluss: Er würde am Langen Weiher entlang zum Garten der Fellows laufen und dann zurück. Er würde all die Universen im Weiher betrachten. Und dann würde er in seine Räume zurückkehren, ins Bett gehen und traumlos schlafen. Und wenn er aufwachte, war Sylvia für immer gegangen, und alles war gut.

Frank hätte den Weg nehmen können, aber er ging im Gras weiter, denn in seiner Verwirrung waren die Kälte und die Nässe irgendwie mit seinem Vorhaben verbunden. Seine Augen hatten sich an die Dunkelheit gewöhnt. Auf der anderen Seite des Wassers konnte er die Wipfel der Bäume in den Gärten ausmachen, schwarze Umrisse vor dem Himmel wie Federn. Schwarze Federn, dachte er, passend zu seinen schwarzen Flügeln. Das musste auch etwas zu bedeuten haben: Denn einmal hatten sie im Club einen schwarzen Hahn geopfert, es hieß, das sollte Glück bringen.

An der Biegung des Weihers kam er in die tiefe Dunkelheit unter der Morgenländischen Platane, deren herabhängende Zweige wie Spinnenbeine auf der Erde hockten. Mit ausgestreckten Händen trat er langsam unter ihr Laubdach.

Seine linke Hand berührte etwas. Er blieb stehen, seine Gedanken rasten, um die unerwartete Information zu erfassen. Was war das? Sein Verstand konstatierte nur, was es nicht war: nicht kalt, nicht nass, nicht hart. Seine Hände senkten sich ein wenig, und einen winzigen Moment lang berührte er einen dicken samtenen Stoff, unter dem sich die Umrisse weiblicher Brüste hoben und senkten wie schwarzes Wasser zwischen seinen Fingern. Und er spürte etwas Metallenes unter seinen Fingerspitzen, irgendwie gebogen, nicht viel größer als sein Daumen.

Frank schrie auf, hoch wie eine Frau oder ein Kind. Etwas bewegte sich heftig. Er drehte sich um.

Schwarz auf Silber. Kein Mann – eine Frau.

Wieder schrie Frank. Er fing an zu laufen, rannte blind in die große Spinnenfinsternis unter der Morgenländischen Platane, wo es zu dunkel war, um etwas zu sehen.

Der Boden unter ihm gab nach.

Der Heilige Geist ging über das Wasser.

»Was ist das?« Holdsworth setzte sich erschrocken auf. »Da drüben.«

Es waren die ersten Worte, die seit einigen Minuten, vielleicht auch länger, gesprochen wurden. Frank Oldershaw, dessen Kopf auf dem Tisch in der Beuge seiner Unterarme ruhte, sah auf. Die Luft hatte sich abgekühlt, und nur die Kerze im Fenster des Hauses und die Sterne gaben noch etwas Licht.

Sie lauschten in die Stille. In der Ferne hörten sie das leise Rauschen des Wassers und der Blätter. Eine Eule schrie.

»Eine Ente«, sagte Frank. »Vielleicht ein Fuchs.«

Holdsworth erhob sich und ging langsam durch den Garten zum Mühlweiher. Er hockte sich ans Ufer, schöpfte eine Handvoll Wasser ab und wusch sich das Gesicht. Er wusste, dass er betrunken sein musste, spürte es aber in diesem Augenblick nicht. Die Geschichte, die Frank erzählt hatte, ließ ihn nicht los. Er blickte in den Himmel wie Frank in der Nacht, als er den Geist gesehen hatte, und dachte daran, wie Maria im Hof des Hauses an der Bankside gestanden hatte, nur wenige Wochen nach Georgies Tod. Er hatte sie dort eines Nachts gefunden, in der Dezemberkälte, den Blick gen Himmel gerichtet. Sie hatte abwechselnd nach rechts und nach links geschaut wie ein Seemann, auf der Suche nach Land. Der Himmel war nicht so klar gewesen wie hier, doch sogar über Southwark waren Sterne zu sehen.

»Was machst du?«, hatte er gefragt.

»Ich suche Georgie«, hatte Maria geantwortet.

Er hatte einen Umhang geholt und ihn ihr über die Schultern gelegt. Maria glaubte, Georgie sei im Himmel, und sie glaubte auch, dass Georgie dort einen Platz hatte, irgendwo zwischen den Sternen, und dass dieser Ort so real war wie das Haus an der Bankside. Wenn sie nur intensiv genug hinschaute, würde sie es sehen. Wie alle Menschen blickte sie in den unermesslich weiten Nachthimmel und sah darin, was sie sehen wollte.

Er ging an den Tisch zurück. »Ihr Kopf war in jener Nacht voller Fantasien«, sagte er zu Frank. »Der Wein, das Laudanum, der Kaffee, Ihre Träume, während Sie schliefen – jedes für sich allein würde Monster in Ihrem Kopf produzieren. Und wie viel schlimmer wird das, wenn Sie alles zusammen zu sich nehmen? Sie müssen erkennen, wie wahrscheinlich es ist, dass Ihr Geist eher eine Kreatur Ihrer Fantasie ist als eine seltsame Aberration der Natur.«

Frank berührte seinen Ärmel. »Fühlen Sie das? Ich habe ihren Umhang berührt. Ganz weich – wie Samt.«

»Auch andere tragen Samt. Vielleicht war es ein echter Mensch, den Sie berührt haben.«

»Nein, Sir – der Umhang hatte eine Schnalle in Form eines

S. S für Sylvia, in der Gestalt einer Schlange. Es war unverkennbar, es war da, unter meinen Fingern. Außerdem habe ich jemanden auf der Brücke gesehen. Ich bin mir sicher, ich habe Sylvia gesehen.«

Holdsworth seufzte. »Aber wenn es wirklich Mrs. Whichcote war, warum sollte sie in Jerusalem erscheinen?«

»Sie kam nicht nach Jerusalem, Sir. Sie kam *zu mir.*«

»Warum?«

»Weil sie ohne mich noch am Leben wäre.«

Eine Brise war aufgekommen und ließ die Blätter in den Bäumen lauter rascheln. Auf einmal war Holdsworth sehr müde. Frank redete Unsinn, aber wenigstens klang er völlig vernünftig. War das ein Fortschritt?

»Und das ist alles, was Sie heimsucht?«, fragte er.

Frank antwortete nicht.

»Wenn wir einen Weg finden, die Dame zur Ruhe zu betten, wird dann alles gut?«

»Es wird nie wieder gut«, sagte Frank. Er stand auf und ging langsam den Weg zum Cottage hinauf. »Sie verstehen gar nichts«, murmelte er, während er ging. »Der Geist ist nur ein Teil davon. Der Geist ist nicht wichtig, Herrgott noch mal.«

31

Am Donnerstagmorgen ließ sich Whichcote von Augustus rasieren – der Junge war überraschend geschickt – und kleidete sich mit besonderer Sorgfalt an. Die Erscheinung war wichtig, wenn es alles war, was man hatte. Mit dem Burschen im Schlepptau, der jetzt seine schlecht sitzende Livree trug, spazierte er durch Cambridge, erwiderte die Grüße von Freunden und Bekannten, vermied jedoch jede Konversation. Als er bei dem Haus in der Trumpington Street ankam, schlugen die umliegenden Uhren elf.

Dorcas führte ihn in den Salon.

»Er ist in Whitebeach«, sagte er ohne Vorrede, nachdem die Tür geschlossen war. »Das liegt ungefähr vier oder fünf Meilen von Cambridge entfernt.«

Mrs. Phear sagte nichts. Sie setzte sich auf ihren Stuhl, eine seltsam grazile Bewegung, trotz ihrer kleinen, plumpen Figur. Sie bedeutete ihm, sich ebenfalls zu setzen, und sprach erst, als er der Aufforderung Folge geleistet hatte.

»Woher wissen Sie das?«

»Mein Bursche hat sie aufgespürt. Sie logieren in einer Mühle, die dem College gehört. Er ist mit Holdsworth dort, und Mulgrave sorgt für sie. Sonst war niemand zu sehen. Mrs. Carbury hat sie gestern besucht.«

»Lady Anne möchte zweifellos wissen, wie es ihrem Sohn geht. Und wie geht es ihm? War Ihr Bursche in der Lage, sich ein Bild zu machen?«

»Er hat Mrs. Carbury nur ankommen und wieder abfahren sehen. Anschließend hat er den Garten beobachtet, wo Holdsworth und Mr. Frank die meiste Zeit verbracht haben. Doch er war zu weit weg, um zu hören, was sie geredet haben.«

»Dann wissen wir also gar nichts, außer wo sie sind und wer bei ihnen ist.« Mrs. Phear nickte. »Was für eine Neuigkeit.«

»Wir wissen ein wenig mehr als das, Madam.« Er zögerte. »Nun, das heißt, eigentlich nicht. Es ist mehr der Eindruck eines dummen Jungen. Doch er scheint scharfe Augen zu haben, und vielleicht ist er nicht ganz so dumm. Er sagte, Mr. Holdsworth und Mr. Frank haben geredet und geredet, bis tief in die Dunkelheit, und soweit er beurteilen konnte, war der Tenor ihrer Unterhaltung völlig vernünftig. Es gab keine hysterischen Anfälle, keine plötzlichen Bewegungen, kein Geschrei und keine Tränen – kurz gesagt, nichts, was darauf hinweist, dass die beiden nicht genauso normal sind wie Sie oder ich.«

»Schließen Sie daraus, dass Mr. Frank geheilt ist?«

»Gut möglich. Oder auf jeden Fall auf dem Wege der Besserung. Und wenn Mrs. Carbury dies Ihrer Ladyschaft berichtet …«

Er brach ab. Einen Moment lang saßen sie schweigend da. Whichcote hörte eine Bewegung im Haus und Gelächter, das eilig unterdrückt wurde. Augustus und Dorcas hatten ihren Spaß.

»All das wegen eines Geistes«, sagte Mrs. Phear langsam. »Gab es jemals etwas Lächerlicheres?«

»Der Geist ist nicht unser Problem, Madam. Sondern das, was im Club geschehen ist.«

Sie sah ihn stirnrunzelnd an. »Das ist nicht ganz korrekt. Wir haben einen Weg gefunden, damit umzugehen, stimmt es nicht? Die Schwierigkeiten kamen danach, und wir wissen, wer dafür verantwortlich ist.«

»Sylvia«, sagte Whichcote. »Wird sie mich niemals in Ruhe lassen? Hat sie mir nicht schon genug angetan, als sie am Leben war?«

Als der Tag sich neigte, wagte Elinor zu hoffen, dass das Schlimmste vorüber war. Gleich nach ihrer Rückkehr aus Whitebeach hatte sie an Lady Anne geschrieben und den Brief mit einem Boten am Donnerstagmorgen abgeschickt. Lady Anne hatte am nächsten Tag geantwortet. Sie war hocherfreut über Franks Fortschritte. Gnädig gestimmt, erkannte sie die Mühen an, die die Carburys seinetwegen auf sich genommen hatten. Sie legte eine Zahlungsanweisung über fünfzig Pfund für ihre Bankiers in Cambridge bei, um die neuerlichen Auslagen der Carburys zu decken.

Das Allerbeste war ein Postscriptum: »Ich bin mir bewusst,

wie viel Sie für mich tun. Sie werden sehen, dass ich nicht vergesse, wer mir einen Dienst erwiesen hat, meine Liebe.«

»Sehr anständig«, lautete Dr. Carburys Kommentar, als er den Brief las. »Auch das Geld kommt gerade recht.« Er sah Elinor an und lächelte. »Und jetzt zweifeln Sie nicht mehr wegen der Pension, die Ihre Ladyschaft Ihnen in Aussicht gestellt hat. Ich glaube nicht, dass daran jetzt noch irgendein Zweifel bestehen kann.«

Zweimal stattete Soresby auf Aufforderung dem Rektorat einen Besuch ab, um sein Abwenden von Richardsons Seite zu besiegeln. Er trank mit Elinor Tee, die ihn zunächst linkisch und schweigsam fand. Er war die Gesellschaft von Damen nicht gewohnt und behandelte sie mit so viel Respekt, dass es beinahe peinlich war. Sie versuchte, es ihm leichtzumachen, und am Ende des zweiten Besuches war er nahezu unterhaltsam und zeigte eine schnelle, nervöse Auffassungsgabe, die nur zu gut zu seinen flatterhaften Bewegungen und den knackenden Fingergelenken zu passen schien.

»Er ist der richtige Kandidat«, sagte Carbury später. »Seine akademischen Fähigkeiten stehen außer Zweifel. Und er ist auch nicht von schlechterer Herkunft als Dirty Dick, als der noch Stipendiat war.«

»Mr. Soresby hat mir erzählt, dass er mit Mr. Archdale gearbeitet hat«, sagte Elinor.

Carbury rieb sich die Hände. »Sehr gut. Das wird Mr. Richardson ärgern. Und Mr. Archdales Onkel wird erfreut sein, während Soresby eine Bekanntschaft vertieft, die ihm im späteren Leben nützlich sein könnte. Wenn er es versteht, Mr. Archdale an sich zu binden, umso besser.«

»Ich hielt Mr. Archdale nicht gerade für einen belesenen Menschen, Sir.«

»Ich auch nicht – aber manchmal fällt Wissbegier auf unvermutet fruchtbaren Boden.«

Zur Abwechslung herrschte eine beinahe fröhliche Atmosphäre im Haus des Rektors, oder man versuchte wenigstens, einander diesen Eindruck zu vermitteln. Doch Jermyns Prognose hing wie ein Schatten über beiden.

Nach dem Frühstück am Montag, dem zwölften Juni, kam Holdsworth mit einem Ranzen über der Schulter nach Cambridge. Er hatte beschlossen, Frank für einige Stunden sich selbst zu überlassen. Es ging dem Jungen besser, und ein Anzeichen dafür war, dass ihn Holdsworths ständige Anwesenheit reizbar machte. Die Antwort darauf hieß, Frank ein wenig Unabhängigkeit kosten zu lassen – und so zu zeigen, dass Holdsworth an seine Genesung glaubte.

Trotzdem war es ein Risiko. Er wusste nicht, was er vorfinden würde, wenn er zur Mühle zurückkam.

Er hielt sich jetzt seit zweieinhalb Wochen in Cambridge und Umgebung auf. Die Stadt wurde ihm langsam vertraut. In der Bridge Street besuchte er das eine oder andere Geschäft, um Besorgungen zu erledigen, um die Mulgrave ihn gebeten hatte. Es wurde beinahe halb drei, bis er endlich durch das Haupttor des Colleges trat. Im Kapellenhof sah er Mr. Richardson mit Harry Archdale unter den Arkaden spazieren gehen.

»Der Satz siebenundvierzig wird im Allgemeinen für den schwierigsten des Ersten Buches gehalten«, sagte der Tutor gerade. »Aber Sie werden ihn durch Anwenden erobern. Und es würde Ihnen guttun …« Er erblickte Holdsworth und wandte sich von Archdale ab. »Mein lieber Herr, wie geht es Ihnen? Sie wurden schmerzlich vermisst. Darf ich Sie auf einen Spaziergang durch den Garten einladen? Ich möchte etwas ganz Bestimmtes mit Ihnen diskutieren. Mr. Archdale und ich sind fast fertig, und ich bin im Nu bei Ihnen.«

Nach einem Wirbel von Verbeugungen wandte sich

Richardson wieder seinem Schüler zu. »Ja, unser Mr. Dow hat sehr erhellend über die verzwickten Sätze des Euklid geschrieben. Sie finden sein Büchlein in der Bibliothek, und ich rate Ihnen, es zu lesen, ehe Sie sich an der Frage versuchen. Und wenn wir gerade dabei sind, für Ihr Algebraproblem gibt es keinen besseren Ratgeber als Maclaurin.« Er warf einen Blick auf die Kirchturmuhr. »Aber ich will Sie nicht länger aufhalten, Mr. Archdale – ich sehe, es ist gleich Essenszeit.«

Der Student blickte in Holdsworths Richtung, als wollte er etwas sagen. Doch Richardson gab ihm keine Gelegenheit. Er nahm Holdsworth beim Arm und führte ihn unter den Arkaden entlang und in die Gärten dahinter. Als sie auf das Tor zum Garten der Fellows zugingen, begann es zu regnen. Sie suchten unter dem Dach der Morgenländischen Platane Schutz. Der Regen wurde jetzt stärker, doch kein Tropfen drang durch den dichten grünen Baldachin über ihren Köpfen.

»Haben Sie die Neuigkeiten gehört?« Richardsons Gesicht hatte die gewohnte Gelassenheit verloren; Ärger verzerrte seine Miene. Ohne Holdsworth die Gelegenheit zum Antworten zu geben, redete er hastig weiter. »Ich hätte es nicht für möglich gehalten, und das von Dr. Carbury.«

»Warum? Was hat er getan?«

»Er hat einen meiner Schüler bestochen. Ich kann es nicht anders nennen, Sir. Das Rosington-Stipendium für einen Fellow wird bald frei, und er hat es ausgerechnet Soresby angeboten. Aber ich habe ihn durchschaut. Es ist eindeutig dazu gedacht, Soresbys Loyalität zu kaufen. Und leider scheint die niederträchtige Strategie aufgegangen zu sein. Man kann dem armen Burschen kaum übel nehmen, dass er es angenommen hat, denke ich. Was wiegt schließlich bloße Dankbarkeit, wenn sie gegen so eine substanzielle Versuchung wie das Rosington in die Waagschale geworfen wird?«

Der Schauer dauerte nicht länger als drei oder vier Minuten, und so, wie er sich legte, legte sich auch Mr. Richardsons Zorn.

»Sie müssen meine Heftigkeit entschuldigen, Sir«, sagte er und berührte Holdsworths Ärmel. »Wie dumm, mir die Sache so zu Herzen zu nehmen. Aber wenn man, wie wir hier, so dicht beieinander lebt, ist es nicht leicht, den Sinn für die Relation zu bewahren. Aber es für einen Mann zu reservieren, der, ganz gleich wie begabt er ist, noch nicht einmal zum Bachelor graduiert hat, ist ausgesprochen ungewöhnlich. Ich denke mit Schaudern daran, was die anderen Kollegen über uns sagen werden. Doch lassen Sie uns von etwas anderem reden – ich möchte Sie etwas viel Wichtigeres fragen. Es geht das Gerücht, dass Sie mit Mr. Frank Oldershaw zusammen waren. Stimmt das? Wie geht es dem lieben Jungen?«

»Ich fürchte, ich kann sein Vertrauen nicht missbrauchen«, sagte Holdsworth lächelnd.

»Ah, daher weht der Wind, wie? Nun, wo auch immer er ist, ich hoffe, es geht ihm besser. Sie müssen mich wissen lassen, wenn ich Ihnen oder ihm irgendwie helfen kann. Und wenn Sie ihn zufällig sehen, richten Sie ihm bitte Grüße von mir aus.«

Es hatte ganz aufgehört zu regnen. Die beiden Männer spazierten langsam unter dem grünen Dach des Baumes in Richtung Kapelle und Neues Haus. Keiner sprach. Zur Linken hörten sie ein metallisches Rattern, das nach einigen Sekunden aufhörte. Es war das Geräusch von eisenbeschlagenen Rädern auf Pflastersteinen. Fred drehte seine Runde. Die Glocke der Kapelle begann zu läuten.

»Ah – Essenszeit. Leisten Sie uns Gesellschaft, Mr. Holdsworth? Sie sind herzlich eingeladen.«

»Vielen Dank, aber nein«, sagte Holdsworth. »Ach übrigens noch etwas ganz anderes: Ich wollte Sie nach Mrs. Whichcotes Wunde fragen.«

»Ihre Wunde?« Richardson blieb stehen und zog die Augenbrauen hoch. »Sie wissen mehr als ich.«

»Als ich mit dem Fäkalienmann geredet habe, erwähnte er, dass sie irgendeine Wunde am Kopf hatte. An der linken Schläfe.«

Richardson lachte. »Was Fred als Wunde bezeichnet, war nicht mehr als eine leichte Verfärbung. Ein alter Bluterguss, kein Zweifel – vielleicht hat sich die arme Frau ein oder zwei Tage vor ihrem Tod den Kopf an einem Balken gestoßen. Wie typisch für einen ungebildeten Verstand, aus einer Mücke einen Elefanten zu machen.«

Das Jericho, eine Reihe von Plumpsklosetts, lag an der Rückwand der Grenzmauer des Colleges auf der Südseite der Gärten. Fünf Steinstufen führten zu der erhöhten Tür über einem Hof darunter. Es gab kein Fenster, nur eine Reihe quadratischer Luftlöcher direkt unter der Dachtraufe. Unter den Stufen und der Tür befand sich eine weitere Tür, genauso breit wie die erste, aber viel niedriger. Beide Türen standen offen. Fäkalienfreds Karren stand davor.

Holdsworth ging die Stufen hinauf und blieb an der Tür stehen. Die Kammer war leer. Doch von unten hörte man kratzende, schabende und spuckende Geräusche.

Entlang der Wand zur Rechten sah man eine Bank mit vier Sitzen, jeder von seinem Nachbarn durch eine niedrige Trennwand abgeteilt, die mehr Privatsphäre vorgaukelte, als es der Realität entsprach. Generationen von Studenten hatten ihre Initialen und eine Auswahl an Beleidigungen und Obszönitäten ins Holz geritzt.

Die Glocke der Kapelle bimmelte immer noch und rief die Mitglieder des Colleges zum Essen.

Als Holdsworth aus der Latrine trat, tauchte Fäkalienfred aus der unteren Tür auf und bückte sich unter dem Türsturz hindurch. Eine schwere Schürze, mit Exkrementen und Urin verschmiert, schützte seine Kleidung. Er trug einen übervollen Eimer mit Kot und Zeitungspapier, den er in seinen Karren leerte. In der anderen Hand hielt er ein fleckiges, mit Spitze gesäumtes Taschentuch. Tonlos pfeifend schob er das Taschentuch in einen kleinen Sack, der am Griff seiner Karre hing. Er richtete sich auf und putzte sich die Nase mit einem Finger und dem Daumen. Dann entdeckte er Holdsworth vor sich.

»Bist du später dran als sonst?«, fragte Holdsworth.

»Ich komme, wenn ich kann, Sir.« Fred klopfte sich grüßend an die Stirn und drehte sich wieder zu der Tür zur Sickergrube um.

»Warte. Ich möchte mit dir reden.«

»Mit mir?«, wiederholte Fred wie ein Papagei und verstand es, den Eindruck zu erwecken, dass er das Wort genauso wenig verstand wie ein Papagei.

»Ich will dich etwas fragen.«

»Muss mich beeilen, Sir. Nach dem Essen gibt es immer einen Sturm auf das Jericho.« Er ließ abermals sein zahnloses Grinsen sehen. »Sie würden nicht gern da unten sein, wenn die jungen Herren da oben sind, Sir. Bei meiner Ehre, das würden Sie ehrlich nicht.«

Holdsworth klimperte mit dem Kleingeld in seiner Tasche. »Wegen deiner Entdeckung im Langen Weiher.«

»Der Geist, der sich umgebracht hat, Sir?«

»Verdammt, Mann, sie hat sich nicht umgebracht, und sie war und ist kein Geist. Sie war eine Frau aus Fleisch und Blut, die das Pech hatte, ins Wasser zu fallen und zu ertrinken.«

»Wenn Sie das sagen, Sir.«

»Das sage ich. Und jetzt hör mir zu: Als wir uns das letzte Mal im Angel's Yard unterhalten haben, hast du gesagt, du dachtest zuerst, es sei Mrs. Carbury, weil sie die einzige Frau im College ist.«

»Es gibt zwei davon.«

»Was?«

»Ihre Magd schläft auch hier.« Fred kicherte. »Ist nicht normal, Sir. Zwei Frauen und so viele Männer.«

»Pass auf: Du hast gesagt: ›Sie war es nicht, die da draußen war, diesmal nicht.‹ Willst du mir sagen, dass Mrs. Carbury manchmal sehr früh am Morgen im Garten spazieren geht? Vielleicht sogar nachts?«

Fred schob sich näher an den niedrigen Eingang. Sein Eimer klapperte. Er sah Holdsworth nicht an.

»Nun? Ist es so oder nicht?«

Der Fäkalienmann warf Holdsworth einen Blick zu und sah schnell wieder weg. »Kann sein, manchmal.«

»Weiß sie, dass du sie siehst?«

Der Mann zuckte mit den Schultern.

»Sie muss doch die Räder hören.«

»Ich gehe nicht immer herum, Sir. Manchmal bleibe ich stehen und ruhe mich ein bisschen aus.«

»Und rauchst eine Pfeife oder trinkst einen Schluck, um dich aufzuwärmen oder nicht einzudösen? Das sähe dir ähnlich. Und wo machst du das?«

Fred winkte vage, wobei seine Hand einen unregelmäßigen Bogen beschrieb, der beinahe das ganze College umfasste. »Irgendwo, Sir. Ich brauche nur ein bisschen Schutz vor dem Wetter, ein bisschen Ruhe.«

»Unter dem großen Baum am Weiher vielleicht?«

Fred nickte. »Und wo hast du Mrs. Carbury gesehen?«

»Im Garten des Rektors, Sir. Ist auf und ab gelaufen. Oder manchmal ist sie auch hierhergekommen. Durch das Tor auf der anderen Seite der Brücke.« Er nickte in Richtung des Tors mit dem schmiedeeisernen Gitter, durch das Holdsworth Elinor Carburys Hand berührt hatte. »Kann nicht schlafen, die Dame, wie?«

Holdsworth holte eine Handvoll Kupfermünzen aus seiner Tasche. »Ist gekommen? Geht sie nachts nicht mehr spazieren?«

»Weiß nicht, Sir. Weiß nur, was ich mit meinen Augen sehe oder mit meinen Ohren höre. Hab sie seit Wochen nicht gehört oder gesehen. Hab allerdings auch nicht nach ihr Ausschau gehalten. Hab schließlich zu tun, oder? Kann gut sein, dass sie immer noch hier spazieren geht. Aber vielleicht schläft die Dame jetzt auch besser.«

Holdsworth streckte ihm die Hand entgegen. Fred starrte auf die Münzen.

»Einmal hab ich sie beide gesehen«, sagte er.

»Was? Wen?«

Der Fäkalienmann wischte sich die Nase mit dem Ärmel ab. »Die Frau vom Rektor, Sir. Zusammen mit der, die gestorben ist, dem Geist.«

»Wann war das?«, schnauzte Holdsworth ihn an.

Fäkalienfred starrte ihn erschrocken an. »Vor vielen Monaten, Sir. Vor Weihnachten, bevor die Hübsche gestorben ist. Sie sind im Mondschein im Garten spazieren gegangen.«

32

Wie zwei geschrumpfte Akademiker stolzierten zwei Nebelkrähen über das geheiligte Rasenviereck in der Mitte des Kapellenhofes. Mit dem Stock in der Hand betrat Philip Whichcote die Arkaden neben dem Pförtnerhaus. Er strahlte Sauberkeit und Eleganz aus. Die Vögel flatterten plump mit den Flügeln und erhoben sich schwankend in die Luft.

Niemand war zu sehen. In der Stunde nach dem Essen geschah in Jerusalem nicht viel. Whichcote ging zu dem Treppenhaus an der Südecke und stieg zum ersten Stock hinauf.

Die Außentür zu Franks Räumen war nach wie vor verschlossen. Harry Archdales Eichentür stand jedoch offen, und er klopfte mit dem Knauf seines Stocks an die innere Tür. Archdales Stimme rief ihn herein.

»Mein lieber Harry, wie geht es Ihnen? Ich habe Sie seit einer Ewigkeit nicht gesehen.«

Archdale, der an einem Tisch einen Bücherstapel sortierte, legte den Band, den er gerade in der Hand hielt, beiseite und ging auf Whichcote zu, um ihn zu begrüßen. »Ich musste schrecklich viel für Ricky lesen und bin seit Tagen nicht aus dem College herausgekommen.«

»Das zählt nicht«, sagte Whichcote. »Sie sehen doch sicher ein, dass zu viel lesen schlecht für einen Mann ist; irgendwann erstarren die geistigen Fähigkeiten. Und ich habe vor, Sie für einige Stunden zu entführen. Ich bin gekommen, um Sie zu einem kleinen Abendessen einzuladen. Nur ein paar enge Freunde werden da sein. Ich dachte, wir könnten uns anschließend vielleicht beim Kartenspielen amüsieren.«

»Sie sind sehr freundlich, aber ich bedaure, ich habe keine Zeit.«

Whichcote war zu gut erzogen, um Überraschung zu zeigen. »In dem Fall müssen wir etwas anderes verabreden. Es ist so ein schöner Nachmittag – wollen wir nicht einen Spaziergang am Fluss machen?«

»Ich fürchte, ich kann nicht.« Archdale zeigte auf die Bücher auf dem Tisch. »Ich habe zu viel zu tun. Ich wollte gerade in die Bibliothek gehen.«

»Die Bibliothek! Ah – ich sehe, das ist der Einfluss Ihres Vormunds, nicht wahr?«

»Sir Charles wünscht natürlich, dass ich mich meinen Studien widme«, sagte Archdale unsicher.

»Nun, das ist nicht weiter schlimm«, sagte Whichcote leichthin. »Ich werde wiederkommen, wenn Sie weniger mit

Ihren Büchern beschäftigt sind. Ich möchte einen Termin für unser nächstes Clubtreffen festlegen, und ich werde mich vorher vergewissern, dass Sie nicht anderweitig beschäftigt sind.«

Er sprach für einige Minuten über Belanglosigkeiten, um eine mögliche Schroffheit ihrer Unterhaltung zu glätten. Währenddessen schlenderte er an das nächstgelegene Fenster und schaute beiläufig hinaus. Ein großer Mann lief auf der gegenüberliegenden Seite schnell auf den Durchgang beim Aufenthaltsraum zu. Es war die Person, der Augustus am Sonntag nach dem Sturm den Zutritt zum Lambourne House verweigert hatte.

Whichcote wandte sich zu Archdale um. »Ist das nicht Mr. Holdsworth?«

»Schon möglich. Ich glaube, ich habe ihn schon vor dem Essen gesehen. Er kam, als ich mit Ricky redete, und sie sind zusammen weggegangen.«

»Ich dachte, er hat Cambridge mit Frank für immer verlassen. Wie geht es unserem Freund übrigens? Gibt es Neuigkeiten?«

»Ricky glaubt, dass es ihm viel besser gehen muss, sonst wäre Holdsworth nicht hier.«

»Das ist höchst erfreulich. Ich hoffe, wir sehen Frank bald wieder in unserer Mitte.« Whichcote schaute wieder aus dem Fenster. Holdsworth war nicht mehr zu sehen. »Hat er vor, länger zu bleiben? Mr. Holdsworth, meine ich. Ich dachte, er sollte die Bibliothek sichten.«

»Ich weiß nicht.«

Archdale bot keine Erfrischung an und machte keinerlei Anstalten, die Unterhaltung zu verlängern. Whichcote verabschiedete sich. Er betrat das Pförtnerhaus, wo Augustus auf ihn wartete. Mepal berichtete ihm, dass Holdsworth kurz vor dem Essen das College betreten hatte und nichts dafür sprach, dass er die Absicht hatte, über Nacht zu bleiben. Auch über Frank Oldershaw Verbleib hatte Mepal nichts gehört.

Anschließend stand Whichcote unentschlossen vor dem Tor zu Jerusalem und wog in Gedanken die Alternativen ab. Er winkte Augustus zu sich.

»Ich werde für den Rest des Tages ausreiten. Geh zu den Ställen und sag, dass ich in einer Stunde dort sein werde und sofort aufzubrechen wünsche.«

»Sagen Sie mir die Wahrheit«, sagte Holdsworth.

Elinor Carbury antwortete nicht sofort. Ihre Schritte knirschten im Takt auf dem Kiesweg. Dieser Mann verwirrte sie jedes Mal. Mühsam sammelte sie sich und sah ihn an. »Die Wahrheit, Sir? Und welchen Teil der Wahrheit möchten Sie von mir hören?«

»Ich dachte an den Teil, der Ihren Noktambulismus betrifft.«

Sie blieb stehen. »*Meinen* Noktambulismus?«

»Ich meine den Begriff im wörtlichen Sinn. Ich will damit nicht sagen, dass Sie schlafwandeln, Madam. Aber der Fäkalienmann berichtete mir, dass Sie manchmal in der Nacht im Garten spazieren gehen.«

Sie sah sich um. Sie waren allein. »Es stimmt, dass ich manchmal nicht schlafen kann und hinausgehe, um ein wenig Luft zu schnappen. Aber ich möchte nicht, dass das bekannt wird.«

Er verbeugte sich. »Ich verstehe. Und ich verstehe auch, dass Bewegung helfen kann, in den Schlaf zu finden. In der Tat, mir geht es oft genauso, und ich gehe ein paar Schritte an der frischen Luft, ehe ich mich zurückziehe. Dann gehen Sie also hier spazieren, Madam, in Dr. Carburys Garten?«

»Ja, natürlich. Wie Sie wissen, liegt er sehr abgeschieden.«

»Und Fred sagt, dass Sie manchmal durch das Tor über die Brücke in den Collegegarten gehen.«

»Ja«, sagte Elinor, und ihr Blick wanderte zu besagtem Tor und der Morgenländischen Platane. »Allerdings sehr selten. Dr. Carbury mag es nicht, wenn ich nachts allein draußen spazieren gehe. Nicht einmal in unserem Garten.« Sie hatte das Gefühl, in einer Falle zu sitzen, wie so oft in ihrem Leben, und suchte nach einer Fluchtmöglichkeit. »Sollen wir ins Haus zurückgehen und nachsehen, ob er zurück ist? Ich weiß gar nicht, was ihn so lange im Aufenthaltsraum festhält.«

»Einen Augenblick noch, bitte.«

Es war ihm so wichtig, dass er die Kühnheit besaß, ihren Unterarm zu berühren. Ihr Körper war warm unter dem dünnen Stoff ihres Umhangs. Sie runzelte die Stirn. Er schien es nicht zu bemerken. Jetzt war er ein wenig zurückgetreten, als wolle er sie besser betrachten können.

»Fred sah Sie nachts im Garten mit Mrs. Whichcote spazieren gehen.«

Sie funkelte ihn an. »Was hat das damit zu tun? Sie hat manchmal bei mir im Rektorat übernachtet. Und auch sie konnte nicht schlafen.«

»Es zeigt, dass ihr Jerusalem bei Nacht vertraut war.«

»Und?«

»Ist es möglich, dass Sie in der Nacht, als Frank Oldershaw den Geist sah, draußen waren?«

Sie antwortete nicht. Sie wandte sich von ihm ab und schlug langsam den Weg zum Langen Weiher ein. Er folgte ihr. Am liebsten hätte sie vor Enttäuschung geschrien. Warum war er so provozierend?

Er holte sie ein. »Sie wissen sicher, was für eine verführerische Hypothese das ist, Madam?«

Sie sah ihn nicht an. »Verführerisch?«

»Nun, verführerisch, weil sie alle Fragen mit einem Schlag beantwortet.«

»Verführerisch«, wiederholte sie sehr bedächtig, als wäre das

Wort zerbrechlich wie ein Vogelei, mit dem man sehr vorsichtig umgehen musste.

»Ja, verführerisch.« Holdsworth war ihr sehr nah, und sie fragte sich, was für Echos das Adjektiv in seinem Kopf hervorrief. »Die Hypothese bietet eine absolut vernünftige Erklärung für das, was in jener Nacht geschehen ist. Auf der einen Seite haben wir den jungen Mr. Oldershaw, der, wie er selbst sagt, viel getrunken hatte und das Ganze noch mit reichlich Kaffee und Laudanum verstärkte. Er wachte urplötzlich aus dem Tiefschlaf auf. Er war so oder so in keiner guten Stimmung. Und da wandert er in einem dunklen Garten umher, in dem Glauben, ganz allein zu sein, als er einer Frau begegnet, wo keine Frau sein sollte. Der Tod von Mrs. Whichcote an eben diesem Ort lag ihm schwer auf dem Gemüt. Da ist es keine Überraschung, dass diese Erfahrung vorübergehend seinen Verstand vernebelte, wenn man bedenkt, dass er sich bereits in einem Zustand nervöser Erschöpfung befand, und alle Umstände zusammennimmt. Wenn es also wahr ist, würde die Hypothese den vermeintlichen Geist erklären. Ich bin überzeugt davon, dass es Mr. Oldershaw überzeugen und Lady Anne zufriedenstellen würde.«

Er hielt inne und sah Elinor an. Sie ignorierte ihn und betrachtete die Wasseroberfläche.

»Madam«, sagte er freundlich. »Das ist die Wahrheit, nicht wahr? Es ist mehr als eine Hypothese. So ist es gewesen.«

Den Blick immer noch aufs Wasser gerichtet, sagte sie mit einer Stimme, die kaum mehr als ein Flüstern war: »Und behauptet der Fäkalienmann, dass er mich damals gesehen hat? Ist er Ihr Zeuge?«

»Nein, Madam. Er hat Sie in dieser Nacht nicht gesehen. Er war in der Tat an diesem Morgen erst viel später in Jerusalem. Aber das hier ist kein Gericht, und es geht nicht darum, die Geschworenen zu überzeugen. Es geht nur darum, eine

Theorie zu finden, die zu den Tatsachen passt, die wir kennen. Und Sie müssen sehen, wie reizvoll diese hier ist.«

»Ist überhaupt von Bedeutung, was ich sage, Sir? Sie haben sich bereits auf diese Theorie festgelegt, und wenn meine Antwort nicht dazu passt, werden Sie sie zweifellos ignorieren.«

»Ich könnte niemals etwas ignorieren, was Sie sagen, Madam.«

Er hielt inne, doch sie erwiderte darauf nichts, obwohl sie spürte, wie ihr angesichts seiner Unverschämtheit das Blut ins Gesicht stieg.

»Lady Anne hat mir eine schwere Verantwortung auferlegt«, fuhr er fort. »Ich muss ihr, so gut ich kann, gerecht werden. Waren Sie in jener Nacht im Garten?«

»Es ist ja nur mein Wort, so oder so. Sie werden es glauben oder nicht, ganz wie es Ihnen gefällt.«

»Ich würde es lieber aus Ihrem Mund hören, Madam. Ob oder ob Sie nicht dort waren.«

»Ich war nicht dort«, sagte sie.

»Es ist meine Aufgabe, Mr. Oldershaws Gesundheit wiederherzustellen. Selbst wenn ich den absoluten Beweis nicht erbringen kann, bleibt es eine perfekte Alternative zu dem Gedanken, dass er die Erscheinung einer toten Frau gesehen hat. Allein das Wissen um diese Möglichkeit wird ihm sicherlich helfen.«

Sie drehte sich um und sah ihn an. Ihre Haut war heiß und feucht und schien ihr irgendwie nicht mehr richtig zu passen. »Bitte sprechen Sie mit niemandem darüber. Ich kenne Ihre Ladyschaft. Sie hat feste Prinzipien, und ihr Urteil ist streng. Sie wäre entsetzt bei dem Gedanken, dass eine Dame die Gewohnheit hat, nachts allein und ungeschützt umherzuwandern, die einzige Frau in einem College voller junger Männer. Sie würde, ohne zu zögern, sowohl die Sünde als auch die Sünderin verdammen. Und keinen Widerspruch dulden.«

»Madam, ich kann nicht glauben …«

»Warten Sie«, unterbrach Elinor ihn. »Das ist nur der kleinere Teil davon. Sie wissen, dass Dr. Carbury sich nicht bester Gesundheit erfreut?«

Holdsworth nickte.

»Darf ich mich Ihnen anvertrauen?«

»Es wäre mir eine Ehre, Madam.«

»Ich kann es nicht riskieren, Lady Annes Freundschaft zu verlieren, wenn das Schlimmste geschieht. Es gibt sonst niemanden, an den ich mich wenden kann. Ein Frau ohne Freunde kann es sich in dieser Welt nicht leisten, arm zu sein.«

Sie sah zu ihm auf. Bisher hatte sie die Falten, die quer seine Stirn durchschnitten und sich von seinen Augenwinkeln aus ausbreiteten, nie bemerkt. Er hatte sich einige Tage nicht rasiert, und sie sah dunkle und auch einige graue Flecken an seinem Kinn und auf seinen Wangen und vor allem über seiner Oberlippe.

»Ich hoffe, die Zukunft wird nicht so trostlos, wie Sie fürchten, Madam«, sagte er sanft. »Sie könnte ja auch einen ganz anderen, glücklicheren Verlauf nehmen.«

In der Stille, die darauf folgte, sahen sie einander in die Augen. *Und das,* dachte Elinor, *ist ein weiteres Problem.* Aus dem Mund eines anderen Mannes hätte so ein freundlicher Satz beinahe geklungen, als wolle er sich irgendwie erklären.

»Wenn Sie wollen, werde ich es noch einmal sagen.« Auf einmal war sie wütend auf Holdsworth, weil Dr. Carbury am Leben war, und ebenso wütend, weil ein Teil von ihr sich plötzlich wünschte, er wäre es nicht. »Nur um ganz sicher zu sein: Ich war an jenem Abend nicht im Garten. Haben Sie mich verstanden, Sir? Ich war nicht draußen. Reicht Ihnen das?«

»Natürlich. Aber es ist schade. Es wäre so eine elegante Lösung des Problems gewesen.«

»Elegant für Sie vielleicht, aber unangenehm für mich.«

Er wandte den Blick ab. »Da ist auch noch die andere Angelegenheit, und ich glaube nicht, dass Mr. Oldershaw endgültig beruhigt sein wird, ehe das geklärt ist.«

»Was meinen Sie, Sir?«

»Nun, was überhaupt zu der Geschichte mit dem Geist geführt hat: Ich meine die Art, wie Mrs. Whichcote zu Tode gekommen ist.«

33

Nachdem Holdsworth das Rektorat verlassen hatte, ging er schnell durch die Passage in den Kapellenhof. Je besser er Jerusalem kennenlernte, je mehr er von den seltsamen und befremdlichen Strukturen erahnte, desto weniger verspürte er den Wunsch, es näher kennenzulernen. Während der schrecklichen Befragung im Garten war er kaum in der Lage gewesen, sein Verlangen nach Elinor Carbury zu unterdrücken. Seine eigene Dummheit verursachte ihm Übelkeit. Eine weniger passende Person hätte er sich für sein Begehren kaum aussuchen können.

Dümmer als dumm. Ehebrecherisch. Elinor war mit Dr. Carbury verheiratet. Und Maria war gerade erst drei Monate unter der Erde. Wie konnte er seine tote Frau auch nur in Gedanken betrügen?

Er zwang seine Gedanken in sichereres Fahrwasser. Hatte Elinor Carbury gelogen? War sie in jener Nacht, in der Frank Oldershaw den Verstand verlor, unter der Platane spazieren gegangen? War sie selbst der Geist? Oder fand sie einfach andere Wege, Männer zu verfolgen?

Erst als Holdsworth den Kapellenhof halb durchquert hatte, bemerkte er zwei vertraute Gestalten vor dem Eingang zur

Bibliothek. Mr. Richardson sprach mit seinem Schüler, dem eleganten Mr. Archdale, der noch röter und aufgeblasener schien als sonst. Es war zu spät für Holdsworth, die Richtung zu ändern, um den beiden aus dem Weg zu gehen, doch er tat sehr geschäftig und versuchte, mit einer schnellen Verbeugung vorbeizuschlüpfen, so als hätte er etwas sehr Dringendes zu erledigen. Aber Richardson wandte sich zu ihm um und streckte die Hand aus.

»Mr. Holdsworth höchstpersönlich! Bitte, Sir, gesellen Sie sich einen Moment zu uns. Ich brauche dringend Ihren Rat.«

Es half nichts. Er gestattete Richardson, ihn beiseitezuziehen. Archdale wartete, von einem Fuß auf den anderen tretend, ein Stück entfernt.

Der Tutor senkte die Stimme. »Ich fürchte, es gibt einen Dieb unter uns, Sir. Mr. Archdale war gerade in der Bibliothek und fand das Schloss an einem der Bücherschränke aufgebrochen. Es ist der Schrank, in dem wir die wertvollsten und die etwas delikateren Bücher aufbewahren. Sie erinnern sich zweifellos? Ich zeigte es Ihnen. Links vom Kamin.«

»Ja. Ein Wandschrank. Wann ist das passiert?«

»Wahrscheinlich während oder kurz nach dem Essen. Die Bibliothek stand offen, und es waren nur wenige Menschen dort. Als Mr. Archdale entdeckte, dass der Schrank aufgebrochen war, verständigte er mich sofort. Ich habe mir gleich einen kurzen Überblick verschafft und glaube, dass nur ein Band fehlt. Ein Stück von Marlowe.«

»*Das Massaker von Paris?*«

»Genau das. Eine seltsame Wahl – wir haben wertvollere Bücher.«

»Oder eine raffinierte«, wandte Holdsworth ein.

»Wie das?«

»Es ist eine ungewöhnlich unversehrte Ausgabe der frühesten Auflagen des Stücks, und es scheint noch original gebunden zu sein. Aber niemand weiß, wie oft es gedruckt wurde, wie viele noch existieren oder wo sie sind. Wenn der Dieb also alle Spuren des Besitzers beseitigt, wäre es ein Leichtes, es zu verkaufen.«

»Aha. Ich verstehe, was Sie meinen. Dann haben wir es hier möglicherweise mit einem Dieb zu tun, der sein Handwerk versteht?«

Holdsworth nickte. »Möglicherweise.«

»Und was könnte so ein Buch bringen?«

»Das kann ich Ihnen nicht sagen. Diese Dinge bringen, was der Markt bietet. Marlowe ist zurzeit nicht sehr gefragt, aber manche wären natürlich entzückt, eine Ausgabe des Stücks in ihrer Sammlung zu haben. Wenn der Dieb so klug ist, wie es scheint, wäre er gut beraten, sich Zeit zu lassen. Er wird eher nach einem privaten Käufer als nach einem Buchhändler suchen. Oder er hat das Buch auf Bestellung gestohlen und hat bereits einen Käufer, der darauf wartet.«

Richardson warf Archdale, der knapp außer Hörweite stand, einen Blick zu. »Mr. Holdsworth, ich habe Ihnen noch nicht alles erzählt. Da ist noch etwas, und ich weiß nicht recht, ob es die Sache schlimmer oder besser macht.« Er holte einen Gegenstand aus der Tasche und hielt ihn ihm auf der Handfläche hin. »Als Mr. Archdale entdeckte, dass der Schrank aufgebrochen worden war, fand er dies hier darin. Ich kann schwören, dass es heute Morgen noch nicht dort lag – ich musste den Schrank heute Morgen öffnen. Daraus können wir nur schließen, dass es dem Dieb gehört.«

Richardson hielt ein kleines Taschenmesser mit einem beinernen Griff in der Hand. Das Messer war offen. Die stumpfe Metallklinge war rostig und zerkratzt. Ständiges Schärfen hatte sie zu einem Schatten ihrer selbst gemacht. Nur am Rand glänzte das Metall noch.

»Sie glauben, dass damit das Schloss aufgebrochen wurde, Sir?«

»So scheint es. Und sowohl Mr. Archdale als auch ich haben dieses Messer schon einmal gesehen. Es hat eine recht eigene Form, sehen Sie, und dort ist ein schwarzer Fleck am Griff, als hätte vor Kurzem ein glühender Schürhaken oder etwas Ähnliches daraufgelegen. Ich fürchte, es gibt keinen Zweifel. Es gehört Mr. Soresby. Ich habe es ihn bei unzähligen Gelegenheiten benutzen sehen. Er reinigt seine Zähne und seine Fingernägel damit, ja, er schneidet sogar das Fleisch mit dem Messer.«

»Wurde Mr. Soresby heute in der Bibliothek gesehen?«

Richardson zuckte mit den Schultern. »Nun, er kommt und geht so oft, dass meistens niemand mehr Notiz davon nimmt. Schließlich ist er der Bibliotheksgehilfe.«

Archdale war näher herangerückt. »Hören Sie, Sir«, sagte er zu Richardson. »Das Ganze ist teuflisch unangenehm. Ich kann einfach nicht glauben, dass Soresby so ein Dummkopf ist. Und dass er auch noch sein Messer liegen lässt.«

»Wir können nicht mit Sicherheit sagen, dass er es war«, sagte Richardson stirnrunzelnd. »Und wer kennt schon die verborgenen Wege der menschlichen Seele? Während die eine Hand ein Verbrechen begeht, mag die andere vielleicht einen Weg finden, es zuzugeben. Ich bin Ihnen sehr dankbar, Mr. Archdale, dass Sie mir Bescheid gegeben haben, und möchte Sie nicht länger von Ihren Studien abhalten. Doch darf ich Sie bitten, Stillschweigen zu bewahren, bis ich Gelegenheit hatte, mit Mr. Soresby zu sprechen? Möglicherweise gibt es eine ganz harmlose Erklärung.«

Es war eine unangenehme Angelegenheit, und Holdsworth wollte sich ebenfalls entfernen. Er ging einen Schritt auf das Pförtnerhaus zu und sagte: »Sie haben viel um die Ohren, Sir, und werden …«

»Nein, bitte bleiben Sie, Mr. Holdsworth«, sagte Richardson. »Darf ich Ihre Gutmütigkeit ausnutzen und Sie inständig um einen weiteren Gefallen bitten? Eine so diffizile Sache wie diese will mit großer Vorsicht gehandhabt werden und genau überlegt sein. Ihre Hilfe wäre von unschätzbarem Wert. Sehen Sie, aufgrund der uns zur Verfügung stehenden Indizien haben wir *dem ersten Anschein nach* guten Grund anzunehmen, dass Mr. Soresby für den Diebstahl verantwortlich ist. Aber die Indizien sind noch lange kein absoluter Beweis. Als Bibliothekar und als Mr. Soresbys Tutor ist es meine Pflicht, ihn sofort aufzusuchen. Es wäre unangemessen, ihn ohne die Anwesenheit eines Zeugen zu befragen, und Sie vereinen in Ihrer Person die idealen Eigenschaften für diese Aufgabe. Sie sind kein Mitglied dieses Colleges, aber Sie wissen inzwischen ein wenig, wie es hier zugeht, und kennen die Menschen, die darin leben. Sie sind auf Geheiß Ihrer Ladyschaft hier, deren Familie so viele Bindungen an Jerusalem hat. Und Sie kennen die Bibliothek und ihren Inhalt bestens.«

Richardson nahm Holdsworths Arm und führte ihn durch die Passage, die die Halle von der Vorratskammer und der Küche trennte, in den dahinterliegenden Hof. Direkt vor ihnen, hinter dem Zaun, befand sich die Jerusalem Lane. Zu ihrer Rechten lag das Rektoratsgebäude, und in der nordöstlichen Ecke stand im rechten Winkel zum Rektorat, parallel zur Jerusalem Lane, die Yarmouth Hall. Richardson ging quer über den gepflasterten Hof voraus auf den Eingang des Gebäudes zu, eine schwere Eichentür, die mit gesprungenem spätgotischem Flechtwerk verziert und von zwei Stützpfeilern eingerahmt war.

»Eine ausgesprochen unbequeme Unterkunft für Studenten«, sagte Richardson, als er die Tür öffnete. »Es ist sehr kalt und bedarf ständiger Reparaturen.«

Er trat in einen dunklen Gang mit einem Steinboden. Zu

beiden Seiten gingen Flure ab, und eine Treppe wand sich in die oberen Stockwerke.

Der Tutor hielt sich ein Taschentuch vor die Nase. »Ich fürchte, die Luft ist nicht so gesund, wie sie sein könnte«, nuschelte er. »Hier entlang, Sir.«

Er führte Holdsworth die Treppe hinauf. Die Yarmouth Hall war in drei Etagen unterteilt, auf jeder befanden sich ein halbes Dutzend kleine Kammern. An den Wänden bröselte der Putz herunter und gab den Blick auf die darunterliegenden Holzlatten frei. Der Fußboden war starr vor Schmutz.

»Eins kann man diesem Ort wenigstens zugutehalten«, sagte Richardson, als sie die letzten Stufen zum zweiten Stock hinaufstiegen. »Die Stuben sind billig, und diese Dachkammern kosten am wenigsten.«

Im obersten Stockwerk klopfte er an die Tür am Ende des Korridors. Holdsworth hörte Schritte sich nähern und einen Riegel klappern. Die Tür ging einen Spalt auf. Soresbys langes, ängstliches Gesicht spähte heraus.

»Mr. Soresby, guten Tag. Dürfen wir hereinkommen?«

Der Student trat vor Überraschung mechanisch zurück und zog die Tür weit auf. Gebückt folgte Holdsworth Richardson in die kleine Kammer. Richardson schloss die Tür hinter ihnen.

Der Raum war unter dem First ungefähr zehn Fuß lang, aber nicht breiter als fünf oder sechs Fuß. Es gab keinen Kamin. Soresbys Barett und Umhang hingen an einem Nagel neben der Tür. Wegen der Dachschräge konnte man nur an der Innenseite aufrecht stehen. Gegenüber stand ein Bett, ohne Vorhänge und ungemacht; nahe der Tür gab es einen fleckigen Tisch aus Kiefernholz, auf dem einige Bücher und, auf einem Holzbrett, der Rest eines Brotlaibs und ein paar Krümel Käse lagen. Direkt darüber hing ein Brett an der Wand, auf dem ein Dutzend Bücher lagen.

Als sie eintraten, zog sich Soresby in Richtung Bett zurück. Holdsworth blieb am Fenster stehen, einer Gaube, die weit offen stand. Das Fenster lag nach Süden, zum College hin, aber außer der kahlen Mauer des Rektorats war wenig zu sehen. Holdsworth blickte hinunter. Unangenehme Gerüche schlugen ihm entgegen. Er befand sich direkt über dem kleinen Hof, wo die Aborte und das Waschhaus lagen und wo die Dienstboten der Carburys manchmal tagsüber arbeiteten. Niemand war zu sehen.

»Mr. Soresby, ich bedaure, sagen zu müssen, dass wir in keiner angenehmen Angelegenheit hier sind«, erklärte Richardson.

Der Student schaute verwirrt von Richardson zu Holdsworth. »Ich verstehe nicht, Sir. Gab es einen Unfall? Ist mein Vater …?

»Nein, nein«, unterbrach ihn Richardson. »Deswegen können Sie ganz beruhigt sein. Nein, es betrifft die Bibliothek. Gibt es irgendetwas, das Sie mir sagen möchten, ehe ich fortfahre? Es könnte in Ihrem Interesse sein.«

Richardson machte eine Pause. Soresby schüttelte den Kopf.

»Nun gut. Ich muss Sie davon in Kenntnis setzen, dass es einen Einbruch gab. Ein Dieb war heute irgendwann in der Bibliothek, wahrscheinlich kurz nach dem Essen. Er hat das Schloss eines bestimmten Schranks aufgebrochen und ein wertvolles Buch gestohlen.«

Soresby schien in sich zusammenzufallen. »Das tut mir von Herzen leid, Sir – ich …«

»Was? Sie übernehmen die Verantwortung?«

»Nein, Sir.« Das Gesicht des Studenten verlor auch die letzte Farbe. »Natürlich nicht. Ich – ich wollte nur sagen, ich wünschte, ich wäre da gewesen, um den Verlust zu verhindern. Als Bibliotheksgehilfe …«

»Ja, in der Tat, es könnte sich die Frage stellen, ob Sie Ihre Pflichten vernachlässigt haben«, sagte Richardson. »Aber das beunruhigt mich im Moment nicht. Was mich beunruhigt, ist die weitaus ernsthaftere Möglichkeit, dass Sie selbst der Dieb sein könnten.«

Soresby hob die Hände, als wollte er einen Schlag abwehren. Er wich vor Richardson zurück und stieß an die Bettkante. Überrascht setzte er sich hin.

»Die Person, die dafür verantwortlich ist, wusste nicht nur genau, welchen Schrank sie öffnen, sondern auch, welches Buch sie stehlen musste. Mit anderen Worten, der Dieb war sehr vertraut mit der Bibliothek.«

»Ich flehe Sie an, Sir, bitte äußern Sie nicht so einen Verdacht«, jammerte Soresby. »Ich würde niemals …«

»Ich wäre Ihnen verbunden, wenn Sie erst einmal die Anschuldigung hören würden, ehe Sie versuchen, sich zu verteidigen. Wie ich schon sagte, nach dem Essen begab sich Mr. Archdale in die Bibliothek. Er war es, der den Diebstahl entdeckte. Er fand auch das Werkzeug, mit dem die Schranktür aufgebrochen wurde. Er brachte es sofort zu mir. Ich darf hinzufügen, dass er es ebenso erkannte wie ich.«

Richardson holte das Messer aus der Tasche und zeigte es. Soresby, der immer noch saß, starrte es einen Moment lang an, dann streckte er die Hand aus, als wollte er es nehmen. Der Tutor zog seine Hand zurück.

»Sie geben zu, dass dies Ihr Messer ist?«

»Natürlich ist es das, Sir. Ich würde es überall erkennen – ich habe es, seit ich ein kleiner Junge war. Es gehörte meinem Vater.«

»Sehr gut.« Richardson warf Holdsworth einen Blick zu. »Dann muss ich Sie noch einmal fragen, ob Sie das Buch gestohlen haben?«

Soresby machte den Mund auf, brachte aber kein Wort

heraus. Er schüttelte heftig den Kopf, wobei seine strähnigen Haare hin und her flogen.

»Ich bedaure, aber die Indizien gegen Sie sind so stark, dass mir nichts anderes übrig bleibt, als Ihr Zimmer zu durchsuchen. Und das ist mir gewiss genauso zuwider wie Ihnen, aber Sie werden verstehen, dass ich unter diesen Umständen keine Wahl habe. Wenn Sie unschuldig sind, was durchaus möglich ist, obwohl die Indizien gegen Sie sprechen, wird es natürlich Ihr Wunsch sein, Ihre Unschuld allen zu beweisen.« Richardson sah Holdsworth an. »Es ist wichtig, diese Dinge in der richtigen Form zu tun, Sir. Sie würden mir einen großen Gefallen tun, wenn Sie von der Tür aus die Suche bezeugen würden.« Er wandte sich wieder an Soresby. »Bitte stellen Sie sich neben Mr. Holdsworth. Und wären Sie so gut, Ihre Taschen auszuleeren, bevor Sie das tun?«

Soresby erhob sich unbeholfen. Er drehte eine Tasche nach der anderen seiner Jacke und seiner Hosen nach außen. »Ich – ich habe bemerkt, dass ich mein Taschenmesser verlegt habe, Sir«, sagte er. »Ich dachte …« Seine Stimme erstarb. Er stellte sich neben Holdsworth. Er zitterte wie im Fieber. Ein lautes Knacken war zu hören, als er an einem Fingergelenk zog.

Richardson arbeitete sich durch den kleinen Raum. Wie bei allem, was er tat, ging er methodisch vor. Er drehte die Bücher um und untersuchte den Tisch, ja, schaute sogar darunter nach. Auf dem Boden daneben stand eine Holzschachtel mit Soresbys Notizen. Er kippte den Inhalt auf den Tisch und blätterte ihn durch. Er durchsuchte den kleinen Spind, in dem Soresby seine wenigen Kleidungsstücke und vom Kerzenstummel bis zu rostigen Nadeln seine Habseligkeiten aufbewahrte.

Soresbys Atem ging schnell und unregelmäßig. Der junge Mann schwitzte wie im Fieber. Holdsworth spürte die Hitze, die sein Körper abstrahlte, und roch den säuerlichen Geruch von Angst.

Schließlich kam der Tutor zum Bett. Er zog es bis auf die Strohmatratze ab. Er inspizierte das Gestell und das Kissen. Darunter fand er Staub, einen Nachttopf voller Urin, der schwappte, als er ihn bewegte, und das Skelett einer Maus. Er wandte sich nun der Matratze zu, knetete und befühlte sie auf beiden Seiten wie ein Arzt, der gewissenhaft den Körper seines Patienten nach Knoten absucht.

Plötzlich sah er auf. »Es scheint, als befände sich ein rechteckiger Gegenstand im Stroh, Mr. Soresby. Hier, wo die Naht aufgegangen ist. Wären Sie so gut, ihn für mich herauszuholen?«

Soresby schluckte. Er öffnete den Mund und schloss ihn wieder. Er bewegte sich nicht.

»Haben Sie mich gehört, Sir?«, fragte Richardson scharf.

Soresby stolperte durch den Raum und fiel am Bett auf die Knie. Richardson stand abwartend daneben. Der Student schob seine Hand unter den Leinenbezug der Matratze.

»Nicht da«, sagte Richardson. »Auf der anderen Seite.«

Soresbys Hand schlängelte sich unsichtbar in die andere Richtung. Dann förderte sie schließlich einen in Leder gebundenen Band im Quartformat zutage. Mit weit aufgerissenen Augen setzte er sich auf die Fersen zurück und starrte ihn an.

»Bitte geben Sie es mir, Sir«, forderte Richardson ihn auf.

Keine zwei Schritte trennte die beiden Männer. Immer noch auf Knien wie ein Bittsteller, hielt Soresby Richardson das Buch hin. Der Tutor nahm es und schlug die Titelseite auf. Er hielt es ein wenig schräg, damit Holdsworth sie ebenfalls sehen konnte. *Das Massaker von Paris.*

»Ich schwöre«, flüsterte Soresby heiser, »ich schwöre, ich …«

»Bitte fügen Sie Ihren Sünden nicht auch noch einen Meineid hinzu, Sir. Nun, für den Moment lassen wir Sie allein.

Sie bleiben in Ihrem Zimmer, bis ich nach Ihnen schicke.« Der Tutor wandte sich an Holdsworth. »Ich bedaure, dass Sie Zeuge einer so unangenehmen Unterredung werden mussten. Aber darf ich Ihre Gutmütigkeit noch weiter ausnutzen und Sie bitten, mich zum Rektor zu begleiten?«

Er deutete eine winzige Verbeugung in Richtung Soresby an und verließ den Raum mit hoch erhobener Nase, als versuche er, sie so weit wie möglich über den in der Luft liegenden Gestank nach moralischer Verderbtheit zu erheben.

Holdsworth folgte ihm. An der Tür drehte er sich um. Soresby kniete noch immer. Sein Gesicht war aschfahl. Die Augen weit offen, der Blick leer. Nur seine Hände bewegten sich. Ein Gelenk knackte.

34

Philip Whichcote stieg ab und öffnete das Tor. Er führte das Pferd in den Hof. Das Klappern der Hufe schreckte ein Dutzend Tauben auf. Als er die Zügel losließ, trottete das Pferd zur Tränke und senkte den Kopf zum Wasser.

Whichcote versuchte, die schwere Tür der Mühle zu öffnen. Sie war abgeschlossen. Er hatte den Ort ganz leicht gefunden. Die Knechte im Mietstall kannten die Umgebung wie ihre Westentasche, und einer von ihnen hatte früher für Mr. Smedley, den Pächter in Whitebeach, gearbeitet. Whichcote wusste, dass die nächste Stunde die Richtung seines Lebens bestimmen konnte. Besonnenheit war ein Weg. Sein Instinkt drängte ihn in die andere Richtung.

Er hörte Schritte hinter sich.

Mulgrave erschien an der Ecke des strohgedeckten Häuschens, das zur einen Seite den Hof begrenzte. Das Gewicht zwischen dem kürzeren und dem längeren Bein balancierend, marschierte er, ungelenk hin und her schwankend, auf Whichcote zu. Ein paar Schritte vor ihm blieb er stehen. Die beiden Männer sahen sich schweigend an.

»Dachte, ich hätte Hufe gehört«, sagte der Lohndiener schließlich mit der düsteren Befriedigung desjenigen, der das Schlimmste befürchtet hatte und sich nun wenigstens mit dem Wissen trösten konnte, dass er recht hatte.

»Ich bin gekommen, um Mr. Oldershaw zu besuchen. Wo ist er?«

Mulgrave spuckte aufs Pflaster, kaum eine Fußlänge von Whichcotes Stiefel entfernt. »Er ist für Besucher nicht zu sprechen.«

»Unverschämter Kerl«, fuhr Whichcote ihn an.

Plötzlich wütend, reckte er sich zu seiner vollen Größe auf. Alle Sorgen und Enttäuschungen der letzten Monate kamen auf einmal zusammen und entluden sich in einem grandiosen Wutanfall. Ohne nachzudenken, schwang er den rechten Arm hoch und zog Mulgrave die Peitsche durchs Gesicht.

Zu spät versuchte der Lohndiener, dem Schlag auszuweichen, und verlagerte das Gewicht auf sein schlechtes Bein. Er stolperte und fiel zu Boden. Whichcote schlug ihn abermals mit der Peitsche, wobei er diesmal mit der Spitze auf Mulgraves Halsbeuge zielte.

Der Diener heulte auf und krabbelte auf die Füße. Er hatte seinen Hut und die Perücke verloren. Taumelnd, aber erstaunlich schnell, rannte er dorthin zurück, woher er gekommen war. Whichcote stolzierte, die Peitsche schwingend, hinter ihm her. Seine Reitstiefel klapperten und rutschten auf den Pflastersteinen. Seine Wut hatte ein sicheres Ziel gefunden. Er war Mulgrave beinahe dankbar.

Er ging um das Haus herum und fand sich in einem verwilderten Garten wieder.

Mulgrave war nirgends zu sehen. Vielleicht hatte er im

Cottage Zuflucht gesucht, oder sogar in der Mühle dahinter. Whichcote erblickte eine Gestalt am Wasser, kaum zu sehen hinter den wild wachsenden Obstbäumen am Ende des Gartens.

Erst auspeitschen, dann untertauchen. Das würde dem Gauner eine Lehre sein.

Er erkannte seinen Fehler, ehe er bei den Bäumen war. Es war Frank, der da unten ganz allein mit dem Rücken zum Haus saß. Jacke und Hut lagen neben ihm im Gras. Er hielt eine Angelrute in der Hand. Die Schnur dümpelte träge im Wasser und bewegte sich mit der Strömung. Er drehte sich nicht um, als Whichcote näher kam, obwohl er die Schritte gehört haben musste.

Besonnen bleiben, sagte Whichcote sich. Er fühlte sich jetzt ganz ungewohnt gelassen. Er würde es langsam angehen.

»Frank!« Whichcote stand nun neben ihm und lächelte zu ihm hinunter, wohl wissend, dass er jetzt heucheln musste wie nie zuvor. Er wechselte die Peitsche in die linke Hand, um mit der rechten Franks Hand zu schütteln. »Ich wünsche Ihnen einen guten Tag. Was für eine Freude, Sie zu sehen.«

Frank legte die Angel beiseite und stand auf. Er ignorierte Whichcotes ausgestreckte Hand und verbeugte sich steif.

»Und so gut aussehend«, fuhr Whichcote fort, während er die verschmähte Hand beiläufig auf die Hüfte legte, als wäre das die ganze Zeit seine Absicht gewesen. »Sie sind wirklich ein Aushängeschild für den positiven Effekt der guten Landluft. Ich muss sagen, es reizt mich, mit Ihnen in der Abgeschiedenheit zu leben. Wir werden nur angeln und jagen und reiten und alle Tage glücklich sein. Sind Sie allein?«

Frank antwortete nicht, aber Whichcote bildete sich ein, ihn nicken zu sehen. Wegen der tief stehenden Sonne war es schwer zu erkennen. Sie stand hinter Frank und schien Whichcote direkt in die Augen. Das tiefgoldene Licht fing sich in Franks Haaren, die er offen und ungepudert trug, schamlos, als wäre er ein Ackerknecht.

»Leider muss ich Ihnen sagen, dass ich gezwungen war, Ihren Diener zu züchtigen, als ich kam«, fuhr Whichcote fort. »Diesen Mulgrave – verdammter Bursche, er ist alt genug und müsste es eigentlich besser wissen. Er war richtig unverschämt. Sie sollten ihn entlassen, ja, das sollten Sie wirklich.«

Er machte eine Pause, doch Frank gab keine Antwort.

»Ihre Freunde möchten unbedingt wissen, wie es Ihnen geht. Darf ich ihnen sagen, dass Sie voll und ganz wiederhergestellt sind? Wann werden Sie wieder unter uns weilen?«

Er hörte ein Geräusch hinter sich und drehte sich um. Mulgrave humpelte den Weg hinunter auf ihn zu. Der Lohndiener blieb in sicherer Entfernung bei den Bäumen stehen. Auf seiner linken Wange prangte bereits ein feuerroter Striemen, und ein weiterer zog sich wie eine rote Furche unterhalb des Kiefers um seinen Hals.

»Er hat mich mit der Peitsche geschlagen, Sir«, rief Mulgrave. »Ist nicht recht. Ich bin nicht sein Diener. Und er schuldet mir Geld.«

»Halt deine Zunge im Zaum«, fuhr Frank ihn an, der trotz aller Verbundenheit empört über Mulgraves Ungezogenheit gegenüber einer Respektsperson war.

»Sie werden ihn hoffentlich bestrafen«, sagte Whichcote. »Guter Gott, wo sind wir nur hingekommen?«

Frank wandte den Blick wieder Whichcote zu. Urplötzlich sprang er vor und packte den älteren Mann um die Taille. Whichcote, von dem Angriff völlig überrascht, machte zunächst keine Anstalten, sich zu verteidigen. Frank zog ihn die Böschung hinunter. Whichcote wehrte sich, und es gelang ihm kurz, sich Franks Griff zu entziehen. Aber Frank war jünger, größer und stärker als er. Er schlang die Arme um Whichcote und drückte dessen Arme an den Seiten zusammen.

»Verdammt, lassen Sie mich …«

Frank zerrte ihn weiter die Böschung hinunter. Der Erdboden am Wasser war weich. Whichcotes Reitstiefel rutschten im Schlamm. Er schlug die Stirn gegen Franks Gesicht, so fest er konnte. Frank fluchte und lockerte seinen Griff. Er zog den älteren Mann auf die Füße.

»Um Himmels Willen …«

Frank drehte sich und hob sein Opfer höher. Mit großem Schwung holte er aus und warf Whichcote weg. Den Bruchteil einer Sekunde lang hing Whichcote mit wedelnden Gliedmaßen in der Luft. Das Wasser spritzte auf, als er hineinfiel.

»Quak«, sagte Frank lächelnd. »Quak, quak.«

Holdsworth verließ Cambridge schnell und lief den langen Hügel am Fluss hinauf, als wären die Furien hinter ihm her. Während er ging, tauchten ständig zwei Gesichter vor seinem inneren Auge auf: Eines gehörte Tobias Soresby, bleich, hager und voller Angst; das andere Elinor Carbury, ihm zugewandt, jene wunderschönen Augen auf ihn gerichtet – diese Augen, so unerwartet und in der Tat hinreißend in dem ernsten, dünnen Gesicht mit den dichten Brauen.

Warum glauben wir, dass nur die Toten uns nicht loslassen, sinnierte er, *wenn doch die Lebenden genauso gut darin sind?*

Die Stadt verschwand hinter ihm. Mit dem schwächer werdenden Licht zogen von Westen her Wolken auf, und es wurde merklich kühler. Holdsworth verlangsamte seinen Schritt. Er dachte daran, wie Richardson ihn an seinem ersten Abend in Jerusalem durch die Gärten geführt und den Ort eine Festung genannt hatte, abgeschlossen und unberührt. Doch man konnte es auch anders betrachten: Die Menschen wurden nicht nur innerhalb der Mauern gehalten, sondern die Mauern hielten auch andere draußen. Der Ort war eine Falle, und Tiere, die in der Falle saßen, konnten den anderen nicht entkommen. In besseren Zeiten hatte Holdsworth einmal einen Gesellen beschäftigt, dessen größter Spaß es war, Ratten zu fangen und zusammen in einen Käfig zu sperren. Die Ratten kämpften miteinander, bis nur noch eine übrig blieb, blutend, siegreich und oftmals sterbend. Es war so ein Vergnügen, sie zu beobachten, hatte der Geselle immer gesagt, und er nähme Wetten darauf an, welche die Siegerin sein würde.

Ein Reiter tauchte in der Ferne auf. Das Pferd trottete gemächlich dahin, sodass es der Mann nicht eilig zu haben schien. Langsam kamen er und Holdsworth sich näher. Irgendetwas an der Gestalt, die da zusammengesunken im Sattel saß, war seltsam. Der Kopf hing herunter. Sein Mantel sah schlaff und schmutzig aus. Er trug weder Hut noch Perücke.

Die Entfernung zwischen ihnen wurde kleiner. Der Mantel war mehr als schmutzig – er war nass, genau wie der Rest der Kleidung des Mannes. Als sie keine zwanzig Schritte mehr voneinander entfernt waren, hob der Reiter den Kopf. Sein Blick begegnete Holdsworth und entglitt sofort wieder, als er den Kopf abermals über den Hals des Pferdes hängen ließ. Doch Holdsworth hatte ihn erkannt.

»Mr. Whichcote«, sagte er. »Guten Abend. Hatten Sie einen Unfall?«

Holdsworth ignorierend, trieb Whichcote das Pferd an und trabte an ihm vorbei. Holdsworth drehte sich um und sah der entschwindenden Gestalt nach. Als er in sicherer Entfernung war, ließ Whichcote das Pferd in einen schwankenden Passgang zurückfallen.

Holdsworth ging, so schnell er konnte, weiter und versuchte, eine Blase zu ignorieren, die sich an seinem rechten Fuß bildete. Er durchquerte das kleine Dorf, in dem die Hunde ihn anbellten und der Schmied, der vor der Schmiede sein Abendpfeifchen rauchte, ihm neugierig hinterherblickte. Holdsworth bog in den Weg zur Mühle ein.

Mulgrave war im Hof, ebenfalls rauchend. Er erhob sich mit offensichtlichem Widerwillen, als er Holdsworth sah, und gab sich kaum Mühe, seine Pfeife zu verbergen. Auf seiner linken Wange hatte er einen langen, leuchtenden Striemen und am Hals, zum Teil unter seinem Halstuch und Kragen versteckt, einen weiteren.

»Gott sei Dank sind Sie es, Sir«, sagte der Lohndiener, den Blick fromm gen Himmel gerichtet. »Ich dachte einen Moment lang, Sie wären wieder dieser Teufel.«

»Mr. Whichcote?«

»Wer sonst, Sir. Die Wiedergeburt des Teufels.«

»Ich bin ihm auf der Straße begegnet.«

»Er hat mich mit der Peitsche geschlagen. Genau hier im Hof. Ich bin ein freier Bürger dieses Landes, genau wie er, Sir, und vielleicht hetze ich ihm die Polizei auf den Hals. Das ist Körperverletzung, jawohl, das ist es. Und außerdem schuldet er mir Geld, der Schuft, er hat es mir sozusagen gestohlen.«

»Was ist passiert? Wo ist Mr. Frank? Hat Mr. Whichcote mit ihm gesprochen?«

Mulgrave schüttelte sich, als wären die Fragen Kugeln, denen er ausweichen wollte. Es dauerte eine Sekunde, ehe Holdsworth begriff, dass der Diener leise lachte.

»Mr. Frank hat ihm ein Bad im Mühlteich verpasst.«

»Wie bitte?«

Wieder schüttelte sich Mulgrave vor leisem Lachen. »Hat ihn untergetaucht, das wird dem Teufel eine Lehre sein.«

»Aber wo ist Mr. Frank?«, wiederholte Holdsworth lauter.

Mulgrave riss den Daumen hoch. »Im Salon, wenn man das so nennen kann.«

Bevor der Lohndiener ausreden konnte, ging Holdsworth weg. Mulgraves Respektlosigkeit konnte bis später warten. Er fand Frank im Lehnstuhl am Tisch sitzend im Wohnzimmer, eine Tasse Tee neben sich. Seine Haare waren gekämmt und leicht gepudert, und er war ordentlich gekleidet. Er hätte den Gottesdienst in der Kirche Great St. Marys besuchen können, ohne dass irgendjemand eine Augenbraue hochgezogen hätte. Er war so in sein Buch, die *Nachtgedanken*, vertieft, dass er Holdsworths Eintreten gar nicht zu bemerken schien.

»Mr. Oldershaw – es tut mir von Herzen leid, dass Sie heute Nachmittag diesen Eindringling ertragen mussten. Ich hoffe, Ihnen ist nichts geschehen?«

Frank legte das Buch sorgfältig auf den Tisch, erhob sich mit großer Gelassenheit und verbeugte sich vor Holdsworth.

»Ich hätte Sie nicht ohne Schutz hierlassen sollen«, fuhr Holdsworth fort. »Ich habe mir schon den Kopf zerbrochen, wie Whichcote herausgefunden …«

»Es geht mir ausgezeichnet, Sir, wie Sie sehen können, es hat also nichts zu bedeuten.«

»Warum ist er gekommen? Was ist geschehen?«

Frank lächelte. »Quak«, sagte er. »Quak.«

An diesem Abend regnete es. Nicht stark, aber es war ein beständiges Nieseln, sodass Elinor ans Haus gebunden war. Sie saß am Fenster und blätterte in den vertrauten Seiten von *Rasselas: »Es gibt kein Volk, weder gebildet noch ungebildet, in dem nicht von Erscheinungen der Toten berichtet oder an sie geglaubt wird.«* Sie war sich der beinahe ständigen Bewegungen im Haus bewusst – Schritte auf der Treppe, Türen, die geschlossen wurden, das Kommen und Gehen in der Diele unten und das Gemurmel der Dienstboten.

Um acht läutete sie nach Susan, mit dem vorgeschobenen Grund, sie solle das Teegeschirr bringen. Doch während das Mädchen im Zimmer war, nutzte Elinor die Gelegenheit, sie auszufragen.

»Das ist Mr. Richardson, Madam, er geht schon den ganzen Abend ein und aus. Und Mr. Holdsworth und der junge Mr.

Archdale waren da und Mepal. Und jetzt hat der Rektor Ben geschickt, um Mr. Soresby zu holen.«

Die Zeit verging langsam. Nach dem Tee hatte Elinor zweimal einen Grund hinunterzugehen. Einmal wollte sie ein Buch aus dem Esszimmer holen und ein zweites Mal, als es aufgehört hatte zu regnen, um einen Rundgang im Garten zu machen, solange es hell war. Bei beiden Gelegenheiten hörte sie Stimmen hinter der verschlossenen Tür zu Dr. Carburys Bibliothek. Obwohl die Versuchung groß war, brachte sie es nicht fertig, so tief zu sinken und an der Tür zu lauschen, und außerdem gingen die Dienstboten ein und aus, sodass immer die Gefahr bestand, ertappt zu werden.

Draußen wanderte sie die Kieswege auf und ab und war selbst überrascht, wie oft sie sich unter dem Fenster zur Bibliothek wiederfand. Leider war es geschlossen. Wenn sie in der Nähe war, hörte sie Stimmen, konnte aber nicht verstehen, was sie sagten. Es gab allerdings eine Ausnahme, als sie Soresby sagen, besser gesagt, rufen hörte: »Aber ich schwöre es, Sir! Bei allem, was mir heilig ist!«

Je weiter der Abend fortschritt, desto geheimnisvoller wurde es. Soresby verließ das Rektorat. Elinor, die sich zu diesem Zeitpunkt zufällig im Esszimmer aufhielt, blickte auf und sah seine schlaksige Figur mit gesenktem Kopf am Fenster vorbeigehen. Sein Umhang schleifte über den Boden hinter ihm her.

Es wurde Essenszeit. Elinor saß allein im Speisezimmer. Von Dr. Carbury keine Spur. Er hatte das Rektorat nicht verlassen. Für gewöhnlich aß er in der Halle oder im Aufenthaltsraum zu Abend, aber wenn er zu Hause blieb, speiste er mit seiner Frau. Diskret befragte Elinor Susan und erfuhr, dass ihr Mann nicht einmal Ben angewiesen hatte, ihm ein Tablett mit einer Mahlzeit in die Bibliothek zu bringen. Sie schloss die Möglichkeit aus, dass es ihrem Mann außergewöhnlich schlecht ging – denn wäre das der Fall, hätte er es Elinor und die Dienstboten merken lassen; er war kein Mensch, der stumm litt.

Sein Verhalten war unerklärlich. Doch sie wagte nicht, ihn zu stören, um ihre Neugier zu befriedigen. Es war eine seiner Regeln, dass sie ihn niemals unaufgefordert aufzusuchen hatte. Er kam zu ihr, wenn und wann er wollte.

Nach dem Abendessen kehrte sie in ihr Wohnzimmer zurück, ließ die Kerzen anzünden und die Vorhänge zuziehen. Kurz darauf hörte sie die vertrauten schleppenden Schritte auf der Treppe. Ihr Mann betrat, auf seinen Stock gestützt, den Raum. Sein Gesicht war grau und erschien ihr noch dünner als sonst. Wie faltiges, fleckiges Leinen hing die Haut von seinem Kiefer.

»Da sind Sie ja, Sir.« Sie erhob sich und drehte seinen Stuhl so, dass er ihn besser erreichen konnte. »Ich hatte die Hoffnung schon fast aufgegeben.«

Er verneigte sich ganz kurz und sank schwer auf den Stuhl.

»Sie haben nicht zu Abend gegessen. Geht es Ihnen nicht gut?«

Er wischte die Frage mit einer Handbewegung weg. »Ja, ich sollte wohl etwas essen, wenn auch nur ein wenig. Ich habe Ben nach Hammelkoteletts und einem Stück von der Taubenpastete von gestern Abend geschickt, falls noch etwas davon übrig ist. Etwas anderes ertrage ich nicht.«

»Mein Lieber, Sie sind nicht Sie selbst.«

Er grunzte. »Ich habe heute Abend von etwas Kenntnis erhalten, das mir den Appetit genommen hat. Ich hätte es nicht für möglich gehalten. Ausgerechnet Soresby.«

»Was ist mit ihm geschehen?«

»Es muss wohl eher heißen, was hat er getan, Madam. Vor ein oder zwei Stunden kam Richardson zu mir – oh, er wirkte sehr betroffen, aber man konnte das Glitzern in seinen Augen sehen. Es scheint, als hätte Soresby ein wertvolles Buch aus der Bibliothek gestohlen.«

»Gestohlen? Nicht geliehen?«

»Man leiht sich kein Buch aus, indem man den Schrank aufbricht, in dem es eingeschlossen ist, sich davonschleicht und es in der Matratze versteckt. Nein, es gibt keinen Zweifel. Soresby streitet es natürlich ab, aber die Beweise gegen ihn sind unumstößlich. Er muss beabsichtigt haben, das Buch zu verkaufen, denn man hat mir gesagt, in London würde es einige Guineen bringen. Und Gott weiß, wie dringend er Geld braucht. Stipendiaten brauchen immer Geld.«

»Aber mit der Aussicht auf das Rosington-Stipendium …?«

»Ja, aber das wird erst in sechs Monaten frei. Und das wusste er. Es wäre in der Tat schwer für ihn gewesen, sich nur aufgrund des Angebots etwas zu leihen, weil er noch nicht einmal die Prüfungen abgelegt hat. Trotzdem ist es merkwürdig – er hätte zu mir kommen sollen, ich hätte ihm einen Vorschuss gegeben, wenn es nötig wäre. Ich kann nur spekulieren, dass der Narr geistig umnachtet und verzweifelt war. Und das, nachdem ich so viel Gutes für ihn getan habe.«

Elinor rutschte auf ihrem Stuhl zur Seite, damit die Kerze sie nicht blendete. »Was werden Sie tun? Kann die Angelegenheit diskret behandelt werden?«

Carbury schüttelte den Kopf. »Das gibt Richardson eine perfekte Möglichkeit, sich an mir zu rächen. Ich nehme an, halb Cambridge weiß schon Bescheid – dafür wird er gesorgt haben. Wüsste nur Richardson davon, wäre es leichter gewesen. Doch dummerweise hat Mr. Archdale den Diebstahl entdeckt. Soresby hat ein Taschenmesser am Tatort liegen lassen, und Mr. Archdale hat es als das von Soresby identifiziert. Und dann kam zufällig kein anderer als Mr. Holdsworth vorbei.«

»Mr. Holdsworth?«

Er sah sie scharf an. »Ich dachte, Sie hätten ihn heute Nachmittag getroffen. Sie wussten, dass er im College ist.«

»Ja, Sir.« Elinor erholte sich schnell und hoffte, sie war nicht rot geworden. »Ich hatte nur nicht erwartet, dass Mr. Richardson so indiskret sein und die Hilfe eines Außenseiters in Anspruch nehmen würde.«

Der Doktor nickte kurz. »Sie sagen es, Madam. Mr. Richardson hat nicht klug gehandelt. Doch wissend, dass Mr. Holdsworth unsere Bibliothek gut kennt und allgemein viel über Bücher weiß, bat er ihn um Unterstützung. Mr. Holdsworth war dabei, als Richardson das Buch in Soresbys Matratze fand. Was natürlich bedeutet, dass Lady Anne in ein oder zwei Tagen von der ganzen Geschichte erfahren wird. Oh, Dirty Dick ist so durchtrieben wie eine Wagenladung Affen.«

»Und Mr. Soresby? Wird er bestraft werden?«

»Nein, ich hoffe, wenigstens das verhindern zu können. Es wäre niemandem damit gedient. Selbst Richardson muss sehen, was für ein schlechtes Licht das Ganze auf unser College wirft.«

»Dann werden Sie ihn nur hinauswerfen?«

Er drehte sich auf seinem Stuhl herum, damit er sie ansehen konnte. »Ich – ich habe noch nicht entschieden, was das Beste ist.«

Elinor schaute ihn an. »Aber er wird gehen müssen. Man kann ihm doch nicht gestatten, die Prüfung abzulegen?«

Dr. Carbury antwortete darauf nicht. Mit einem langen, gelben Fingernagel kratzte er sich die Stirn unter dem Ansatz der Perücke.

Ben kam herein. »Das Hammelkotelett ist da, Sir. Soll ich es unten servieren oder auf einem Tablett hier oben?«

35

Nach der Morgenandacht strömte die Versammlung durch die Westtür hinaus zum Frühstück und, im Fall der Spätaufsteher, zurück ins Zimmer, um sich richtig anzuziehen. Harry Archdale blieb im Schutz der Arkaden zurück. In ihre Umhänge gehüllt, überholten ihn die Studenten und Fellows des Colleges zu beiden Seiten. Schirme wurden über den regennassen Pflastersteinen aufgespannt. Langsam versickerte der Strom der Kirchgänger zu einem Tröpfeln.

Endlich erschien die groß gewachsene Gestalt Tobias Soresbys in der Tür.

»Soresby? Haben Sie einen Augenblick?«

Der Stipendiat vermied es, Archdale anzusehen. »Bedaure – ich habe es eilig …«

»Keine Sorge«, sagte Archdale freundlich. »Ich werde Sie nicht lange aufhalten.« Er zögerte, und seine Selbstsicherheit fiel von ihm ab. »Wie geht es Ihnen?«

Soresby versuchte, sich seitlich vorbeizudrücken. »Sehr gut, danke.«

Archdale trat einen Schritt zur Seite und versperrte Soresby den Weg. »Waren Sie es?«, platzte er heraus.

Zum ersten Mal sah Soresby ihn direkt an. Das Gesicht des Stipendiaten war blass, seine Augen rot und geschwollen. »Nein«, sagte er. »Aber was spielt das jetzt noch für eine Rolle?«

»Ich wage zu behaupten, dass am Ende alles gut wird«, sagte Archdale.

Soresby schüttelte den Kopf. Er zog an seinen Fingern, als wollte er sie abreißen. Ein Gelenk knackte.

»Ich bin sicher, in ein oder zwei Tagen sieht alles ganz anders aus. Mein Wort darauf.«

»Jeder weiß es.«

»Was?«

»Jeder weiß es«, wiederholte Soresby. »Alle starren mich an. Sie tuscheln über mich.«

»Unsinn. Wenn ich in Ihrer Haut steckte, würde ich so weitermachen wie immer. Gehen Sie heute Morgen in Richardsons Vorlesung? Oder in die Bibliothek?«

»Weder – noch.«

»Aha. Ich muss auf jeden Fall in die Bibliothek. Ich möchte Maclaurin zu Rate ziehen und das Büchlein von Mr. Dow über Euklid. Wenn Sie es sich anders überlegen, könnten Sie vielleicht …«

»Ich habe den Dow ausgeliehen, Mr. Archdale«, sagte Soresby. »Ich habe ihn in meinem Zimmer – ich werde das Buch zurückbringen. Es tut mir leid, wenn ich Ihnen Umstände …«

»Ach, Unsinn. Es macht mir überhaupt keine Umstände. Hören Sie, Soresby, selbst wenn das hier schlecht für Sie ausgeht, muss es für einen Mann mit Ihren Fähigkeiten doch jede Menge Beschäftigung geben.«

»Sie haben gut reden, Mr. Archdale.«

»Ja, das stimmt, aber Sie müssen mir trotzdem glauben, denn es ist nichts als die Wahrheit. Sie müssen mir gestatten, Ihr Freund zu sein, hören Sie? Ich werde mit Sir Charles, meinem Onkel, sprechen und sehen, ob er etwas für Sie tun kann. Sie dürfen nicht verzweifeln.«

»Sie sind zu gut, Mr. Archdale«, sagte Soresby, den Blick zu Boden gerichtet. Wieder knackte ein Gelenk. »Und Sie haben recht – ich darf nicht verzweifeln.« Er verbeugte sich mit einer schnellen, nervösen Bewegung wie ein pickendes Huhn. »Vielen Dank, Mr. Archdale, vielen Dank.«

Mulgrave hatte seine Halsbinde gelockert, damit sie sich nicht so schmerzhaft an seinem Hals rieb. Die beiden Striemen am

Hals und auf der Wange hatten sich über Nacht dunkel verfärbt und eine bläuliche Schattierung angenommen. Doch er trug sauberes Leinen und hatte sich sogar rasiert. Ein Abbild von respektabler Nüchternheit stand mit leicht geneigtem Kopf vor Holdsworth.

»Wäre dankbar, wenn ich einen Tag freinehmen könnte, Sir – Geschäfte, die nicht warten können. Es wäre sehr freundlich.«

Die Bitte war weniger eine Bitte als eine Mitteilung: Er würde seinen freien Tag bekommen, ganz gleich, ob er ihm zustand oder nicht. Der Lohndiener war völlig im Recht, denn Holdsworth hatte ihn in Franks Namen eingestellt, und es war ein Vertrag, der jederzeit von beiden Seiten aufgelöst werden konnte.

»Es ist zwar unpassend, aber wenn Sie Ihren Geschäften nachgehen müssen, tun Sie es. Vielleicht können Sie, wenn Sie in der Stadt sind, die Vorräte auffüllen. Sie sagten ja gestern Abend, dass uns der Tee ausgeht, und Mr. Oldershaw äußerte plötzlich den Wunsch nach Erdbeeren, als er zu Bett ging.«

Nachdem Mulgrave gegangen war, setzte sich Holdsworth mit einem Buch in den Händen an den Frühstückstisch, las aber kaum ein Wort. Er war heute Morgen mit einem seltsamen Gedanken aufgewacht: Am Tag zuvor hatte er kaum an Maria oder Georgie gedacht. Es war, als hätten seine Frau und sein Kind nie existiert. Er wusste nicht, ob er sich schuldig fühlen sollte, weil er sie vergessen hatte, oder einfach erleichtert, dass er ihren Schatten für kurze Zeit entkommen war. Aber er hatte beinahe die ganze Zeit an Elinor Carbury gedacht, und das zuweilen in einer Weise, in der kein Mann an die Frau eines anderen Mannes denken sollte; und war das nicht ein viel größerer Verrat?

Er hörte Schritte über sich und gleich darauf auf der Treppe. Frank ging auf dem Weg zur Pumpe und zum Abort durch den Salon. Er war barfuß und trug nur ein Hemd und Kniehosen.

»Guten Morgen, Mr. Oldershaw.«

Frank grunzte, erwiderte aber den Gruß nicht. Fünf Minuten später kam er mit tropfenden Haaren zurück. Er hinterließ eine Spur nasser Fußabdrücke auf dem Steinboden. »Wo ist Mulgrave?«, fragte er fordernd. »Ich will Tee und Toast.«

»Er hat um einen freien Tag gebeten, um Privatangelegenheiten in Cambridge zu erledigen.«

»Und Sie haben es erlaubt? Ohne mich zu fragen? Das geht ein bisschen zu weit.«

Was dann geschah, kam für Holdsworth selbst völlig überraschend: Er verlor die Geduld. »Das liegt daran, dass Sie nicht da waren, um gefragt zu werden. Wenn Sie es vorziehen, den halben Vormittag im Bett zu verbringen, können Sie nicht erwarten, dass die Welt aufhört, sich zu drehen, und wartet, bis es Ihnen genehm ist.«

Franks Gesichtsfarbe wurde dunkler. »So können Sie nicht mit mir reden – was soll das heißen?«

»Es heißt, dass Sie da etwas missverstehen. Ich kann sehr wohl so mit Ihnen reden. Nichts auf der Welt kann mich davon abhalten.«

»Sie werden Ihre Anmaßung bedauern.«

»Wirklich?«

»Als Erstes werden Sie meine Dienste umgehend verlassen.«

Holdsworth lachte. »Sie können mich nicht entlassen. Ihre Ladyschaft hat mich eingestellt, nicht Sie.«

Frank sprang vor. Holdsworth wich aus, ehe der Schlag ihn traf, und die Faust streifte nur seine Schulter. Bevor Frank erneut zuschlagen konnte, packte er das Handgelenk des Jungen und verdrehte es. Er wirbelte Frank herum und schob ihn mit dem Gesicht nach unten über den Tisch.

»Sie tun mir keine Gewalt an, Sir. Ich bin nicht Ihr Diener. Sie sind nicht mein Herr.«

Frank wehrte sich heftig und trat mit seinen bloßen Fersen gegen Holdsworths Schienbeine. Im Gegenzug riss Holdsworth den Arm des Jungen noch weiter nach oben, bis Frank aufschrie. Holdsworth brachte seine Beine vor den wedelnden Füßen in Sicherheit. Einen Augenblick lang bewegte sich keiner von beiden.

Mit einer geschmeidigen Bewegung schlich die rote Katze in die Stille. Sie hatte das Geschehen von der Küchentür aus beobachtet. Die Dinge auf ihre Weise interpretierend, beschloss sie, dass ihr Augenblick gekommen war, und sprang leichtfüßig auf den Tisch. Sie miaute. Aufmerksamkeit dort fordernd, wo sie erfahrungsgemäß am ehesten zu erwarten war, stupste sie Frank wiederholt an die Stirn. Frank schüttelte den Kopf, versuchte, die Katze abzuwehren, doch diese hielt die Bewegung für Liebkosungen. Das mochte primitiv sein, aber der Katze war es einen Versuch wert. Sie rieb sich begeistert an Franks Haaren und begann zu schnurren.

Holdsworth bebte vor unterdrücktem Vergnügen. Wie lautes Bellen brach das Lachen aus ihm heraus. Die Katze leckte Franks Ohr, als wollte sie ihn zu weiteren Bewegungen ermuntern. Holdsworth spürte, wie die Spannung in Franks Körper und auch in seinem nachließ.

Frank stimmte in sein Lachen ein, so gut er es mit der auf den Tisch gedrückten Wange konnte, und produzierte ein schnaubendes, röchelndes Geräusch, worauf die beiden erst recht lachen mussten. Holdsworth ließ ihn los und trat zurück.

Das Lachen versiegte. Die Katze hörte nicht auf zu schnurren und schaute von einem zum anderen. Frank richtete sich langsam auf. Er drehte sich um und sah Holdsworth an. Er streckte die Hand aus.

»Ich bitte um Entschuldigung, Sir.«

Sie schüttelten sich die Hände.

Holdsworth sagte: »Ich glaube, es gibt nichts mehr, was ich für Sie tun kann. Ich werde Ihrer Ladyschaft schreiben und meine Stellung kündigen.«

»Nein. Ich bitte Sie, nicht voreilig zu handeln. Glauben Sie, dass ich geheilt bin?«

»Ich bin nicht einmal davon überzeugt, dass Sie überhaupt jemals krank waren.«

Frank setzte sich auf den Stuhl am Fenster. »Sie sprechen in Rätseln.«

»Mir ist es ganz klar und im Großen und Ganzen eine Sache des gesunden Menschenverstandes. Sie sind nicht geistesgestört.«

»Ich danke Ihnen, Sir. Aber Dr. Jermyn wäre da anderer Meinung.«

»Manchmal benimmt sich Dr. Jermyn wie ein Idiot, trotz all seiner Studien. Ich glaube, Sie waren melancholisch und niedergeschlagen. Ich glaube, Sie hatten einen schweren Schock, besser gesagt: mehrere. Wenn Sie in jener Nacht im Collegegarten meinten, die Anwesenheit einer anderen Person zu spüren oder zu sehen, dann war das kein Geist, sondern ein Mensch wie Sie und ich. Oder vielleicht war es auch eine Kreatur, die Ihrer Fantasie entsprungen ist – nach zu viel Laudanum, zu viel Wein, zu viel Traurigkeit. Das ist egal. Der Punkt ist, Sie waren prädisponiert, ihren Geist zu sehen, und das ist das wahre Mysterium. Ich bin davon überzeugt, dass die Lösung dieses Geheimnisses auch den Grund dafür zeigen wird, warum Sie nicht unter Menschen sein wollen und warum Sie Ihre Mutter nicht sehen wollen.«

Die rote Katze sprang auf Franks Schoß. Automatisch begann er ihren Kopf zu streicheln. Die Katze bog ihren Hals und schnurrte noch lauter als zuvor, während sie mit dem Schwanz wedelte, als wäre er eine Siegesfahne.

»Sehen Sie das Tier da?«, fragte Holdsworth. »Es interpretiert unser Tun nach seinen Wünschen und Ängsten, was ganz natürlich ist. Und es ist genauso natürlich für uns, das Gleiche auf unsere Art zu tun. Sie fürchteten sich davor, den Geist von Mrs. Whichcote im Garten zu sehen, und da war er. Dr. Jermyn sucht nach Geistesgestörten, weil er es gelernt hat und sie finden möchte. Verschaffen sie ihm nicht einen Platz in der Welt und ein komfortables Einkommen? Er interpretiert Ihren Geist als Symptom einer mentalen Störung, wohingegen sein Vater oder Großvater es als Zeichen gedeutet hätten, dass Sie vom Teufel oder sonst irgendwelchen übernatürlichen Kräften besessen sind. Der langen Rede kurzer Sinn, Mr. Oldershaw: Wir benennen die Dinge, wie es uns gefällt und wie wir es brauchen.«

Frank befeuchtete seine Lippen. »Und Sie? Tun Sie das auch?«

»Natürlich.«

»Dann folgt daraus, dass Sie in Ihren Schlussfolgerungen genauso falschliegen können wie Dr. Jermyn.«

»Da könnten Sie recht haben. Aber der Unterschied zwischen uns ist, dass ich meine Beweise sammle, bevor ich meine Theorie konstruiere, während der Doktor Beweise sucht, die seine Theorie stützen. Ganz gleich wie, mir scheint, dass keiner von uns sehr weit kommt, wenn er nicht weiß, was all dies in Gang gesetzt hat.«

»Aber wer kennt die Ursachen für geistige Verwirrung?«

»In Ihrem Fall glaube ich, dass Sie sie kennen. Ungeachtet der Frage, ob es sich hier um einen Fall von echter Geistesgestörtheit handelt oder nur um eine Form nervlicher Verstörtheit, können wir erst zu einer vernünftigen Erklärung kommen, wenn wir wissen, was bei dem Treffen des Clubs geschah, an dem Sie im Februar, kurz vor Mrs. Whichcotes Tod, teilnahmen. Das ist der Kern des Ganzen, nicht wahr, Sir? Der

Club und der Tod von Mrs. Whichcote. Deswegen sind Sie in eine tiefe Depression gefallen. Deswegen haben Sie mit Laudanum und Wein alles nur noch schlimmer gemacht.«

Frank beugte sich vor und schob den Kater vom Schoß. Er schlug sich die Hände vors Gesicht. Mit seiner zarten Haut und den zerzausten blonden Haaren wirkte er wie ein kleiner Junge, nicht älter als zwölf, der irgendwie traurig ist oder sich schlecht benommen hat. Holdsworth erkannte etwas so Offensichtliches und verstand nicht, warum er es nicht schon vorher gesehen hatte: Franks jugendliches Alter hatte bei alldem eine Rolle gespielt. Trotz seiner Allüren und seines Auftretens, trotz seines Wohlstands und seiner gesellschaftlichen Stellung war er gerade erst achtzehn. Und er war eine begehrenswerte Partie – ein Junge, der ein großes Vermögen erben und Ansehen in der Welt genießen würde. Aber eben noch ein Kind. Er hatte noch nicht die Mittel, sich gegen ältere Menschen zu wehren, die wussten, was sie wollten und wie sie es bekommen würden. Er war leichte Beute für Menschen wie Philip Whichcote, Dr. Jermyn und sogar Mr. Richardson und die Carburys.

»Was ist bei dem Treffen des Holy Ghost Clubs geschehen?«

Frank antwortete nicht.

»Dann lassen Sie mich die eine oder andere Vermutung anstellen.«

Der Junge bewegte sich nicht, schien sich allerdings innerlich anzuspannen.

»Mir scheint, Lambourne House ist eine Art Außenstelle des Colleges und Mr. Whichcote eine Art Tutor«, fuhr Mr. Holdsworth fort. »Und die Mitglieder des Clubs sind in gewissem Sinn seine Schüler. Er lehrt sie die Laster eines Gentlemans und bekommt dafür ihr Geld.«

Holdsworth wartete, doch Frank sagte immer noch nichts.

»Aber an diesem Abend geschah etwas Unvorhergesehenes. Etwas, das Mrs. Whichcote aus dem Haus trieb. Etwas, das zu ihrem Tod führte. Ich glaube diesen Unsinn vom Schlafwandeln nicht. Wurde sie entführt? Oder ist sie davongelaufen?«

Frank hob den Kopf und sah Holdsworth an. Er schloss die Augen, als wollte er die Welt ausschließen.

»Erzählen Sie es mir«, sagte Holdsworth. »Ich verspreche, es wird Ihnen nicht schaden. Und es könnte helfen.«

»Es war meine Schuld«, wisperte Frank.

»Ihre? Warum?«

»Es war geplant, dass ich nach dem Treffen die Nacht im Lambourne House verbringen sollte. Sie … kam zu mir, in meine Kammer.«

Schweigen breitete sich zwischen ihnen aus. Die Katze inspizierte den Raum. Nach kurzer Überlegung sprang sie auf Holdsworths Schoß.

Frank stand auf. »Ich habe bereits zu viel auf Ihre Schultern geladen, Mr. Holdsworth«, sagte er so übertrieben vornehm und würdevoll, wie es nur ein junger Mann seines Standes fertigbrachte. »Ich bitte um Entschuldigung. Ich muss lernen, ein wenig der Last selbst zu tragen.«

»Kommen Sie, Sir, Sie können jetzt nicht aufhören. Erzählen Sie mir den Rest.«

»Ich brannte für sie. Ich verehrte den Boden, auf den sie trat. Ich hätte alles für sie getan. Zu meinem Erstaunen erwiderte sie meine Leidenschaft, und – nicht dass ich es besonders betonen möchte – in dieser besonderen Nacht versprach sie, mir alles zu geben.«

Holdsworth streichelte die Katze. »Und wo war Mr. Whichcote währenddessen?«

»Er war nicht im Haus – er begleitete einige Clubmitglieder zurück ins College. Die meisten waren sturzbetrunken und unfähig, allein zurückzufinden.« Frank setzte sich wieder und legte die Arme auf den Tisch. »Aber er kam zurück, das war das Problem. Er sah sie aus meinem Zimmer kommen und dann – nun, Gott weiß, was dann geschah. Dieser Teufel Whichcote. Ich hörte ihn schreien und sie weinen. Ich glaube, er hat sie geschlagen.«

Und was hast du getan, um es zu verhindern?

Frank sprach weiter, als hätte Holdsworth die Worte laut ausgesprochen: »Ich hätte ihn aufgehalten, wenn ich gekonnt hätte, aber er hat mich in mein Zimmer eingeschlossen. Und dann war es zu spät. In den frühen Morgenstunden wurden wir davon geweckt, dass Mepal an die Tür hämmerte und die Nachricht überbrachte.« Er vergrub das Gesicht in den Armen. »Lieber Gott, Sylvia war so schön, Mr. Holdsworth, so wunderschön. Sie bedeutete mir alles. Und so zu enden, nachts allein durch die Straßen zu laufen und in einem Weiher zu ertrinken – gibt es etwas Grausameres?«

36

Unheil förderte, wie Konkurrenz, das Beste und das Schlimmste in Dr. Carbury zutage. Manchmal schien er beinahe der alte, kämpferische Mensch zu sein. Er wuselte durch das College und redete, wie Richardson, persönlich mit den meisten Fellows. Er kündigte für den folgenden Tag um die Mittagszeit eine außerplanmäßige Sitzung des Lehrkörpers an.

Er würde nicht zulassen, erklärte er Elinor, dass das College denke, er säße gekränkt in seinem Rektorat, weil sein Schützling in Ungnade gefallen war. Sie beobachtete ihn besorgt, wie es sich für eine Ehefrau gehörte, obwohl sie kaum wusste, ob ihre Sorge ihm oder mehr ihrer eigenen Zukunft galt.

Mr. Archdale wurde zum Rektor bestellt. Elinor erfuhr von ihrem Mann, dass Soresby, wie gewohnt, den Gottesdienst besucht und in der Halle gegessen hatte. Aber der Stipendiat saß allein, sprach mit niemandem, und niemand sprach mit ihm.

Die Energie des Rektors hielt bis zum Abend. Er kehrte, auf Bens Arm gestützt, vom Essen zurück und brauchte Hilfe beim Zubettgehen. Elinor ging zu ihm. Er war erschöpft und hatte eindeutig Schmerzen. Aber er gestattete ihr nicht, den Arzt zu holen oder gar eine Schwester, die bei ihm wachte.

»Nein, nein«, sagte er gereizt und schüttelte heftig den Kopf auf dem Kissen. »Ich komme sehr gut zurecht, Mrs. Carbury. Und außerdem wird sich die Nachricht im Nu im ganzen College verbreiten, wenn wir nach jemandem schicken.« Er lächelte grimmig und zuckte dabei zusammen. »Und Dirty Dick wird anfangen, an meinem Nachruf zu arbeiten. Wenn er ihn nicht bereits geschrieben hat.«

Er wandte das Gesicht ab und stöhnte. Elinor hatte von der Apotheke einen Vorrat an Opiumtabletten kommen lassen. Sie holte die kleine Schachtel aus Wachspapier aus ihrer Tasche, wies Ben an, ihr zu helfen, und überredete ihren Mann, zwei davon zu nehmen. Ben half ihm hoch, und sie zwang ihn, seinen Protest ignorierend, die Tabletten zu nehmen. Sie linderten wenigstens die Schmerzen, was mehr war, als all die studierten Ärzte mit ihren Diagnosen fertigbrachten.

Dr. Carbury döste unruhig. Elinor, Susan und Ben wachten abwechselnd an seinem Bett. Elinor schlief nicht. Die ganze Nacht hindurch schlugen die Glocken der Collegeuhr unbarmherzig die Viertelstunden und die Stunden. Tag und Nacht erinnerten sie die Glocken daran, dass sie in Jerusalem war, ihrem Gefängnis und ihrer Zuflucht.

Sie überlegte, ob sie einen Geistlichen holen sollte, entschied sich aber dagegen, denn es würde ihren Mann nur erzürnen, weil dann sein Zustand auch außerhalb des Rektorats bekannt werden würde. Und es könnte ihm noch mehr Angst machen, weil es bedeutete, dass Elinor glaubte, er läge im Sterben. Während der langen Stunden sagte sie sich wieder und wieder, dass er – und sie – Grund zur Hoffnung hatten. Ihr Mann hatte eine starke Konstitution, und er hatte schon mehr Krisen als diese überlebt. Sie erlaubte sich nicht, daran zu denken, was mit ihr geschehen würde, wenn er starb. Sie erlaubte sich nicht, an Holdsworth zu denken.

Die Uhr schlug zwei, als sie das Krankenzimmer verließ, wo Susan nun die Wache übernahm. Dr. Carbury war in einem Dämmerzustand. Er schien keine Schmerzen zu haben. Elinor schloss die Tür hinter sich und ging langsam und leise den Gang hinunter auf ihr Zimmer zu. Sie war müde, aber nicht schläfrig. Beim Fenster auf dem Treppenabsatz blieb sie stehen und zog die Vorhänge ein Stück auseinander.

Das Fenster ging nach Westen, mit Blick über den kleinen Hof vor dem Rektorat und die Stadt dahinter. Schon nachmittags hatte es aufgehört zu regnen. Der Himmel hatte aufgeklart. Viele Sterne leuchteten da oben, und irgendwo hinter ihr stand der Mond. Die Dächer, Türme und Kirchturmspitzen lagen vor ihr wie eine Herde schlafender Monster. In ihren Schatten duckten sich die kleineren Häuser der Stadt.

Eine Bewegung fiel ihr ins Auge. Jemand lief unten über den Hof. Sie erkannte eine dunkle Gestalt auf dem Weg zu dem Zaun, der den Hof im Norden zur Jerusalem Lane begrenzte. Die unsicheren und fahrigen Bewegungen des Mannes erinnerten sie an so unbeholfene langbeinige Spinnentiere wie Weberknechte.

Einen Augenblick lang dachte sie daran, dass sie und Sylvia, als sie zusammen in der Schule waren, solche Spinnentiere Daddy Langbein genannt hatten, und dass Sylvia einmal einen gefangen und ihm, mehr aus Neugier als aus Grausamkeit, die Beine ausgerissen hatte. Grausam war Sylvia nie gewesen. Aber sie war immer begierig nach Wissen und Experimenten gewesen, und manchmal war es auf dasselbe hinausgelaufen, denn Begierde brauchte keine Rechtfertigung.

Die Gedanken an Sylvia brachten ein namenloses, übles Gefühl mit sich, bitter wie Wermut. Und mit der Erinnerung erkannte Elinor plötzlich die Gestalt im Hof. Es war Mr. Soresby. Er hatte die hintere Ecke des Hofs erreicht, wo der Zaun an solides Mauerwerk grenzte. Er zog sich hoch und umging vorsichtig die Spitzen. Ein paar Sekunden beobachtete sie, wie er über den Zaun kletterte, doch dann war er verschwunden, verschluckt von der Jerusalem Lane.

Sie ließ den Vorhang wieder zufallen und ging in ihr Zimmer. Mr. Soresby hatte sich davongestohlen. Wahrscheinlich war es ihre Pflicht, sofort ihren Mann zu informieren oder, wenn das unmöglich war, Ben mit einer Nachricht zu Mr. Richardson zu schicken. Andererseits, wer hätte etwas davon? Mit Sicherheit weder das College noch Mr. Soresby. Sie konnte es dem Stipendiaten nicht verübeln, vor einer Situation davonzulaufen, die ihm nur Schmach verhieß. Und wieso sollte sie das Ganze für ihn noch schlimmer machen?

Am Mittwochmorgen erwachte Holdsworth von Mulgraves fröhlichem Pfeifen, während dieser in der Küche seinen Pflichten nachging. Es war beinahe acht Uhr. Er ging hinunter, wusch sich und setzte sich in das kleine Wohnzimmer, wo Mulgrave ihm Tee brachte. Der Lohndiener war am vergangenen Abend spät zurückgekehrt. Er hatte nicht viel gesagt, außer dass er ein kleines persönliches Geschäft erledigt hatte und dass erwartungsgemäß alles gut gegangen war.

»Ist Mr. Oldershaw schon heruntergekommen?«, fragte Holdsworth.

»Schläft noch, Sir. Darf ich unter vier Augen mit Ihnen sprechen, Sir?«

»Was gibt es?«

Der Diener holte ein Notizbuch aus der Tasche, nahm einen kleinen Zeitungsausschnitt heraus und legte ihn vorsichtig auf den Tisch. »Aus dem *Chronicle*, Sir. Letzten Februar.«

Holdsworth überflog den Artikel. Er berichtete von einem Unglücksfall mit Todesfolge in der Trumpington Street – ein Mädchen namens Tabitha Skinner, vierzehn Jahre alt, hatte im Schlaf einen Anfall erlitten und war erstickt. Der tragische Zwischenfall hatte sich am sechzehnten Februar, in der Nacht von Donnerstag auf Freitag, in Mrs. Phears Haus ereignet. Vor vier Monaten, dachte Holdsworth, beinahe auf den Tag genau. Die Geschichte entbehrte nicht eines gewissen Pathos, denn das Mädchen war ein Waisenkind aus dem Magdalenenheim in London. Mrs. Phear, die Witwe eines Geistlichen und eine wohltätige Frau, hatte das Mädchen auf eigene Kosten nach Cambridge gebracht, in der Hoffnung, dem armen Mädchen eine Lehrstelle als Dienstmagd vermitteln zu können.

Er sah auf. »Wann wurde Mrs. Whichcote in Jerusalem gefunden? An welchem Tag genau? Wissen Sie das?«

»Am Morgen des siebzehnten Februar, einem Freitag, Sir«, sagte Mulgrave.

»Wer ist diese Mrs. Phear? Hat sie etwas damit zu tun?«

»Sie hat früher als Gouvernante bei Mr. Whichcotes Vater gearbeitet, Sir. Ich habe sie oft im Lambourne House gesehen, und ich glaube, Mr. Whichcote besucht sie manchmal in der Trumpington Street.« Er wartete einen Augenblick mit unbewegtem Gesicht, doch Holdsworth sagte nichts. »Soll ich die Brötchen bringen, Sir, oder wollen Sie warten, bis Mr. Frank kommt?«

»Nein – wecken Sie ihn jetzt, bitte.«

Der Lohndiener hinkte Stufe für Stufe die Treppe hinauf. Er klopfte an Franks Tür. Er rüttelte an der Klinke. Stufe für Stufe hinkte er die Treppe wieder hinunter.

»Er antwortet nicht, Sir. Und die Tür ist verriegelt.«

Holdsworth ging nach oben. Er versuchte, die Tür zu öffnen, und rief Franks Namen. Er hob den Riegel und warf sich mit der Schulter gegen die Tür. Sie sprang auf. Er stolperte so abrupt in den Raum, dass er beinahe fiel.

Das Bett war leer, die Decke zurückgeschlagen. Von Frank keine Spur, und es gab keine Möglichkeit, sich im Zimmer zu verstecken.

Mulgrave kam hinter ihm herein. »Wenigstens hat er sich nicht aufgehängt, Sir. Jedenfalls nicht hier.«

»Halten Sie den Mund«, fuhr Holdsworth ihn an, obwohl ihm kurz zuvor noch der gleiche Gedanke durch den Kopf geschossen war. Er ging zu dem kleinen Fenster, das direkt unter der Dachtraufe lag und von Stroh verhangen war. Er streckte den Kopf hinaus und blickte hinunter. Für einen Mann von Franks Größe war es keine Höhe, nicht wenn man es schaffte, mit den Füßen zuerst aus dem Fenster zu klettern und sich hinunterzulassen. Früher war unmittelbar unter dem Fenster ein Blumenbeet gewesen, in dem jetzt nur noch Unkraut wuchs. Dort wäre er sanft gelandet.

Holdsworth zog den Kopf zurück und schaute sich um.

»Er hat den Mantel und den Hut, den er zur Jagd trägt, mitgenommen«, sagte Mulgrave. »Und die festen Schuhe.«

Holdsworth zog nacheinander die Schubladen der kleinen Kommode auf. Man konnte unmöglich feststellen, ob überhaupt irgendetwas fehlte. Er fand ein Portemonnaie mit einem halben Dutzend Guineen und etwas Silber. Hatte Frank sonst noch irgendwo Geld? Oder vielleicht brauchte er dort, wo er hinwollte, kein Geld.

»Wo, zum Teufel, ist er also?«, sagte Holdsworth.

Mulgrave warf einen Blick zur Decke, als wäre die Antwort dort zu finden. »Keine Ahnung«, sagte er. Nach einer seiner wohlkalkulierten Pausen fügte er hinzu: »Sir.«

Früh an diesem Mittwochmorgen, dem vierzehnten Juni, wurde an die Tür von Lambourne House gehämmert. Augustus, der in einem Raum neben der Küche schlief, war tief in einem Traum gefangen, in dem sein seit Langem toter Vater, ein Tischlergeselle, eine Rolle spielte, und zunächst vermischte sich das Hämmern mit seinem Traum und wurde ein Teil davon. Doch dann kam der Lärm von der Hintertür und wurde lauter. Schließlich tauchte Augustus widerstrebend aus seinem Traum in die Wirklichkeit auf.

Als er aus dem Bett stolperte, war sein erster Gedanke, dass Mr. Whichcote fuchsteufelswild über so einen Radau am frühen Morgen sein würde. Das Hämmern hörte auch dann nicht auf, als er rief, dass er so schnell wie möglich komme. Er hatte Mühe, den Riegel der Küchentür zu öffnen.

Draußen im Hof standen vier Männer, von denen er keinen kannte. Sie ließen ihm keine Gelegenheit, die Tür wieder zu schließen. Kaum stand sie einen Spaltbreit offen, hatte einer der Männer seinen Fuß auf der Schwelle. Ein anderer schob die Tür ganz auf, packte den Laufburschen bei der Schulter und schob ihn zurück. Die Männer bahnten sich den Weg ins Haus.

»Ihr könnt es bezeugen, Männer«, sagte der älteste von ihnen, ein Mann mit einem rundlichen, roten Gesicht und einem sehr dicken Bauch, über dem seine Weste spannte. »Dieser höfliche junge Bursche hat uns hereingebeten. Wir sind nicht mit Gewalt eingedrungen.« Er tätschelte Augustus' Kopf mit einer Hand, die wie eine Scheibe Schweinebauch aussah. »Ist Mr. Whichcote da?«

»Ja, Sir. Aber er steht nie vor …«

»Keine Sorge, für uns wird er aufstehen.«

»Aber Sir, das kann mich meine Stellung kosten.«

Der fette Mann lachte. »Deine Stellung hier ist keinen Pfifferling wert, mach dir deswegen keine Sorgen. Entweder du bringst uns jetzt sofort zu deinem Herrn, oder wir gehen ohne dich. Wir sind Beamte des Sheriffs, und ich habe eine Klageschrift zuzustellen. Wer ist sonst noch hier?«

»Nur ich, Sir.«

»Andere Dienstboten?«

»Die Köchin ist gestern gegangen. Das Dienstmädchen auch. Dann gibt es noch den alten Jem, aber der schläft nicht hier.«

Der Fettwanst trampelte, gefolgt von seinen Männern, nach oben. Als sie im ersten Stock ankamen, erschien Mr. Whichcote an der Tür seines Schlafzimmers. Er trug nur sein Nachthemd und die Nachtmütze, und sein vornehmes Gesicht war vor Wut verzerrt. »Wer, zum Teufel, seid ihr?«

»Beamte des Sheriffs«, sagte der Fettwanst fröhlich. »Ich habe hier eine Forderung von neunundsiebzig Pfund, acht Schilling und vier Pence im Namen von Mr. Mulgrave.«

»Seien Sie kein Narr. Er lügt. Im Übrigen – Sie können hier nicht einfach hereinkommen. Sie haben sich mit Gewalt Zutritt verschafft. Ich werde Sie vor den Richter bringen.«

»Nein, Sir, das werden Sie nicht. Ihr Bursche hier hat uns hereingelassen, Gott segne ihn. Was wir alle auf die Heilige Schrift schwören werden, wenn es nötig ist.«

»Dieser verdammte kleine Dummkopf.«

»Mich interessiert nur die Klage, Sir«, sagte der Büttel. »Und die sagt mir, dass Sie eine Schuld begleichen müssen, plus die Gebühren. Sie geben mir das Geld, Sir, ich gebe Ihnen eine Quittung, und schon sind wir verschwunden.«

»Glauben Sie, ich bewahre so eine Summe im Haus auf?«

»In dem Fall muss ich Sie bitten mitzukommen, Sir. Aber ich sehe keinen Grund, warum wir das Ganze nicht angenehm und ruhig erledigen sollten, nicht wahr? Ich könnte mir vorstellen, dass Sie den einen oder anderen Brief schreiben wollen. Wir werden Sie nicht davon abhalten. Und auch, wenn Sie ein oder zwei Stunden benötigen, um sich fertig zu machen, Sir, werden wir nichts dagegen haben, und ich bin sicher, Sie als Gentleman wissen, wie man seine Dankbarkeit zeigt.«

Whichcote hob die Hände, als versuche er, eine physische Barriere zu errichten zwischen sich und dem, was auch immer ihm geschah. »Das ist eine Bagatelle«, sagte er zu dem Büttel. »Leicht aus der Welt zu schaffen. Ich brauche nur ein oder zwei Stunden.«

»Ich bin sicher, das ist im Sinne aller Beteiligten, Sir. Vielleicht möchten Sie sich jetzt ankleiden. Wir haben nicht den ganzen Tag Zeit, wissen Sie.«

Einer der Männer wartete auf dem Treppenabsatz. Der Büttel befahl einem anderen flüsternd, draußen vor Mr. Whichcotes Fenster Stellung zu beziehen, für den Fall, dass der Gentleman es eilig hatte, das Haus zu verlassen. Dann bat er Augustus, ihn und den verbleibenden Kollegen durchs Haus zu führen. Der Fettwanst ging von Zimmer zu Zimmer wie ein potenzieller Käufer. Das, was er sah, schien ihn nicht zu beeindrucken.

»Oh, man hat die Dinge hier ziemlich vernachlässigt, mein Junge, findest du nicht? Du wirst gut daran tun, hier herauszukommen. Hör auf meinen Rat und schau dich nach einer anderen Stellung um. Du wirst es uns eines Tages danken. Das hier ist erst der Anfang.« Er tätschelte onkelhaft Augustus' Kopf. »Gläubiger sind wie Schafe, weißt du. Wenn erst mal eines entkommen ist, folgen die anderen auch alle. Denk an meine Worte. Noch ehe der Tag zu Ende ist, werden wir wiederkommen.«

»Aber ein Gentleman wie Mr. Whichcote …«

»… ist ein Gentleman, der anderen Geld schuldig ist. Das ist alles, was mich interessiert, und vor den Augen des Gesetzes ist er ein Bürger wie du und ich. Vielleicht findet sich alles. Vielleicht sind am Ende des Quartals Mieten fällig.

Vielleicht einigt er sich mit seinen Gläubigern. Aber wenn du mich fragst, hängt alles davon ab, ob seine Freunde ihm helfen. Das ist es, was einem Mann in neun von zehn solchen Fällen hilft. Aber in der Zwischenzeit heißt es: ab zum Gerichtsdiener.«

Der Beamte, einer seiner Männer und der Gefangene fuhren in einer geschlossenen Kutsche davon, deren Kosten Mr. Whichcote ebenfalls zu tragen hatte. Die anderen beiden blieben im Haus, um, wie der Fettwanst Augustus erklärte, aufzupassen, dass während der Abwesenheit seines Herrn nichts Unvorhergesehenes mit dem Inhalt geschah. Auch diese Kosten würden am Ende Mr. Whichcote angelastet werden. Der Fettwanst war damit einverstanden, gegen eine weitere Gebühr Mrs. Phear in der Trumpington Street einen Brief überbringen zu lassen.

Als sie allein waren, machten die beiden Büttel mit Augustus einen weiteren Rundgang durchs Haus. Sie ließen sich ununterbrochen über die Einrichtung aus, warfen ein kritisches Auge darauf und schätzten ihren Wert. Viel hing davon ab, erklärten sie Augustus herablassend, wem das Haus tatsächlich gehörte und ob eine Hypothek darauf lastete. Wenn alles gut ging, versicherten sie ihm, würde der Inhalt eine ordentliche Summe erbringen, vor allem der Weinkeller.

Sie nahmen einige Flaschen Wein mit nach oben und setzten sich damit an den Küchentisch. Aber sie waren nicht besonders beeindruckt und nannten den Inhalt ein grässlich dünnes Gesöff. Es war kurz nach neun, und sie diskutierten gerade darüber, ob sie sicherheitshalber noch eine andere Flasche probieren sollten, als es an der Haustür klopfte.

Die Büttel begleiteten Augustus in die Diele. Der Besucher stand mit dem Rücken zur Tür, als Augustus öffnete. Zuerst hielt Augustus ihn für einen Händler, denn er war einfach gekleidet, und der Staub an seinen Beinen zeigte, dass er ein gutes Stück zu Fuß gegangen war. Aber als der Mann sich umdrehte, erkannte Augustus ihn sofort.

»Wo ist dein Herr?«, fragte Frank Oldershaw fordernd.

37

An diesem Morgen stattete Dr. Milton dem Rektorat einen Besuch ab, während die Collegemitglieder in der Andacht waren. Er war ein vertrockneter, kleiner Mann, weit über siebzig, mit einem Gesicht wie eine Dörrpflaume und einer vom Schnupftabak fleckigen Weste. Er war nie sehr freundlich, doch heute war es besonders schlimm, zum Teil, weil er gezwungen war, sein Frühstück hinunterzuschlingen, und zum Teil, weil er gehört hatte, dass sein Patient die Frechheit besessen hatte, eine zweite Meinung einzuholen.

»Nun, Madam«, sagte er zu Elinor, nachdem er Anweisung erteilt hatte, Dr. Carbury ein wenig Blut abzunehmen, und ihm mehr Opium verschrieben hatte. »Ich weiß nicht, warum Sie Dr. Jermyn holen mussten. Er kann meiner Diagnose nichts Neues hinzugefügt haben. Der Fall ist so einfach wie die Nase in meinem Gesicht.«

»Dann gibt es keinerlei Zweifel, Sir?«

»Nein. Es ist ein Krebs, gegen den wir mit unserer ärztlichen Kunst nichts ausrichten können.«

»Vielleicht ein Chirurg …?«

»Nein, Madam, nein. Wie ich Dr. Carbury bereits gesagt habe, die Lokalisation des Tumors schließt einen chirurgischen Eingriff aus. Diese Behandlung wäre genauso tödlich wie die Krankheit, nur schneller. Das Messer würde ihn umbringen, während es den Tumor herausschneidet.«

Elinor wandte sich ab. Nach einer Pause sagte sie ruhig: »Wie lange?«

»Das ist die schwerere Frage. Es können Tage oder Wochen sein – sogar Monate, obwohl ich das bezweifle. Diese Fälle sind immer schwer prognostizierbar. Es hängt so viel vom Fortschreiten der Krankheit und der Verfassung des Patienten ab, verstehen Sie? Ich werde weiterhin mein Bestes tun, Madam, aber Sie sollten keine Wunder erwarten.«

»Nein, Sir«, sagte Elinor. »Das tue ich nie.«

Er sah sie scharf an, hörte er da Ironie heraus? Dann zog er seine Uhr hervor und sagte, seine anderen Patienten warteten auf ihn. Als er gegangen war, ging Elinor zum Fenster und blickte hinunter in den Rektoratsgarten und auf den Langen Weiher. Sie hatte gewusst, dass dieser Tag kommen würde, aber so schnell hatte sie ihn nicht erwartet. Wie ein dunkles Loch lag ihre Zukunft plötzlich vor ihr, und sie schlitterte unaufhaltsam darauf zu, unfähig, die Richtung zu ändern oder wenigstens den Moment hinauszuzögern, wann sie hineinfallen würde.

Es klopfte an der Tür, und Susan kam herein, um ihr mitzuteilen, dass Dr. Carbury wach sei und nach ihr frage. Sie fand ihren Mann von Kissen gestützt im Bett sitzend. Am Fenster saß eine Krankenschwester mit ihrem Strickzeug. Die Krankheit hatte ihn über Nacht noch mehr altern und Gesicht und Körper schrumpfen lassen. Seine Augen dagegen wirkten paradoxerweise jugendlicher. Sie hatte bisher wenig Gelegenheit gehabt, sie besonders zu beachten, doch jetzt bemerkte sie, wie groß und leuchtend sie waren, wie die des Wolfshunds, den Frank als Kind auf dem Land besessen hatte.

Dr. Carbury winkte sie so nah zu sich, dass ihr Gesicht nur noch einen Fingerbreit von seinem entfernt war. »Schicken Sie die Frau weg«, flüsterte er. »Und lassen Sie Soresby holen.« Mit seinen Fingern umklammerte er den Ärmel ihres Kleides. »Es ist äußerst wichtig, Madam.«

Sie versuchte, sich ihm zu entziehen, und fragte sich, ob

Soresby wohl von seinem unerlaubten Ausflug am vergangenen Abend zurückgekehrt war. »Ich werde mich sofort darum kümmern, Sir.«

»Soresby«, wisperte er. »Soresby.«

Ein Klopfen an der Tür unterbrach sie. Mr. Richardson erschien, Ben folgte ihm, das Gesicht zu einem stummen Protest verzogen, weil Elinor ihn angewiesen hatte, niemanden einzulassen.

»Ihr Diener, Mrs. Carbury.« Richardson trat weiter in den Raum. »Mein lieber Dr. Carbury, mein Lohndiener berichtete mir, dass Dr. Milton heute Morgen hier war, und ich konnte einfach nicht fernbleiben. Ich hoffe, Sie sind nicht ernsthaft indisponiert.«

»Dr. Milton hat jeden Besuch untersagt«, sagte Elinor. »Er war sehr strikt.«

»Aber ich bin ja wohl kaum irgendein Bekannter, Madam.« Richardson lächelte, als wolle er die Schärfe aus den Worten nehmen. »Alle im Aufenthaltsraum wollen hören, wie es um die Gesundheit des Rektors bestellt ist, und wir beten natürlich darum, dass es gute Nachrichten sind. Und wenn Sie sich erinnern, findet heute Mittag eine Versammlung der Fellows statt, und diese Sache mit Mr. Soresby macht es besonders dringlich. Wenn es dem Rektor nicht gut genug geht, um teilzunehmen, werde ich wohl mein Bestes versuchen müssen, ihn zu vertreten.«

Carbury, der bis dahin den Eindruck erweckt hatte, als hätte er den Besucher nicht bemerkt, drehte den Kopf weg und fixierte die Wand.

»Ich bedaure, sagen zu müssen, dass es dem Doktor heute wahrscheinlich nicht gut genug geht, um teilnehmen zu können. Der Arzt hat ihm Ruhe verordnet.«

»Oje.« Richardsons Gesicht wurde ein Abbild von Trauer und Betroffenheit. Vorsichtig trat er an Elinor vorbei, um die

Gestalt im Bett direkt anzusprechen. »Auf Wiedersehen, mein lieber Freund, seien Sie versichert, dass ich für Ihre schnelle Genesung beten werde.«

Der Tutor verbeugte sich noch einmal vor Elinor. Doch an der Tür blieb er stehen. »Ach übrigens – haben Sie das Neueste schon gehört? Mr. Soresby war heute Morgen nicht beim Gottesdienst. Ich habe jemanden in die Yarmouth Hall geschickt, aber sein Zimmer ist leer. Ich bedaure, sagen zu müssen, dass es scheint, als hätte er sich davongemacht. Ein Unschuldiger würde so etwas wohl kaum tun, nicht wahr? Aber ich hoffe, dass ihm nichts geschehen ist.«

Dr. Carbury stöhnte. Elinor drehte sich um. Ihr Mann hatte sich nicht bewegt. Er starrte immer noch die Wand an.

»Verfluchter Kerl«, sagte er. »Gott verflucht. Verdammt, verdammt.«

Der Schmied, der früh aufstand, um das Feuer zu schüren, hatte Frank Oldershaw kurz nach Sonnenaufgang in Richtung Whitebeach laufen sehen. Er hatte ihm einen guten Morgen gewünscht, doch Frank hatte nicht geantwortet. Was bestätigte, dass Frank mit ziemlicher Sicherheit nach Cambridge wollte.

Holdsworth ging ihm nach. Als er in Cambridge ankam, versuchte er es zuerst in Jerusalem. Mepal, der am Tor stand und dessen kleine Augen vor Neugier glitzerten, sagte, er habe Mr. Oldershaw nicht mehr gesehen, seit man ihn vor all den Wochen nach Barnwell gebracht hatte. Er riet Holdsworth davon ab, im Rektorat vorzusprechen, und erklärte, dass Dr. Carbury indisponiert sei. Mr. Richardson war unabkömmlich, da er gerade eine Vorlesung begonnen hatte. Holdsworth fragte nach Mr. Archdale, nur um zu erfahren, dass der junge Herr unter Mr. Richardsons Zuhörern weilte.

Er ging den Weg zurück, den er gekommen war, und überquerte die Brücke. In der Chesterton Lane stand die Tür zum Lambourne House offen. Konnte Frank so verrückt sein, dorthin zu gehen? Ein Mann in einem abgetragenen braunen Mantel stand Pfeife rauchend vor der Tür. Er trug ein rotes, fleckiges Halstuch und beobachtete unbeteiligt und mit leicht belustigtem Ausdruck – wie jemand, der Zeit hatte und den Possen eines streunenden Hundes zusah –, wie Holdsworth näher kam. Die Tür hinter ihm stand offen. Im Innern des Hauses pfiff jemand ein Liedchen.

Holdsworth hatte den Burschen noch nie gesehen, aber es bestand kein Zweifel, wer er war. Es gab genug von der Sorte in London, und Holdsworth hatte lange in der Angst gelebt, dass so ein Pärchen – sie arbeiteten selten allein – vor seiner Tür wartete.

»Wenn Sie Mr. Whichcote suchen, er ist nicht da«, sagte der Mann, nahm die Pfeife aus dem Mund und spähte in den Pfeifenkopf.

»Wo ist er, bitte?«

»Eine dringende Angelegenheit außer Haus.« Wie so viele seiner Kollegen hatte der Büttel des Sheriffs zu seiner unbedeutenden Macht einen derben Humor entwickelt.

»Wollen Sie mir sagen, er wurde wegen Schulden festgesetzt?«, fragte Holdsworth.

»Sie stellen keine Fragen, und ich erzähle keine Lügen.«

»Wer hat ihn verklagt? Und für wie viel?«

Der Mann tippte sich mit der Pfeife an die Nase. »Ah – an die genaue Summe kann ich mich gerade nicht erinnern.«

Holdsworth seufzte und suchte in seiner Tasche nach einem Schilling. Die kleine Silbermünze in seiner Handfläche schwebte gerade außer Reichweite des Beamten.

»Es handelt sich um achtzig Pfund«, sagte der Mann, den Blick auf den Schilling gerichtet. »Plus Kosten und Auslagen. Mr. Mulgrave ist der Kläger.«

»Wo ist Mr. Whichcote jetzt?«

Der Mann tippte sich wieder an die Nase und hörte erst auf, als Holdsworth einen weiteren Schilling neben den ersten legte.

»Im Haus von Mr. Purser in der Wall Lane, Sir.«

»Und Mr. Purser ist Ihr Vorgesetzter?«

Der Beamte nickte. Holdsworth ließ die zwei Schilling in die ausgestreckte Hand fallen und roch dabei den Wein im Atem des Mannes. »Wissen Sie zufällig, ob ein junger Herr heute Morgen hier vorbeigekommen ist, um Mr. Whichcote zu besuchen?«

»Groß? Noch grün hinter den Ohren?«

»Genau der.«

Der Mann tippte sich abermals an die Nase, überlegte es sich aber schnell anders, als er Holdsworths Gesicht sah.

»Er hatte es teuflisch eilig, Mr. Whichcote zu sehen, das kann ich Ihnen sagen.«

»War das vor oder nachdem er zu Mr. Purser gebracht wurde?«

»Danach. Sie haben ihn gerade verpasst. Wir haben ihn in die Wall Lane geschickt. Vielleicht leiht er Mr. Whichcote das Geld. Da wird er allerdings tief in die Tasche greifen müssen: Es kommen noch mehr.«

»Mehr was?«

»Mehr Klagen.«

Man hatte Whichcote in eine Wohnung im ersten Stock im hinteren Teil des hohen, schmalen Hauses gebracht. Die schmale Front täuschte, das Gebäude erstreckte sich in die Tiefe unter unterschiedlichsten Dächern. Den Kopf in die Hände gestützt, saß Whichcote an einem zerkratzten Tisch. Alles, was er war, alles, was er hatte, hing von seinem Dasein als Philip Whichcote auf Lambourne House ab. Er hatte sich schon früher Sorgen wegen des Geldes gemacht, doch insgeheim immer gedacht, gegen die schlimmsten Konsequenzen, die Schulden mit sich bringen konnten, gewappnet zu sein. Ein Gentleman lebte auf Kredit: Das war absolut nicht anders zu erwarten. Für einen Mann seines Standes war es gegen den natürlichen Lauf der Dinge, von einem Mann wie Mulgrave, der kaum etwas Besseres als ein Dienstbote war, verklagt zu werden.

Jemand klopfte an die Haustür. Das Hämmern vermischte sich mit seinen Kopfschmerzen, und er wusste nicht, was schlimmer war. An einem Ort wie diesem war natürlich ein ständiges Kommen und Gehen. Er wusste, dass Purser auch andere Gäste, wie er sie taktvoll nannte, haben musste – Schuldner, die Glück hatten, jene, die Beziehungen hatten und ihre Schulden wahrscheinlich auf die eine oder andere Art auf lange Sicht begleichen konnten und in der Zwischenzeit genügend Rücklagen hatten, um für Kost und Logis bei Purser aufzukommen. Die Kosten für den Gerichtsvollzieher waren exorbitant, aber die Wohnung des Gerichtsdieners war dem Schuldturm, der einzigen Alternative, definitiv vorzuziehen.

Es klopfte an seiner Tür, und Pursers Hausdiener führte Mrs. Phear herein. Jede Höflichkeitsfloskel ausnahmsweise ignorierend, ging sie sofort auf ihn zu und ergriff seine Hände. Beide sprachen erst, als sie allein waren.

»Ich bin sofort gekommen, als ich Ihren Brief erhielt«, sagte sie leise.

»Ich bin ruiniert, Madam.«

»Wer ist der Kläger? Und wie viel?«

»Mulgrave. Mit neunzig Pfund könnte ich ihn und die Kosten für Purser bezahlen.«

Sie rechnete stumm mit gerunzelter Stirn. »Dann werden wir Sie in ein, höchstens zwei Stunden hier raushaben.«

»Wenn es nur so einfach wäre. Jetzt werden sie alle kommen. Gott weiß, auf wie viel sich die gesamte Summe beläuft.«

»Hunderte?«

»Wahrscheinlich Tausende.«

Sie ließ seine Hände los und setzte sich neben ihn. »Über eine so große Summe verfüge ich nicht. Könnten Sie das Geld aufbringen, wenn Sie die Zeit hätten?«

Er zuckte mit den Schultern. »Eher lernt ein Schwein fliegen.«

Sie sah ihn mit leicht hochgezogenen Augenbrauen an.

»Ich bitte um Entschuldigung, Madam«, sagte er schnell, wie immer ihre Stimmung wahrnehmend und selbst in dieser Situation über ihre vornehme Abscheu vor vulgären Ausdrücken amüsiert. »Ich habe geredet, ohne zu denken. Aber ich habe wirklich keine Hoffnung mehr.«

»Was ist mit dem Haus? Können Sie etwas darauf aufnehmen?«

»Ich habe nur lebenslangen Nießbrauch. Und ich habe die Möglichkeiten bereits voll ausgeschöpft. Wenn ich die Rechnung nicht bis Michaelis bezahle oder neu verhandle, bin ich erledigt. Ich werde das Haus verlieren.«

Ohne das Haus gäbe es keine Treffen des Clubs mehr. Ohne das Haus hätte er kein Dach über dem Kopf.

»Schuldet Ihnen jemand Geld?«

»Vielleicht ein- oder zweihundert. Aber ich habe keine Chance, das Geld in den nächsten Monaten oder sogar Jahren zu bekommen. Sie wissen, wie diese jungen Flegel mit ihren Spielschulden sind. Sie lassen sie auflaufen, und wenn sie dann nicht bezahlen können, bleibt mir nichts anderes übrig, als zu warten.«

Sie stand auf und trat ans Fenster. Er wusste, was sie dort sah: Das Haus hatte die Hälfte des kleinen Gartens gefressen. Es gab einen schäbigen, kleinen Hof, einen Abort und einen Schweinestall, in dem man die mageren Kehrseiten zweier Säue betrachten konnte, die sich im Dreck wälzten.

»Vielleicht können Schweine doch fliegen«, sagte sie.

»Wie bitte?«

»Sie sollten die Hoffnung nicht aufgeben«, erklärte sie ruhig. »Ich habe genügend Ersparnisse, um mit Mulgrave zu verhandeln. Das wird uns ein wenig Zeit verschaffen.«

»Was nützen ein paar Stunden? Die Klagen werden hereinflattern, ehe ich nach Hause komme.«

Sie blickte ihn streng an. »Selbst wenig Zeit könnte reichen.«

Im Zimmer war es stickig, und es roch nach Krankheit. Zuerst war Dr. Carbury unruhig und drehte sich hin und her, um eine bequeme Lage zu finden. Mit der Zeit wurde er ruhiger. Elinor saß an seinem Bett, bis sie die Uhr elf schlagen hörte. Sie stand auf und schlich auf Zehenspitzen zur Tür. Dort wartete sie einige Sekunden und lauschte den schweren Atemzügen ihres Mannes.

Die Schwester, die strickend am Fenster saß, blickte auf. Elinor wisperte, sie würde bald zurückkommen. Sie verließ das Schlafzimmer ihres Mannes und rannte fast die Treppe hinunter. Ohne nachzudenken, verließ sie das Rektorat und wanderte langsam den Kiesweg zum Weiher hinunter.

Mehr als alles brauchte sie einen klaren Kopf. Sie konnte sich nicht länger auf den Schutz ihres Mannes verlassen. Sie wusste seit Monaten, dass er krank war, aber erst jetzt, nach Miltons Besuch am Morgen, war sie gezwungen zu akzeptieren, dass er im Sterben lag und dass das traurige Ereignis innerhalb der nächsten Wochen oder sogar Tage eintreten konnte.

Wenn sie nicht völlig mittellos dastehen wollte, war Lady

Annes Unterstützung wichtiger denn je. Alles, was Ihre Ladyschaft wollte, war, dass man ihr ihren Sohn zurückbrachte. Wenn Elinor sich ihre Dankbarkeit verdiente, indem sie Frank half, wäre alles möglich.

Sogar John Holdsworth?

Die letzte Frage setzte eine Kette unerwünschter Gedanken in Gang. Oder, um genau zu sein, nicht in jedem Sinn unerwünscht, aber sicherlich unangemessen, unsittlich und unpassend. Ungewöhnlich schnell atmend erreichte sie den Langen Weiher an seiner breitesten Stelle gegenüber der Morgenländischen Platane. Hier hatte man Sylvia gefunden. Nach kurzem Zögern schlug Elinor den Weg zu dem Tor an der Frostwick-Brücke ein. Sie legte die Finger auf die gusseiserne Verzierung, an exakt dieselbe Stelle, wo Holdsworths Hand die ihre berührt hatte. Das Metall war kalt, rau und tot. Sie zog die Hand zurück. Dann öffnete sie das Tor und ging schnell über die Brücke.

Soweit sie sehen konnte, hatte sie die Gärten für sich. Sie schlüpfte unter das Dach der Platane, das sie mit seinen bis auf den Boden reichenden Ästen umgab wie ein riesiges, grünes Zelt.

Hier war es kühl und abgeschieden. Niemand konnte sie sehen. Sie konnte denken, an was sie wollte. Adieu Sylvia; vergib mir und verlass mich jetzt. Sie schlang die Arme um sich und versuchte sich vorzustellen, wie es wäre, wenn es die Arme eines Mannes wären.

Komme, was wolle, entschied sie bei sich, sie würde Lady Anne schreiben, wenn sie zurück im Rektorat war. Sie würde ihr berichten, dass Dr. Carbury im Sterben lag.

Und dann merkte sie, dass sie doch nicht allein war. Räder ratterten und kratzten über das Pflaster unter den Arkaden der Kapelle. Jemand redete. Sie zog sich zurück und spähte durch eine Lücke zwischen den Zweigen. Zuerst dachte sie, es sei der Fäkalienmann, der seine Runde machte. Erst als ein Mann und eine Frau unter einem der Bögen der Arkaden erschienen, erkannte sie ihren Irrtum.

Es war Philip Whichcote. Und an seinem Arm ging eine plumpe kleine Dame, die alt genug war, um seine Mutter zu sein.

Elinor beobachtete, wie sie an der Fassade des Neuen Hauses entlanggingen. Hinter ihnen kam ein Karren, auf dem Reisekoffer und Kisten aufgetürmt waren und der von zwei Dienstboten gezogen wurde, die kaum mehr als Kinder waren. Elinor erkannte Whichcotes Laufburschen. Das andere war ein hoch aufgeschossenes, dünnes Mädchen, deren Arme und Beine zu lang für sein Kleid waren.

Die Räume im Neuen Haus waren in verschiedene Bereiche unterteilt, die von drei Treppenhäusern zugänglich waren. Whichcote ging, von der Dame begleitet, in das nächstgelegene. Der Karren hielt an, und die Dienstboten begannen, ihn zu entladen.

Whichcote wollte hier wohnen. *Das ist ein Zeichen,* dachte Elinor, *Gott will mir sein Missfallen über meine verbotenen Sehnsüchte zeigen.* Wie konnte sie Sylvia vergessen, wenn Whichcote da war?

38

Was, zum Teufel, hatten Sie vor?«, fragte Holdsworth.

»Das geht Sie nichts an.« Frank funkelte ihn wütend an. »Sie haben gesagt, Sie können nichts mehr für mich tun, also tue ich es selbst.«

Sie standen an der Ecke von Wall Lane und King Street. Holdsworths Ärger verflog schnell, denn Frank war eindeutig mehr oder weniger Herr seiner Sinne.

»Woher wussten Sie, wo ich bin?«, fragte Frank.

»Ich habe auf der Suche nach Ihnen vor dem Lambourne House einen Büttel des Sheriffs getroffen. Warum sind Sie wie ein Dieb mitten in der Nacht davongelaufen?«

Frank wurde rot. »Ich wusste, dass Sie versuchen würden, mich aufzuhalten. Aber ich lasse mich nicht aufhalten, haben Sie gehört? Ich lebe seit Wochen in einem Alptraum, und ich bin fest entschlossen, ein für allemal damit aufzuräumen.«

»Das freut mich zu hören«, sagte Holdsworth. »Und ich werde Ihnen um nichts in der Welt dabei im Weg stehen. Haben Sie Mr. Whichcote gesehen?«

»Man hat mich nicht hereingelassen.«

»Haben Sie heute Morgen etwas gegessen?«

»Ich hatte keine Zeit.«

»Ich auch nicht. Lassen Sie uns das jetzt nachholen. Wenn man Sie nicht zu Mr. Whichcote lässt, können Sie hier im Augenblick nichts tun, und auf der Straße können wir nicht reden.«

Frank ließ sich die King Street hinunterführen, wo der Duft aus einer offenen Tür zu einem Kaffeehaus Holdsworths Argumente unterstützte. Sie gingen hinein. Es war ein heruntergekommenes Etablissement, in dem hauptsächlich ärmere Studenten verkehrten. Niemand beachtete die Neuankömmlinge.

Sie bestellten ein reichhaltiges Frühstück. Während sie warteten, versuchte Holdsworth, eine Unterhaltung zu beginnen, doch Frank entzog sich ihm, indem er nach einer Zeitung griff und sie mit großer Konzentration las.

Nachdem sie gegessen hatten, legte er allerdings die Gabel beiseite und sagte beiläufig: »Ich will verdammt sein, wenn ich noch länger auf dem Land versauere.«

»Dann gibt es also kein Gequake mehr?«

Frank lachte. »Kein Gequake mehr.«

»Was werden Sie tun?«

»Nach Jerusalem zurückkehren natürlich. Und ich werde Whichcote geben, was er verdient, so oder so. Sylvia zuliebe.«

Lieber Gott, dachte Holdsworth, *bitte lass nicht zu, dass der junge Narr ihn fordert.* Die romantischen und womöglich fatalen Verlockungen eines Duells wären genau das, was einen jungen Mann in Franks Situation reizen könnte.

»Es hat keinen Sinn, es hinauszuzögern«, fuhr Frank fort. »Ich werde heute zurückkehren. Jetzt sofort.«

»Jetzt? Sollten Sie nicht wenigstens schreiben und …«

»Ich denke, dafür gibt es nicht den geringsten Grund.« Er sah Holdsworth von oben herab an. »Ich glaube, ich bin nicht verpflichtet, in dieser Angelegenheit irgendjemanden um Erlaubnis zu bitten.«

»Darf ich Ihnen eine Frage stellen?«

Frank schüttelte den Kopf. »Ich habe nichts mehr zu sagen, geben Sie sich also keine Mühe. Außerdem habe ich Ihnen bereits genug erzählt. Meine Mutter hat Sie angestellt, um auf mich aufzupassen, Mr. Holdsworth. Was ich auch sage, landet direkt bei ihr.«

»Sie vergessen, Sir, dass ich gekündigt habe. Und Sie selbst haben das bestätigt, als Sie mir erzählten, warum Sie, ohne mich darüber zu informieren, nach Cambridge gegangen sind. Alles, worüber wir reden, wird demnach eine private Unterhaltung sein. Wenn Sie mir sagen, Sie wünschen, dass alles, was Sie mir erzählen, vertraulich bleibt, dann wird es so sein.«

Holdsworth lehnte sich zurück und schenkte sich noch eine Tasse Kaffee ein. Er wusste, dass das ein sophistisches Argument war. *Aber das,* dachte er, *muss nichts bedeuten.* Hier ging es nicht um Vernunft, darum war es nie gegangen. Das einzige Problem war, dass Frank stumm und mit zusammengepressten Lippen dasaß. Er machte keinerlei Anstalten, über irgendetwas zu sprechen.

»Tabitha Skinner«, sagte Holdsworth, auf jede Raffinesse verzichtend.

»Nie von ihr gehört. Wer ist das?«

»Ein vierzehnjähriges Mädchen. Sie starb in derselben Nacht wie Mrs. Whichcote, anscheinend an den Folgen eines Krampfes, im Haus von Mrs. Phear in der Trumpington Street.«

Frank schüttelte den Kopf. »Auch diesen Namen habe ich nie gehört.«

»Ich glaube einfach nicht, dass der Tod der beiden nicht irgendwie zusammenhängt«, sagte Holdsworth. »Dieselbe Nacht. Die Verbindung zwischen Mr. Whichcote und Mrs. Phear. Und das Treffen des Clubs.«

»Nun, wenn es so ist, weiß ich nichts darüber«, sagte Frank und schob seinen Stuhl zurück. »Sie würden mir einen Gefallen tun, wenn Sie das Ganze einfach vergessen. Ich werde jetzt zurück ins College gehen.«

»Vielleicht erlauben Sie mir mitzukommen«, schlug Holdsworth vor. »Ich muss im Rektorat vorsprechen, um Dr. Carbury mitzuteilen, dass ich, was Sie betrifft, nicht mehr für Ihre Ladyschaft arbeite. Und ich sollte wohl auch Mr. Richardson als Ihren Tutor davon unterrichten.«

»Sie dürfen mich begleiten«, verkündete Frank großspurig. »Es belästigt mich in keiner Weise.«

»Dann lassen Sie uns bezahlen und uns auf den Weg machen.«

Frank winkte dem Kellner. Plötzlich fiel seine Selbstsicherheit von ihm ab. »Ich habe leider kein Geld dabei, deswegen hat mich der Dummkopf nicht zu Mr. Whichcote gelassen.«

Holdsworth sagte darauf nichts.

»Ich werde sie bitten, mir die Rechnung zu schicken«, fuhr Frank hastig fort, »aber man kennt mich hier nicht, und es könnte ein wenig mühsam sein. Wenn Sie mir etwas vorstrecken könnten, wäre ich Ihnen außerordentlich dankbar.«

Holdsworth neigte höflich den Kopf. Franks Verhalten wechselte zwischen armer Schuljunge und gebieterischer junger Gentleman hin und her. Wenn er den Mund aufmachte, wusste man nie, wer sprechen würde.

Auf dem Weg nach Jerusalem verflog Franks Ärger, und er wurde immer fröhlicher. Er schaute sich beim Gehen um, warf einen Blick in die Auslagen und guckte verstohlen den hübschen Mädchen nach. »Ich war während der letzten Wochen so lustlos«, sagte er, als sie am Christ's College vorbeigingen. »Ich habe gar nicht gemerkt, wie sehr mir das alles hier gefehlt hat.«

Sie trafen keine Bekannten auf dem Weg. Frank trug seine Jagdkleidung, die von der Wanderung verschmutzt war. Ohne seinen Studententalar erkannte ihn niemand. Aber das änderte sich in dem Augenblick, als sie durch das Tor von Jerusalem traten. Mepal sah sie kommen und schoss wie der Blitz aus seinem Pförtnerhaus.

»Mr. Oldershaw, Sir.« Er zog den Hut und verbeugte sich, so tief er konnte. »Was für ein Anblick für meine trüben Augen, Sir, wenn ich so frei sein darf.«

»Ich bin froh, wieder hier zu sein«, sagte Frank und breitete die Arme aus, als wollte er das gesamte College umarmen, was den Eindruck erweckte, als gehörte ihm das Ganze. »Schicken Sie jemanden zur Mühle nach Whitebeach. Lassen Sie Mulgrave ausrichten, er soll das Haus zusperren und unsere Sachen – meine und die von Mr. Holdsworth – zurück ins College bringen. Ich will ihn sehen, sobald er hier ist. In der Zwischenzeit brauche ich mein Zimmermädchen. Wo ist sie?«

»Sal, Sir? Sie ist jetzt in Mr. Archdales Räumen.«

»Schicken Sie sie zu mir. Und ich will eine Rasur. Lassen

Sie auch den Barbier kommen. Sagen Sie Sal, dass sie heißes Wasser bringen soll. Ach, und ist Mr. Richardson in der Nähe? Ich sollte zuerst mit ihm sprechen.«

Mepals Augen wanderten zu Holdsworth, der an der Unterhaltung nicht teilgenommen, das Ganze aber als Zuschauer vom Rand aus beobachtet hatte. »Die Fellows sind im Aufenthaltsraum, Sir. Collegeversammlung.«

»Oh. Dann ist auch Dr. Carbury dort?«

»Ich bedaure, sagen zu müssen, dass es dem Rektor nicht gut geht.«

»Das tut mir leid.« Frank warf Holdsworth einen fragenden Blick zu. »Ich werde zu ...« Er runzelte die Stirn. »Guter Gott.«

Er starrte an Mepal und Holdsworth vorbei. Holdsworth drehte sich um. Der Hof an sich war leer, aber zur Rechten, am Ende der Arkaden bei der Kapelle, standen zwei Gestalten, ein hoch aufgeschossenes, mageres Mädchen und ein kleinerer, aber genauso magerer Junge.

Frank sagte: »Ist das nicht Mr. Whichcotes Laufbursche?«

»Ja, Sir«, sagte Mepal. »Er bedient Mr. Whichcote.«

»Whichcote?« Frank sprach so laut, dass der Junge es hörte und den Kopf hob. »Wollen Sie damit sagen, dass er hier im College ist?«

Augustus hob einen kleinen, aber schweren Handkoffer hoch, in dessen Leder Whichcotes Wappen eingeprägt war und der mit zwei Messingschlössern gesichert war. Er stolperte damit zur Schlafzimmertür.

»Nicht da hinein«, sagte Mrs. Phear. »In den anderen Raum, das kleine Studierzimmer.«

Augustus änderte die Richtung. Dorcas war bereits in dem Raum und richtete auf dem Tisch den Schreibtisch ein.

Der Gepäckstapel stand gleich neben der Tür im Salon.

Mrs Phear saß am Tisch. Whichcote stand, die Daumen in den Westentaschen, auf dem Teppich vor dem leeren Kamin.

»Worte können nicht ausdrücken, wie dankbar ich bin …«, setzte er an.

»Worte müssen gar nichts ausdrücken, mein lieber Philip.« Sie senkte die Stimme. »Und Mr. Richardson hat keine Schwierigkeiten gemacht?«

»Nicht die geringsten. Er ist kein Narr. Er hat die Situation sofort begriffen.«

»Und trotzdem überrascht es mich, dass er sich sofort hat überreden lassen.«

»Dafür gibt es zwei Gründe, nehme ich an, Madam. Erstens war er für die Versammlung im Aufenthaltsraum bereits spät dran. Und zweitens, und das ist der ausschlaggebende Grund, ist die Lage in Jerusalem zurzeit äußerst prekär.« Er zuckte zusammen, als Augustus mit der Ecke des Koffers an den Tisch stieß.

»Wozu die Versammlung?«

»Anscheinend gibt es irgendeinen Skandal, in den einer der Stipendiaten verwickelt ist. Er wurde auf frischer Tat bei einem Diebstahl erwischt, und jetzt hat er sich aus dem Staub gemacht. Aber der wahre Grund ist der Rektor. Es scheint, als sei er sehr krank.«

Mrs. Phear löste den Blick vom Fenster. »Stirbt er?«

»Ich glaube, Richardson hält es für möglich. Auf jeden Fall wünscht er es sich. Und wenn er stirbt, gibt es eine Wahl. Das Letzte, was Richardson wollen wird, ist ein weiterer Skandal. Das eine oder andere Wort im richtigen Ohr würde seine Chancen zerstören. Herr im Haus zu sein, Rektor von Jerusalem, ist sein größter Ehrgeiz.«

Aus dem Studierzimmer waren ein Scheppern und ein scharfes Einatmen zu hören. Als Augustus und Dorcas herauskamen, winkte Mrs. Phear sie zu sich.

»Ein treuer Dienstbote ist immer gottgefällig«, verkündete Mrs. Phear. »Ein treuer Dienstbote plappert niemals über die Angelegenheiten seines Herrn. Er ist immer darauf bedacht, seinem Herrn noch besser zu dienen. Ein untreuer Dienstbote hingegen wird seinen Verrat unweigerlich bereuen. Er wird bittere Tränen vergießen. Und wenn er elendig gestorben ist, wird er in der Hölle schmoren.«

Die Kinder starrten auf den Teppich. Augustus' Ohrläppchen verfärbten sich rot. Dorcas grub die Fingernägel in ihre blassen, sommersprossigen Unterarme, die schon mit Kratzern übersät waren.

»Und jetzt fort mit euch«, sagte Mrs. Phear nachsichtig. »Müßiggang ist aller Laster Anfang.«

Das Zimmermädchen zeigte mit einer rührenden, mehr oder weniger loyalen Vorstellung seine Freude über die Rückkehr Mr. Franks, schlug sich die Schürze über den Kopf und weinte laut. Verlegen erfüllte Frank seinen Teil des Handels und bat Holdsworth, ihm einen halben Schilling zu leihen. Als die Dinge zu aller Zufriedenheit geregelt waren, machte sich das Mädchen auf den Weg, um heißes Wasser zu holen, und Frank nahm seine Räume in Augenschein.

Holdsworth setzte sich mit Feder und Tinte an den Tisch und begann, einen Brief zu schreiben. Er hatte kaum damit begonnen, als Frank wieder hereinkam und sich ihm ins Licht stellte. Der junge Mann ließ etwas Metallenes auf den Tisch fallen: einen vergoldeten Knopf, der in der Sonne glitzerte.

Holdsworth berührte ihn mit dem Zeigefinger. Es war der fehlende Knopf von Franks Clubgewand. Mr. Richardson hatte erwähnt, dass er auf dem Frisiertisch lag, als er Holdsworth die Räume gezeigt hatte.

»*Sans souci*«, sagte Frank. Er schluckte. »Teuflisch lustig, nicht wahr?«

»Warum?«

Frank antwortete nicht, aber eine leise Bewegung erfasste seine Züge. Seine Augen hatten sich mit Tränen gefüllt. Er wandte sich ab und inspizierte die Buchrücken im Schrank.

»Was ist?«, fragte Holdsworth.

»Nichts.« Frank drehte sich nicht um. »Gar nichts.«

Holdsworth wartete einen Augenblick, dann tauchte er die Feder in die Tinte und setzte seinen Brief fort.

»Was tun Sie da eigentlich?«, fragte Frank, ohne den Blick vom Bücherschrank abzuwenden.

»Ich schreibe an Ihre Ladyschaft, um sie über das Geschehen zu unterrichten und sie zu informieren, dass Sie wieder im College wohnen. Und dass ich daher beabsichtige, mein Amt niederzulegen.«

Frank wirbelte herum. »Nein, Mr. Holdsworth, bitte tun Sie das nicht.«

»Ihrer Mutter schreiben?«

»Nein – kündigen. Ich habe es mir überlegt und – nun, ich war voreilig. Mir wäre es viel lieber, wenn Sie noch eine Weile bei mir blieben.«

»Ich glaube, ich habe getan, wofür Ihre Ladyschaft mich eingestellt hat, Sir.«

»Das haben Sie, in der Tat, soweit es mich betrifft. Doch Sie würden mir einen großen Gefallen tun, wenn Sie Ihre Abreise verschieben. Ich könnte einen Rückfall erleiden, und dann sind da auch noch die Bibliothek des Colleges und die Bücher meines Vaters, wie Sie sich erinnern. Meine Mutter wird Ihren Rat in dieser Angelegenheit brauchen.«

Holdsworth sah ihn stumm an. Dann zuckte er mit den Schultern. »Ich werde einen Handel mit Ihnen eingehen, Sir. Ich bin damit einverstanden, meinen Aufenthalt für zwei oder drei Nächte zu verlängern, um die Begutachtung der Bibliothek für Ihre Ladyschaft abzuschließen.«

»Danke, Sir. Das ist sehr freundlich, wirklich, und …«

»Unter einer Bedingung. Sie vermeiden jeden Skandal mit Mr. Whichcote. Wenn Sie ihm begegnen, müssen Sie ihn so gut wie möglich ignorieren. Sie dürfen ihn unter keinen Umständen provozieren.«

»Aber, Sir, ich kann nicht …« Es klopfte an der Tür, und Frank verstummte. Ein unerwartetes Lächeln breitete sich auf seinem Gesicht aus. »Gut, Sir«, murmelte er Holdsworth zu. Er hob die Stimme: »Herein.«

Die Tür ging auf, und Mr. Richardson trat ein. Der Tutor ergriff Franks Hand und schüttelte sie heftig. Er gratulierte Frank zu dessen Genesung. Er war so bewegt, dass er sich ebenfalls so etwas wie eine Träne aus dem Auge wischte.

»Nun, Sir, ich will nicht so tun, als sei ich nicht froh, wieder hier zu sein«, sagte Frank. »Aber sagen Sie mir bitte, was Mr. Whichcote hier macht? Wir sahen seinen Burschen, als wir ankamen, und Mepal sagt, er wohnt jetzt im College.«

»Das ist korrekt, Mr. Oldershaw.«

»Ich wünschte, er wäre nicht hier.«

»Ich fürchte, Mr. Whichcote ist in gewissen Verlegenheiten. Ich konnte ihm seine Bitte um Obdach kaum abschlagen. Man kann ein altes Collegemitglied nicht einfach im Stich lassen, wenn es in Schwierigkeiten ist.«

»Wie ich höre, werden es immer mehr Forderungen«, sagte Holdsworth.

Richardson verbeugte sich. »Sie sind gut informiert, Sir. Aber hier können ihn die Büttel nicht belangen. Solange er tagsüber, außer sonntags, innerhalb der Grenzen des Colleges bleibt, ist er absolut sicher. Hier kann er in Ruhe seine Angelegenheiten ordnen und einen Weg aus seinen Schwierigkeiten finden. Doch lassen Sie uns von angenehmeren Dingen sprechen. Sie bleiben doch hoffentlich noch in Jerusalem, Mr. Holdsworth? Wir dürfen die Bibliothek nicht vergessen.«

»Wie ich gerade gesagt habe«, warf Frank ein. »Meine Mutter würde darauf bestehen.«

»In diesem Fall dürfen Sie uns nicht enttäuschen, Sir. Haben Sie übrigens Mr. Oldershaw die traurigen Neuigkeiten über unseren Bibliotheksgehilfen, Mr. Soresby, erzählt?«

Holdsworth schüttelte den Kopf.

»Soresby?«, sagte Frank. »Der Stipendiat? Was ist mit ihm?«

»Ich bedaure, sagen zu müssen, dass ihm vorgeworfen wird, ein Buch aus der Bibliothek gestohlen zu haben«, erläuterte Richardson. »Und so ein vielversprechender junger Mann, ihm lag die Welt zu Füßen. Um das Ganze noch schlimmer zu machen, hat er sich davongemacht.«

»Wie lästig«, sagte Frank mechanisch. »Ach ja, und Mepal sagte, der Rektor ist indisponiert. Wo wird Mr. Holdsworth wohnen? Vielleicht sollte er lieber nicht ins Rektorat zurückgehen.«

»Ich werde für die nächsten ein, zwei Tage eine Unterkunft in der Stadt finden«, sagte Holdsworth.

»Nein, nein«, sagte Frank. »Ich bin sicher, Mr. Richardson will davon nichts hören – oder, Sir?«

»Das College wäre entzückt, Sie zu beherbergen, Mr. Holdsworth. Überlassen Sie es nur mir, ich werde sehen, was ich tun kann. Wir werden sicher im Neuen Haus etwas für Sie finden.« Richardson wandte sich an Frank. »Ich hoffe, Sie werden mit uns in der Halle essen, Mr. Oldershaw? Das heißt, wenn es Ihnen gut genug geht. Vielleicht ziehen Sie es vor, sich nach der Reise aus Whitebeach etwas auszuruhen.«

»Danke, Sir, es geht mir ausgezeichnet«, antwortete Frank gereizt. »Ich werde in der Halle essen. Und Mr. Holdsworth ebenfalls.«

Richardson lächelte. »Oh ja, natürlich – Mr. Holdsworth ebenfalls.«

39

Vergessen Sie nicht«, sagte Mrs. Phear, »Sie dürfen sich tagsüber nicht außerhalb der Collegemauern bewegen.«

»Wie sollte ich das vergessen, Madam, mit den Schakalen am Tor.«

Aus der Dienstbotenkammer, wo Augustus und Dorcas das Teegeschirr aufräumten, hörte man, wie etwas zu Bruch ging.

Mrs. Phear verzog den Mund. »Dorcas«, sagte sie, ohne sich die Mühe zu machen, die Stimme unschicklich zu heben.

Ihre Magd erschien, wischte sich die Hände an der Schürze ab und knickste plump.

»Was ist zerbrochen? Wer ist dafür verantwortlich?«

»Verzeihung, Madam, es war eine Teetasse, und sie ist mir aus der Hand gerutscht, Madam, es tut mir schrecklich leid …«

»Du bist ein böses, tollpatschiges Mädchen«, bemerkte Mrs. Phear lapidar, als wäre das eine feststehende Tatsache. »Du wirst heute kein Mittagessen bekommen. Ich habe schon lange gemerkt, dass ein voller Magen dich unaufmerksam und dumm macht.«

»Verzeihung, Madam«, sagte Augustus von der Schwelle zur Kammer aus. »Bitte seien Sie nicht hart zu ihr, es war meine Schuld, sie hat sie mir gegeben, und ich …«

»Sei still«, fuhr Whichcote ihn an.

Mrs. Phear wandte sich wieder an Whichcote und sagte mit der süßen, sanften Stimme, die nur für ihn bestimmt war: »Ich werde Sie jetzt verlassen, mein Lieber. Ich brauche mein Mittagessen, und Sie werden auch hungrig sein.«

»Sie müssen mir erlauben, Sie zu begleiten, Madam.«

»Wenigstens bis zum Tor.« Sie lächelte ihn an. »Aber schließen Sie hier die Türen ab. Die zum Studierzimmer und die Schranktür. Ihre Zukunft liegt da drin.«

Gefolgt von Dorcas, gingen Mrs. Phear und Whichcote die Treppe hinunter und traten in den Sonnenschein. Mrs. Phear blieb auf dem Weg stehen, um die majestätische Krone der Morgenländischen Platane zu bewundern.

»Sie ist wirklich herrlich«, bemerkte sie. »Es gibt weitaus schlimmere Orte, wenn man einige Wochen im Exil verbringen muss.«

Sie schlenderten unter den Arkaden entlang und über den Kapellenhof zum Haupttor. Mepal war nicht in seinem Pförtnerhäuschen, sondern stand draußen auf dem Vorplatz an der St. Andrew's Street, mit zwei schwarz gekleideten Männern ins Gespräch vertieft.

Mrs. Phear legte eine Hand auf Whichcotes Arm. »Ah – Ihre Schakale, nehme ich an.«

Sie schüttelten sich die Hand. Doch bevor Mrs. Phear durchs Tor ging, hörten sie schnelle, leichte Schritte hinter sich. Augustus rannte mit einem Taschentuch in der ausgestreckten Hand auf Mrs. Phear zu und vollführte eine schnelle, tiefe Verbeugung wie eine Ente, die den Kopf unter Wasser taucht.

»Das habe ich auf Ihrem Stuhl gefunden, Madam.«

Mrs. Phear nickte Dorcas zu, die mit gesenktem Kopf vortrat und Augustus das Taschentuch abnahm. Whichcote sah, wie die beiden einen langen Blick wechselten. Mrs. Phears Bohnenstange und ihr schmutziger Zwerg waren doch nicht etwa ineinander vernarrt? Allein der Gedanke erschien ihm so absurd, dass er beinahe laut aufgelacht hätte.

Nachdem Mrs. Phear das College verlassen hatte, ging Whichcote zurück in seine Räume. Vor dem Treppenaufgang im Neuen Haus blieb er stehen. Der Zufall wollte es, dass Frank vom Abort kam, den Blick beim Gehen in den Garten gerichtet. Er sah Whichcote erst, als es zu spät war.

»Ich bin erfreut, Sie wieder im College zu sehen«, sagte Whichcote harmlos. Er war auf jede Form von Gewalt gefasst; noch einmal würde er sich nicht überraschen lassen. »Dürfen Ihre Freunde hoffen, dass Sie vollständig wiederhergestellt sind? Ich hoffe es jedenfalls.«

Frank murmelte etwas und versuchte, an ihm vorbeizuschlüpfen.

Whichcote blockierte ihm den Weg. »Wir werden Nachbarn sein. Augustus, geh nach oben und warte vor meiner Tür auf mich.« Er wartete, bis der Junge verschwunden war. »Ich bin für einige Tage, oder sogar Wochen, hier eingezogen. Ich wohne im Neuen Haus – in G4. Sie müssen mir die Ehre erweisen und mich besuchen.«

»Eher sehe ich Sie in der Hölle schmoren.«

»Das wird sich zeigen. Wenn ich den Behörden erzähle, was Sie dem Mädchen angetan haben, und Zeugen für die Anschuldigung benenne, ist es sehr wahrscheinlich, dass Sie vor mir in der Hölle schmoren.«

»Was meinen Sie damit – was wollen Sie, Herrgott nochmal?«

»Alles zu seiner Zeit. Ich bin sicher, wir werden das Thema weiter erörtern. Es interessiert Sie vielleicht, dass ich Vorsichtsmaßnahmen getroffen und das Archiv des Holy Ghost Club mit ins College gebracht habe. Es ist ausgesprochen faszinierend. Da ist zum Beispiel Ihre Unterschrift, ordnungsgemäß bezeugt, im Mitgliederbuch. Sie waren hocherfreut, ein Apostel zu werden, stimmt es nicht? Und das wurden Sie genau in der Nacht, in der das Mädchen starb. Genau in der Nacht, in der jeder Sie mit ihr gesehen hat, kurz davor, sie zu packen und zu entjungfern. Ja, kurz bevor sie starb. Die Schlussfolgerung muss lauten, dass das eine zum anderen geführt hat.«

Frank packte Whichcote am Arm. »Sie Schuft«, zischte er.

»Wie können Sie es wagen? Ist das die Rache für Sylvia? Und dafür, dass ich Sie ins Wasser geworfen habe?«

Whichcote sah ihn an, sagte aber nichts. Frank war größer als er, und Whichcote hatte die Gewaltbereitschaft des jungen Mannes bereits kennengelernt. Aber er wusste auch, dass Macht viele Gesichter hatte. Nach ein paar Sekunden lockerte Frank seinen Griff und trat einen Schritt zurück.

Whichcote richtete den Ärmel seines Rocks. »Wir werden uns später unterhalten. Zweifellos wollen Sie jetzt zu Ihrem Bärenführer Holdsworth laufen und sich an seiner Schulter ausweinen. Ich will Sie nicht aufhalten. Aber ich warne Sie, das hilft nichts. Sie und ich müssen über kurz oder lang zu einer Einigung kommen.«

Elinor Carbury hatte Kopfschmerzen. Sie saß an ihrem Schreibtisch und entwarf zum dritten Mal einen Brief an Lady Anne Oldershaw. Sie hasste sich dafür, dass sie ihn schrieb. Sie hatte schon zu viele Dinge im Leben tun müssen, für die sie sich hasste.

Es klopfte an der Tür, und Susan kam herein. Sie schloss die Tür, blieb mit gesenktem Kopf stehen und wartete darauf, dass ihre Herrin sie ansprach.

»Was gibt es?«, fragte Elinor, während sie die Feder in die Tinte tauchte.

Keine Antwort. Sie warf ihrer Magd einen Blick zu. Tränen liefen ihre Wangen hinunter.

»Was gibt es?«, wiederholte Elinor ihre Frage etwas schärfer: »Herrgott nochmal …«

»Oh, Madam, ich war so dumm.« Das Mädchen weinte noch mehr. »So sündig«, brachte sie zwischen Schluchzern hervor. »Und Sie sind so eine freundliche Herrin! So großzügig! Ach, es bricht mir das Herz.«

»Hör auf zu weinen und erzähl mir, was los ist!«

Susan sah auf. Mit normaler Stimme sagte sie leise: »Ach, Madam – ich erwarte ein Kind.«

Elinor hatte kurz und unangenehm das Bild von weißen, muskulösen Schenkeln vor Augen, die sich im Waschhaus auf und ab bewegten. »Du törichtes Mädchen. Von wem ist es? Von Ben?«

Die Magd nickte. »Ich konnte nichts dagegen tun, Madam. Er war so fordernd. Es tut mir leid, dass ich Sie damit belästige, vor allem jetzt, wo der Rektor so krank ist.«

»Bist du sicher?«

»Ja, Madam – ich bin schon zweimal über die Zeit, und bald wird es dreimal sein.«

»Geht das schon lange?«

»Seit März – er hat mich eines Abends überredet, mit ihm unter den großen Baum zu gehen … und hat es ausgenutzt. Bald wird man es sehen. Sie werden mich ohne Zeugnis hinauswerfen, und mir bleibt nur das Armenhaus.«

»Sei still«, herrschte Elinor sie an. »Du machst meine Kopfschmerzen schlimmer. Kannst du Ben nicht einfach heiraten?«

Es klopfte unten an der Haustür.

»Er würde seine Stelle verlieren, genau wie ich, Madam, und wir haben keine Ersparnisse.«

»Lass mich darüber nachdenken«, sagte Elinor. »Du warst ein sehr dummes Mädchen. Aber vielleicht kann noch etwas gerettet werden.«

Ein Besucher kam die Treppe herauf. Ben meldete Mr. Richardson. Die Augen des Dieners weiteten sich, als er Susan mit gerötetem Gesicht an der Tür stehen sah. Mr. Richardson verbeugte sich mit einer ausholenden Handbewegung. Elinor schickte die Dienstboten hinaus.

»Ich möchte den Rektor nicht stören«, sagte Richardson, als sie allein waren. »Aber ich wollte herausfinden, wie es meinem lieben Freund geht. Gibt es irgendwelche Veränderungen?«

»Nein, Sir. Er schläft. Die Schwester ist bei ihm und hat Anweisung, mich zu rufen, sobald er aufwacht.«

»Aha – wie sagt doch der Dichter? –, *Des Müden süßes Heil, balsamischer Schlaf!*«, murmelte Richardson. »Ich bringe die guten Wünsche aller Fellows mit, und natürlich schließen wir ihn in unsere Gebete ein. Doch ich komme auch aus einem anderen Grund. Ich habe eine gute Nachricht, die Dr. Carbury erfreuen könnte. Und ich glaube, auch Sie, verehrte Mrs. Carbury. Mr. Oldershaw ist ins College zurückgekehrt.«

»Das freut mich zu hören. Stattet er uns einen Besuch ab, oder ...?«

»Oh nein. Er scheint völlig wiederhergestellt zu sein, und ich glaube, er beabsichtigt, ganz zurückzukommen, jedenfalls bis zum Ende des Semesters.«

»Ich werde es Dr. Carbury berichten. Was ist mit Mr. Holdsworth? Ich nehme an, er wird nach London zurückkehren, da Mr. Oldershaw ihn nicht mehr braucht.«

»Noch nicht. Er muss die Begutachtung der Bibliothek beenden, und es ist nicht auszuschließen, dass Mr. Oldershaw ihn doch noch einmal braucht. Also habe ich arrangiert, dass er ein Gäste-Appartement im Neuen Haus bekommt. Als er hörte, dass es dem Rektor nicht gut geht, wollte er ihn nicht stören – und natürlich auch Sie nicht, Madam.«

Elinor neigte den Kopf. »Gibt es Neuigkeiten über Mr. Soresby?«

»Er scheint wie vom Erdboden verschluckt zu sein. Aber wir haben noch einen Besucher. Mr. Whichcote hält sich im College auf. Ich hoffe, das ist Ihnen nicht unangenehm.«

Elinor sah auf und nahm überrascht einen Hauch von Berechnung im Gesicht des Tutors wahr. »Warum, glauben Sie, sollte es das sein?«

»Ich fürchtete nur, sein Anblick könnte schmerzliche Erinnerungen an Ihre liebe Freundin wachrufen, Mrs. Carbury. Nichts anderes.«

Sie dankte Richardson für seine Rücksichtnahme. Dann schwieg sie, und er erhob sich, um sich zu verabschieden. Nachdem er gegangen war, setzte sie sich wieder an ihren Sekretär und nahm die Feder zur Hand. Doch sie konnte kein Wort mehr schreiben. Sie dachte an ihren sterbenden Mann, an John Holdsworth, der kaum weiter als einen Steinwurf von ihr entfernt war, und an Sylvia. Elinor wusste nicht, ob sie Sylvia jetzt liebte oder hasste. Richardson hatte einen wunden Punkt berührt, als er sie erwähnte. Jede Erinnerung war schmerzlich.

Später, als die Schwester Elinor berichtete, dass ihr Mann aufgewacht war, ging sie in sein Zimmer. Sie waren allein, denn die Krankenschwester war hinuntergegangen. Die Vorhänge waren gegen das grelle Tageslicht zugezogen. Dr. Carbury lag auf dem Rücken, in die Decke eingewickelt wie in eine Zwangsjacke, und sah sie aus seinen riesigen Hundeaugen an.

»Wie geht es Ihnen, Sir? Fühlen Sie sich ausgeruht?«

Er ignorierte ihre Fragen. »Gibt es etwas Neues?«

»Mr. Oldershaw ist zurückgekehrt, und Mr. Richardson sagt, er sei völlig wiederhergestellt.«

»Gut. Aber was ist mit Soresby?«

»Nichts Neues, Sir. Ich hoffe, dem jungen Mann ist nichts Schlimmes geschehen.«

»Ja, das könnte sein.« Dr. Carbury hatte sich mit einem plötzlichen Energieschub aufgerichtet. »Selbstmord. Jetzt, wo ich darüber nachdenke, erscheint es mir gar nicht so unwahrscheinlich.«

»Ich hoffe, dass es nicht so ist.«

Ihr Mann schien sie nicht gehört zu haben. Sein Kopf fiel schwer auf die Kissen zurück. »Soresby tot?«, murmelte er vor sich hin. »Ja, sehr wahrscheinlich. Mause-, mausetot. Aber sollte man darauf hoffen?«

»Dieser Teufel hat das Archiv des Clubs mitgebracht«, sagte Frank zu Holdsworth, sobald dieser vom Abort zurückkam. »Es ist in seinen Räumen, und er wird mich damit erpressen. Lieber Gott, wenn ich daran denke, dass ich ihn einmal geschätzt habe. Ich hielt ihn für einen Mann mit guter Erziehung. Was soll ich tun?«

»Nichts Übereiltes, Mr. Oldershaw.«

Frank funkelte ihn an. »Sie haben leicht reden, Sir. Aber …«

Es klopfte an der Tür, und Harry Archdale stürmte ins Zimmer wie ein fröhlicher Cherub.

»Mein lieber Frank, herzlich willkommen!« Er ergriff Franks Hand und schüttelte sie heftig. »Endlich bist du wieder da, gesund und munter. Wirklich eine glückliche Rückkehr.«

Holdsworth verbeugte sich und suchte nach einer Entschuldigung, um sich zurückzuziehen.

»Hast du von den letzten Aufregungen gehört?«, fragte Archdale, nachdem sie sich ausgiebig begrüßt hatten. »Soresby ist verschwunden.«

»Ricky hat es mir gerade erzählt. Komischer Kauz, wie? Knackt immer mit seinen Fingern, dass es klingt wie Kanonenfeuer.«

Archdale krauste die Nase. »Es war eine höllische Aufregung. Ich verstehe es selbst nicht – er war Carburys Liebling. Der Alte hat sogar das Rosington-Stipendium für ihn reserviert.«

»Ich dachte, Soresby gehörte zu Rickys Gefolgschaft. Übrigens, warst du in letzter Zeit im Stall? Meine Pferde …«

»Warte, Frank – diese Geschichte mit Soresby ist noch nicht zu Ende. Als ich gerade ins College gekommen bin, kommt Mepal mit einem Päckchen auf mich zugelaufen. Jemand hat es gestern Abend in den Postkasten geworfen – er hat nicht gesehen, wer es war. Und siehe da, es ist von Soresby.« Archdale holte ein kleines, dünnes Buch aus seiner Tasche. »Hier, bitte.«

Frank nahm das Buch und schlug die Titelseite auf. »Euklid? Was, zum Teufel, ist das?«

»Ich bin ein eifriger Student geworden, seit wir uns zuletzt gesehen haben. Aber das ist nicht der Punkt. Das hier lag drin: Schau.«

Archdale hielt ihm einen Zettel hin, der aus einem Notizbuch herausgerissen war. Holdsworth kam näher und las die wenigen Worte darauf über Franks Schulter mit.

Mr. Archdale – hier ist das Buch. Mr. Dows zweiter Absatz auf Seite einundvierzig muss studiert werden, wenn man den Lehrsatz siebenundvierzig (den Satz des Pythagoras) verstehen will. Bitte glauben Sie die schrecklichen Lügen über mich nicht. Ich schwöre, ich habe nichts gestohlen.

T.S.

40

Bis zum Essen waren es noch eineinhalb Stunden. Holdsworth entschuldigte sich und überließ die beiden jungen Herren sich selbst. Nur gut, dass er sich einverstanden erklärt hatte, noch ein oder zwei Tage bei Frank zu bleiben, jetzt, da neue Gefahr von Whichcote drohte. Und außerdem erwartete ihn in London nichts.

Im Herzen wusste er, dass es andere, schwerer wiegende Gründe für ihn gab zu bleiben, obwohl er einige nicht einmal sich selbst eingestehen konnte, geschweige denn Frank.

Die ungeklärten Todesfälle von Sylvia Whichcote und Tabitha Skinner irritierten ihn wie ein Stein im Schuh. Sie gingen ihn nichts an, jetzt, wo Frank wieder der Alte war. Doch sie beschäftigten ihn. Darüber hinaus war die Geschichte mit Sylvias Geist nicht geklärt. Wenn er die arme Frau nicht zur Ruhe betten konnte, würde ihn sein Versagen den Rest seines Lebens ärgern. Bestünde dann nicht die Möglichkeit, dass Maria die ganze Zeit recht gehabt hatte und dass sie in der Tat von Georgies Geist besucht worden war?

Der Grund, den er sich am wenigsten eingestehen konnte, war die andere Frau, keine hundert Schritte entfernt im Rektorat, die etwas viel Schlimmeres mit ihm anstellte, als ihn zu ärgern. *Ich bin peinlich,* schalt er sich, *unmoralisch, närrisch und verrückt. Wäre ich abergläubisch, würde ich sagen, sie ist eine Hexe, die mich verflucht hat. Aber in Wirklichkeit ist es ganz allein meine Schuld.*

Als Holdsworth aus dem Neuen Haus trat, sah er Whichcotes Burschen mit einem Korb am Arm durch den Durchgang zum Tor schlüpfen. Holdsworth beschloss, ihm zu folgen.

Zwei Beamte des Sheriffs standen auf dem gepflasterten Platz vor dem Tor zum College. Sie erkannten den Jungen und riefen ihm etwas zu, aber er huschte vorbei und bog in die St. Andrew's Street ein.

Holdsworth beschleunigte seinen Schritt. Der Laufbursche bog in den Petty Cury ein und schlängelte sich zum Markt durch, wo er an einem Stand Obst und an einem anderen Käse kaufte. Anschließend ließ er sich zum Kanal treiben, wo immer eine kleine Menschenmenge versammelt war. Er nahm sich eine Erdbeere. Als Nächstes wickelte er sehr sorgfältig eine Ecke des Käses aus und inspizierte sie, als suche er einen Krümel.

Der Junge war nicht mehr allein. Ein hoch aufgeschossenes,

dünnes, farblos gekleidetes Mädchen hatte sich zu ihm gesellt. Holdsworth erkannte in ihm das Mädchen, das er schon im College zusammen mit dem Jungen gesehen hatte. Als spürte sie seinen Blick auf sich, sah sie auf und schaute ihn an. Sie musste etwas zu dem Jungen gesagt haben, denn er drehte sich in Holdsworths Richtung.

Holdsworth ließ jede Vorsicht außer Acht und ging auf die beiden zu. Die Kinder wichen zurück.

»Bitte erschreckt nicht«, sagte Holdsworth schnell. »Ich will euch nichts tun. Du bist Mr. Whichcotes Bursche, nicht wahr? Ich habe dich im Lambourne House gesehen und eben noch in Jerusalem.«

»Ja, Sir. Mr. Whichcote wartet …«

»Ich dachte nur, du siehst so hungrig aus, und da habe ich mich gefragt, ob du vielleicht eine Pastete mit mir teilen willst.« Holdsworth zeigte auf einen nahe gelegenen Pastetenstand. »Mir wäre nach ein oder zwei Bissen, aber für eine ganze Pastete reicht mein Appetit nicht. Und es wäre doch eine Sünde, den Rest wegzuwerfen.«

Der Junge sah das Mädchen an. Irgendeine Art Verständigung fand zwischen den beiden statt.

»Und vielleicht möchte deine Freundin auch ein Stück. Wärst du so gut und würdest eine Pastete aussuchen und mir bringen? So groß du willst.«

Holdsworth streckte die Hand mit der Innenfläche nach oben aus, öffnete die Finger und enthüllte drei Pennymünzen und ein Dreipennystück. Der Junge schnappte sich das Geld. Er und das Mädchen gingen zu dem Stand und verhandelten mit der Frau, die ihn betrieb. Als sie zurückkamen, hielt der Junge ihm die Pastete hin. Das Mädchen streckte ihm die restlichen zwei Pennys entgegen.

Holdsworth machte keine Anstalten, sie zu nehmen. »Ich möchte mit euch reden«, sagte er.

Der Junge ging erst einen, dann noch einen Schritt zurück.

»Bleib«, sagte Holdsworth, der merkte, dass er dabei war, ihn zu verlieren und dass er, was noch schlimmer wäre, seinem Herrn womöglich von Holdsworths plumpem Versuch, ihn auszuhorchen, berichten könnte. »Hör mir zu, es ist nur zu deinem Besten.« Er beugte sich hinunter auf Augenhöhe mit dem Jungen und senkte die Stimme: »Ich weiß, was im Holy Ghost Club geschehen ist.«

In den Augen des Jungen flackerte Erschrecken auf.

»Schuldet Mr. Whichcote Ihnen Geld, Sir?«, fragte das Mädchen auf einmal.

»Nein, aber ich wette, er schuldet diesem Burschen seinen Lohn.« Holdsworth sah ihrem Gesicht an, dass der Schuss ins Schwarze getroffen hatte, und nutzte seinen Vorteil. »Ich will nur fünf Minuten«, sagte er zu dem Jungen. »Und deine Freundin kann gerne dableiben und aufpassen, dass dir nichts geschieht. Und während wir uns unterhalten, dürft ihr die Pastete essen. Können wir uns darauf einigen?«

Es war die Pastete, die den Ausschlag gab. Holdsworth hatte sie in den Händen des Jungen beobachtet. Die schmalen, schmutzigen Finger fummelten an der Kruste. Der Duft stieg ihm in die Nase. Ein Stück löste sich, und der Junge stopfte es sich in den Mund. Er warf dem Mädchen einen Blick zu und bot ihr stumm die Pastete an. Auch sie brach sich ein Stück von der Kruste ab.

»Kommt«, sagte Holdsworth. »Ihr wollt bestimmt nicht hier unter allen Menschen essen. Gibt es in der Nähe ein ruhiges Plätzchen?«

Sie führten ihn auf den kleinen Friedhof der St. Edward's Church, wo sie ein Eckchen in der Sonne abseits der Blicke der Passanten fanden. Der Junge teilte die Pastete und bot dem Mädchen das größere Stück an. Sie aßen schnell und konzentriert. Holdsworth versuchte nicht, mit ihnen zu reden, während sie aßen. Er lehnte sich an die Kirchenmauer und dachte, wie sehr sie doch jungen, noch ungezähmten Tieren ähnelten.

»Deine Freundin hat sicher nichts dagegen, ein wenig zu rutschen, während wir zwei uns unterhalten«, sagte er, als der Junge aufgegessen hatte.

»Sie weiß genauso viel wie ich, Sir.«

»Über den Club?«

»Ja, das stimmt, Sir.« Die Stimme des Mädchens verriet, dass es nicht aus Cambridge stammte, sondern wohl eher aus London. »Ich habe bei den Vorbereitungen geholfen und hinterher die Sauerei weggemacht.«

»Und – wir sind Freunde, Sir.«

»Wenn du es so nennst«, sagte das Mädchen mit einem Anflug von Verachtung.

»Sehr gut«, sagte Holdsworth. »Ihr wisst, dass ich Mr. Holdsworth bin. Ich stehe im Dienst von Lady Anne Oldershaw. Lasst uns ganz am Anfang beginnen, und als Erstes verratet ihr mir, wie ihr heißt.«

»Er heißt Augustus«, sagte das Mädchen. »Und ich bin Dorcas.«

»Und bist du auch in Stellung?«

»Bei Mrs. Phear in der Trumpington Street, Sir.«

»Langsam verstehe ich«, sagte Holdsworth.

Das Mädchen sagte nichts, aber sie ließ ihn nicht aus den Augen.

»Mr. Oldershaw ist ein sehr reicher junger Gentleman«, fuhr er fort. »Er hat es in der Hand, euch gut zu belohnen und für euch beide neue Stellungen zu finden. Erinnert ihr euch an das Club-Treffen im Februar?«

Augustus nickte.

»Und erinnerst du dich auch daran, was im Pavillon geschah? Warst du dort?«

Augustus' Gesicht wurde dunkelrot.

»Also ja. Du musst keine Angst haben – niemand wirft dir etwas vor. Erzähl mir von dem jungen Mädchen.«

»Woher sollen wir wissen, dass Sie uns nicht belügen, Sir?«, sagte Dorcas plötzlich. »Vielleicht hat sie Sie geschickt.«

»Sie?«, fragte Holdsworth.

»Madam. Vielleicht ist es ein Test.«

»Ist es nicht. Augustus weiß, dass ich für Mr. Oldershaw handle, und der hat für Mr. Whichcote nichts übrig.«

Der Junge nickte, ließ aber Dorcas nicht aus den Augen.

»Eine Guinee«, sagte sie. »Eine Guinee für jeden.«

»Was ist mit der Stellung?«, flüsterte Augustus.

»Eine Guinee ist eine Guinee, wenn du sie in der Hand hast«, sagte Dorcas. »Ein Versprechen ist nur ein Versprechen.«

»Wenn ihr mir eine Hilfe seid, sollt ihr beides haben.« Holdsworth holte seine Geldbörse hervor und legte zwei Guineen auf den nächstgelegenen Grabstein, wo sie in der Sonne glitzerten. »Wenn wir hier fertig sind, gehören sie euch.«

Die Kinder starrten die Münzen an.

»Erzählt mir von Tabitha Skinner«, sagte Holdsworth.

An ihrem verblüfften Schweigen und den leeren Gesichtern erkannte er sofort, dass das Spiel aufgegangen war.

»Dem Mädchen«, hakte er nach.

Dorcas seufzte leise, als wäre sie erleichtert. »Sie war aus dem Magdalenenheim, Sir – Sie wissen schon, oben in London. Wie ich. Aber sie war hübsch.«

»Du bist auch hübsch«, sagte Augustus.

»Hat Mrs. Phear sie hergebracht?«, fragte Holdsworth.

»Ja. So macht sie's immer. Holt sie her. Sie sagt den Leuten im Magdalenenheim, dass sie vielleicht eine Stellung in einem Haushalt für sie findet und sie schon mal einarbeiten kann.« Dorcas verzog ihr kleines, verhärmtes Gesicht und wirkte auf einmal viel älter. »Sehr wohltätige Dame, die Mrs. Phear. Die Mädchen müssen so tun, als ob sie Jungfrau sind, wenn die jungen Herren kommen.«

»Willst du damit sagen, dass Mrs. Phear die Mädchen mit dem Versprechen einer Stellung als Dienstmädchen aus London holt und sie dann prostituiert?«

Dorcas lachte lautlos und zeigte zwei fehlende Vorderzähne. »Gott behüte, Sir, die Mädchen haben nichts dagegen. Jedenfalls normalerweise. Meistens sind die Herren zu betrunken, um sie zu besteigen, aber sie kriegen trotzdem ihr Geld. Doch Tabitha war anders – sie war wirklich noch Jungfrau.«

Holdsworth wandte sich ab. Vom Geruch der Pastete wurde ihm übel. Nach einer Weile sagte er: »Um es deutlich auszusprechen: Mrs. Phear und Mr. Whichcote beschafften eine Jungfrau, die vergewaltigt wurde?«

»Tabitha meinte, wenigstens würde sie ihre Unschuld an einen netten, sauberen Gentleman verlieren und gutes Geld dafür kriegen. Ein Wunder, dass sie sie überhaupt noch hatte. Sie hat gesagt, vielleicht würde sich der junge Herr ja in sie verlieben und ihr einen Antrag machen. Und dann hätte sie ein Heim und würde in einer goldenen Kutsche spazieren fahren, und ich könnte ihre Kammerzofe sein.«

»Ich hab sie gesehen«, sagte Augustus. »Sie und Mrs. Phear, als sie mit der Kutsche ankamen und die Gesellschaft noch beim Essen war. Ich hab auf dem Weg durch den Garten zum Pavillon die Laterne für sie gehalten.«

»Hat sie mit dir gesprochen?«, fragte Holdsworth. »Wie kam sie dir vor?«

»Gesagt hat sie nichts, Sir. Und sie war ganz vermummt. Und dann war sie tot.«

»Mrs. Phear ist wie eine Nonne angezogen«, sagte Dorcas. Sie zog eine Grimasse.

Augustus kicherte nervös.

»Wohin sind sie im Pavillon gegangen?«, fragte Holdsworth.

»In ein kleines Zimmer unten«, sagte der Junge. »Ist wie eine Schlafkammer eingerichtet, alles in Weiß. Ich musste vorher ein Feuer anzünden und es am Brennen halten. Es war alles fertig für sie, mit Wein und Nüssen und Obst und so.«

»Erzähl ihm, wie es passiert ist«, sagte Dorcas. »Das will er wissen.«

»Sie haben gegessen – und Mrs. Phear ist aus dem Zimmer gekommen und nach oben gegangen –, dann ist sie wieder runtergekommen und ins Zimmer zurück. Oben haben sie da die Trinksprüche gesagt. Und ein paar Minuten später hat sie mich mit einer Nachricht für den Herrn nach oben geschickt. Dann ist er runtergekommen und zu den beiden ins Zimmer gegangen. Und dann, kurz danach, kommt Mr. Oldershaw die Treppe runtergerannt und geht rein. Er war so heiß auf Tabitha, dass er nicht warten konnte. Hat nicht mal die Tür zugemacht. Da habe ich gehört, dass das Mädchen tot ist.«

»Wie ist sie gestorben?«

Augustus zuckte mit seinen mageren Schultern. »Sie war ganz weiß angezogen und am Bett festgebunden. Ihr Gesicht sah komisch aus. Die Augen standen offen – sie quollen heraus wie Murmeln. Vielleicht ist sie vor Angst gestorben.«

Der Junge setzte sich ins Gras und schlang die Arme um die Knie. Dorcas berührte seinen Kopf in einer beinah mütterlichen Geste.

»Es war eine von diesen Nüssen, Kleiner«, sagte sie. »Das ist alles. Ich hab's dir doch gesagt – sie konnte sich nicht bewegen, weil sie festgebunden war. Sie hat sich an einer halben Walnuss verschluckt. Hab sie in ihrer Kehle gefunden, als wir sie aufgebahrt haben.«

»Dann haben sie sie also zurück in Mrs. Phears Haus gebracht?«, fragte Holdsworth.

»Sie haben sie zu mir in die Kammer gelegt«, sagte Dorcas. »Ganz steif und kalt neben mich. Und jetzt lässt sie mich nicht mehr los.«

»Sie verfolgt sie«, wisperte Augustus. »Tabithas Geist.«

»Das ist nur ein schlechter Traum«, fuhr Holdsworth ihn an. »Und du, Junge, was hast du getan, nachdem man sie gefunden hat?«

»Ich musste mitgehen, Sir. Ich und der Herr haben die arme Tabitha in einem Stuhl durch den Garten getragen, als ob sie zu betrunken war und nicht laufen konnte. Hab sie einmal beinah fallen gelassen. Sie hat so hin und her gewackelt. Wir haben sie in die Kutsche gepackt und zu Mrs. Phear gefahren. Und als ich und Mr. Whichcote wieder zurück zum Pavillon kamen, waren die jungen Herren alle nach Hause gegangen.«

»Alle? Was ist mit Mr. Oldershaw?«

»Er nicht, Sir – er war oben im Haus.« Der Junge blickte auf und schluckte. »Die Herrin war bei ihm.«

»Mrs. Whichcote?«

Ein schnelles Nicken.

»Wo?«

»In seiner Kammer. Der Herr hat sie entdeckt und ist schrecklich wütend geworden. Er hat mich die ganze Nacht im Keller eingeschlossen, da bin ich beinahe erfroren. Ich hab sie erst wieder im Sarg gesehen.«

Und dann? Der Ausgangspunkt war gewesen, dass Sylvia durch die Straßen von Cambridge gelaufen war und Zuflucht im Jerusalem-College gesucht hatte. Dort war sie irgendwie auch gestorben. Holdsworth sagte: »Hast du gar nicht gehört, was in der Nacht zwischen ihnen vorgefallen ist – zwischen Mr. Oldershaw und Mr. und Mrs. Whichcote?«

»Nein, Sir.«

»Er hat sie geschlagen«, sagte Dorcas.

Holdsworth wirbelte herum, um sie anzuschauen. »Ich verstehe nicht. Woher willst du etwas darüber wissen?«

»Weil ich die tote Dame gesehen habe, Sir. Ich hab Mrs. Phear geholfen, sie aufzubahren. Er hat sie geschlagen …«

Holdsworth dachte daran, was Fäkalienfred ihm versehentlich erzählt hatte. »Auf den Kopf?« Er berührte seine Schläfe. »Hier?«

»Ja, Sir, sie hat sich irgendwo den Kopf angeschlagen. Aber das meine ich nicht. Als wir Mrs. Whichcote aufgebahrt haben, haben wir sie überall gewaschen. Die Blutergüsse waren auf ihrem Rücken.«

Holdsworth musterte das Mädchen genau und suchte in ihrem Gesicht nach Anzeichen dafür, dass sie log. Sie hielt seinem Blick stand, aber jeder Lügner wusste, wie das ging. Warum sollte sie lügen? »Blutergüsse?«

»Ja, Sir. Die Haut war nicht aufgeplatzt, jedenfalls nicht so, dass es auffällig war. Es sah so aus, als ob ihr jemand das Nachthemd runtergerissen und sie grün und blau geschlagen hat.«

Die Krankheit des Rektors ging allen irgendwie nah. Niemand wusste genau, wie schwerwiegend sie war, und Dr. Carbury hatte den Ruf, eine Konstitution wie ein Pferd zu haben. Andererseits konnte niemand die Möglichkeit ausschließen, dass er diesmal entweder todkrank oder zumindest nicht in der Lage war zu arbeiten.

Whichcote beobachtete, wie die meisten Fellows, die im College speisten, irgendeine Ausrede fanden, um mit Mr. Richardson zu sprechen und sich einzuschmeicheln. *Sie buhlen um Ämter,* dachte er bei sich, *aber es wird ihnen nichts nützen.*

Mr. Miskin, der sich der versprochenen Pfarrei noch nicht sicher sein konnte, erzählte dem Tutor eine gute Geschichte über den Vizekanzler, die er vor Kurzem gehört hatte, und empfahl außerdem einen Mann, der die besten Aale in den Fens fing; Mr. Richardson müsse nur Mr. Miskins Namen fallen lassen, und die Sache sei so gut wie erledigt. Mr. Crowley wollte Mr. Richardsons Meinung zu einem schwierigen Absatz der *Anabasis* hören und lauschte andächtig, als dieser einen Kernsatz auf eine Weise erläuterte, die ein unerwartetes Licht auf Sokrates' Einfluss auf Xenophon und seine Kameraden warf. Mr. Dow wollte seinen genialen Entwurf der Konstruktion eines Wasserklosetts für die älteren Mitglieder des Colleges diskutieren, bei dem er eine besonders hygienische und effiziente Veränderung eingebaut hatte, die allein seine Idee war. Sogar Professor Trillo, der dieser Tage nie aus seinen Räumen kam, fand die Zeit, Mr. Richardson einige Zeilen zu diktieren, in denen er sein neuestes Werk mit Psalmen pries und anbot, ihm seine Notizen über eine Grammatik des chaldäischen und assyrischen Zweigs des Syriakischen im Mittleren Osten zu leihen.

Frank Oldershaw und Harry Archdale waren ebenfalls da und machten von ihrem Recht als Fellow-Commoners Gebrauch. Jeder wollte Frank die Hand schütteln, um ihm zu seiner Genesung zu gratulieren. Nach dem Essen nutzte Whichcote die allgemeine Unruhe im Aufenthaltsraum und näherte sich Frank, indem er so tat, als wolle er einen Stuhl holen.

»Denken Sie an Ihre Mutter«, murmelte er. »Das Glück Ihrer Ladyschaft ist untrennbar mit Ihrem verbunden.«

Frank fuhr herum. Whichcote ging in Habachtstellung, halb einen Schlag erwartend. Plötzlich stand Holdsworth zwischen ihnen, half Whichcote mit dem Stuhl und drängte Frank zum anderen Tisch, wo Archdale mit einigen der jüngeren Fellows bereits saß.

Ein Blick über den Tisch zeigte Whichcote, dass Richardson die kleine Scharade beobachtet hatte. *Gut, gut,* dachte er, bald würden sie nach einer anderen Pfeife tanzen. In der Zwischenzeit reichte es, die beiden, Frank und Richardson, daran zu erinnern, wer die Peitsche in der Hand hielt.

Whichcote hielt sich nicht lange auf. Er ging zurück in seine Räume. Augustus war mit dem Obst und dem Käse vom Markt zurück und damit beschäftigt, die Kleider seines Herrn auszupacken.

»Sind sie noch da?«, frage Whichcote ohne Vorrede.

»Wer, gnädiger Herr?«

»Die Männer des Gerichtsvollziehers.«

»Ja, Sir. Sie – sie haben versucht, mit mir zu reden, aber ich hab's nicht zugelassen.«

»Gut.«

Whichcote überließ den Jungen seiner Arbeit und ging in das kleine Studierzimmer. Der schwarze Handkoffer stand auf dem Tisch. Seine erste Aufgabe war es, das Register des Holy Ghost Club durchzugehen, das bis in die Anfangsjahre zurückreichte. Anders als die anderen Unterlagen, in denen nur die Apostelnamen der Mitglieder benutzt wurden, standen im Register auch ihre richtigen Namen, zusammen mit dem Aufnahme- und Austrittsdatum. Einige der älteren Mitglieder waren natürlich schon tot. Er beabsichtigte, sich von der Gegenwart zurück durchzuarbeiten und eine Liste all jener anzufertigen, von denen er wusste, dass sie noch lebten. Bei vielen lohnte die Mühe nicht, Kontakt aufzunehmen. Er brauchte nur die, die einflussreiche Stellungen hatten oder wohlhabend waren oder beides. Dann war es ein Leichtes, diese Namen aus dem Register mit ihren Aktivitäten als Apostel aus den anderen Archiven zu vergleichen.

Als Nächstes kam dann der delikate Teil des Geschäftes, die Briefe. Es war ein riskantes Unternehmen, und er hatte mit so etwas keine Erfahrung. Aber wenn er vorsichtig vorging, konnte es durchaus erfolgreich sein. Er musste die Lebensumstände jedes einzelnen Empfängers sorgfältig studieren und seine Forderung dementsprechend formulieren. *Ich sollte mir zum Grundsatz machen, niemals zu viel zu fordern,* dachte er, *und niemals etwas, das der Adressat nicht leicht entbehren kann.*

Schließlich konnte man es immer wiederholen.

Er hatte zufrieden zwanzig Minuten lang gearbeitet, als es klopfte. Er hörte Augustus die Tür öffnen und vernahm eine tiefe Männerstimme. Der Bursche klopfte an die Tür des Studierzimmers, öffnete sie und sagte, Mr. Holdsworth mache seine Aufwartung und lasse fragen, ob Mr. Whichcote die Muße hätte, ihn zu empfangen. Der dumme Junge ließ die Tür einen Spalt offen, sodass Whichcote, als er aufschaute, seinen Besucher an der anderen Tür stehen sah. Für den Bruchteil einer Sekunde trafen sich ihre Blicke. Holdsworth war wohlerzogen genug, sofort wegzusehen und so zu tun, als hätte das Ereignis nicht stattgefunden.

»Natürlich«, sagte Whichcote und erhob sich. Er verstaute die Papiere wieder in dem Handkoffer und schloss beide Schlösser ab.

Im Salon verbeugten sich die beiden Männer voreinander.

»Bleiben Sie jetzt im College, Sir?«, fragte Whichcote.

»Ja – und zwar zufällig in dem Appartement über Ihrem.«

»Ein herrlicher Blick auf die Gärten. Wunderbar, finden Sie nicht?«

Holdsworth nickte. Er warf einen Blick auf Augustus und bat um ein persönliches Wort.

Als sie allein waren, deutete Whichcote auf einen Stuhl, doch Holdsworth sagte, er zöge es vor zu stehen.

»Sie kommen zweifellos von Mr. Oldershaw«, sagte Whichcote lächelnd.

»Nein, Sir, das tue ich nicht«, erwiderte Holdsworth. »Mr. Oldershaw ist mit Mr. Archdale weggegangen, kurz nachdem Sie den Aufenthaltsraum verlassen haben.«

»Nun, das könnte die Dinge leichter machen. Manche Angelegenheiten werden am besten von Männern mit Erfahrung geregelt.«

»So ist es«, sagte Holdsworth. »Ich will gleich zur Sache kommen, Sir. Ich bin gekommen, um Ihnen zu sagen, dass Sie Mr. Oldershaw in Ruhe lassen müssen. Er hat bereits einen hohen Preis für die Bekanntschaft mit Ihnen bezahlt.«

»Sie sprechen wenigstens geradeheraus. Was ist, wenn ich Ihnen sage, dass Mr. Oldershaw mir eine stattliche Summe schuldet?«

»Dann würde ich antworten, dass Sie sich irren.«

Whichcote lächelte. »Ich gestehe Ihnen zu, dass Sie nicht über alles Bescheid wissen können, was Ihr Schützling getan hat. Aber ich kann mir nicht vorstellen, dass Sie oder Ihre Ladyschaft es begrüßen würden, wenn die Wahrheit über ihn öffentlich gemacht würde.«

»Sie vergessen eines«, sagte Holdsworth. »Sie sind nicht in der Position, Drohungen auszusprechen. Ein Mann, dem Gefängnis droht, ist in einer schwierigen Lage.«

Whichcote schnippte mit den Fingern, als wolle er die Drohung wegwischen. »Ich vermute, Sie spielen auf meine gegenwärtige Verlegenheit an – ich sehe nicht, was Sie das angeht, aber Sie brauchen sich deswegen keine Gedanken zu machen, denn es ist nur vorübergehend. Und solange ich im College logiere, wird man mich nicht belästigen.«

»Nein, Sir, das meine ich nicht. Ich spiele auf die Möglichkeit an, dass Sie wegen einer kriminellen Tat verfolgt werden. Dann wäre dieses College keine Zuflucht mehr für Sie.«

41

Harry Archdale hatte beabsichtigt, die Zeit nach dem Essen über seinen Büchern zu verbringen, doch er hatte nicht mit der Rückkehr Franks gerechnet. Die beiden jungen Männer saßen zusammen beim Essen und feierten ihr Wiedersehen mit einer Reihe von Trinksprüchen. Anschließend wollte Frank zum Fluss gehen und seine Lieblingsorte besuchen.

Sie nahmen einen Kahn nach Grantchester. Es war warm in der späten Nachmittagssonne, und sie kamen ins Schwitzen. Als sie in dem Dorf ankamen, stillten sie die nächsten zwei Stunden lang ihren Durst im *Red Lion*.

Frank redete nicht über seine Erlebnisse. Harry wollte nicht neugierig sein. Doch irgendwie kamen sie auf Mr. Whichcote und den Holy Ghost Club zu sprechen und waren beide der Meinung, dass sie nichts mehr mit dem Mann oder seinem Club zu tun haben wollten.

»Du weißt, was mit Soresby passiert ist?«, sagte Archdale, als Frank zurück nach Cambridge stakte. »Hast du nicht letztes Semester mit ihm gearbeitet?«

»Ja. Nicht lange – ich fand, es hat mir nichts gebracht.«

»Er hat die letzten beiden Wochen mit mir gearbeitet«, fuhr Harry fort. »Teuflisch klug.«

Frank stieß den Stab ins Wasser. Er drehte ihn und zog ihn wieder herauf. »Das meine ich auch. Trotzdem ist er ein Dieb.«

»Kannst du dir nicht vorstellen, dass es ein Irrtum ist? Allerdings ist er gestern davongelaufen, deswegen bezweifle ich es eigentlich. Wenn er unschuldig wäre, hätte er das nicht getan, oder?«

Frank sagte nichts. Er war darauf konzentriert, dem großen Ast einer Weide auszuweichen, der ins Wasser gefallen war.

»Und dann der Brief, den er mir ins Buch gelegt hat. Schreibt, er war es nicht. Vielleicht stimmt das ja.«

Frank schaute mit zusammengekniffenen Augen zu Harry herunter. »Was?«

»Du hörst nicht zu. Vielleicht hat er das Stück von Marlowe am Ende doch nicht gestohlen. Ich weiß einfach nicht, was ich glauben soll.«

»Musst du denn etwas glauben?«

»Ja – er war mir gegenüber äußerst hilfsbereit, weißt du. Wie auch immer: Wenn jemand einen Freund braucht, dann er.«

»Einen Freund?«

Archdale lachte ein wenig unsicher. »Nun, vielleicht nicht ganz. Aber jemanden, der ihm zur Seite steht. So wie Holdsworth dir.«

Es war das erste Mal, dass Archdale direkt auf Franks Verwirrtheit anspielte. Beide schwiegen. Der Kahn glitt durch das mit Wasserpflanzen durchzogene Wasser und schreckte ein Entenpärchen auf.

»Frag Mulgrave«, sagte Frank. »Das würde ich tun.«

»Mulgrave? Warum?«

Frank machte eine Pause und ließ den Stab lose durchs Wasser gleiten, wo er einen silbernen Streifen im grünen Wasser hinterließ. »Das würde ich tun, wenn ich hier irgendetwas will. Aber vielleicht ist Soresby unauffindbar. Hast du daran schon gedacht?«

»Was meinst du?«

»Vielleicht hat er sich ertränkt?«

Bald darauf erreichten sie den Landungssteg und gingen schweigend zurück ins College. Der Lohndiener entlud im Kapellenhof Franks Koffer und Kisten von demselben Karren, mit dem vor wenigen Stunden Philip Whichcotes Habseligkeiten transportiert worden waren.

»Mulgrave, Sie kennen doch Mr. Soresby?«, sagte Archdale ohne lange Vorrede. »Den Stipendiaten?«

»Ja, Sir.«

»Haben Sie gehört, was ihm geschehen ist?«

»Mr. Mepal sagte irgendetwas über ein Buch aus der Bibliothek, das fehlt, Sir.«

»Genau. Und haben Sie auch gehört, dass er verschwunden ist? Sich mitten in der Nacht davongestohlen hat?«

»Ja, Sir.« Mulgrave hievte eine Kiste auf die Schulter und ging einen Schritt auf die Tür zu.

»Irgendeine Ahnung, wo er sein könnte? Leben seine Eltern noch?«

»Ich glaube, seine Mutter ist tot, Sir, und sein Vater arbeitet irgendwo hinter Newcastle als Straßenarbeiter. Aber ich bezweifle, dass er dorthin gegangen ist, Sir. Zwischen ihnen ist böses Blut.«

»Gibt es jemand anderen, zu dem er gegangen sein könnte, jemand, der wissen könnte, wo er ist?«

Mulgrave sog die Wangen ein und veränderte den Griff an der Kiste. »Ich nehme an, Mr. Soresbys Onkel könnte wissen, wo er ist, Sir.«

»Sein Onkel? Wer ist das?«

Mulgrave hielt den Blick respektvoll zu Boden gerichtet, aber er machte, unter dem Gewicht der Kiste leicht stolpernd, einen weiteren Schritt auf die Tür zu. »Der Fäkalienmann, Sir. Fäkalienfred.«

Mit Ausnahme von Mrs. Carburys Magd Susan und des diensthabenden Pförtners verbrachte keiner der Dienstboten die Nacht im College. Der Pförtner bewachte das Haupttor während der Nacht. Theoretisch machte er regelmäßig Rundgänge durchs College und schlief nie, aber praktisch rührte er sich kaum aus seinem Häuschen und schlief oft genauso tief wie jeder andere in Jerusalem. Es gab noch eine weitere Ausnahme: Aufgrund einer besonderen Absprache mit Mr. Mepal kam der Fäkalienmann manchmal sehr früh, und der Pförtner ließ ihn durchs Haupttor herein.

Da Augustus nicht über Nacht im College bleiben durfte, hatte Whichcote vereinbart, dass er die Nächte bei Mrs. Phear in der Trumpington Street verbringen konnte.

»Du kannst jetzt ebenso gut gehen«, sagte er, als die Kapellenuhr sieben schlug. »Ich komme den Rest des Abends sehr gut ohne dich zurecht – du mit deinen zwei linken Händen. Und richte Mrs. Phear meine besten Grüße aus und sag ihr, ich wünsche, dass du dich nützlich machst, solange du dort bist.«

Augustus ging langsam über den Hof und suchte in Gedanken nach einer möglichen Zukunft, die nichts mit Mr. Whichcotes Ruin zu tun hatte. Der Gerichtsdiener hatte ihm nahegelegt, sich nach einer anderen Stellung umzusehen. Konnte er Mr. Holdsworth vertrauen? Wenn nicht, wo sollte er anfangen? Seine derzeitige Stellung war keine Empfehlung für einen neuen Arbeitgeber. Er bezweifelte, dass Mr. Whichcote ihm ein Zeugnis schreiben würde. Er hatte keine Freunde und war in einer Stadt, in der es von Jungen wimmelte, die Arbeit suchten und von denen die meisten einen Onkel hier oder einen Bruder dort hatten, die bereit waren zu helfen.

Beinahe stieß er mit zwei Studenten zusammen, die sich unter den Arkaden beim Pförtnerhaus unterhielten, so sehr war er in seine Gedanken versunken. Als er, um Verzeihung bittend, zurückwich, erkannte er Frank Oldershaw und Harry Archdale.

»Du da«, sagte Archdale. »Kennst du die Stadt gut?«

»Oh ja, Sir. Ich bin hier geboren.« Im Keller eines Rattenlochs in einem Hof hinter der Green Street. »Jeden Winkel.«

»Kennst du die Audrey Passage?«

»Ja, Sir – sie geht von der King's Lane ab.« Verzweiflung ließ ihn schlau sagen: »Nicht leicht zu finden.«

»Kannst du uns hinführen?«

»Ja, gnädiger Herr. Jetzt, gnädiger Herr?«

Frank Oldershaw legte seine Hand auf Archdales Ärmel. »Das ist Whichcotes Bursche. Ich wusste doch, dass ich sein Gesicht schon mal irgendwo gesehen habe.«

Archdale blinzelte. »So ist es.«

»Aber ich bin auf der Suche nach einer neuen Stellung«, warf Augustus schnell ein.

Archdale murmelte Frank zu: »Kann nicht schaden, oder? Das hier ist etwas ganz anderes.«

»Bitte, Sir«, sagte Augustus.

Frank zuckte mit den Schultern. »Ich bedaure jeden, der für Whichcote arbeitet.«

»Ich hoffe doch, du kommst mit?«, fuhr Archdale an Frank gewandt fort. »Mittwochs gibt es im *Black Bull* Musik, und wir könnten anschließend dort einkehren, wenn du Lust hast.«

Die drei verließen das College und gingen die Bird Bolt Lane hinunter. Augustus gratulierte sich – die Audrey Passage lag auf der anderen Seite der Trumpington Street zwischen King's Lane und dem *Black Bull.* Zu Mrs. Phears Haus wäre er sowieso in diese Richtung gegangen, und sie erwartete ihn noch nicht. Es bestand die Möglichkeit auf ein hübsches Trinkgeld – junge Herren neigten dazu, großzügig zu sein.

Er führte sie in die King's Lane und bog dann nach links ab. Die beiden Gentlemen hielten sich bereits ihre Taschentücher vor die Nase. Sie bahnten sich ihren Weg durch enge Gassen, die kaum mehr als offene Korridore zwischen den Häusern waren, bis sie in der Audrey Passage waren. Es war eine dunkle, verwinkelte Sackgasse mit einer städtischen Jauchegrube am Ende. Das Pflaster war schmierig und feucht, trotz des trockenen Wetters. Überall lungerten zerlumpte Kinder und abgemagerte Katzen herum.

»Frag, wo der Fäkalienmann wohnt«, wies Archdale Augustus mit hinter dem Taschentuch gedämpfter Stimme an.

»Fäkalienfred, Sir?«

Archdale nickte. Augustus packte eines der größeren Kinder am Ohr, das ihnen den Weg zu einem Durchgang in der Mitte der Gasse zeigte. Die Tür stand offen. Das Kind erklärte, Fäkalienfred und seine Familie wohnten im Hinterhaus im obersten Stock.

»Da wollen Sie sicher nicht raufgehen, Sir«, sagte Augustus zu Archdale. »Soll ich dem Mädchen sagen, dass es ihn holen soll?«

Archdale nickte, und das Kind flitzte los. Die drei Besucher warteten draußen. Augustus trat unruhig von einem Fuß auf den anderen. Studenten waren an einem Ort wie diesem nicht gern gesehen, genauso wenig wie fremde Jungen. Es bestand die Gefahr, dass sie überfallen wurden. Andererseits waren die jungen Herren stark, vor allem Mr. Oldershaw, und sie hatten Stöcke.

Das Kind kam zurück und schlängelte sich zwischen ihren Beinen in die sichere Gasse durch. Eine Frau folgte ihm mit vorsichtigen Schritten die Treppe hinunter. Das Erste, was Augustus von ihr sah, war ein kirschroter, spitzer Schuh. Ein zweiter folgte. Dann tauchte der ausgefranste Saum eines dunkelblauen Kleides auf, dem Alter und Gebrauch eine grüne Patina verliehen hatten. Schließlich erschien die ganze Frau, die allerdings in sicherer Entfernung vom Durchgang stehen blieb, als fürchte sie, die Besucher könnten Krankheiten ins Haus bringen.

»Wer sind Sie?«, fragte Archdale und senkte das Taschentuch.

»Mrs. Floyd, gnädiger Herr.«

»Wer?«

»Mein Mann ist der Fäkalienmann, John Floyd, Sir, er wird auch Fäkalienfred genannt. Ist etwas passiert, Sir?«

Augustus starrte die kirschroten Pantoffeln an. Auf den Spitzen zierte sie eine feine Seidenstickerei, ein geometrisches Muster, das ihn an den Teppich in Mr. Whichcotes Arbeitszimmer im Lambourne House erinnerte.

»Nein, nein, gar nichts«, sagte Archdale. »Ich habe gehört, er hat eine – eine Verbindung zu Mr. Soresby in Jerusalem.«

Mrs. Floyd knickste, als fühle sie sich von dem Interesse der Herren für die Familie ihres Mannes geehrt. »Ja, Sir – Tobias ist der Sohn von Floyds armer verstorbener Schwester.«

»Haben Sie Mr. Soresby vielleicht gestern oder heute gesehen? Ich müsste dringend mit ihm sprechen.«

Die Frau sah zu Boden. »Nein, Sir. Er kommt nicht hierher. Er ist doch Student oben im College.«

Augustus betrachtete stirnrunzelnd die Pantoffeln. Sie erinnerten ihn an noch etwas. Ihm war, als hätte alles um sie herum Augen und Ohren, als wären die Häuser lebendig.

»Hören Sie, gute Frau«, sagte Archdale. »Sagen Sie Ihrem Mann, dass ich seinen Neffen sehen will und – und ihm nur Gutes wünsche. Und wenn einer von Ihnen ihn sieht, lassen Sie es mich sofort wissen. Schicken Sie mir eine Nachricht nach Jerusalem – Sie können sie dem Pförtner, Mr. Mepal, geben. Mein Name ist Archdale.«

Die Frau knickste wieder, und ihre Pantoffeln verschwanden einen kurzen Moment lang aus dem Blickfeld, verdeckt vom Saum des Kleides. In diesem Moment fiel es Augustus ein.

Frank schickte sich an zu gehen. Archdale sah sich zu ihm um, zuckte mit den Schultern und folgte ihn.

»Sir«, sagte Augustus mit dem alptraumhaften Gefühl, dass er im Begriff war, mit geschlossenen Augen von einer sehr hohen Klippe zu springen. »Sir! Sir!«

Die Studenten drehten sich um. »Was ist?«, fragte Archdale.

»Die Schuhe, gnädiger Herr, Mrs. Freds Schuhe. Ich schwöre, es sind dieselben wie die von Madam.«

»Wie? Was, zum Teufel meinst du? Welche Madam?«

»Mrs. Whichcote, Sir.«

Am ersten Abend nach seiner Rückkehr ins College aß Frank in seinen Räumen zu Abend. Nur Holdsworth leistete ihm Gesellschaft. Archdale, den er ebenfalls einlud, lehnte ab, weil er am nächsten Morgen eine der berühmt-berüchtigten Vorlesungen von Mr. Crowley hatte. Sie lasen ausgewählte Passagen von Grotius, erklärte er, und Mr. Crowley war nicht immer freundlich, wenn jemand bei einer Satzkonstruktion einen Fehler machte. Letze Woche hatte jemand *merx* mit *meretrix* verwechselt, und das halbe College lachte immer noch über ihn.

»Warum?«, hatte Frank gefragt. »Was ist daran so lustig? Für mich klingen beide ziemlich gleich.«

»*Merx* bezeichnet einen Handelsgegenstand«, erläuterte Archdale. »Und *meretrix* ist ein leichtes Mädchen.«

An dieser Stelle wurde Archdale rot. Holdsworth dachte an den heißen Abend, an dem er gesehen hatte, wie Archdale einer Hure ins Marschland gefolgt war.

So war also Holdsworth Franks einziger Gast. Mulgrave servierte ihnen das Abendessen im Wohnzimmer. Es war, sagte Frank trocken, wie in alten Zeiten in der Mühle. Der Tisch stand am Fenster mit Blick auf die Gärten, die Morgenländische Platane und den Langen Weiher.

Der junge Mann strahlte an diesem Abend eine fiebrige Fröhlichkeit aus. Es erinnerte Holdsworth an den Abend, als sie im Dunkeln am Mühlteich gesessen und mehr Wein getrunken hatten, als ihnen guttat.

Als Mulgrave sich zurückzog und sie dem Wein überließ, änderte sich die Atmosphäre. Draußen war es immer noch hell, aber Frank stand auf und zündete umständlich eine Kerze an.

»Vielleicht ist es gut, dass Harry nicht da ist«, sagte er mit dem Rücken zu Holdsworth.

»Ja, es gibt etwas, das ich Ihnen unter vier Augen sagen möchte. Diese Drohung von Whichcote – möchten Sie, dass ich versuche, Ihnen zu helfen? Oder nicht?«

»Oh, Sir – ich wäre zutiefst bestürzt, wenn Sie es nicht täten.« Frank wandte ihm den Kopf zu. Die Fröhlichkeit war aus seinem Gesicht verschwunden, und etwas Bekümmertes, Gequältes lag darin. »Es würde mich ruinieren, wenn er über den Club redet. Und meine Mutter – ich glaube, es würde sie umbringen. Ich werde alles tun, was Sie sagen, Sir, alles – wenn Sie mich nur vor diesem Teufel retten.«

Holdsworth lehnte sich zurück. »Mr. Oldershaw, ich kann Ihnen nur helfen, wenn Sie mir alles erzählen.«

»Natürlich – was Sie wollen.«

»Tabitha Skinner.«

Schweigen breitete sich aus. Frank wandte den Blick ab.

»Als ich Sie heute Morgen im Kaffeehaus nach ihr fragte, sagten Sie, Sie hätten nie von ihr gehört, und dann wurden Sie sehr hochmütig, und wir sind gegangen.«

»Ich bitte um Verzeihung, Sir. Ich war unhöflich – ich habe mich schlecht benommen. Ich …«

»Aber heute Nachmittag deutete ich Mr. Whichcote gegenüber an, dass er Gefahr laufe, wegen eines Verbrechens angeklagt zu werden. Es war ein Schuss ins Blaue, aber er traf. Genau wie Tabitha Skinner jetzt bei Ihnen. Junge Männer trinken und spielen und sind in Clubs – das ist tadelnswert, ohne Zweifel, und ihre Mütter wären nicht einverstanden, wenn sie es erführen. Aber Sie fürchten sich nicht nur davor, genau wie

Mr. Whichcote. Und ich bin überzeugt, dass der Schlüssel zu diesem Puzzle Tabitha Skinner ist.«

Holdsworth wartete. Frank kam an den Tisch zurück und schenkte Wein nach. Er hob sein Glas, und einen Augenblick lang dachte Holdsworth, dass der törichte Junge einen weiteren Trinkspruch ausbringen würde. Doch er starrte durch den Wein hindurch in die Kerzenflamme und sagte: »Versprechen Sie mir, es keiner Menschenseele zu erzählen, wenn ich Ihnen sage, was in jener Nacht geschehen ist? Und auch …« Er brach ab und trank von seinem Wein. »Ich weiß – ich habe mich nicht klug verhalten.«

Holdsworth dachte an sein eigenes Verhalten seit Georgies Tod. »Da sind Sie nicht der Einzige.«

»Nun, Sir. Wenn man ein vollwertiges Mitglied des Holy Ghost Club wird, bedeutet das, man wird ein Apostel und bekommt einen apostolischen Namen. Ich wurde an jenem Abend im Februar Apostel. Und zu diesem Anlass gibt es eine Zeremonie, die Teil des Ablaufs ist und die man nicht auslassen darf. Wir haben Geheimhaltung geschworen, aber ich werde meinen Eid brechen.« Er blickte in das leere Glas in seiner Hand. »Der Kandidat muss einem Mädchen beiwohnen. Dort und sofort.«

»Dann holt Mr. Whichcote dafür eine Hure?«, fragte Holdsworth, nachdem das Schweigen zu lang wurde.

»Nicht ganz. Der Club ist nach dem Heiligen Geist benannt.« Frank klopfte mit dem Löffel auf den Tisch, als wolle er den ›Heiligen Geist‹ besonders betonen. »Und daher …«

»Ja?«

»Man lehrt uns, dass Maria Jesus – wie man sagt – vom Heiligen Geist empfangen hat.« Er lehnte sich zurück und stellte endlich das Glas ab. »Verstehen Sie jetzt?«

Holdsworth schüttelte den Kopf.

»Maria war eine Jungfrau, Sir«, raunte Frank.

»Aha.«

Frank erschrak, als er Abscheu in Holdsworths Gesicht erkannte. »Mr. Whichcote machte uns glauben, dass es – dass es selbstverständlich sei. Ja, in der Tat, etwas andächtig Begehrenswertes.«

»Ich verurteile Sie nicht«, sagte Holdsworth. »Ich verurteile ihn.«

Frank begann erneut zu sprechen, diesmal schneller. »Ein kleiner Raum im Pavillon ist als Schlafkammer hergerichtet, und dort wartet die Jungfrau auf den Kandidaten. Sie ist ganz in Weiß gekleidet und ans Bett gefesselt. Und da war auch eine alte Frau im Raum, obwohl ich sie nicht richtig gesehen habe, und ich glaube, sie trug eine Maske. Ein hässliches altes Weib wie eine Kröte mit einem Nonnenschleier. Ich sollte sie gar nicht treffen – ich war zu früh dort, verstehen Sie, ich konnte nicht länger warten, weil ich so heiß auf das Mädchen war. Ich ging hinein, und das Mädchen lag auf dem Bett, genau wie Whichcote es versprochen hatte. Aber – aber als ich sie gesehen habe, wusste ich gleich, dass sie tot ist.«

»Wie ist sie gestorben? Hat sie Hand an sich gelegt?«

»Ich habe keine Verletzung an ihr gesehen. Sie war einfach – einfach tot. Ihr Gesicht war seltsam – schrecklich verfärbt und verzerrt. Ihre Augen standen offen.«

»Von alldem haben Sie mir nichts erzählt«, sagte Holdsworth. »Ist Ihnen klar, dass Ihnen mindestens eine Anklage wegen unterlassener Anzeige eines schweren Verbrechens droht?«

»Viel schlimmer als das, Sir. Whichcote wird behaupten, dass ich ihren Tod verursacht habe, dass ich es getan und ihn gezwungen habe, mir zu helfen, es zu vertuschen. Aber ich schwöre, ich habe sie nicht angerührt, ich habe sie nicht einmal lebendig gesehen. Sie müssen mir glauben. Ich schwöre, ich habe sie nicht umgebracht.«

Gegen Abend wurde Dr. Carbury unruhig. Er wurde wach und war orientiert genug, um mitzuteilen, dass er hungrig sei. Doch zuerst setzten sie ihn auf den Nachtstuhl. Dann betupften sie seinen Bauch an der Stelle, wo sie den Krebs vermuteten, mit einem Sud aus in Milch gekochten Tollkirschen. Sie wechselten sein Nachthemd und legten ihn ins Bett, wo er von Kissen gestützt wurde. Er war müde, aber trotz allem immer noch bemerkenswert guter Laune und immer noch hungrig.

Elinor fütterte ihn mit einem leichten, mit Butter und ein wenig Kalbsfußsülze angereichertem Haferbrei, gewürzt mit Zitronenschale, Zimt, Muskat und Zucker. Er bat um Wein, und sie erlaubte ihm ein halbes Glas. Er schien das Essen zu genießen, obwohl er das meiste sofort wieder erbrach. Anschließend winkte er Elinor zu sich, immer näher, bis ihr Gesicht keine zwei Fingerbreit mehr von seinem entfernt war und sie den Wein und die Krankheit in seinem Atem roch.

»Soresby?«, wisperte er.

»Nichts Neues, Sir. Sobald ich etwas höre, werden Sie es erfahren.«

Carbury tätschelte ihre Hand und sagte zu ihrer Überraschung, sie sei ein gutes Mädchen. Tränen brannten in ihren Augen.

Sie legten ihn wieder hin, und nach wenigen Minuten war er eingeschlafen. Inzwischen war es dunkel geworden. Elinor überließ ihren Mann der Obhut der Schwester. Sie ging hinunter und wies Susan an, Salmiak und Ätzkalk in den Nachtstuhl des Doktors zu geben, um den unangenehmen Geruch zu neutralisieren.

Susan schaute unter ihren Wimpern hervor und fragte, ob ihre Herrin wusste, dass Mr. Frank Oldershaw ins College zurückgekehrt war.

»Ja, natürlich.«

»Bitte, Madam, Ben sagt, Mr. Mepal meint, er ist wieder ganz der Alte.«

Bei Bens Namen zuckte Elinor zusammen, als hätte man sie mit einer spitzen Nadel gestochen. Das Mädchen empfand sogar Wonne, wenn es den Namen einer dritten Person gegenüber nannte. Elinor schauderte bei dem Gedanken, was die Berührung eines Mannes alles auslösen konnte. Was sie automatisch zur nächsten Frage führte, obwohl sie die Antwort bereits kannte.

»Und Mr. Holdsworth?«, fragte sie. »Ist er auch zurückgekehrt?«

Abermals durchlief sie ein Schauer, ein winziges, inneres Zittern, köstlich und verstörend.

»Ja, Madam, aber Mr. Richardson meinte, es wäre besser, Sie nicht zu stören, deshalb hat er ihn im Neuen Haus einquartiert. Und er ist nicht der Einzige, Madam. Mr. Whichcote wohnt auch dort, und die Beamten des Sheriffs stehen am Tor.«

Elinor schickte Susan weg. Es war unerträglich stickig im Zimmer geworden, was ihrem schmerzenden Kopf nicht guttat. Der Gestank aus Dr. Carburys Nachtstuhl schien das Haus zu erfüllen. Sie ging in den Garten, um ihm zu entkommen. Niemand konnte sie jetzt mehr daran hindern: Sie konnte spazieren gehen, wann immer sie wollte, Tag und Nacht.

Langsam gewöhnten sich ihre Augen an die Dunkelheit. Hier roch die Luft sauber, nach Erde und frischen Pflanzen. Sie ging den Weg entlang auf das Tor zu, das zu Mr. Frostwicks Brücke über den Langen Weiher führte. Vielleicht würde sie einen Rundgang durch die Collegegärten machen.

Doch kurz bevor sie das Tor erreichte, blieb sie abrupt stehen. Es war nur ein Streich, den ihr das Licht spielte, doch ihr war, als bewegte sich etwas Helles hinter den kunstvollen Verzierungen des schmiedeeisernen Tors: etwas Blasses und Formloses direkt auf der Brücke dahinter.

Aber es sah absolut nicht aus wie ein Mensch. Oder wie Nebel. Oder wie irgendetwas anderes. Nur ein Eindruck von Blässe, flüssig und fließend. Es hatte nichts Beunruhigendes oder Geheimnisvolles an sich. Doch je genauer sie hinschaute, desto weniger sah sie, bis es sich vollständig aufgelöst zu haben schien.

Unsinn. Da war nichts. Je länger sie darüber nachdachte, desto mehr glaubte sie, dass das Ding – der farblose Fleck, oder wie auch immer man es nennen wollte – eine banale Folge von Müdigkeit sein musste, die ihrer Fantasie Streiche spielte, und dass in Wirklichkeit gar nichts auf der Brücke gewesen war. Oder es gab einen einfachen physikalischen Grund, den die Wissenschaft im Nu erklären konnte. Wahrscheinlich hing es mit den Kopfschmerzen zusammen.

Sie fragte sich, was John Holdsworth wohl sagen würde, wenn sie ihm von ihren absurden Gedanken erzählte. Wieder zitterte sie. Sie fror ein wenig, und vielleicht sollte sie sich zwingen, etwas zu essen. Sie musste bei Kräften bleiben, denn jeder wusste, dass Hunger die absurdesten Fantasien hervorrief.

42

Mrs. Phear ließ Augustus dafür arbeiten, dass er unter ihrem Dach wohnen durfte. Er war vor der Dämmerung auf den Beinen, putzte Schuhe und schrubbte Töpfe. Dorcas hatte andere Pflichten; und außerdem war sie schlechter Laune und hatte dunkle Ringe unter den Augen. »Diese Tabitha«, murmelte sie, als sie sich in der Spülküche begegneten, »lässt mich nicht schlafen. Schlimmer als die alte Kuh.«

Mrs. Phear schickte ihn rechtzeitig fort, damit er sich zu all den anderen Dienstboten gesellen konnte, die auf dem Vorplatz des Colleges auf Einlass warteten. Trotz der frühen

Stunde war Mr. Whichcote bereits auf. In Morgenmantel und Nachtmütze saß er in dem kleinen Studierzimmer am Tisch, seine Papiere vor sich ausgebreitet. Er beschimpfte den Jungen geistesabwesend und wies ihn an, die Zimmer aufzuräumen und seine Kleidung bereitzulegen.

Langsam erwachte das Leben im College. Die Glocke läutete zur Morgenandacht. Der Bursche hatte gerade angefangen, den Rock seines Herrn auszubürsten, als dieser ihn Frühstück holen schickte.

Erleichtert rannte Augustus die Treppe hinunter. Er reihte sich in die Schlange der Dienstboten in der Küche ein. Nach der Andacht wollte jeder sofort sein Frühstück, manche in der Halle, manche auf ihren Zimmern. Das Schlimmste am Warten waren die Gerüche – vor allem nach warmen Brötchen und Kaffee –, bei denen ihm das Wasser im Mund zusammenlief.

Jemand tippte ihm auf die Schulter. Erschrocken drehte er sich um. Mit geschürzten Lippen und gekrauster Nase schaute Mulgrave auf ihn herunter.

»Weißt du, wo Mr. Oldershaws Räumlichkeiten sind?«, fragte er leise.

»Ja, Sir.«

»Dann geh da hin.«

»Aber Sir, Mr. Whichcotes Frühstück …«

»Es dauert nicht lange. Du bekommst frühestens in zehn Minuten etwas. Ich halte den Platz für dich frei.«

Augustus zögerte.

»Siehst du das?« Mulgrave zeigte auf den Striemen in seinem Gesicht. »Das hat dieser Teufel Whichcote mir angetan. Wenn du nicht vorsichtig bist, wird er mit dir noch viel schlimmere Sachen machen. Du willst doch nicht bei so einem Herrn bleiben. Das ist deine Chance, Junge, also ergreif sie, wenn du kannst, Herrgott nochmal.«

»Wir haben nicht viel Zeit«, sagte Holdsworth. »Hör gut zu.«

Sie waren allein, denn Frank war noch in seinem Schlafzimmer. Holdsworth schaute auf den mageren Jungen herunter, der zitternd und mit gesenktem Kopf vor ihm stand.

»Du suchst eine andere Stellung. Wie ich dir gestern gesagt habe, ist Mr. Oldershaw ein sehr reicher Mann. Er und seine Familie haben viele Dienstboten. Er hat versprochen, eine Stelle für dich zu finden. Ich weiß noch nicht, was für eine, aber ich versichere dir, sie wird weit besser sein als deine bisherige.«

Der Junge hob den Kopf. »Aber was muss ich tun, Sir?«

Holdsworth verbarg seine Erleichterung. »Mr. Whichcote hat gewisse Papiere mit ins College gebracht. Er beabsichtigt, sie zu benutzen, um damit Schaden anzurichten. Ich möchte sie verschwinden lassen, ehe es dazu kommt. Weißt du noch, dass ich ihn gestern nach dem Essen aufgesucht habe?«

Augustus nickte.

»Er saß in dem kleinen Zimmer, als du mir die Tür aufgemacht hast. Ich glaube, er hat dort an diesen Papieren gearbeitet. Weißt du, welche ich meine?«

»Ja, Sir. Er bewahrt sie in dem kleinen Koffer auf. Er holt sie heraus, wenn er Briefe schreibt.«

»Briefe? An wen?«

»Weiß nicht, Sir.«

»Dieser Koffer – ich glaube, ich habe ihn auf dem Tisch gesehen.«

»Er trägt sein Wappen, Sir, und zwei Schlösser. Macht jedes Mal ein großes Getue ums Abschließen – vom Koffer und der Tür zum Studierzimmer.«

»Und wo bewahrt er den Koffer auf, wenn er nicht da ist?«

»Da ist ein Schrank unter dem Fenstersitz, Sir. Im Winter lagern dort Kohlevorräte.«

»Gut. Eins noch. Wenn Mr. Whichcote die Absicht äußert, das College aus irgendeinem Grund zu verlassen, musst du eine Möglichkeit finden, es mich wissen zu lassen.« Holdsworth suchte in seiner Tasche nach einer Münze. »Hier – nimm das.«

Er hielt ihm eine halbe Krone hin. Augustus wollte danach greifen, doch als seine Hand nur noch ein kurzes Stück von der Holdsworths entfernt war, hielt er inne.

»Dorcas, Sir?«

»Was ist mit ihr?«

»Kann Mr. Oldershaw auch für sie eine neue Stellung finden?«

»Mr. Oldershaw erweist sich denen gegenüber, die ihm gefällig sind, immer großzügig«, sagte Holdsworth und fragte sich, ob das auch wirklich stimmte. »Ich habe ihm bereits berichtet, wie ehrlich sie gestern war. Er wird eine Stellung für sie finden, wenn sie ihre Herrin zu verlassen wünscht.«

Er ließ die Münze fallen. Augustus fing sie in der Luft auf.

Als der Junge gegangen war, wanderte Holdsworth im Zimmer auf und ab. Durch sein Gespräch mit Augustus und Dorcas hatte er sich unweigerlich in ihre Hand begeben. Aber einen anderen Weg gab es nicht, wenn er sein Ziel erreichen wollte. Sollten sie ihn bloßstellen, was möglich war, wäre er eine Peinlichkeit für Frank und Lady Anne. Er glaubte, dass sie ihn schützen würden, aber ganz sicher war er sich nicht. Im Großen und Ganzen waren die Mächtigen der Welt mächtig geworden und mächtig geblieben, weil sie eigene Interessen an die erste Stelle setzten.

Die Tür zum Schlafzimmer ging auf, und Frank erschien.

»Ich habe Stimmen gehört – wie sind Sie mit dem Burschen verblieben?«

»Ich glaube, Sie sind nicht der Einzige.«

»Wie bitte?«

»Der Junge sagt, dass Whichcote Briefe schreibt«, sagte Holdsworth. »Er hat noch mehr Opfer. Das Archiv des Clubs ist voll davon.«

»Wird der Junge uns helfen?«

»Er sagt ja. Aber er sucht eine Stellung, hier oder in London, und seine kleine Freundin auch. Können Sie das arrangieren?«

Frank zuckte mit den Schultern. »Cross wird sich darum kümmern. Der Junge scheint eifrig zu sein. Ich habe ihn gestern getroffen, wissen Sie. Ich habe gestern Abend Archdale gesehen, und er meinte, ich könne es Ihnen erzählen.«

»Warum so geheimnisvoll?«

»Weil es Soresby betrifft. Harry hat einen Narren an dem Mann gefressen. Er hatte mich gebeten, es vorerst nicht zu erwähnen.«

»Warum?«

»Ich glaube, er tut ihm leid. Oder irgend so ein Unsinn. Mulgrave gab uns den Hinweis, dass Soresby der Neffe von Fäkalienfred ist. Soresby hat das für sich behalten, was wahrscheinlich kein Wunder ist. Und Harry war erst zufrieden, als wir beschlossen, Fred zu fragen, wo Soresby sein könnte. Mepal wusste, wo er wohnt, und Whichcotes Bursche hat uns den Weg gezeigt. Es war eine verfluchte Geschichte, Mr. Holdsworth – Fred war nicht da, aber seine Frau. Und sie trug ein Paar Pantoffeln. Als wir gerade gehen wollen, meldet sich der Junge und sagt, es seien die Schuhe seiner Herrin.«

Holdsworth runzelte die Stirn. »Seiner Herrin?«

»Er meinte Mrs. Whichcote.«

»Dann hat sich der Junge doch sicher geirrt?«

»Nein. Sie verstehen nicht – ich habe sie auch erkannt. Ich war zufällig dabei, als Mr. Whichcote sie kaufte. Der Verkäufer sagte, er habe sie von einem Händler aus der Berberei, und sie seien eine sehr feine Arbeit. In einem besonderen Rot mit einem Muster. Ricky versuchte damals gerade, mir irgendwas von Euklid einzutrichtern, und das Muster schien einen der Sätze über kongruente Dreiecke zu zeigen. Whichcote machte darüber einen Witz, und der Verkäufer sagte noch, er hätte uns nicht für Mathematiker gehalten.«

»Sind Sie sich sicher, dass es dieselben waren?«

»Natürlich bin ich mir sicher. Ich habe sie hier.«

Frank ging ins Studierzimmer. Mit den Pantoffeln in der Hand kam er zurück und stellte sie auf den Tisch.

Holdsworth betrachtete sie. »Wie ist Fred in ihren Besitz gekommen – und wann? Haben Sie mit ihm gesprochen?«

Frank nickte. »Der Junge hat ihn aus einer Bierschenke geholt. Er war ein bisschen betrunken, aber am Ende haben wir etwas aus ihm herausbekommen. Er behauptet, er hat sie hinter dem Rektorat gefunden. Das war ein oder zwei Tage nach Mrs. Whichcotes Tod, glaubt er. Sie kennen doch den gepflasterten Weg bei der Hintertür? Einer lag halb verborgen unter der Hecke, die den Weg begrenzt, der andere nicht weit davon neben einer Urne.«

Die Pantoffeln waren zwar robust, aber eher dazu entworfen, im Haus oder bei einem Spaziergang im Garten an einem schönen Tag getragen zu werden. Holdsworth drehte einen um. Die Originalsohle war noch da, doch sie war von einer viel derberen bedeckt, die ungeschickt an das Oberteil genäht worden war. Beide Pantoffeln waren abgestoßen und fleckig.

»Sie muss darin durch die Straßen gelaufen sein«, sagte Frank. »Kurz bevor sie starb. Ein Flickschuster hat sie für Fred repariert.«

»Warum Pantoffeln? Warum nicht etwas Robusteres und ein Paar Überschuhe?«

»Ich glaube, sie wollte so schnell wie möglich diesen brutalen Kerl verlassen und hat gegriffen, was da war – das Nachthemd, den Umhang, diese Pantoffeln. Nachdem er sie so geschlagen hat, wäre sie wahrscheinlich auch splitternackt durch die Straßen gelaufen, nur um ihm zu entkommen.«

»Trotzdem – ist es möglich, dass es eine andere Erklärung für die Pantoffeln gibt?«, murmelte Holdsworth vor sich hin. »Warum hat niemand sonst sie gesehen? Könnte es sein, dass sie sie bei einem anderen Besuch im Rektorat gelassen hat, vielleicht weil sie so schmutzig waren?«

»Ich weiß, dass sie sie getragen hat. Hören Sie? Ich weiß es.«

Holdsworth sah auf. Die Augen des Jungen glänzten unnatürlich, als stünden Tränen darin.

»Als sie in jener Nacht bei Mr. Whichcote zu mir kam, saß ich auf dem Bett in meiner Kammer.« Seine Stimme war heiser und kaum mehr als ein Flüstern. »Sie hörte mich klagen, Sir, und sie kam zu mir, weil sie ein Engel war. Ich habe geweint, wegen des armen Mädchens, wegen allem. Und Sylvia zog meinen Kopf an ihren Busen. Sie nannte mich ihren armen Liebsten, und unsere Tränen mischten sich.«

Holdsworth unterdrückte den unhöflichen Wunsch, über seine affektierte Erzählweise zu lachen. Typisch für die Jugend, aus einem Ehebruch in betrunkenem Zustand einen dreibändigen Roman zu machen und ihn noch vor dem Frühstück zu präsentieren.

»Dabei ist der Knopf abgesprungen«, fuhr Frank fort.

»Welcher Knopf?«, fragte Holdsworth überrascht.

»Der von meinem Umhang – vom Clubgewand. Ich hatte ihn noch an. Sie und ich haben uns gleichzeitig gebückt, um ihn aufzuheben. Da habe ich diese Pantoffeln an ihren Füßen gesehen. Und da fiel ihr Morgenmantel auseinander, und, oh Gott – und ich …«

Frank sank nach vorne, barg sein Gesicht in den Händen und weinte.

Holdsworth war nicht mehr nach Lachen zumute. Denn was, in Gottes Namen, war an einem weinenden Jungen und einer ertrunkenen Frau lustig? Oder, wenn er schon dabei war, an einem Paar Pantoffeln aus der Berberei und einem goldenen Knopf mit der Inschrift *Sans souci*?

Nach dem Frühstück stattete Harry Archdale wie immer dem Jericho einen Besuch ab. Er gesellte sich zu dem Häufchen Männer vor der Tür, die darauf warteten, an die Reihe zu kommen. Fäkalienfred rollte seinen Handkarren über den Pfad am Langen Weiher. Anschließend, als Harry zurück in seine Räume ging, traf er den Fäkalienmann vor dem Neuen Haus. Fred stand an der Seite, den Blick respektvoll zu Boden gerichtet.

Er nahm seinen Hut ab, als Harry kam. »Wenn Sie die Güte hätten, gnädiger Herr«, murmelte er mit seiner tiefen, schwerfälligen Stimme.

Harry blieb stehen.

Fred hielt ihm ein schmuddeliges Stück Papier entgegen. »Bitte um Verzeihung, Sir, Sie haben das hier fallen lassen.«

Harry hatte das Papier noch nie gesehen und verspürte keinerlei Bedürfnis, irgendetwas anzufassen, was der Fäkalienmann vorher berührt hatte. Trotzdem nahm er es. Er ging weiter und hielt den Zettel auf Abstand zu seinem Körper. Er schaute ihn erst an, als er in seinem Wohnzimmer war.

Er ließ den Papierfetzen auf den Kaminvorleger fallen und wusch sich die Hände. Anschließend hockte er sich vor den Kamin und griff nach der Zange und einem Kienspan. Mit diesen beiden Werkzeugen entfaltete er den Zettel. Normalerweise war er nicht so zimperlich, aber etwas an Fäkalienfreds Händen brachte einen dazu, mit lebenslangen Gewohnheiten zu brechen.

Der Zettel enthielt weder eine Anrede noch eine Unterschrift, aber er erkannte Soresbys saubere Buchhalterschrift.

Wenn Sie so gut wären, den Überbringer um ein Uhr am Ende der Mill Lane am Fluss zu treffen. Er wird Sie zu mir führen.

Auf einmal ärgerte sich Harry. Für wen hielt sich dieser Soresby? Es war eines, wenn ein Gentleman Mitleid mit einem Unglücksraben hatte, aber es war etwas ganz anderes, mittels einer schmierigen Notiz zu einer schmutzigen Verabredung mit dem widerwärtigen Onkel des Unglücksraben bestellt zu werden. Was, wenn jemand sie zusammen sah? Das war einfach nicht akzeptabel.

Elinor hörte ein Klopfen an der Tür, Schritte in der Diele und leises Stimmengemurmel. Sie legte die Feder beiseite und horchte. Dann kam Ben mit der Nachricht, dass Mr. Holdsworth unten sei, aber keinesfalls stören, sondern sich nur nach dem Befinden des Rektors erkundigen wolle.

»Bitte ihn herein«, sagte Elinor.

Der Diener verließ den Raum. Sie schob den Brief an Lady Anne unter das Löschblatt, eilte durch den Raum und betrachtete sich prüfend im Spiegel über dem Kamin. Ihr eigenes Gesicht mit den dunklen Brauen starrte sie an, ernst und müde. Sie trug ein nüchternes, graues Kleid, einer Frau angemessen, deren Mann im Sterben lag. Sie richtete ihre Haube und schob eine Locke darunter. Das machte es auch nicht besser – sie sah immer noch schrecklich aus.

Ben meldete Mr. Holdsworth. Sie merkte, dass ihr Bild von ihm nicht ganz mit der Realität übereinstimmte, was sie verunsicherte.

»Wie geht es Dr. Carbury?«, fragte er sofort. Die Zeit in der Mühle hatte einen gesunden Glanz auf seinem Gesicht hinterlassen.

»Ein wenig besser, danke, Sir. Sie verzeihen, wenn ich ihn

nicht störe. Er schläft gerade. Aber ich weiß, es wäre ihm eine Ehre, wenn Sie ihn besuchen, sobald er wach ist. Ich habe ihm erzählt, dass Sie und Mr. Frank wieder im College sind.«

»Wird es ihm gut genug gehen, um mich zu empfangen?«

»Das kann ich nicht sagen. Wenn Sie gegen zwei Uhr kommen, wird er vielleicht wach sein.«

»Ich freue mich, Ihnen berichten zu können, dass es Mr. Frank immer besser geht. Ich bin zuversichtlich, dass die familiäre Umgebung und alte Freunde dafür sorgen, dass er ganz gesund wird.«

»Ich werde es Dr. Carbury berichten – und Lady Anne.« Sie deutete auf ihren Schreibtisch. »Ich bin gerade dabei, ihr zu schreiben.«

Auf einmal gingen ihnen die Worte aus. Das Schweigen zwischen ihnen zog sich in die Länge, über den Punkt hinaus, wo es noch angenehm oder höflich war. Sie wünschte, er würde sie nicht so intensiv ansehen, vor allem jetzt, wo sie nicht in bester Verfassung war.

»Da ist eine andere Sache, Madam«, sagte Holdsworth schließlich. »Etwas, das ich eigentlich mit dem Rektor persönlich besprechen wollte, aber ich frage mich, ob ich mich unter diesen Umständen nicht Ihnen anvertrauen sollte. Wenn Sie es erlauben?«

Sie neigte stumm den Kopf, um ihre Zustimmung zu zeigen. Ihre Nackenhärchen stellten sich auf.

»Die Angelegenheit ist sehr heikel.«

Sie wappnete sich für einen angemessenen Rüffel, falls Mr. Holdsworth eine Unverschämtheit im Sinn hatte. Ihre Vorsicht schien berechtigt, als er mit seinem Stuhl näher rückte und sich vorbeugte.

»Es hat mit Mr. Whichcote zu tun«, sagte er leise. »Er wohnt im College, um dem Gerichtsvollzieher zu entgehen, und hat bestimmte Papiere in seinem Besitz. Es gibt nicht nur in Cambridge viele Menschen, denen es lieber wäre, diese Papiere würden verschwinden. Einer davon ist Mr. Frank. Und ich bin überzeugt, dass die Vernichtung der Papiere auch zum Besten für das College wäre.«

»Worum geht es darin?«

»Um den Holy Ghost Club, Madam. Whichcote hofft, sie benutzen zu können, um sein Vermögen zurückzubekommen.«

Elinor befeuchtete ihre Lippen. »Erpressung?«

»Es sei denn, man verhindert es.«

»Sind Sie sicher? Das ist eine schwerwiegende Anschuldigung gegen einen Gentleman.«

»Auch ein Gentleman kann verzweifeln wie wir alle, Madam. Die Papiere sind in seinem Appartement im Neuen Haus. Wenn wir sie finden und vernichten, ist das Problem beseitigt.«

»Beabsichtigen Sie, Einbrecher zu spielen?«

»Ich sehe keine andere Möglichkeit«, sagte Holdsworth. »Ich weiß, wo er die Papiere aufbewahrt. Aber ich kann nicht wie ein echter Einbrecher die Tür aufbrechen. Das ist nicht möglich, ohne Aufsehen zu erregen, selbst wenn er abwesend ist. Außerdem ist die äußere Tür aus altem Eichenholz und mehr als zwei Finger dick. Ich bräuchte ein Brecheisen für das Schloss, und selbst das könnte schwer werden. Deswegen hatte ich gehofft, der Rektor könnte uns helfen.«

Sie runzelte die Stirn. »Selbst wenn es ihm gut ginge, wie sollte er Ihnen helfen? Er würde niemals einen erzwungenen Zutritt zu den Räumen eines Gastes dulden.«

»Die einzige Möglichkeit, unauffällig zu kommen und zu gehen, ist mit einem Schlüssel. Ich habe gehört, dass Mr. Whichcote sehr gut auf seinen Schlüssel aufpasst – wenn er ausgeht, trägt er ihn immer am Körper. Aber Mulgrave sagte mir, dass es in der Schatzkammer des Colleges für jeden Schlüssel ein Duplikat gibt.«

Sie traute ihren Ohren kaum und sah ihn an. »Sie wollen sich den Zweitschlüssel zu Mr. Whichcotes Räumen leihen?«

»Wenn es Dr. Carbury gut genug ginge, hätte ich ihm das Problem geschildert und um seine Hilfe gebeten.«

»Aber allein der Gedanke …«

»Ich würde Sie nicht fragen, wenn ich einen anderen Weg wüsste.«

Sie sagte nichts. Ihr Verstand arbeitete auf Hochtouren.

Holdsworth lehnte sich noch weiter vor, noch näher zu ihr. »Madam, wenn überhaupt, dann muss ich so schnell wie möglich handeln. Können Sie für Dr. Carbury entscheiden? Wären Sie in der Lage, den Schlüssel aus der Schatzkammer zu bekommen?«

Sie musterte ihn und fand, dass seine Züge doch nicht so ebenmäßig waren; zu viel Druck und Anspannung lagen darin. Ein Teil von ihr genoss die Macht, die sie in diesem Augenblick über ihn hatte, die Macht, ihn warten zu lassen, die Macht, ihm einen Gefallen zu tun oder nicht.

»Was würden Sie mit diesen Papieren machen?«

»Sie verbrennen, Madam. Sie können nur Schaden anrichten.«

Sie kam zu einer Entscheidung. »Ich weiß, wo er die Schlüssel aufbewahrt, Sir. Wenn wir unbeobachtet in die Schatzkammer gehen wollen, können wir es ebenso gut gleich tun. Susan ist ausgegangen, um etwas zu erledigen. Die Schwester ist bei Dr. Carbury, und Ben rührt sich nur, wenn man nach ihm läutet.«

Elinor stand auf und achtete darauf, ihr Gesicht abzuwenden, falls es ihre Gedanken verriet. Schnell und wenig würdevoll verließ sie den Raum.

Sie stattete der Schlafkammer ihres Gatten einen Besuch ab,

wo der Patient auf dem Rücken liegend schlief und schnarchte, während die Schwester am Fenster saß und strickte. Sie fand den ersten Schlüssel in der Schublade seines Frisiertischs. Anschließend ging sie hinunter und holte den zweiten Schlüssel aus der Bibliothek. Beinahe erwartete sie, dass Dr. Carbury plötzlich hinter ihr auftauchte, das Gesicht rot vor Zorn, und wissen wollte, was, in Gottes Namen, sie da tat.

Holdsworth folgte ihr nach unten und wartete in der Diele auf sie. Die Tür zum Tresorraum lag zurückgesetzt in einer tiefen Nische. Hier waren die Mauern besonders dick; Dr. Carbury hatte ihr erzählt, dass sie möglicherweise früher Teil der Klosterkirche waren, die einst auf dem Gelände gestanden hatte. Die Tür war aus geschwärzter Eiche mit Eisenbeschlägen. Die Schlösser waren erst letztes Jahr erneuert worden und so geschickt konstruiert, wie es dem Schmied möglich war.

Elinor reichte Holdsworth die Schlüssel. Er öffnete das obere Schloss und bückte sich, um den Schlüssel in das untere zu stecken. Sie schaute auf seinen Nacken und das dichte, leicht gepuderte Haar. Sie fragte sich, wie es wohl wäre, es zu berühren, ob es sich eher anfühlte wie Hundehaare oder wie die einer Katze.

Der zweite Schlüssel bewegte sich im Schloss. Holdsworth drehte am Griff, einem schweren Ring aus Eisen. Die Tür ging nach innen auf. Ein kalter und leicht modriger Luftzug wehte ihnen entgegen. Die Schatzkammer war ein kleiner Raum, nur wenige Quadratfuß groß, fensterlos und mit einem Steinboden wie in der Diele und einem Tonnengewölbe. Die Wände waren mit Regalen und Schränken gesäumt.

Holdsworth sah sich mit gespitzten Lippen um. »Was wird hier aufbewahrt?«

»Der Pokal des Gründers und das Tafelgeschirr. Manches davon ist, glaube ich, sehr wertvoll. Außerdem die Dokumente für die Liegenschaften des Colleges und wahrscheinlich die

Pachtverträge. Ich nehme an, auch die Pachteinnahmen und andere Bargeldbeträge werden hier sein.«

Auf leisen Sohlen wie ein Dieb machte sie einen Rundgang durch den Raum und lauschte wachsam auf jedes Geräusch im Haus. Sie hatte nicht erwartet, dass so viel in dem Raum aufbewahrt wurde. Aber sie unterdrückte die Versuchung, sich zu beeilen, denn sie wollte Mr. Holdsworth nicht die Genugtuung geben, sie für eine arme, schwache Ausgabe ihres Geschlechts zu halten, die schnell hysterisch wurde. Von der Tür kam genug Licht, um die Schilder auf den Schachteln lesen zu können. Ihr ging durch den Kopf, dass sie wahrscheinlich die erste Frau war, die jemals diesen Raum betreten hatte, die erste, die jemals diese Schilder las.

Schließlich kam sie zu den Schränken. Sie waren nicht abgeschlossen. Im ersten standen ebenfalls nur Schachteln, doch zu ihrer großen Erleichterung enthielt der zweite viele Reihen mit Haken übereinander, und an jedem Haken hing ein Schlüsselbund. Sie waren ordentlich beschriftet und alphabetisch nach den Treppenaufgängen und dann numerisch nach Räumen geordnet.

Sie sah sich nach Holdsworth um. »Wo sind Mr. Whichcotes Räume?«

»G 4.«

Elinor fuhr mit den Fingern die Reihen entlang, bis sie den Treppenaufgang G fand. Sie nahm den Bund mit der Nummer vier vom Haken, schloss die Schranktür und wandte sich um.

Holdsworth stand näher, als sie erwartet hatte, keine drei Fuß entfernt, und schaute sie intensiv an. Automatisch hielt sie ihm die Schlüssel hin, und als er sie nahm, berührte er ihre Hand wie damals am Gartentor. Trotz der kühlen Luft war ihr auf einmal viel zu warm.

»Madam …«, sagte er.

Er verstummte, den Blick unverwandt auf sie gerichtet, und ließ, was immer er sagen wollte, unausgesprochen in der Luft hängen, voller Verheißung und Furcht. Langsam bewegte sich sein Kopf auf ihren zu. Näher und näher kam sein Gesicht. Unansehnlich? *Oh nein,* dachte sie, *ganz im Gegenteil.*

Es klopfte an der Haustür.

Sie sprangen auseinander. Sie erreichte die sichere Diele. »Schnell«, zischte sie. »Machen Sie die Tür zu. Ben wird gleich hier sein.«

Er bewegte sich geschmeidig für seine Größe. Im Nu war er draußen und hatte die Tür geschlossen. Elinor schnappte sich die Schlüssel von ihm. Abschließen würde sie, nachdem er gegangen war. Sie warf einen Blick auf ihre Hände und ihre Schürze, voller Angst, dort könnte verdächtiger Schmutz oder Staub zu sehen sein. Sie waren sauber. Aber was war mit ihrem Gesicht? War dort etwas zu sehen? Ein Hinweis auf das verräterische Sehnen ihres Herzens?

Bens Schritte näherten sich im Gang.

»Sie sind gekommen, um sich nach dem Befinden des Rektors zu erkundigen«, murmelte sie Holdsworth zu. »Und jetzt wollen Sie gehen, und ich habe Sie zur Tür hinunterbegleitet.«

Ben erreichte die Diele und zögerte, als er seine Herrin mit Holdsworth sah, dann öffnete er auf ein Nicken von ihr die Tür.

Mr. Richardson stand auf der Schwelle. Sein Blick wanderte an dem Dienstboten vorbei zu Elinor und weiter zu Holdsworth, der hinter ihr stand. Er zog den Hut und verbeugte sich.

»Mrs. Carbury, zu Ihren Diensten, Madam. Und Mr. Holdsworth. Das passt ja wunderbar – so kann ich zwei Fliegen mit einer Klappe schlagen.«

43

In der Nacht hatte es geregnet, und das Flussufer war schlammig. Dreißig Schritte voraus lief Fäkalienfred gebückt, aber stetig und unerwartet schnell den Fußweg entlang. Er trug noch seine Arbeitskleidung, und ein menschlicher Geruch wehte ihm hinterher wie ein schlechter Traum.

Harry Archdale stapfte hinter ihm her. Fred hatte am Ende der Mill Lane gewartet. Sobald er Harry entdeckt hatte, war er losgelaufen. Harry war ihm gefolgt, weil er nicht wusste, was er sonst tun sollte. Jetzt waren seine Schuhe und Strümpfe mit Schlamm bespritzt, und er hatte die unangenehme Entdeckung gemacht, dass einer seiner Schuhe ein Loch hatte. Seine Kleidung war zu schwer und zu edel: Er hatte sich für gepflasterte Straßen angekleidet, nicht für eine Landpartie. Am schlimmsten war das Gefühl, dass er sich lächerlich machte. Aber wenn er umkehrte, machte er sich noch lächerlicher.

Er blieb stehen, um sein Taschentuch hervorzuholen, und wischte sich den Schweiß vom Gesicht. Als er aufblickte, war Fäkalienfred nicht mehr zu sehen. Harry fluchte und setzte sich eilig wieder in Bewegung. Nichts war ihm vertraut. Er war es gewohnt, diesen Landstrich nur vom Wasser aus zu sehen.

Der Pfad führte zu einem Zaunübertritt in einer dichten Hecke. Er kletterte hinauf und spähte auf das dahinterliegende Feld. Ein halbes Dutzend Kühe grasten ein Stück entfernt an einer Stelle, wo das Land zum Wasser hin abfiel. Zwei Kühe tranken am Fluss. Doch die anderen bewegten sich wie eine Walze auf ihn zu.

Harry kannte sich mit den Gewohnheiten und dem Temperament von Rindern nicht aus. Aber die Art, wie diese Kühe näher kamen, schien ihm ausgesprochen bedrohlich: Sie wurden immer schneller und hatten es eindeutig auf ihn abgesehen. Es war auch möglich, dass das eine oder andere Tier gar keine Kuh, sondern ein junger Stier war, für den er einen gefährlichen Eindringling darstellte, weswegen er ihn, Harry, zu Tode trampeln würde.

Vorsicht war zweifellos besser als Leichtsinn. Harry wollte gerade von dem Übertritt herunterspringen und den Weg, den er gekommen war, zurückgehen, als er jemanden seinen Namen sagen hörte. Erschrocken stellte er sich einen alptraumhaften Moment lang vor, einer der vermeintlichen Stiere wäre so gruselig intelligent und der menschlichen Sprache mächtig. Doch dann sah er Soresby, keine fünf Schritte entfernt, unten am Wasser im Schutz der ausladenden Äste einer Weide neben dem Fäkalienmann stehen. Hinter ihnen lag ein Ruderboot im Wasser.

»Soresby! Was, zum Teufel, hat diese Scharade zu bedeuten?«

Er hörte ein vertrautes Knacken, als der Stipendiat an seinen Fingern zog. »Zu freundlich, Mr. Archdale«, murmelte Soresby hastig. »Wirklich, Sie sind so entgegenkommend. Wären Sie so nett, zu uns zu kommen, Sir, und in das Boot zu steigen?«

Das war ein unerwartet attraktives Angebot. Vor Harry drohte das nahende Vieh. Hinter ihm lagen ein Meer aus Schlamm und die Gewissheit, dass ihm Hitze und Schmutz nur noch mehr zusetzen würden als bisher schon. Er zeigte mit seinem Stock auf Fäkalienfred. »Was ist mit ihm?« Sogar Schlamm und Hitze waren besser, als mit dem Fäkalienmann in einem Boot zu sitzen.

»Mein Onkel verlässt uns jetzt, Mr. Archdale.«

Fäkalienfred nickte und verbeugte sich mit einer seltsam verdrehten Bewegung, die sich von seinen Händen über die Arme in die Schultern auszubreiten schien. Die Geste sagte so deutlich, als hätte er die Worte laut ausgesprochen, dass er über alle Maßen erfreut wäre, auf Mr. Archdales Gesundheit zu trinken.

Harry ließ einen Sixpence in die wartende Handfläche fallen. Er hangelte sich zum Wasser. Soresby kauerte dort wie eine unbeholfene Spinne. Mit einer Hand hielt er das Boot fest, während er die andere Harry reichte. Das Boot schaukelte bedenklich, als Harry an Bord krabbelte und sich im Heck niederließ. Soresby folgte ihm und stieß das Boot mit einem Ruder ab. Die Kühe waren stehen geblieben und fraßen Gras.

Die Ruder hoben und senkten sich. Harry lauschte dem Knarren der Ruderdollen und beobachtete, wie der grüne Fluss an ihnen vorbeiplätscherte. Soresby ruderte in Richtung Grantchester. Das Boot veränderte ihn: Unbeholfenheit und Zaghaftigkeit waren wie weggeblasen. Er ruderte mit der bescheidenen Selbstsicherheit eines Menschen, der genau wusste, was er tat, so wie Mulgrave eine Flasche Wein entkorkte oder – und hier wurde Harry rot – wie Chloe vögelte.

»Eine schöne Geschichte ist das«, sagte Harry.

Die Worte klangen rauer, als sie gemeint waren. Es war kühl und angenehm, vom Wasser dahingetragen zu werden, und außerdem war Harry ein Mensch, der nie lange böse auf jemanden war.

»Es tut mir leid, Mr. Archdale, ich wusste nicht, was ich tun sollte – an wen ich mich sonst wenden kann. Und ich dachte, vielleicht …«

»Ich kann nichts tun. Und ich weiß sowieso nicht, was die ganze Aufregung soll. Man hat keine Anzeige gegen Sie erstattet.«

»Noch nicht. Aber sie können es jeden Moment tun. Ich habe mich gefragt, ob Dr. Carbury es bis jetzt verhindert hat?«

»Jerry Carbury tut im Augenblick gar nichts. Es heißt, er liegt im Sterben.«

Soresby stützte sich auf die Ruder, und das Boot glitt in der Stille dahin. »Das habe ich befürchtet.«

»Hatten Sie gehofft, er würde Sie schützen? Aber selbst wenn es ihm gut ginge, warum sollte er das tun? Oh, ich weiß, er mochte Sie schon vorher, aber – nun ja, Tatsache ist, das Buch aus der Bibliothek war in Ihrem Zimmer. Die Beweise gegen Sie sehen finster aus, sehr finster.«

»Aber ich habe es nicht getan. Wenn ich doch nur mit Dr. Carbury sprechen könnte …«

»Können Sie aber nicht. Wie auch immer, was könnte er tun?«

Soresby sah auf. »Mr. Archdale, darf ich Ihnen etwas Vertrauliches erzählen?«

»Wenn es sein muss«, sagte Harry.

Soresbys Mund arbeitete heftig, und einen kurzen Augenblick lang dachte Harry, er würde in Tränen ausbrechen. »Ohne mein Zutun«, begann der Stipendiat, »habe ich etwas erfahren, was sehr delikater Natur ist.«

»Es gibt nichts, das ich tun kann, also bitte sagen Sie mir nicht, was es ist. Ich will es nicht wissen.«

»Es handelt sich um eine Information, die Dr. Carbury sicher nicht öffentlich machen will.«

»Ah.« Harry musterte ihn und begriff langsam, dass das ganze Gerede den Hauch eines Musters hatte. »Wollen Sie sagen, deswegen hat Carbury Ihnen das Rosington-Stipendium angeboten?«

»Ich – ja. Aber so war es nicht, ich schwöre – ich habe nicht deswegen bei ihm vorgesprochen –, ich wollte nur ein Gespräch, und ich glaube, er hat mich falsch verstanden.«

»Sehr gut möglich«, sagte Harry. »Und indem Sie in sein Lager wechselten, haben Sie die Brücke zu Ricky abgebrochen, nicht wahr? Und jetzt stirbt Carbury, und Ricky ist Ihnen nicht wohlgesinnt.«

»Aber die Information, Mr. Archdale. Ich weiß einfach nicht, was ich tun soll. Es lastet schwer auf meinem Gewissen. Ist es meine Pflicht als Christ, es jemandem zu sagen, oder soll ich es einfach für mich behalten? Oder sollte ich vielleicht zu Mr. Richardson gehen und reinen Tisch machen?«

Archdale seufzte. Die frische Luft machte ihn hungrig. »Diese Information, Soresby – ist das etwas, das dem College schaden würde, wenn es herauskäme?«

Soresby nickte.

»Das hat doch bestimmt Gewicht bei Ricky.«

»Vielleicht nicht in diesem Fall.«

Harry wurde immer verwirrter. Ricky bezog seine Identifikation aus dem College. Wenn Carbury starb und er der nächste Rektor wurde, würde seine Identifikation doch eher stärker als weniger werden.

Es sei denn, es gab etwas, das Ricky für wichtiger hielt. Oder ging es hier nicht so sehr um Eigennutz als vielmehr um Hass?

Er betrachtete Soresbys blasses Gesicht, das mit Schlammspritzern gesprenkelt war, die aussahen wie kleine Rosinen. Die Miene des Stipendiaten erinnerte Harry an einen streunenden Hund, der einen Fußtritt fürchtete, aber wider besseres Wissen auf ein Streicheln wartete. Es stimmte, er war ein begabter Student und ein guter Lehrer; wenn Harry seine Studien weiterverfolgen wollte, könnte Soresbys Unterstützung wertvoll sein, wenn auch nicht unersetzlich. Darüber hinaus hatte Harry unbewusst eine gewisse Verantwortung für Soresby übernommen. Es war, als hätte er den streunenden Hund ein- oder zweimal gestreichelt, und im Gegenzug hatte das Biest ihn für alle Ewigkeit zum Herrn erkoren.

»Verdammt«, sagte er laut.

»Was ist, Mr. Archdale?«

Harry machte den Mund auf, um dem Burschen zu sagen, er solle sich zum Teufel scheren, als ihm ein Möglichkeit einfiel, die das Problem lösen oder zumindest verlagern könnte. »Passen Sie auf«, sagte er. »Wenn Carbury zu krank ist, um Sie zu empfangen, und Ricky Sie zu sehr hasst, gibt es nur einen Menschen, der Ihnen helfen kann. Nur eine Person kann Sie schützen, und das ist Lady Anne Oldershaw.«

»Aber sie ist in London, Mr. Archdale, und ich …«

»Ich meine nicht, dass Sie zu ihr persönlich gehen sollen. Das wäre keine Lösung. Aber Sie könnten mit dem Mann sprechen, der in ihrem Namen hier ist, Mr. Holdsworth. Er ist mit Mr. Oldershaw nach Jerusalem zurückgekehrt, wussten Sie das? Verlassen Sie sich darauf: Wenn es jemanden gibt, der Ihnen sagen kann, was Sie tun können, ist es Mr. Holdsworth.«

»Guten Tag, Mr. Holdsworth«, sagte Elinor.

»Und wie geht es Dr. Carbury, Madam?«

»Er ist jetzt wach, und es geht ihm recht gut. Er hat gerade ein wenig Suppe zu sich genommen. Susan und die Schwester wechseln gerade das Nachthemd. Er hat nach Ihnen gefragt, als er aufwachte. Ich werde nach Ben läuten und ihn bitten, sich zu erkundigen, ob der Zustand meines Mannes gut genug ist, um Sie zu empfangen.«

»Soll ich läuten?« Holdsworth ging auf die Klingelschnur zu, die links neben dem Kamin hing.

»Nein – einen Augenblick bitte, Sir. Ich habe über … die andere Sache nachgedacht, über die wir vor Kurzem gesprochen haben.« Elinor hielt inne, und durch das offene Fenster ihres Salons hörten sie, wie die Glocke der Kapelle sich durch die Viertelstunden arbeitete, ehe sie zwei Uhr schlug. »Mir ging durch den Kopf, dass es möglicherweise nicht leicht für

Sie ist, … sich des Materials, über das wir gesprochen haben, zu entledigen.«

Er neigte den Kopf und dachte bei sich: *Sie ist eine Frau von so schneller Auffassungsgabe, dass es manchmal schwer ist, mit ihr Schritt zu halten.*

»Ganz hinten auf unserem kleinen Hof gibt es ein Kohlebecken«, fuhr sie mit leiserer Stimme fort, die sie beide zu Verschwörern machte. »Der Gärtner benutzt es zu dieser Jahreszeit recht viel und auch Ben, wenn es Unrat zu verbrennen gibt. Manchmal lassen sie das Feuer den ganzen Abend schwelen.«

»Dann würde niemand eine Bemerkung machen, wenn etwas nach Einbruch der Dunkelheit verbrannt wird?«

»Es ist höchst unwahrscheinlich, dass es überhaupt auffällt. Zurzeit verlassen die Dienstboten kaum das Haus. Wenn sie sich zurückziehen, sind sie nicht mehr im Weg – Susan schläft in einer Dachkammer zu den Gärten hin, und Ben wohnt in einem Cottage außerhalb des Colleges.« Sie runzelte die Stirn. »Und wenn es ein Problem gäbe, würden sie tun, was ich ihnen sage.«

»Und das Kohlebecken – kann man es vom College oder von irgendeinem Fenster aus sehen?«

»Überhaupt nicht. Es liegt völlig abgesondert.«

Holdsworth hatte in Gedanken bereits entschieden, dass der beste Zeitpunkt für die Aktion war, wenn Whichcote zu Abend aß. Angenommen, alles ging gut, wäre es besser, den Handkoffer samt Inhalt aus dem Neuen Haus zu entfernen, denn Whichcote könnte durchaus den Verdacht hegen, dass Holdsworth seine Hand im Spiel hatte.

»Nun, Sir? Glauben Sie, das wäre eine Möglichkeit?«

»In vieler Hinsicht ja, Madam. Aber es gibt ein Problem. Ich kann nicht unbemerkt am Abend an Ihre Tür klopfen und um Einlass bitten. Und um hierherzukommen, muss ich auch am Aufenthaltsraum oder an der Halle vorbei, und Mr. Whichcote könnte …«

»Auch daran habe ich gedacht. Ich werde dafür sorgen, dass das Tor an der Brücke unverschlossen ist und der Schlüssel auf dem Boden neben dem Pfosten liegt, der näher zur Morgenländischen Platane hin steht. Sie müssen nur die Brücke überqueren, das Tor öffnen und in den Garten schlüpfen. Wenn Sie das Tor hinter sich abschließen, sind Sie vor Störungen sicher.«

Froh, einen Grund dafür zu haben, lächelte er sie an. »Ich glaube, Sie haben die perfekte Lösung gefunden.«

Sie erwiderte sein Lächeln und wandte sich zu ihm um, wobei er einen Blick auf ihren langen Schwanenhals erhaschte. Einen kurzen Moment lang kam sie ihm ganz und gar nicht wie eine Frau vor, deren Ehemann ein paar Zimmer weiter im Sterben lag. Die Tatsache, dass sie Verschwörer waren, brachte eine gefährliche Süße mit sich.

Ehe er sich's versah, machte er einen Schritt auf sie zu und wollte ihre Hand ergreifen. Ihr Gesicht veränderte sich sofort. Sie stand abrupt auf und läutete nach Ben.

Keiner von beiden sprach. Holdsworth betrachtete einen Stich an der Wand. Elinor kehrte zu ihrem Stuhl zurück und griff nach einem Buch.

Als Ben erschien, fragte sie ihn, ob der Rektor bereit sei, Mr. Holdsworth zu empfangen. Kurz darauf führte der Diener Holdsworth über den Flur in das Krankenzimmer.

Susan öffnete die Tür, als Ben klopfte. Sie hatte ein Bündel schmutziger Laken im Arm. Dr. Carbury lag, an Kissen gelehnt, im Bett, doch er winkte Holdsworth matt zu sich. Sein Nachthemd war sehr weiß, ebenso seine Nachtmütze, was die fahle Haut noch betonte, die ihm in Falten von den Wangenknochen hing, als wäre der Schädel darin geschrumpft. Sein Kinn war von grauen Stoppeln bedeckt, denn er war nicht rasiert worden, seit er ans Bett gefesselt war. Die Schwester ordnete die Flaschen und Pillenschachteln auf dem Nachttisch.

Holdsworth näherte sich dem Bett. Die Vorhänge waren offen, und er warf einen Blick hinunter auf den sonnenbeschienen Hof, wo Mr. Miskin und Mr. Crowley in ein Gespräch vertieft waren. Mochten die Menschen hier leben und sterben, Jerusalem blieb bestehen, kaum berührt davon. Er setzte zu den üblichen Höflichkeitsfloskeln an, doch Carbury schnitt ihm das Wort ab. Er zerrte am Ärmel der Schwester.

»Gehen Sie.«

»Aber Sir …«

»Tun Sie, was ich sage.« Seine Hand auf dem Bett krümmte sich, und die verhornten Nägel gruben sich in die Decke. »Du auch, Mädchen. Schließ die Tür hinter dir.«

Susan folgte der Schwester aus dem Zimmer.

»Man erzählte mir, der junge Oldershaw ist zurück«, sagte Carbury mühsam. »Gesund und munter?«

»Ja, Sir. Er scheint wieder ganz der Alte zu sein.«

Carbury zuckte zusammen. »Was war mit ihm?«

»Ich glaube, Mr. Whichcote und der Holy Ghost Club haben ihm nicht gutgetan. Es hat seine Gesundheit angegriffen und ihn zu allen möglichen Dummheiten und Prassereien ermutigt. Und der Tod von Mrs. Whichcote, ausgerechnet in der Nacht, in der er ein vollwertiges Mitglied des Clubs wurde, hat ihn umgeworfen – das war der Tropfen, der das Fass zum Überlaufen brachte. Er glaubte, dass er in gewissem Sinn verantwortlich dafür sei.«

»Absurd.« Carburys Nägel kratzten über die frisch gewaschenen Laken. »Aber ich bin sehr froh zu hören, dass er wiederhergestellt ist. Was ist mit Lady Anne?«

»Ich habe ihr selbstverständlich geschrieben, ebenso Mr. Frank und natürlich Mrs. Carbury. Sie müsste unsere Briefe heute bekommen haben.«

»Ich wünsche nicht, dass Ihre Ladyschaft gerade jetzt Schlechtes von uns denkt.« Carburys Kopf sank auf seine Brust. Seine Lider schlossen sich.

Holdsworth überlegte, ob er eingeschlafen oder in eine Ohnmacht gesunken war. Er blickte zu dem Kranken hinunter. »Sir, ich muss Ihnen noch etwas berichten. Es betrifft Mrs. Whichcote.«

Carburys Kopf schoss hoch wie von einer Schnur gezogen. »Wie? Was meinen Sie?«

»Ein seltsamer Umstand ist ans Licht gekommen«, sagte Holdsworth. »Ich habe keine Erklärung dafür. In der Nacht ihres Todes hat Mrs. Whichcote im Lambourne House ein besonderes Paar Pantoffeln getragen. Sie waren sowohl in der Farbe als auch im Muster auffällig. Sie werden sich vielleicht erinnern, dass sie am folgenden Morgen, als man sie im Langen Weiher fand, nur einen Morgenmantel und zerrissene Strümpfe trug – keine Schuhe.«

»Und? Was ist damit? Zweifellos hat sie sie auf dem Weg verloren, oder sie wurden in den Kanal gespült, der vom Weiher abfließt. Was soll der Unsinn, Mr. Holdsworth? Ich sehe nicht, wozu es dient. Es geht mir nicht gut, Sir, gar nicht gut – hätten Sie die Güte zu läuten?«

»Noch einen Augenblick, bitte.« Ein Gedanke rührte sich wie ein Geist in seinem Hinterkopf: Was war es? Eine Frage, die er stellen wollte? Doch kaum wollte er ihn festhalten, war er verschwunden. Es war keine Zeit, dem nachzugehen. »Bitte hören Sie mich an.«

»Nein, Sir. Die Klingel, sagte ich.«

»Verzeihen Sie mir, Sir. Es dauert nicht lange. Der Fäkalienmann hat die Pantoffeln ein oder zwei Tage später gefunden. Sie lagen in der Nähe der Hintertür des Rektorats. Er wusste, dass sie Mrs. Whichcote gehören mussten. Er ist es gewohnt, zufällig Kleinigkeiten zu finden, wenn er seiner

Arbeit nachgeht, und er macht das Beste daraus. Er schlussfolgerte, dass Mrs. Whichcote, die Besitzerin, die Pantoffeln nicht mehr brauchte, also säuberte er sie, ließ sie flicken, denn sie waren sehr zerrissen, und schenkte sie seiner Frau.«

Dr. Carbury sank in die Kissen und stieß einen langen Seufzer aus. »Vielleicht seltsam, aber nichts, worüber man sich wundern muss. Somnambulismus kann nicht mit normalen Maßstäben bewertet werden. Der schlafende Geist folgt seinen eigenen unlogischen Gesetzen. Doch genug jetzt, Sir, ich bin erschöpft.«

»Aber ich habe gute Gründe zu glauben, dass die Dame nicht geschlafwandelt hat.«

»Wie?« Carburys Kopf fiel abermals vor. »Ich wünsche wirklich, dass Sie nicht weiter darüber sprechen. Sie ermüden mich.«

»Sie war außer sich. Mr. Whichcote hatte sie in dieser Nacht wüst geschlagen. Deswegen floh sie nach Jerusalem. Ich kann mir nicht vorstellen, dass sie ihre Pantoffeln weggeworfen hat. Warum sollte sie das tun? Und es ist genauso unwahrscheinlich, dass sie sie verloren hat. Nicht auf einem gepflasterten Weg, den sie bei Tageslicht so gut kannte.«

Dr. Carburys Zeigefinger kratzte über die Decke, sein Kinn sank auf die Brust. Begriff er in seinem gegenwärtigen Zustand überhaupt, was Holdsworth andeutete? Das Tor zur Jerusalem Lane war abgesperrt. Das College selbst war ebenfalls nicht zugänglich und bewacht. Das Rektorat und seine Gärten lagen eingeschlossen innerhalb des Geländes. Das Tor auf der Brücke war abgeschlossen. Ein *hortus conclusus*, hatte Richardson mit einem Anflug von schulmeisterlicher Freimütigkeit an Holdsworths erstem Abend gesagt, sie lebten in einem *hortus conclusus*.

»Angenommen, Sir«, fuhr Holdsworth fort, »angenommen, Mrs. Whichcote lief in ihrer Not durch die Straßen und wollte hier Schutz suchen. Sie kam durch das private Tor an der Jerusalem Lane herein. Und dann …«

Ein Gurgeln tief in Dr. Carburys Kehle unterbrach Holdsworths Redefluss. Der Kopf zuckte ruckartig. Die Arme wedelten. Der Körper verdrehte sich unter der Decke. Der rechte Arm flog zur Seite, kollidierte mit dem Nachttisch, der wackelte, sodass das Tablett mit den Medizinfläschchen zu Boden fiel.

Holdsworth zerrte so heftig an der Klingel, dass das Seil riss. Er rannte zur Tür, öffnete sie und rief um Hilfe. Schritte hallten auf der Treppe und unten in der Diele. Dr. Carbury stöhnte und lag dann ruhig da.

Holdsworth ging durch den Raum zum Bett. Er beugte sich über den Mann und griff nach seinem Handgelenk, um den Puls zu fühlen.

Lieber Gott, habe ich ihn umgebracht?

44

Nichts war einfach an der Geschichte mit Sylvia Whichcote, dachte Holdsworth. Nichts war fassbar. Es war wie Nebel oder Rauch. Wenn man die Hand ausstreckte, um ihn zu berühren, geschah nichts. Versuchte man aber, ihn zu greifen, veränderten sich Gestalt und Erscheinung auf mysteriöse Weise.

Ein Trost war die Tatsache, dass es nicht sein Problem war. Lady Anne hatte ihn eingestellt, damit er in ihrem Namen handelte. Er würde spätestens morgen von ihr hören, und sie würde ihn mit ziemlicher Sicherheit anweisen, Frank zurück nach London zu bringen. Ihr Interesse galt ihrem Sohn, nicht dem Tod einer Frau, die sie nicht gekannt hatte.

In der Zwischenzeit versuchte Holdsworth bewusst, sich in andere Aktivitäten zu stürzen. Er speiste im College, wo er zwischen Mr. Dow und Mr. Crowley saß und sich mit ihnen ein wenig über die Bibliothek und deren Defizite aus ihrer Sicht unterhielt. Doch das Hauptthema am Tisch war Dr. Carbury und seine Krankheit. Holdsworth, der ihn erst vor Kurzem gesehen hatte, war als Augenzeuge gefordert.

»Ich habe von seinem Diener gehört, dass man um sein Leben bangte, als Sie da waren«, sagte Mr. Richardson. »Waren Sie tatsächlich in seinem Schlafzimmer?«

»Zufällig ja – er hatte eine akute Schmerzattacke, aber zum Glück war sie nur kurz.«

»Was hat sie ausgelöst?«

»Das kann ich nicht sagen, Sir«, sagte Holdsworth. »Diese Dinge sind mir ein Rätsel.«

Anschließend besuchte er die Bibliothek und arbeitete an seiner Bestandsaufnahme und dem Bericht über den Zustand der Bücher. Holdsworth musste sich um seine eigene Zukunft kümmern – wenn die Sammlung des verstorbenen Bischofs ins College überführt werden sollte, musste irgendjemand die Aktion überwachen, und es gab keinen Grund, warum nicht er das sein sollte. Warum auch nicht? Hatte er nicht seinen Teil des Handels mit Ihrer Ladyschaft erfüllt und Frank Oldershaws Heilung herbeigeführt?

Er arbeitete konzentriert den ganzen Nachmittag und frühen Abend, bis er die Glocke der Kapelle sieben Uhr schlagen hörte. Er räumte seine Notizen weg und ging über den Hof zu Franks Appartement. Frank war nicht da, aber Mulgrave bereitete ein, wie er es nannte, vornehmes kleines Abendessen zu.

»Sie decken drei Plätze?«, sagte Holdsworth mit Blick auf den Tisch.

»Ja, Sir. Mr. Frank hat Mr. Archdale gebeten, Ihnen Gesellschaft zu leisten.«

Holdsworth nahm sich eine Zeitung und setzte sich ans

Fenster. Nach einigen Minuten klopfte es vorsichtig an der Tür zum Wohnzimmer, die er nicht ganz geschlossen hatte. Mulgrave war in der Dienstbotenkammer und hörte es nicht. Die Tür ging auf.

Whichcotes Laufbursche stand davor. Er sprang zurück, als er Holdsworth sah. »Entschuldigung, gnädiger Herr«, murmelte er. »Er wird heute Abend ausgehen.«

Holdsworth warf die Zeitung weg und ging zur Tür. »Mr. Whichcote?«

»Ja, Sir. Wir warten, bis die Sonne untergegangen ist, damit die Gerichtsdiener ihn nicht schnappen. Wir essen bei Mrs. Phear. Ich habe heute Morgen eine Einladung von ihr überbracht.«

Holdsworth bedeutete dem Jungen hereinzukommen. »Und du begleitest ihn?«

»Ja, Sir, mit der Laterne, damit ich ihm auf dem Heimweg leuchten kann.«

Holdsworth hörte ein leises Geräusch hinter sich und drehte sich um. Mulgrave stand an der Tür zur Dienstbotenkammer.

»Was gibt es?«, fragte Holdsworth.

»Ich dachte, ich hätte ein Klopfen gehört, Sir.«

»Das haben Sie – wie Sie sehen.«

Mulgrave dienerte.

Augustus starrte auf den Teppich. »Kann nicht bleiben, Sir«, sagte er. »Ich soll Wein für Mr. Whichcote holen.«

Holdsworth begleitete Augustus zur Tür. Auf dem Treppenabsatz sagte er so leise, dass nur der Junge es hören konnte: »Ist sonst alles unverändert? Arbeitet dein Herr an derselben Stelle? Und verschließt die Papiere in dem Handkoffer?«

»Ja, Sir. Aber um Gottes willen, Sir, wenn er herausfindet, dass ich etwas damit zu tun habe, bin ich so gut wie tot. Er darf es nicht wissen.«

Augustus wich zurück und zuckte mit dem Kopf wie ein nervöses Pferd. Auf leisen Sohlen, dicht an die Wand gedrückt, schlich er schnell die Treppe hinunter. Holdsworth ging wieder hinein und schloss die Tür. Mulgrave polierte die Gläser auf dem Tisch.

»Sie haben den Jungen nicht gesehen«, sagte Holdsworth.

»Nein, Sir.« Mulgrave fuhr fort, das Glas in seiner Hand zu polieren. »Mr. Whichcotes Laufbursche.« Er stellte das Glas ab und hinkte zur Tür der Dienstbotenkammer.

»Was meinen Sie damit?«, fragte Holdsworth.

Mulgrave drehte sich um. »Nichts, Sir. Absolut nichts. Ein recht vielversprechender Junge, finde ich.«

»Ich habe Soresby heute gesehen«, sagte Archdale. »Ich habe mit ihm gesprochen.«

Frank ließ klappernd die Gabel fallen. »Potz Blitz. Dann versteckt er sich also bei Onkel Fred?«

»Wahrscheinlich – ich weiß es nicht. Er hat es nicht gesagt.« Harry wandte sich an Holdsworth. »Aber er möchte Ihnen etwas sagen, Sir. Er hat irgendeine Information – ich weiß nicht, was es ist –, und die bereitet ihm Unbehagen.«

Sie bedienten sich selbst – Mulgrave war fortgeschickt worden. Keiner hatte viel gegessen, Frank und Harry Archdale hatten allerdings ordentlich getrunken.

»Und ist er deswegen jetzt in solchen Schwierigkeiten?«, fragte Holdsworth.

»Ich weiß es nicht. Aber es lastet schwer auf ihm. Ich – ich war so frei, ihm vorzuschlagen, dass er sich Ihnen anvertrauen soll, da Sie ja sozusagen ein neutraler Beobachter sind, und – und Sie sind in Lady Annes Namen hier.«

»Was hat das damit zu tun?«, fragte Frank.

Harry zuckte mit den Schultern. »Wenn irgendjemand die Macht hat, Soresby Gerechtigkeit zukommen zu lassen, dafür zu sorgen, dass der arme Kerl fair behandelt wird, ist es Ihre Ladyschaft.«

»Ich treffe mich gerne mit ihm«, sagte Holdsworth. »Aber wo?«

»Er bat mich zu fragen, ob es Ihnen recht wäre, morgen Mr. Turpins Kaffeehaus zu besuchen. Es ist in der St. John's Lane bei der Kirche. Er wird dort am Vormittag zwischen elf und zwölf Uhr warten, und er wäre unendlich dankbar, wenn Sie Zeit finden, ihn zu treffen.«

»Ha!«, sagte Frank mit einem anzüglichen Grinsen. »Ein Rendezvous!«

Holdsworth sagte, er würde sehen, was er tun könne. Bei dem peinlichen Wort »Rendezvous« musste er an Elinor denken, nicht an Soresby. Vielleicht sah er sie, noch ehe der Abend vorüber war.

Sie aßen, ohne sich viel zu unterhalten. Frank sah immer wieder auf die Uhr. Harry, der von der beabsichtigten Expedition nach dem Abendessen nichts wusste, entschuldigte sich bald und verabschiedete sich mit den tugendhaften Worten, er hoffe, vor dem Schlafengehen noch ein wenig lesen zu können.

Sie lauschten seinen unsicheren Schritten auf der Treppe. Holdsworth legte fünf Schlüssel auf den Tisch. Sie waren mit einem Stück Schnur zusammengebunden.

»Sollen wir noch warten, Sir?«, sagte Frank flüsternd, obwohl ihn niemand hören konnte. »Bis es dunkler ist, meine ich?«

»Zu gefährlich. Wir wissen nicht, wie lange Whichcote außer Haus sein wird.«

»Wie ist Ihr Plan?«

»Es ist besser, wenn ich allein gehe. Aber wären Sie so gut, eine Weile unter den Arkaden spazieren zu gehen, als wollten Sie frische Luft schnappen? Wenn Whichcote zurückkehrt, muss er dort entlang. Sie werden ihn sehen, wenn er durch das Haupttor hereinkommt, und haben Zeit, mich zu warnen. Meine Räume gehören zu demselben Treppenaufgang, also wird sich niemand wundern, mich dort zu treffen.«

»Und dann?«

»Und dann werden wir sehen.« Holdsworth stand auf und steckte die Schlüssel in die Tasche. »Es hängt zum Teil von Mrs. Phear ab, nicht wahr? Wie lange sie ihn aufhält.«

»Unter dem Baum?«, sagte Elinor, als Susan das Abendessen abräumte.

»Wie bitte, Madam?«

»Gestern hast du mir erzählt, dass Ben dich zum ersten Mal im März bedrängt hat. ›Unter dem großen Baum‹. Welchem Baum?«

Susans rosiges Gesicht färbte sich dunkelrot. »Oh, Madam – der am Weiher, den der Gründer gepflanzt hat. Er hat mich schrecklich getäuscht, hat gesagt, er will meinen neuen Umhang sehen – erinnern Sie sich, Madam? Sie hatten ihn mir gerade geschenkt, und ich bin so dankbar, ja, das bin ich wirklich. Also bin ich in der Nacht hinausgeschlichen, er ist bei seiner Unterkunft über die Mauer geklettert und wollte den Umhang anfassen und hat gesagt, dass er so weich und warm ist wie meine Haut, und dann hat er mich gestreichelt und geküsst und mir süße Worte ins Ohr geflüstert, und dann …«

»Halt«, befahl Elinor. »Aber es war Nacht. Wie bist du aus dem Haus gekommen?«

Einen Moment war sie befremdet, weil sie eine selbstzufriedene, beinahe selbstgefällige Überheblichkeit im Ausdruck des Mädchens wahrnahm. »Oh, Madam«, sagte Susan, »er wollte, dass ich die Hintertreppe hinunter und durch die Gartentür gehe. Er hat das Tor an der Brücke aufgelassen, als er seine Runden machte. Und da hat er auf mich gewartet.«

Wie kalt musste die Märznacht gewesen sein und wie heiß ihr Begehren, dachte Elinor.

»Aber ich habe meine Lektion gelernt, Madam. Als wir es das nächste Mal versucht haben, habe ich einen furchtbaren Schreck bekommen. Ich war zuerst da, und jemand ist in der Dunkelheit mit mir zusammengestoßen.« Sie schaute Elinor aus großen, braunen Augen an. »Dann bin ich nie wieder dorthin gegangen.«

Nein, dachte Elinor, *stattdessen habt ihr es am Tag im Waschhaus getrieben.* »Und?«, sagte sie laut. »Die Person, der du in der Dunkelheit begegnet bist, die Person, die nicht Ben war: Ich nehme an, das war Mr. Frank Oldershaw?«

45

Nach dem Essen bereitete Mrs. Phear summend Tee zu. Whichcote lehnte sich auf seinem Stuhl zurück. Die Vorhänge waren zugezogen und die Tür abgeschlossen. Er lauschte auf ihr Summen, das Klappern der Löffel auf dem Porzellan und das Geräusch des Wassers, als sie es in die Kanne goss. Zum ersten Mal seit Tagen fand er Frieden. *Wenn all das vorüber ist,* dachte er, *werde ich nach London ziehen und den Winter vielleicht in einem trockenen, sonnigen Klima verbringen, im Ausland, wo das Geld länger reicht.* Er hatte genug von der Feuchtigkeit in Cambridge mit den Nebeln aus den Fens und seinen langweiligen, provinziellen Bewohnern.

Mrs. Phear reichte ihm eine Tasse. »Jetzt sehen Sie schon ein wenig besser aus. Als Sie ankamen, wirkten Sie ziemlich gequält.«

»Es war nicht leicht, Madam. Ich fühle mich wie eine Ratte in einem Loch. Wenn Sie nicht gewesen wären und mir geholfen hätten, säße ich vielleicht immer noch bei Mr. Purser.«

Stirnrunzelnd wies sie seine Dankbarkeit zurück. »Wann werden Sie die ersten Briefe verschicken?«

»Morgen, denke ich. Für den Anfang habe ich ein Mitglied des Hochadels, einen Dekan, einen Staatssekretär im Kriegsministerium und ein Mitglied des königlichen Hofstaats ausgewählt.«

»Es wird Zeit brauchen. Niemand trennt sich gern von seinem Geld.«

»Ich habe Zeit«, sagte Whichcote. »Zu viel Zeit.«

»Allerdings geht es hier natürlich nicht nur um Geld. Wenn dieser Skandal mit dem Mädchen ans Licht kommt, werden Sie einflussreiche Freunde benötigen, die Ihnen in ihrem eigenen Interesse behilflich sind.«

Sie verbrachten eine weitere Stunde miteinander, manchmal plaudernd, manchmal in angenehmem Schweigen. Mrs. Phear nahm ihre Stickerei zur Hand. Einmal war Whichcote kurz davor, bei ihrem Summen einzudösen; und als er aufschreckte, war er einen Moment lang verwirrt, glaubte, er sei wieder ein kleiner Junge im Haus seines Vaters, wo er mit Mrs. Phear im kleinen Salon saß und über seinem Buch eingenickt war.

Er verließ das Haus gegen viertel nach elf, zusammen mit Augustus, der die Laterne trug. Sie waren gezwungen, langsam zu gehen, da die Trumpington Street schlecht gepflastert und schlecht beleuchtet war. Und in der Pembroke Lane war es sogar noch dunkler und noch schmutziger.

»Du kehrst gleich zu Mrs. Phear zurück«, sagte Whichcote zu Augustus. »Ich erwarte dich morgen, sobald das Tor geöffnet wird. Ich beabsichtige, früh mit der Arbeit zu beginnen.«

Sie passierten den dunklen, offenen Platz zur Rechten, dahinter lag das Marschland. Vor ihnen zur Linken sahen sie den schwachen Glanz der Laterne an der Ecke zum Viehmarkt. Auf einmal spürte Whichcote Gefahr. Vielleicht war es ein Geräusch oder ein Luftzug. Etwas alarmierte ihn, doch zu spät.

Hinter sich hörte er schnelle Schritte. Die Laterne fiel zu Boden, erlosch und rollte klappernd weg. Jemand packte ihn am Arm. Whichcote wirbelte herum, versuchte, seinen Stock einzusetzen, aber sein Angreifer drehte ihm das Handgelenk um und zwang ihn, den Stock fallen zu lassen. Sein anderer Arm wurde gepackt und auf den Rücken gedreht.

Er rief um Hilfe. Eine Hand verschloss seinen Mund. Panik stieg in ihm auf. Er schnappte nach Luft.

Diebe, verdammtes Pack. Doch sie würden in seiner Brieftasche nicht viel finden. Wie viele waren es? Alles, was er gesehen hatte, waren undeutliche Silhouetten vor dem Nachthimmel. Zwei oder drei, möglicherweise auch vier.

Er wehrte sich, doch es war sinnlos. Sie hielten ihn fest und zerrten ihn aufs Feld. In der Ferne hörte er wieder Schritte, aber sie entfernten sich die Straße hinunter. Der verfluchte Feigling Augustus hatte ihn im Stich gelassen.

Wollten sie ihn umbringen?

Seine Angreifer warfen ihn zu Boden. Sein Gesicht lag im Schlamm, und er schmeckte Erde. Jemand kniete auf seinem Rücken und schüttelte sein Rückgrat. Viele Hände drehten ihn hierhin und dorthin. Ein rauer, widerlich schmeckender Lumpen wurde ihm in den Mund gestopft. Er würgte und widerstand dem Drang zu erbrechen.

Da erst begriff er, dass es keine Diebe waren. Niemand hatte ein Wort gesprochen. Sie durchsuchten nicht seine Taschen, zerrten nicht an seinen Ringen. Was, zum Teufel, wollten sie dann?

Sie fesselten seine Arme und Beine mit Seilen, zurrten sie fest, bis er vor Schmerz jaulte. Sie packten ihn an den Beinen und an den Schultern und stemmten ihn hoch. Immer tiefer marschierten sie in die Dunkelheit. Jeder Schritt fügte ihm weitere Verletzungen zu.

Zeit und Entfernung verloren ihre Bedeutung. Er spürte

nur noch Schmerz und Angst. Dann blieben sie abrupt stehen. Ein Riegel knarrte. Ein Scharnier quietschte. Sie trugen ihn noch ein paar Schritte und ließen ihn dann fallen. Er landete hart, und der Aufprall raubte ihm den Atem. Wimmernd lag er auf dem Boden.

Die Tür schloss sich hinter ihm. Ein Riegel rastete ein, ein zweiter folgte. Seine Nase lag auf kalter Erde. Es roch nach Schweinen. Niemand hörte ihn, niemand rettete ihn. Er konnte sich nicht bewegen.

Tränen bahnten sich ihren Weg unter den Lidern hervor. Was hatten sie vor? Seine Angreifer mussten einen Zweck verfolgen. Sie hatten ihn hilflos gemacht, wie ein in Windeln gewickeltes Kind.

Eine unangenehme Erinnerung tauchte in seinem Kopf auf. Tabitha Skinner, ganz in Weiß, das Gesicht verfärbt, ans Bett gebunden, die Beine gespreizt, in Erwartung der Schändung durch den Heiligen Geist.

Elinor Carburys Schlafzimmer lag neben ihrem Salon. Sie drückte das Gesicht an die Scheibe, damit das Spiegelbild des Raums hinter ihr die Sicht nicht störte. Ihr Atem benetzte das Glas. Wenn sie sich bei Tageslicht ganz nach rechts stellte und den Hals verrenkte, konnte sie die Mauer des Versorgungshofs sehen, und wenn sie sich auf Zehenspitzen stellte, sogar eine Ecke des privaten Tors zur Jerusalem Lane. Jetzt sah sie allerdings gar nichts, denn es war dunkel.

Ein orangefarbener Schein flackerte und tanzte an der Mauer. Da war sie beinahe sicher. Sie konnte nicht sehen, woher er kam, nur eine schwache, verschwommene Reflektion der tanzenden Flammen.

Elinor war noch angezogen. Einige Zimmer weiter lag Dr. Carbury, leise schnarchend, eingehüllt in den friedvollen Schlaf, den nur Opium ihm geben konnte. Eine Nachtschwester saß bei ihm. Sie war eine vernünftige und erfahrene Frau, auf die man sich verlassen konnte. Ben war in seine Unterkunft geschickt worden. Susan schlief in ihrer Dachkammer. Für ein paar wertvolle Minuten, ja Stunden war Elinor so frei wie ein Vogel.

Sie schlang sich einen Schal um die Schultern und ging leise nach unten. Sie entriegelte die Tür zum Garten und schloss sie auf. Auf dem Weg wartete sie, lauschte und spürte die kühle Abendluft auf den Wangen. Ihr Atem ging schneller als sonst.

Sie ging den gepflasterten Weg entlang. Der Eingang zum Hof lag kurz vor dem Tor zur Jerusalem Lane im Norden, von der bröckelnden, fensterlosen Mauer der Yarmouth Hall begrenzt. Sie hörte die Flammen knistern, als sie sich durch das Papier fraßen.

Das Feuer war heller, als Elinor erwartet hatte, erschreckend lebendig vor dem Nachthimmel. Holdsworth stand neben dem Kohlebecken. Er musste die Schritte gehört haben, denn er sah in ihre Richtung. Die Flammen veränderten sein Gesicht, es wirkte feurig und fließend und verwandelte ihn in einen teuflischen Fremden. Plötzlich bekam sie Todesangst.

Was tue ich hier?

Die Furcht schwand so schnell, wie sie gekommen war, als er vortrat und sie erkannte.

»Ich wusste nicht, wer da kommt, Madam«, sagte er mit gedämpfter Stimme. »Einen Augenblick lang fürchtete ich, ich sei entdeckt worden.«

Sie stellte sich neben das Kohlebecken und hielt die Hände darüber, um sie zu wärmen. Papierfetzen loderten grell und verwandelten sich beinahe sofort in graue Geister. Holdsworth stocherte mit einem Stock im Feuer, und die Geister zerfielen zu Asche. Er warf eine weitere Handvoll Papiere in die Glut.

»Wie geht es Dr. Carbury?«, fragte er.

»Er schläft tief.«

»Geht es ihm besser?«

»Unter uns gesagt, nein. Ich fürchte, Dr. Milton hat nicht viel Hoffnung.«

»Das tut mir leid. Ich hoffe, mein Besuch heute Nachmittag hat nicht …«

»Nein, Sie müssen sich absolut keine Gedanken machen. Nichts, das Sie gesagt oder getan haben, hat seinen Zustand verschlimmert.«

Er schwieg. Sie sah zu, wie er die Flammen fütterte. Der Papierstapel wurde kleiner.

»Ich muss Ihnen etwas über den Geist erzählen«, sagte sie. »Doch zuerst: Ist alles gut gegangen?«

»Es hätte nicht besser sein können. Mr. Whichcote ist zum Abendessen zu Mrs. Phear gegangen. Niemand war da. Ich habe den Koffer an der Stelle gefunden, die der Junge beschrieben hat, ihn in einen Mantel gewickelt und die Räume verlassen. Ehe ich es vergesse: Die gebe ich Ihnen besser.« Er holte den Schlüsselbund hervor und reichte ihn ihr. »Bereitet es Ihnen Unannehmlichkeiten, sie zurückzubringen?«

Sie schüttelte den Kopf. »Was haben Sie gefunden?«

»Da ist ein Buch, eine Art Clubkartei, mit den echten Namen der Mitglieder und ihren apostolischen *Noms de guerre.* Und dann sind da noch zwei oder drei andere Bücher, Tagebücher oder Protokolle glaube ich, in denen die Aktivitäten des Clubs und der Mitglieder aufgezeichnet sind. Über die Jahre hat jeder Präsident, jeder ›Jesus Christus‹, sowohl das Protokollbuch als auch die Kartei geführt. Das eine ist ohne das andere nichts wert. Aber zusammen wird deutlich, wer was getan oder wem etwas angetan hat. Außerdem sind da noch Entwürfe von Briefen, die Mr. Whichcote an frühere Mitglieder zu verschicken beabsichtigt. Sie sind sorgfältig formuliert, doch ihr Zweck ist eindeutig. Er bittet nur um ihre guten

Dienste und vielleicht eine kleine Anleihe, und im Gegenzug dürfen sie sicher sein, dass ihre jugendlichen Indiskretionen sie niemals verfolgen werden.«

»Noch mehr Geister«, sagte Elinor. »Anscheinend fabrizieren wir sie ständig. Wir sind Geisterfabriken.«

»Diese Geister werden sehr bald ihre Macht verlieren.«

»Haben Sie die Bücher gelesen, Sir?« Sie trat vom Kohlebecken zurück und näher zu ihm. »Dafür war doch sicherlich keine Zeit?«

»Ich habe genug gesehen. Ich bin in Mr. Oldershaws Appartement gegangen, um mich zu vergewissern, dass es der richtige Koffer ist, und habe den Inhalt durchgesehen. Es ist widerwärtiges Zeug.«

Holdsworth hatte bereits die Seiten aus den Büchern herausgerissen, um sie leichter verbrennen zu können. Elinor ging in die Hocke und ergriff wahllos ein Handvoll Papiere. Sie hörte, wie er scharf einatmete, aber er sagte nichts und versuchte nicht, sie daran zu hindern. Sie hielt einige Blätter über die Flammen. Worte tanzten vor ihr in dem flackernden orangefarbenen Licht.

»Mein Gott, Whichcote schreibt an den Dekan von Rosington! Er hat im letzten Semester hier gespeist, ein ausgesprochen angenehmer Mensch. Anschließend hat er mit mir Tee getrunken. Und an Lord …«

»Bitte werfen Sie sie ins Feuer, Madam.«

Sie ließ das Papier in das Kohlebecken flattern und griff nach einem anderen Blatt.

»Sie sollten sich diesen Schund nicht antun«, sagte Holdsworth. »Es ist unanständiges Zeug. Und schlimmer.«

»Ich mag zwar nur eine Frau sein, aber ich bin nicht leicht zu schockieren«, sagte sie, ohne aufzusehen. »Das hier ist der Beleg für eine menschliche Torheit, und daran ist nichts Ungewöhnliches. Auch Frauen sind törichte Geschöpfe.«

Er antwortete darauf nicht. Er bückte sich und fuhr fort, Papiere ins Feuer zu werfen.

»Wer ist diese Richenda?«, fragte sie.

»Anscheinend hatte Morton Frostwick, ein Student in Jerusalem, der vor ungefähr zwanzig oder dreißig Jahren Präsident war, ein Dienstmädchen mit diesem Namen. Können wir es bitte dabei belassen?«

»Guter Gott«, sagte Elinor.

Es war zu spät. Sie hatte das Blatt umgedreht und auf der Rückseite eine Zeichnung entdeckt, das Bild eines Mädchens mit ebenmäßigen, hübschen Zügen, das den Zeichner über die Schulter hinweg mit einem scheuen und zugleich einladenden Lächeln ansah. Ihr Finger spielte mit einer Haarlocke. Darunter stand ein einziges Wort: *Richenda.*

»Aber sie – sie sieht aus wie …«

»Ja.« Er streckte die Hand nach dem Blatt aus. »Ihnen muss doch warm sein, Madam – bitte erlauben Sie mir, das ins Feuer zu werfen.«

Die Flammen verwandelten Mr. Holdsworth auf der anderen Seite des Kohlebeckens in einen Fremden: eine geheimnisvolle Silhouette, halb im Feuer. *Richenda.* Das Gesicht und der Name des Mädchens fügten sich in ihrem Kopf mit bestimmten Gerüchten über Morton Frostwick zusammen, die sein abruptes Verlassen Jerusalems vor mehr als zwanzig Jahren notwendig werden ließen. Sie erinnerte sich, dass es immer noch eine Person im College gab, die dem Gerücht (und Dr. Carbury) zufolge mit Morton Frostwick in Zusammenhang stand. Wie Soresbys Werdegang zeigte, war es nicht leicht für einen armen Stipendiaten ohne Freunde, die Kosten für eine universitäre Erziehung aufzubringen, und damals war es sogar noch schwieriger gewesen.

»Ich erkenne das Gesicht«, sagte Elinor und studierte die Zeichnung. »Schauen Sie – sehen Sie die Ähnlichkeit?«

»Geben Sie es mir, Madam.«

»Gleich. Es könnte fast Mr. Richardsons Schwester oder Tochter sein. Aber ich weiß, dass er keine Schwester hat, denn er hat mir einmal erzählt, dass er das einzige Kind seiner Eltern ist, und natürlich ist er nicht verheiratet. Ist es möglich, dass dies kein Dienstmädchen oder überhaupt kein Mädchen ist, sondern …«

»Ja«, sagte Holdsworth. »Bitte geben Sie mir das Blatt.«

»Aber verstehen Sie doch, das erklärt es.«

»Erklärt was?«

»Oh – vieles. Und vor allem, warum Mr. Richardson Mr. Whichcote so wohlwollend Zuflucht im College gewährt hat.«

Holdsworth zog eine weitere Handvoll Papiere aus dem Koffer. »Das ist eine unschöne Geschichte, wie man es auch betrachtet. Ich werde sie nicht schlimmer machen.«

Sie sah zu, wie er weitere Blätter dem Feuer übergab. Sie betrachtete die Zeichnung. Es könnte durchaus sein, dass sie in naher Zukunft mit Mr. Richardson verhandeln musste, und er hatte keinen Grund, ihr einen Gefallen zu tun. Vielleicht konnte das hier das Gleichgewicht ein wenig verschieben.

Holdsworth wandte sich ab, um die restlichen Papiere ins Feuer zu werfen. Für Elinor war es, als hätte er sie getadelt, ja zurückgewiesen, obwohl Gott wusste, dass es keinen Anlass dafür gab. Er holte ein Taschenmesser heraus, schlitzte das weiche Leder des Koffers auf und zerschnitt es in kleine Stücke.

»Ich weiß nicht, was ich tun soll«, sagte sie leise.

Mit gesenktem Kopf, die Zeichnung von Richenda in der Hand, stand sie da. Sie versuchte, nicht an die Zukunft zu denken. War nicht die Gegenwart schon schwierig genug?

Holdsworth legte das Messer und die zerstörte Tasche beiseite. Beinahe lautlos ging er auf sie zu. Für seine Größe bewegte er sich schnell. Sie wusste nicht, wie sie sich verhalten sollte. Ebenso wenig wusste sie, was sie überhaupt wollte.

Das Feuer erstarb. Die Luft wurde kühler, je weiter der Abend fortschritt. Sie erschauerte, ob wegen der Kälte, aus Furcht oder Sehnen oder einer Mischung aus allen dreien, konnte sie nicht sagen.

»Lassen Sie mich dieses Blatt für Sie ins Feuer werfen, Madam. Es ist zu unser aller Bestem.«

Elinor sah ihn an. *Was möchtest du wirklich? Was werde ich tun?*

Er kam näher. Sie sah sein Gesicht, die Haut, orangefarben gefärbt vom Schein des erlöschenden Feuers, die Hand, die er ihr entgegenhielt. Sie bewegte sich nicht. Seine Hand umfasste ihren Oberarm.

Einen langen Augenblick geschah nichts. Dann wandte sie sich ihm zu wie eine Tür, die langsam in den Angeln schwingt. Seine andere Hand legte sich um ihre Taille. Stirnrunzelnd hob sie den Kopf. Er senkte das Gesicht und küsste sie direkt auf den Mund. Sie wusste, dass dies nicht möglich war. Es musste ein peinlicher Traum sein.

Ihre Lippen bewegten sich unter seinen. Eine fremde Weichheit lag darin, eine Wärme, die sie nicht erwartet hatte und auch die kratzenden Stoppeln auf seinem Kinn nicht. In Träumen war alles möglich. Ihre Lippen öffneten sich wie die seinen. Er schmeckte nach Rauch und Wein und Dunkelheit.

Sie entzog sich ihm und ließ die Zeichnung ins Feuer fallen. Richenda, das hübsche Mädchen mit dem scheuen Lächeln, bekam eine letzte Lebensfrist: Sie glühte in leuchtenden Farben; sie tanzte in den Flammen; sie rollte sich graziös zusammen; und schließlich wurde sie schwarz und zerfiel zu Asche.

»Es wird kalt, Madam«, sagte Holdsworth so leise, dass sie

ihn kaum hörte. »Sie müssen hineingehen. Es wäre nicht gut, wenn Sie sich erkälten.«

Erst später, als sie, die Arme um sich geschlungen, im Bett lag und über das, was geschehen war, nachdachte, das Gefühl seiner Haut auf ihrer, sein Geschmack in ihrem Mund, fiel ihr ein, dass sie vergessen hatte, John Holdsworth von dem Geist zu erzählen.

46

Philip Whichcote schlief nicht. Während die langen Nachtstunden langsam vergingen, lag er wie von einer schweren Lähmung befallen da, nur unterbrochen von Krämpfen, die immer häufiger und schmerzhafter wurden.

Er wusste nicht, wer ihn überfallen hatte oder warum. Hatten sie vor, ihn hier sterben zu lassen? Hatten sie vor, ihn umzubringen?

Es wurde immer kälter. Eine volle Blase bereitete ihm außerordentliches Unwohlsein, bis er am Ende die Kontrolle darüber verlor und ein weiteres Element zu seinem Elend dazukam. Die Glocken in Cambridge läuteten gedämpft in der Ferne und markierten die Stunden seiner Qualen. Er glitt in einen tranceähnlichen Zustand zwischen Wachen und Schlafen.

Ein metallisches Geräusch weckte ihn. Dann ein zweites. Die Riegel glitten zurück. Er öffnete die Augen. Es wurde heller. Er hörte Schritte hinter seinem Rücken. Er wusste, dass es mehrere Personen waren, denn er fühlte ihre tastenden Hände und hörte sie atmen. Ein dunkler, rauer Stoff wurde ihm über den Kopf geworfen und bis auf die Schultern heruntergezogen. Sie zurrten den Stoff mit einem Band um seinen Hals fest.

Sie zerrten ihn auf die Füße. Aber seine Beine gaben nach,

und er brach zusammen. Seine Häscher griffen ihm zu beiden Seiten unter die Arme und schleiften ihn nach draußen. Die Schmerzen raubten ihm das Bewusstsein.

Als Whichcote zu sich kam, lag er wieder mit dem Gesicht nach unten auf dem Boden. Etwas rüttelte und schüttelte seinen Körper durch. Seine Hände und Füße waren nicht mehr gefesselt, und sein Kopf war frei. Der Knebel war entfernt worden. Sein Mund war wie ausgedörrt, und seine Zunge fühlte sich geschwollen und fremd an. Er hatte einen fauligen Geruch in der Nase, und sein Gesicht war feucht.

Eisenbeschlagene Räder ratterten über Pflastersteine. Er würgte und spie einen Mundvoll saure Flüssigkeit aus. Er versuchte, sich umzudrehen und aufzusetzen. »Halt!«, rief er, doch sein Mund hatte die Fähigkeit zu sprechen verloren, und statt Worten brach wieder ein Schwall von dünnflüssigem Erbrochenem aus ihm heraus.

Er hörte Stimmen und das Rumpeln anderer Räder. Der Wagen holperte über einen Randstein, schwankte und hielt. Die Luft war mit zeternden Stimmen erfüllt, so ordinär und aufdringlich wie keifende Elstern.

Er rollte herum und setzte sich auf. Zu seinem Erstaunen brach lautes Gejohle aus.

»Macht Platz für Lord Scheiße in seinem Triumphwagen!«, schrie ein Mann.

Gelächter und Pfiffe lösten das Gejohle ab. Whichcote schaute sich um. Er sah, dass er in einem Handkarren vor dem Haupttor zum Jerusalem-College saß. Auf dem Vorplatz wimmelte es von Dienstboten, es waren Dutzende Männer und Frauen, die darauf warteten, dass Mepal das Tor öffnete. Whichcote fasste sich an den Kopf. Perücke und Hut waren verschwunden. Sein Umhang zerrissen und schmutzig.

Oh Gott. Er saß vor aller Welt im Fäkalienkarren in einem Haufen Exkremente.

Auf einmal wurden die Spottrufe leiser, verstummten aber nicht ganz. Fäkalienfred ließ die Klappe an der Seite seines Karrens mit großem Geklapper herunter und stellte Whichcote wie eine Missgeburt auf dem Jahrmarkt zur Schau.

»Seht mal, seine Hose!«, kreischte eine Frau. »Lord Scheiße hat sich vollgepinkelt!«

Die Menge teilte sich und machte für zwei kräftige, schwarz gekleidete Männer Platz, die auf den Handwagen zugingen.

»Guten Morgen, Mr. Whichcote«, sagte der Ältere, der ein großflächiges, rotes Gesicht hatte und einen runden Bauch wie ein Kissen vor sich herschob. »Da sind wir wieder. Ich fürchte, ich habe vier Klagen gegen Sie. Und ich fürchte, ich muss Sie bitten, uns wieder zu Mr. Purser zu begleiten, es sei denn, Sie haben die Summe von zweitausend Pfund in der Tasche.«

Whichcote blickte gehetzt um sich, in der irrigen Hoffnung, ein bekanntes Gesicht in der Menge zu finden. Nur ein paar Schritte entfernt entdeckte er Mulgrave neben einem untersetzten kleinen Mann, der fast so breit wie hoch war. Beide starrten Whichcote an. Der andere Mann murmelte etwas in Mulgraves Ohr. Der Lohndiener lächelte und strich sich über den roten Striemen auf seiner Wange.

Guter Gott, dachte Whichcote, das ist die Stelle, wo ich den verkrüppelten kleinen Gauner geschlagen habe. Und das hier ist seine Rache.

Ein Stück hinter Mulgrave stand sein eigener Laufbursche in der Nähe des Tors und wartete auf Einlass.

»Junge«, rief Whichcote, auf einmal wieder bei Stimme. »Komm sofort hierher.«

Augustus schien ihn nicht zu hören.

»Auf der Stelle, sagte ich!«, rief Whichcote. »Schnell!«

Mulgrave drehte sich um und legte Augustus die Hand auf den Arm. Mepal schloss das Tor zum College auf und schwenkte es zur Seite. Aber niemand trat hindurch. Sie beobachteten Whichcote. Das war die Rache der Dienstboten, die grausamste Rache, die es gab.

»Sie kommen mit mir«, sagte der Büttel. »Wir werden es gleich angenehm und gemütlich haben.«

Der Sand auf dem Boden musste dringend erneuert werden. Es roch nach kaltem Rauch. Die Fensterscheiben waren mit einer gelblich grünen Schmutzschicht überzogen.

Ein Kellner schlenderte herbei und wischte sich die Hände an einer fleckigen Schürze ab. »Guten Morgen, Sir.«

»Ich bin mit jemandem verabredet«, sagte Holdsworth, während er sich in dem niedrigen Gastraum umschaute. Er war fast leer. »Eine Kanne Kaffee mit zwei Tassen, bitte.«

Er wählte einen Tisch in einer Nische mit Blick auf die Tür. Während er wartete, nahm er einen Brief aus der Tasche. Ein Reitknecht aus Lady Annes Stall war gerade damit angekommen, als er das College verlassen wollte. Er spielte mit dem Brief, erbrach aber das Siegel nicht. Er wusste, was Ihre Ladyschaft schreiben würde: Jetzt, da ihr Sohn genesen war, sollte Holdsworth ihn sofort zurück nach London bringen.

Warum nicht? Von Whichcote hatte Frank nichts mehr zu befürchten. Die Aufzeichnungen des Holy Ghost Club waren zerstört. Dank Mulgrave saß Whichcote im Haus des Gerichtsvollziehers fest, und es war unwahrscheinlich, dass er oder Mrs. Phear in der Lage waren, seine Schulden zu begleichen. Wenn Whichcote Glück hatte, fand er einen Weg, auf den Kontinent zu fliehen. Wenn nicht, wenn es ganz schlimm für ihn kam, erwartete ihn das Schuldgefängnis, wo er alt werden würde und sterben. Da war es schon besser, einen Karren mit beschädigten Büchern durch London zu ziehen.

Was machte es schließlich aus, was mit Sylvia Whichcote geschehen war? Die unglückliche Frau war tot, und nichts, was sie taten, würde sie wieder zum Leben erwecken. Aber Frank Oldershaw war wieder gesund. Das war doch etwas. Irgendwie musste das Leben weitergehen. Die Toten durften die Lebenden nicht aufhalten.

Holdsworth erbrach das Siegel. Doch er faltete den Brief noch immer nicht auf. Er hatte vergangene Nacht kaum geschlafen. Wirre Erinnerungen an Maria und Georgie hatten ihn bedrängt, zusammen mit frischeren, aber ebenso wirren Erinnerungen an Elinor Carbury, vor allem wie sie neben dem Kohlebecken aufgetaucht war, von den Flammen beleuchtet wie eine teuflische Versuchung. Sein eigenes Verhalten, seine Sehnsüchte waren ihm ein Grauen. Er verzehrte sich nach einer Frau, deren Mann im Sterben lag. Und er wurde den Gedanken nicht los, dass auch sie etwas für ihn empfand. Sie hatte sich ihm nicht sofort entzogen. Und hatten sich nicht ihre Lippen ein wenig geöffnet, als er sie küsste?

Das Licht veränderte sich. Er blickte auf. Soresby stand an der Tür des Kaffeehauses. Als er Holdsworth sah, erschrak er, als wäre er der letzte Mensch, den er hier erwartet hatte. Das Gesicht des Stipendiaten war noch eingefallener als sonst. Er sah nicht nur abgerissen und schmutzig aus, sondern auch krank. Holdsworth winkte ihn heran und rief dem Kellner zu, er solle sich mit dem Kaffee beeilen und noch einen Teller mit Brötchen bringen.

»Mr. Holdsworth, Worte können nicht ausdrücken, wie …«

»Jetzt essen und trinken Sie erst einmal etwas«, sagte Holdsworth. »Dann können Sie nach den richtigen Worten suchen.«

Der Kellner witterte ein Trinkgeld und beeilte sich. Soresby aß vier Brötchen und trank drei Tassen Kaffee. Holdsworth sah ihm zu und dachte daran, wie er selbst vor nicht einmal einem Monat im St. Paul's Kaffeehaus wie ein hungriger Wolf über Mr. Cross' Sherry und Gebäck hergefallen war. Es war nicht leicht, mit leerem Magen seinen Mann zu stehen.

»Mr. Archdale erzählte mir, Sie möchten meinen Rat hören«, sagte er, als Soresby seinen Hunger gestillt hatte.

»Alles, was ich je wollte, Sir«, sagte Soresby hastig, »war, an der Universität zu studieren. Warum lassen sie mich nicht? Und meinem Ziel so nah zu sein und zu sehen, wie meine Zukunft ohne meine Schuld für immer zerstört wird ...«

»Gehört das zur Sache, Mr. Soresby?«

Der Stipendiat wurde rot. Seine Hände waren unter dem Tisch verborgen, aber er musste an seinen Fingern gezogen haben, denn man hörte das vertraute Knacken.

»Ich bitte um Verzeihung, Sir. Ich – ich weiß nicht, was ich tun soll, ich bin nicht ganz bei mir. Ich weiß kaum, was ich rede.«

»Mr. Archdale sagte mir, Sie möchten mit mir sprechen. Worüber?«

Soresby nickte heftig, und sein schlecht geschnittenes Haar fiel ihm ins Gesicht. »Sie haben mein Zimmer gesehen, Sir.«

Holdsworth schaute ihn verständnislos an. »Ja. Das wissen Sie. Als ich Mr. Richardson begleitet habe.«

Soresby nickte. »Fast alle Zimmer in der Yarmouth Hall liegen zur Straße hin. Aber meine Kammer liegt zur anderen Seite. Ich frage mich, ob Sie zufällig aus dem Fenster geschaut haben, als Sie da waren?«

Zu dritt betrat die kleine Gesellschaft den Treppenaufgang G des Neuen Hauses. Mr. Richardson repräsentierte das College. Er ging voraus, gefolgt von Augustus, weil dieser theoretisch immer noch Mr. Whichcotes Laufbursche war. Hinter ihnen kam Mulgrave, der nur zu seinem Vergnügen dabei war. Mr. Richardson wusste nicht, dass der Lohndiener nicht mehr für Mr. Whichcote arbeitete.

Auf dem Treppenabsatz schloss Augustus mit dem Schlüssel, den der Gerichtsdiener von Mr. Whichcote gebracht hatte, die äußere Tür auf. Richardson ging hinein, blieb mitten im Salon stehen und sah sich um.

»Mr. Whichcote schreibt, er wünscht, dass du seinen braunen Reisekoffer packst. Leintücher zum Wechseln, seinen blauen Mantel und die Schuhe mit den silbernen Schnallen.« Der Tutor hielt inne, um den Brief zu konsultieren. »Außerdem den Wein aus der Kammer und sein Teegeschirr. Mulgrave, pack den Wein und den Tee ein, der Junge kann die Kleider holen. Außerdem wünscht Mr. Whichcote einige Dinge aus seinem Studierzimmer. Ich werde mich darum kümmern.«

Richardson nahm die Schlüssel, schloss die Tür zum Studierzimmer auf und ging hinein. Er zog die Tür hinter sich zu. Mulgrave warf Augustus einen Blick zu und zwinkerte. Der Striemen auf seiner Wange ließ sein Gesicht schief aussehen. Augustus ging ins Schlafzimmer und legte die Kleider auf dem Bett aus. Er fragte sich, warum Mr. Mulgrave ihm zugezwinkert hatte.

»Junge!«

Als er aufblickte, stand Richardson an der Tür zum Schlafzimmer und Mulgrave hinter ihm.

»Erinnerst du dich, dass dein Herr einen kleinen schwarzen Handkoffer hatte? Mit seinem eingeprägten Wappen?«

»Ja, Sir, er müsste im Studierzimmer sein.«

»Er ist nicht mehr da.«

Augustus sah ihn verständnislos an.

»Er muss irgendwo sein«, sagte Richardson scharf. »Dein Herr hat ausdrücklich danach verlangt. Er wünscht, dass ich ihn an mich nehme.«

»Also, ich weiß nichts, Sir.«

Der Tutor biss sich auf die Lippe. »Das ist ausgesprochen

ärgerlich. Und unerklärlich. Aber möglicherweise hat er ihn woanders verstaut. Unter dem Fenstersitz vielleicht, wo die Kohlen gelagert werden. Sieh dort nach.«

Augustus fand nichts außer einer leeren Kohlenschütte. Anschließend durchsuchten die drei die Räume, doch vergeblich. Als sie gingen, nahm Richardson die Schlüssel an sich und sagte mit scharfer Stimme zu Augustus: »Bring den Reisekoffer zu deinem Herrn bei Mr. Purser in der Wall Lane.«

»Was soll ich ihm wegen des Handkoffers sagen, Sir?«

»Wie? Nichts. Das kannst du mir überlassen – sag ihm, ich werde mich später bei ihm melden.«

Richardson ging schnell davon. Mulgrave war ihnen nach unten gefolgt. Er sah dem Tutor nach, und das Mal auf seiner Wange verzog sich, als er lächelte.

»Nun, mein Junge«, sagte Mulgrave.

»Ja, Sir?«

»Du suchst sicher eine Stellung?«

Augustus nickte. »Ja, Sir. Oh ja, Sir.«

»Ich könnte einen schlauen Jungen gebrauchen. Wenn du nichts gegen harte Arbeit hast, kannst du eines Tages vielleicht selbst ein Lohndiener sein.« Er holte eine halbe Guinee aus der Tasche und hielt sie Augustus hin. »Also? Besiegeln wir es mit einem Handschlag?«

Augustus starrte die kleine goldene Münze an. »Aber Sir – das Geld?«

Mulgrave lächelte abermals, und der Striemen veränderte seine Form. »Wenn du es mir recht machst, werde ich es dir auch recht machen – komm, gib mir die Hand darauf.«

Auf dem Rückweg von Turpins Kaffeehaus suchte Holdsworth in der Kapelle des King's College Schutz vor einem heftigen Regenschauer. Das Deckengewölbe hoch über seinem Kopf hing voller dunkler Schatten. Es schien in der Tat ein schlechtes Omen zu sein, dass ein Mittsommertag mittags so düster war.

Er war nicht allein. Andere kamen und gingen und redeten miteinander. Ein Bettler hielt diskret die Hand auf, doch als Holdsworth ihn finster anblickte, schlich er davon.

Regen, Regen, verfluchter Regen.

Es hatte einige Tage geregnet, bevor Georgie bei den Goat Stairs ertrank. Eines Abends hatte der Junge gesagt, dass der Regen die Tränen Gottes seien und dass Gott wirklich sehr traurig sein musste, wenn er so viel weinte. Holdsworth hatte seinem Sohn erklärt, dass man solche dummen Gedanken besser ignorierte und dass Regen nichts anderes war als kondensierter Dampf, der als Wasser aus Wolken fiel. Georgie hatte ihn ausgelacht. Er glaubte seinem Vater nicht. Maria sagte, Georgie solle nicht draußen spielen, weil das Pflaster an der Bankside durch den Regen glatt und gefährlich sei.

»Pah«, hatte Holdsworth darauf gesagt. »Wir dürfen den Burschen nicht verhätscheln.«

Die Kapelle war voller Geräusche – Schritte, bedeutungslose Worte und Echos. Er ging auf und ab, achtete nicht auf andere Menschen und stieß mit denen zusammen, die ihm nicht aus dem Weg gingen.

War es so weit mit ihm gekommen? Selbst Georgie, selbst Maria dienten ihm als Ablenkung von der schrecklichen Erkenntnis, die Soresby ihm eröffnet hatte. Er presste die geballten Fäuste tief in das Futter seiner Taschen. Seine rechte Hand berührte ein zusammengefaltetes Blatt Papier, den ungelesenen Brief von Lady Anne.

Der Brief war nicht mehr wichtig. Soresbys Information überschattete alles. Sie schwärte in Holdsworths Gedanken. Sie war wie die Pest. Ein Gift. Aber er hatte es in der Hand, sie zu unterschlagen, denn Soresby erkannte ihre volle Bedeutung nicht. Außerdem war der Stipendiat verwundbar, was ihn formbar machte, wenn Holdsworth entschied, seine Geschichte als böswilligen Versuch abzutun, sich mit einem verleumderischen Lügenmärchen lieb Kind zu machen.

Aber wäre das eine Lösung? Würde er es jemals vergessen können? Auf lange Sicht würde ein solches Vorgehen alles nur noch schlimmer machen – für ihn auf jeden Fall, und vielleicht auch für Elinor. Eines war sicher: Was auch immer er aus dieser ganzen dunklen Geschichte machte, wie auch immer er Soresbys Information nutzte, das Ergebnis brachte nur Kummer.

Sein Kopf schmerzte. Es kam ihm so vor, als ob das Licht aus der Kapelle sickerte und einen grauen Nebel zurückließ. Er war vollkommen allein. Er sah keinen Ausweg. Ein entsetzliches Gefühl von unendlicher Hilflosigkeit stieg in ihm auf.

Darauf läuft es also hinaus, dachte er, *am Ende holt den Menschen die Zukunft genauso ein wie die Vergangenheit.*

47

Danke, Sir«, sagte Elinor und hoffte, dass ihr Gesicht ihre Gefühle nicht verriet. »Meinem Mann geht es nicht besser, aber wenigstens auch nicht schlechter. Er schläft oder dämmert die meiste Zeit. Wenn er wach ist, ist er allerdings sehr unruhig.«

»Das ist kein Wunder«, sagte Holdsworth.

»Ja – aber warum will er unbedingt Mr. Soresby sehen? Es könnte natürlich am Opium liegen. Es kann seltsame Fantasien hervorrufen, nicht wahr?«

»Das hat zweifellos etwas damit zu tun.«

In seinem Tonfall lag etwas, das sie nicht verstand, und sie sah ihn scharf an. »Ich bin froh, dass Sie gekommen sind – ich muss Ihnen etwas sagen.«

Ein Klopfen an der Tür unterbrach sie, und Susan betrat mit dem Teegeschirr den Raum.

»Störe ich auch bestimmt nicht, Madam?«, fragte Holdsworth.

»Keineswegs, Sir.« Sie lächelte ihn an und bekam sofort Schuldgefühle, nicht so sehr wegen des Lächelns, als wegen des unentschuldbaren Glücksgefühls, das es ausgelöst hatte. Er erwiderte das Lächeln nicht, und ihr Glück schwand so schnell, wie es gekommen war. Das Gefühl von Schuld aber blieb. »Dr. Carbury schläft«, fuhr sie kühler fort. »Ich wollte sowieso gerade Tee trinken. Wir brauchen nur noch eine zweite Tasse.«

Beide schwiegen, bis das Mädchen sie allein ließ. Elinor widmete sich intensiv der Teezubereitung. Holdsworth stand auf und ging ans Fenster. Es regnete aus einem schmutzig grauen Himmel. Die Gärten lagen nass und verlassen da. Die große Platane verdeckte halb den Himmel. Elinor wollte das beklommene Schweigen gerade beenden und ihm von dem Geist erzählen, als er sich umdrehte und sie ansah.

»Ich bin gekommen, um mich zu verabschieden«, sagte er.

»Ah – dann haben Sie von Ihrer Ladyschaft gehört. Ich auch.« Ihre Hand zitterte, als sie versuchte, den Schlüssel in das Schloss der Teedose zu stecken. »Sie hat Sie zurück nach London beordert – das war zu erwarten. Ihre Wünsche sind uns Befehl, nicht wahr? Wann werden Sie und Mr. Frank uns verlassen?«

»Morgen so früh wie möglich.«

»Sie schrieb, sie hofft, dass Sie heute schon fahren würden.«

»Wir konnten so kurzfristig keine Kutsche mieten, und außerdem hat Mr. Oldershaw heute Abend bereits einige seiner besten Freunde zu einem kleinen Abendessen eingeladen. Er wollte sie ungern enttäuschen.«

Elinor schenkte den Tee ein. »Er ist so ein gastfreundlicher junger Mann.«

»Haben Sie irgendwelche Aufträge für uns, die wir in der Stadt erledigen können? Möchten Sie, dass wir einen Brief für Ihre Ladyschaft mitnehmen?«

»Vielen Dank – ich werde ihr gleich schreiben und Ben mit dem Brief zu Ihnen schicken.« Nach allem, was in der vergangenen Nacht geschehen war, verstand sie die Veränderung in Holdsworths Verhalten nicht; er war so steif und förmlich. »Und Sie, Sir – was werden Sie jetzt tun?«

»Das hängt zum Teil von Ihrer Ladyschaft ab. Möglicherweise schickt sie mich hierher zurück, um mit der Arbeit in der Bibliothek fortzufahren. Die Bestandsaufnahme ist noch nicht abgeschlossen. Vielleicht möchte sie aber auch, dass ich in London bleibe und an der Bibliothek des Bischofs am Golden Square arbeite.«

»Dann sind wir beide dazu verdammt, in Ungewissheit zu leben. Das ist nicht angenehm, nicht wahr?«

Sie reichte ihm den Tee. Mit der Tasse in der Hand wandte er sich wieder dem Fenster zu. Schweigen breitete sich im Raum aus. Sie hatte gehofft, ihre letzte Bemerkung würde zu tröstenden Worten führen, zu einem kleinen Hinweis darauf, dass nach dem Tod ihres Gatten auch etwas anderes möglich war, als bestenfalls von Lady Annes unberechenbarer Großzügigkeit abhängig zu sein. Doch wie so oft verblüffte Holdsworth sie mit seinem nächsten Satz.

»Ich habe heute Morgen Mr. Soresby gesehen.«

»Wie? Ist er hier?«

»Nein«, sagte Holdsworth. »Er hat zu viel Angst zurückzukommen, angesichts der Anschuldigung gegen ihn.«

»Aber wo ist er? Ich muss es meinem Mann sagen. Es wird seine Gedanken be…«

»Nein, Madam. Ich glaube nicht, dass das klug wäre.«

»Ich verstehe nicht.«

»Mr. Soresbys Zimmer ist ganz oben in der Yarmouth Hall.«

»Und was bitte soll das heißen?«

»Letzten Februar wurde ihm eines Abends übel, und er brauchte frische Luft. Trotz der Kälte öffnete er das Fenster.«

Sie sagte nichts.

»Sein Zimmer ist das einzige im ganzen Gebäude, das nach Süden liegt«, fuhr er schnell mit harter, monotoner Stimme fort. »Es ist die Dachkammer über dem Versorgungshof hinter dem Rektorat. Man kann von dort aus sogar ein Stück vom Rektoratsgarten sehen.«

»Aber sicher nicht nachts«, sagte sie scharf. »Außer in einer klaren Nacht bei Mondschein natürlich.«

Er stimmte ihr mit einem Nicken zu. »Soresby konnte nichts sehen, Madam, aber er konnte sehr viel hören. Er hörte Schritte und Stimmen unten im Garten.«

»Sie haben gesagt, es ging ihm nicht gut. Vielleicht hatte er Fieber. Vielleicht hat er fantasiert.«

»Das glaube ich nicht. Und ich denke, auch Dr. Carbury glaubt das nicht. Schließlich haben Sie selbst gesagt, dass Dr. Carbury Sie wegen Ihrer nächtlichen Spaziergänge im Garten bereits gerügt hatte.«

Sie richtete sich auf und funkelte ihn an. »Wenn Sie mich irgendeiner Tat beschuldigen wollen, Sir, sagen Sie es bitte freiheraus.«

»Mr. Soresby sprach von der Nacht, in der Mrs. Whichcote ums Leben gekommen ist«, sagte Holdsworth. »Nach und nach wurde ihm die Bedeutung dessen, was er gehört hatte, bewusst. Vor ungefähr vierzehn Tagen erzählte er seine Geschichte Dr. Carbury, der ihm sagte, er müsse sich irren. Und im nächsten Moment bot er Mr. Soresby an, das Rosington-Stipendium für ihn zu reservieren.«

Es kostete Elinor ihre ganze Willenskraft, ihre Tasse auf dem Tisch abzustellen, ohne etwas zu verschütten. »Ich muss wohl kaum sagen, dass es entweder ein schrecklicher Irrtum oder eine große Lügengeschichte ist, falls Mr. Soresby andeuten möchte, ich sei in dieser Nacht irgendwann draußen gewesen.«

»Warum sollte er lügen?«

Sie lachte gezwungen. »Weil es ihm nützt. Und es hat ja auch erstaunlich gut funktioniert, nicht wahr? Er ist arm und wollte seine Lage verbessern. Ich kann es ihm nicht verübeln. Aber ich nehme ihm sehr übel, wenn er mich verleumdet, und sei es mit Andeutungen. Und ich nehme es meinem Mann übel, dass er ihm geglaubt hat.«

»Madam, ich glaube nicht, dass es eine Verleumdung ist. Er sagt, das Erste, was er gehört hat, war ein Schrei, der ihm das Blut in den Adern gefrieren ließ, der Schrei einer Frau, die Angst hat. Er schien aus der Nähe der Hintertür des Rektorats zu kommen.«

»Und zweifellos auch Kettenrasseln und gespenstisches Stöhnen. Das Ganze wird mit jedem Ihrer Worte lächerlicher.«

Holdsworth trat vom Fenster zurück und stellte seine Tasse auf dem Sekretär ab. Die Tasse fiel um, und Tee floss über die lederne Schreibfläche. Er ignorierte es. Sie hielt den Atem an. Sie fragte sich, ob er betrunken war.

Auf einmal setzte er sich so abrupt neben sie, dass der Stuhl unter seinem Gewicht schwankte. Er wandte sich ihr zu. »Ich werde Ihnen sagen, was meiner Meinung nach geschehen ist: Sylvia Whichcote kam in jener Nacht hierher, auf der Flucht vor ihrem gewalttätigen Mann. Sie benutzte ihren eigenen Schlüssel für das private Tor an der Jerusalem Lane. Sie ging über den gepflasterten Weg hinter dem Haus zur Hintertür. Natürlich war sie abgeschlossen und verriegelt. Aber Ihr

Schlafzimmer, Madam, liegt direkt darüber. Ich glaube, sie versuchte verzweifelt, Ihre Aufmerksamkeit zu erregen – vielleicht hat sie Erde oder Kieselsteine an Ihr Fenster geworfen? Und vielleicht war der Schrei, den Soresby hörte, ein Schrei der Angst und Enttäuschung, weil Mrs. Whichcote glaubte, es sei ihr nicht gelungen, Sie zu wecken. Aber sie irrte sich.«

»Ich finde, Mr. Soresby ist nicht der Einzige, der eine blühende Fantasie hat.«

»Was hätte sie sonst tun sollen? Sie war so oft in diesem Haus, sie wusste, wo die Schlafzimmer sind. Und wo hätte sie Zuflucht suchen sollen, wenn nicht bei Ihnen? Sie waren ihre Freundin.«

Meine Freundin.

Die Worte brannten in Elinors Kopf wie Säure auf einer Metallplatte. Sie stand auf und war so unsicher auf den Beinen, dass sie gegen das Tablett mit dem Teegeschirr stieß. »Ich hätte Ihnen mehr Scharfsinn zugetraut, Mr. Holdsworth.«

Auch er erhob sich. Doch er sagte nichts.

»Ich habe sie geliebt, und ich habe sie verachtet«, sagte Elinor. »Sylvia war impulsiv, leidenschaftlich und eitel. Ein hübsches Gesicht oder ein glühendes Kompliment konnten ihr im Nu den Kopf verdrehen und ihren Appetit wecken. Deswegen hat sie Mr. Whichcote geheiratet. Und deswegen stürzte sie sich in das Abenteuer mit Frank.« Jetzt weinte sie, warme Tränen liefen still ihre Wangen hinunter. »Sie war so ein flatterhafter Mensch, immer auf der Jagd nach neuen Spielereien. Ich glaube, trotz ihres gewinnenden Wesens war ihr niemand wirklich wichtig. Aber am Ende ist sie immer zu mir gekommen. Seit unserer Kindheit war das so. Weil sie wusste, dass ich sie nicht im Stich lassen würde. Sie kannte mich, und ich kannte sie.«

Elinor wandte sich von ihm ab und trocknete sich die Augen mit ihrem Taschentuch. Er sagte nichts. *Sein Schweigen ist wie eine schwere Waffe,* dachte sie, *und ich glaube wirklich, der abscheuliche Kerl will mich damit erschlagen.*

»Ist das alles?«, sagte sie und wandte sich wieder ihm zu. »Oder behauptet der junge Narr, noch mehr gehört zu haben?«

»Mr. Soresby sagte, er hat dort unten Bewegung gehört – im Nachhinein meint er, es waren Geräusche wie bei einem Kampf. Und später hörte er andere Geräusche auf dem Kiesweg zum Weiher. Und am nächsten Morgen wurde Mrs. Whichcotes Leiche im Wasser gefunden. Aber Fäkalienf… der Fäkalienmann hat ihre Pantoffeln auf dem Pflaster beim Haus gefunden. Zufällig nicht weit von der Hintertür entfernt.«

»Ihre Pantoffeln? Was soll das heißen?«

»Sie werden sich erinnern, dass man bei der Leiche keine Schuhe gefunden hat. Mr. Archdale und Mr. Frank erhielten Mrs. Whichcotes Pantoffeln am Mittwoch von Mr. Fred.«

»Das ist alles blanker Unsinn. Das muss Ihnen doch klar sein.« Elinor setzte sich wieder, weil sie fürchtete, dass sonst ihre Beine nachgeben würden. Sie knüllte das feuchte Taschentuch zu einem festen, harten Ball. »Warum hat zum Beispiel keiner der beiden diese interessanten … Fantasien und Entdeckungen damals erwähnt?«

»Mr. Soresby ist ein furchtsamer junger Mensch ohne Freunde. Er nahm an, dass irgendeine persönliche Angelegenheit von Dr. Carbury …«

»Persönliche Angelegenheit! Unsinn!«

»Er ist arm, und er hat Angst, Madam. Er wagte es nicht, etwas zu sagen und den Zorn des Rektors auf sich zu ziehen. Und außerdem wusste er nicht genau, was die Geräusche, die er gehört hatte, bedeuteten. Und was den Fäkalienmann angeht – der dachte, die Dame braucht die Pantoffeln nicht mehr, und niemand suchte nach ihnen –, warum sollte sie dann nicht Mrs. Fred bekommen? Er ist davon überzeugt, dass solche Dinge ihm gehören, wenn er sie findet.«

»Ich kann nicht glauben, dass Sie mich aufgrund solch fadenscheiniger Indizien und solcher Quellen verurteilen.«

»Natürlich verurteile ich Sie nicht.« Er trat einen Schritt auf sie zu, und einen Moment lang dachte sie, er wolle ihre Hände ergreifen. »Aber die Indizien können nicht ganz außer Acht gelassen werden, und andere mögen Sie aufgrund dieser Indizien verurteilen, auch wenn ich es nicht tue. Bedenken Sie, Madam – dieser Ort ist nachts eine Festung. Das Fenster Ihres Dienstmädchens liegt zur anderen Seite des Rektorats, ebenso wie das von Dr. Carbury. Ihres ist das einzige, das zum Garten liegt. Man würde sagen, wer, wenn nicht Sie, sollte zu Mrs. Whichcote hinausgegangen sein?«

»Und Sie, Sir? Was würden Sie sagen?«

Er sah sie mit finsterer Miene an. »Ich weiß es nicht.«

»Nun, Sir, dann weiß ich, woran ich bin. Sie haben mich beurteilt und für unzulänglich befunden. Doch jetzt sind Sie an der Reihe: Haben Sie also die Güte und hören Sie sich Folgendes an.« Sie hatte unversehens die Contenance verloren und war jetzt aufgebracht und wütend. »Zufällig verlassen auch andere Menschen nachts dieses Haus. Im März schlich sich mein Dienstmädchen mindestens zweimal durch die Hintertür davon, um ihren Liebhaber, Dr. Carburys Diener, zu treffen. Ihr Rendezvous fand unter der Platane am Weiher statt. Beim ersten Mal kam er schnell zur Sache. Beim zweiten Mal war sie zu früh dort und traf einen anderen am verabredeten Ort. Oder besser gesagt, er traf zufällig auf sie. Es war Frank Oldershaw.«

»Guter Gott! Der Geist? Aber der Umhang – die Schließe?«

»Der Gärtner fand den Umhang am Morgen nach Sylvias Tod und brachte ihn mir. Niemand hatte Verwendung dafür, und er war noch so gut wie neu. Sylvia hatte ihn erst ein oder zwei Tage besessen. Schließlich habe ich ihn meinem Dienstmädchen geschenkt. Das dumme Mädchen ist ganz vernarrt in ihn. Und die Schließe hatte die Form eines S, wenn Sie sich erinnern. Mein Dienstmädchen heißt Susan, das traf sich also glücklich.«

»Der Umhang?« Holdsworths Augen weiteten sich. »Der Umhang? Madam, ich war ein solcher Idiot …«

Auf einmal gab es hektischen Aufruhr vor der Tür. Schritte rannten über den Gang. Die Tür flog auf, und Susan stand auf der Schwelle.

»Oh, Madam, kommen Sie am besten schnell.«

48

Der Aufenthaltsraum war wie ein Bienenstock; er summte vor Gerüchten und unterdrückter Aufregung. Jeder wusste, dass Dr. Milton an Dr. Carburys Bett geeilt und der Kaplan im Rektorat angekommen war, um die Krankensalbung vorzunehmen und das Gebet für Sterbende zu sprechen.

Mr. Richardson übernahm mit langem, bekümmertem Gesicht den Vorsitz beim Abendessen. Später, als sie beim Wein beisammensaßen, nahm der Tutor neben Holdsworth Platz. »Ich möchte die Gelegenheit ergreifen, Ihnen eine gute Reise zu wünschen, Sir. Sie und Mr. Frank verlassen uns morgen zu früh für mich, um Ihnen Lebewohl zu sagen. Geben Sie mir die Ehre, zum Abschied ein Glas Wein mit Ihnen zu trinken?«

Richardson begleitete den Wein mit höflichen Komplimenten über all das Gute, das Holdsworths Besuch dem College und Mr. Frank gebracht hatte. Nach und nach lenkte er das Gespräch auf Lady Anne.

»Ich weiß, dass Ihre Ladyschaft sofort wissen will, wie es Dr. Carbury geht – sie nimmt regen Anteil an den Angelegenheiten des Colleges. Und es ist klug, wenn sie vorgewarnt ist, nicht wahr? Es ist, fürchte ich, mehr als wahrscheinlich, dass unsere Gebete für Dr. Carbury nicht erhört werden und uns bald ein trauriges Ereignis bevorsteht – Sie könnten ihr die Nachricht sogar selbst überbringen. Und gerade dann ist der Rat Ihrer Ladyschaft von unschätzbarem Wert. Sie hat die Erfahrung, die wir für unsere Überlegungen brauchen – sie kennt die Welt –, und sie hat das profunde Verständnis einer Mutter, die weiß, was das Beste für Jerusalem ist – wie könnte es anders sein, ist sie doch eine direkte Nachfahrin unseres Gründers.«

Holdsworth erwiderte, er sei sicher, dass sie das Richtige tun würde.

»Sollte sich die Gelegenheit ergeben, mein Lieber«, fuhr Richardson fort, »wäre ich Ihnen wirklich sehr dankbar, wenn Sie ihr gegenüber betonen würden, wie wichtig es ist, ein längeres Interregnum im Rektorat zu vermeiden. Ich fürchte, Dr. Carbury hat die Dinge während seiner Krankheit etwas schleifen lassen, und das Kollegium braucht einen Rektor, der das College kennt und dessen Angelegenheiten mit Entschlossenheit leitet. Meine Freunde raten mir zu erlauben, dass mein Name genannt wird, aber ich denke, es ist das Beste, auf das Wohlwollen Ihrer Ladyschaft zu vertrauen. Ich bin überzeugt, wir können uns darauf verlassen, dass sie uns sicher durch unsere Schwierigkeiten führen wird, wenn es zu der befürchteten Krise kommt.«

Holdsworth nickte zustimmend, äußerte sich aber nicht dazu.

»Was für eine traurige Zeit für Jerusalem!« Richardson richtete einen frommen Blick an die Decke. »Natürlich dürfen wir die Wege der Vorsehung nicht infrage stellen. Eine Schwierigkeit kommt selten allein, nicht wahr? Das Siechtum des armen Dr. Carbury ist bei Weitem der härteste Schlag. Aber auch Mr. Whichcotes Pech wird nicht ohne Auswirkungen auf das College bleiben. Die ganze Universität klatscht über die skandalöse Szene heute Morgen. Und direkt vor unserem Tor!«

»Ich nehme an, über den unglückseligen Mr. Soresby machen Sie sich auch Gedanken, Sir?«, sagte Holdsworth.

»Ah! Der Schuft! Nun, er hat mit seinem Verrat nichts erreicht. Und wenn der arme Dr. Carbury stirbt, hat er seinen einzigen Verbündeten verloren. *Homo proponit, sed deus disponit* – der Mensch denkt, Gott lenkt.«

»Der Mensch kennt Gottes Wünsche in dieser Angelegenheit nicht, Sir«, sagte Holdsworth. »Weswegen Gott sicher will, dass wir aus dem, was wir haben, das Beste machen. Es wurde keine Anzeige gegen Mr. Soresby erstattet. Ich frage mich, ob man die Umstände des Diebstahls nicht auch anders interpretieren könnte.«

»Ich wünschte von ganzem Herzen, das glauben zu können«, sagte Richardson. »Aber – nun, Sir, Sie waren selbst dabei, als sein Verbrechen entdeckt wurde.«

»Ja, aber der Beweis war sozusagen nur ein Indiz. Ich kann mich des Gedankens nicht erwehren, dass es auch andere Erklärungen geben könnte. Zum Beispiel, dass der Beweis möglicherweise fingiert war, um ihn in Verruf zu bringen.« Holdsworth machte eine Pause und sah Richardson direkt ins Gesicht. »Von einem niederträchtigen Dienstboten vielleicht.«

Richardson wandte den Blick ab. »Das kann ich mir nicht vorstellen. Verzeihen Sie mir, Sir, doch das sind wilde Spekulationen.«

»Aber es gibt gewisse Zweifel, Sir, das müssen Sie zugeben. Und es ist schade, nur wegen eines Zweifels die Karriere eines Mannes zu ruinieren. Vor allem die eines Mannes wie Mr. Soresby, der keine Rücklagen und nur wenige Freunde hat. Ich bin überzeugt: Wenn sich die Angelegenheit im Stillen bereinigen ließe, wenn man ihm erlauben würde, seine Studien fortzusetzen, wäre es für alle von Vorteil.«

Richardson musterte ihn. »Ich verstehe nicht, was Sie meinen.«

»Kein Skandal würde mit dem College in Verbindung gebracht. Man würde es sowohl im College als auch bei den Freunden des Colleges in der Umgebung als eine weise und barmherzige Geste verstehen. Das Rosington-Stipendium wäre natürlich eine andere Sache – wenn Dr. Carbury stirbt und es einen neuen Rektor gibt, mag dieser gut und gerne einen anderen Kandidaten vorziehen, wenn es so weit ist. Niemand könnte es ihm verübeln.«

Richardson schüttelte bedächtig den Kopf. »Ich glaube nicht, Mr. Holdsworth. Ich glaube nicht, dass das eine Lösung ist.«

Holdsworth beugte sich vor und brachte seinen Mund nah an Richardsons Ohr. »Richenda«, murmelte er.

Der Tutor wandte den Kopf und sah Holdsworth an. Er sagte nichts. Seine Züge waren wie eingefroren, die gewohnte Munterkeit verschwunden.

»Ich bin überzeugt, eine solche Geste fände die Zustimmung Ihrer Ladyschaft«, fuhr Holdsworth fort.

»Aber wir wissen nicht einmal, wo Soresby ist.«

»Ich denke, wir werden ihn ohne größere Schwierigkeiten finden, wenn wir ihn brauchen, Sir.« Seine Lippen bewegten sich stumm. *Richenda.*

»Vielleicht … in dem Fall könnten wir vielleicht etwas tun.« Richardson beugte sich näher zu Holdsworth. »Sagen Sie, Sir«, begann er. »Ein schwarzer Handkoffer mit einem Wappen darauf. Sagt Ihnen das irgendetwas?«

Holdsworth schüttelte den Kopf. »Absolut nichts, Sir. Rein gar nichts.«

Holdsworth blieb nicht lange im Aufenthaltsraum. Er ging nach draußen, wo es aufgehört hatte zu regnen und die Luft kühl und sauber war und nach feuchter Erde roch. Im Kapellenhof warf er einen Blick durch das Fenster des Aufenthaltsraums. Alle standen um Richardsons Tisch herum und lauschten eifrig den Worten des Tutors.

Vom anderen Ende des Hofs hörte er Gesang. Holdsworth ging darauf zu. Der Lärm kam aus Franks Appartement. Er konnte die Worte nicht verstehen, aber er erkannte die Melodie wieder, die er am ersten Abend in Jerusalem gehört hatte, als er mit Mr. Richardson in den Gärten spazieren gegangen war.

Jerry Carbury kippt munter
Einen nach dem andern runter.
Schließlich nimmt er seinen Hut
Kotzt ins Buschwerk, das tut gut.

Gelächter und Gejohle folgten. Holdsworth zog sich in die Schatten der Arkaden zurück, wo nur über dem Eingang zur Kapelle eine Laterne brannte. Er hörte Schritte, und zwei junge Männer tauchten im Hof auf und liefen unsicher auf den nächsten Treppenaufgang zu. Die fröhliche Runde löste sich auf. Holdsworth wartete einen Augenblick, dann stieg er zu Franks Räumen hinauf. Archdale und die anderen waren bereits gegangen, und Frank saß allein in Hemdsärmeln am Fenster und trank Weinbrand.

»Holdsworth, mein Freund«, sagte er ein wenig lallend. »Mein lieber, lieber Freund. Ein Toast, Sir. Ich bestehe darauf.«

»Es ist spät, Mr. Oldershaw. Die Kutsche wird um …«

»Nein, nein. Holen Sie sich ein Glas. Verdammt, Sie sind ein feiner Bursche. Warten Sie, bis wir in London sind, dann werde ich Ihnen meine Dankbarkeit zeigen.«

»Ich habe Ihren Geist gefunden.«

Frank stand auf. »Sind Sie – sind Sie verrückt geworden?«

»Nein, Sir. Um es offen zu sagen, Sie sind über ein kleines Dienstmädchen gestolpert, das unter dem Baum auf seinen Liebhaber gewartet hat, und aus Angst vor den Folgen hat das Mädchen es keinem erzählt. Das ist Ihr Geist. Das ist Ihre Sylvia.«

»Nein, nein – Sie nehmen mich auf den Arm. Ich glaube Ihnen nicht. Der Umhang, die Schließe …«

»Gehörten Sylvia. In dem Punkt hatten Sie recht.« Holdsworth starrte unverwandt sein dunkles Spiegelbild in der Fensterscheibe neben Franks Kopf an. »Man fand den Umhang am Morgen nach Mrs. Whichcotes Tod im Garten. Mrs. Carbury schenkte ihn ihrem Mädchen. Da gibt es nichts Geheimnisvolles, außer in Ihrem Kopf.«

Frank setzte sich wieder. »Aber ich war mir so sicher.«

»Vielleicht weil Sie sich so schuldig fühlten.«

»Natürlich – erst das Mädchen im Club, dann die arme Sylvia, die mit diesem brutalen Kerl von Ehemann streitet …«

»Das meine ich nicht.«

Frank schenkte sich Weinbrand nach und trank ihn in einem Zug aus. »Nun, jetzt ist alles vorbei, oder? Und morgen sind wir in London. Wissen Sie, ich glaube nicht, dass ich wieder zur Universität gehen werde – es passt nicht zu mir, verstehen Sie, und ich passe nicht hierher.«

Holdsworth hatte das Gefühl, an einer Weggabelung zu stehen. Hinter ihm lag die Vergangenheit und vor ihm eine ungewisse Zukunft, höchstwahrscheinlich dunkel und wenig einladend. Er war müde und wütend und voller Trauer. »In der Nacht, als Sylvia starb, hörte jemand einen Streit hinter dem Rektorat. Ihre Pantoffeln wurden später in der Nähe gefunden. Sie war mit jemandem zusammen. Ich glaube, das waren Sie, Mr. Oldershaw.«

»Was? Sie *sind* verrückt. Sie müssen es sein.«

»Wie sonst konnten Sie wissen, welchen Umhang sie trug? Sogar die Form der Schließe an diesem Umhang kannten Sie. Niemand anders hat es erwähnt. Und natürlich wollte sie, dass Sie sie durch die Straßen begleiten. Wer hätte sie besser begleiten können als ihr Liebhaber?«

Frank starrte ihn an. »Sie sind ein Idiot, Holdsworth, und verrückt. Wussten Sie das? Wissen Sie nicht, dass ich Sie ruinieren werde?«

»Ein Zeuge hörte einen Schrei. Wollte Mrs. Whichcote das College wecken und einen Skandal wegen ihres Mannes heraufbeschwören? Und Sie hatten zweifellos Angst davor, was Ihre Ladyschaft dazu sagen würde. Sie ist eine geduldige Mutter, aber selbst ihre Geduld hat Grenzen. Vielleicht versuchten Sie, Mrs. Whichcote zum Schweigen zu bringen, und das mit tödlichem Erfolg. Ich kann mir nicht vorstellen, dass Sie sie umbringen wollten.«

»Das – das ist Unsinn. Ich kann mich nicht erinnern, wer mir von dem Umhang erzählt hat – Dr. Carbury vielleicht oder einer der Dienstboten. Aber irgendjemand hat es getan. Es muss so sein.«

An der Tür sah sich Holdsworth um. Außer einem Bündel von Verdachtsmomenten hatte er nichts, was er vor Gericht vorbringen könnte. »Sie haben einen kühlen Kopf bewahrt«, sagte er. »Sie müssen das Gartentor wieder abgeschlossen und Sylvias Schlüssel weggeworfen haben, als sie zurück ins Lambourne House flohen.«

Frank starrte ihn mit hochrotem Gesicht an, das leere Glas in der Hand. Jetzt sah er wieder aus wie ein Kind, das kurz davor war, in Tränen auszubrechen. »Verdammt«, sagte er. »Sie sagte, ich muss Whichcote dazu bringen, sich scheiden zu lassen, und sie heiraten.«

»Und?«

»Aber das war unmöglich. Ihre Ladyschaft hätte es verhindert. Und außerdem ...«

»Außerdem was?«, sagte Holdsworth ruhig.

Frank zuckte mit den Schultern. »Schließlich war sie nur eine Frau. Sie war älter als ich – sie hatte kein Geld und keine Verbindungen. Nein, nein – es wäre nicht gegangen. Das müssen Sie verstehen.«

»Dann haben Sie sie umgebracht?«

»Aber ich – ich wollte es nicht.«

»Sie haben sie angegriffen.« *Was für ein Idiot ich war,* dachte Holdsworth, *es lag die ganze Zeit vor meiner Nase.* Wie hatte Dr. Jermyn es genannt? *Mania furibunda.* »So wie Sie mich und Mr. Whichcote in der Mühle angegriffen haben und Dr. Jermyn in Barnwell und den armen Mr. Cross. Wenn vor Ihnen ein Problem auftaucht, neigen Sie dazu, es mit Gewalt zu lösen.«

»Sie können nichts beweisen, vergessen Sie das nicht. Ich werde Sie wegen übler Nachrede verklagen, ich werde ...«

»Sie werden morgen allein reisen, Mr. Oldershaw.« An der Tür blieb Holdsworth stehen. »Und vergessen Sie eines nicht: Sie werden dem niemals mehr entkommen. Sylvia wird immer bei Ihnen sein.«

Der Kapellenhof war verlassen, der Nachthimmel voller Wolken. Nur wenige Sterne waren zu sehen. Holdsworth durchschritt die Arkaden und trat in die Dunkelheit dahinter. Er ging durch das nasse Gras zur Morgenländischen Platane und zum Langen Weiher. *Nichts an dieser Untersuchung ist wissenschaftlich zu belegen,* dachte er, *es gibt nichts, das man aufschreiben und der Welt präsentieren kann.* Es war nur eine Ansammlung von Schatten und Nuancen, von Dingen, nur flüchtig gesehen, flüchtig gehört und kaum verstanden.

Ein Geisterspiel?

Unter dem Baum war es dunkel. Holdsworth tastete sich langsam, mit ausgestreckten Armen, unter seiner Krone entlang zum Ufer des Langen Weihers, nahe der Stelle, wo man Sylvia Whichcote im Wasser gefunden hatte. Er schaute durch die Zweige. Im ersten Stock des Rektorats brannte Licht. Die Farben waren verblasst und die Formen verschwommen, ihre Umrisse lösten sich in der zunehmenden Dunkelheit auf.

Maria, Georgie. Ein Geisterspiel.

Die Namen formten sich in Holdsworths Kopf. Mit ihnen kamen die Erinnerungen und das vertraute Gefühl von Leere. Er berührte sie behutsam und bewusst wie einen kranken Zahn, um zu testen, wie sehr es noch schmerzte. Etwas hatte sich während dieser Wochen in Cambridge verändert. Etwas hatte sich bewegt. Die geliebten Toten waren ein wenig weiter weg.

Er fing eine Bewegung ganz links in seinem Blickfeld auf. Er wandte den Kopf. Die Brücke zum Rektoratsgarten war gerade noch zu sehen – ein grauer Bogen über dem Wasser. Einen Moment lang glaubte er, etwas Blasses am Scheitelpunkt des flachen Bogens zu erkennen – eher eine Art Leuchten im Dämmerlicht denn eine Gestalt und halb verdeckt vom Geländer. Doch je intensiver er hinschaute, desto weniger sah er. Seine Augen narrten ihn.

Elinor?

Was sollte er tun? Er hatte ihr Unrecht getan. Er war dumm und grausam gewesen. Doch irgendwie war er auch froh. Sie war unschuldig. Würde sie ihn anhören, wenn er zu ihr ging?

Während er da in der Dunkelheit stand, die Hände in den Taschen, und an Elinor dachte, hörte er auf einmal Lärm aus dem College. In der Ferne wurde eine Tür geöffnet und wieder geschlossen. Jemand rannte über den Kapellenhof.

Ich muss zu ihr gehen, dachte er. *So bald wie möglich. Sie um Vergebung bitten, mich ihr auf Gnade oder Ungnade ausliefern.*

Seine Augen waren immer noch auf die Brücke gerichtet. Den Bruchteil einer Sekunde lang war er sicher, dort etwas zu sehen. Jemand bewegte sich.

Elinor? Sein Herz klopfte. Unsinn, schalt er sich – was sollte sie um diese Zeit da draußen tun? Das Licht spielte ihm Streiche. Die Dunkelheit. Doch sein Herz hörte nicht auf zu klopfen, und es war immer noch möglich, dass sie es war.

Es gab nur einen Weg, das herauszufinden. Langsam ging er am Wasser entlang auf die Brücke zu.

Während er ging, begann die Collegeglocke zu läuten. Sie klang seltsam, als wäre sie weiter weg als sonst und vom Nebel verschluckt. Holdsworth blieb stehen. Das Läuten hielt an, gedämpft, ernst und düster. Türen und Fenster flogen auf. Jeder in Jerusalem erwachte zu ungewohntem Leben, als wäre es heller Tag.

Nicht jeder.

Es war der dumpfe Klang der Totenglocke: Also war Dr. Carbury endlich gegangen. Elinor war frei.

Holdsworth warf einen Blick zur Brücke. Der blasse Fleck in der Dämmerung war verschwunden.

Anmerkung des Autors

Das achtzehnte Jahrhundert war keine glorreiche Epoche für die englischen Universitäten (in Schottland machten sie es im Großen und Ganzen besser). In Oxford und Cambridge folgten private Colleges eigentümlichen Wegen, geleitet nur von ihren eigenen Statuten, die seit mindestens zwei Jahrhunderten ebenso veraltet waren wie die Lehrpläne, die die Universitäten ihren Studenten vorschrieben. Nach den Maßstäben der achtziger Jahre des achtzehnten Jahrhunderts könnte man das Jerusalem-College für konservativ und einige seiner Fellows vielleicht für ein klein wenig exzentrisch halten; aber das wäre damals nicht ungewöhnlich gewesen.

Wer das moderne Cambridge kennt, wird bemerken, dass es erhebliche Ähnlichkeiten zwischen dem fiktiven Jerusalem-College und dem völlig echten Emmanuel-College gibt. Ich möchte betonen, dass diese Ähnlichkeiten sich nur auf die Lage und gewisse Aspekte der frühen Geschichte beziehen. Und ich möchte Dr. Sarah Bendall, Fellow of Emmanuel, und Amanda Goode, der Archivarin des Colleges, für ihre Hilfe danken. Dr. Bendall ist, zusammen mit Professor Peter Brooke und Professor Patrick Collinson, die Autorin von *A History of Emmanuel College* (The Boydell Press, 1999), das die Entwicklung und Organisation eines mittelgroßen Colleges über mehr als vier Jahrhunderte aufzeichnet.

Der Holy Ghost Club ist natürlich frei erfunden. Es gibt Gerüchte, aber keine stichhaltigen Beweise für die Existenz solcher Clubs in den Universitäten. Solche Vereinigungen lassen sich naturgemäß kaum verfolgen. Überall in der Gesellschaft findet man beträchtliche Hinweise auf ihre Existenz, obwohl die meisten in den siebziger Jahren des achtzehnten Jahrhunderts ein wenig zahmer und diskreter als bis dahin in ihren Praktiken wurden.

Ich habe Straßennamen aus London und Cambridge aus dem achtzehnten Jahrhundert benutzt, die nicht immer denen von heute entsprechen.

Ich danke Roger Crowley, Martin Dow, Alick Miskin und Christopher Trillo dafür, dass sie mir ihre Namen geliehen haben; Elizabeth Manners, die mir eine wunderbare, detailgetreue Zeichnung einer Urkunde von Queen Elizabeth I. für mein fiktives Jerusalem-College geschenkt hat; meiner Agentin Vivien Green, meinen Lektoren bei Michael Joseph für ihre Geduld, ihren Enthusiasmus und ihre akkuraten redaktionellen Fähigkeiten und meiner Frau Caroline für alles andere.

Andrew Taylor